Engl   *Frühjahr 1748*

Muss es denn ausgerechnet heute regnen?« Leutnant James Morris wischte mit dem Taschentuch sein Barockengelgesicht ab und blinzelte empört durch das Nieseln. »Seit zwei Jahren der erste Blick auf die Heimat und nicht einmal die Klippen kann ich sehen!« Er wandte sich dem mageren jungen Offizier zu, der neben ihm an der Reling lehnte und gebannt auf die fernen Umrisse Englands starrte. »*Du* kannst mit deinen Adleraugen vermutlich sogar das Schloss erkennen!«

Captain Gideon Rossiter, sich im Rhythmus der Fregatte wiegend, die ihren Weg durch die schwarzgrünen Wellen pflügte, nahm den Dreispitz ab und schüttelte das Wasser aus der Krempe. Ein paar Strähnen hatten sich aus dem Band gelöst, das sein dichtes braunes Haar streng im Zaum zu halten versuchte, und nasse Locken klebten an seinem hageren Gesicht. »Natürlich«, erwiderte er mit schleppender Stimme und ein Zwinkern vertrieb den eher trübsinnigen Blick seiner grauen Augen. »Und ich bin froh, dass ich die schöne weiße Katze auf der Mauer sehe. Wahrscheinlich ein gutes Omen.«

»Katze, sagst du?« Morris fuhr herum und spähte unsicher durch den feuchten Regenschleier. »Wo?«

»Du schaust in die falsche Richtung, Dummkopf. Weiter rechts. Sieh den Fahnenmast entlang nach unten, dann kannst du das Tier nicht verfehlen.«

»*Fahnenmast?* Der Teufel soll mich holen, wenn ich das Schloss sehen kann, geschweige denn ...« Morris' treuherziges Gesicht wurde misstrauisch. »Verflucht noch mal, Ross! Du führst mich schon wieder an der Nase herum! Ich gehe jede Wette ein, dass du das Schloss ebenso wenig erkennen kannst wie ich!« Rossiter lachte über seine Gekränktheit, und mit gut gespieltem Ärger fügte Morris hinzu: »Sehr witzig! Ich vermag zwar das Schloss nicht zu sehen, aber dich sehe ich, mein junger Gent! Eine feine Erscheinung gibst du ab mit deinen hübschen Locken, die dir von allen Seiten in die Stirn hängen! Es reicht dir wohl nicht, dass unsere liebenswerten holländischen Krankenschwestern in Tränen geschwommen sind, du willst auch noch die Schar von Schönheiten bezaubern, die dich bei deiner Heimkehr aus dem Krieg willkommen heißen, wie?«

Eine leichte Röte überzog Rossiters Wangen. Er fuhr sich mit der Hand durch das nasse Haar, was verheerende Folgen hatte, und stülpte sich den Dreispitz über. »Einfaltspinsel! Die Krankenschwestern haben bei jedem Burschen geweint, der aus ihrer Pflege entlassen wurde. Und einen übel zugerichteten alten Soldaten werden keine Schönheiten willkommen heißen!«

Schemenhaft tauchten nun die Kreidefelsen von Dover auf. Die Schiffsoffiziere begannen, Befehle zu brüllen, und plötzlich herrschte fieberhafte Betriebsamkeit. Matrosen hasteten umher und riefen einander Kommandoworte zu, während sie an Tauen zerrten oder behände die Takelage hinaufkletterten, um die Segel hereinzuholen.

Die beiden Soldaten verstummten für einen Moment und bemühten sich, einen schärferen Blick auf das geliebte Land zu erhaschen.

Heimat!, dachte Rossiter. Ergriffenheit ließ seine Augen feucht werden und er spürte einen Kloß im Hals.

»Beim Zeus!«, murmelte Morris. Aus Furcht, mit einer so beredsamen Bemerkung seine Gefühle verraten zu haben, fügte er streitlustig hinzu: »Übel zugerichteter alter Soldat, ach wirklich! Im Moment bist du vielleicht nur Haut und Knochen, aber du siehst keinen Tag älter als dreißig aus, und ...«

»*Merci bien!* Ich bin letzten Monat achtundzwanzig geworden!«

»... und würdest du dich dazu herablassen, wenigstens dein Haar zu pudern ...«

»Dann würde es jetzt ausschauen wie Leim, so wie deines!«

»... dann würde deine so vielbewunderte Naomi dich möglicherweise ansehen, ohne vor Schreck umzufallen!«

Rossiter erstarrte und seine Augen blitzten wie Stahl. »Ich glaube, ich habe nie mit dir über Lady Lutonville gesprochen.«

Morris, unbeeindruckt von diesem plötzlichen eisigen Hochmut, lächelte verschmitzt wie ein Kobold. »Oho, mein Lieber, du hast! Du vergisst, dass du einen Rückfall erlitten hast, gerade als man mich in dieses elende Loch von einem Lazarett gezerrt hat. Vier schreckliche Tage lang musste ich daliegen und zuhören, wie du über Lady Naomi fantasiert hast und wie man euch verlobt hat und wie sehr du dich danach sehnst, sie zu heiraten und dich mit ihr niederzulassen, und wie viele Kin ...« Er stieß einen Schrei aus und duckte sich, um nicht die Faust seines zornigen Gefährten, der sehr rot geworden war, abzubekommen. Der große, stämmige Major, der herangetreten war, ohne dass sie ihn in dem allgemeinen Aufruhr gehört hatten, schrie ebenfalls auf und machte einen Satz nach hinten, um dem Schlag auszuweichen.

»O Gott!«, ächzte Rossiter und umklammerte hastig die Reling, als das Schiff wieder heftig schlingerte. »Verzeihung, Sir!«

»Das möchte ich meinen!« Major Sturtevant hielt sich instinktiv an ihm fest und dröhnte gleich im nächsten Augenblick: »Verflixt, was bin ich für ein ungeschickter Esel! Tut mir Leid, alter Knabe. Ihre Schulter setzt Ihnen immer noch höllisch zu, wie?«

Rossiter, der alle Farbe verloren hatte, brachte ein ziemlich verzerrtes Grinsen zustande und erklärte, er sei »vollkommen auf dem Damm«.

»Meine Schuld, Sir«, bekannte Morris. »Ich habe Ross wegen seiner Lady gehänselt.«

»Aha! Und wird Lady Naomi Sie in Dover begrüßen?«, erkundigte sich der Major, und seine hellbraunen, ziemlich hervortretenden Augen begannen zu glitzern.

Verblüfft fragte sich Rossiter, ob sein Fieberdelirium jeden Patienten in dem überfüllten Lazarett unterhalten hatte.

»Hab gehört, dass sie eine wahre Schönheit ist«, sagte Sturtevant. »Meine Frau hat geschrieben, dass ganz London ihr zu Füßen liegt. Lady Lutonville, meine ich, nicht meiner Frau. Ganz gut so, sonst würde sie sich mit einem Kerl wie mir nie zufrieden geben!«

Beide lachten pflichtschuldig, und Sturtevant, zufrieden mit dieser Würdigung seines Witzes, fuhr fort: »Potztausend, wenn Sie kein Glückspilz sind, Rossiter! Ich verlange, dass Sie mich vorstellen, wenn wir am Hafen anlegen. Hat sie wirklich feuerrotes Haar?«

Etwas matt antwortete Rossiter, er bezweifle das eher. Die beiden anderen Männer starrten ihn an, und mit einem gequälten Lächeln fügte er hinzu: »Ich habe die Lady nicht mehr gesehen, seit sie sechzehn und kaum aus der Schule war.«

»Eine arrangierte Verbindung, wie?« Sturtevant sah ihn prüfend an und fragte: »Werden Sie sie wieder erkennen? Ich hatte schon fest damit gerechnet, bei meiner Frau damit zu prahlen, dass ich die ... äh ... berühmte Schönheit kennen gelernt habe.«

Rossiter, die Hand fest um die Reling gelegt, antwortete: »Ich erwarte sie wirklich nicht, Sir. Das heißt, ich erwarte in der Tat niemanden.« Die beiden anderen sahen entgeistert drein. Verdammt!, dachte Rossiter und fuhr fort: »Ich bezweifle, dass sie von meiner Verwundung wissen.«

Morris blinzelte und platzte heraus: »Aber … das ist bei Lauffeld passiert, Ross, oder nicht?«

»Fast ein ganzes Jahr her«, ergänzte der Major, offenkundig entsetzt. »Haben Sie nicht einmal geschrieben?«

»Ich … äh … ich schreibe selten Briefe, Sir.«

»Eine schöne Untertreibung! Sie sollten sich schämen, Sie herzloser junger Bengel! Geht es Ihnen denn gar nicht nahe, dass Sir Mark wahrscheinlich vor Sorge außer sich ist?«

»Sie kennen meinen Vater, Sir?«

»Nein!« Sturtevant errötete über seine Heftigkeit und fügte hastig hinzu: »Nun … äh … das heißt, er war … er ist Mitglied des White's Club, so wie mein Vater. Und … man hört dies und jenes, wissen Sie. Aber Sie sehen entschieden mitgenommen aus, mein lieber Junge. Am besten, Sie gehen unter Deck. Wir werden sehr bald ins Tidebecken einfahren, und Sie täten gut daran, sich ein wenig auszuruhen, bevor wir anlegen.«

Rossiter, der ihm für seine Freundlichkeit dankte, salutierte und machte sich mit einem innerlichen Seufzer der Erleichterung aus dem Staub. Er ging rasch, den Schritt angepasst an das Stampfen des Schiffes, das auf dem nassen Deck spürbar war, und atmete tief den frischen, sauberen Meeresgeruch ein. Der Wind blähte seinen Mantel und er zog ihn enger um sich. Die Segel flatterten, die Wellen donnerten gegen den Bug und die Rufe der Seeleute schallten munter durch die kühle Luft. Trotz des Regens kreisten nun Möwen über ihnen und stießen ihre durchdringenden Schreie aus, ein sicheres Zeichen dafür, dass sich ihr Schiff der Küste näherte.

Rossiter spürte förmlich die Blicke, die ihm folgten, und wusste, dass beide ihn wahrscheinlich für einen kalten Fisch ohne den geringsten Hauch von Sohnesverantwortung hielten. Er war froh, als er die Treppe zur Kajüte erreichte und nach unten verschwinden konnte.

Die beiden Männer, die zurückblieben, beobachteten schweigend, wie er sich entfernte, und begannen erst ein oder zwei Minuten, nachdem er außer Sicht war, wieder zu sprechen. Mit einer Stimme, die nun weniger jovial klang, fragte Sturtevant: »Wie lange kennen Sie ihn schon?«

»Ich bin ihm erst im Lazarett begegnet, Sir. Als man mich hingebracht hat, war er schon ungefähr ein halbes Jahr dort. Der Liebling der Krankenschwestern war er. Keine von ihnen hatte erwartet, dass er diese ganzen Operationen überleben würde. Die Wundärzte kamen immer wieder und entschuldigten sich, weil sie noch einen Stahlsplitter oder ein Stückchen Blei gefunden hatten, das sie aus ihm rausholen mussten.« Morris zögerte. »Ich habe mich immer gefragt, wie er das ausgehalten hat, aber ich habe nicht ein einziges Mal gehört, dass er gejammert hätte.«

Sturtevant lächelte matt: »Sie achten ihn hoch, nicht wahr? Wahrscheinlich haben Sie von ihm gehört, bevor Sie ihn kennern gelernt haben, wie?«

»Natürlich hatte ich von seiner Familie gehört«, antwortete Morris mit einem verärgerten Gesichtsausdruck. »Mein Gott, wer hat das nicht? Die Rossiter Bank, Rossiter Schiffs- und Handelsgesellschaft, Rossiter Court, Promontory Point. Aber als ich ihn schließlich kennen gelernt habe, hatte ich keine Ahnung, wer er war, weil ich mich nicht in diesen Kreisen bewege, wissen Sie. Er hat sich nicht ein bisschen hochmütig betragen, obwohl er verdammt eisig sein kann, wenn er erbost ist. Ich habe ihn einfach für einen dieser Burschen aus guter Familie gehalten. Als mir klar wurde, wer er war ...« Er stockte und sagte dann trotzig: »Von meinem Kolonel weiß ich, dass er ein großartiger Offizier war.«

»Das war er auch. Sie hätten ihn auf dem Schlachtfeld sehen sollen. Hat sich mit diesem verdammten Geschütz ausgekannt wie kein Zweiter. Wusste auch mit seinen Männern umzugehen. Wie oft habe ich gesehen, wie er ihnen neuen Mut eingeflößt hat!« Sturtevant schürzte die Lippen: »Haben Sie … äh … je mitbekommen, dass er einen Brief erhalten hat?«

»Niemals, Sir.«

»Nicht einmal von seiner Schwester? Wie ich gehört habe, hängt er sehr an ihr.«

»Das glaube ich auch. Aber meines Wissens hat er nie einen Brief von der Lady bekommen.«

Sturtevant nahm seinen Dreispitz ab und hielt dann mit einem hastigen Griff seine Perücke fest, als der launische Wind an ihr zerrte. Fluchend schüttelte er das Wasser von dem Wachstuch, das den Dreispitz schützte, und fragte dann: »Ist es möglich, Morris, dass er … dass er von nichts weiß?«

Leutnant Morris' junges Gesicht hatte jetzt einen besorgten Ausdruck angenommen. Langsam antwortete er: »Ich fürchte, Sir. Sie können sicher sein, dass keiner von uns ein Wort hat verlauten lassen. Aber … ich nehme an, er wird es bald herausfinden.«

»Gütiger Himmel!«

»Ich habe mich gefragt, Sir …« Morris starrte wie gebannt auf den nun sichtbaren Umriss des mächtigen Dover Castle. »Glauben Sie … Ich meine, es wäre vielleicht humaner, ihn … ihn zu warnen?«

»O ja. Entschieden humaner.«

Ihre Blicke trafen sich. Sturtevant fragte: »Wie wollen Sie es ihm beibringen?«

Erblassend stieß Morris aus: »Ich? Gott behüte!«

»Sie sind ein Feigling, Leutnant«, tadelte ihn der Major streng.

»Sie haben ganz Recht, Sir! Ein richtiger Hasenfuß! Nie werde ich irgendwelche Verdienstorden erringen! Das hat mein Vater gesagt. Und mein Bruder auch. Jeder, der … jeder, der mich kennt …« Diese panische Erklärung eines jungen Mannes, der Reihen von feindlichen Bajonetten ins Auge gesehen hatte, ohne einmal zu zwinkern, erstarb in verlegenem Schweigen.

Die beiden Männer sahen einander an.

Major Sturtevant seufzte: »Ach Gott, ich bin auch ein Feigling.«

»O Maggie! Hast du jemals einen so eindrucksvollen Anblick vor dir gehabt?«

Ein großer, kräftig gebauter Mann, der leise durch das Hauptschiff der Kathedrale von Canterbury schritt, hörte die gedämpften Worte und blieb stehen, um der jungen Lady, die sie geäußert hatte, bewundernd zuzulächeln. Sie ist selbst ein eindrucksvoller Anblick, dachte er. Sie hatte eine zierliche Figur, einen hellen Teint und ein fein geschnittenes Gesicht, in dem große, grüne Augen leuchteten. Dichte gepuderte Locken kräuselten sich ganz reizend um ihre linke Gesichtshälfte und wippten auf der Schulter ihres hellen Mantels. Insgesamt ein entzückendes kleines Geschöpf, von den Spitzenrüschen des rosafarbenen Häubchens bis zum Saum des weiten Reifrocks.

»Aber so riesig groß, Mylady«, murmelte das adrett gekleidete Mädchen, das dieses exquisite Wesen begleitete. »Und ich schau und schau immer wieder auf diesen Plan, aber ich hab's noch nicht gefunden.«

Die junge Schönheit blickte stirnrunzelnd auf den Plan und der Gentleman trat näher.

»Verzeihen Sie, Ma'am«, bat er mit einer anmutigen Verbeugung. »Ich konnte nicht umhin, Ihre Worte mitzuhören. Es wäre mir ein Vergnügen, Ihnen behilflich zu sein.« Wie rasch sie das kräftige kleine Kinn nach oben reckte; wie hochmütig ihre grünen Augen blitzten. Der Gentleman war bezaubert. Er war ein gut aussehender Mann mittleren Alters mit außergewöhnlich schönen dunklen Augen, die tief unter buschigen, schwarzen Brauen lagen. Seine glatte Haut war von der Sonne gebräunt; er trug eine geschmackvolle Perücke und seine ganze Kleidung war von auserlesen elegantem Schnitt. Seine Stimme wie auch sein Betragen waren kultiviert und er hatte ein sehr freundliches und gewinnendes Lächeln. »Es war nicht meine Absicht, respektlos zu sein«, erklärte er leise. »Aber ich bin mit dem gegenwärtigen Grundriss der Kathedrale recht gut vertraut. Seit der Zeit des heiligen Augustinus ist sie mehrmals neu aufgebaut worden, wissen Sie. Darf ich Sie an eine bestimmte Stelle führen ...?« Er lächelte wieder, und verschmitzt meinte er: »Zum Grabmal von Thomas Becket vielleicht?«

Der Hochmut in den Augen der Lady wich einem amüsierten Funkeln. »Ach ja, wir sind kläglich unfähige Pilger«, erwiderte sie mit klangvoller, musikalischer Stimme. »Wir würden Ihre Hilfe sehr zu schätzen wissen, Sir.«

»*Mylady!*«, rief die Zofe aus, die den Fremden misstrauisch beäugte.

Trotz der vielen Besucher in der riesigen Kathedrale herrschte überwiegend ehrfurchtsvolle Stille, denn die meisten dämpften ihre Stimmen. Zwei ältere Ladies blickten tadelnd auf die kleine Gruppe.

Der Gentleman lächelte schelmisch und gab flüsternd zu: »Ihre Zofe hat ganz Recht, Ma'am. Darf ich mich geziemend vorstellen? Ich heiße Bracksby. Rudolph Bracksby. Mein Besitz liegt etwa zwei Meilen östlich von hier, und ich versichere Ihnen, dass mein Ruf nicht allzu arg befleckt ist. Das Grabmal des heiligen Thomas ist in der Trinity Chapel. Hier entlang.«

Er geleitete sie durch das nördliche Seitenschiff, machte sie auf den Chor mit seinem prächtigen Lettner und die Grabmäler von St. Alphege und St. Dunstan aufmerksam und führte sie schließlich durch die schön geschwungenen Bögen der Arkaden in die Trinity Chapel.

Als sie näher auf das Grab des Heiligen zugingen, blieb Lady Naomi stehen und dankte Mr. Bracksby mit anmutiger Höflichkeit für seine Hilfe. Ganz offensichtlich hätte er gerne den Namen der von ihm geführten Lady gewusst, doch ihr Betragen war zwar liebenswürdig, aber nicht ermutigend, und er war viel zu gut erzogen, um sie zu drängen. Daher fand er sich damit ab, dass sie ihn entließ, verbeugte sich und entfernte sich.

Im südlichen Seitenschiff traf er erfreut auf einen Freund und bewegte diesen Geistlichen dazu, ihn zurück zur Trinity Chapel zu begleiten.

»Da drüben«, murmelte er und deutete mit dem Kinn in die Richtung des Grabmals, »das bezaubernde Geschöpf in Rosa. Ich weiß, dass sie Lady Sowieso ist, aber ich kann mich um alles in der Welt nicht an ihren Namen erinnern.«

»Dann bist du ein echter Provinznarr, Rudi«, erwiderte sein Freund grinsend. »Diese kleine Schönheit ist Lady Naomi Lutonville. Die Ballkönigin der Saison. Du musst doch von manchen ihrer Eskapaden gehört haben.« Er blinzelte. »Ein rechtes kleines Biest, heißt es.«

Mr. Rudolph Bracksbys dunkle Augen blickten beunruhigt drein. »Beim Zeus, wirklich?«

»Es verblüfft mich, dass ihr nicht miteinander bekannt seid. Wenn du nur etwas mehr Zeit in England verbringen würdest, Rudi, wärst du in solch lebenswichtigen Angelegenheiten auf dem Laufenden. Nun, ich muss los. Sieht so aus, als gäbe es in Kürze ein Unwetter, und ich möchte lieber nach Hause kommen, bevor es losbricht.«

Wie klug diese Entscheidung war, wurde bald offenkundig. Der feuchte Nebel wurde zum Nieseln und das Nieseln zum Regen. Gegen halb drei Uhr prasselte ein Guss auf Mylady Lutonvilles luxuriöse Kutsche, als das Gefährt, obwohl es bereits einen Radschaden erlitten hatte, von der Hauptstraße abbog und vorsichtig einen Weg entlangschaukelte, der bald fast nur noch aus Spurrillen voller Pfützen bestand. Das Rad rumpelte bedenklich, und Maggie Osgoods verschreckte braune Augen blickten noch furchtsamer, als Roger Coachman den Schlag öffnete und ihnen zurief, seiner Meinung nach sei es besser, wenn sie ihn die Kutsche unter einem Baum abstellen ließen, während er selbst sich zu Pferd auf die Suche nach Hilfe machte. »Das Rad da kann jede Minute abbrechen, Marm«, schrie er gegen das Unwetter an, und Regentropfen liefen über sein wettergegerbtes, abstoßend hässliches Gesicht. »Und ich erblicke weit und breit kein Tor mit Pförtnerhäuschen.«

»Ja, aber man kann auch nicht sehr weit sehen«, argumentierte Naomi, ohne auf Maggies Jammern zu achten. »Und ich habe nicht vor, eine Stunde hier in dieser ekelhaften Nässe herumzusitzen, während Sie sich auf die Suche nach einer Schmiede machen. Wenn das Rad abbricht, müssen wir anhalten, aber bis dahin fahren Sie bitte weiter, Roger. Ich bin sicher, dass wir den richtigen Weg eingeschlagen haben, und es kann nicht mehr lange dauern, bis wir dort sind.«

»Und wenn Promontory Point bloß 'nen halben Zentimeter hinter dem nächsten Regentropfen läge, weiß ich nicht, was der Earl dazu sagen würde, dass ich Sie da hinfahre, Marm«, brummte er.

»Roger Coachman hat Recht, Mylady«, warf Maggie weinend ein. »Wenn die Kutsche umkippt …«

»Sei keine solche Gans«, schalt Naomi. »Er wird die Kutsche nicht umkippen lassen, nicht wahr, Roger? Beeilen Sie sich jetzt. Ich weiß zufällig, dass Sir Mark auf seinem Londoner Besitz Rossiter Court ist, aber ich bin ganz sicher, dass seine Leute für uns alle etwas zum Aufwärmen haben werden.«

Die Aussicht auf einen Becher heißen Rum, gewürzt mit Zitrone und Nelken, trug sehr dazu bei, die Laune des Kutschers aufzuheitern, und bald setzten sie ihre holpernde Fahrt fort. Mylady stieß einen kurzen Schrei des Triumphes aus, als ein eisernes Tor schemenhaft durch den starken Regen sichtbar wurde. Die Weiterfahrt verzögerte sich erneut, während der Wachmann hinten auf der Kutsche vergeblich nach dem Pförtner rief und schließlich von seinem Posthorn Gebrauch machte. Das ohrenbetäubende Signal, das er diesem Instrument entlockte, ließ einen verschlafen aussehenden Mann herbeieilen, der das Tor öffnete und von dem Wappen auf dem Schlag der Kutsche in das schöne Gesicht der Lady blickte, die sich aus dem Fenster beugte und sich erkundigte, ob jemand zu Hause sei.

»Manchmal«, erwiderte der Mann und unterdrückte ein Gähnen.

Als der Kutscher den Pförtner aufforderte, gefälligst höflich zu bleiben, bot dieser streitlustig an, ihm eine Tracht Prügel zu verabreichen.

»Sie sind unverschämt«, sagte Naomi und sah ihn finster an. »Fahren Sie sofort weiter, Roger.«

Der Kutscher, der schon dabei gewesen war, von seinem Sitz herunterzuklettern, gehorchte widerstrebend und zischte dem Pförtner ein paar Kraftausdrücke zu, die dieser mit gleicher Münze beantwortete, wobei er jedoch Myladys nun geschlossenes Fenster argwöhnisch im Auge behielt.

Die Kutsche setzte sich erneut mit einem Ruck in Bewegung und fuhr schlingernd die Auffahrt entlang, welche sich scheinbar meilenweit durch eine Wildnis schlängelte, die schließlich in einen weiträumigen Park überging.

Lady Naomi schaute sich um, neugierig, ob sie sich an irgendetwas von diesem großen Besitz erinnerte, dessen Herrin einst zu werden sie so viele Jahre lang geglaubt hatte. Eingesäumt von tropfnassen Eiben, beschrieb die Einfahrt eine weite Kurve nach Osten. Grauer Nebel hing in der Luft und behinderte die Sicht, aber endlich ragten die Giebel des dreistöckigen elisabethanischen Hauses vor ihr auf. Es kam Naomi nur undeutlich bekannt vor, obwohl sie sich an die Gärten in dem ehemaligen Burggraben erinnerte, der das ursprüngliche Gebäude umgeben hatte. Sie bemerkte die beeindruckende Eingangsfront, den Vorhof, der von zwei Seitenflügeln abgeschirmt wurde, die zahllosen Gitterfenster, die Kamine, die wie hoch aufragende Kunstwerke aussahen, und dachte, dieser Besitz sei ein wahrhaft schönes altes Gebäude, viel einladender als Collington Manor. Oaken Mill, die alte Mühle an dem nun seichten Mühlbach in der Nähe des Westflügels, rief bei ihr das undeutliche Bild eines Jugendlichen mit braunen Locken und lachenden grauen Augen hervor, der mit einem rotbraunweißen Spaniel spielte …

Die Kutsche rumpelte über die schmale Holzbrücke, die sich über die tief liegenden Gärten spannte, und blieb knarrend stehen. Kein Stalljunge oder Pferdeknecht kam herbeigeeilt. Kein Diener erschien in der weit zurückgesetzten Eingangstür. Das Haus schimmerte still unter dem stetigen Prasseln des Regens.

Der Wachmann schwang sich vom Kutschbock und öffnete den Schlag. Naomi reichte ihm ihre Karte und befahl ihm, zum Haus zu gehen und Hilfe zu erbitten.

»Da ist niemand daheim«, sagte Maggie, die ihm nervös nachblickte. »Wir werden Roger Coachman losschicken müssen, um woanders Hilfe zu holen, und der Himmel allein weiß, wann …«

»Nun, irgendjemand *ist* da«, unterbrach Naomi sie. Die Eingangstür war weit aufgerissen worden, und nach einer hastigen Unterredung kam der Lakai zurück zur Kutsche, gefolgt von einem Diener, der keineswegs erfreut dreinsah und einen großen Regenschirm hielt.

»Wenn Myladys Kutscher bitte zu den Stallungen fahren möchte«, erklärte dieses pedantische Individuum mit betontem französischen Akzent, »dort wird man ein neues Rad für Sie 'aben. Wollen Sie in der Zwischenzeit so freundlich sein, ins 'aus zu kommen.«

Naomi war mehr als bereit, von diesem Angebot Gebrauch zu machen. Sie und Maggie wurden von der Kutsche gehoben und in eine große Eingangshalle geführt, an deren Ende ein prächtiger, doch leerer und kalter Kamin zu sehen war. Das einzige Mobiliar waren mehrere Stühle mit hohen Lehnen und einige altehrwürdig ausschauende Truhen. Es war kühl, und keine Hausmädchen eilten herbei, um sie zu begrüßen, keine Kerzen oder Lampen hießen sie mit ihrem Schein willkommen. Der Salon dagegen war ein wunderschöner getäfelter Raum, prächtig möbliert und beleuchtet von den restlichen Flammen eines niedergebrannten Feuers. Der Diener ließ sie dort zurück, murmelte etwas von Tee und ein paar Minuten später kam ein eleganter Gentleman eilig in das Zimmer.

»Es ist mir ein großes Vergnügen, Sie willkommen zu heißen, Lady Lutonville«, sagte er mit einer schwungvollen Verbeugung.

Sie hatte fest geglaubt, Gideon Rossiter sei bei seinem Regiment in Europa, und war gar nicht auf den Gedanken gekommen, sie könnte ihm plötzlich von Angesicht zu Angesicht gegenüberstehen. Einen Augenblick lang überkam sie sprachlose Panik; sie starrte verdutzt auf den großen jungen Mann, der sich über ihre Hand beugte, und nahm die sorgfältig gelockte und zusammengebundene Perücke, das hagere, stolze Gesicht mit den fein geschnittenen Zügen, die prachtvolle Figur und die tadellos geschneiderte, mattgoldene Reitjacke, die Moleskin-Breeches und die glänzenden Stiefel wahr. Erleichtert atmete sie auf, als sie bemerkte, dass die Augen, die sie mit so offenkundiger Bewunderung beobachteten, braun waren. Newby! dachte sie und erklärte: »Verzeihen Sie mir. Ich muss ja den Eindruck machen, eine schöne Tagträumerin zu sein! Ich hatte nicht erwartet ...«

»Jemanden hier vorzufinden?« Er lächelte. »Um die Wahrheit zu sagen, waren wir im Aufbruch begriffen. Es ist mein Glück, dass ich wie immer zu spät dran bin und so zu dem Privileg komme, einer so liebreizenden Lady zu Diensten zu sein.«

Hm, dachte Naomi und zog sanft ihre Hand aus der seinen, die sie noch immer festhielt. »Ich bin wirklich dankbar für Ihre Gastfreundlichkeit, Mr. Rossiter. Vor allem in ... in Anbetracht der Umstände. Ich hätte es mir nicht im Traum einfallen lassen, hier einzudringen, wenn nicht eines der Räder an meiner Kutsche gebrochen wäre, und da habe ich mich daran erinnert, dass Ihr ... dass Promontory Point in der Nähe liegt.«

Obwohl seine Augen eine gewisse Belustigung verrieten, erwiderte er feierlich: »Dem Himmel sei Dank für Ihr ausgezeichnetes Gedächtnis, Mylady. Aber Ihre Hand ist eiskalt. Erlauben Sie mir, dass ich Ihnen einen Stuhl näher ans Feuer ziehe. So. Ich nehme an, Ihr Mädchen wird in die Küche gehen wollen.« Maggie schnappte nach Luft und richtete den empörten Blick auf Ihre Ladyschaft.

Bevor Naomi jedoch etwas gegen diesen ungehörigen Vorschlag einwenden konnte, fuhr Mr. Rossiter entschuldigend fort: »Ich fürchte, der größte Teil des Personals ist bereits im Stadthaus, und mein Diener würde ihre Hilfe zu schätzen wissen.«

Er lächelte Maggie gewinnend an und führte sie zur Tür. »Hier entlang, meine Liebe. Bis zum Ende dieses Flurs, dann rechts und Sie finden die Küche.«

Maggie bedachte ihre Herrin noch mit einem schockierten Blick, aber Naomi warf den Kopf zurück und das Mädchen ging hinaus.

Newby Rossiter schlenderte wieder zum Kamin. »Ich glaube, Sie haben mich zuerst nicht erkannt, Mylady. Ich beteuere Ihnen, ich bin untröstlich. Ich würde *Sie* überall erkennen.«

Das Glitzern in den Augen, das herausfordernd angedeutete Lächeln waren ihr nur zu vertraut. Ein attraktiver

Schlingel ist dieser Newby, dachte Naomi, und sich seines Charmes sehr sicher. Dennoch, er war ein Gentleman und würde sich zweifellos benehmen, wenn sie keine Neigung zeigte, mit ihm zu flirten.

Mit kaltem Hochmut erwiderte sie: »Wahrhaftig, Sie haben ein höchst ausgezeichnetes Gedächtnis, Sir. Es muss mindestens sieben Jahre her sein, dass wir uns zuletzt gesehen haben.«

»Ah, aber ich verreise auch, Lady Naomi. Man hat mich vor vier Jahren in Rom auf Sie aufmerksam gemacht, und im Jahr zuvor habe ich Sie in Wien gesehen. Was für ein Unglück, dass die Pflichten Ihres Vaters der Stadt London so lange die schönste ihrer Blüten versagt haben.«

Er trat näher und lächelte mit einem Glitzern in den Augen auf sie herab, das ihr ganz und gar nicht gefiel. Ihr Gebaren wurde eisig. »Schämen Sie sich, Sir! So eine aufdringliche Schmeichelei! Ich schwöre, der Botschafter könnte Nutzen aus Ihren Diensten ziehen. Zweifellos gibt es dabei Gelegenheiten, da die Fähigkeit, mit Engelszungen zu reden, ein Vorzug ist.«

Ohne sich aus diesem Dämpfer etwas zu machen, legte er die Hand auf ihre Stuhllehne, beugte sich näher und erklärte leichthin: »Oh, aber dann wäre ich gezwungen, der fetten Gattin irgendeines ausländischen Würdenträgers zu schmeicheln oder meine Talente an alte Vetteln und Matronen zu verschwenden. Während ich es in diesem Fall nicht nötig habe zu schmeicheln – ich muss nur die reinste Wahrheit sprechen.«

Er erwartete, dass diese Worte ein Erröten oder einen scheu gesenkten Blick zur Folge haben würden. Naomi aber fixierte ihn kalt und fragte: »Sind Sie auf den Kontinent gereist, um Captain Rossiter zu besuchen, Sir?«

»Nein«, antwortete er und stellte amüsiert fest: »So lenken wir das Gespräch also endlich auf meinen verworfenen Zwillingsbruder.« Er bemerkte ihr Stirnrunzeln und lachte.

»Aber natürlich, *das* ist der Grund, warum Sie hier sind! Deswegen haben Sie zuerst so erschrocken ausgesehen, als ich ins Zimmer kam! Sie hofften, dass Gideon heimgekehrt wäre! So ein kleines Biest!« Sachte berührte er ihre Wange. »Aber ein so hübsches Biest.«

Naomi erhob sich. »Sie vergessen sich, Sir! Meine Zofe hat mich zur Kathedrale begleitet und …«

»Und ganz *zufällig* haben Sie vor meiner Schwelle eine Panne? Seien Sie ehrlich, und geben Sie zu, meine Schöne, dass Sie gekommen sind, um herauszufinden, ob mein Bruder so schlecht ist, wie er dargestellt wird. Ich wette, Sie haben all den Gerüchten geglaubt, armes Kind. Wissen Sie noch nicht, dass man nur sehr wenigem von dem trauen kann, was man hört? Sehen Sie nur, was über … Sie gesagt wird, meine Liebe … Würde Gideon all die Geschichten glauben …«

»Ihr Bruder hat die Freiheit zu glauben, was immer er will, Sir!« Sie ging auf die Tür zu, aber Rossiter stellte sich ihr in den Weg.

»Wollen Sie sich jetzt rasch zurückziehen, weil Sie es nicht wagen, den Tatsachen ins Auge zu sehen, liebe Lady?«

Sie ließ ihren Zorn über den Widerwillen, mit diesem Mann zu streiten, siegen und entgegnete: »Auf welche Tatsachen spielen Sie an, Mr. Rossiter? Darauf, dass ich ein paar alberne Unbedachtheiten begangen habe, die im Verhältnis zu den tatsächlichen Ereignissen maßlos übertrieben worden sind? Oder …«

»Aber mein armer Bruder könnte gut dasselbe sagen, meine Süße. Wahrscheinlich übertreiben die Leute hinsichtlich seiner Liaison mit der schönen Lady aus dem Garten. Denken Sie nur daran, wie diskret er diese *affaire de cœur* geführt hat, denn selbst jetzt weiß niemand, wer sie war noch wo sie sich getroffen haben – außer dass es sehr oft war …« Er musterte sie und fuhr fort: »Und was die kleine belgische Schöne anbelangt, die er zu seiner Geliebten gemacht hat – das ist doch sicher auch nicht so schlimm? Ich gebe zu, es war bedauerlich, dass dieser Bastard geboren wurde, aber Sie können sicher sein, dass er mittlerweile beide verlassen hat. Wahrhaftig, wenn ein Mann im Krieg ist, kann man nicht erwarten, dass er sich wie ein Heiliger benimmt.«

Das Kinn sehr hochgereckt und die Augenlider verächtlich gesenkt, erwiderte sie eisig: »Noch würde ich von irgendeinem Gentleman erwarten, mit einer unverheirateten Lady über solche Dinge zu sprechen. Aber da Sie nun einmal so ungehobelt waren, die Sache in Worte zu fassen, Mr. Rossiter, will ich Ihnen sagen, dass meiner Ansicht nach jeder Gentleman, dem eine Lady ein Kind schenkt und der dann beide in Not zurücklässt, verächtlicher als verächtlich ist! Tatsächlich wundere ich mich, dass man ihn nicht aufgefordert hat, auf sein Offizierspatent zu verzichten! Guten Tag.«

Mit einem raschen Satz war er bei ihr und ergriff sie bei den Armen. »Mylady spielt die Prüde«, sagte er belustigt.

Seine Hände packten sie schmerzhaft fest, und da sie wusste, dass sie sich nicht losmachen konnte, stand sie ganz still und blickte ihm kochend vor Zorn in das lachende Gesicht. »Ich sehe, Sie haben auch die wenigen Manieren vergessen, die Sie hatten. Ich verlange, dass Sie mich loslassen, Sir. Sofort!«

»Aber *ich* habe nicht die Absicht, Sie loszulassen, schöne Lady. Das wäre ganz und gar scheußlich. Wenn Sie sich jetzt nur entspannen wollen, werde ich Gideon aus Ihren Gedanken verbannen, und wir können …«

»Ihr Zwillingsbruder beschäftigt keinen meiner Gedanken«, erklärte sie heftig und versuchte nun energisch, sich von ihm zu befreien. »Was auch gut so ist, wenn er sich zu einer solchen Kreatur wie Sie entwickelt hat.«

Er lachte leise und zog sie näher. »Aber er hat weder mein Aussehen noch meine Gewandtheit, der arme Kerl. Wie Sie sich erinnern sollten, wenn …« Seine Worte endeten in einem schmerzhaften Aufheulen, als Naomi ihren Absatz in seinen Zeh bohrte und dann hastig einige Schritte zurückwich.

Newby sank auf den nächsten Stuhl und umklammerte seinen Fuß. »Sie verflixte Kratzbürste!«

»Schämen Sie sich, Mr. Rossiter! Ich bin Gast in Ihrem Haus. Ihr Benehmen ist empörend! Wenn mein Vater erfährt ...«

»Sie erzählen ihm besser nichts. Wahrscheinlich würde er Ihnen den Hintern versohlen, weil Sie diesen Besitz betreten haben. Und wenn er sich verpflichtet fühlt, mich zu fordern – nun, ich würde nur sehr ungern meinen Vorteil gegenüber einem alten Mann ausnützen!«

»Der Earl ist bei weitem nicht alt und ein ausgezeichneter Schütze. Und überdies, Sir, glauben Sie nicht, dass Sie sicher sind, weil ich keine Brüder habe. Ich habe eine ganze Reihe von Cousins und guten Freunden, an die ich mich wenden kann, wenn ich Schutz brauche.«

Da er wusste, dass dies stimmte, wurde ihm einen Augenblick bedenklich zumute, aber dann lachte er höhnisch: »Etwa Ihr guter Freund, der Mandarin?«

Die Hand auf dem Türknauf, hielt Naomi inne und erwiderte mit majestätischem Hochmut: »Es gibt weit verabscheuungswürdigere Dinge, als gemischtes Blut zu haben, Mr. Rossiter. Genießen Sie Ihren Tee. Guten Tag.«

Sie schlug die Tür zu, bevor sie gezwungen war, sich seine wütende Antwort anzuhören, und eilte den kühlen Flur entlang. In der Küche fand sie Maggie, rot im Gesicht und verärgert; der Tee war noch immer nicht zubereitet. Naomi erteilte Befehle. Im Nu waren sie draußen bei den Ställen, wo Roger Coachman und der Wachmann das beschädigte Rad ausgewechselt hatten und sich nun anschickten, ins Haus zu kommen, um sich die versprochenen Erfrischungen reichen zu lassen. Sie sahen enttäuscht drein, als Naomi kurz angebunden erklärte, dass sie sich nicht länger aufhalten würden.

»Irgendetwas nicht in Ordnung, Ma'am?«, fragte der stämmige Kutscher und musterte das schöne Mädchen, das ihm anvertraut war, eingehend.

»Nur, dass Sie vollkommen Recht hatten«, antwortete Naomi mit einem leichten Zittern in der Stimme. »Wir hätten nie hierher kommen sollen.«

Seine groben Gesichtszüge wurden noch furchteinflößender, als er finster auf das Haus blickte. »Dacht ich mir doch, dass Sie rot vor Aufregung sind! Nur ein Wort von Ihnen, Mylady, und ...«

Dankbar für seine Treue, legte sie ihm die Hand auf den Arm und sagte herzlich: »Nein, Roger, Sie werden den Schuft nicht anrühren! Lassen Sie uns sofort abfahren, und bitte erwähnen Sie diesen Vorfall nicht meinem Vater gegenüber, denn das gäbe sicherlich Arger!«

In der Kutsche lehnte sie sich zurück, immer noch rot vor Zorn. Sie hatte Newby schon als Jungen nicht gemocht, aber was für eine verabscheuungswürdige Kreatur war er nun geworden! Ihre Hände waren so kalt. Sie presste sie fest zusammen, wütend über sich selbst, weil sie so dumm gewesen war, hierher zu kommen, und weil es ihr nicht gelang, den Gedanken zu verscheuchen, der ihr einfach nicht aus dem Sinn gehen wollte: Da war also ein Kind ...

2

Es regnete wieder, als die Kutsche die Auffahrt von Collington Manor hinaufrollte. Gideon hatte das lang gezogene zweistöckige Herrenhaus, dessen schmucklose Front weder von Erkern, einem Wintergarten oder auch nur ein klein wenig vorspringenden Flügeln aufgelockert wurde, nie bewundert. Das von keinem Farbtupfer unterbrochene Grau von Stein und Putz fand er niederdrückend, und die zu schweren Balustraden über dem Gesims trugen noch dazu bei, einen Gesamteindruck bedrohlicher Düsterkeit zu schaffen. Der kühle Regenschleier war ebenfalls nicht angetan, seine Erinnerung an den Geburtsort seiner Verlobten zu verschönern, und als die Postillione das Gespann anhielten, begann er die plötzliche Eingebung, westlich auf Tunbridge zu anstatt nördlich nach Promontory Point zu fahren, zu bedauern.

Collington Manor bot seinen Besuchern keinen überdachten Vorbau als Schutz, aber die breite Eingangstür wurde aufgerissen, als die Kutsche herannahte, und ein Lakai kam mit einem geöffneten Regenschirm herbei, um den Gast hineinzugeleiten.

Die Eingangshalle mit ihren bemalten Decken, dicken Teppichen und einer großen Zahl von vergoldeten und mit rotem Samt bezogenen Möbelstücken war äußerst prächtig. Rossiter reichte dem großen, würdevollen Butler seine Karte und bat darum, sie dem Earl zu überbringen.

Der Butler richtete den Blick auf die Visitenkarte und musterte dann den hageren jungen Offizier. »Seine Lordschaft«, erklärte er mit einer Stimme, die so trübselig war wie der Dauerregen, »ist nicht zu Hause.«

»In diesem Fall«, erwiderte Rossiter, »können Sie Lady Naomi sagen, dass ich hier bin.«

»Lady Lutonville ist ebenfalls nicht da, Sir.« Und hochmütig fügte er hinzu: »Und sie wird auch nicht erwartet.«

Irgendwo im Haus erklang lautes Lachen.

Der Butler wechselte ein verschlagenes Grinsen mit dem Diener, der in der Nähe stand. »Tatsächlich ist ... äh ... niemand zu Hause. Überhaupt niemand, Sir.«

Rossiter lächelte und trat einen Schritt näher. »Wissen Sie«, sagte er, »ich glaube wirklich, dass Sie sich geirrt haben. Bringen Sie meine Karte Lady Lutonville. Unverzüglich.«

Der Captain hatte nicht lauter gesprochen, aber einen Moment lang hatte der Butler den deutlichen Eindruck, von einer eisernen Lanze durchbohrt worden zu sein. Erschrocken wandte er den Blick von dem eisigen Funkeln ab, das, wie er es später beschrieb, aus dem tückischsten Augenpaar auf ihn gerichtet wurde, das er je gesehen hatte. Er verbeugte sich, bat den Captain in einem weitaus respektvolleren Ton zu warten und schritt mit seltener Eile durch die Halle.

Ziemlich bleich kehrte er nach ein paar Minuten zurück, gefolgt von einem stämmigen Lakaien. »Mein Bedauern, Captain Rossiter«, erklärte er beklommen, »aber ... es ist so, wie ich Ihnen gesagt habe. Es ist ... äh ... niemand ... äh ... zu Hause.«

Rossiter vernahm leise Schritte hinter sich. Man hat die Reservetruppe herbeordert, dachte er. Wut durchzuckte ihn, aber er hatte nichts zu gewinnen, wenn er in Zorn geriet. Die Diener befolgten lediglich Befehle. Und wie unverständlich diese Behandlung eines künftigen Familienmitglieds auch sein mochte, war Collington doch absolut berechtigt, sich zu weigern, irgendjemanden zu empfangen.

»Ich verstehe«, sagte er brüsk und nickte, bevor er sich auf dem Absatz umdrehte. Zwei Diener und der Lakai mit dem Regenschirm gingen ihm hastig aus dem Weg, als er zur Tür schritt.

»Meinen Sie, das stimmt wirklich?«, murmelte jemand.

»Was?«

»Dass er versteht.« Ein unterdrücktes Lachen folgte.

Rossiter hielt inne und drehte sich um. Die Gesichter der Diener waren ausdruckslos, aber wachsam.

»Sie!«, fauchte Rossiter und zeigte mit dem Finger auf den stämmigsten von ihnen.

Der Lakai fuhr zusammen. »Ich nicht, Sir! Ehrlich, Captain Sir. Ich war es nicht!«

»Den Regenschirm«, sagte Rossiter.

»Wenn Sie Manns genug sind, ihn zu halten, anstatt zu kichern wie ein Mädchen.«

Der Lakai wurde scharlachrot und flog förmlich, um den Regenschirm zu nehmen und die Tür aufzureißen.

Nicht ein Regentropfen fiel auf den unerwünschten Besucher, als er zu seiner Kutsche geleitet wurde.

Die rosigen Wangen des Wirts zum Red Pheasant leuchteten, und seine pfiffigen braunen Augen strahlten vor Freude, als er die vornehmen Gäste, die sich unter seine Obhut begaben, durch den Regen führte. Mit einer Verbeugung, so tief, wie es seine gut gepolsterte Mitte erlaubte, ging er voran durch ein Gastzimmer, das seinen Mangel an Eleganz durch Wärme und Wohlgeruch wettmachte. Der alte Gasthof, kaum mehr als eine drittklassige Schenke, lag zu einsam, um einen regen Betrieb zu haben, und war gewöhnlich angewiesen auf vereinzelte Reisende, die in den vornehmen Poststationen keine Unterkunft gefunden oder festgestellt hatten, dass ein solches Haus ihre Mittel überstieg. Bei schlechtem Wetter jedoch, wenn die Straßenzustände so bitter notwendige Dinge wie Hufeisen, Räder und (wenn der

Wirt Glück hatte) Radachsen arg strapazierten, machte der Red Pheasant ein ausgezeichnetes Geschäft.

Und heute war es ausgezeichnet. Der Hof war übervoll von Fahrzeugen. Einige der Besitzer hatten nur haltgemacht, um einen Krug Bier zu trinken, aber manche Kutschen mussten repariert werden, sodass ein längerer Aufenthalt der Insassen notwendig war. Das war auch der Fall bei dem Gefährt, das dieser schönen jungen Dame gehörte. Ihr weinroter Samtmantel, die luxuriösen Spitzen, die ihr rosa Seidenkleid zierten, die stolze Haltung des hübschen Kopfes – das alles zeugte von Adel. An der Schwelle des übervollen Speisesaals blieb sie mit einem leisen Ausdruck des Missfallens kurz stehen. Sie ist daran gewöhnt, den Saal für sich zu haben, erriet der Wirt, und mag es nicht besonders, sich unter die gewöhnliche Menge zu mischen. Er unterdrückte einen Seufzer. Sie sah aus, als hätte sie dafür bezahlt, ungestört zu sein, und es war ein großer Jammer, dass er ihre Börse nicht ein wenig erleichtern konnte, aber sein letztes Schlafzimmer war bereits vor einer Stunde vermietet worden und es gab keine Möglichkeit …

»Naomi!«

Die grünen Augen der jungen Schönheit weiteten sich, ihr Gesicht hellte sich auf, und sie streckte die Arme nach der jungen Lady aus, die mit raschelnden Seidenröcken auf sie zueilte. Viele Köpfe wandten sich um, und einen Augenblick lang wurde es ruhig in dem lauten Gastzimmer, als die Leute dieses Paar betrachteten. Es war unvermeidlich, dass sie Bewunderung erregten. Lady Naomi war eine hellhaarige Schönheit, und ihre Freundin war dunkel, aber ebenso liebreizend. Sie war ein wenig größer als durchschnittlich, doch von zartem Knochenbau, und ihr cremefarbenes Reisekleid schmiegte sich um eine zierliche Taille. Ihre elfenbeingetönte Haut war rein, ihre Lippen sanft gerundet, die Wangenknochen waren eher breit, aber schön geformt. Ihre schwarzen Brauen wölbten sich über samtigen

Augen von einem so dunklen Blau, dass sie auf den ersten Blick ebenfalls fast schwarz erschienen. Doch trotz ihrer Größe und ihrer prächtigen Farbe waren es allein die Augen, die verhinderten, dass man die Schönheit der Lady vollkommen nannte. Gentlemen fanden ihre leichte Mandelform faszinierend, aber es war wohl bekannt, das ihre Großmama die Tochter einer Lady aus dem Orient gewesen war. Ihre Augen erinnerten an diese Tatsache, und ihr gemischtes Blut bot vielen weniger begünstigten Ladies Gelegenheit, höhnisch zu lächeln.

Auf Lady Naomis Gesicht war jedoch kein Anzeichen eines höhnischen Lächelns zu sehen. »Katrina!«, rief sie und umarmte ihre Freundin. »Oh, wie herrlich! Wie kommt es, das du hier bist? Warst du auf Ashleigh? Ist August dabei? Übernachtest du hier? Bestimmt nicht, wenn ihr schon so nahe am Herrensitz seid?«

Katrina Falcon lachte leise und erklärte, dass sie hier übernachte. »Komm, meine Liebste, wir haben einen Tisch. Du musst mit uns Tee trinken.« Anmutig glitt sie durch den warmen Raum, scheinbar ohne auf die abwechselnd bewundernden und neugierigen Blicke zu achten, die ihnen folgten. Ihr Tisch lag vorteilhaft in einem weniger vollen Eck, geschützt vor Zugluft und nahe genug am Feuer, um die Wärme zu genießen, ohne geröstet zu werden. Der Wirt wies ihnen mit einer Verbeugung ihre Plätze an, Maggie wurde an den Tisch von Miss Falcons Dienern geschickt, und schließlich machte sich der Wirt auf die Suche nach einer Kellnerin, die sie bedienen sollte.

Naomi kicherte. »Aha, August *ist* dabei.«

»Wie kannst du denn so sicher sein? Es könnte mich doch einer meiner Cousins begleiten.«

»Unsinn! Ich kenne deine Cousins, und nicht einer von ihnen wäre bei einem solchen Gedränge in der Lage gewesen, diesen Tisch zu ergattern. Aber jetzt beantworte meine Fragen, ungezogenes Mädchen!«

Belustigt gab Miss Falcon zu, dass ihr Bruder sie begleitete. »Und was die übrigen Fragen anbelangt, ja, wir waren auf Ashleigh. Papa ist dort, und du weißt, wie allein er sich in Sussex fühlt. Deshalb sind wir für eine Weile zu ihm gefahren. Wir hatten vorgehabt, dich auf dem Rückweg in die Stadt zu besuchen, aber eines der Zugpferde fing an zu lahmen, und so hat August unseren Kutscher zu diesem komischen alten Gasthaus dirigiert.«

Ein Serviermädchen brachte ein weiteres Gedeck und eine Platte mit warmen Scones, Marmelade und Rummelkuchen. Miss Falcon goss ihrer Freundin Tee ein und fragte wissbegierig: »Aber jetzt erzähl mir, wie es dir geht und warum du bei so scheußlichem Wetter unterwegs bist.«

»Es war nicht scheußlich, als wir abgefahren sind. Und da ich Canterbury noch nie richtig besichtigt habe, bin ich eine Stunde lang in der Kathedrale herumspaziert und habe wie die übrigen Besucher alles ehrfürchtig angestarrt.«

Das dunkelhaarige Mädchen stellte die Teekanne ab und lehnte sich mit weit aufgerissenen Augen zurück. »Willst du damit sagen, dass du ganz allein hingefahren bist? Ohne Begleitung? Ich wundere mich, dass dein Papa das erlaubt hat.«

»Pah!« Ein schalkhaftes Grübchen zeigte sich neben Naomis Mund. »Ich tue, was ich will. Ich habe mein eigenes Vermögen, und du wirst dich erinnern, dass ich letztes Jahr volljährig geworden bin. Außerdem war der Hauptgrund für meine Ausfahrt eine kleine Besorgung für meinen Vater.«

»Ah, dann wollte er, dass du ihm etwas aus der Kathedrale bringst?«

»Nein, neugierige Miss! Er hat mich gebeten, ein Päckchen von meinem Juwelier in Canterbury abzuholen. Und während ich die Botin für ihn gespielt habe, warum sollte ich da nicht ein wenig Zeit für mein eigenes Vergnügen nutzen und weiterfahren bis zur Kathedrale?«

»Weil du ganz genau weißt, dass er das nicht billigen würde, du freches Geschöpf.«

Naomis klangvolles Lachen ertönte: »Oh, er hätte ein rechtes Theater gemacht und es mir verboten, kein Zweifel. Aber so kann er das nicht, oder?«

Ihre Freundin schüttelte den Kopf. »Wahrhaftig, du erstaunst mich immer wieder. Du bist so furchtlos. Ich hätte entsetzliche Angst vor seinem Zorn.«

»Vielleicht, weil du selbst so sanft bist. August bewacht dich wie ein grimmiger Gladiator, dein Papa liebt dich abgöttisch, und ich bezweifle, dass er jemals im Zorn mit dir gesprochen hat. Mein Leben ist … anders verlaufen.«

Miss Falcon sah die Augen ihrer Freundin wehmütig werden und ihr weiches Herz war gerührt.

Vor zwanzig Jahren, als Simon Lutonville ein verarmter jüngerer Sohn war, der abhängig von den milden Gaben seines Bruders auf dem Herrensitz lebte, aber keinerlei Aussichten hatte, je Earl of Collington zu werden, hatten zwei Freunde zu ihm gehalten. Der eine war Mr. Neville Falcon gewesen, und durch seine Vermittlung war Lutonville zum Sekretär des Conte Leonardo Paviani ernannt worden, eines der vermögendsten und einflussreichsten Männer in der Finanzwelt. Lutonvilles Dankbarkeit hatte die beiden Familien einige Jahre lang sehr nahe gebracht. Naomi hatte mit Katrina gespielt und sie abgöttisch geliebt, sie hatte sich mit ihrem tyrannischen älteren Bruder gestritten und war von ihm geneckt worden. Als Conte Paviani nach Italien zurückkehrte und Mr. Lutonville mehr Zeit außerhalb Englands als daheim zu verbringen begann, hatte Letzterer seine Frau und seine beiden Töchter nachkommen lassen, und die Kinderfreundschaft wäre vielleicht in Vergessenheit geraten, wenn Naomi und Katrina nicht treue Briefschreiberinnen gewesen wären.

Katrina, die sich an diese Briefe und das, was sie zwischen den Zeilen zu lesen geglaubt hatte, erinnerte, hatte diese Zeit der Trennung selten erwähnt, und wenn doch, dann war Naomi zurückhaltend geblieben und hatte rasch das Thema gewechselt. Katrina spürte intuitiv, dass ihre Freundin heute aufgewühlt war, und während sie nach ihrer Hand griff, fragte sie: »War es sehr schlimm, Liebste? Du sprichst nie über diese Jahre in Rom.«

»Natürlich war es nicht schlimm.« Naomi warf den Kopf zurück, aber dann begegnete sie Katrinas besorgtem Blick und ihre Abwehr bröckelte. Sie blickte auf ihren Teller und murmelte: »Es war schrecklich. Ich hatte dich verloren und ... und alle meine Freunde.«

»Gott sei Dank, dass du deine Schwester hattest – zumindest etwas. Oje! Ich habe nicht gemeint ...«

»Ich weiß, was du gemeint hast, Trina«, erwiderte Naomi mit einem wehmütigen Lächeln. »Und ist es wahr, dass Joan und ich uns nicht nahe gestanden haben. Nun, sie war fünf Jahre älter als ich und fand mich langweilig. Mama hat mit mir geredet, aber sie hörte nie auf irgendetwas, was ich zu sagen hatte. Und Papa – nun, du hast ja gesehen, wie sehr er sich verändert hat.«

»Ja. Aber ich habe gedacht, das ist erst passiert, seit er ein Peer geworden und nach England zurückgekehrt ist. Oder dass es vielleicht deshalb ist ... nun ja, August und ich gehören nicht zur ganz feinen Gesellschaft.« Sie schnitt Naomis umgehenden und ärgerlichen Protest ab, indem sie rasch sagte: »Wie einsam du gewesen sein musst. Ich hatte den Verdacht, dass es zuerst so war, aber später klangen deine Briefe, als würdest du eine sehr amüsante Zeit verbringen.«

»Nachdem der liebe Conte Paviani gestorben und ich eine seiner Haupterbinnen war, hatte ich ...« Naomi zuckte mit den Schultern. »Oh, ich nehme an, es war eine amüsante Zeit. Auf jeden Fall war es besser als das erste Jahr.« Sie lächelte trotzig. »Auch wenn es mir den Ruf eingebracht hat, etwas zu ausgelassen zu sein.«

Zögernd meinte Katrina: »Deine Eltern schienen dich zunächst so abgeschieden leben zu lassen. Haben sie dich nicht zurückgehalten, als du ... äh ...«

»Als ich schließlich die elterliche Autorität in den Wind geschlagen und selbst Freundschaften geschlossen habe? Als ich zusammen mit dem Volk gesungen habe, das in die Oper strömte? Oder im Ballkleid mit Prince di Faggioli im Kolosseum getanzt habe? O nein. Papa lachte und sagte, wenn man reich sei, könne man sich alles erlauben. Außerdem war er zu dem Zeitpunkt viel zu sehr beschäftigt mit seinem Erfolg – und mit seinen römischen Mätressen. Und Mama ...« Sie hielt inne und schwieg.

Katrina war schon vor langer Zeit zu dem Urteil gekommen, Mrs. Lutonville sei eine schöne, aber selbstsüchtige Lady, die stolz auf ihren gut aussehenden Gatten war, aber nicht das leiseste Interesse an ihren Kindern hatte. Nach einem Augenblick sagte sie vorsichtig: »Bestimmt hat sie den Sonnenschein genossen.«

»Das war auch das Einzige, glaube ich. Sie war unglücklich, weil Papa sie vernachlässigt hat, und hat sich sehr gelangweilt. Als Joan geheiratet hat, gab es viel zu planen, da es eine sehr große Hochzeit war, wie du weißt. Das hat Mamas Leben ein wenig aufgeheitert, aber sie hat bald das Interesse daran verloren. Manchmal dachte ich, dass ihr nicht besonders viel daran lag, Mutter zu sein. Ich wünschte, es wäre anders gewesen.«

Tröstend erwiderte Katrina: »Lass es gut sein, Liebste. Nach allem, was du geschrieben hast, geht es Joan in Rom bestens. Und obwohl du deine liebe Mama verloren hast, bist du heil und gesund wieder in England, und sieh nur, in weniger als einem Jahr bist du Londons Ballkönigin geworden, und ...«

»Aber ich *will* keine Ballkönigin sein! Alles, was ich immer wollte, war ...« Wieder brach sie ab, dann drückte sie die Hand ihrer Freundin sehr fest und sagte: »O Trina, ich beneide dich so!«

Mit einem Laut des Erstaunens wiederholte Katrina: »Du beneidest *mich?* Gütiger Himmel! Warum? Du bist schön, bewundert, begehrt und lebst in höchst angenehmen Verhältnissen! Wie viele Heiratsanträge hast du in diesem Jahr bekommen? Ein Dutzend? Wahrscheinlich eine ganze Reihe mehr! Mir machen Mitgiftjäger schöne Augen, aber nur sehr wenige vornehme Gentlemen würden einem Halbblut mehr als ein ›kleines Verhältnis‹ anbieten; die Ladies tolerieren mich nur wegen Papa, und ich bin ...«

»Du wirst *geliebt,* du dumme Gans! Verstehst du nicht? Du wirst geliebt! Eine Weile habe ich geglaubt ... Aber nie habe ich ... dieses Wunder erlebt!«

Plötzlich lag solcher Kummer in den grünen Augen, ein solcher Gefühlsüberschwang in der stockenden Stimme, dass Katrina bis ins Herz berührt wurde und zärtlich sagte: »Wir lieben dich. August und ich und mein Vater auch.«

Naomi blinzelte hastig und gewann die Fassung wieder, während sie nach der Marmelade griff und mit einem eher zittrigen Lachen sagte: »August hält mich für einen Fratz, wie du ganz gut weißt. Und warum dir oder deinem lieben Papa etwas an mir liegen sollte, kann ich mir nicht vorstellen, so wie mein Vater euch behandelt hat.«

»*Du* warst nie unfreundlich zu uns. Und wenn es auch stimmt, dass dein Papa vielleicht zu bedeutend für uns geworden ist, bin ich doch sicher, dass er stolz auf *dich* ist.«

»So wie man stolz auf einen Besitz ist. Aber ich bin nicht sein Besitz, verstehst du?«

»Nein, nein! Ich meinte nicht diese Art von Stolz! Er liebt dich natürlich.«

Naomi grub die weißen Zähne in das warme Scone und murmelte dann: »Dummes Zeug.«

»Naomi!«

»Nun, es ist so und du weißt es. Nein, sei ehrlich, Trina. Gäbe ich heute Nachmittag meinen Geist auf und August würde meinem Vater die Nachricht überbringen, würde er sein Kartenspiel gerade lange genug unterbrechen, um zu sagen« – sie senkte die Stimme und knurrte: »›Was ist los, Falcon? Bei Gott, so ein Jammer! Abel, du bist dran! Brauch nicht den ganzen Abend, Mann!‹«

Katrina war schockiert und sah auch so aus. Als Naomi den Kopf hob, hellte ihre Miene sich auf. »Aha! Ich sehe, dein grimmiger Bewacher kommt gerade.«

»Rechtzeitig, um zu hören, dass Sie sich wie immer benehmen wie eine Göre«, sagte jemand mit tiefer Stimme hinter ihr, und August Falcon ließ seinen groß gewachsenen Körper auf dem dritten Stuhl nieder.

»Liebster August!«, rief sie fröhlich und streckte ihm in ihrer impulsiven Art die Hand entgegen. »Wahrhaftig, wie schön, Sie zu sehen!«

Voller Anmut wie immer berührte er ihre Finger mit den Lippen, sagte aber: »Albernes Geschwätz! Ich glaube, Sie werden es kaum schön finden, einen ›grimmigen Bewacher‹ zu sehen.«

Sie fand es wirklich schön, obwohl es ihr manchmal schwer gefallen wäre, zu erklären, warum, denn Falcon war kein Mensch, den man leicht gern hatte. Viele Frauen fanden ihn unwiderstehlich, aber eine frühe Neigung zu Sarkasmus hatte sich mit den Jahren vertieft, und seine scharfe Zunge entfremdete ihn den wenigen Gentlemen der guten Gesellschaft, die trotz seiner unglücklichen Geburt gewillt waren, sich mit ihm anzufreunden. Seine Unbeliebtheit wuchs noch durch seine unumstößliche Weigerung, Bewerber um die Hand seiner Schwester zu akzeptieren. Die verächtliche Entschiedenheit, mit der er jedermann abwies, selbst hochgeborene und vermögende Gentlemen, hatte drei verzweifelte und beleidigte Bewunderer veranlasst, ihn zu fordern. Sie hatten sich alle erholt, aber die Geschwindigkeit und Leichtigkeit, mit der sie besiegt worden waren, hatte andere entmutigt. Und obwohl er mittlerweile ebenso unbeliebt wie verachtet war, benahmen sich die Männer in der Nähe August Falcons sehr vorsichtig.

»Ich freue mich wirklich, Sie zu sehen«, sagte Naomi und zwinkerte ihm zu, »weil ich ebenso huldvoll bin, wie Sie abscheulich sind. Und Sie dürfen mich mit Ihrer Antwort nicht zurückstoßen, lieber August, da Katrina eben geschworen hat, dass Sie mich lieben.«

Er zog eine Augenbraue hoch und erwiderte trocken: »Meine Schwester hat eine weiche Stelle im Gehirn, die dazu neigt, ihrem sonst gesunden Menschenverstand in die Quere zu kommen.« Er nahm die Tasse, die Katrina ihm belustigt reichte, und fuhr fort: »Ich glaube, bei Ovid kann man lesen, dass Liebe ›eine Art von Krieg‹ ist. Da ich für das eine nicht mehr Verwendung habe als für das andere, mögen Sie Ihre eigenen Schlussfolgerungen ziehen, Lady Lutonville. Ich hoffe, Sie werden nun nicht dem Siechtum anheim fallen.«

»O mein Gott«, stöhnte Naomi und presste verzweifelt die Hand gegen die Stirn. »Alles ist verloren! Ich muss meinem elenden Leben ein Ende setzen. Wehe mir! Obwohl ich schon geahnt hatte, wie es kommen würde.«

»Ach, wirklich. Ich würde gerne wissen, wie Sie gerade eben auch geahnt haben, dass ich hinter Ihnen an den Tisch getreten bin. Kriege ich ein Scone?«

Katrina schalt, er verdiene keines. Aber Naomi lachte leise und reichte ihm die Platte, wobei sie erklärte, von *ahnen* könne keine Rede sein. »Ich *wusste*, dass Sie kamen, weil alle Frauen im Raum den Blick in diese Richtung gewandt haben.«

»Wenn Sie vorhaben, Unsinn zu schwatzen«, entgegnete er entrüstet, »werde ich wieder gehen.«

Sie lachte. »Sie brauchen sich nur umzuschauen, dann haben Sie die Bestätigung für meinen ›Unsinn‹.«

Doch das war nicht nötig. Sein Reitanzug aus dunkelgrünem Wollstoff hätte an einem anderen Mann vielleicht sehr einfach ausgesehen, betonte bei ihm jedoch seine imponierende Größe und ausgezeichnete Figur, die ihn in Verbindung mit einem Gesicht, das ebenso attraktiv war wie das seiner Schwester, zu einem sehr ansehnlichen Mann machten. Er hatte die gleichen hohen und breiten Wangenknochen und die gleiche fein geschnittene Nase; sein Teint wirkte zwar, anders als bei Katrina, eher fahl, aber seine dunkelblauen Augen waren ebenso leuchtend und dicht bewimpert und hatten die gleiche fremdländische Mandelform. Hier endete die Ähnlichkeit jedoch, denn seine Lippen waren schmaler, die buschigen Brauen und das eigensinnige Kinn verrieten ein ungestümes Naturell, und sein Gesichtsausdruck war kalt und bedrohlich. Er lebte, seit er neunzehn war, in der Stadt, und während der folgenden zehn Jahre war ihm seine Macht über das schöne Geschlecht bewusst geworden. Er wählte seine Mätressen vorsichtig aus, häufig unter den Tänzerinnen an der Oper, und kein Verhältnis dauerte länger als ein halbes Jahr. Aber für die kultivierteren Ladies, deren kokette und bewundernde Blicke ihm stets folgten, hatte er nur Verachtung übrig.

»Necke ihn nicht, meine Liebste«, bat Katrina und reichte ihrem Bruder die Marmelade. »Du verdirbst ihm die Laune.«

»Meine Güte! Sind Sie etwa gut gelaunt, August? Das hätten Sie mir sagen können.«

»Und Sie haben die Veranlagung einer Xanthippe, Mylady«, konterte er. »Machen Sie nur so weiter und Sie werden doch noch mein Herz gewinnen.«

Die Freundinnen lachten fröhlich. »Nein, Trina hat Recht«, sagte Naomi dann. »Ich darf Sie nicht necken, denn ich freue mich wirklich sehr, Sie beide zu sehen. So sehr, dass ich die Absicht habe, Sie nach Collington Manor zu entführen, und ich will keinen Widerspruch hören. Sie können also auch gleich ja sagen!«

»Nein. Und spielen Sie sich nicht auf. Sie mögen vielleicht die reiche Erbin sein, von der man in ganz London am meisten spricht, aber für mich sind Sie immer noch eine dreckverschmierte kleine Göre! Und was Sie gerade gesagt haben, als ich gekommen bin, war höchst unschicklich. So von Ihrem Vater zu sprechen!« Sie nippte an ihrem Tee, betrachtete ihn über den Rand ihrer Tasse hinweg und meinte dann heiter: »Da Sie ihn so bewundern, werden Sie doch sicher kommen und den großen Mann sehen wollen.«

»Keineswegs«, widersprach er unhöflich und nahm sich großzügig von der Erdbeermarmelade. »Und ich vermute stark, der Earl wird uns dankbar sein, dass wir nicht seine Schwelle entweihen.«

Naomi sah, wie Katrina zusammenzuckte, und entgegnete stirnrunzelnd: »Ich glaube, man hat Sie auf Collington Manor nie abgewiesen.«

»Solange Ihren Vater vorteilhafte Geschäfte mit meinem verbanden, nicht.« Unter den Wimpern hervor warf er ihr einen Blick zu. »Der große Gott Mammon kann jeden akzeptabel machen.«

»Jetzt sind Sie aber gemein, August!«

»Aha! Sie glauben also, er würde es billigen, wenn ich um Ihre Hand anhielte?« Er schürzte die Lippen. »Das möchte ich sehen! Wahrhaftig, er würde sogar den armen Rossiter vorziehen! Und Sie können noch so sehr beteuern, wie sehr Sie mich lieben, mein Püppchen, ich halte es doch für äußerst unwahrscheinlich, dass Sie gerne als Mrs. Mandarin bekannt sein würden.«

Katrina schnappte nach Luft und wandte das Gesicht ab. Rot vor Zorn brauste Naomi auf: »Ich liebe Sie nicht, August Falcon! Und der Himmel möge der Lady beistehen, die Sie genügend liebt, um für den Rest ihres Lebens Ihren hässlichen Zynismus zu ertragen! Aber nach all den Jahren sollten Sie mich eigentlich besser kennen, als mich zu verdächtigen, ich hegte solche … solche …«

»Solche typischen Vorurteile der britischen Aristokratie?

Warum nicht? Sie sind Engländerin und Aristokratin; und Sie strotzen geradezu vor Hochnäsigkeit.«

Zwischen den Zähnen zischte sie hervor: »Wenn ich Sie *tatsächlich* liebte, Sie niederträchtige Kreatur, würde nichts und niemand mich davon abhalten, Ihren Antrag anzunehmen!«

Er wies mit seinem Scone in ihre Richtung. »Seien Sie dankbar, mein Mädchen, dass nichts und niemand mich dazu bringen könnte, Ihren Vorsatz auf die Probe zu stellen.«

»*Biest!*«, rief Naomi.

»Nein, das ist wirklich *zu* unfreundlich, August«, mischte Katrina sich besorgt ein.

Er lächelte und deutete eine unbekümmerte Verbeugung an.

»Sie sind unausstehlich, August. Sie haben mich verärgert, und dabei hatte ich mir geschworen, mich heute nicht mehr zu ärgern!«

»Soviel zu Ihren Vorsätzen. Ich persönlich fasse nie irgendwelche guten Vorsätze und erspare mir so die Angst, sie zu brechen. Denn das tut man immer, wissen Sie.«

Diese Vertraulichkeit ignorierend, fragte sie einen Augenblick später: »Warum haben Sie ihn den ›armen Rossiter‹ genannt? Kennen Sie ihn?«

»Nicht mehr – dem Himmel sei Dank – seit der Zeit, als er ein streitsüchtiger und zudringlicher Bursche in Eton war. Soweit ich mich erinnere, hat er sich in der akademischen Welt keine großen Lorbeeren erworben.«

»Während Ihre Leistungen die Ewigkeit überdauern werden, nehme ich an.«

»Fragen Sie ihn, wenn Sie daran zweifeln, meine Liebe.« Er lächelte sie mit müdem Spott an. »Wenn Sie das nächste Mal ein … hm, Tête-à-Tête mit ihm haben … Rossiter kann mich nicht ausstehen, aber als wahrer Sportsmann, der er ist, wird er sicher so edelmütig sein, meine glänzenden Leistungen zu bestätigen. Wie geht es Ihnen, Roger?« Roger Coachman trat näher an den Tisch, tippte respektvoll an seinen Hut, erklärte, es gehe ihm sehr gut, danke der Nachfrage, und teilte Mylady mit, die Pferde seien nun ausgeruht und es würde bald dunkel werden.

»Sie brauchen Ihre Pferde heute nicht mehr«, sagte Falcon mit einem Blick zum Fenster und auf die tief hängenden Wolken. »Sie bleiben besser über Nacht hier. Sie können sich mit Trina das Zimmer teilen, Naomi.«

Naomi, die keine Lust hatte, ihn noch länger zu ertragen, widersprach trocken: »Ihre Großzügigkeit ist ohnegleichen, aber das werde ich nicht tun. Ich schlafe lieber bequem in meinem eigenen Bett, als das Risiko einzugehen, mich in diesem schäbigen kleinen Loch über Flöhe und feuchte Laken ärgern zu müssen!«

Falcon musterte sie durch sein Lorgnon. »Ich habe Sie verärgert, wie?«

»Ja. Genau wie Sie beabsichtigt hatten.« Doch dann legte sie ihm die Hand auf den Arm und schenkte ihm ihr bezauberndstes Lächeln. »Da Sie sich nun so großartig damit amüsiert haben, mich zu necken, können Sie auch wieder aufhören, so ein Griesgram zu sein, lieber August. Kommen Sie mit nach Collington Manor. Oder erlauben Sie zumindest Katrina, mich für ein Weilchen zu besuchen. Wir haben uns seit Ewigkeiten nicht mehr unterhalten, und es gibt so vieles, worüber wir zu reden hätten.«

Doch all ihre Worte führten nicht zum Erfolg. Er hege nicht den leisesten Zweifel, erklärte er, dass die beiden Ladies »einen Monat lang miteinander schwatzen könnten, wenn man ihnen die Gelegenheit gäbe«, aber er werde weder Collington Manor besuchen noch seiner Schwester erlauben, dort hinzufahren. Er stimmte Mylady zu, als sie einwandte, er habe doch die Absicht gehabt, Katrina zu ihr nach Collington Manor zu bringen. Aber nun, sagte er, sei das nicht mehr nötig, da sie sich hier getroffen hätten.

»Außerdem«, fuhr er fort, »auch wenn ich nicht bezweifle, dass ich so unfreundlich bin, wie Sie – übrigens mit einem traurigen Mangel an guten Manieren – erklärt haben, würden Sie doch hier übernachten, wenn Sie nur den Verstand einer Henne hätten, anstatt durch eine regennasse Gegend zu fahren, in der es von Wegelagerern wimmelt. Und das besonders, da es bei diesem bewölkten Himmel früh dämmrig werden und wahrscheinlich vollkommen dunkel sein wird, bevor Sie zu Hause ankommen. Immer vorausgesetzt, Sie verlieren unterwegs nicht wieder ein Rad«, fügte er als letzten Trumpf noch hinzu.

Katrina schrie erschrocken auf. Naomi, deren eigene Angst noch stärker wurde, als Roger Coachman zustimmend nickte, schüttelte trotzig den Lockenkopf. »Wie charmant Sie sind, Sir! Ich schwöre, Sie lassen mich vor Furcht erzittern. Ich bezweifle, dass von hier bis ... bis Tooting auch nur *ein* müder Straßenräuber unterwegs ist!«

Falcon nahm sich noch ein Scone. »Hätten Sie gegen einen wachen etwas einzuwenden? Mir ist es völlig egal, ob sie wach oder müde sind.«

Naomi lächelte belustigt, wobei Grübchen auf ihren Wangen erschienen, aber Katrina rief: »August, bitte mach keine Scherze! Glaubst du wirklich, sie könnten überfallen werden? Mein Gott, Naomi, du *musst* hier bleiben!«

»Ich werde lange genug bleiben, um mit dir zu plaudern, wenn dein unfreundlicher Bruder so gut ist, sich zu entfernen«, erwiderte Naomi. »Und dann werde ich mich auf den einsamen und verlassenen Weg zurück in mein geschmähtes Vaterhaus machen.«

Falcon zuckte mit den Schultern. »Ganz nach Ihrem Dickschädel, eigensinniger Fratz.«

Katrina meinte ehrlich besorgt: »Ich hätte gar nicht an Wegelagerer gedacht, aber wenn du auf der Weiterfahrt bestehst, Naomi, musst du sofort aufbrechen! Ist eine Wache auf deiner Kutsche? August, Lieber, vielleicht solltest du sie eskortieren?«

»Den Teufel werde ich tun!«, rief Mr. Falcon.

3

Wenn der Earl und sein Vater Streit gehabt hatten, dachte Rossiter und starrte mit leerem Blick auf das Spiegelbild seines Gesichtes im Fenster der Kutsche, war es wahrscheinlich kein sehr heftiger Disput gewesen. Natürlich würde es ein ganz anderes Licht auf die Situation werfen, wenn die beiden Männer ein Duell ausgefochten hätten. Aber eine solche Wendung der Ereignisse kam nicht in Frage. Als der Earl of Collington nur der einfache Mr. Simon Lutonville gewesen war, mit hohen Schulden, geringem Vermögen und keinerlei Aussichten, hatte Sir Mark Rossiter sich nie geweigert, seinem alten Schulfreund eine helfende Hand zu reichen, so sehr die Schulden auch anwuchsen und so gering die Chance auf eine Rückzahlung war. Lutonville war zutiefst dankbar gewesen, und weil die beiden Männer solche Busenfreunde waren, wurde die Heirat ihrer Kinder arrangiert. Es war unwahrscheinlich, dass eine derart tiefe Freundschaft aufgrund irgendeiner dummen Meinungsverschiedenheit – oder weswegen auch immer sie sich in die Haare geraten waren – irreparabel zerstört sein sollte.

Was auch immer den Zank zwischen ihren Eltern verursacht haben mochte, so war Rossiter doch auf jeden Fall sicher, dass Naomi sich nicht verändert hatte. Während ihrer Jugend war sie ihm treu ergeben gewesen. Sie würde nicht vergessen. Er seufzte und schenkte dem mit Regentropfen bedeckten Fenster das zärtliche Lächeln eines Verliebten. Nur – sein Lächeln verzerrte sich ein wenig – war er so lange fort gewesen. Sechs Jahre. Verlangte man zu viel, wenn man erwartete, dass ein Mädchen die ganze Zeit treu blieb? Für immer, so wie sie es sich geschworen hatten, als sie sich an jenem schönen Sommermorgen Treue gelobten. »Ich werde für alle Zeit auf dich warten, wenn ich muss«, hatte sie geflüstert und ihn mit liebevollen Augen angeblickt.

Aber ... sie war erst sechzehn Jahre alt gewesen. Und wenn das explodierende Geschoss auch keine Narben in seinem Gesicht hinterlassen hatte, so hatte es ihn doch verändert. Manchmal, wenn er beim Rasieren in den Spiegel sah, erkannte er kaum die hageren Gesichtszüge – die eingesunkenen Augen und hohlen Wangen, die Falten, die der Schmerz neben seinen Mundwinkeln eingegraben hatte. Er hatte gehört, wie schön Naomi geworden war, wie sehr man ihr den Hof machte. Ganz London lag ihr zu Füßen. Zweifellos wetteiferten die erstrebenswertesten Junggesellen des Königreichs um ihre Hand. Was würde sie denken, wenn sie einander wiedersahen? Einmal hatte sie auf ihre liebevolle Art gesagt, er sei der am besten aussehende und eleganteste junge Mann, der ihr je begegnet sei. Würde sie entsetzt sein, weil ihr eleganter junger Beau verschwunden und an seine Stelle dieser erschöpfte und bei weitem nicht elegante Fremde getreten war?

Plötzlich ballte er die Faust und dachte verärgert: Du verdammter Narr, Gideon! Warum konntest du nicht tun, was Papa wünschte, und bei ihm in der Bank arbeiten? Warum musstest du zu seinem Zorn davonstürzen und ein Offizierspatent kaufen? Alles, was du dafür bekommen hast, waren sechs Jahre Kampf und Entbehrungen! Aber das war auch nicht wahr; ebenso wie schlechte hatte es auch gute Zeiten gegeben. Er hatte Treue und Heldenmut gesehen und im vollsten Wortsinn erfahren, was wahre Kameradschaft bedeutete. So viele prächtige junge Männer, neben denen er gekämpft hatte; so viel Ärger, so viele Siege und Katastrophen, die man miteinander teilte. So viel Lachen. Und allzu oft hatte er geweint, wenn ein tapferes Leben abrupt abgeschnitten wurde. Trotzdem würde er diese Jahre nicht ändern wollen. Hätte ihn nur nicht dieses verdammte Geschoss knapp einen Monat vor dem Ende seines fünften Jahres, nach dem er sein Patent verkaufen und zurückkehren wollte, wie er versprochen hatte, ins Krankenhaus gebracht.

Mit der Erinnerung an das Lazarett war auch ein flüchtiger Schimmer von Tranquillity Terrace verbunden. Was war das nur für ein Hirngespinst, dachte er. Doch zu jener Zeit war es ein Geschenk des Himmels gewesen. Seine Gefährten in dem überfüllten Lazarett waren prachtvolle Männer und stets fröhlich gewesen, aber es hatte düstere Zeiten gegeben, wenn er zu große Schmerzen hatte, um sich unterhalten zu wollen, und in seinem Elend und seiner Verzweiflung hatte er sich diese Zuflucht geschaffen.

Tranquillity Terrace war ein Garten. Man sah den schattenhaften Umriss eines nahe gelegenen Hauses; kein großes Haus wie Collington Manor oder Promontory Point, sondern ein verwinkeltes Landhaus im Stil von Emerald Farm, mit weißgetünchten Fachwerkmauern und einem Reetdach, das von altehrwürdigen Eichen beschirmt wurde. Er hatte das Haus nie betreten. Seine Träume hatten sich alle im Garten abgespielt. Ein Garten mit duftenden Blüten, mit verstreuten Bänken und einer großen Trauerweide, deren Zweige über einem Fluss hingen. Am Fluss hatte er sich mit dem Mädchen getroffen, dem er versprochen war. Zuerst hatte er sie sich vor Augen geführt, wie er sie zuletzt gesehen hatte – ein liebenswürdiges, hübsches Geschöpf, das bereits Ansätze von Fraulichkeit ahnen ließ.

In Tranquillity Terrace hatte er sie erwachsen werden lassen; zart und klein hatte er sie sich vorgestellt, mit einer etwas atemlosen, leisen Stimme und sanften Manieren. Sie hatte begonnen, in die große Gesellschaft zu gehen, und er hatte sie nach der neuesten Mode angezogen – Kleider mit breiten Reifröcken aus leise raschelnder und zart gefärbter Seide, aus Satin und Samt, mit Spitzen besetzt oder bestickt.

Im Alter von neunzehn Jahren war sie bezaubernd hübsch, jede einzelne Bewegung war von vollendeter Grazie, ihr Lachen klang wie das Trillern einer Nachtigall. Ihr Ruhm verbreitete sich, und so kamen andere junge Männer und riefen über die Gartenmauer hinweg, die er hastig errichtet hatte, nach ihr. Aber seine schöne Naomi sah nur ihn. Niemals fand er, wenn er kam, den Garten leer. Immer war sie da, streckte sehnsüchtig die Arme nach ihm aus und ihre Küsse waren für ihn allein bestimmt. Sie war der eine Mensch, der sich nie verändern würde, die nie versagende Zuflucht, das für immer treue Herz. Er schüttete ihr sein Herz aus, teilte seine Freuden und Kümmernisse mit ihr, während sie bereitwillig und teilnahmsvoll zuhörte oder ihm half, ihre gemeinsame Zukunft zu planen; ein goldener Plan, der auch die drei prächtigen Söhne und zwei zarten Töchter einschloss, die kommen würden, um sich den Garten mit ihnen zu teilen.

Er lächelte matt und schob die Erinnerung beiseite. Seine Lady in Tranquillity Terrace war ihm in diesen finsteren Zeiten ein großer Segen gewesen, aber nun brauchte er keine Träume mehr. Naomi wäre zu ihm geeilt, wenn sie sich auf dem Landsitz aufgehalten hätte. Da sie nicht gekommen war, weilte sie sehr wahrscheinlich im Stadthaus des Earls. O Gott, wie er sich danach sehnte, sie zu sehen! Wenn er Glück hatte, konnte er sie vielleicht morgen oder übermorgen aufsuchen. Zuerst musste er wieder die Gunst seines Vaters erringen, aber er hoffte, Verzeihung zu erlangen und bald festzustellen, dass der Streit mit Lord Collington nur eine Bagatelle war, die man leicht in Ordnung bringen konnte.

Die Kutsche schaukelte, und er sah, dass die Postillione das Gespann in den Hof eines kleinen Gasthauses gelenkt hatten. Hier sollten die Pferde ausruhen, bevor sie die Reise fortsetzten. Rossiter öffnete den Schlag und sprang hinaus auf das nasse Kopfsteinpflaster, dass die Pfützen spritzten.

In seiner Versunkenheit hatte er nicht bemerkt, wie sehr sich das Wetter verschlechtert hatte. Die Postillione waren durchnässt, und er warf ihnen einen Florin zu und sagte ihnen, sie sollten sich trocknen und sich etwas zu Essen bestellen. Es war ein riskantes Unternehmen, den Hof zu überqueren, denn er musste verschmutzten Fahrzeugen und stampfenden Pferden ausweichen. Stallknechte flitzten umher, schirrten hier ein Gespann an und dort ein anderes aus und fluchten dabei herzhaft über die Stallburschen, verfolgt von ungeduldigen Pferdepflegern und Kutschern, die ihrerseits genauso herzhaft über die Stallknechte fluchten.

Rossiter entfloh dem Tumult des kalten Hofes und betrat den warmen Gastraum, in dem es ebenfalls zuging wie in einem Tollhaus. Über den Lärm hinweg brüllte der Wirt überflüssigerweise, der Red Pheasant sei voll besetzt und es gebe keinen freien Tisch mehr im Speisezimmer. Rossiter verdankte seiner Uniform einen Platz bei einer Gruppe von Soldaten, und obwohl ihr Tisch in einer zugigen Ecke weit weg vom Feuer stand, verbrachte er eine lustig lärmende halbe Stunde mit ihnen. Das Roastbeef, das er bestellt hatte, war zäh wie Leder, aber der nachfolgende Apfelkuchen war saftig, der Kaffee heiß und stark. Als Rossiter seine neuen Freunde verließ und sich auf den Weg durch den lauten Raum nach draußen machte, fühlte er sich wiederbelebt und optimistischer als zuvor.

In der Nähe der Tür wurde er von einer Hand festgehalten. Eine vertraute Stimme rief überschwänglich: »Teufel auch, das nenn ich Glück!« Leutnant James Morris, der an einem Tisch voll benutzten Geschirrs saß, erhob sich und lächelte ihn gewinnend an. »Übernachtest du hier, alter Knabe? Wenn du ein Zimmer ergattert hast, teile ich es mit dir.«

Rossiter lächelte zurück und antwortete: »Zu nett von dir, Jamie, aber ich habe lediglich für eine Stunde hier Halt gemacht und breche jetzt wieder auf. Ich hätte geschworen, dass du mittlerweile in Sevenoaks angekommen bist. Ärger?«

»Nein. Hab nur herumgetrödelt.« Morris ging mit ihm zur Tür. »Es ist lästig, bei diesem Wetter zu reiten, und so hab ich gedacht, ich hau mich hier aufs Ohr. Ha! Sag mal, hast du einen Blick auf diese beiden Schönheiten geworfen, die gerade wieder gegangen sind? Teufel auch, so ein Paar hab ich noch nie gesehen. Ich hätte es gern so gedeichselt, dass ich mich hätte vorstellen können, aber ihr Begleiter war ein verdammt frostig dreinschauender Wachhund, und da habe ich mich nicht getraut, es zu probieren.«

Rossiter äußerte sein Bedauern darüber, dass er die »beiden Schönheiten« verpasst hatte, und erkundigte sich, was Morris nun vorhabe. »Wenn du mit mir nach Promontory Point kommen willst, kannst du dort übernachten und morgen nach Hause weiterreiten. Ich weiß, es liegt etwas abseits von deinem Weg, aber heute Abend hast du keine Aussicht mehr, eine Kutsche zu mieten. Wir können dein Pferd hinten festbinden und du hättest zumindest eine trockene Fahrt und ein anständiges Bett.«

Morris zögerte. Er hatte absolut keine Lust, dabei zu sein bei dieser Heimkehr, die, wie er vermutete, wohl ziemlich unangenehm verlaufen würde. Doch seine Wunde war etwas lästig, er war müde und die Aussicht auf eine auf zwei Stühlen verbrachte Nacht sagte ihm ebenso wenig zu. Er war kein Mann von raschem Geist, und sein Schweigen veranlasste seinen Freund, fragend die Augenbrauen nach oben zu ziehen. Morris errötete und erklärte hastig: »Beim Zeus! Ja! Danke, Ross. Verflucht nett von dir. Aber weißt du, ich möchte nicht stören. Familientreffen, wie?«

Rossiter versicherte ihm, es werde keine Störung sein, und sie zahlten ihre Rechnungen. »Hab ich dir von diesen beiden zauberhaften Mädchen erzählt?«, fragte Morris. »Eine war klein, von lebhaftem Typ. Eine wahre Schönheit. Aber die andere! Verflucht will ich sein, wenn ich je einen solchen Liebreiz gesehen habe. Anmutig wie … wie eine junge Gazelle. Und …«

»Und sie ist wie eine Gazelle wieder aus deinem Gesichtskreis entflohen, hm?«, unterbrach ihn Rossiter lachend.

Gewisse gefühllose Trottel hätten kein Verständnis für Herzensangelegenheiten, erwiderte Morris gekränkt, und während die beiden Männer darüber debattierten, bezahlten sie bei der fröhlichen Wirtin ihre Zeche und kehrten auf den Hof zurück. Der Regen hatte aufgehört, die Pferde waren ausgeruht und die Postillione waren nach einem wohl schmeckenden Essen und gutem kentischen Ale bereit zum Aufbruch. Ebenso wie ihre Kunden waren sie erpicht darauf, das Fahrtziel vor Einbruch der Nacht zu erreichen. Morris' schwere Satteltaschen waren im Handumdrehen im Kutschkasten verstaut, sein Pferd wurde hinten angebunden, und schon fuhr die leichte Kutsche an und schaukelte in beachtlichem Tempo über die schlammigen Straßen.

Sehr bald wurde klar, dass Rossiter kaum eine Möglichkeit haben würde, über seine Probleme nachzudenken. Morris, der in redseliger Stimmung war, schwärmte weiter von der dunkeläugigen Göttin, die offensichtlich mit einem schicksalhaften Lächeln sein Herz gewonnen hatte. Sie sei wunderbar, auserlesen und ebenso liebenswürdig wie schön, das traue er sich zu schwören. Er verbreitete sich über ihr niedliches Näschen, die sanfte Wölbung ihrer roten Lippen und die blasse Reinheit ihrer Haut, bis Rossiter schließlich um Gnade flehte.

»Genug, Jamie! Ich bitte dich! Ich gebe zu, dass sie unvergleichlich ist. Ich begreife, dass du im siebten Himmel schwebst und deinem Schicksal begegnet bist. Wenn du die Lady je wiedersiehst, musst du sofort vor ihr auf die Knie fallen und um ihre Hand bitten. Entweder das, oder gib dir die Kugel, alter Knabe!«

Kaum hatte er ausgeredet, als beide Männer angespannt auf ein Geräusch in der Ferne lauschten. Ihre Blicke begegneten sich im Dämmerlicht dieses trüben Tages.

»Ein Schuss«, sagte Morris. »Oder?«

Rossiter öffnete das Fenster. »Was ist los?«, rief er.

»Sieht so aus, als gäb's da vorn Ärger«, antwortete ein Postillion. »Wollen Sie, dass wir eine andere Straße nehmen?«

»Den Teufel will ich! Geben Sie ihnen die Peitsche!« Die Pferde legten sich ins Geschirr und fingen an zu galoppieren. Die Kutsche flog förmlich dahin.

Bald tauchten die Umrisse einer anderen Kutsche auf und mehrere Männer waren zu sehen. Eine dunkle Gestalt lag reglos am Boden. Eine Frau wehrte sich gegen einen großen, in grobes Gewand gekleideten Kerl.

»Beim Zeus, ein Überfall!«, rief Rossiter und sprang aus der Kutsche, noch bevor das Gefährt anhielt. Morris stürmte ihm nach und versuchte dabei, seine Pistole aus der Tasche zu ziehen.

Die Frau war hingefallen und lag im Schlamm. Als nun Verstärkung herbeikam, ergriff der große Kerl die Flucht, und einer seiner Spießgesellen humpelte ihm nach.

»Stehen bleiben! Im Namen des Königs!«, donnerte Rossiter, den Degen in der Hand.

Ein vierter Mann war herangeritten und sprang aus dem Sattel. Als er Rossiters Befehl hörte, wirbelte er herum, eine Pistole mit langem Lauf schussbereit angelegt.

»Das wirst du nicht, du mordgieriger Hund!«, brüllte Morris und feuerte.

Der Reiter ließ die Waffe fallen, taumelte nach hinten und stürzte zu Boden.

Die Frau kämpfte sich auf die Füße und stieß einen gellenden Schrei aus. »Sie *Ungeheuer!*«, kreischte sie wild.

»Äh?«, stammelte Morris überrascht. Sie lief auf den angeschossenen Mann zu und glitt neben ihm auf die Knie. »O Himmel! Sind Sie schwer verletzt?« Gebieterisch streckte sie die Hand aus. »Geben Sie mir etwas, das ich als Verband benutzen kann!«

»Frauen«, erklärte Morris bewundernd. »Verflucht noch mal, wenn das keine Heiligen sind. Will diese Lady doch die Wunde genau dieses Halunken verbinden, der sie ausgeraubt und …«

»Sie dreifach verfluchter … Trottel …«, stöhnte August Falcon, und Blut sickerte zwischen den Fingern hervor, die er auf den linken Arm gepresst hatte.

Morris starrte sein Opfer an und rief: »Das ist doch der frostige Wachhund! Verdammt, ich hab ihn glatt für einen Wegelagerer gehalten.«

»Narr!«, zischte Lady Naomi Lutonville und funkelte ihn wütend an. »Er war meine Eskorte!«

»O Gott!«, stöhnte der Leutnant und wich zurück.

Rossiter reichte der Lady, die vor Zorn außer sich war, sein Taschentuch und meinte mit einem reumütigen Blick auf den verletzten Mann: »Ich fürchte, wir haben uns geirrt, Jamie. Falcon, nicht wahr, Sir?«

»Ja. Hol Sie der Teufel! Verdammt, aber … aber Sie und Ihr Idiot von einem Freund … werden mir … dafür Rechenschaft ablegen.«

Naomi hatte das Taschentuch zu einem kleinen Polster gefaltet, das sie nun auf die Wunde an Falcons Oberarm drückte, während er mit zusammengepressten Lippen verstummte.

Leutnant Morris begann, sich zu entschuldigen, hielt aber inne, als er auf einen besonders scharfkantigen Kiesel trat. Instinktiv blickte er nach unten. Neben ein paar nassen und zerknüllten Papieren glitzerte ein Gegenstand im schwachen Licht der Kutschlaternen. Neugierig bückte sich Morris und hob eine kleine Figur aus rosa Stein auf, die mit roten Edelsteinen besetzt war. Ein Spielzeug vermutlich, das ein Kind hier hatte fallen lassen. Er wollte es schon fortwerfen, aber die Figur sah recht niedlich aus und war vielleicht etwas für seine kleine Nichte. Er steckte sie in die Tasche und gesellte sich zu Rossiter, als ein livrierter Kutscher keuchend und atemlos angerannt kam.

»Sie hatten Pferde ... in der Nähe ... und haben sich sauber ... aus dem Staub gemacht ... Aber wenigstens ... haben Sie nicht Ihren Schmuck ergattert ... Mylady.« »Und sie sind nicht alle davongekommen«, bemerkte Morris. »Es sei denn, der Kerl, der da drüben liegt, ist einer von Ihren Leuten, Ma'am?«

Naomi riss den Kopf herum. »Oh, der arme Mensch! Stehen Sie nicht herum wie Salzsäulen! Kann ihm nicht einer von Ihnen helfen?«

»Er ist tot«, murmelte Falcon schwach.

»Sie wollten ihn tödlich treffen, wie?«, fragte Morris.

»Schauen Sie lieber nach, Kutscher. Bei diesem Licht kann man nicht immer darauf vertrauen, dass man richtig gezielt hat, Sir. Ich habe ...«

»Schauen Sie nach, verdammt«, knurrte Falcon. »Ich schieße nie daneben, wie Sie gleich sehen werden, wenn Sie ... wenn ...« Seine Stimme verebbte.

»Oh, er ist ohnmächtig geworden, der arme Kerl!«, rief Naomi besorgt.

»Eine gute Gelegenheit, ihn in die Kutsche zu tragen«, meinte Rossiter mit kaltblütiger Vernunft. »Fassen Sie mit an, Kutscher. Am besten, wir bringen ihn zurück in das Gasthaus. Möchten Sie, dass wir ihn in meine Kutsche legen, Ma'am?«

Morris und der Kutscher hoben Falcon hoch, und ohne darauf zu achten, dass er, wieder zu sich gekommen, protestierte, er könne selbst gehen, marschierten sie auf Rossiters Kutsche zu.

»Nein«, widersprach Mylady autokratisch. »Und wir bringen ihn auch nicht zurück in dieses grässliche Gasthaus! Sie kommen mit zu mir nach Hause, August, wo Sie gebührende Pflege haben werden. Diese Person kann eine Nachricht an ...«

»Zum Teufel!« Falcon riss den Kopf wieder nach oben. »Ich lasse mich nicht in diesem protzigen Kasten umhätscheln, danke! Wir fahren zurück in das Gasthaus. Katrina ist die beste Krankenschwester, die ich kenne.«

»Sie sind wahrhaftig der bockigste und undankbarste Mann, den man sich denken kann!«, erwiderte Naomi äußerst ungehalten. »Dieses Gasthaus ist schmutzig und muffig und bei uns wird Ihre Verwundung weit besser behandelt! Bitte sehr, Gentlemen, wir nehmen meine Kutsche!« Gehorsam änderten sie die Richtung.

»*Halt!*«, brüllte Falcon. Seine Träger blieben stehen, und hitzig erklärte er: »Wären Sie nicht gewesen, Mylady Starrkopf, würden wir uns jetzt alle behaglich ... in Federbetten kuscheln. Stattdessen habe ich ... nun dieses dämliche Loch im Arm, und Sie hat man durch den Schlamm gezogen, sodass Sie ... sodass Sie aussehen wie eine ... regelrechte Vogelscheuche. Jetzt tut, was ich euch sage, ihr Dummköpfe, und legt mich in die Kutsche dieses Trottels, der mich angeschossen hat.«

Brav kehrten die Träger mit ihrer Bürde wieder um.

»Hören Sie nicht auf ihn«, widersprach Naomi verärgert. »Sehen Sie nicht, dass ...«

»Genug!« Rossiters Stimme klang scharf wie ein Peitschenhieb. »Was soll dieses alberne Geplänkel!«

»Ihre Meinung zählt hier nicht«, fauchte Naomi.

»Und die Ihre ist Unsinn«, konterte er unmissverständlich. »Der Gentleman braucht ärztliche Hilfe, und der am nächsten gelegene Ort, wo er sie bekommen kann, ist das Gasthaus. Wenn Sie darauf bestehen weiterzufahren, bitte schön. Ich werde Sie eskortieren. Jamie, leg Mr. Falcon in meine Kutsche und ...«

»Ganz bestimmt nicht!«, wetterte Falcon und zappelte in den Armen seiner vielgeprüften Trägen. »Ich werde mich nicht dem Mann anvertrauen, der mich zu ermorden versucht hat!«

»Gütiger Himmel!«, stöhnte Rossiter verärgert. »Sollen wir bei diesem lächerlichen Streit hier die Nacht verbringen? Dann eskortierst *du* die Lady, James. Ich kümmere mich um Falcon.«

»Wären Sie nicht gewesen, wäre er nicht angeschossen worden«, rief Naomi, die mittlerweile zu sehr zitterte und kurz vor einem hysterischen Anfall stand, um vernünftig zu sein. »Glauben Sie etwa, ich würde ihn Ihrem blutrünstigen ...«

Ihre Worte endeten in einem Wutschrei, als Rossiter sie einfach hochhob, zu ihrer Kutsche trug und sie hineinsetzte. »Seien Sie still, und tun Sie, was man Ihnen sagt«, erklärte er schroff. Sein strenger Blick fiel auf Maggie, die schluchzend in der Ecke kauerte. »Und Sie, mein gutes Mädchen, hören Sie auf zu schniefen und kümmern Sie sich um Ihre Herrin! Sie fühlt sich ganz durchnässt an. Haben Sie's noch weit, Kutscher?«

»Über zwölf Meilen, Sir.«

»O Gott! Es ist fast dunkel, und ich glaube nicht, dass heute Abend viel vom Mond zu sehen sein wird. Werden Sie den Weg finden?«

»Keine Angst, Sir, ich kenne diese Gegend wie meine Westentasche.«

»Sehr gut. Dann ab mit Ihnen, Kutscher! Gott mit dir, Jamie.« Morris schwang sich in den Sattel und sagte: »Vielleicht reite ich noch weiter bis Sevenoaks. Wenn ja, dann komme ich bei dir vorbei, wenn ich in der Stadt bin. Pass auf dich auf, lieber Junge!«

Naomi jedoch hatte nicht die Absicht, Falcon zu verlassen, ehe sie nicht wusste, dass er in guten Händen war. Es gelang ihr, das Fenster zu öffnen; sie lehnte sich hinaus und rief gebieterisch: »Roger, hör nicht auf diese Person. Wir fahren ihnen nach und vergewissern uns, dass Mr. Falcon unversehrt in das Gasthaus gebracht wird.«

Rossiters Schulter schmerzte jämmerlich, er fühlte sich unsäglich müde und konnte seine Ungeduld mit diesem durchnässten und streitsüchtigen Frauenzimmer nicht mehr bezähmen. »Gütiger Himmel! Wollen Sie immer noch lästig fallen? Ich schwör's, Sie sind ebenso dumm wie durchnässt! Wenn Sie nicht zu sehr erpicht sind auf die Aufmerksamkeiten eines weiteren Straßenräubers, erübrigen Sie doch einen Gedanken für Ihre Diener und Ihre Pferde, und verzichten Sie darauf, sich die ganze Nacht herumzutreiben.« Er gab dem Leitpferd einen Klaps auf dic Hinterbacken und die Kutsche setzte sich mit einem Ruck in Bewegung. Ein Wutschrei ertönte aus dem Inneren, als Naomi zurück auf die Polster fiel.

Der grinsende Kutscher grüßte Rossiter mit der Peitsche, dann ließ er sie knallen und das schwerfällige Gefährt schaukelte knarzend davon.

Rossiter schaute ihm einen Augenblick lang nach. Verspätet fiel ihm ein, dass er keine Ahnung hatte, wer dieses empörende Frauenzimmer war. Im Dämmerlicht hatte er nur feststellen können, dass sie, zerzaust, nass und schmutzig, wie sie war, aussah wie eine regelrechte Vogelscheuche, genau wie Falcon gesagt hatte. Der Art nach zu urteilen, wie sie mit Falcon gesprochen hatte, war sie vermutlich seine neueste Mätresse.

Sein Geschmack ist auch nicht mehr das, was er war, dachte Rossiter trocken.

Gegen das schwere Eichenbüfett in dem kleinen Salon gelehnt, betrachtete Rossiter das Mädchen auf dem klobigen Sofa und dachte, dass er in seinem ganzen Leben nur eine Lady gesehen hatte, die noch schöner war. »Ich wünschte, Sie wären nicht so besorgt«, sagte er sanft. »Ich hatte nicht den Eindruck, dass der Knochen gebrochen ist, und Ihr Bruder scheint von ausgezeichneter Gesundheit zu sein.«

Eine halbe Stunde war vergangen, seit sie in den Hof des Red Pheasant eingebogen waren und die aufgeregten Postillione laut die Neuigkeit von dem brutalen Raubüberfall verbreitet hatten. Ein heftiger Tumult war das Resultat, und eine ehrfürchtig staunende Menschenmenge hatte sich aus dem Wirtshaus gedrängt, um die schauerlichen Details zu hören und zuzusehen, wie man den verwundeten Gentleman ins Haus brachte. Falcon war darüber so erzürnt gewesen, dass er dem Wirt knurrend vorgeschlagen hatte, er solle »von den ganzen Bauernlümmeln, die nichts Besseres zu tun haben, als mich anzustarren«, Eintrittsgeld verlangen. Bei Miss Falcons Erscheinen war erwartungsvolle Stille eingetreten, aber obwohl die Schönheit bleich geworden war, hatte sie viele enttäuscht, weil sie weder schrie noch hysterische Zustände bekam. Rossiter, keineswegs enttäuscht, hatte befohlen, dass ein Pferdeknecht losgeschickt wurde, der den Wachtmeister und den Bader aus dem benachbarten Dorf holen sollte, und der verletzte Mann war nach oben getragen worden.

Der Wachtmeister war klein, mürrisch und verärgert, weil er sein Kaminfeuer verlassen musste. Er hatte sich ein paar Notizen gemacht, wichtigtuerisch erklärt, man würde »schon fertig werden« mit den Übeltätern, und war dann wieder gegangen, um den Sattler, der gleichzeitig der Leichenbestatter war, nach dem Leichnam zu schicken. Nun lag Falcon in dem Bett, das er für seine Schwester vorausbestellt hatte, während der Bader sein Möglichstes tat, um ihm zu helfen.

Katrina Falcon richtete ihre faszinierenden und angstvollen Augen auf Rossiter. »Ich nehme an, dass Sie als Soldat Erfahrung mit Schusswunden haben, Captain. Ich weiß nur, dass mein Vater Pistolen missbilligt, weil sie so tödlich gefährlich sind. Immer wenn August ein Duell ausficht, bittet Papa ihn, dass er den Degen wählt.«

Rossiter lächelte. »Man könnte meinen, dass Ihr Bruder sehr oft gefordert wird.«

»Ich vermag die Duelle schon nicht mehr zu zählen«, erwiderte sie schlicht. »Hat er Sie gefordert? Nach dem, was er zu mir gesagt hat, als er hereingetragen wurde, habe ich den Eindruck, dass er es beabsichtigt.«

»Wahrscheinlich wird er es tun, wenn es auch eine Weile dauern wird, bis er gegen irgendjemanden kämpfen kann, fürchte ich. Der arme Kerl wird seine Ungeduld zügeln müssen.« Sein Versuch, dem Gespräch einen unbeschwerten Tonfall zu geben, scheiterte.

»Man kann ihn kaum dafür tadeln, dass er aufgebracht ist, Sir. Mit einer Pistole auf einen Mann zu feuern, ohne zuerst festzustellen, wer es ist, war ganz und gar unerträglich. Wahrhaftig, Ihr Freund muss ein gewaltiger Hitzkopf sein.«

»Ich wünschte, Sie würden glauben, dass es ein Unfall war«, erwiderte Rossiter ernst. »Wenn ein Mann in der Dunkelheit in einen Überfall gerät und es kommt ein Bursche angeritten, der mit der Pistole direkt auf ihn zielt – nun, er wäre ein Narr, wenn er ein Risiko einginge. Vor allem, wenn bereits eine Leiche am Boden liegt und …«

An dieser Stelle trat mit vor Zorn gerötetem Gesicht der Bader zu ihnen, verabschiedet von einem Schwall lauter Flüche.

Miss Falcon erhob sich sofort: »Ist mein Bruder sehr schwer verwundet?«

»Nein, Ma'am.« Einen Augenblick lang dachte Rossiter, der Bader würde hinzufügen: »unglücklicherweise«, aber der Mann hielt sich zurück und teilte ihnen mit: »Ich glaube, der Knochen ist gestreift worden, aber wenn er im Bett bleibt und die Medizin nimmt, die ich ihm bringen lassen werde, sollte er in etwa einer Woche wieder auf den Beinen sein. Wenn nicht …« Er zuckte mit den Schultern.

Ängstlich eilte seine Schwester in das Schlafzimmer. Der Bader sah Rossiter finster an. »Er sagt, Sie seien schuld, Captain, und würden mich bezahlen.« Sein harter Blick heftete sich auf die dicke Geldbörse, die Rossiter aus der Tasche zog, und er knurrte: »Ich arbeite lange genug am Tag und suche abends gewöhnlich keine Patienten auf, wie ich schon dem Mann gesagt habe, der nach mir geschickt wurde. Ich hoffe, er hat Ihnen mitgeteilt, dass ich dafür doppeltes Honorar verlange. Fünf Guineen.«

»Unsinn! Halten Sie mich für einen Trottel?«

»Man merkt, dass Sie fort im Krieg waren«, jammerte der Bader und sah ängstlich zu, wie sich Rossiters lange schmale Finger um den Verschluss der Börse schlossen. »Die Preise sind gestiegen, seit Sie ...«

»Sie haben sich nicht vervierfacht! Ich werde Ihnen zwei Guineen zahlen, aber nur wegen Ihrer gestörten Nachtruhe.« Er sah, dass der kleine Mann den Mund öffnen wollte, um zu protestieren, und fügte hinzu: »Aber ich mag es nicht, wenn ich geschröpft werde. Wenn Ihnen das also nicht passt, holen wir den Wirt, und ich frage ihn, wie hoch Ihr normales Honorar ist. Wahrscheinlich nicht mehr als eine Krone. Entscheiden Sie sich.«

Der Bader klagte, Soldaten seien hartherzige Männer, aber er schnappte sich hastig die zwei Guineen, als Rossiter Miene machte, sie wieder einzustecken, und sein selbstgefälliger Blick ließ erkennen, dass er nicht einmal das erwartet hatte.

»Weshalb hat Mr. Falcon denn so getobt?«, fragte Rossiter.

»Meine Hände waren ihm zu kalt und zu ungeschickt, der Verband zu fest, und er mochte die Medizin nicht nehmen, die ich ihm in seinen starrsinnigen Mund einflößen wollte. Wenn er ein Freund von Ihnen ist, tut es mir Leid, Sir. Aber er ist ein schwieriger Gentleman. Äußerst streitsüchtig.«

Miss Falcon kam mit besorgtem Blick aus dem Krankenzimmer. »Er möchte ein Glas Brandy. Darf er das trinken, Sir?«

»Aber durchaus, wenn Sie wollen, dass er hohes Fieber bekommt. Er sollte eher Kräutertee zu sich nehmen.«

Rossiter, der sich vorstellte, wie der temperamentvolle Falcon Kräutertee trank, unterdrückte ein Grinsen.

»Ich habe meine Zofe vor einer halben Stunde fortgeschickt, um Tee zu bringen«, erklärte Miss Falcon. »Vermutlich haben sie in der Küche sehr viel zu tun. Ich werde hinuntergehen und sehen müssen, ob ich den Tee nicht selbst machen kann. Würden Sie wohl bei meinem Bruder bleiben, Sir, bis ich wieder zurück bin?« Mit einem Satz war der Bader an der Tür. Er könne ganz gewiss nicht bleiben. Er müsse am nächsten Morgen einem Mann das Bein abnehmen und daher früh aus den Federn. Die Tür schlug hinter ihm zu, und sie hörten, wie er draußen auf dem Flur allerhand über den streitsüchtigen Adel vor sich hin brummte.

»Lieber Gott«, knurrte Rossiter. »Sein Patient tut mir Leid! Nun ja, ich mache mich jetzt auf den Weg, Ma'am.«

Sie bat ihn, noch zu bleiben, »nur ein paar Minuten«. Er wollte nichts anderes als endlich nach Hause, konnte dem flehenden Blick aber nicht widerstehen und willigte ein. »Obwohl ich bezweifle, dass Sie Falcon dazu bringen, Kräutertee zu trinken.«

In ihren Augen blitzte ein unerwartet kämpferischer Funke auf. »Er wird ihn trinken«, erklärte sie und eilte davon. Rossiter sah auf die geschlossene Schlafzimmertür, dann setzte er sich und streckte die langen Beine aus. Gott, war er müde! Er griff sich an die linke Schulter und bewegte sie vorsichtig, wobei er sich fragte, ob diese verfluchte Verwundung jemals aufhören würde zu schmerzen. So ein abscheuliches Pech aber auch, in diese absurde Farce verwickelt zu sein, anstatt seine eigenen …

Ein Poltern ertönte, gefolgt von Falcons erzürntem Aufschrei. »Ist denn jeder hier gestorben? Ich verlange, dass ich versorgt werde! Und zwar noch dieses Jahr! *Katrina!*«

Im Nebenzimmer klopfte jemand gegen die Wand, und ein verärgerter Gast brüllte, man solle ihn gefälligst schlafen lassen. Die Antwort war ein Krachen, das verriet, dass ein Glas an die Wand geworfen worden war, gefolgt von lauten Verwünschungen, die Falcons entschiedenen Mangel an Interesse für die Wünsche seines Nachbarn deutlich machten.

Rossiter streckte den Kopf durch die Schlafzimmertür. »Sie werden noch die Wache herbeiholen, wenn Sie nicht mit Ihrem Gekeife aufhören. Was brauchen Sie denn?«

»Ein Glas Brandy – und Ihr Blut«, schnaubte Falcon und ließ sich zurück in die Kissen sinken.

Trotz seines feindseligen Gebarens war er sehr blass und sah erschöpft aus. Rossiter wusste nur zu gut, wie der Besuch eines Baders sein konnte, vor allem, wenn ein Knochen angeschlagen war, und verschluckte die verächtliche Bemerkung, die er auf der Zunge gehabt hatte. Stattdessen trat er in das Zimmer und sagte: »Versuchen Sie sich mit einem *Funken* von Verstand zu benehmen, sonst werden Sie wahrscheinlich nie mehr jemanden umbringen.«

»Spekulieren Sie nur nicht darauf!«

»Verdammt noch mal, Mann! Sie wissen doch, dass es ein Unfall war!«

»Leicht gesagt, wenn *Sie* dastehen, während *ich* hier liege.« Falcon biss die Zähne zusammen. Nach einer kurzen Pause, während der er den Atem anzuhalten schien, fügte er mit unsicherer Stimme hinzu: »Ich nehme an, Sie halten das für poetische Gerechtigkeit.«

Rossiter lehnte sich gegen den Bettpfosten und sah ihn nachdenklich an. »Wenn Sie auf unsere Rauferei in Eton anspielen, müssen Sie ihr eine weit größere Bedeutung beimessen als ich.«

»Bedeutung – zur Hölle! Ich habe es verdammt lächerlich gefunden. Ich habe nicht um eine so heldenhafte Einmischung gebeten.«

»Charmant wie immer«, erwiderte Rossiter schleppend. »Sie dürfen nicht vergessen, mir zu schreiben, wenn Sie jemals vorhaben sollten, etwas Nettes zu sagen. Um nichts in der Welt möchte ich das verpassen.«

Ein schwaches Glitzern der Belustigung flackerte in Falcons Augen auf, aber seine knappe Antwort war nicht versöhnlich.

»Ich habe mich nur in diese kleine Rauferei eingemischt«, erklärte Rossiter, »weil es vier gegen einen stand. Ich hätte für jeden Burschen dasselbe getan.«

»Und hätten sich genau die gleiche Belohnung eingehandelt. Ein blaues Auge und ein gebrochenes Nasenbein, wie ich mich erinnere – nicht wahr?«

»Zumindest Ihr Gedächtnis ist verlässlich. Die meisten Gentlemen hätten wohl ein oder zwei Worte des Dankes geäußert. Aber mir wurde bald klar, dass ein solcher Verzicht auf höfliche Gesten in Ihrem Fall nichts Bemerkenswertes war.«

»Dann habe ich Ihnen etwas beigebracht«, höhnte Falcon.

»Genau.« Rossiter richtete sich auf. »Guten Tag, Sir.«

»Nein, hauen Sie nicht einfach ab, verdammt! Wenn Sie mich schon allein lassen müssen, seien Sie wenigstens so anständig und holen mir vorher noch etwas Brandy. In diesem scheußlichen Wohnzimmer steht eine Karaffe.«

»Ja, und Ihre Schwester würde mir die Ohren lang ziehen, wenn ich Ihnen welchen geben würde. Sie kocht Ihnen gerade einen Kräutertee.« Er lachte leise über die Entgegnung, und als Falcon die Kraftausdrücke ausgingen, erklärte er: »Die Lady hat mein Mitgefühl. Gibt es irgendetwas, das ich für *sie* tun kann, bevor ich aufbreche?«

»Nein, hol Sie der Teufel! Warten Sie! Sehen Sie nach, ob sie genügend Decken hat. Wahrscheinlich besteht sie darauf, dass ich in diesem verfluchten Bett bleibe.«

»Ja. Sie scheint ein sehr selbstloses Geschöpf zu sein.«

»So, wirklich! Ich warne Sie, glotzen Sie sie nicht dauernd an!«

»O Himmel! Müssen Sie so ein Narr sein? Kein Mann könnte den Blick von ihr wenden. Sie ist eine der schönsten Frauen, die ich je gesehen habe.«

Mit vor Zorn funkelnden Augen stützte sich Falcon mühsam auf einen Ellbogen. Er keuchte, und zwei rote Flecken brannten auf seinen Wangenknochen. »Wenn Sie es wagen, Sie zu belästigen, während ich hier ... außer Gefecht gesetzt bin ...!«

»Seien Sie beruhigt, Sie alberner Trottel. Ich habe die Lady nur bewundert. Sie halten mich für einen feinen Halunken!«

»Ganz sicher!«

»Bei Gott, wenn Sie nicht in diesem Bett lägen ...« Rossiter brach ab. »Nein! Um Himmels willen ... zurück mit Ihnen ...« Mit einem Satz war er bei dem verwundeten Mann, der sich aus dem Bett stemmte, aber sogleich benommen zusammensackte, und stützte ihn. Als Rossiter ihn zurück zu seinen Kissen führte, zerrte er sich die Schulter und erklärte ziemlich verärgert: »Hat man je einen solchen Hitzkopf gesehen! Ich habe kaum den Fuß nach England gesetzt und nicht die leisesten Absichten auf Ihre Schwester.«

»Das ist auch besser so! Ich habe wenige ... Vorurteile, aber bei Gott, ich ziehe eine Grenze, wenn ... wenn es darum geht, Katrina von einem Mann belästigen zu lassen, dessen Name gleichbedeutend ist mit ... Verrat und Schande!«

Einen Augenblick lang war Rossiter so erstaunt, dass er Falcon nur in das bleiche, schweißnasse Gesicht starren konnte. Dann sagte er sehr leise: »Ich glaube, das müssen Sie mir erklären, Sir.«

»Wahrhaftig, Ihr Erstaunen ist gut gespielt!« Falcon schürzte die Lippen. »Da gibt es viel zu erklären! Warum sind Sie heimgekommen, wenn nicht, um Ihrem Vater beizustehen? Obwohl er nach diesem hässlichen Ruf, den Sie sich in den Niederlanden erworben haben, durch Ihre Anwesenheit wenig gewinnen wird, und ...«

Rossiter hob gebieterisch die Hand. »Wir diskutieren nicht über meinen Ruf. Warum sollte mein Vater meine Unterstützung brauchen?«

»Ach, hören Sie doch auf, sich zu verstellen, Mann! Soll ich etwa glauben, Sie wüssten nicht, dass vor drei Monaten die Rossiter Bank Konkurs gemacht hat, dass die Rossiter Investmentgesellschaft Bankrott gemacht hat, dass Ihr Vater als Dieb und Veruntreuer überführt wurde und Ihren Namen in tiefe Schande ...«

Rossiter war sehr blass geworden, aber bei den letzten Worten wurde er aschfahl. Mit einem blitzschnellen Griff packte er Falcons Nachthemd. Während er ihn hochzerrte, stieß er zwischen den Zähnen hervor: »Verfluchter Lügner! Mein Vater hat in seinem ganzen Leben nichts Unehrenhaftes getan!«

»Gehen Sie und fragen Sie ihn!« Kraftlos schlug Falcon Rossiter auf den Arm. »Und ... und dann können Sie wiederkommen und auf die ... auf die Knie fallen und mich bitten, dass ich Sie nicht aufspieße!«

»Lassen Sie ihn los! Oh! Was machen Sie mit ihm?«

Die schrillen Worte zerrissen den roten Zornesschleier, der Rossiter eingehüllt hatte. Abrupt nahm er die Hand von ihm und hörte mit wilder Befriedigung, wie Falcon fluchte, als er zurück auf das Kissen fiel, und stolzierte zur Tür. Zwei Frauen standen auf der Schwelle. Die eine war eine magere Zofe mit strengem Gesicht, die ein beladenes Tablett trug, die andere war Katrina Falcon. Anklagend sah sie ihn aus entsetzten Augen an. Als er vorbeiging, zog sie ihre Röcke näher zu sich heran. »Pfui, einen hilflosen Mann anzugreifen«, sagte sie voller Abscheu.

»Ihr Bruder wird nie hilflos sein, Ma'am«, konterte er, »zumindest nicht, bis ihm jemand die lästerliche Zunge herausschneidet!«

Als er die Treppe hinunterstürmte, räumte sein Gewissen ein, dass er sich wie ein Schuft benommen hatte, indem er so grob mit Falcon umgesprungen war. Doch es war eine leise, kaum gehörte Stimme. Seine größte Sorge galt seinem

Vater. Er musste sofort nach Hause und genau in Erfahrung bringen, was geschehen war.

Grimmig runzelte er die Stirn. Er hatte gedacht, die Zeit des Kämpfens sei vorbei. Jetzt schien es eher, als würde sie beginnen!

4

Geduldig brachte Naomi eine feuchte Haarsträhne in Form und betrachtete sich im Spiegel ihrer Frisierkommode. Dumm und durchnässt hatte er sie genannt. Dieser grässliche Rüpel! Vielleicht war sie ein klein wenig aufgeregt gewesen. Wer wäre das nicht nach einem so furchtbaren Erlebnis? Aber er hatte nicht das geringste Mitleid mit ihr gezeigt. Dumm und durchnässt, also wirklich! Sie war tropfnass und schmutzig gewesen, richtig, aber ihr Gesicht war nun wieder vom Schlamm gesäubert, und Maggie hatte ihr Haar gebürstet, bis es wie ein üppiger glänzender Mantel um ihre Schultern lag. Sie war noch ein wenig blass vor Schreck und Erschöpfung, aber das betonte nur das klare Grün ihrer Augen. Wenn der große Soldat sie jetzt sehen könnte ... Ungeduldig schüttelte sie den Kopf und zog den Spitzenkragen ihres weißen Satinmorgenrocks höher. Wieso scherte sie sich darum, was er denken würde? Es war nur ... Obwohl es fast dunkel gewesen war und sie ihn nicht deutlich hatte sehen können, hatte dieser Captain etwas an sich gehabt, das sie verwirrte. Etwas, das in einem verborgenen Winkel ihres Bewusstseins lauerte und sich weigerte, in die klare Erinnerung vorzudringen.

»Ich weiß, dass Sie sich Sorgen um den armen Mr. Falcon machen«, sagte Maggie, die an der Tür eine geflüsterte Unterhaltung mit dem Ersten Diener geführt hatte und nun wieder zu Naomi eilte. »Aber ...«

»Mr. Falcon!«, rief Naomi und schrak schuldbewusst zusammen. »Ja, natürlich. Ich glaube, seine Wunde war nicht sehr ernst, aber die arme Miss Katrina braucht mich wahrscheinlich. Ich sollte jetzt bei ihr sein, nicht dieser grässliche Soldat!«

»Niederträchtig nenne ich das«, stimmte Maggie mit erfreulicher Empörung zu. »Sie zu packen wie einen Sack Hafer und in die Kutsche zu ...«

Die Erinnerung an diese unerhörte Demütigung ließ erneut Zorn in Naomis Augen aufglühen. »Ein arroganter Rohling!«

»Der kein Recht hatte, Sie liebreizendes Mädchen mit seinen großen Fäusten zu packen und Sie in die Kutsche zu werfen wie ...«

»Hätte ich nur meine kleine Silberpistole dabeigehabt, dann hätte er mich nicht so angefasst, das kann ich dir versprechen!«

»Angefasst, Mylady! Er hat Sie eher misshandelt! Und Sie herumgeworfen, als wären Sie irgendein Heuballen, ohne die geringsten ...«

Mylady kniff drohend die Augen zusammen. »Nenn mich noch einmal einen Heuballen, du niederträchtiges Biest«, zischte sie warnend, »dann zwicke ich dich! Fest!«

Maggie senkte demütig ihre großen braunen Augen und murmelte eine Entschuldigung, aber ihre Lippen zuckten verdächtig. Lange bevor Mr. Simon Lutonville nach Italien gegangen war oder irgendeine Aussicht hatte, Earl zu werden, hatten die kleine Maggie Osgood, die Tochter des Obergärtners, und Miss Naomi zusammen mit Puppen gespielt. Seit Naomi nach England zurückgekehrt war, waren sie Herrin und Zofe, aber die Zuneigung zwischen ihnen blieb bestehen. Das kecke Dorfmädchen wusste, wie weit es gehen konnte, bevor es in Gefahr geriet, und es wusste, dass es, wie grässlich sein Vergehen auch sein mochte, nie eine kräftige Ohrfeige bekommen würde oder endlose Schläge ertragen müsste, wie es vielen Freundinnen bei ihren Herrinnen erging.

»Ich ärgere mich eben, dass er es gewagt hat, Sie so grob zu behandeln, weil ich Sie so gern habe«, erklärte sie ernst. »Und das, nachdem sein gemeiner Freund den lieben, hübschen Mr. Falcon niedergeschossen hat, als wäre er ein gewöhnlicher Dieb! Gar nicht auszudenken, was der Earl dazu sagen wird. Beeilen Sie sich lieber, Mylady. Seine Lordschaft wartet auf Sie wie eine Gewitterwolke.«

Naomi erhob sich und unterdrückte ein Gähnen. »Ich wünschte, mein Vater würde mich morgen früh alles erklären lassen.«

»Ach, Sie sind vollkommen erschöpft, armes Lämmchen. Erzählen Sie Seiner Lordschaft so schnell Sie können, was passiert ist, und trödeln Sie nicht länger da unten rum.«

Naomi lächelte kläglich. Maggie folgte ihr in die Halle und sagte: »Ich lege einen heißen Ziegelstein zwischen die Laken, und wenn Sie dann raufkommen, wartet ein mollig warmes Bett auf Sie.«

Naomi dankte ihr und ging den Flur hinunter.

Maggie, die ihr nachschaute, wie sie sich ziemlich langsam zur Treppe begab, hatte den Eindruck, als hielte Mylady ihr schimmerndes Haupt nicht ganz so stolz erhoben wie gewöhnlich. Hoffentlich erzählt sie Seiner Lordschaft nicht, wo wir heute waren, dachte sie. Sie hatte den finsteren Blick des Earls gesehen, und während sie sich seine Reaktion auf diese Neuigkeit vorstellte, murmelte sie: »Herrje, so ein Kuddelmuddel! Da hätten wir den Fuchs sauber im Hühnerstall!«

Sie quiekte leise, als der Erste Diener angeschlichen kam, um sie in das dralle Hinterteil zu kneifen.

»Das wäre weder neu noch seltsam«, sagte er grinsend. »Nicht in diesem Haushalt. Warum lassen Sie den Kopf hängen wie die Blumen von letzter Woche, Maggie?«

»Gar nicht wahr, Mr. Frechdachs«, leugnete Maggie verärgert, fügte dann aber mit einem besorgten Stirnrunzeln hinzu: »Nur … manchmal tut sie mir so Leid. Sie ist so allein, das arme kleine Ding.«

»Ach, kommen Sie! Was soll das? Haben Sie Schauermärchen im Kopf, oder wie? Ist sie nicht umringt von Freunden und den ganzen feinen Gents, die sie Tag und Nacht bewundern und ihr Schmeicheleien sagen? Hat sie nicht ein großes Vermögen, das ihr Gesellschaft leistet, und alles, was sie sich nur wünschen kann?«

»Sie sind ein ungezogener junger Mann, Robert Hinton«, erklärte Maggie unzweideutig. »Mit unanständigen Grabschhänden. Und wie die meisten Männer sehen Sie nicht, was vor Ihrer Nase ist, bis man Sie darauf stößt! Mylady hat alles, schön und gut – außer dem, was sie sich am meisten wünscht. *Wärme*, Mr. Hinton. Hin und wieder einen Blick, in dem ein bisschen Liebe liegt.« Sie schaute finster drein. »Von ihrer Mama hat sie herzlich wenig Zuneigung bekommen. Und *er* weiß nicht einmal, was das Wort bedeutet, er mit seinem hochnäsigen Aristokratenstolz, mit seiner düsteren Laune und seinen Wutanfällen!«

»Ha, Sie hätten Seine Lordschaft wettern und toben hören sollen, als Sie so spät heimgekommen sind. Sapperlot! Und so, wie sein Gesicht gerade ausgesehen hat, würde es mich nicht wundern, wenn sie vor Angst schlottert!«

Maggie blickte besorgt drein, erwiderte aber standhaft: »Sie hat keine Angst vor ihm, glauben Sie das nicht! Nicht vor ihm noch vor sonst jemandem! Eine ganz Mutige ist sie.« Doch als Naomi in den Salon trat, verspürte sie für einen kurzen Moment eine Woge der Furcht. Simon Ordway Lutonville, siebter Earl of Collington, stand neben dem brennenden Kaminfeuer, die eine Hand auf den Sims gestützt, in der anderen ein halb volles Weinglas. Er war kein großer Mann und schätzte eine gute Küche, aber er hatte aufgepasst, dass er nicht zu dick wurde, und sah mit fünfzig Jahren noch gut aus in seiner eleganten Kleidung. Er stand vollkommen regungslos da, den Kopf mit der tadellosen Perücke ein wenig gesenkt, um in die Flammen zu sehen, aber es war unverkennbar, dass er zornig war, und als er sich umdrehte, nachdem der Lakai die Tür geschlossen hatte, lag auf seinem attraktiven Gesicht der Ausdruck, den seine Frau so gefürchtet hatte.

Naomi, die ihren Mut zusammennahm, schritt durch das luxuriös eingerichtete Zimmer und tat so, als bemerke sie weder die finster zusammengezogenen Brauen noch das Blitzen in den hellgrünen Augen und die zusammengepressten Lippen des Mannes, der ihr Erzeuger war und den sie so wenig verstand. »Nanu, Papa«, sagte sie mit leiser Ironie, »wie sehr Sie sich aufregen, sogar Ihre Partie Karten haben Sie schon beendet! Ich hätte mir nicht träumen lassen, dass Sie um meinetwillen so besorgt sind.«

Seine Lippen wurden noch dünner und er blickte noch finsterer. Kalt erwiderte er: »Du hältst mich also für einen Rabenvater. Tröste dich, ich habe bereits in Erfahrung gebracht, dass du nicht verletzt worden bist. Wenn man die Schurken fasst, werden sie dafür bezahlen, dass sie es gewagt haben, Hand an dich zu legen. Das verspreche ich! War dieser Narr von einem Kutscher betrunken? Wie konnte er dasitzen wie ein verdammter Holzklotz, während eine adlige Lady von barbarischen Rohlingen angegriffen wurde?«

Höflich unterdrückte Naomi ein Gähnen und ließ sich auf einen Stuhl sinken. »Sir, ich bin sehr müde. Kann das nicht bis morgen warten?«

Der Earl betrachtete sie. Der prächtige Satinmorgenrock schmiegte sich über ihre wohlgeformte Figur, und ihr Haar, aus dem man den Puder gebürstet hatte, schimmerte in einer üppigen kastanienbraunen Wolke um ihr hübsches Gesicht. Sie war ein lästiges und trotziges Mädchen, noch ungebärdig, aber in gewisser Weise war er stolz auf ihren Mut, und ganz sicher machte sie ihm Ehre. Er bezähmte seine brennende Ungeduld, ging zur Anrichte, goss ein Glas Wein ein und brachte es ihr. »Nein, es kann nicht bis morgen warten. Hier. Das wird deine Lebensgeister wieder wecken. Und kein zimperliches Gesäusel, das sei der erste Wein, den du je probiert habest.«

Naomi nippte an dem Wein und erwiderte sittsam: »Wie Sie meinen, Papa.«

Er gab ein belustigtes Knurren von sich und kehrte zurück an den Kamin, um die breiten Schultern an den Sims zu lehnen. »Nun?«

»Ich denke, Sie haben bereits Roger Coachman befragt …«

»Der Mann ist ein Dummkopf. Ich will es von dir hören, bitte schön. Und als Erstes will ich wissen, was, zum Teufel, du in der Kathedrale von Canterbury zu suchen hattest.«

»Ich wollte meinen Geist weiterbilden, Sir. Ich war so lange fort von England, dass es vieles in meiner Heimat gibt, das ich nicht gesehen habe.«

»Du wirst es zu sehen bekommen, wenn ich es erlaube und wenn du in schicklicher Begleitung bist.«

»Bei allem gebührenden Respekt, Papa, ich bin volljährig und …«

»Und eine adlige Lady, und du wirst dich auch wie eine benehmen.«

»Nanu, Sie sind aber plötzlich sehr gouvernantenhaft geworden.«

»Vielleicht. Doch ich habe dir schon einmal gesagt, dass Dinge, die ich in Italien zugelassen habe, in England nicht durchgehen. Funkel mich nicht so an, mein Kind! Du bist nicht zu erwachsen für eine Tracht Prügel, das sage ich dir, und solange du unter meinem Dach lebst, wirst du mir gehorchen!«

Blass vor Zorn konterte sie: »An dem Tag, an dem Sie die Hand gegen mich erheben, Sir, werde ich Ihr Haus verlassen. Ich bin nicht aus demselben Stoff wie die arme Mama.«

Der Earl presste die Lippen zusammen und trat einen Schritt auf sie zu. Sie sah, wie er zornig die schönen Augen zusammenkniff, und ihr Herz schlug ein wenig schneller.

»Außerdem«, fuhr sie fort und bemühte sich, ihre Stimme fest klingen zu lassen, »wäre ich von drei Anstandsdamen und Falcons Hund begleitet gewesen, hätten sie mir auch nichts genützt. Die Diebe warteten auf uns, und wir waren umzingelt, bevor Roger auch nur die Möglichkeit hatte, an seine Donnerbüchse zu denken.«

»Auf euch gewartet? Was meinst du damit?«

»Ich meine, dass sie sich offensichtlich im Gebüsch versteckt hatten und darauf warteten, dass eine vielversprechende Kutsche vorbeikam.« Verwirrt, weil er eine solch alberne Frage gestellt hatte, fügte sie hinzu: »Was haben Sie denn gedacht?«

Er zuckte mit den Schultern. »Ich muss wohl zugeben, es war ein glücklicher Zufall, dass du die Falcons getroffen hast. Ich habe keine großen Sympathien für den Mischling, aber zumindest konnte er verhindern, dass du ausgeraubt wurdest. Er weiß auf jeden Fall, wo bei einer Pistole hinten und vorne ist.« Er hatte ihr zorniges Stirnrunzeln gesehen und sagte nun hinterhältig: »O je, und ich habe Madame Toleranz beleidigt. Ich nehme an, ich hätte ihn bei seinem richtigen Titel nennen sollen. ›Der Mandarin‹ also, ist das akzeptabel?«

Mit kalter Betonung konterte sie: »August Falcons Großmama mütterlicherseits war die Tochter einer chinesischen Prinzessin und eines russischen Edelmannes. Sein Großvater war Engländer, ebenso wie die Eltern seines Vaters. Ich glaube, das ergibt, dass sein Blut zu weniger als einem Viertel gemischt ist. Im Übrigen, selbst wenn ihr Porträt nur die entfernteste Ähnlichkeit zeigt, muss Mrs. Natascha Falcon die schönste Lady in London gewesen sein, Mischling oder nicht, und ich …«

»Sie war hinreißend, und wenn du glaubst, das mache ihren Enkel auch nur um einen Funken akzeptabler, dann schlag dir diese Vorstellung aus dem Kopf. Was ist los? Hast du eine Vorliebe für sein Vermögen? Ein Anreiz, und ich gestehe, dass er ein attraktiver junger Teufelskerl ist, aber einer Verbindung in *dieser* Richtung werde ich meine Zustimmung nicht geben, ich warne dich also.«

»Ich glaube, ich habe Sie auch nicht darum gebeten, Sir. Doch es ist August zu verdanken, dass meine Wertsachen nicht gestohlen wurden. Wussten Sie, dass er angeschossen wurde?«

»Das hat dein Narr von Kutscher berichtet.« Der Earl trat näher und betrachtete sie eingehend. »Nicht gesagt hat er allerdings, dass du heute Promontory Point einen Besuch abgestattet hast, was ich durch reinen Zufall entdeckt habe. Du wirst die Güte haben, mir zu erklären, warum.«

Naomi schrak zusammen, brachte es aber fertig, mit einem Anschein von Nonchalance zu antworten. »Das Wetter war grässlich und ein Rad kurz davor abzubrechen. Ich wusste, dass wir in der Nähe von Promontory Point waren, und so gab ich Roger Anweisung, dort Hilfe zu suchen.«

»Sehr glaubhaft.« Er lächelte mit schmalen Lippen. »Und jetzt lass mich bitte die Wahrheit hören. Du hast gehofft, den jungen Rossiter wiederzusehen. Du schmachtest immer noch nach ihm, nicht wahr? Hast du keinen Stolz?«

Mit heißen Wangen erwiderte sie: »Ich glaube, ich habe hinreichend klargemacht, dass ich *nicht* nach ihm schmachte, wie Sie es so unelegant bezeichnen, Sir! Und mein Stolz ist vollkommen intakt, das verspreche ich Ihnen!«

»Ich hoffe, dasselbe von meinem sagen zu können! Der alte Rossiter muss gewiehert haben vor Lachen, als du angekrochen gekommen bist ...«

»Sir Mark war in der Stadt, wie ich wusste, sonst hätte ich niemals einen Fuß auf den Besitz gesetzt!«

»Nun, das ist zumindest etwas. Es war alles verschlossen, wie? Dann habt ihr also keine Hilfe gefunden?«

»Doch. Mr. Newby Rossiter war da.«

»Tatsächlich? Ihr hattet sicher viel Gesprächsstoff.«

»Ich habe ... ein paar Worte mit dem Gentleman gewechselt.«

»Da Newby Rossiter keinerlei Ähnlichkeit mit einem Gentleman hat, kann man nur hoffen, dass es wirklich bloß ein paar waren.« Der Earl, ganz darauf eingestellt, hitzigen Widerspruch zu ernten, hörte nichts dieser Art. Neugierig setzte er sich auf die Lehne eines großen Ohrensessels und sagte scharfsinnig: »Er hat sich einen Kuss geraubt, nicht wahr? Überrascht mich nicht. Du hast ihn dazu ermutigt, weil du ihn ohne Anstandsdame besucht hast.«

»Ich habe ihn *nicht* besucht«, widersprach sie, als er sie so aufstachelte. »Zumindest habe ich nicht gewusst, dass er da ist! Und was den Kuss anbelangt – alles, was diese Kreatur geerntet hat, war ein gebrochener Zeh.«

Der Earl lachte laut auf. »Bravo! Der junge Lebemann wird es sich das nächste Mal überlegen, ob er sich an einem rothaarigen Kätzchen vergreift! Nun gut. Bist du bereit, deine Wettschuld zu bezahlen?«

»Wettschuld? Ich kann Ihnen nicht folgen, Sir«, sagte sie verwirrt.

»Aber sicher, Madame Gaunerin! Habe ich dir nicht prophezeit, dass dein tapferer Captain es trotz der Reize der Niederlande nun zweckdienlich finden würde, nach Hause zurückzukehren und zu versuchen, seine Scharte wieder auszuwetzen? Komm, tu nicht so, als hättest du das vergessen. Du hast mit mir um fünfzig Guineen gewettet, dass er nicht so taktlos sein würde. Du musst zahlen, meine Liebe.«

Sie starrte ihn an. »Wollen Sie damit sagen ... Gideon ist ... ist zurück in England?«

»Was, hat Newby dir das nicht erzählt? Ich hätte gedacht ...« Er brach ab und meinte dann nachdenklich: »Es sei denn ... Ich frage mich, ob der Halunke hierher gekommen ist, noch bevor er sich bei seinem Vater blicken ließ.«

»*Hierher?*«, stieß sie hervor. »Gideon war hier? Auf Collington Manor?«

»Das kannst du mir glauben! Dieser junge Halunke besaß die unglaubliche Frechheit, vor meiner Haustür aufzutauchen. Doch das versichere ich dir, er wurde schnell wieder hinausgeworfen!«

»Aber … aber was hat er denn nur gesagt? Haben Sie ihn gefragt …«

»Ich habe ihn nichts gefragt. Ich habe mich geweigert, ihn zu empfangen!«

»Papa! Was auch sonst sein mag, Gideon ist aus guter Familie und der Sohn Ihres Freundes. Ich kann nicht …«

»Meines früheren Freundes«, warf der Earl mit sanfter Stimme ein.

»Selbst in diesem Fall kann ich nicht glauben, dass Sie nicht zumindest die Höflichkeit besaßen, die Sache zu erklären.«

»*Höflichkeit*, ach ja? Höflichkeit hat er *dir* gegenüber gezeigt! Mit seinen Dirnen hat er ohne irgendwelche Skrupel herumgeprotzt, obwohl er mit dir verlobt war!« »Ich glaube, er ist nicht der erste Mann, der sich eine Geliebte genommen hat, Papa«, erwiderte sie ziemlich matt.

»Ich vermute, du spielst auf meinen eigenen Ruf an«, fauchte er zornig.

Naomi sah ihn mit festem Blick an, denn seine zahlreichen Erfolge bei den Londoner Ladies waren kein Geheimnis.

»Die Situation ist eine vollkommen andere«, erklärte er, machte eine Runde durchs Zimmer und schwenkte sein Weinglas, um seine Ausführungen zu unterstreichen. »Ich bin Witwer, meine Kinder sind erwachsen.« Er vermied ihren Blick, denn seine Liebesabenteuer hatten seiner Frau bereits lange vor ihrem Tod Kummer gemacht. »Ein Gentleman mag sich eine oder ein Dutzend Geliebte nehmen, wenn er sich die hübschen Geschöpfe leisten kann. Aber man verlangt von ihm, dass er Diskretion wahrt. Der junge Rossiter schert sich wenig um die Konventionen und hat offensichtlich noch nicht gelernt, dass sich ein Mann, der so gefühllos ist, seine Mätresse und ihren Balg in Not zurückzulassen, jenseits der Grenzen des Erlaubten begeben hat! Dafür allein schon sollte er aus der Gesellschaft ausgestoßen werden.«

»Sie haben also gewusst, dass ein Kind da ist«, sagte sie ruhig.

»Natürlich habe ich es gewusst! Es sollte mich nicht wundern, wenn ganz England davon Kenntnis hat. Männer genießen einen saftigen Bissen Klatsch genauso wie ihr Ladies, meine Liebe. Ich habe es nicht nur einmal, sondern hundertmal gehört, ganz zu schweigen von seinen häufigen Stelldicheins mit einem leichten Mädchen in irgendeinem Garten oder so.« Mit einer Geste der Ungeduld fuhr er fort: »Aber du hast all das gewusst und warst nicht weniger empört als ich, so wie ich mich erinnere.«

»Ich hatte nichts von dem ... dem Kind gewusst.«

»Hm. Und Master Newby war hocherfreut, dir auch dieses Detail mitzuteilen, nicht wahr? Famos! Und typisch für ihn, solche Geschichten einer Lady zu erzählen. Nun, zumindest sollte dich das davon überzeugen, dass Erklärungen meinerseits weder verlangt werden noch nötig sind. Als er die Frechheit besaß, mir durch Pawson seine Karte überbringen zu lassen, konnte ich es kaum glauben. Ich habe vom Treppenabsatz aus sogar einen verstohlenen Blick auf ihn geworfen, weil ich mir so sicher war, es handle sich um eine List. Ich hätte ihn wirklich nicht erkannt, denn er ist mager wie eine Vogelscheuche und hat wenig Ähnlichkeit mit dem arroganten jungen Draufgänger, der davongeritten ist, um zu ...«

»Mein Gott!« Die Worte ihres Vaters hatten Naomi an etwas erinnert. Sie wurde bleich und verschüttete Wein über ihren Morgenrock, als sie entsetzt ausrief: »Dann ... war er das!«

»Wie? Worüber, zum Teufel, regst du dich denn jetzt auf?«

»Die beiden Männer, die während des Überfalls herbeiritten, um uns zu helfen, waren Offiziere. Den, der August angeschossen hat, habe ich noch nie gesehen, aber ich dachte dauernd, dass mir etwas an seinem Freund irgendwie bekannt vorkam. Jetzt wird mir klar, dass es … O Gott! Es ist unglaublich! Aber es muss …«

»*Gideon … Rossiter* gewesen sein?«, unterbrach er sie, fast ebenso erstaunt. »Teufel aber auch!« Einen Augenblick lang starrten sie einander wie betäubt an. Dann sagte der Earl mit einem Grinsen: »Wenn das so ist, würde ich mich nicht wundern, wenn das alles ein aufgelegter Schwindel wäre! Der Teufelskerl hat den Überfall nur inszeniert, um zu versuchen, sich erneut deine Gunst zu erschleichen.«

Schockiert widersprach sie: »Nein, wie können Sie so etwas Furchtbares denken? Zwei Männer wurden getötet und …«

»Bauerntrampel! Pah! Von denen hat England mehr als genug!«

»… und Gideon – wenn es Gideon war – hat mich nicht einmal erkannt.«

Er achtete nicht auf ihren Einspruch, sondern fuhr höchst belustigt fort: »Da liegt also der Hund begraben. Du kannst Gift drauf nehmen, dass ich ihm auf die Schliche gekommen bin! So ein aalglatter junger Gauner! Nun sieh nicht so verbissen drein. Rechne es ihm wenigstens an, dass er es nach Kräften versucht hat!«

Störrisch schüttelte sie den Kopf. »Ich weiß, dass er sich sehr schlecht benommen hat, aber das werde ich nicht von ihm denken. Außerdem, wenn seine Motive das waren, was Sie meinen, hat er seine Karten schlecht ausgespielt. Sein Verhalten gegen mich war gelinde gesagt alles andere als versöhnlich. Ich bin *sicher,* dass er mich nicht erkannt hat. Es war fast dunkel, ich war hingefallen und tropfnass und mein Haar hing mir wirr ins Gesicht. Ich bezweifle, dass *Sie* mich in diesem Augenblick erkannt hätten.« Erschütterter, als sie zeigen wollte, stellte sie ihr nicht leer getrunkenes Weinglas ab und stand auf. »Sir, mit Ihrer Erlaubnis werde ich jetzt gute Nacht sagen.«

Mylord erhob sich, als seine Tochter knickste. »Nun gut, geh ins Bett, Kind, und wir werden barmherzig sein und deine Version der Angelegenheit akzeptieren. In welchem Fall ich mich bei deinen … äh … Rittern in strahlender Rüstung bedanken sollte.« Er lachte in sich hinein. »Falcon und Rossiter! Ein Mischling und ein schurkischer und in Ungnade gefallener Opportunist! Der Teufel soll mich holen, wenn je eine Lady zwei noch zweifelhaftere Streiter für sich gewonnen hat!«

Naomi blieb stehen und bemerkte kühl: »Sie haben ihn mir als Gatten ausgewählt, Papa.«

»Richtig. Aber das ist lange her, und jetzt bist du diejenige, die alle anderen ablehnt. Du hast ein paar ziemlich glänzende Anträge ausgeschlagen. Es wird höchste Zeit, dass du dich mit einem ehrenwerten Gentleman verbindest.«

»Gibt es so ein Geschöpf überhaupt?« Sie schürzte die Lippen. »Meiner Treu, ich fange an, es zu bezweifeln.«

Er lachte leise. »Wohl kein ganz grünes Mädchen mehr, mein Schätzchen? Dann begnüge dich mit einem reichen, ehrenwert oder nicht. Du bist zweiundzwanzig, und man gibt mir schon zu verstehen, dass du noch sitzen bleiben wirst – obwohl das vonseiten der Frauen mindestens zu neun Zehnteln der reine Neid ist. Trotzdem, es passt mir nicht, eine alte Jungfer als Tochter zu haben. Also entscheide dich, oder ich werde es für dich tun. Ein prächtiger Gentleman lechzt förmlich danach, dir seine Reichtümer zu Füßen zu legen, und … Nun, heute Abend will ich nichts mehr sagen. Du siehst abgespannt aus. Geh zu Bett und träume süß.«

Süße Träume! Wenn sie heute Nacht überhaupt träumte, so hatte er dafür gesorgt, dass es Albträume sein würden …

Lord Simon ging mit ihr zur Tür und meinte dann beiläufig: »Ach, übrigens, lass mir doch das Päckchen herunterbringen, bevor du dich zurückziehst.«

Naomi versuchte ihre schwer angeschlagenen fünf Sinne zusammenzunehmen. »Päckchen ...?«

»Das Päckchen, das du bei dem Juwelier in Canterbury abgeholt hast.« Sein Lächeln war ein wenig verkniffen, als er hinzufügte: »Du bist heute wirklich etwas durcheinander.«

»Du meine Güte! Bei der ganzen Aufregung hatte ich das tatsächlich vergessen.«

Der Earl umklammerte den Türgriff. »Du *hast* es doch geholt?«

»Ja, Sir. Ich glaube, es ist in meinem Retikül.«

»Wollen wir es hoffen!«, sagte er sehr leise. »Deine Zofe soll es herunterbringen. Jetzt.« Er ging zur Klingelschnur.

Fünf Minuten später ließ sein wütendes Geschrei alle Anwesenden in dem großen Haus weiche Knie bekommen.

Die Postillione waren zu kleinen Berühmtheiten geworden, und die Stammkunden des Red Pheasant hatten nur zu bereitwillig den Durst dieser Helden gestillt, um ihnen immer schauerlichere Schilderungen der Straßenräuber zu entlocken. Als Rossiter sie schließlich wieder in den Ställen fand, waren sie so betrunken, dass sie nicht mehr kutschieren konnten. Da er keinen leichten Wagen aufzutreiben vermochte, mietete er sich ein Pferd, packte nur das Notwendigste in die Satteltaschen und bat den Besitzer, den Rest seiner Sachen im Gasthof aufzubewahren, bis er am nächsten Tag einen Diener danach schicken könne. Es war ein langer und unangenehmer Ritt. Wie Roger Coachman kannte er die Straße gut, und nun, da es aufgehört hatte zu regnen, schien hin und wieder der Viertelmond zwischen Wolkenfetzen hindurch und erhellte ihm den Weg. Doch die Luft war immer noch feucht, und ein starker Wind war aufgekommen, der ihn bis auf die Haut durchkühlte und gelegentlich Wassertropfen von den nassen Bäumen auf ihn herabregnen ließ. Doch er achtete kaum auf diese Unannehmlichkeiten. Meile um Meile verfolgten ihn August Falcons scharfe Worte: »... dass Ihr Vater als Dieb und Veruntreuer überführt wurde ...« Natürlich war das ein Irrtum. Oder eine absichtliche Lüge.

Seine Gedanken wanderten zurück nach Eton. Falcon war einen Jahrgang über ihm gewesen. Seine Geburt hatte ihm zwar Hohn und Spott eingebracht, aber mit seinen Fäusten hatte er sich ein gewisses Maß an Respekt verschafft. Gideon, der seine eigene Einsamkeit damals hinter kühler Selbstbeherrschung versteckte, hatte den älteren Jungen eher bewundert und hätte sich gerne mit ihm angefreundet. Den einzigen Versuch in diese Richtung hatte er gemacht, als Falcon angegriffen wurde und die anderen in der Überzahl waren, doch seine Einmischung hatte ihm lediglich heftigen Groll eingebracht: »Steck deine reinrassige englische Nase in Zukunft nicht mehr in meine Angelegenheiten!«, hatte Falcon gefaucht. Rossiter hatte ihn beim Wort genommen und ihn gemieden wie die Pest, aber obwohl sie weder Freunde waren noch es jemals werden konnten, hatte er nie gehört, dass sich Falcon anders als geradlinig und ehrlich verhalten hätte, und konnte nicht glauben, dass der Mann ein Lügner war.

Obgleich Rossiter ungeduldig war, nach Hause zu kommen und der Sache auf den Grund zu gehen, hütete er sich davor, auf schlechten Straßen, die durch schwere Regengüsse noch mehr gelitten hatten, einen Galopp zu riskieren. An einem so düsteren Abend waren wenige Reisende unterwegs. Gelegentlich tauchte schemenhaft ein vereinzelter Reiter oder eine sich mühsam vorwärts kämpfende Kutsche auf und verschwand rasch wieder in der Dunkelheit. Rossiter lenkte sein Pferd um einen beladenen Karren herum, der zum morgendlichen Londoner Markt unterwegs war; Ölzeug deckte die Fracht ab, und ein fröhlicher Gruß ertönte von einem dunklen Umriss her, der zunächst aussah wie ein Haufen Säcke, aber offensichtlich der Kutscher war. Eine halbe Stunde später sauste unter lautem Hufgedonner und mit dröhnendem Horn halsbrecherisch schnell eine Postkutsche vorbei. Die schweren Räder bespritzten Rossiter erneut mit Schmutz, aber er war froh, die Kutsche zu sehen, da sie dafür bürgte, dass die Straßen zumindest bis Canterbury passierbar waren. Drei Meilen vor dieser Stadt wandte er sich ostwärts und sofort wurden die Straßenverhältnisse schlechter. Das Mondlicht drang durch windgepeitschte, glänzende schwarze Äste und beschien einen Weg, der nur aus Schlammpfützen und Fahrrillen bestand. Rossiter ritt an den Hecken entlang, aber an manchen Stellen war der Straßengraben steil und tückisch, sodass er sehr vorsichtig sein musste. So oft hatte er davon geträumt, nach Hause zurückzukehren, aber er hatte sich immer einen hellen, sonnigen Morgen vorgestellt, Wiesen voller leuchtender Blumen und schließlich das große Herrenhaus, das in heiterer Würde darauf wartete, ihn willkommen zu heißen, während sich dahinter das Dach von Oaken Mill, der alten Mühle, über die Bäume erhob. Dieser Ritt jedoch war weit entfernt von einer solchen angenehmen Heimkehr. Die stürmische Nacht hatte etwas Unheilverkündendes an sich. Eine Warnung schien im Heulen des Windes zu liegen; die plötzlichen Windstöße wirkten fast, als bemühten sie sich, ihn wieder dorthin zurückzutreiben, woher er gekommen war. Närrische Einbildung, dachte er. Die Frucht von Müdigkeit und nagender Sorge.

Sein Unbehagen verstärkte sich, als er das Pförtnertor erreichte. Kein Lebenszeichen, keiner antwortete auf seinen Gruß. Regen begann erneut niederzuprasseln. Fluchend schwang er sich aus dem Sattel, band das Pferd an einem Busch fest und kämpfte sich mit dem schweren Tor ab. Als er weiterritt, dachte er, dass entweder jedermann auf Promontory Point früh zu Bett gegangen war, oder aber dass die Bäume sehr dicht geworden waren, denn mittlerweile hätte er Licht aus den Fenstern des Haupthauses sehen müssen.

Er lenkte das Pferd die Auffahrt entlang und blickte mit angestrengt zusammengekniffenen Augen den Hügel hinauf, um irgendein Lebenszeichen zu entdecken. Als er den Wallgraben erreichte, hatte er die Tatsache akzeptiert, dass seine Familie in der Stadt sein musste. Bestimmt hatte man ein paar Diener zurückgelassen, aber die waren offensichtlich bereits schlafen gegangen. Er ritt über die Brücke zum Stallhof. Nicht ein Lichtschein drang aus dem lang gestreckten Gebäude, in dem die außerhalb des Hauses arbeitende Dienerschaft untergebracht war. Ein schauriges Echo folgte seinem Ruf, aber keine Antwort kam. Er schwang ein Bein über den Sattelknauf und ließ sich vom Pferd gleiten, doch dann taumelte er. Er war so müde, dass es schon weh tat. Ärgerlich und enttäuscht rief er noch einmal. »Verdammt! Wo *sind* bloß alle?«

Ebenso gut hätte er die Pfütze fragen können, in die er jetzt hineintrat, und um nicht noch mehr Zeit zu verschwenden, führte er das Pferd in den Stall und suchte dabei mit klammen Fingern nach Zunderbüchse und Feuerstein. Die schwache Flamme zeigte eine Reihe von Boxen, doch nur eine war besetzt von einem alten Grauen mit Senkrücken, der ihn schläfrig anblinzelte. Das Tier musste einem Diener gehören, aber wo, zum Teufel, waren all die anderen Pferde? Sein Denkvermögen war im Augenblick zu abgestumpft, um sich mit diesem Problem herumzuschlagen. Er musste ins Bett, bevor er im Stehen einschlief. Zuerst aber war noch das Pferd zu versorgen. Müde zündete er eine Laterne an. Zehn Minuten später, nachdem er das Tier abgerieben und ihm Hafer und Wasser gegeben hatte, warf er sich die Satteltaschen über die Schultern und stolperte über den Hof, durch den Küchengarten und die Hintertreppe hinauf.

Die Tür war verschlossen – das war noch nie da gewesen.

Das war der Tropfen, der das Fass zum Überlaufen brachte. Mit einem wütenden Schrei stieß er mit dem Stiefel gegen das Schloss. Das Holz splitterte und nach einem zweiten Tritt war die Tür offen.

Im Innern des Hauses war es pechschwarz und absolut still. Er tastete sich durch die Küche und den Flur der Dienerschaft entlang. In der großen Halle zog er vergebens an der Klingelschnur und rief noch einmal: »Ist jemand zu Hause?« Doch die einzige Antwort war das leise Klingeln der Prismen an den Kronleuchtern. Enttäuscht und schwankend vor Erschöpfung schleppte er sich die Treppe hinauf. Sein eigenes Bett würde natürlich nicht gemacht sein, aber in Sir Marks Schlafzimmer waren vielleicht Decken. Er öffnete die Tür und wankte auf das große Himmelbett zu. Seine ausgestreckte Hand ertastete eine Daunendecke. Mit einem Stöhnen der Erleichterung ließ er die Satteltaschen zu Boden gleiten, zog nur noch Mantel und Stiefel aus, löste den Degengurt und kroch dann in die Federn.

Er hatte kaum die Augen geschlossen, als Geräusche ihn weckten – Geräusche, die nach Gewalt klangen. Poltern, Krachen, laute Stimmen, die sich zornig oder gequält anhörten. Ein paar Sekunden lang glaubte er, wieder bei seinem Regiment zu sein, doch dann erinnerte er sich und zog sich fluchend die Decke über die Ohren. Die Geräusche wurden lauter und der Boden erzitterte. Als jemand aus vollem Halse brüllte, riss es ihn aus dem Bett. Kochend vor Wut ging er einen Schritt – dann blieb er stehen, vollkommen verblüfft, weil die Sonne durch die großen Fenster im Schlafzimmer seines Vaters drang. Er musste die Nacht durchgeschlafen haben. Als er kurz das Zimmer musterte, sah er nur die Möbel, keinerlei Spur von Kleidern oder persönlichen Dingen. Richtig, sie waren ja alle fort. Kein Grund, deswegen beunruhigt zu sein. Entweder waren sie in ihrem Stadthaus Rossiter Court oder Papa war vielleicht in die Shires gereist oder hatte mit Gwen die Heilquellen in Bath aufgesucht. Trotzdem war es seltsam, dass kein einziger Diener gekommen war, um ihm aufzuwarten, denn die Pferdeknechte mussten doch sicher sein Reittier im Stall gesehen und bemerkt haben, dass ein Mitglied der Familie heimgekommen war. Außerdem, selbst wenn Sir Mark sich auf eine längere Reise begab, blieb der größte Teil des Personals auf Promontory Point, und noch nie war dieses Zimmer so vollkommen bar aller persönlichen Habseligkeiten gewesen …

Ein erneutes Krachen erinnerte ihn an seine Absicht. Ohne sich damit aufzuhalten, die Stiefel anzuziehen, riss er die Tür auf und eilte den Flur entlang.

Vom Treppenabsatz bot sich ihm der volle Überblick über die Auseinandersetzung. »Was, zum *Teufel?* Aufhören!«, donnerte er.

Der größere der beiden Kämpfer wurde durch die Halle geschleudert, prallte gegen einen mittelalterlichen Eichenstuhl und glitt zu Boden. Der andere fuhr sich mit der Hand durch das zerzauste Haar und sah zu ihm hinauf.

»Wie du … wünschst, mein lieber Junge«, keuchte Leutnant James Morris. »Tut mir Leid, dass ich … dass ich deine Leute durch die Gegend werfe, aber der dumme Kerl … wollte auf kein Wort hören, das ich … gesagt habe.«

Rossiter rannte die Treppe hinunter und ergriff die Hand des Leutnants. »Jamie! Willkommen! Bist du gerade eingetroffen?«

»Gestern Abend. Als ich vorne gerufen habe, konnte ich keine Menschenseele wecken, aber ich habe eine offene Hintertür gefunden. Weißt du, ich wäre ja nicht eingedrungen, aber du hast all meine Sachen, und mein Reservegeld ist in meinem Rasieretui.«

»Himmel! Daran hätte ich denken sollen! Entschuldige bitte, aber ich konnte keine Kutsche auftreiben, und so habe ich die meisten Sachen im Red Pheasant gelassen und wollte …«

»*Was?* Soll das etwa heißen, dass ich den ganzen Weg zu diesem verfluchten Wirtshaus wieder zurückreiten muss? Das ist ja wohl das Niederträchtigste, das ich je gehört habe! Hol dich der Teufel, Ross!«

»Ich schicke einen der Diener meines Vaters hin und lasse dir deine Sachen bringen, das verspreche ich dir. In der Zwischenzeit kannst du mein Rasiermesser benutzen. Wie um alles in der Welt hast du bloß hierher gefunden?«

»Mit erheblichen Schwierigkeiten! Glücklicherweise hat mir eine höchst zuvorkommende Hebamme, die zu einem späten Krankenbesuch unterwegs war, eine sehr verständliche Richtungsbeschreibung gegeben. Um die Wahrheit zu sagen, ich habe gar nicht geglaubt, dich hier zu finden. Wenn *ich* meine Lady sechs Jahre lang nicht mehr gesehen hätte, wäre ich wahrscheinlich erst zu ihr geritten.« Als Morris bemerkte, wie das Lächeln aus Rossiters Augen verschwand, fügte er vorsichtig hinzu: »Ah! Das hast du also getan. Keine ... äh ... Schwierigkeiten, hoffe ich?«

»Keine, denen ich nicht schnell auf den Grund kommen kann. Warum machst du so ein bedrücktes Gesicht? Glaubst du, dass meine Lady mich vergessen hat? Das brauchst du nicht. Sie gehört nicht zu der Sorte, die etwas gelobt und dann vergisst.«

»Trotzdem ... sechs Jahre ...«, meinte Morris und beobachtete ihn aus dem Augenwinkel. »Eine grässlich lange Zeit, alter Junge. Nicht, dass ich dir deine Hoffnungen vergällen will, aber ... weißt du, es könnte ja sein, dass irgendetwas geschehen ist.«

»Was für ein Schwarzseher! Nun komm schon, lass den Kopf nicht hängen. Du brauchst etwas zu beißen, das ist alles. Wo hast du geschlafen?«

»Ich habe mir die Freiheit genommen, mich in eurem Salon langzulegen. War zu müde, um die Treppen hinaufzusteigen.« Morris bemerkte die zerknitterte Erscheinung seines Gastgebers, der in Strümpfen dastand, und fragte: »Dein Diener ist wohl fort, alter Junge?«

»Im Augenblick habe ich keinen, aber irgendjemand muss da sein, der ein Auge auf das Haus hat. Wenn wir Glück haben, ist etwas zu essen in der …«

»Ha, nein, das tun Sie nicht!«, unterbrach eine grimmige, heisere Stimme. Der Kampfgegner des Leutnants hatte sich aufgerappelt und hielt eine große Sattelpistole auf sie gerichtet. »So 'ne Frechheit aber auch!« Die Perücke hing ihm schief über der Augenbraue, doch seine kantigen Gesichtszüge waren gerötet und kriegerisch. »Feiner Zustand hier im Land, wenn solche Soldatenheinis einfach in die Häuser von den vornehmen Herren einbrechen und sich da gemütlich einrichten! Und dann, als ob sie sich aus ihren Sünden gar kein Gewissen machen, woll'n se auch noch die Speisekammer ausrauben! Ein starkes Stück, sag ich bloß, ein ganz starkes Stück! In Gewahrsam nehm ich euch zwei Burschen, jawohl.«

»Wer, zum Teufel, sind Sie?«, fragte Rossiter.

»Wenn Sie das irgendwas anging, was es nicht tut, würd ich Ihnen sagen, dass ich Enoch Tummet heiße. Aber jetzt machen Sie und Ihr Freund 'nen kleinen Spaziergang in den Keller, und da könnt ihr bleiben, bis ich den Wachtmeister hole. Auf so was zu kommen! Ein Haus ausrauben, das Tummet bewacht! So was!«

»Sie sind ein Narr«, sagte Morris. »Ich habe nichts gestohlen. Außerdem ist dieser Gentleman Captain Gideon Rossiter und er wohnt hier«

»Das erzähl mal meinem Großvater«, höhnte der stämmige Mr. Tummet und winkte sie mit der Pistole vielsagend in Richtung Küchenflur.

»Ich kann mich nicht für Ihre Verwandten verbürgen«, erwiderte Rossiter. »Und warum, zum Teufel, mein Vater Sie angestellt haben soll, um dieses Haus zu bewachen, kann ich mir auch nicht denken. Aber ich versichere Ihnen, dass ich Gideon Rossiter bin.«

»Ha, und wenn Sie das sind – aber das glaub ich nicht – dann hör'n Se mal: Erstens bin ich ein *richtiger* Wachmann und tu meine Pflicht, und zweitens, das Haus hier gehört nicht mehr den Rossiters, beileibe nicht. Und jetzt ab mit euch zwei diebischen Elstern, bevor mein Finger hier den Abzug nicht mehr halten kann, weil er zu müde ist.«

Alle Farbe wich aus Rossiters Gesicht und seine Augen funkelten zornig. Entschlossen erklärte er: »Ich bewege mich keinen Schritt weiter, bevor ich nicht weiß, wovon, zum Teufel, Sie sprechen.«

»Im Märzen der Bauer die Rösslein anspannt«, sang Morris und fing an herumzuhüpfen, die Rockschöße geziert mit der Hand haltend. »Im Märzen, im Märzen. Im Märzen der Bauer die Rösslein anspannt, an einem schönen Sonntag in der Früh.« Mr. Tummet sperrte den Mund auf, betrachtete diesen Auftritt mit glasigen Augen und flüsterte: »Potztausend! Der arme Kerl ist übergeschnappt!«

Schnell wie der Blitz sprang Rossiter ihn an. Bevor Tummet sichs versah, wurde ihm die Pistole aus der Hand geschlagen. Es war, als explodierte ein Geschoss unter seinem Kinn, und für eine Weile musste er von seiner wackeren Pflichterfüllung Abstand nehmen.

Rossiter massierte sich die schmerzenden Handknöchel und blickte auf den niedergestreckten Wachmann. »Prima gemacht, Jamie.«

Morris sah ihn mitfühlend an. Der arme Kerl war weiß wie ein Laken.

»Das war eine höllisch üble Art, es zu erfahren, Gideon«, erklärte er. »Tut mir Leid. Ich hätte dich warnen sollen.«

»Hat in allen Zeitungen gestanden«, sagte Mr. Tummet und strich dick Butter auf eine Scheibe Toast. »Klar, ihr zwei Gents konntet das wohl nicht wissen, weil ihr ja weg wart zum Kämpfen.« Er hegte offensichtlich keinen Groll darüber, dass er niedergeschlagen worden war, sondern blinzelte Rossiter über den voll beladenen Küchentisch hinweg an und brachte noch einmal seine Bewunderung für »einen Gent mit so einer kolossalen Rechten« zum Ausdruck. »Und außerdem«, fuhr er fort, »wenn ich jetzt schon Ihr Kriegsgefangener bin, Sir, bekomm ich vielleicht auch noch ein Scheibchen von dem Schinken? Ich hab eine Vorliebe für Schinken. Nicht, dass ich mir unaufgefordert welchen genommen hätte. Wär ja gegen das Gesetz. Aber wenn Sie mich zu Missetaten zwingen, kann man das ja nicht mir vorwerfen. Oder, Sir?«

Sie hatten den Wärter unter eine »Parlamentärsflagge« gestellt, wie Morris es ausdrückte, und dieser Rechtsbeugung hatte er zugestimmt, als sie ihm einen goldenen Sovereign gaben und ihm ein kräftiges Frühstück versprachen. Im Nu hatte er in der Küche Feuer angefacht und einen Topf mit Wasser aufgestellt. Ihr Überfall auf die Speisekammer hatte ergeben, dass sie reichlich mit Vorräten ausgestattet war, weil die Familie bis gestern noch hier gewohnt hatte, wie Tummet erklärte. Während die beiden Offiziere sich wuschen und rasierten, hatte ihr »Kriegsgefangener« vergnügt Schinken und Eier gebraten, ein Fässchen Ale und eine dicke Scheibe Käse aufgetrieben und mehrere Scheiben Brot geröstet.

Als sie schließlich in die duftende Küche gekommen waren, hatte sich Rossiter von dem anfänglichen Schock etwas erholt, und als er nun noch etwas Schinken für Tummet herunterschnitt, sagte er: »Mir ist das alles so unerklärlich, Jamie. Mein Vater ist ein sehr reicher Mann.«

»Das war er, Sir«, widersprach Tummet, den Mund voll Schinken. »Bis er versucht hat, die auszubezahlen, denen er was schuldig war.« Er fuchtelte dem verblüfften Soldaten mit dem Messer vor der Nase herum und fuhr kummervoll fort: »Sich selber ruiniert, das hat er. Bringt nichts ein, Kumpel. Sie haben ihn sowieso drangekriegt, und jetzt will das Gericht ihn zwingen, dass er das schöne Haus hier verkauft und seine Schulden zahlt. Sapperlot! Hätt sich lieber schnappen sollen, was er noch in die Finger kriegen konnte, und sich aus dem Staub gemacht.«

Das wird ihm das Herz brechen, dachte Rossiter. »Sir Mark ist ein ehrenwerter Gentleman«, erklärte Morris, verdarb diese eindrucksvolle Aussage jedoch, als er hinzufügte: »Aber es ist etwas dran an dem, was Tummet sagt, Gideon. Hätte dein Papa ...«

»Red keinen solchen Unsinn«, unterbrach ihn Rossiter barsch. »Glaubst du, mein Vater würde seine Aktionäre und Anleger im Stich lassen?«

»Sie ha'm nicht lange gebraucht, um *ihn* im Stich zu lassen.« Tummet nahm sich noch eine Scheibe Toast. »Ich kenn nicht die ganze Geschichte, aber nach dem, was ich gehört hab, haben ein paar von den reichsten Gents, die ihr Vermögen bei der Rossiter Bank hatten, am Abend vor dem Skandal alles bis auf den letzten Groschen herausgezogen. Gemein nenn ich das. Richtig gemein.«

»Mein ... Gott ...«, flüsterte Rossiter, ließ sich gegen die Stuhllehne sinken und starrte wie blind auf den Senftopf. »Wenn es dir nichts ausmacht, dass ich frage, Ross«, begann Morris zögernd, »wer ... äh ... wer war das?« Rossiter fuhr sich mit der Hand über die Augen. »Ich kenne nicht alle. Mein Vater und ich waren in geschäftlichen Dingen nicht einer Meinung und ich habe mich mehr für die Werften interessiert. Beim Himmel, ich wünschte, ich hätte ...« Er unterbrach sich und erklärte dann: »Norberly war einer von ihnen. Und Derrydene. Und in geringerem Umfang noch ein paar andere, glaube ich.«

Die ehrlichen, haselnussbraunen Augen des Leutnants wurden rund vor Erstaunen. »Was, Lord Norberly und Sir Louis Derrydene? Verdammt! Ich kann es kaum glauben! Das sind *sehr* vornehme Gentlemen.«

Rossiter sprang von seinem Stuhl auf und funkelte ihn grimmig an. »Mein Vater ist ebenfalls ein vornehmer Gentleman, ist das klar?!«

»Oh, ich habe nicht … nicht den geringsten Zweifel daran«, stammelte Morris erschrocken. »Ich wollte nicht sagen … das heißt, ich meine nur … nun, man sollte meinen, sie gehören nicht zu der Sorte, die verwickelt sind, wenn es um …«

»Die in *was* verwickelt sind, bitte?«, schnaubte Rossiter, dessen hageres Gesicht vor Zorn gerötet war. »Veruntreuung vielleicht?«

»Aber, aber«, brummte Tummet beschwichtigend. »Sachte, junge Gents. Nichts wird so heiß gegessen, wie's gekocht wird.«

Rossiter erhob sich mit blitzenden Augen, die Fäuste geballt. »Ich will bitte eine Erklärung hören, Leutnant.«

»Hallo …? Ist da jemand …?« Die drei sahen einander sprachlos an, als eine raue Männerstimme aus der Richtung der Eingangshalle ertönte.

»Nanu«, brummte Tummet und erhob sich mit einem erschrockenen Blick von seinem Stuhl. »Ich geh wohl mal lieber und schau nach, wer mir einen Morgenbesuch abstattet.« Er eilte hinaus, dann steckte er den Kopf noch einmal zur Tür herein und zischte: »Ihr beiden Gents macht euch besser fertig zum Verschwinden. Schnell!« Er eilte davon. »Ich gehe und hole meine Sachen«, sagte Morris hastig.

»Du hast wohl Angst, mit mir gesehen zu werden?«, höhnte Rossiter.

»Sei kein solcher Trottel.« Äußerst aufgebracht stampfte Morris den Flur entlang zur Hintertreppe.

Tummet kam zurück in die Küche gerannt, die braunen Augen ganz rund. »Eine Lady ist da, Cap'n«, stieß er keuchend hervor. »Aber sie will nicht zu mir, so ein Jammer! Ihr Diener sagt, zu Ihnen will sie. Eine Lady Naomi Lutonville! Potzblitz! So eine feine Dame!«

5

Sie war also gekommen! Rossiters schweres Herz machte einen Satz. »Glanz und Gloria!«, flüsterte er und hastete zur Tür. Lady Lutonville saß in der großen Halle, eine Reitgerte in der Hand. Sie erhob sich, als Rossiter eintrat, und sah ihn schweigend an. Er blieb einen Augenblick stehen, starrte sie an und versuchte, dieses selbstsichere und bezaubernd schöne Geschöpf mit dem scheuen Mädchen in Einklang zu bringen, das er vor so langer Zeit zurückgelassen hatte.

Sie betrachtete ihn ohne ein Lächeln hocherhobenen Hauptes. Ihr dunkelgrünes Reitkleid ließ ihre helle Haut fast durchsichtig erscheinen und weiße Spitze leuchtete an ihrem Halsausschnitt und ihren Handgelenken. Ein grüner Hut mit breiter Krempe, die auf einer Seite umgeschlagen und mit einer elegant geschwungenen Feder geschmückt war, saß auf ihrem gepuderten Haar, und unter dem linken Ohr bauschten sich dichte Locken. Ihre Schönheit war nicht so exotisch wie die Miss Falcons, aber er fand ihr zartes Näschen entzückend, den Schnitt ihres Gesichts herrlich, ihren Mund wundervoll geschwungen und sehr küssenswert und ihre schlanke, aber wohlgeformte Figur genauso, wie er es sich erträumt hatte. Ihr stolzer Kopf reichte ihm gerade bis ans Ohr, so wie es sein sollte. Sie war die Verkörperung seiner sanften Lady im Garten von Tranquillity Terrace, nur unendlich vollkommener.

»Naomi!« Mit ausgestreckten Händen eilte er auf sie zu. Sie sank in einen tiefen Knicks. »Wie freundlich von Ihnen, mich heute zu erkennen, Captain Rossiter.«

Ein spöttischer Ton lag in ihrer Stimme, ihr Gebaren wirkte hochmütig, und nachdem sie einen verächtlichen Blick auf sie geworfen hatte, ignorierte sie seine ausgestreckten Hände.

Ebenso gut hätte sie ihm einen Krug kaltes Wasser ins Gesicht schütten können. Rossiter erstarrte und blieb regungslos stehen.

»Wahrhaftig«, sagte sie mit einem kalten Lachen, »Ihre Überraschung wundert mich nicht. Es ist höchst unschicklich, dass eine unverheiratete Lady das Haus eines Junggesellen besucht.« Ihre großen grünen Augen begannen zu funkeln. »Vor allem, wenn er sie zuvor so roh behandelt hat.«

»*Roh behandelt …?* Wie … um alles in der Welt …?«

»Sie haben mich also doch nicht erkannt. Gestern Abend, Sir. Der Überfall.«

»Gütiger Himmel! *Sie* waren also der dumme Fratz, der …« Schnell brach er den Satz ab, aber nicht schnell genug.

Naomi presste die Lippen zusammen, Ärger ließ die Farbe ihrer Wangen dunkler werden. »Ein wahrer Gentleman mit gutem Herzen, Sir, hätte einer Lady in Not ein wenig Mitleid gezeigt, anstatt sie auch noch zu verunglimpfen.«

Wie kalt sie redete, ohne die geringste Spur von Zuneigung. Und was für eine Ironie des Schicksals, dass es von allen Frauen auf der Welt ausgerechnet seine Traumfrau sein musste, die er so niederträchtig behandelt hatte! Er vergaß ihren empörenden Eigensinn und dachte nur noch daran, wie grob er sie in die Kutsche geschleudert hatte, und bestürzt stammelte er: »Ich hatte nicht die Absicht … das heißt, ich würde um keinen Preis … O Gott, Naomi! Ich wünschte, du würdest mir glauben …«

»Nanu, welches Ungestüm«, warf sie mit einem gelangweilten Achselzucken ein. »Und schließlich ist das alles nicht von Belang.« Aus dem Augenwinkel sah sie, wie er erneut erstarrte. Sie konzentrierte sich darauf, ihren Handschuh glatt zu streichen, und fügte hinzu: »Und ich bin auch nicht hier, um eine Entschuldigung zu hören, Sir.«

»Ich hatte gedacht, Sie wären vielleicht gekommen, um sich selbst zu entschuldigen«, erwiderte er ruhig.

»*Ich!*« Entrüstet funkelte sie ihn an.

Er trat näher. »Der Empfang, der mir im Herrenhaus zuteil wurde, war nicht das, was ein Mann erwarten würde, der seine Verlobte besuchen will. Mir ist klar, dass wir lange getrennt waren, aber wir sind verlobt – das habe ich zumindest geglaubt.«

Wie brachte er es fertig, so ernst und ehrlich zu scheinen! Sie sehnte sich danach, ihn zu kratzen, aber es gab Dinge, die noch verletzender waren. Und so lachte sie, leise und melodisch, und sah mit Befriedigung, wie er zusammenzuckte. »Tatsächlich? O Gott, das muss ich vergessen haben! Aber glauben Sie nicht, dass wir nicht an Sie gedacht hätten. Gerüchte haben es so an sich, dass sie auch nach England dringen. Früher oder später.«

Sie »muss es vergessen haben«. Gideon holte tief Luft. »Und … seit wann haben Sie angefangen zu vergessen, Mylady? Fünf Minuten, nachdem Sie London verlassen haben? Oder erst, als Sie Ballkönigin geworden sind? Sie müssen wissen, Gerüchte dringen auch nach Holland, und Ihr Ruf hat vielen Gelegenheit zu einem schmutzigen Witz darüber geboten, dass Sie in anrüchigen Bierschenken so manchen Humpen geleert haben.«

»Wie können Sie es *wagen*?«, flüsterte sie bebend vor Wut.

Er packte ihr Handgelenk, riss sie näher zu sich und zischte durch die Zähne: »Ich wage es, weil ich gegen den Mann gekämpft habe, der behauptete, man habe gesehen, dass Sie um zwei Uhr morgens ohne Begleitung einer Anstandsdame aus Lord Wellbys Haus gekommen seien! Ich habe den Zeitungsschreiberling niedergeschlagen, der Sie eine wilde Göre genannt hat, weil Sie am königlichen Hof vorbeigaloppiert sind und dabei eine Kuhherde aufgeschreckt haben, sodass es einen feinen Tumult gegeben hat. Wie ein Narr habe ich kein Wort von dem Klatsch aus Italien geglaubt, sondern nur davon geträumt heimzukommen, Sie endlich wiederzusehen und das Leben zu beginnen, das wir gemeinsam geplant hatten.« Seine grauen Augen wurden traurig. Langsam fuhr er fort: »Ich hatte solche Hoffnungen ... so wundervolle Pläne, die ich mit meiner kleinen Wiesenfee teilen wollte ...«

So hatte er sie genannt, als sie eine Sechzehnjährige voller Heldenverehrung und er ein erhabener Zweiundzwanzigjähriger gewesen war. Naomi musste den Blick abwenden. Sie waren so in ihren Streit vertieft, dass sie Leutnant Morris, der vor sich hin summend die Haupttreppe herunterkam und sich die Handschuhe anzog, gar nicht bemerkten. Er sah sie, hörte, was Rossiter zuletzt sagte, und erstarrte. Dann kehrte er um. Die Treppe knarrte. Tödlich verlegen hielt er abermals inne und fürchtete, sie hätten ihn entdeckt und würden ihn als Lauscher bezichtigen.

Doch Rossiters ganze Aufmerksamkeit war auf Naomi gerichtet. Vielleicht war sie einfach überreizt ... In der Vergangenheit war es ihm immer gelungen, sie wieder für sich zu gewinnen, wenn sie ärgerlich oder traurig war. Sanft erklärte er: »Meine Liebe, es tut mir sehr Leid. Ich weiß, dass ich nicht besonders geschickt mit dieser Situation umgegangen bin. Wenn Sie mir nur zuhören wollen ...«

Obwohl sie nichts sagte, schien es ihm, als glitte sie ein wenig auf ihn zu. Er ließ ihr Handgelenk los und versuchte, ihr ins Gesicht zu sehen, aber die Hutkrempe verbarg es. Vorsichtig entfernte er diesen hinderlichen Gegenstand. Sie erhob keinen Einwand und er zog sie näher und berührte ihre abgewandte Wange. »Ich hätte nicht solche Dinge sagen sollen. Ich bitte dich, verzeih mir. Gerüchte sind so etwas Tückisches, Naomi. Wir dürfen nicht zulassen, dass sie zwischen uns treten und all unsere Träume zerstören.«

»Es ... war so lang, Gideon«, erwiderte sie mit zitternder Stimme.

»Ja, meine Liebste. Aber vor uns liegt die ganze wundervolle Zukunft. Ich werde mich sehr bemühen, dich immer glücklich zu machen. Ich schwöre es.«

Sie hielt den Kopf noch immer gesenkt, doch sie hob zögernd eine Hand und legte sie auf seine Krawatte. »Als ich nichts von dir gehört habe, habe ich geglaubt, du hättest vielleicht … eine andere Liebe gefunden.«

»So ein Unsinn! Du bist meine einzige Lady, die ich je lieben werde. Ich dachte, das weißt du!«

Sie barg ihr Gesicht an seiner Brust und fragte mit erstickter Stimme: »Dann hast du immer vorgehabt, zu mir … zu mir zurückzukommen?«

»Da kannst du sicher sein! Die ganzen sechs Jahre über habe ich die Augenblicke gezählt, bis ich dich Mrs. Gideon Rossiter nennen kann.« Schließlich würde doch noch alles in Ordnung kommen! Eingehüllt in eine Wolke aus strahlendem Glück, presste er die Wange an ihr duftendes Haar. »Meine Naomi«, flüsterte er. »Wenn du nur wüsstest, wie sehr ich mich danach gesehnt habe, dich so im Arm zu halten! Wie sehr ich dich verehre …«

Hier brach er ab, denn sie lachte.

Sie hob den Kopf und zeigte ihm ihr belustigtes Gesicht. »Oh!«, stieß sie aus. »Wie fantastisch Sie das spielen, Captain! Pardon. Ich sollte nicht lachen, ich weiß. Aber haben Sie geglaubt, die Nachricht von Ihrer Liebschaft mit Ihrer kleinen holländischen Lady würde unsere Ohren nicht erreichen?«

»Belgisch«, korrigierte er verblüfft. »Ich nehme an, das habe ich verdient. Doch …«

»Aber nein, lieber Sir, Sie dürfen nicht meinen, dass ich die Absicht habe, Sie zu tadeln. Ladies tun nur so, als wären sie blind gegenüber diesen kleinen Affären, wissen Sie. Und man kann nicht erwarten, dass Gentlemen – vor allem Gentlemen beim Militär – Heilige sind. Aber …«, missbilligend drohte sie ihm mit der Gerte, »… es war ungehörig von Ihnen, die arme Lady sitzen zu lassen mit ihrem – es ist ein kleines Mädchen, nicht wahr?«

Er ballte die Fäuste. Angespannt erwiderte er: »Nein. Ein Junge und zwei Mädchen. Dieses Jahr sind Zwillinge gekommen, wissen Sie.«

Einen Moment lang riss sie die Augen weit auf, erholte sich aber rasch, spitzte die Lippen und sagte etwas atemlos: »Pfui! Sie verderben Papas Szenenaufbau. Er hat gewettet, Sie würden tausend Entschuldigungen haben und mir schwören, das Gerede sei alles erlogen und Sie würden nur mich lieben.« Wieder erklang ihr leises Lachen. Sie wandte sich ab und fuhr fort: »Sie werden mich für eine richtige Törin halten, aber ich habe ihm gesagt, dass Sie, da Sie weder gekommen seien noch eine Nachricht geschickt hätten, sicherlich verwundet worden seien.« Unter dem dunklen Vorhang ihrer Wimpern beobachtete sie ihn gespannt. »Ich habe sogar einen Freund geschickt, der sich bei Sir Mark erkundigen sollte, ob Ihr Kommandierender Offizier Verbindung zu ihm aufgenommen hat.«

Rossiter holte langsam Luft. Wieder sein Stolz! Sein verdammungswürdiger Stolz, der ihn zuerst zu seinem hastigen Eintritt in die Armee veranlasst und dann verhindert hatte, dass man seinen Vater über die möglicherweise tödliche Verwundung seines Sohnes in Kenntnis setzte!

»Zweifellos hat der Earl Ihnen gesagt, wie die Antwort lauten würde – dass mein Vater nichts gehört habe.«

»O ja, und er hielt mich für einen Riesendummkopf und meinte, ich müsse darauf gefasst sein, dass Sie behaupten würden, Sie *seien* verwundet worden. Und Sie würden das als Entschuldigung dafür benutzen, bei Ihrer *chère amie* – oder sind es mehrere Freundinnen? – geblieben zu sein.«

Rossiter sah ihr fest in das unschuldige Gesicht, und sie fuhr spöttisch fort: »So etwas aber auch! Ich habe den Gentleman schon wieder verärgert! Habe ich vielleicht eine sorgfältig vorbereitete kleine Rede verdorben? Ich werde es wieder gutmachen.« Sie ließ ihre Grübchen sehen und klimperte mit den Wimpern, dann fügte sie mit übertriebener Naivität hinzu: »Sie sind so verändert, Captain Rossiter. Ist Ihnen das Leben bei der Armee nicht bekommen?«

Gideon errötete und er grub sich die Fingernägel in die Handflächen. Wie verachtungsvoll sie war, wie bereitwillig glaubte sie das Schlechteste von ihm. Wieder gewann sein alter Charakterfehler die Oberhand über ihn, und voll Stolz und Hochmut näselte er: »Es ist ein Leben, das viele Seiten hat, Ma'am. Aber leider habe ich keine apologetische Rede für Sie bereit.«

»Apologetisch«, wiederholte sie nachdenklich und klopfte sich sachte mit der Reitgerte gegen das energische kleine Kinn. »So ein großes Wort und ich bin nur ein einfaches Mädchen. Könnte es vielleicht bedeuten ... um Verzeihung bittend?« Bei den letzten Worten richtete sie die schönen Augen, die nun hart und verächtlich blickten, fest auf ihn.

»Vielleicht sollten Sie die Bedeutung von Ihrem Papa erfragen, Ma'am, da Sie so fest auf seine Weisheit vertrauen«, schlug er vor.

Sie nickte. »Er ist wahrhaftig äußerst scharfsinnig. Sie werden es kaum glauben, aber erst letzten Monat hat er vorhergesagt, dass Sie aufgrund der jüngsten ... äh ... Ereignisse nun eiligst nach Hause kommen würden. Dass Sie mir versichern werden, Ihre plötzliche Rückkehr habe nichts, aber auch gar nichts mit der Tatsache zu tun, dass Ihr Vater so dumm gewesen sei, sich zu ruinieren, sodass es nun äußerst wichtig ist, sich eine reiche Frau zu sichern!«

Bei diesen Worten entfuhr ihm ein erschrockener Laut. Einen Augenblick lang war die Verletzung so heftig wie ein körperlicher Schmerz. Dann schien irgendetwas in ihm zu Eis zu erstarren.

Unendlich vorsichtig war Morris auf Zehenspitzen wieder die Treppe hinaufgeschlichen. Als er den Absatz erreichte, stöhnte er leise vor Erleichterung und machte, dass er außer Hörweite kam, immer noch unbemerkt von den beiden Personen unten in der Halle.

Naomis Augen glitzerten – zweifellos vor Bosheit, dachte Rossiter. Doch selbst jetzt war sie so herzzerreißend schön. Und so weit entfernt von ihrem Ebenbild in Tranquillity Terrace. Entschlossen, sie nicht sehen zu lassen, wie tief sie ihn getroffen hatte, brachte er es irgendwie fertig zu sagen: »Sie sind vulgär. Aber nun, wie Sie erklärten – keine respektable unverheiratete Lady würde das Haus eines Junggesellen aufsuchen.«

Sie wollte schon wütend etwas erwidern, presste dann aber die Lippen zusammen und entfernte sich ein paar Schritte. Leise glucksend wirbelte sie im nächsten Augenblick herum und sagte fröhlich: »*Touché*. Und ich darf den Grund für meinen Besuch nicht vergessen. Ich habe eine sehr wertvolle alte Schachfigur verloren. Sie war unabsichtlich zerbrochen worden und mein Vater hatte sie zur Reparatur geschickt. Ich habe sie gestern von dem Juwelier in der Stour Street abgeholt.«

»In der Tat? Und die Räuber haben sie Ihnen gestohlen, Ma'am?«

»Nein. Sie haben keinerlei Beute gemacht. Aber die Figur ist nicht mehr in meinem Retikül, und …«

Rossiter reckte den Kopf noch ein wenig höher. »Aber natürlich. Sie dachten, ich habe sie gestohlen.« Wütend kniff er die Augen zusammen. »Eine logische Annahme, wenn man es mit so einem üblen Schurken zu tun hat.«

»Nein, nein. Wir glauben nicht, dass Sie sich zu … so *kleinen* Schurkereien herablassen würden, Captain Rossiter.« Ein Muskel an seinem Kinn zuckte, und einen Moment lang wurde sein Blick zu einem vor Zorn glühenden Funkeln, das ihr Angst einjagte. Dann verbeugte er sich spöttisch, und sie fuhr fort: »Ich hoffte nur, dass Sie die Figur vielleicht gesehen haben. Die Leute meines Vaters haben die Hülle in der Nähe der Stelle gefunden, wo ihr Freund Mr. Falcon angeschossen hat.«

»Deshalb hat James also auf ihn geschossen.« Mit einem verächtlichen Lächeln meinte er gedehnt: »Ich hatte keine Ahnung, dass er ein so leidenschaftlicher Spieler ist, um jemanden für eine Schachfigur umzubringen. Obwohl die meisten Männer ...«

»Die meisten Männer sind verabscheuungswürdig!«, brauste sie auf, erzürnt über seinen Sarkasmus.

Er verbeugte sich erneut. »Bevor oder nachdem sich ihr Glück gewendet hat?«

Naomi riss die Reitgerte hoch, aber ein eiserner Griff umklammerte ihr Handgelenk.

»Gemach, gemach!«, schalt Rossiter. »Bei all seiner gerühmten Klugheit ist es bemerkenswert, dass Ihr Papa versäumt hat, Ihnen beizubringen, dass eine adlige Lady sich nicht benimmt wie eine Gassengöre.«

Sie bebte vor Zorn, aber als sie sich losgerissen hatte, bekam er nicht die scharfen Schimpfworte zu hören, die er erwartet hatte. Stattdessen fragte sie hochmütig: »Soll ich das so verstehen, dass Sie die Figur nicht gesehen haben? Sie ist ziemlich klein, aus rosa Jade gefertigt und mit Rubinen besetzt.«

»Aber, liebe Lady, Sie müssen doch begreifen, dass es keinen Sinn hat, mich zu fragen. Hätte ich die Figur gesehen, würde ich das doch niemals zugeben. Und da man nach seinem Umgang beurteilt wird, ist es Ihnen bestimmt einsichtig, dass es ebenso sinnlos wäre, meine Freunde zu fragen.«

Er marschierte an ihr vorbei, riss die Eingangstür weit auf und hielt ihr ihren Hut hin. »Als vollendeter Betrüger, Wüstling und Lügner zögere ich nicht zu sagen, dass das Wiedersehen mit Ihnen, Mylady, ein ... Vergnügen war.«

Sie würde doch sicher eine Antwort auf diese spitze Bemerkung finden? Aber etwas an diesem abgezehrten Gesicht und diesem sarkastischen Lächeln bewirkte, dass sie sich ordinär und seltsam verwirrt fühlte. Ihr fiel keine Erwiderung ein, und so hob sie die Schleppe ihres Kleides, ergriff ihren Hut und rauschte majestätisch, aber wortlos an ihm vorbei.

Als Leutnant Morris hörte, dass die Tür geschlossen wurde, kam er die Treppe herunter, nur um abermals zu zögern. Rossiter stand mit dem Gesicht zur Tür und lehnte den Kopf gegen das Holz. Er hatte Morris gehört und drehte sich rasch um. Für einen kurzen Moment nahm der Leutnant eine Verzweiflung wahr, die ihn erschreckte. Dann stieg ein wenig Röte in die hageren Wangen, und Rossiter fragte ruhig: »Wie lange warst du schon da, Jamie?«

»Länger, als ich wollte, verflixt! Ich bin in euer ... äh ... Gespräch hineingestolpert, bevor ich merkte, dass du da warst, und dann saß ich auf diesen verdammten knarzenden Treppen in der Falle. Hat ewig gedauert, bis ich mich davonschleichen konnte. Verflucht peinlich, das kann ich dir sagen.«

Rossiter seufzte, als wäre er sehr müde. »Ja. Es tut mir Leid.«

»Mir auch.«

»Danke. Aber ich nehme an, es ist ganz gut, dass ich weiß, woran ich bin.«

»Wirklich?« Morris kam die letzten Stufen herunter. »Natürlich geht mich das nichts an, aber ... Verdammt, Gideon! Warum beim Hades hast du dem armen Mädchen nicht die Wahrheit gesagt? Wenn Ihre Ladyschaft wüsste, dass du länger als ein Jahr verflucht nahe dran warst, ins Gras zu beißen ...«

Rossiter, der durch die Halle auf ihn zuschritt, erwiderte ausdruckslos: »Glaubst du wirklich, ich würde an das Mitleid einer Frau appellieren, um sie für mich zu gewinnen? Selbst wenn ich das immer noch wollte? Danke, nein!«

Gemeinsam gingen sie den Flur zur Küche entlang, und Morris begann: »Von allen hochnäsigen ...«

Rossiter unterbrach ihn ungeduldig. »Ich sollte nicht allzu überrascht sein. Jamie. Sie war kaum mehr als ein Kind, als wir uns verlobt haben. Wahrscheinlich hat sie rasch bemerkt, dass sie sich in ihrem Herzen getäuscht hatte. Und ich habe mich sicherlich in meinem getäuscht und bin nun frei, um für meine Familie zu tun, was ich kann. Du bist sicher ungeduldig, dich wieder auf den Weg zu machen, nicht wahr? Sorge dich nicht um deine Sachen. Sobald ich in der Stadt bin, schicke ich einen der Diener meines Vaters in den Red Pheasant, damit er sie abholt.«

Morris blieb stehen und erklärte streng: »Du schwelgst wieder in diesem verteufelten Stolz, und ich sage dir, Ross, dieser Stolz ist …«

»Keinen Pfifferling wert, ich weiß«, unterbrach Rossiter ihn kühl. »Doch die Zeit drängt, und je eher wir fort sind, desto besser.«

Ihr Aufbruch ging so rasch vonstatten, wie er gehofft hatte, aber schließlich hatte Tummet, um zwei Guineen reicher, seinen beiden Überwältigern ein vergnügtes Lebewohl gewünscht. Die Pferde waren gesattelt und die beiden Männer ritten vom Hof und durch den weit ausgedehnten Park. Mit großer Willensanstrengung versagte Rossiter es sich, auch nur ein einziges Mal auf sein Geburtshaus zurückzublicken. Morris konnte sich jedoch nur zu gut vorstellen, wie ihm zumute war, und wahrte ein taktvolles Schweigen. Erst als sie durch das Tor ritten, sagte Rossiter: »Darf ich fragen, wann du von den Schwierigkeiten meines Vaters erfahren hast?«

»Meine Mama hat mir geschrieben. Ich vermute, es war ein ziemlicher … ich meine, die Sache hat einen ziemlichen Tumult verursacht.«

Ausdruckslos fragte Rossiter weiter: »Haben alle es gewusst? Im Lazarett, meine ich.«

»Kann ich wirklich nicht sagen, alter Knabe.«

Rossiter wandte den Kopf und sah ihm in die Augen, und Morris fügte hastig hinzu: »Meine Mama schreibt immer *seitenlange* Briefe. Ich kann mir nicht vorstellen, dass von den Eltern der anderen Burschen irgendjemand so viel kritzelt. Immer durchgestrichen und beide Seiten des Bogens beschrieben. Verteufelt schwer, das Zeug zu entziffern.«

»Ich erinnere mich kaum an meine Mutter«, murmelte Rossiter abwesend. »Sie starb bei Gwendolyns Geburt ...« Er spürte einen innerlichen Schmerz, riss die Gedanken aber von einem grausamen und hübschen Gesicht los, um sich mit dem Hier und Jetzt zu beschäftigen. »Deine Mama hat dir also mitgeteilt, dass die Bank meines Vaters bankrott gegangen ist und dass es eine Anklage wegen ...«, er musste sich zwingen, dieses schreckliche Wort auszusprechen, »... Veruntreuung gab?«

»Nein, nein, lieber Junge! Nur, dass es ... äh ... eine hässliche Sache war und dass alle gegen deinen Papa waren, weil so viele ruiniert wurden. Aber sie hat nie etwas von Veruntreuung erwähnt.« Er grinste. »Wahrscheinlich wusste sie nicht, wie man das schreibt.« Als er merkte, dass ihm wieder ein Fauxpas unterlaufen war, wurde sein hübsches Gesicht tiefrot.

»Falcon hat das Wort gebraucht.«

»Falcon! Wer achtet schon darauf, was dieser Querkopf sagt? Er ist ein so verfluchter Heißsporn. Es hat mich gewundert, dass er nicht Feuer gespien hat, nur, weil ich einen kleinen Fehler begangen habe.«

Rossiter brachte ein Lächeln zustande. »Ich hoffe, du machst nie einen großen!«

Sie erreichten die Maidstone Road und gerieten sofort in den lebhaften Verkehr. Als Rossiter sein Pferd an einem rumpelnden Heuwagen vorbeilenkte, wurde er eingeholt von den Klängen und Anblicken und Düften der Downs. England war so schön, und eine Weile hatte er gedacht, er würde es nie wiedersehen. Er konnte nichts anderes als Dankbarkeit darüber empfinden, dass er wieder gut in sein eigenes Land zurückgekommen war, und obwohl ihm nach den Schicksalsschlägen, die ihm widerfahren waren, immer noch ganz schwindlig war, begann er, instinktiv zu versuchen, die Scherben wieder zusammenzukitten. Der Herrensitz, auf dem er einen so großen Teil seiner Jugend verbracht hatte, gehörte ihnen nicht mehr, und wenn die Katastrophe, in die sein Vater geraten war, so weitreichend war, wie Tummet sagte, würden sie wahrscheinlich ziemlich mittellos sein. Und was Naomi anbelangte ... Er bemerkte, dass Morris irgendetwas daherplapperte. In Anbetracht dessen, was er über die Familie Rossiter gehört hatte, war es verdammt nett von dem Mann, dass er gekommen war. »Entschuldige, Jamie«, sagte Rossiter. »Ich fürchte, ich war gerade zu angespannt, um zuzuhören.«

»Besser als an einem Märzsonntag die Rösslein anzuspannen, wie?«

Rossiter grinste. »Das war ein prima Trick. Dein Gehopse hat den Tag gerettet.«

»*Und* mein prächtiger Bariton, vergiss das nicht.«

»Wirklich, du warst großartig. Und Tummet ist doch ein guter Kerl, wie sich herausgestellt hat. Ich hoffe, er gerät deshalb nicht irgendwie in die Bredouille.«

Eine Weile ritten sie schweigend weiter, dann sagte Morris: »Wenn ich so darüber nachdenke, beunruhigt mich das eigentlich.«

»Was mit Tummet ist?«

»Wie? Oh, keine Angst, der landet schon auf den Füßen. Der Bursche windet sich aus jeder Patsche heraus. *Trampel*!« Das letzte Wort richtete sich empört an einen Fuhrmann, der mit seinen Rädern ungemütlich nahe gekommen war. »Nein, ich glaube, es war vermutlich ein Montag. Das wäre wahrscheinlicher, meinst du nicht?«

»Wieso wahrscheinlicher?«

»Gütiger Himmel, Mann! Wo hast du deinen Verstand? Es wäre doch nicht schicklich, wenn der Bauer an einem

Sonntag die Rösslein anspannt. Das hättest du doch wohl bemerken können!«

»Einfaltspinsel«, sagte Rossiter lachend. »Zerbrichst du dir immer noch den Kopf über dieses alte Kinderlied?«

»Ich habe es gerne, dass alles fein säuberlich in Ordnung ist«, antwortete Morris steif. »Apropos«, er wartete, während Rossiters Pferd heftig gegen die Nähe einer Gänseherde aufbegehrte, dann fuhr er fort: »Falcon hat einen hübschen Landsitz, wie man hört?«

Rossiter, der seinen Dreispitz wieder geraderückte, keuchte: »Ashleigh. Kommt es dir auch so vor, Jamie, dass die Straßen ein gutes Stück schlechter geworden sind, seit wir England verlassen haben?«

»Ganz entschieden. In Middlesex, nicht wahr?«

»Was? Oh, Ashleigh. Nein, in Sussex.« Rossiter sah ihn an. »Warum?«

»Warum wohl, mein Junge?« Morris blinzelte schelmisch. »Falcon mag vielleicht ein Stockfisch sein, aber seine Schwester – das ist ein Blümchen von anderer Sorte.«

»Du vermischst nicht nur deine Metaphern, mein armer Narr, sondern du bist auch ein völliger Wirrkopf. Falcon weist jeden Mann ab, der es wagt, sich der Lady zu nähern, sogar die Junggesellen, die keine schlechten Partien wären. Und du hast einen ›kleinen Fehler‹ begangen, wie du es nennst, was für ihn aber zweifellos eine Entschuldigung für einen blutigen Mord ist! Er ist ein äußerst gefährlicher Mann mit dem Instinkt eines Skorpions. Halt dich von ihm fern, und genieß ein schönes, langes Leben.«

Morris seufzte. »Aber sie ist so wundervoll, verstehst du nicht?«

»Je schöner sie sind«, erwiderte Rossiter bitter, »desto verwöhnter und flatterhafter sind sie.«

»Tja. Ich vermute, du hast Recht.«

Diese fromme Kapitulation ließ ein argwöhnisches Glitzern in Rossiters Augen aufflackern, aber er wurde von einem dröhnenden Warnsignal abgelenkt, als der Fahrer einer Postkutsche sein Vorfahrtsrecht beanspruchte.

»Verfluchter Marktschreier«, knurrte Morris und trieb sein Pferd wieder zurück auf die Straße. »Der Pöbel, dem man heute zu kutschieren erlaubt, ist kaum besser als ein paar Wegelagerer! Ich muss mit meinem alten Herrn darüber reden. Ist ein feiner Kerl, der Alte.« Weitschweifig zählte er die Vorzüge seines ehrenwerten Vaters auf und brachte es dabei fertig, Rossiters nachdenklichem Blick auszuweichen, bis sie an eine belebte Kreuzung kamen, wo sie abseits des Verkehrsstroms ihre Pferde anhielten.

Morris streckte die Hand aus. »Hier trennen wir uns also. Weidmannsheil, Ross, und ... äh ... den ganzen Unsinn. Ich erwarte, dass du einmal kommst und meinen alten Herrn kennen lernst. Bald, mein lieber Junge.«

Sie tauschten einen festen Händedruck und in ihrem Lächeln lag die Wärme wahrer Freundschaft.

»Das würde ich sehr gerne tun«, erwiderte Rossiter. »Wann glaubst du, dass du aus Sussex zurück bist?«

»Oh, wahrscheinlich werde ich mich nicht auf den Weg machen, bevor ich ...« Errötend brach Morris ab. »Teufel«, fügte er wehmütig hinzu.

Rossiter streckte die Hand aus und ergriff seine Zügel. »Jamie, gebrauch einmal in deinem Leben ein wenig von dem Verstand, den Gott dir gegeben hat! Falcon ist ein Hai!«

Morris lachte herzlich und rief aus: »Und du wirfst mir vor, meine Metaphern zu vermischen! Ist der Bursche nun ein Hai oder ein Skorpion?«

»Beides, du Idiot! Ich nehme an, früher oder später wird er von jedem von uns Satisfaktion fordern, aber ...«

»Aber in der Zwischenzeit«, sagte Morris, »werde ich es so einrichten, dass ich die unvergleichliche Miss Katrina wenigstens betrachten kann! Leb wohl, alter Knabe. Und Gott mit dir!« Er winkte, gab seinem Pferd lächelnd die

Sporen und galoppierte die Straße, die westwärts nach Maidstone und Sevenoaks führte, hinunter.

Rossiter blickte der rasch kleiner werdenden Gestalt stirnrunzelnd nach und schüttelte besorgt den Kopf. Jamie war bestenfalls ein ganz guter Schütze, und was einen Fechtkampf betraf – er schauderte. Immerhin würde Falcon gegen niemanden kämpfen können, bis sein Arm geheilt war, und das würde mindestens zwei Wochen dauern. Er würde den Burschen fordern und ein Duell vereinbaren. Wenn er Falcon außer Gefecht setzen konnte, würde es vielleicht eine ziemlich lange Zeit dauern, bis Morris ihm gegenübertreten musste. Im Augenblick jedoch galt seine erste Pflicht seinem Vater.

Er wendete sein Pferd und reihte sich wieder in den immer reger werdenden Verkehr auf der Straße nach London ein. Jamies muntere Gegenwart fehlte ihm. Er sah Naomis liebreizendes Gesicht vor sich, das ihm wieder den grausam schmerzenden Verlust von etwas sehr Schönem, das nun zerstört war, in Erinnerung brachte. All diese Jahre – all diese vergeudete Zeit! Er war ein Narr gewesen ... Hatte nicht Shakespeare etwas über die Zeit und einen Narren geschrieben? Wie hatte der Vers noch gelautet? »Lieb' ist kein Narr der Zeit ...« Etwas in dieser Art. Vielleicht war nicht die Liebe, sondern der Liebhaber der Narr der Zeit. Ganz bestimmt war er ein klassisches Beispiel für eine solche Torheit.

Nun, die Zeit für Torheiten war vorbei und er musste von vorn beginnen. Als Erstes würde er sich anstrengen, die Dinge wieder in Ordnung zu bringen, die mit Papas Schwierigkeiten zusammenhingen. Wenn es hart auf hart kam, konnten sie alle in dem Landhaus leben, das seine Großmama ihm hinterlassen hatte. Emerald Farm war ein schönes, friedliches altes Anwesen, und obwohl man darauf zählen konnte, dass Newby es verachtete, würde Gwendolyn dort bestimmt glücklich sein.

Liebe kleine Gwen ... Er war sehr ungeduldig, seine Schwester wiederzusehen, und gab seinem Pferd die Sporen.

Naomi betrat Collington Manor, ohne einen Blick für die überwölbte Eingangshalle, die prächtig geschwungene Treppe in der zweiten Halle oder die schönen Deckengemälde zu haben. Sie fühlte sich niedergedrückt und mutlos und fürchtete sich davor, ihrem Vater gegenüberzutreten. Pawson ließ sie ein, die dunklen Augen ebenso ausdruckslos wie immer. Erleichtert erfuhr sie, dass ihr Vater eine Besprechung mit »einem Gentleman« habe, und ihre Laune hob sich noch mehr, als Pawson düster hinzufügte: »Miss Falcon ist zu Besuch gekommen und wartet im Privatzimmer Ihrer Ladyschaft.«

Miss Falcon, bildschön in Weiß und Rosa, saß am Fenster und war in die *London Gazette* vertieft Sie sah auf, erwiderte das entzückte Willkommen ihrer Freundin mit einem Lächeln und sagte geistesabwesend: »Hallo, meine Liebe. Es heißt, dass nun ein Vertrag unterzeichnet werden soll, um diesen lächerlichen Österreichischen Erbfolgekrieg zu beenden. Ich habe nie verstanden, worum er eigentlich geführt wurde, du etwa?«

»Nein«, antwortete Naomi und streifte die Handschuhe ab. »Und ich nehme an, die meisten Soldaten haben nicht die geringste Ahnung, wofür sie kämpfen – oder wogegen. Dennoch würde ich nicht darauf spekulieren, dass der Krieg nun schnell beendet wird, Liebste. Es wird immer Kriege geben, ganz einfach, weil die Männer Vergnügen daran haben.«

Es war nicht Naomis Art, zynisch zu sein, weshalb Katrina die Zeitung beiseite legte und sie überrascht ansah. »Reiche Männer vielleicht, zum Wohle des Handels. Aber glaubst du, dass die armen Männer, die kämpfen müssen, es wirklich genießen? Das können sie doch bestimmt nicht, wenn sie sehen, wie viele Menschen getötet oder verwundet werden.«

»Als würden sie sich darum scheren«, erwiderte Naomi heftig. »Auf jeden Fall sind es die Offiziere, die bei jeder Schlacht als Erste fallen. Die meisten von ihnen sind die Söhne reicher Männer und *müssen* der Trommel nicht folgen. Aber trotzdem ziehen sie in den Krieg. Das entspricht der männlichen Natur. Sieh doch nur, wie ... wie kleine Jungen sich immer ... immer schlagen.« Sie warf Handschuhe und Reitgerte auf das Bett, riss sich den Hut vom Kopf und brach plötzlich in Tränen aus.

»Gütiger Himmel!« Katrina flog förmlich herbei, um ihre Freundin zu umarmen und zum Sofa am Fenster zu führen. Sie setzte sich neben sie und flüsterte beschwichtigende Koseworte. Als der Sturm sich ein wenig legte, sagte sie auf ihre sanfte Art: »Ich gebe zu, dass Männer hoffnungslos sind, meine Liebe. Verschwende deine Tränen nicht an sie.«

»Ja, das sind sie wirklich!«, wimmerte Naomi und tastete nach ihrem Taschentuch. »Und ... und sie genießen es zu ... zu kämpfen! Oh, wie ... wie *dumm*! Warum heule ich so?«

Vorsichtig tupfte Katrina ihr die feuchten Augen ab. »Weil du überreizt bist, meine Liebe. Und das ist auch ganz natürlich nach allem, was du durchgemacht hast. Ich bezweifle, dass dein Kummer irgendetwas damit zu tun hat, dass Männer zum Kämpfen geneigt sind. Obwohl ich eingestehen muss«, fügte sie mit einem Seufzer hinzu, »dass diese Beschreibung auf meinen Bruder passt.«

Naomi putzte sich die Nase, brachte ein zittriges Lächeln zustande, erhob sich und ging zur Klingelschnur. »Was bin ich nur für ein Dummkopf, mich wie eine Heulsuse aufzuführen. Stattdessen sollte ich dir sagen, wie Leid es mir tut, dass August angeschossen wurde! Und nur, weil er versucht hat, mich zu beschützen!«

Insgeheim beunruhigt über eine so ungewöhnliche Zurschaustellung von Gefühlen, antwortete Katrina herzlich: »Dafür kannst du nichts. August gibt ganz sicher nicht dir die Schuld. Mein Gott, was muss das für ein schreckliches

Erlebnis für dich gewesen sein! Hattest du sehr große Angst? Ich wäre ganz bestimmt in Ohnmacht gefallen, das weiß ich.«

»Nein, wärst du nicht.« Naomi setzte sich wieder neben sie. »Du wirkst so sanft und zart, dabei hast du eine innere Kraft und Stärke, die mir Respekt einflößt. Tatsächlich staune ich oft, wie gut du die ...« Innerlich stöhnend brach sie ab und wünschte, sie hätte nicht so impulsiv gesprochen. »... wie gut du den Schlägen des Lebens standhältst«, beendete sie matt den Satz. Katrinas ernstes Lächeln verriet Naomi, dass ihre Freundin wusste, was sie hatte sagen wollen, und sie war dankbar für die Unterbrechung, als Maggie hereinkam, knickste und wieder davontrippelte, nachdem sie gebeten wurde, Tee zu bringen.

»Nun«, meinte Naomi, »erzähl mir bitte, wie es dem armen August geht und warum du hier bist. Sag bloß nicht, du hast ihn in diesem fürchterlichen Wirtshaus zurückgelassen?« »Natürlich habe ich das nicht, kleine Gans. Die Wunde ist schmerzhaft, doch nicht ernst, sagt der Bader. Aber als Captain Rossiter gestern Abend zurückgekommen ist, haben sie sofort angefangen, handgreiflich zu werden, und ...«

Entsetzt unterbrach Naomi sie: »Verzeih, aber wie kann man gegen einen verwundeten Mann handgreiflich werden?«

»Der Captain sah das anscheinend nicht als Hinderungsgrund. Und auch nicht dafür, meinen armen Bruder auf höchst rohe Art herumzuzerren!«

»Gütiger Himmel! Hat der Mann gar keine Ehre im Leib?«

»Du kannst sicher sein, dass ich wütend war und ihm gesagt habe, wie schändlich er sich benommen hat. August war rasend vor Wut und hat die halbe Nacht getobt und gegeifert, und heute Morgen hat er den armen Bader so lange beschimpft, bis der Mann alles hingeworfen hat und verärgert davongestapft ist.«

»Ich glaube, der Bader hat mein Mitleid. War er wirklich so unfähig?«

»Mein erster Eindruck war eher nein, aber mein Bruder ist wütend geworden, weil er uns nicht erlaubt hat, in die Stadt zurückzufahren. August hat es bald bereut und war so voller Gewissensbisse, dass ich unbedingt ins Dorf fahren und den Bader bitten musste, am Nachmittag noch einmal vorbeizukommen. Während ich fort war, hat mein gerissener Bruder den Wirt derart eingeschüchtert, bis der Mann ihm eine Kutsche und Postillione besorgte, und schon war er im Galopp unterwegs nach London!«

»Er hat wirklich ein Spatzenhirn«, erklärte Naomi empört. »Dich einfach zurückzulassen ohne Rücksicht darauf, dass du dich vor Sorge in helle Aufregung hineinsteigern musst. Ein Dorfbader hätte ihm weniger geschadet als eine lange, holprige Fahrt nach London. Männer!«

»Nun, ich habe mir Sorgen gemacht, weil die Wunde zwar nicht ernst, aber doch ziemlich tückisch ist und er wahrscheinlich vor lauter Ärger Fieber bekommen wird.« Nachdenklich murmelte sie: »Was vielleicht gar nicht so schlecht wäre, fällt mir gerade ein ... Nun, wie dem auch sei, war ich nicht eben gut auf ihn zu sprechen und hatte nicht vor, ihm auf schnellstem Weg in unser Stadthaus zu folgen, wie er es zweifellos von mir erwartet.«

»Und so bist du stattdessen gekommen, um mich zu besuchen.« Naomi beugte sich hinab, um sie zu umarmen. »Dann ist es ein Glück für mich. Aber was hast du gemeint, als du gesagt hast, es wäre vielleicht gar nicht so schlecht, wenn August sich in ein Fieber hineinsteigert?«

Katrina faltete die Hände auf dem Schoß und antwortete ernst: »Ich meinte einfach, dass er kein Duell austragen kann, wenn er krank ist.«

»Aha. Leutnant Morris?«

»Und Gideon Rossiter.«

»Oh.« Naomi begann die Spitzen an ihrem Handgelenk zusammenzurollen, dann fragte sie mit gedämpfter Stimme: »Hast du gewusst, wer er war, Katrina? Ich meine, als er August zu dir in dieses schmutzige kleine Gasthaus zurückgebracht hat?«

»Zuerst nicht. Er hat mir seinen Namen genannt, als er kam, aber ich war so erschrocken und aufgeregt, dass mir gar nicht einfiel, es könnte dein …« Sie brach ab und sah ihre Freundin an, die mit gesenktem Kopf dasaß. »Ich meine, dass es Captain *Gideon* Rossiter war. Nach allem, was du mir erzählt hast, Liebes, hatte ich eine ganz andere Art von Mann erwartet.«

»Ich auch«, bestätigte Naomi und unterdrückte einen Seufzer. »Er ist so verändert, was ich nach sechs Jahren natürlich hätte voraussehen können. Wenn alles, was über ihn erzählt wird, wahr ist, muss er sehr anders sein als der liebenswürdige Junge, den ich gekannt habe. Bei dem Überfall war er einfach grässlich und hat mich äußerst roh in die Kutsche *geworfen*!«

»Ungeheuerlich!«, stieß Katrina hervor. »Und du hattest solche Angst und dann auch noch die Sorge um August! Wie konnte ein Gentleman so gefühllos sein?«

Naomi hob den Kopf und sah eher schuldbewusst drein. »Nun, ich war vielleicht … nur ein bisschen … äh … lästig. Aber ich hätte nie gedacht, dass Gideon Rossiter es fertig bringen würde, einen verwundeten Mann zu schlagen.«

»Hier kommt der Tee, Mylady«, verkündete Maggie fröhlich und trug ein volles Tablett zur Tür herein, die ein Diener ihr aufhielt. Sie warf ihrer Herrin einen durchdringenden Blick zu. »Fühlen Sie sich wohl, Ma'am?«

»Ihre Ladyschaft ist beunruhigt«, antwortete Katrina.

»Kein Wunder.« Die Zofe stellte das Tablett auf den Tisch am Fenster. »Der Earl hat sogar selbst gesagt …«

»Der Earl!«, stieß Naomi hervor und presste die Hand gegen die Schläfe. »O Himmel! Seine Schachfigur!«

Maggie deckte den Tisch und fragte besorgt: »Hat der Captain sie gefunden, Mylady?«

»Nein«, jammerte Naomi. »Wir haben uns gestritten, und Captain Rossiter hat sich ungehobelt benommen, und … und ich wurde so böse … Ach je! Ach je! Papa wird wütend sein!«

Ein erboster Lord Collington ist das Letzte, was Naomi gebrauchen kann, dachte Katrina. Die Zunge Seiner Lordschaft war fast ebenso scharf wie die ihres Bruders. »Du hast doch vor, nächste Woche zum Ball der Glendennings zu gehen, Naomi. Warum kommst du nicht mit mir in die Stadt? Jetzt. Maggie kann mit deinem Koffer folgen, wir können einkaufen gehen und uns eine schöne Zeit machen. Bis der Ball dann vorbei ist, wird der Zorn deines Papas wohl verraucht sein.«

Naomi überlegte nur einen Augenblick. »Das ist ein großartiger Gedanke! Ich werde ein jämmerlicher Feigling sein und ihm eine Nachricht hinterlassen. Maggie, geh doch und sag Miss Falcons Kutscher, dass er einspannen soll. Wenn wir uns beeilen, Katrina, kann ich wieder fort sein, bevor Papa auch nur weiß, dass ich zurückgekommen bin!« Miss Falcon, die die Wutanfälle Seiner Lordschaft kannte, dachte bei sich, dass das auch gut so sei.

6

London war während Rossiters Abwesenheit in einem erstaunlichen Maß gewachsen und der Verkehr schien sich verdoppelt zu haben. Große Wagen und Karren, luxuriöse Kutschen, zweirädrige Gefährte, Sänften und Reiter wetteiferten auf den belebten Straßen um Platz. Die Gehwege waren voller Menschen aus allen sozialen Schichten und in jeder vorstellbaren Art von Kleidung: Botenjungen in Lumpen, Aristokraten in Samt und Spitze, strenge Gardekavalleristen in ihrer scharlachroten, blauen und goldenen Pracht, Landleute in Kitteln und Gamaschen, Hausfrauen mit ihren Körben, makellose und hochmütige Diener, herumflitzende und schreiende Kinder, Hellebardiere in ihren langen roten Röcken. Rossiter schien es, als hätte sich der Lärm verzehnfacht. Eine Portsmouth-Linienkutsche rumpelte vorbei, der Kutscher bellte den Leuten draußen Warnrufe zu und schüchterte andere Fahrer ein. Händler priesen ihre Waren aus voller Lunge, die durch ihr Gewerbe besonders kräftig geworden zu sein schien, an, und Sänftenträger sangen vergnügt, während sie ihre Passagiere durch das Gewühl manövrierten.

In der Conduit Street wurde gerade ein großes neues Haus erbaut, und das Gehämmer trug noch zu dem allgemeinen Getöse bei. Als Rossiter von einer Kutsche mit Vierergespann fast umgefahren wurde, stieg er entnervt ab und führte sein Pferd am Rinnstein entlang. Ein knochiger Mann, der wohl einen schweren Eimer voller Ziegel trug, aber so leichtfüßig das Gerüst hinaufkletterte, als wären es Federn, erregte seine Aufmerksamkeit.

»Pasteten! Schöne Pasteten! HuhnundSchweinundschönesenglischesBeef!« Ein Händler hob das Tablett mit seiner dampfenden Ware vom Kopf und hielt es Rossiter verlockend unter die Nase.

Die Pasteten rochen köstlich, aber er war nun schon zu nahe an seinem Zuhause und lehnte lächelnd ab, obwohl er heißhungrig war.

»Armer Kerl«, ertönte eine höhnische Stimme. »Ich vermute, er kann sich keine leisten. Was meinst du, sollten wir vielleicht für ihn sammeln?«

Rossiter erstarrte und fuhr herum.

Zwei elegante Gentlemen beobachteten ihn durch die Fenster einer dunkelroten Kutsche. Der jüngere der beiden hob ein juwelenbesetztes Lorgnon hoch, um ihn eingehender zu betrachten, und erklärte ungehalten: »Sein Vater hat schon gesammelt, Smythe. Bei der halben Bevölkerung im Süden! Lasst den ekelhaften Kerl verhungern, sage ich. Fahren Sie weiter, Kutscher. Widerlicher Gestank hier.«

Rossiter, die Muskeln angespannt vor Zorn, wollte sich auf den Schlag der Kutsche stürzen, musste dann aber um sein Leben springen, als ein Trupp von Kavalleristen vorbeidonnerte, Helme und Brustharnische in der Sonne glänzend.

»He«, rief der Pastetenverkäufer. »Wo woll'n Se denn hin?«

Rossiter hatte die beiden Feiglinge erkannt. Der eine war Reginald Smythe gewesen, der andere Sir Gilbert Fowles.

Affektierte Dandys, die sich auf der Schule gründlich verhasst gemacht hatten und seither zu wahren Landplagen geworden waren, die ihre Zeit mit Geschlemme, Getuschel und Glücksspiel verbrachten. Beide würden wahrscheinlich in Ohnmacht fallen, wenn sie sich einer geballten Faust gegenübersahen, aber sie waren sich nicht zu schade, Beleidigungen aus dem Kutschenfenster zu rufen.

Mechanisch beantwortete Rossiter die Frage des Pastetenverkäufers. »Mein Zuhause liegt gleich am Ende der Straße.«

»Ah. Sie heißen nicht zufällig Rossiter?«

Sein Tonfall war unverhüllt frech. Gideon warf dem Mann einen raschen Blick zu, sah das Grinsen auf dem schmutzigen Gesicht und fragte eisig: »Was geht Sie das an?«

Dem Pastetenverkäufer kam es vor, als wäre der hagere Soldat größer und bedrohlicher geworden. Er hob das Tablett wieder auf den Kopf und wich ein paar Schritte zurück. »Weil ich dankbar bin, dass ich nicht so heiße«, höhnte er. »Und wenn Sie's wissen wollen, Ihr Zuhause ist nicht gleich am Ende der Straße. Nicht mehr. Die großmächtigen Rossiters wohnen da nicht mehr. Ziemlich tief gepurzelt, ziemlich tief!«

Rossiter, dessen Ärger der Sorge um seine Familie wich, schwang sich in den Sattel und wendete sein Pferd. Der Pastetenverkäufer, der Vergeltung fürchtete, gab Fersengeld und schrie dabei mit schriller Stimme: »Rossiter! Buh! Pfui!«

Mehrere Leute waren stehen geblieben und hatten diesem Wortwechsel zugehört, und ein Mann fragte scharf: »Was hat er gesagt? Ist dieser Bursche einer von den Rossiters?«

»Ich wette, das ist er! Ich habe gehört, dass einer von ihnen beim Militär war!«

»Schnappt euch den diebischen Schurken!«

»Reißt ihn von seinem Gaul runter! Schnell! Bevor die Wache kommt!«

Die Menge wogte auf ihn zu. Einer der Männer hob einen Ziegelstein auf und warf ihn. Rossiter duckte sich, ein Pferd wieherte schrill und scheute. Erneut flog ein Ziegelstein. Umringt von zornigen Gesichtern, entschied Rossiter, dass momentan nicht der Zeitpunkt sei, sich der Menge entgegenzustellen. Er gab seinem Tier die Sporen und das Pferd machte einen Satz nach vorn. Unter erschrockenem Geschrei stob die Menge auseinander. Ein dritter Ziegelstein traf Rossiter am Hinterkopf, ließ seinen Dreispitz durch die Luft fliegen und betäubte ihn fast. Undeutlich hörte er triumphierendes Geschrei. Der Schmerz war so stark, dass er kaum noch sehen konnte. Irgendwie hatte er die Zügel aus der Hand verloren. Nach vorne gebeugt, klammerte er sich an der Mähne des Pferdes fest, entschlossen, nicht runterzufallen ... Der Vormittag wurde seltsam dunkel ...

»Da, er kommt wieder zu sich.«

»Armer Kerl. Schwer verwundet, sagen Sie, Sir?«

»Ja, es ist traurig. Ich glaube, er ist gerade erst nach Hause zurückgekehrt. Er muss sich den Kopf angeschlagen haben, als er aus dem Sattel geglitten ist.«

Zuerst hörte er nur den Widerhall der Worte, dann wurden sie allmählich deutlicher. Die letzte Stimme klang vertraut. Rossiter versuchte zu lächeln und sagte leise: »Hallo, Tio. Bist du das?«

Eine Hand legte sich auf seine Schulter. »Ich bin's in meiner ganzen Pracht.«

Rossiter blinzelte in ein Paar grüner Augen, die von Lachfältchen umgeben waren. Die aristokratischen Gesichtszüge waren im Moment untypisch ernst, und Horatio Clement Laindon, Viscount Glendenning, Sohn und Erbe des mächtigen und furchterregenden Earl of Bowers-Malden, fuhr mit sehr sanfter Stimme fort: »Was bist du nur für ein Einfaltspinsel, in dem Zustand, in dem du dich befindest, zu reiten. Du bist genau vor den Hufen meines Gespanns vom Pferd gestürzt. Mein armer Kutscher hätte beinahe einen Anfall bekommen.«

Der Nebel, der Seine Lordschaft einhüllte, verflüchtigte sich, und Rossiter stellte fest, dass er in einem niedrigen Raum auf einer Ruhebank lag. Mehrere Männer beobachteten ihn voll mitleidiger Neugier. Einer von ihnen, der eine schmutzige weiße Schürze trug, hielt ein tropfendes Tuch in der Hand, aber die übrigen waren entweder Gäste dieses

Wirtshauses (denn in einem solchen befand er sich wohl) oder Fußgänger, die von der Straße hereingekommen waren. »O Gott«, murmelte er schrecklich verlegen und setzte sich auf.

Sein Kopf schmerzte, als wäre er in zwei Teile gespalten. Ein Arm legte sich stützend um seine Schulter.

Glendenning sagte scharf: »Wenn einer von den Gentlemen so freundlich sein würde, mit Hand anzulegen, bringe ich ihn in meine Wohnung.«

»Ich … kann gehen …«, widersprach Rossiter mit belegter Stimme und brachte es irgendwie fertig, in die Richtung zu stolpern, in die sie ihn führten.

Er wurde mehr oder weniger in die Kutsche gehoben. Die Tür schlug zu. Eine Flasche wurde ihm an die Lippen gehalten. Er trank, hustete und fluchte. Aber nach ein paar Minuten war er imstande, seine Gedanken zu sammeln.

Die Kutsche bewegte sich sachte vorwärts und der Lärm schien nachzulassen. Er schlug die Augen auf und sah Bäume und eine gepflegte grüne Rasenfläche.

»Fühlst du dich besser?«, fragte Seine Lordschaft.

»Viel besser.« Rossiter spähte aus dem Fenster. »Wo fahren wir hin?«

»In meine Wohnung. Ist dir das recht?«

»Nein.« Vorsichtig befühlte Rossiter seinen Hinterkopf und brummte: »Bitte, Tio, halt eine Minute an, ja?«

Glendenning zog an der Klingelschnur und rief dem Kutscher zu, er solle in eine ruhigere Straße einbiegen. »Du musst dich doch nicht übergeben, Gideon?«, fragte er besorgt.

»Nein, bestimmt nicht«, erwiderte Rossiter mit mehr Überzeugung, als eigentlich gerechtfertigt war. »Es war verflucht nett von dir zu … zu helfen. Bin ich wirklich … deinem Gespann unter die Hufe geraten?«

»Ziemlich nahe daran, mein lieber Junge.« Der Viscount wandte ihm den Kopf mit der adretten Perücke zu, musterte das bleiche Gesicht seines Gefährten und fragte: »Was ist passiert?«

»Ein Ziegelstein. Absichtlich geworfen.«

»Seltsam.« Seine Lordschaft tippte sich mit einem schönen Bernsteinstock ans Kinn. »Wir sind uns weiß Gott nicht fremd, aber nach der langen Zeit hätte ich dich nicht auf den ersten Blick erkannt. Ich frage mich, ob irgendjemand anders es vermag. Du bist ziemlich verändert, mein Junge. Bajonett?«

Rossiter lächelte matt. »Granate.« Dann wurde ihm plötzlich etwas Schreckliches bewusst. »Beim Zeus! Verzeihung, Sir! Lassen Sie mich lieber sofort aussteigen. Meine Anwesenheit muss eine Erniedrigung für Sie sein, und ...«

»Weißt du«, unterbrach ihn Seine Lordschaft nachsichtig, »wenn du nicht aussehen würdest, als hätte ein Warzenschwein dich ausgespuckt, hätte ich dir jetzt eine saftige Ohrfeige gegeben.« Erneut reichte er ihm die Flasche. »Nimm noch einen Schluck. Ich habe keine Sehnsucht danach, mich verhaften zu lassen, weil ich eine Leiche gestohlen habe. Mir reicht der Ärger, den ich so schon habe.«

Dankbar fügte sich Rossiter und fragte blinzelnd: »Ärger?« »Ich nehme an, du weißt nichts davon, aber ich stehe unter dem Verdacht, in den letzten Aufstand ... äh ... verwickelt gewesen zu sein. Auf der falschen Seite«, fügte er mit einem matten Grinsen hinzu.

»Ich verstehe.« Rossiter sah ihm ruhig in die Augen. »Verwandte Seelen, meinst du das?«

Nun war es an dem Viscount, verlegen zu werden. »Ich habe keine Skrupel zu sagen, dass du einen verteufelt unangenehmen Blick hast. Willst du damit ausdrücken, dass hinter der unglückseligen Lage deines Vaters mehr steckt, als allgemein geglaubt wird?«

»Ich weiß es nicht. Ich weiß nicht einmal, was das für eine unglückselige Lage ist, in die mein Vater geraten zu sein scheint.«

»Gütiger Himmel!« Glendenning sah bestürzt drein. »Ich dachte, das sei der Grund, warum du heimgekommen bist.«

»Das glauben offenbar auch andere. Nein, erzähl mir nichts darüber, Tio. Ich würde es vorziehen, die ganze Geschichte von Sir Mark persönlich zu hören. Wenn ich ihn finde.«

Seine Lordschaft zog erneut an der Schnur, und als der Kutscher vom Bock des Einspänners herabspähte, gab er ihm eine kurze Anweisung: »Snow Hill.« Der Kutscher ließ einen erschrockenen Ausruf hören. Mit einem verschmitzten Grinsen fügte Lord Horatio hinzu: »Es scheint wirklich nicht fair dir gegenüber, Gideon. Aber da du Granaten und Ziegelsteine mehr oder weniger überlebt hast, wirst du wohl auch die Fahrt überleben.«

Eine halbe Stunde später stieg Rossiter bleich und mitgenommen aus der Kutsche und hielt sich an der offenen Tür fest. »Verdammt, Tio«, krächzte er. »Wie kannst du so herzlos sein, dass du dasitzt und … und lachst?«

Die Heiterkeit seines Freundes steigerte sich zu einem schallenden Gelächter, als Rossiter sich dem rückwärtigen Teil der Kutsche zuwandte und sich dabei am Rad festklammerte.

Glendenning sprang aus dem Gefährt und bot ihm seinen Arm. »Schau einfach nicht … nicht nach unten, mein heroischer Freund«, gluckste er.

Rossiter, der unter panischer Höhenangst litt, warf einen Blick den steilen Hügel hinunter, den sie heraufgefahren waren, und stöhnte. »Warum, in Teufels Namen, musste mein Vater auf einen Berg umziehen? Nein, wirklich, Tio. Wie sollen deine armen Tiere jemals da wieder runterkommen?«

»Genauso, wie sie raufgekommen sind, fürchte ich.« Sie waren am hinteren Ende der Kutsche. »Hier ist dein Pferd, heil und gesund.«

»Ja. Und sieh nur, er ist weiß geworden, der arme Kerl!«

Lachend sagte Glendenning: »Was, hatte er noch keine Blesse, als du ihn gemietet hast?«

»Ich kann mich nicht …« Zornig brach Rossiter den Satz ab und rief: »Ich werde dir sagen, was er jedenfalls *hatte*. Meine Satteltaschen! Wo, zum Teufel, sind sie? Hat dein Kutscher sie in den Kasten geworfen?«

Ernüchtert befragte Glendenning seine Bediensteten, doch sowohl der Kutscher als auch der Diener beteuerten, die Satteltaschen nicht entfernt zu haben. Der Diener suchte danach, aber bald stand fest, dass die vermissten Gegenstände weder auf, in noch unter der Kutsche waren, und so schickten sie ihn den Hügel hinab, damit er nachsah, ob sie unterwegs abhanden gekommen waren. Glendenning, der zusah, wie sein Diener vorsichtig trippelnd und widerstrebend den Berg hinunterstieg, meinte: »Ich glaube, wir müssten sie von hier aus sehen können, nicht wahr, Ross?«

»Ich würde sie sehen. Aber da ist nichts.«

»Dann besteht kaum ein Zweifel. O Gott! Wie weit ist es nur mit dem guten alten London gekommen? Ich hoffe, es war nichts Wertvolles darin?«

»Mein Reisenecessaire. Ein paar kleine Geschenke für meine Familie. Nichts, das ein solches Risiko rechtfertigen würde, noch dazu am hellichten Tag.«

Der Diener winkte vom Fuß des Hügels; seine Geste ließ deutlich erkennen, dass er nichts gefunden hatte.

Rossiter fluchte und wandte sich dem großen, eher schäbigen Haus zu, das stumm und wenig einladend zwischen seinen wohlhabender aussehenden Nachbarn stand.

Glendenning, der ein wenig zu Aberglauben neigte, ergriff seinen Arm. »Hat man je von einer so erbärmlichen Heimkehr gehört! Die Sterne sind dir wohl heute nicht gewogen. Wahrhaftig, ich schaudere bei dem Gedanken, was das Schicksal dir als Nächstes für Leckerbissen vorwerfen wird! Du solltest besser mit mir nach Hause kommen und dich im Bett verstecken. Morgen kannst du dann neu beginnen.«

Rossiter schlug ihm auf die Schulter. »Du bist wirklich ein feiner Kerl und ich danke dir sehr, Tio. Aber ich will nicht verantwortlich dafür sein, dass in deiner Wohnung Feuer ausbricht!«

Sie schüttelten sich die Hände. Rossiter versprach, den Ball der Glendennings, stets einer der ersten Höhepunkte der Saison, zu besuchen, und sie trennten sich.

Rossiter stieg die beiden Eingangsstufen hinauf und betätigte laut den Türklopfer. Er hörte gemessene Schritte, dann wurde die Tür geöffnet und ein hochmütiges Gesicht musterte ihn. Rossiter trug keinen Hut und sah zweifellos zerzaust aus, und es wurde sofort offenkundig, dass er gewogen und für zu leicht befunden wurde. Kurz angebunden erklärte er: »Ich bin Captain Gideon Rossiter. Führen Sie mich bitte zu Sir Mark.«

Der Butler starrte ihn an, ließ ihn voll sichtlicher Angst eintreten und deutete eine Verbeugung an. »Wenn Sie hier warten wollen, Sir, dann setze ich Sir Mark von Ihrer Ankunft in Kenntnis.« Er wandte sich der Treppe zu. Mit zwei ausholenden Schritten hatte Gideon den Treppenabsatz erreicht. Der Butler wich zurück. »Sir Mark schätzt es nicht, gestört zu werden, ohne dass …«

»Idiot«, unterbrach Rossiter ihn barsch und marschierte an ihm vorbei.

Der obere Flur war lang, schmal und ziemlich düster. Er hörte Stimmen aus einem Zimmer, das rechts lag. Einen Augenblick hielt er inne und sammelte seinen Mut, dann trat er in ein konventionell eingerichtetes Empfangszimmer.

Sir Mark Rossiter hatte eine Hand auf den Kaminsims gestützt und drehte sich bei dieser Störung stirnrunzelnd um. Seine Beutelperücke war kunstvoll gearbeitet, ein hervorragender Schneider hatte seinen goldenen Samtrock gefertigt, und das Lorgnon, das er an die hellblauen Augen hob, war reich mit Juwelen besetzt. »Zum Teufel, Sir«, begann er ungehalten.

Gideon schwieg einen Augenblick lang überwältigt. Sein Vater war immer noch so groß und gut gebaut wie früher und hatte immer noch seine stolze, arrogante Haltung. Aber er war stärker gealtert, als man in sechs Jahren hätte erwarten sollen, und die Falten in dem vornehmen Gesicht und die Blässe der Haut erfüllten Gideon mit Schrecken.

Elegant in Roséschattierungen gekleidet, die Perücke nach der neuesten Mode, erhob sich Newby Rossiter aus einem Ohrensessel. Einen kurzen Moment glitzerte verblüffter Zorn in seinen Augen. »Sososo ...«, murmelte er dann, trat auf seinen Bruder zu und musterte ihn spöttisch. »Verflucht, wenn da nicht unser verlorener Sohn heimgekommen ist! Wir dachten schon, du seist tot, Zwillingsbruder.«

»Ich staune, dass du keine schwarzen Handschuhe trägst.« Gideon ging auf seinen Vater zu, der das Lorgnon fallen gelassen hatte und ihn betäubt und ungläubig anstarrte. Sie waren im Bösen auseinandergegangen und immer noch herrschte Befangenheit zwischen ihnen. »Guten Tag, Sir«, sagte er verlegen.

»*Gideon ...?*« Der Name war fast unhörbar. Sir Mark streckte ihm die zitternde Hand entgegen.

Gideon beugte sich darüber und berührte die kalten Finger mit den Lippen. »Ich weiß, dass ich Sie nicht zufrieden gestellt habe, Vater, aber ich bin gekommen, sobald es mir möglich war.«

Gefühlvoll legte ihm Sir Mark die Hand auf die Schulter, spürte, wie ein Zucken durch den Körper seines Sohnes ging, und riss sich zusammen. »Ich hatte mir vorgenommen, dir ordentlich die Leviten zu lesen, weil du nicht heimgekommen bist, wie es vereinbart war. Das kann ich wohl nun nicht mehr. Setz dich, Junge. Du bist verwundet worden? Wann?«

Gideon ließ sich dankbar auf den Stuhl sinken und antwortete: »Bei Lauffeld, Sir.«

»*Lauffeld?*« Sir Mark runzelte die Stirn. »Aber seither ist fast ein Jahr vergangen! Warum hat man mich nicht benachrichtigt?«

Gideon nahm einen Schluck von dem Wein, den Newby ihm reichte. »Ich hatte Ihnen außerordentlichen Verdruss bereitet, als ich mir gegen Ihren Willen ein Offizierspatent gekauft habe. Ich hatte nicht die Absicht, Ihnen noch mehr Grund zur Sorge zu geben.«

Sir Mark, der sich ebenfalls einen Stuhl heranzog, musterte diesen Sohn, der ihm immer ein solches Rätsel gewesen war. »Sei so gut und überwinde deine Skrupel.«

»Es gibt nicht viel zu erzählen«, sagte Gideon, dem es unbehaglich zumute war. »Ich war zu nahe an einer explodierenden Granate. Es hat eine verdammte Ewigkeit gedauert, bis die Ärzte mich wieder zusammengeflickt hatten.«

»Gütiger ... Himmel!«, flüsterte Sir Mark. »Und wie geht es dir jetzt?«

»Offensichtlich nicht gut genug, um sich um seine Toilette zu kümmern«, sagte Newby. »Du siehst aus wie ein ungemachtes Bett, Zwillingsbruder.«

Gideon errötete, fuhr sich mit der Hand durchs Haar und zuckte zusammen. »Irgend so ein Aufrührer hat einen Ziegelstein nach mir geworfen. Nicht gerade ein besonders warmes Willkommen.«

»Weit entfernt von den Paraden und der Heldenverehrung, die du zweifellos erwartet hast«, stichelte Newby und lachte wiehernd.

Gideon knirschte mit den Zähnen, aber Sir Mark achtete nicht auf die Bemerkung. Er bestand darauf, den lädierten Kopf seines Erben zu untersuchen, erklärte, es sei eine sehr schlimme Beule, und wies Newby an, nach dem Butler zu läuten. »Du gehst ins Bett, Gideon, und mein Arzt muss nach dir sehen. Wir können uns später unterhalten.«

Der Gedanke an ein Bett in einem ruhigen Zimmer war verlockend, aber Gideon widerstand der Versuchung. »Wenn Sie nichts dagegen haben, würde ich lieber eine Weile mit Ihnen sprechen, Sir. Ich vermute, dass wir irgendwie in Schwierigkeiten sind.«

»Oh, komm schon«, sagte Newby voller Abscheu, »tu nicht so, als wüsstest du von nichts. Wir sind ruiniert, Bruderherz. Und du hast den richtigen Zeitpunkt für deine Ankunft gewählt, denn so hast du es geschafft, dem größten Teil der hässlichen Geschichte zu entgehen. Vielleicht kannst du sogar zurück zu deinem Regiment entkommen, bevor wir dem letzten Akt ins Gesicht sehen müssen. Verhaftung. Prozess. Verurteilung, Gefängnis oder Deportation!«

»Gütiger Himmel!«, rief Gideon. »Steht es wirklich so schlimm, Sir?«

Sir Mark trat ans Fenster. »Du musst doch sicher etwas davon gehört haben?«

»Nein, Vater. Bei meiner Ehre, ich erfuhr davon zum ersten Mal durch … durch eine Bemerkung, die jemand machte, nachdem ich an Land gegangen war.«

»Wie äußerst gelegen.« Newby kicherte höhnisch. »Vielleicht gehört das zum Reiz des Soldatenlebens. Zusätzlich zu der hübschen Uniform, die leichtgläubige Ladies so beeindruckt, ist man geschützt vor den weltlichen Angelegenheiten, von denen gewöhnliche Sterbliche geplagt werden!«

Gideon sprang auf und konterte mit aufbrausendem Ärger: »Komm mit mir in die Niederlande, Zwillingsbruder. Ich führe dich durch die Gebeine derer, die vor weltlichen Angelegenheiten geschützt sind!«

Sir Mark fuhr herum. »Es war deine eigene Entscheidung, zur Armee zu gehen und mich sechs Jahre lang zu verlassen!«

Gideon, der gegen seinen Zorn ankämpfte, begegnete durch das plötzlich stille Zimmer hinweg dem Blick seines

Vaters, und es war, als wäre die Uhr rückwärts gelaufen, als stünden sie einander wieder an diesem eiskalten Novembernachmittag gegenüber. Fast konnte er die ungehaltenen Stimmen hören …

»Ich habe dich nach Merseyside geschickt, damit du meinen Vorsteher kennen lernst und dich mit der Werft und ihrem Betrieb vertraut machst. Ich habe gehofft, du würdest etwas von dem Geschäft lernen. Stattdessen versetzt du innerhalb eines Monats meine Belegschaft in Aufruhr, verursachst beinahe einen Tumult und bringst die Arbeit zum Erliegen! Es wird Wochen dauern, um den Schaden wieder zu beheben, den du mit deinen verwerflichen revolutionären Ideen angerichtet hast!«

»Gerade *weil* ich etwas von dem Geschäft gelernt habe, bin ich eingeschritten, als …«

»Eingeschritten! Welches Recht hattest du, bei *irgendetwas* einzuschreiten? Du bist zweiundzwanzig und weißt *nichts*, aber du hast es gewagt, die Befähigung und die Autorität eines Mannes herauszufordern, der sein Leben lang damit zugebracht hat, Schiffe zu bauen!«

»Murchison ist ein gefühlloser Pfuscher, der sich um seine Leute weniger schert als …«

»Schweig, sag ich dir! Deine Meinung ist weder geschätzt noch gefragt! Eine Plage bist du! Eine unfehlbare Quelle der Uneinigkeit in meinem Haushalt und darüber hinaus. Du streitest mit deinem Bruder, beleidigst meine Freunde und jetzt hast du auch noch die Werft in Aufruhr versetzt! Nun, ich will nicht, dass ein feindseliger, ungezogener, neidischer Aufwiegler mir als Familienoberhaupt nachfolgt! Bessere dich, oder …«

»Vielleicht würde ich Sie weniger beleidigen, wenn ich aus Ihren Augen bin, Sir. In diesem Fall reite ich heute nach Mittag nach Whitehall zum Kriegsministerium. Ich bezweifle nicht, dass meine streitsüchtige Natur in den Niederlanden willkommener sein wird als in Mayfair …«

Mit einer Willensanstrengung kehrte Gideon in die Gegenwart zurück und erklärte: »Ich fürchte, selbst wenn ich gewusst hätte, dass Sie in Schwierigkeiten sind, Sir, war ich doch im Lazarett und …«

»Und wer ist für diesen unglücklichen Umstand zu tadeln? Nur du allein! Ich nehme an, du wirst sagen, du hättest meine Briefe, in denen ich dich von meiner Lage in Kenntnis gesetzt und verlangt habe, dass du sofort nach Hause kommst, nicht erhalten. Aber du hättest sie erhalten müssen! Ich wollte sie nicht einmal den Dienern anvertrauen, aus Angst, irgendein Dummkopf könnte unterwegs einen verlieren. Ich habe Newby zum Postamt geschickt, damit er jeden einzelnen eigenhändig aufgab. Nicht wahr, mein Junge?«

»Wir haben sicher unser Möglichstes getan, Vater«, erwiderte Newby aalglatt.

Gideon sah das einschmeichelnde Lächeln seines Zwillingsbruders und wusste, dass die Sache keinen Streit wert war. »Die Post war gelinde gesagt unzuverlässig. Jetzt aber ist das alles vergossene Milch, und …«

Wie immer stachelte die leise Ungeduld im Tonfall seines Sohnes Sir Marks Zorn an. »Ganz recht«, sagte er ärgerlich! »Vorbei und vergessen, das ist deine Philosophie, Gideon, nicht wahr? Immer noch derselbe hitzköpfige junge Herumtreiber!«

Stirnrunzelnd versuchte Gideon etwas zu entgegnen, aber mit einer autokratischen Geste fuhr sein Vater fort: »Vielleicht bist du damit zufrieden, was du in diesen sechs Jahren fertig gebracht hast. Bei Gott, dann bist du ein Narr, das sage ich dir! Als du lieber hier aus dem Haus gestürmt bist, anstatt dich meiner Autorität zu beugen, warst du ein prächtig anzusehender junger Draufgänger, und schau dich an, wie du jetzt aussiehst! Was hat dir die Unabhängigkeit eingebracht, hm? Ich bin sicher, beim Militär musstest du dich der Autorität beugen, und deine einzige Belohnung war, dass du für Monate außer Gefecht gesetzt wurdest, in einer Zeit, in der man dich hier dringend gebraucht hätte!«

»Ja«, gab Gideon mit zusammengepressten Lippen zu. »Ich entschuldige mich dafür. Aber jetzt bin ich da, Sir. Alles, was ich tun kann, um zu helfen …«

Sir Mark schnaubte wütend. »Helfen, ach ja? Wahrhaftig, du bist nicht in der Verfassung, irgendjemandem zu helfen! Ganz offensichtlich bist du schlimm zugerichtet nach Hause gekommen!«

Nichts hat sich geändert, dachte Gideon. Sein Kopf hämmerte nun scheußlich, seine Schulter pochte beharrlich, und er konnte nicht umhin, es übel zu nehmen, dass man ihm die Leviten las, wenn er sich so elend fühlte. Aber er hatte nicht vor, sich erneut von seinem aufbrausenden Temperament hinreißen zu lassen, und bis zu einem gewissen Grad hatte sein Vater ja auch Recht. Er unterdrückte seinen Ärger und erwiderte ruhig: »Sir, ich glaube, in Ihrem Herzen wissen Sie, dass ich sofort nach Hause gekommen wäre, wenn ich die Möglichkeit gehabt hätte, aber die ehrlichsten Erklärungen können die Vergangenheit nicht ändern. Bitte erzählen Sie mir, was geschehen ist.«

Newby blickte finster drein. »Vater will das nicht alles wieder aufrühren! Wärst du hier gewesen, wie es deine Pflicht gewesen wäre …«

»Ich glaube, wir haben nun eingehend erörtert dass und warum ich nicht da war.« Gideon verließ langsam die Geduld. Newby warf ihm einen feindseligen Blick zu, und Gideon, dem wohl bewusst war, dass sein Überleben die ehrgeizigen Pläne seines Bruders durchkreuzt hatte, sagte ironisch: »Überglücklich, mich zu sehen, wie?«

»Viel Spaß bei deinem Erbe«, konterte Newby, »wenn nicht …«

Sir Mark unterbrach sie mit barscher Stimme. »Schluss jetzt, alle beide! Newby, du kannst gehen. Es ist nicht nötig, dass du alles noch einmal hörst.«

»Ich will nicht, dass Sie sich aufregen, Sir«, entgegnete Newby schmollend.

»Ich weiß, ich weiß. Du bist ein guter Junge. Aber jetzt geh. Gideon ist mein Erbe und hat ein Recht, alles zu erfahren.«

Newby zögerte, dann zuckte er mit den Schultern, verbeugte sich vor seinem Vater und schlenderte aus dem Zimmer.

»Wie ich höre, sind die meisten Zwillinge wahre Busenfreunde«, murmelte Sir Mark, als die Tür sich schloss.

Gideon verschluckte eine unwillkürliche Erwiderung und sagte stattdessen: »Sir, ich bin nicht heimgekommen, um Ihre Seelenruhe zu stören. Wenn es sehr unangenehm für Sie ist, kann Gwendolyn mir die Details berichten.«

»Deine Schwester kennt die Details nicht. Wir haben sie abgeschirmt, soweit wir konnten. Setz dich, Junge.« Sir Mark trat ans Büfett, schenkte sich nach und starrte auf den schweren, bernsteinfarbenen Wein. »Es begann ganz einfach«, sagte er langsam und widerstrebend. »Zumeist waren es Darlehen. An Männer, die ich mein Leben lang gekannt habe. Prächtige Burschen, denen ich auf die eine oder andere Art verpflichtet war. Es waren hohe Darlehen, aber die Männer waren ganz sicher kreditwürdig. Dann hat es auf der Werft gebrannt. Du hast wahrscheinlich nichts davon gehört, aber es war eine ganz entsetzliche Sache. Die Nachtwächter waren betrunken, so dachten wir damals! Leute kamen zu Hilfe, aber als die Feuerglocke ertönte, war der Brand nicht mehr zu stoppen. Kaum hatte man ihn an einer Stelle gelöscht, flackerte er an einer anderen wieder auf. Als der Morgen kam …« Er seufzte schwer. »Die Gebäude waren ausgebrannt. Vier Männer waren in den Flammen umgekommen, Dutzende schwer verletzt; drei fast fertig gebaute Fregatten waren zerstört. Die Zeitungen gaben mir und den Werkleitern die Schuld. Sie behaupteten, wir hätten keine angemessenen

Vorsichtsmaßnahmen getroffen und brennbare Materialien seien zu nahe an den Öfen gelagert worden. Eine offizielle Untersuchung wurde anberaumt. Dieser heimtückische Murchison sagte aus, er habe mich gewarnt, dass wir dringend Pumpen und Schläuche bräuchten und dass viele Eimer durchgerostet seien. Er behauptete, ich hätte erklärt, sie würden mehr kosten, als sie wert seien!« Er schlug sich mit der Faust in die Handfläche und wurde rot vor Zorn. »Lügen! Alles Lügen! Nie hat er ein Sterbenswörtchen zu mir gesagt, dass wir eine neue Ausrüstung zur Feuerbekämpfung brauchen.«

Gideon behielt seine Gedanken für sich und beobachtete schweigend seinen Vater, der erregt im Zimmer auf und ab ging.

»Ich habe für die Hinterbliebenen alles getan, wozu ich in der Lage war.« Sir Mark schnaubte bitter. »Aber wie kann man ein Menschenleben ersetzen? Ich nahm eine große Summe von meinem Privatkonto und wir begannen, die Werft wieder aufzubauen. Dann passierte alles auf einmal. Wir hatten massiv – verdammt massiv – in eine höchst vielversprechende Handelsgesellschaft mit China investiert. Norberly bestand auf eingehenden Nachforschungen, und es sah immer noch nach einer wahren Goldmine aus, weshalb wir eine Mehrheit der Aktien erwarben. Es stellte sich heraus, dass die Wertpapiere mehrmals verkauft worden waren, aber als wir davon erfuhren, war es zu spät. Wir verloren eine riesige Summe. Drei Tage danach machte sich Samuel Davies, einer meiner vertrauenswürdigsten Bankdirektoren, mit Papieren und Bargeld im Wert von … von über hunderttausend davon. Wir dachten, er sei krank, und bis wir seine Geschäftsbücher überprüft hatten …«, Sir Mark zuckte mit den Schultern, »… war er über alle Berge, und ich sah langsam, wie der Ruin immer näher auf mich zukam. Aber verdammt! Wir hätten die Verluste immer noch hereinholen können, wenn nicht diese Gerüchteküche in Gang gebracht worden wäre! Bevor wir wussten, was geschah, sahen wir uns Panik gegenüber. Ein Ansturm auf die Bank setzte ein – Kapitalsummen wurden gefordert, die wir nicht decken konnten. Innerhalb eines Tages waren wir … ausradiert.«

Entsetzt von dieser Litanei der Misswirtschaft, bemühte sich Gideon, weiterhin ruhig zu sprechen. »Sie haben gesagt, dass Sie einigen alten Freunden hohe Darlehen gewährt haben. Hätten sie nicht helfen können, Sir?«

»Oh, sie hätten! Unbestreitbar! Aber …« Sir Marks Mund verzog sich zu einem höhnischen Grinsen, »anscheinend waren sie alle außer Landes gerufen worden. In dringenden Geschäften.«

»Ich verstehe. Und Mylord Norberly? Sir Louis Derrydene? Ihre anderen Kapitalanleger und Aktionäre?«

»Viele von ihnen haben es auf die eine oder andere Art geschafft, ihr Kapital in aller Stille zu entnehmen.«

»Gütiger Himmel! Als der Ansturm auf die Bank eingesetzt hatte?«

»Am Tag zuvor.« Der Baronet wich dem Blick seines Sohnes aus und murmelte: »Ich war auf Promontory Point, zusammen mit …« Er brach errötend ab und blickte zu Boden. »Und wusste nichts davon, bis es schließlich viel zu spät war.«

»So ein verdammter Streich!«

Sir Mark riss den Kopf hoch. »Streich, sagst du? *Streich*? *Nein!* Das ist nicht das richtige Wort, hol mich der Teufel! Eher eine *Verschwörung!*«

Gideon fiel das Kinn herunter. Er starrte in das verzerrte Gesicht seines Vaters und wiederholte: »*Verschwörung!* Sir, was um Himmels willen …?«

»Ja, starr mich nur an! Du hältst mich für verrückt, nicht wahr? Verflucht, du bist nicht der Einzige! Aber ich sage Verschwörung und ich meine Verschwörung! Im vollsten Sinne des Wortes!« Sir Mark zog sich einen Stuhl heran, um sich Gideon gegenüberzusetzen, beugte sich vor und sprach mit leidenschaftlicher Eindringlichkeit. »Ich könnte es als Zufall ansehen, dass einige wichtige Investitionen fehlgeschlagen sind, dass einige hohe Darlehen im Verzug waren, aber dass Davies eine so riesige Summe veruntreute und dann vom Erdboden verschwand, dass meine Werft *zufällig* in Flammen aufging, dass meine Hauptaktionäre ihr Kapital entnahmen und das alles innerhalb von zwei Wochen? Bei Gott, nein!«

Wie betäubt starrte Gideon seinen Vater an. Dann sagte er langsam: »Sie haben erwähnt, dass die Nachtwächter auf der Werft betrunken waren, und fügten an: ›So dachten wir damals.‹ Was haben Sie damit gemeint?«

»Dass ich jetzt glaube, dass man ihnen ein Betäubungsmittel gegeben hat. Verstehst du? *Verstehst* du? Ich sag dir, es war eine Verschwörung! Ein absichtlicher und erbarmungsloser Plan, um mich zu ruinieren! Deshalb brauche ich dich, Gideon! Damit du meine Unschuld beweist. Damit du meinen guten Namen wiederherstellst, selbst wenn mein Vermögen und mein Besitz verloren sind!«

Es war deutlich, dass der arme alte Knabe unter der Belastung zerbrochen war. Kein Wunder. Vorsichtig fragte Gideon: »Haben Sie einen Verdacht, Sir? Ahnen Sie, wer dahintersteckt?«

»Ich wünschte, ich ahnte es!« Sir Mark sprang wieder auf und stellte sein Glas auf den Tisch. »Ich habe mich an meine Freunde gewandt, mit der Polizei in der Bow Street disputiert, Leute angeheuert, die Nachforschungen anstellen sollten – vergebens. Hinter meinem Rücken lachen sie alle über mich – hol sie der Teufel – und denken, dass ich die Verantwortung für meinen Bankrott nicht akzeptieren will. Dass ich versuche, die Wahrheit zu bemänteln!«

»Ich verstehe ... Nun, wenn ein Mord begangen wurde, heißt es, man soll zuerst den Mann suchen, der am meisten zu gewinnen hat.«

»Sie haben alle gewonnen! Die Gründer dieser verdammungswürdigen Handelsgesellschaft. Die Männer, die Darlehen aufgenommen und dann das Land verlassen haben. Der heimtückische Hund, der so viel Geld veruntreut hat.« Brütend murmelte Sir Mark: »Alle haben gemeinsame Sache gegen mich gemacht. Zur Hölle mit ihnen!«

»Aber, Sir, sie waren Ihre Freunde! Außerdem sind alle unabhängig davon reich. Ich glaube, *ihr* Ruf ist ebenfalls dahin. Eine solche Intrige, die Sie vermuten, ist bestimmt extrem kostspielig und zudem ein sehr großes Risiko. Außerdem, wer hätte etwas dabei zu gewinnen, Ihre Werft abzubrennen? Ich kann nicht …«

»Ich nehme an, du willst sagen, dass du mir nicht glaubst?« Erschrocken über den wilden Zorn im Gesicht seines Vaters, widersprach Gideon hastig: »Ich schließe die Möglichkeit einer solchen Verschwörung ganz bestimmt nicht aus, Sir. Sie erinnern sich vielleicht, dass ich für Norberly und Derrydene nie etwas übrig hatte! Und was diesen schleimigen Hund Murchison betrifft …«

Mit geröteten Wangen schnaubte Sir Mark: »Du hast mich gewarnt, willst du das sagen? Bei Gott, wenn du heimgekommen bist, um dich an meinem Unglück zu weiden, um zu triumphieren nach dem Motto: ›Ich habe es dir ja gesagt‹, dann verschwinde! Du kannst wieder zurück zu deinem verfluchten Regiment gehen und …«

Gideon sprang auf und legte seinem Vater den Arm um die Schulter. »Nein, Sir. Wie können Sie das von mir denken? Wir werden dieser Sache irgendwie auf den Grund kommen. Wir müssen, wenn wir Promontory Point behalten wollen, und …«

»Das weißt du also, Zwilling?« Newby kam ins Zimmer spaziert und kniff die Augen zusammen, als er sah, dass Gideon den Arm um Sir Mark gelegt hatte. »Wie hast du denn davon erfahren? Von deinem ehemaligen Liebchen vielleicht? Ich habe gehört, dass du sie besucht hast.«

Sir Mark erstarrte und wich zurück. »Du warst doch nicht etwa auf Collington Manor, Gideon?«

»Doch, Sir.«

»Tu das nie – *nie* – wieder! Dieses undankbare Schwein stand in der ersten Reihe derjenigen, die mich einen … Veruntreuer … einen Dieb genannt haben. *Mich!* Er konnte es kaum erwarten, deine Verlobung mit seiner Tochter zu lösen. Als hätte diese junge Frau sich mit ihrem schändlichen Benehmen sowohl hier als auch auf dem Kontinent nicht ihren Teil an trauriger Berühmtheit erworben!« Das Gesicht dunkel vor Zorn, fuhr er fort: »Warum, zum Teufel, musstet du dort angekrochen kommen? Du hättest zuerst mit mir reden sollen! Diese kleine Kokotte!«

Gideon straffte das Kinn. »Ich wusste nicht, dass die Verlobung gelöst ist, Sir. Und als ich nach Promontory Point geritten bin …«

»Oh, du warst dort?«, fragte Newby amüsiert. »Gestern? Du musst sie knapp verpasst haben. Mein Gott, das wäre ein nettes Zusammentreffen gewesen!«

Scharf fragte Gideon zurück: »Was meinst du damit? War Naomi auf Promontory Point?«

»Ja, das war sie. Sie kam angefahren, ganz elfenhafte Unschuld, und tat so, als hätte sie angenommen, wir wären alle fort. Ich vermute, sie wollte einen Blick auf dich werfen, Zwillingsbruder.«

»Verdammte Frechheit!«, wetterte Sir Mark.

»Man muss unvoreingenommen sein, Papa.« Newby ließ sein Lorgnon baumeln und lächelte seinem Bruder in das ausdruckslose Gesicht. »Mylady ist ein schmackhafter Leckerbissen, selbst wenn … äh … zahlreiche Gentlemen … von ihr gekostet haben …«

Gideon stürzte sich wie ein Panther auf ihn. Er riss das Lorgnon hoch und zerrte an dem Band, an dem es befestigt war, sodass es Newby den Hals zuschnürte. Mit leidenschaftlich erregter Stimme rief er: »Dein Lügenmaul ist so voll von Gossensprache wie eh und je! Halt es lieber im Zaum, solange ich in Hörweite bin, Bruder, weil ich schon nach kurzer Zeit in deiner Gesellschaft den Wunsch verspüre, dich durch das nächste Fenster zu werfen!«

Sir Mark riss hastig Gideons Faust von dem Band, das Newby würgte, und stieß ihn zur Seite. »Lass ihn los, du Rohling!«

Gideon taumelte nach hinten. Sein Kopf schien nun mit jedem Atemzug in zwei Teile zu bersten und dann wieder zusammengepresst zu werden. Ihm wurde übel und er hielt sich an einem Stuhl fest.

»Ver … dammt«, ächzte Newby heiser und griff an seinen Hals. »Wie typisch für dich, dass du … dich … bei den Feinden meines Vaters … lieb Kind machst!«

Sir Mark stampfte wütend zur Klingelschnur und zog heftig daran, sodass alle in den unteren Regionen des Hauses aufschraken. »Du bist offensichtlich krank. Daher werde ich Nachsicht mit dir haben – diesmal«, erklärte er mit vor Zorn bebender Stimme. »Aber lass dir das gesagt sein, Gideon. Dein Verlöbnis mit Lady Naomi Lutonville ist gelöst. Wenn du dieser Dirne oder diesem undankbaren Schuft, der ihr Vater ist, noch etwas zu sagen hast – dann kannst du sofort mein Haus verlassen! Ich vermag dich nicht zu enterben. Aber ich kann dafür sorgen, dass du, solange ich lebe, nicht mehr mein Sohn bist!«

Gideons Versuch zu antworten wurde vereitelt. Seine Knochen fühlten sich an wie Pudding, das Zimmer verschwamm ihm vor den Augen. Undeutlich war er sich bewusst, dass jemand hereingekommen war, dass sein Vater Befehle erteilte, dass man ihn sanft hinausführte und die Treppe mehr oder weniger hinauftrug. Wie aus großer Entfernung vernahm er Newbys wieherndes Lachen und hörte ihn sagen: »Wie in alten Zeiten, Papa, nicht wahr?«

Eine andere Stimme hallte in seinen Ohren wider – Tio

Glendennings schleppende Worte. »... Hat man je von einer so erbärmlichen Heimkehr gehört!«

Der Lakai, der den wankenden Captain Rossiter stützte, blickte auf. »Was hat er gesagt?«

»Irgendetwas über ›tea‹, der immer richtig kommt.« »Das wissen wir ja wohl alle«, knurrte der Lakai.

7

Es ist sehr freundlich von Miss Falcon«, stimmte Naomi zu, während sie sich einen Weg durch den Gang zwischen den Verkaufsständen in dem Kaufhaus in Bloomsbury bahnte. »Aber ich glaube, dass sie diese Stola selbst tragen wollte. Außerdem hätte ich gerne eine, die mit Schwanendaunen eingefasst ist, damit sie zu meinem Kleid passt.«

Maggie, die ihrer Herrin folgte, klagte reumütig: »Es tut mir so Leid, Mylady. Ich kann mir gar nicht denken, warum ich sie nicht eingepackt habe.«

»Ach, Unsinn. Wir sind so überstürzt aufgebrochen, dass es ebenso wenig dein Fehler ist wie meiner. Ach! Schau nur, auf dem Tisch da drüben, dieser hauchdünne Zephir! Ist er nicht von genau dem gleichen Hellrosa wie die Stickerei auf dem Unterrock? Wenn wir nur noch ein oder zwei Ellen Schwanendaunen finden, wird es himmlisch aussehen.«

Maggie, die ein wenig kurzsichtig war, spähte unsicher auf die Auslage. »Oh, meinen Sie dort neben der verkrüppelten Lady?«

»Psst! Sie wird dich hören!« Naomi schlängelte sich durch die Menschenmenge in dem beliebten Kaufhaus. Die junge Lady, die Maggie gemeint hatte, prüfte gerade eine Elle feiner Spitze, und Naomi wartete höflich auf eine Gelegenheit, den Gazestoff betrachten zu können.

Auf einen Stock gestützt, ging das verkrüppelte Mädchen ungeschickt weiter, stieß mit Naomi zusammen und lächelte sie entschuldigend an. Das Mädchen war keine Schönheit, aber das fein geschnittene Gesicht mit der hohen Stirn und dem vollen Mund hatte einen selten liebreizenden Ausdruck, und die kurzen gepuderten Locken waren unter der zierlichen Spitzenhaube ganz reizend angeordnet. Die junge Lady stieß einen Laut des Erstaunens aus und die blauen Augen leuchteten auf. »Naomi!«

Instinktiv streckte sich eine behandschuhte Hand aus, wurde aber sofort zurückgezogen. Errötend stammelte das Mädchen: »Oh, Verzeihung! Ich hätte nicht ...«

»Gwen ...? *Gwendolyn* – bist du es?«

»Ja. Aber ich hätte nichts sagen sollen. Bitte ...« Gwendolyns Versuch zu entfliehen wurde vereitelt durch ihre notgedrungen langsamen Bewegungen. So wurde sie in eine warmherzige Umarmung gezogen und auf die Wange geküsst, bevor sie ausweichen konnte.

»Meine liebe kleine Gwen!«, rief Naomi, und die Jahre, die sie getrennt hatten, waren vollkommen vergessen. »Ich habe dich seit einer Ewigkeit nicht gesehen! Wie geht ...«

»Wenn Sie so gut sein wollen«, sagte eine erzürnte weibliche Stimme, und eine Lady mittleren Alters mit scharfen Augen und spitzen Ellbogen drängte sich zwischen ihnen hindurch.

»Oje«, murmelte Naomi, »ich fürchte, wir stehen im Weg. Komm doch mit, Gwen. In der Leihbücherei ist eine reizende kleine Teestube, dort können wir ein Schwätzchen halten.«

»Aber ...«, protestierte Gwendolyn Rossiter bestürzt. »Unter ... unter diesen Umständen ...«

Sie wich zurück, als eine indigniert blickende Lady sich einen Weg durch das Gedränge bahnte. Naomi kicherte, ergriff Gwendolyns freie Hand und sie traten hinaus auf die sonnige, lärmende Straße. Erst, als sie an einem Tisch in der vergleichsweise ruhigen Leihbücherei saßen, konnten sie mit einer Unterhaltung beginnen.

»Erzähl mir, wie es dir geht«, drängte Naomi. »Oh, Himmel, ich habe meine Zofe verloren!«

Gwendolyn lächelte. »Maggie und mein Diener haben sich da drüben an einen Tisch gesetzt.«

Mit Mühe ihre Erheiterung verbergend, fragte sie: »Wie haben Sie nur gewusst, dass ich in London bin?«

»Ich hab's nicht gewusst, Ma'am. Ich hab gewusst, dass der Cap'n nach London geritten ist, und so hab ich bei einem Fuhrmann ein Plätzchen zum Mitfahren geschnorrt und gestern Abend hat mich ein Gemüsehändler auf seinem Wagen schlafen lassen. Und heute Morgen hatte ich den Dusel, dass ich Sie beim Ausreiten gesehen hab, und so hab ich gehofft, Ihr schönes und freundliches Herz würde Ihnen eingeben, mir zu helfen.«

Mit fester Stimme sagte Naomi, das würde sie tun, rief den Diener herein und fragte, ob er wisse, wo Sir Mark Rossiter nun wohne. Der Diener konnte ihnen weiterhelfen und kurz darauf brach Mr. Tummet mit einer Verbeugung und dem Ausdruck seiner tiefen Dankbarkeit auf – eine Dankbarkeit, die noch tiefer wurde, als Naomi ihn um ein goldenes Fünfshillingstück reicher machte. »Aus Mitleid mit Ihrer tragischen Geschichte«, erklärte sie nicht ganz der Wahrheit entsprechend.

Lächelnd trat sie ans Fenster und sah ihm nach, wie er den Gehsteig entlangeilte. »Lassen Sie sich das eine Lehre sein, Captain Gideon Rossiter«, murmelte sie. »Und behaupten Sie nicht, die Gassengöre hätte nicht ihr Bestes für Sie getan!«

Gideon schlief lange, erwachte sehr erfrischt und war sofort guter Laune, als er den hellen Sonnenschein sah, der sein Zimmer durchflutete. Kurz nachdem er an der Klingelschnur gezogen hatte, kam Henri Delatouche, der Kammerdiener seines Bruders, mit einem Frühstückstablett. Gideon hatte den öligen kleinen Diener nie gemocht und war früher schon zu dem Schluss gelangt, dass die Unterwürfigkeit des Mannes ebenso verdächtig sei wie sein Akzent. Das Frühstück war jedoch ausgezeichnet, und nachdem er ihm Gerechtigkeit hatte widerfahren lassen, wandte er sich seiner Garderobe zu.

Sechs Jahre hatten keine große Veränderung in der Mode mit sich gebracht, und obwohl die Rede davon war, Westen nun ohne Ärmel zu tragen, hatte sich dieser Stil noch nicht besonders durchgesetzt. Gideon hatte befürchtet, nach seiner langen Krankheit sei er so mager geworden, dass seine Zivilkleider nicht mehr tragbar wären, und war sehr erfreut, als er feststellte, dass die Röcke eher etwas eng um die Schultern saßen. Er wählte einen Rock aus dunkelgrünem Samt, der an den breiten Ärmelaufschlägen und den Taschen mit dunkelroter Stickerei verziert war. Seine Weste war aus silbernem Brokat mit einem roten Muster, seine Breeches aus grauer Seide.

Delatouche stöhnte über einen so nüchternen Anzug für einen jungen Mann, und als er hörte, dass der Captain nicht vorhabe, sich das Haar kurz schneiden zu lassen, um eine Perücke tragen zu können, schlug er verzweifelt die Hände über dem Kopf zusammen.

»In den Niederlanden habe ich auch keine Perücke getragen«, knurrte Gideon.

»Aber Monsieur, denken Sie nach, ich flehe Sie an. 'ier in London würden die modischen 'erren eher nackend auf die Straße gehen als nur mit ihrem eigenen 'aar bedeckt! Wenn schon keine Perücke, dann muss Monsieur le Capitaine aber Puder und Schönheitspflästerchen auflegen!«

Die Schönheitspflästerchen lehnte Gideon mit so barscher Stimme ab, dass Delatouche, den Tränen nahe, nachgab, aber ein Appell, an die Gefühle seines edlen Papas zu denken, überwand seinen Widerstand gegen Puder, und so wurde er in das Puderkabinett geführt, in einen Frisierumhang gehüllt und mit Pomade und Parfüm traktiert. Was Delatouche auch für Laster haben mochte, er verstand sein Handwerk. Als Gideon schließlich angezogen war, mit einem großen Rubinring am Finger und dem Dreispitz unter dem Arm, sah ihm aus dem Spiegel ein eleganter Fremder entgegen. Sogar Delatouche war besänftigt und erklärte, Monsieur le

Capitaine würde die Mademoiselles »vor Bewunderung rasend« machen.

Sekunden später presste der vielgeprüfte Diener erneut verzweifelt die Hand an die Stirn, denn kaum trat der Captain auf den Flur hinaus, als Miss Rossiter sich von einem Stuhl erhob und sich mit einem Freudenschrei in seine Arme stürzte.

»Gwendolyn!« Gideon hob sie hoch und schwenkte sie durch die Luft. »Mein munterer Spatz«, rief er lachend zwischen Küssen. »Wie hübsch du geworden bist! Warum um Gottes willen sitzt du hier auf dem Flur, als würde ich mich nicht danach sehnen, dich wiederzusehen? Du hättest sofort hereinkommen sollen!«

»Ich bin nur dankbar, dass du wohlbehalten nach Hause zurückgekehrt bist!« Gwendolyn wischte sich Freudentränen aus den Augen. »Ich wusste, dass du verwundet worden warst, und war fast außer mir vor Angst. O Gideon, können wir miteinander reden, bevor du nach unten gehst?«

»Natürlich.« Von allen Familienmitgliedern stand dieses zarte, verkrüppelte Mädchen seinem Herzen am nächsten. Er legte den Arm um sie und führte sie zurück in sein Zimmer. Sie setzten sich zusammen auf das Sofa am Fenster und musterten einander begierig – er mit stolzer Anerkennung und sie voll so offensichtlicher Angst, dass er sie an einer glänzenden Locke zog und lachend fragte: »Ist mein Anblick ein solcher Schrecken, Gwen? Du sagst, du hättest gewusst, dass ich verwundet worden sei. Woher denn?«

»Papa und Newby erklärten, ich sei albern, aber ich … habe es einfach gewusst.«

Naomi hatte auch gesagt, sie habe gedacht, er sei verwundet worden. Er runzelte die Stirn. War es möglich, dass sie wirklich gefühlt hatte … Ungeduldig ging er über einen solchen Unsinn hinweg. Eine solche Ahnung hätte auch Zuneigung bedeutet, und wenn Lady Naomi Lutonville für irgendjemanden Zuneigung verspürte, dann waren das ihre zahllosen Flirts.

Tief bewegt vom trübseligen Gesichtsausdruck ihres Bruders, nahm Gwendolyn seine Hand und legte sie an ihre Wange. »Du bist am Leben und wirst im Nu wieder der alte sein. Aber, *mon pauvre,* ich sehe, dass es dir sehr schlecht ergangen sein muss.« Seine Augen verloren jeden Ausdruck, und sie sagte sofort: »Nein, bitte, Gideon, schieb mich nicht beiseite. Ich habe mir so lange Zeit Sorgen gemacht.«

Reuevoll murmelte er: »Meine arme Kleine. Was bin ich nur für ein roher Kerl, dass ich nicht geschrieben habe. Aber die Wahrheit ist, dass anfangs wenig Gelegenheit dazu war, und als ich Gelegenheit gehabt hätte, war ich nicht dazu fähig.« Er lächelte schmerzlich. »Außerdem wollte ich euch keine schlechten Nachrichten schicken. Und ich bin überzeugt, das war auch ganz gut so. Ihr hattet schon genug Kummer! Gwen, was kannst du mir über diese Katastrophe hier erzählen?«

»Sehr wenig, fürchte ich. Ich weiß nur, dass es einen Ansturm auf die Bank gegeben hat und dass sich all die anderen Investoren zurückgezogen und dem armen Papa allein die ganze Verantwortung zugeschoben haben. Und er hat die Verantwortung übernommen, Gideon. Er hat nicht den Versuch gemacht, für sich selbst zu retten, was er konnte, sondern hat sich nur darum gesorgt, so viele wie möglich, die ihr Geld verloren hatten, auszuzahlen. Du kannst dir kaum vorstellen, was es für ein Albtraum war. Die Leute auf der Straße, die unserer Kutsche Verwünschungen nachgerufen haben … die Steine, die an die Fenster geworfen wurden … die schrecklichen Dinge, die in den Zeitungen gestanden haben!«

Er stöhnte. »Wenn ich hier gewesen wäre, wäre ich vielleicht imstande gewesen, das zu verhindern. Zumindest hätte ich meinem Vater zur Seite stehen können. Kein Wunder, dass er empört über mich ist!«

»Nein, nein! Nur ein bisschen verstimmt vielleicht, dass du nicht deinen Abschied genommen hast, als er es verlangt hat, aber ich bin ganz sicher, jetzt ist er nur noch erleichtert, dass du wohlbehalten zu Hause bist. Auf jeden Fall war es nicht mehr ganz so grässlich, seit wir hierher gezogen sind. Nun … Papa ist so stolz, und ich glaube, es hat ihm das Herz gebrochen, als wir Promontory Point verlassen mussten.« Ihre Stimme wurde ein wenig rau. »Ich weiß nicht, wie lange wir hier bleiben können. Oder … was aus uns werden wird.«

Sie sah plötzlich sehr klein und blass aus, und er zog sie an sich und gab ihr einen Kuss. »Dummes Ding. Hast du Emerald Farm vergessen? Wenn wir gezwungen sind, die Stadt zu verlassen, können wir alle dorthin gehen und da leben. Dir würde das gefallen, nicht wahr?«

Ihr kummervolles Gesicht heiterte sich auf. »O Gideon! Ich fände es herrlich! Aber … Emerald Farm gehört dir, und du wirst heiraten wollen und …« Sie brach ab und riss die Augen weit auf. »Oder … bist du vielleicht schon verheiratet?«

»Nicht verheiratet, Liebes. Aber ich vermute, du hast gehört, dass ich Vater bin.«

Sie schnappte nach Luft und musterte sein Gesicht, vermochte seinen Ausdruck aber nicht zu enträtseln. »Dann ist es wirklich wahr? Ich konnte es kaum glauben! Oh, dann bin ich *Tante*! Wie wundervoll! Erzähl mir von ihnen, Gideon. Wie heißen sie? Wann kann ich sie sehen? Wird deine Lady aus dem Garten hierher kommen? Oder … ach du meine Güte! War es … die andere?«

Der finstere Blick in seinen Augen wurde von einem widerstrebenden Lachen verscheucht. »O Gott! Hat sich ganz London an meinen Sünden geweidet?«

»Es hat erstaunlich viel Klatsch und Tratsch gegeben, aber von den Kindern habe ich erst gestern erfahren, als Naomi sie erwähnte und …«

»Naomi?« Mit rauer Stimme fragte er: »War sie hier zu Besuch?«

»Nein. Ich habe sie zufällig in Bloomsbury getroffen, und sie bestand darauf, dass ich mit ihr Tee trank. Ich hatte sie seit Ewigkeiten nicht gesehen. Sie ist noch schöner, als ich sie in Erinnerung hatte, obwohl sie ziemlich traurig gewirkt hat, aber … Oh!« Und entsetzt rief sie aus: »Gütiger Himmel! Du *hast* es doch gewusst? Das mit der Verlobung, meine ich?«

»Ich weiß es jetzt«, erwiderte er grimmig. »Ich war auf Collington Manor, wo man mir ordentlich heimgeleuchtet hat. Später habe ich meine Verlobte getroffen und sie hat mir einen schönen Dämpfer versetzt.«

»Es tut mir so Leid. Aber weißt du, ich glaube, sie war nicht so wild, bis …«

Ein Klopfen an der Tür unterbrach sie, und ein Diener teilte mit, Sir Mark schicke seine Empfehlung und warte in seinem Arbeitszimmer auf Captain Rossiter. Gideon versprach seiner Schwester, sich im Laufe des Tages noch weiter mit ihr zu unterhalten, führte sie aus dem Zimmer und sah ihr ein wenig traurig nach, als sie sich, gestützt auf ihren Stock, auf den Weg in ihr eigenes Zimmer machte. In einem der wenigen Briefe, die er erhalten hatte, hatte man ihm mitgeteilt, dass die hoffnungsvoll erwartete Operation an ihrem Knie, das seit der Geburt geschädigt war, ein Fehlschlag gewesen war. Ihr Hinken schien eher noch ausgeprägter. Was für eine kleine Schönheit hätte sie sein können, wenn sie nicht … Er verscheuchte so illoyale Gedanken. Gwen *war* eine kleine Schönheit, ob sie hinkte oder nicht. Zu bemitleiden waren die dämlichen Idioten, die nicht sahen, was für ein Schatz sie war.

Auf der Treppe traf er Newby, prächtig gekleidet in Braun-rot und mit einer Beutelperücke mit drei Locken auf dem Kopf, die Gideon entsetzlich fand. Newby lehnte sich an das Geländer und musterte seinen Bruder durch ein juwelenbesetztes Lorgnon. »Phantasielos«, sagte er auf seine herablassende Art. »Aber zumindest fängst du wieder an, einem Menschen ähnlich zu sehen.«

Gideon verschluckte eine spontane Entgegnung und schritt wortlos an ihm vorbei.

»Ich vermute, du weißt, dass mein Vater deine heldenhafte Anwesenheit erwartet«, rief Newby. »Pass auf, was du sagst, Zwilling.« Gideon drehte sich um und blickte ihn an; und nachdem Newby sich kurz umgesehen hatte, fuhr er leise fort: »Ich glaube, der alte Narr hegt die Hoffnung, dass du auf deinem treuen Streitross heimgeritten bist, um seinen lächerlichen Drachen namens Verschwörung zu erlegen. Man erwartet, dass deine Rüstung poliert und deine Lanze gespitzt ist.«

Ohne den Sarkasmus in seiner Stimme und auf seinem Gesicht zu beachten, fragte Gideon: »Du hältst es also für lächerlich?«

Newby zuckte mit den Schultern. »Ich schätze, sein Verstand ist ziemlich verwirrt. Der Fehler liegt bei ihm selbst und braucht nicht mit der Behauptung bemäntelt zu werden, es habe eine teuflische Verschwörung gegeben. Es erstaunt mich, dass du daran zweifelst. So wie ich mich erinnere, war der Hauptgrund für eure häufigen Unstimmigkeiten deine Ansicht, dass er sich zu sehr auf schlecht gewählte Untergebene verließ, nicht wahr?«

»Ich erinnere mich nicht, dass du mich damals in dieser Hinsicht unterstützt hast.«

Newby schwenkte entschuldigend sein Lorgnon und erwiderte: »Aber lieber Zwillingsbruder, du hast mich bei unserer Geburt um fünfundzwanzig Minuten geschlagen. Du bist augenscheinlich der Erbe dieses kläglichen Königreichs.« Er lächelte süß. »Und seiner Schuldenlast.«

»Und dennoch vermute ich, dass du mich darüber aufklären willst, wie ich am besten vorgehe.«

»Es gibt nur einen Weg.« Newbys Gestalt straffte sich, seine Stimme klang nicht mehr höhnisch schleppend, sondern wurde eindringlich scharf. »Der alte Herr muss zusammenraffen, was uns noch an Vermögenswerten bleibt, und emigrieren. In der Neuen Welt können wir von vorn beginnen. In manchen Kolonien soll es ganz bezaubernde Besitztümer geben, und ...«

»Ich hätte es mir denken können«, unterbrach Gideon ihn angewidert. »Du trittst für einen kompletten Rückzug ein. Davonlaufen und unseren Namen in Schimpf und Schande lassen. Auf mein Wort, ein mutiger Rat!«

Newby errötete tief. »Sieh nicht so hochmütig auf mich herab! Wird unser Name weniger entehrt sein, wenn unser Vater sich Prozess, Schuldspruch und Deportation gegenübersieht? Wir werden verarmt *und* entehrt aus der Sache herauskommen!«

»Nicht, wenn wir beweisen, dass er sich keines Vergehens schuldig gemacht hat! Vielleicht ...«

»Humbug! Glaubst du, wir haben das nicht versucht? Während du dich mit deinem drallen Liebchen amüsiert hast, haben Papa und ich uns mit erzürnten Gläubigern und Rechtsanwälten herumgeschlagen. Wir haben diese Unholde von Zeitungsschreibern abgewehrt. Wir haben gegen die Polizei in der Bow Street und gegen Untersuchungen der Regierung gekämpft und konnten nur beweisen, dass er einen riesigen Kuddelmuddel angerichtet und genau das bekommen hat, was er verdiente!«

Gideon schüttelte den Kopf und trat mit geschürzten Lippen auf die nächste Stufe.

Newby packte ihn am Arm, riss ihn herum und zischte durch die Zähne: »Willst du vielleicht einmal versuchen, nicht so ein Narr zu sein? Wenn wir ihn beide dazu bewegen, jetzt zu handeln, werden wir mit ein *wenig* Vermögen und der Aussicht auf ein sorgenfreies Leben aus dieser Sache herauskommen!«

»Ich mag ein Narr sein, lieber Bruder – ich befürchte, ich bin sogar ein großer Narr –, aber ich kenne noch nicht die ganze Geschichte. Wenn ich alles weiß und wenn nur die geringste Aussicht besteht, unseren guten Namen wieder herzustellen, ist das der Weg, den ich ...«

Eine Bewegung in der Halle unten hatte Newbys Aufmerksamkeit auf sich gezogen, und nun fragte er zornig: »He, Sie da! Wer, zum Teufel, sind Sie?«

Mr. Enoch Tummet machte einen Schritt zurück und schielte zu ihnen hinauf. »So ein Zufall aber auch!«, rief er aus. »Das war das Erste, was Ihr Bruder zu mir gesagt hat, Meister.«

»Woher wissen Sie, dass dieser Gentleman mein Bruder ist?«, fragte Newby. »Verdammt, ich vermute fast, Sie haben gelauscht! Fort mit Ihnen, bevor ich …«

»Nein, nein, ich glaube, Mr. Tummet ist zu mir gekommen«, widersprach Gideon, eilte die Treppe hinunter und zog den Besucher in ein kleines Studierzimmer.

»Wie, zum Teufel, haben Sie mich gefunden? Und warum sind Sie gekommen?«, fragte er, als er die Tür schloss.

»Piekfein sehen Sie aus«, sagte Tummet, während er bewundernd Gideons hochgewachsene Gestalt musterte. »Aber Ihr Bruder hat Recht, wissen Sie. Hauen Sie ab. Schnell. Raffen Sie alle Wertsachen zusammen, die Sie kriegen können, und weg mit Ihnen. Das rat ich Ihnen, kostenlos und mit allen guten Absichten für Euer Ehren.«

Belustigt über seine Unverschämtheit, winkte Gideon ihn zu einem Stuhl und setzte sich selbst ebenfalls. »Das würden Sie in meiner Lage tun, wie?«

»He!« Tummets hellbraune Augen wurden sehr rund, als er abwehrend die Hand hob. »*Das* hab ich nicht behauptet, Kamerad. Da liegt der Hase im Pfeffer – wie Mr. Shakespeare sagt, stimmt's? Man kann einem Burschen leicht raten, was er tun soll, wenn *er* das tun soll. Aber wissen, was man tun würde, wenn man *selber* es tun soll, das ist eine andere Sache.«

Neugierig fragte Gideon: »Sie können lesen?«

»Ja, Sir. Hab's gelernt, als ich Lakai war. Da war nicht viel zu tun, bloß rumstehen und aussehen, als wäre man eine ausgestopfte Eule.« Er erhob sich und nahm eine starre

Haltung ein, dann setzte er sich mit einem schelmischen Blinzeln wieder. »An der Wand, wo ich immer gestanden hab, war ein eingerahmtes Gedicht, und ich hab es dauernd angestarrt. Und dann hab ich einmal die Haushälterin gefragt, was da eigentlich geschrieben ist. Sie war eine nette alte Frau und hat mir das Lesen beigebracht. Klar, ganz langsam. Aber wenn man dann lesen kann – na! Eine ganz neue Welt steht einem da offen, stimmt's, Kamerad?«

»Ich bin nicht Ihr Kamerad, Sie Halunke. Und mein Vater wartet auf mich, also sagen Sie mir jetzt lieber, warum Sie gekommen sind. Fangen Sie mit meiner ersten Frage an, bitte.«

»Wie ich Sie gefunden hab, meinen Sie? So was! Niemand kann sich hier in diesem Nest vor einem wie mir verstecken. Und ich bin gekommen, dass Sie meinen Schaden wieder gutmachen, so wie ein ehrenwerter Gent das tun sollte. Und Sie sind einer, wie Sie Ihrem Bruder gesagt haben.«

»Frecher Opportunist! Verlangen Sie Entschädigung, weil Leutnant Morris Ihnen ein blaues Auge geschlagen hat?«

»Das hat er ja gar nicht, Kamerad ... äh ... Cap'n, Sir. Das waren die anderen Kerle.« Und er ließ die Geschichte vom Stapel, die er zuvor in einem gewissen Haus in der Great Ormond Street erzählt hatte.

Gideon hörte schweigend zu und runzelte die Stirn. Am Ende fluchte er zornig. »Ist das alles den Behörden mitgeteilt worden?«

»Jawohl, genauso, Maestro.«

»Und Sie wissen nicht, wer diese Männer waren? Keine Namen, nichts, was verraten hätte, was sie gesucht haben und für wen sie arbeiten?«

»Sie haben nur immer von dem ›Squire‹ geredet. Und egal, wer in drei Teufels Namen das ist, er ist ein übler Kunde, das kann ich Ihnen sagen. Genau wie seine Kerle. Die würde ich erkennen, wenn ich sie noch einmal zu sehen kriege, das können Sie mir glauben! Besonders den einen, der mir das hier verpasst hat.« Behutsam berührte er sein geschwollenes Auge. »Groß war er. Größer als Sie, und zweimal so breit wie ich, mit einem Gesicht wie eine Sellerieknolle und an der linken Hand nur vier Finger und ein Stummel.«

Gideon stand auf, spazierte ans Fenster und blickte auf den von Unkraut überwucherten Garten, eine Mischung aus Wut und Trauer im Herzen, als er an den großen Herrensitz und ihr schönes Leben dort dachte. Warum, zum Teufel, sollte jemand dieses Haus kurz und klein schlagen wollen. Wonach hatten die Leute gesucht? Die meisten persönlichen Besitztümer hatte die Familie mitgenommen. Die Möbel waren wertvoll, aber offensichtlich nicht gestohlen worden. Er hatte nichts Wertvolles mit nach Hause gebracht und manche seiner Sachen waren noch im Red Pheasant. Das meiste, was man zusammen mit seinen Satteltaschen geraubt hatte, waren Geschenke für seine Familie gewesen. Schmuck, Fächer und Spitzen für Gwen und seine weiblichen Verwandten, Tabakdosen, ein filigrangeschmücktes Lorgnon und ausgewählte Kriegsandenken für die Männer, sicherlich nichts, das diese Gewalttätigkeiten gerechtfertigt hätte.

»Und so bin ich hergekommen«, sagte Tummet, der das lange Schweigen satt hatte, »weil ich gehofft hab und *glaube,* dass Sie mich dafür entschädigen, weil man mir wegen Ihnen all mein Hab und Gut weggenommen hat. Alles, was ich auf der ganzen weiten Welt besessen hab.«

»O Gott! Sie sind auch ausgeraubt worden?«

»Ja, sozusagen. Meine sprudelnde Quelle – das heißt, meine kostbare Stelle – ist futsch. Und weil das alles war, was ich gehabt habe, hab ich alles verloren.«

Gideon konnte ein Lächeln nicht unterdrücken, aber dann fiel ihm ein, dass es sehr wahrscheinlich stimmte, was dieser geriebene Bursche da erzählte. Der Verlust seiner Stellung war für ihn womöglich eine ebenso große Katastrophe wie die Verluste der Rossiters. »Na schön«, sagte er und griff nach seiner Geldbörse. »Ich zahle Ihnen …«

Tummet sprang auf die Beine und erklärte mit einer theatralischen Geste, die den großen Garrick eifersüchtig gemacht hätte, dass er kein Geld wolle. »Ich bin in dem guten Glauben gekommen, dass Sie das tun würden, was die Lady gesagt hat, das heißt, dass Sie mich in Ihre Dienste nehmen.«

»Sie in meine *Dienste* nehmen?«, wiederholte Gideon verblüfft. »Was für ein Spatzenhirn ... ich meine, wer ist die Lady, die so etwas von sich gegeben hat?«

»Lady Lutonville«, antwortete Tummet gekränkt. »Sie hat mir aufgetragen, ich soll sagen, dass Sie mich ihrer Meinung nach einstellen sollten, um mich für mein Leid und Weh, an dem Sie schuld sind, zu entschädigen.« Er richtete den Blick zur Decke und fügte hinzu: »Als Kammerdiener.«

»Als – *was*?« Hin- und hergerissen zwischen Heiterkeit und Unglauben, wollte Gideon schon erwidern, er könne sich nicht vorstellen, dass Lady Lutonville etwas so Hirnverbranntes geäußert habe, doch dann stockte er. Mylady hatte wahrscheinlich großen Spaß daran, sich seine Empörung auszumalen, wenn dieser höchst ungeeignete Mann mit ihrer lächerlichen Empfehlung kam. Tummet schien ein braver Kerl zu sein, und die Frage war nun, wie er aus diesem Schlamassel herauskommen sollte, ohne seine Gefühle zu verletzen. Voller Sehnsucht, Ihre Ladyschaft für ihre Gefälligkeit kräftig durchzuschütteln, lächelte er Tummet an und sagte von Mann zu Mann: »Sie kennen vermutlich die ... äh ... momentan schwierige Lage meiner Familie.«

»Klar. Aber ich bin bereit, das zu übersehen.«

»Sie sind ...« Gideon japste empört und fuhr fort: »Also, Sie unverschämter Galgenvogel! Ich bezweifle, dass Sie den Unterschied zwischen einer Krawatte und einem Kragen kennen! Und was Ihre Bereitwilligkeit betrifft, manches zu übersehen – verflucht, dafür hätte ich Sie hinauswerfen ...« Er brach ab. Tummet blickte ihn mit einem so hoffnungsvollen Grinsen auf dem hässlichen Gesicht an, dass es schwerfiel, böse zu bleiben.

»Ich weiß, dass ich keine Schönheit bin«, gab Tummet zu. »Aber ich wäre ein guter Diener, Cap'n. Ich bin ehrlich und treu, und ich weiß mehr über Krawatten und Kragen und andere Dinge, als Sie glauben. Tatsache«, setzte er mit einem schlauen Zwinkern hinzu. »Vielleicht stellen Sie fest, dass ich Ihnen mehr nütze als ein halbes Dutzend stocksteifer Stadtdiener mit Augen wie verlorene Eier und die Nase so weit oben in der Luft, dass Sie es kaum wagen, sich von ihnen die Hand küssen zu lassen.«

»Ich habe nicht die Gewohnheit, mir von meinen Dienern die Hand küssen zu lassen! Und außerdem können Sie Lady Lutonville ausrichten ...« Ohne höflich anzuklopfen, öffnete Newby die Tür und kam herein. »Mein Vater ist schon ganz aus dem Häuschen, lieber Bruder. Ich habe dir doch gesagt, dass er wartet!«

»Das hast du.« Gideon erhob sich mit einem innerlichen Seufzer der Erleichterung. »Ich komme sofort.«

»Das sollte ich meinen.« Newby musterte Tummet, der respektvoll aufgestanden war, träge durch sein Lorgnon. »Was, zum Teufel, hattest du denn *damit* zu besprechen?«

»Ich habe ... äh ... Bewerber befragt«, erwiderte Gideon, wie immer gereizt über die Arroganz seines Bruders.

»Bewerber wofür? Als Kaminkehrer?«

Gideon runzelte die Stirn und warf seinem Besucher einen entschuldigenden Blick zu.

Tummet sah mit seinem nicht lädierten Auge zur Decke und reckte sich, um seine Haltung als »ausgestopfte Eule« anzunehmen.

»Für die Stelle meines ... äh ... Kammerdieners«, erklärte Gideon.

Newby sackte das Kinn herunter, als er Mr. Tummets abgetretene Stiefel, zerrissene Kleider und sein schauerliches blaues Auge ansah. Dann jauchzte er auf. »Sapperlot! Was bist du doch für ein Pfiffikus, Bruderherz! Nein wirklich, was ist das?«

Gideon lächelte. »Ich habe mich gerade entschieden, ihn zu nehmen.«

Tummet blinzelte.

Gideon hatte das flaue Gefühl, dass sein aufbrausender Charakter ihm wieder einmal einen schönen Schlamassel eingebrockt hatte.

»Gütiger … Himmel!«, japste Mr. Newby Rossiter.

8

Das Hauskonzert war ein großer Erfolg. Als es zu Ende war und die Gäste sich in das Zimmer mit den Erfrischungen begaben, scharten sich kleine Trauben eifriger Gentlemen um die herrschenden Ballköniginnen. Im einen Eck drängelten sich Katrina Falcons Verehrer, um ihr liebreizendes Lächeln zu sehen und ihre sanfte Stimme zu hören. In der Nähe hielt eine lebhafte und von der Natur üppig ausgestattete junge Witwe Hof, während auf der anderen Seite des Raumes Lady Naomi Lutonville von ebenso feurigen Beaus umringt wurde, die miteinander wetteiferten, ihr Erfrischungen zu bringen, sich über ihr hellblaues Kleid und das cremefarbene und mit zarten blauen Blumen bestickte Unterkleid zu verbreiten oder mit poetischen Worten ihre herrlichen Augen, ihre blütenzarte Haut, ihren leuchtenden Mund, den Zauber ihrer Grübchen und die Vollkommenheit ihrer Figur zu preisen.

Mr. Gordon Chandler, auf stille Art attraktiv in seinem dunkelroten Samtrock, der an den Ärmelaufschlägen und Taschen mit Silberfäden bestickt war, brachte Mylady einen Teller voller Leckerbissen und flehte sie an, ihm zu gestatten, sie zum Ball der Glendennings zu begleiten, da Falcon indisponiert war. Mr. Alfred Harrier, ein rundlicher und der Mode entsprechend blasser Jüngling mit einem großen Vermögen und einem leichten Lispeln, hielt eine Tasse mit geeistem Punsch bereit, falls die Schönheit davon zu trinken wünschte, und nannte Chandler einen Piraten, der versuche, ihm die Lady fortzustehlen.

»O weh, ich bin entlarvt!« Chandlers seltenes Lächeln hellte seine eher ernsten Gesichtszüge auf. »Sehen Sie nur, wie Sie mich zermürben, Lady Naomi! Ihre Schönheit verwirrt mich so, dass ich gesellschaftliche Schnitzer begehe, und ich wage mir nicht auszudenken, wie mein Vater reagieren wird, wenn er es erfährt! Die pure Freundlichkeit verlangt es, dass Sie meine zerrütteten Nerven wieder in Ordnung bringen, indem Sie mich zu Tios Hopserei begleiten.«

»Hopserei!« Naomi tadelte ihn mit der Vertrautheit, die aus alter Freundschaft entsteht. »Pfui, Gordie! Ich glaube, Bowers-Malden wäre nicht erfreut, wenn er hörte, dass sein Ball so genannt wird.«

»Sie haben Recht, Mr. Chandler abzuweisen«, rief Mr. Harrier. »Er war so träge, dass er sich nicht einmal angestrengt hat herauszubekommen, was für ein Kleid Sie heute tragen würden! Ich dagegen habe diskrete Erkundigungen eingezogen und war so imstande, mich farblich passend zu Ihnen anzuziehen, schöne Göttin! Eine solche Ergebenheit muss doch sicher belohnt werden!«

Tatsächlich war er in Blau gekleidet, und obwohl die übrigen Gentlemen in Hohngeschrei ausbrachen, stimmte Naomi zu, dass er belohnt werden müsse, und reichte ihm eine winzige weiße Rose, die sie vorsichtig von ihrem Mieder löste.

Mr. Harrier nahm die kleine Blume hingerissen entgegen und befestigte sie in den Locken seiner hohen französischen Perücke, die seine mangelnde Größe jedoch auch nicht kaschierte.

Sofort wurde Naomi mit eifrigen Fragen bestürmt, ob dies bedeute, dass sie versprochen habe, den Ball mit Harrier zu besuchen.

»Nein, wirklich, meine Herren«, protestierte sie lachend.

»Ich habe versprochen, dass Mr. Falcon mich begleitet, und er hat geschworen, dass er kommen wird.«

Lord Sommers, groß, rotbackig und unfehlbar gut gelaunt, knurrte: »Pech und Schwefel auf den Kerl! Ich hatte gehört, dass er mindestens einen Monat lang das Bett hüten muss.«

»Ach, tatsächlich?« Ein hochgewachsener junger Mann, dessen Lorgnon lebensnotwendig war, sah Naomi an und fragte: »Ist es so schlimm, Ma'am? Die Straßenräuber, wie?«

»Indirekt, Herzog«, antwortete Naomi. »Mr. Falcon wurde irrtümlich für einen solchen gehalten, als Captain Rossiter und sein Freund uns zu Hilfe kamen.«

Sommers schürzte die Lippen. »Rossiter hat genug, wofür er sich verantworten muss, auch ohne dass er eine von Londons schönsten Blüten ängstigt und herumschießt, wenn ...«

»Nein, nein, Mylord!«, unterbrach ihn Naomi. »Ich muss so gerecht sein und sagen, dass Mr. Rossiter nicht der Schuldige war.«

»Man höre nur, wie großzügig das liebe Mädchen ist«, lispelte Mr. Harrier. »Ihn zu verteidigen, obwohl er ...« Er bekam einen kräftigen Stoß in die Rippen versetzt, verhaspelte sich, und sein Gesicht lief rot an.

Naomi suchte Zuflucht hinter ihrem Fächer, die Lider sittsam gesenkt.

Bekannt für seine Dickköpfigkeit und Treue zu einem alten Freund, widersprach Chandler: »Ich glaube, Rossiter hat es nicht nötig, verteidigt zu werden. Er würde sich nie an einem solchen Fiasko beteiligen.«

»Dann gehört das zu den wenigen Dingen, für die man Rossiter nicht verantwortlich machen kann«, brummte Sommers.

»Gideon Rossiter streitet alles ab«, erklärte Mr. Harrier. »Wahrhaftig, in der ganzen Stadt verbreitet er das. Laut und deutlich. Macht sich regelrecht zum Narren mit seinem Herumgefrage und seinen Nachforschungen. Mein Vater sagt, manche Gentlemen verriegeln ihm schon die Tür vor der Nase!«

»Du liebe Güte«, meinte Naomi. »Er ist kaum eine Woche in England. Was stellt er denn in Zweifel?«

Der Herzog schwenkte sein Lorgnon. »Alles, meine liebe Lady. Anscheinend versucht er zu beweisen, dass seinem schändlichen Vater keinerlei Vergehen anzulasten ist.«

Das verächtliche Gelächter, das dieser Bemerkung folgte, wurde von einer neuen Stimme unterbrochen.

»Und ganz England habe sich zu einem riesigen Komplott gegen Sir Mark zusammengeschlossen, wie?«

Die jüngeren Gentlemen lachten und wichen respektvoll zurück.

Überrascht drehte sich Naomi zu dem Neuankömmling um. Die ausladenden Reifröcke waren ebenso hinderlich wie modisch, aber sie handhabte sie erfahren und knickste anmutig.

»Papa! Ich dachte, Sie wollten in Kent bleiben.«

Der Earl, eine glänzende Erscheinung in Purpur und Gold, lächelte und beugte sich zu ihr, um sie auf die Stirn zu küssen. »Ich verrate dir nicht all meine Geheimnisse, Kind. Hast du einen angenehmen Aufenthalt bei deinen Freunden?«

Er sah ganz liebenswürdig aus, aber Naomi beobachtete ihn argwöhnisch. »Danke, ja. Und Sie, Sir?«

»Ich war gezwungen, in die Stadt zu fahren, und dachte mir, dass ich dich hier finden würde. Komm mit, ich möchte mit dir reden.«

»Nein, wirklich, Collington«, protestierte der kurzsichtige Herzog. »Ihre schöne Tochter hat noch nicht ihren Begleiter zum Ball der Glendennings gewählt. O bitte, Mylady. Sie wissen, dass Falcon zu krank ist, um daran teilzunehmen. Verkürzen Sie unsere Qual.«

»Wirklich, ich kann nicht«, entgegnete Naomi lächelnd. »Aber wenn es Mr. Falcon heute Abend, wenn ich nach Hause komme, nicht besser geht, werde ich einen Begleiter erwählen. *Morgen*.«

Wieder wurde allgemeines Stöhnen laut. »Wann, Lady Naomi?«, rief Chandler. »Wo?«

Der Earl führte sie fort von ihnen. Über die Schulter rief sie zurück: »Bei der Soiree der Dowlings. Ich werde mein Blumenbukett werfen, und der Gentleman, der es fängt, darf mich zum Ball begleiten.«

Dieser Anflug von sportlichem Wettkampf stellte alle zufrieden und zahlreiche Bemerkungen wurden laut.

Amüsiert führte der Earl Naomi durch den vollen Raum. »Du bist wahrhaftig die Ballkönigin, Kind. Ich schwöre, du brauchst nur zu wählen zwischen ihnen.«

»Oh, das sind bloß dumme Jungen«, erwiderte sie leichthin. Sie traten hinaus auf den breiten Flur, und sie fügte hinzu: »Ich bin überrascht, Sie hier zu treffen, Sir.«

»Um die Wahrheit zu sagen, *ich* war überrascht, als du Collington Manor so überstürzt verlassen hast.« Er lächelte zu ihr herab und öffnete die Tür zu einem Vorzimmer. »Habe ich dich mit meinen Anfällen von schlechter Laune vergrault?«

Naomi, die zu einem kleinen Sofa schritt und sich zwischen die Taftkissen setzte, fragte sich, warum er tatsächlich hier war, und befürchtete, er könnte verlangen, dass sie nach Collington Manor zurückkehrte, um den »feinen Gentleman« kennen zu lernen, der danach lechzte, ihr seine Reichtümer zu Füßen zu legen. »Ich lasse mir nicht leicht Angst machen, Papa«, erklärte sie tapfer. »Aber ich gebe zu, dass Sie ein wenig überreizt schienen.«

Er spazierte zum Kamin und betrachtete die griechische Vase, die vor dem leeren Rost stand. »Wenn das der Fall war, meine Liebe, so nicht wegen einer verlorenen Schachfigur.« Er drehte sich um und sah sie mit ernsten Augen an. »Das war ärgerlich, ich räume es ein, aber es kommt nicht jeden Tag vor, dass schurkische Straßenräuber das eigene Kind überfallen. Ich habe Captain Rossiter geschrieben und ihm meine Dankbarkeit für sein Eingreifen mitgeteilt – auch wenn das Ganze etwas ungeschickt vonstatten ging. Ich ... äh ... ich hoffe, das war angemessen ...«

»Ich kann Ihnen nicht folgen, Sir. Wie sollte es nicht angemessen sein? Weil August Falcon verletzt wurde?«

»Ganz und gar nicht. Aber dein Diener meinte, du seiest aufgeregt gewesen, als du am Dienstag von Promontory Point kamst. Wenn der junge Rossiter es gewagt hat, dich zu belästigen ...«

Errötend erklärte Naomi: »Er hat mich nicht belästigt, Sir. Er hat mich wütend gemacht!«

»Oh, wirklich«, murmelte der Earl. »Du wirst mir einen Gefallen tun und ihm zukünftig aus dem Weg gehen. Würdest du sagen, dass sein Freund, außer dass er auf Falcon geschossen hat, weswegen ich ihm wirklich keine Vorwürfe machen kann, dir irgendwie behilflich war?«

»Außer dass er Falcon angeschossen hat, was ich ihm nicht verzeihen werde«, antwortete sie, und ihre zornigen Augen trotzten seinem spöttischen Blick, »nehme ich an, dass er behilflich war, ja.«

»Wie ich verstanden habe, hat er dich nach Hause eskortiert. Was vermutlich nicht gerade auf seinem Weg lag. Jeder Soldat, der nach England zurückkehrt, sehnt sich danach, möglichst schnell heimzukommen.«

Sie zuckte mit den Schultern. »Ich habe kein solches Opfer von ihm verlangt.«

»Dennoch nehme ich an, ich muss ihm ebenfalls einen kurzen Brief schicken. Wie hat er geheißen, sagst du Moore?«

»Morris, Papa. Leutnant James Morris.«

»O weh, mein Gedächtnis lässt mich im Stich. Morris ... ich glaube, in Cornwall gibt es eine bekannte Familie, die so heißt. Ich frage mich ...?«

»Wenn ich mich recht erinnere, hat Rossiter erwähnt, dass der Leutnant nach Sevenoaks reite.«

»Ach so? Dann wird es nicht schwierig sein, seine Adresse herauszufinden. Nun erzähl mir von dem jungen Falcon. Wird er sich erholen?«

Naomi sah ihm ruhig in die Augen. »Würde sein Tod Sie bekümmern?«

»Nicht im Geringsten. Außer dass ich es vorziehen würde, nicht darin verwickelt zu sein.«

»Dann können Sie beruhigt sein. August hat eine Kugel in den Arm bekommen. Nur eine Fleischwunde. Er wäre jetzt schon wieder auf den Beinen, wenn er nicht dickköpfig darauf bestanden hätte, nach London zurückzukehren, bevor er kräftig genug für die Reise war, und nicht am Tag darauf mit mir ausgeritten wäre, sodass er jetzt Fieber hat.«

»Bezeichnend für ihn. Und da die schöne Katrina ihrem hitzköpfigen Bruder ergeben ist, hast du vor, ihr während dieser … hm, schweren Prüfung beizustehen?«

»Im Augenblick ja, Sir.«

Collington lächelte. »Du fragst nicht, ob ich das billige. Du weißt, wie meine Antwort lauten würde. Die Falcons haben wahrhaftig Glück, dass eine Lady deines Ranges sie auf der Straße grüßt.«

»Meiner Treu, Sir! Haben Sie nicht bemerkt, wie viele hochgeborene Gentlemen keine Schwierigkeiten zu haben scheinen, Miss Falcon zu grüßen?«

»Ach ja. Aber mit ganz anderen Motiven, fürchte ich. Und so vergnüglich ich ein Wortgefecht mit dir auch finde, muss ich nun doch aufbrechen. Leb wohl, Kind. Bitte stürze dich in keine weiteren Katastrophen.«

Naomis angespannte Nerven beruhigten sich. Dem Himmel sei Dank! Er wollte gehen, ohne sie wegen einer Heirat zu ermahnen. Als sie ihn zur Tür begleitete, sagte sie: »Ich bedauere Ihren Verlust wirklich sehr, Papa. Es war äußerst achtlos von mir«

Er sah sie mit hochgezogenen Brauen an. »Verlust?«

»Ihre Schachfigur.«

»Ach ja. Ich meine, das vergessen wir lieber. Ein unerträglicher Gedanke, dass wahrscheinlich irgendein abstoßender Straßenräuber oder ein Bauerntölpel ohne Sinn und Verstand für ihren Altertumswert sie gefunden hat. Aber nun gut. Hat keinen Zweck, über Geschehenes zu jammern. Adieu. Bleib nicht zu lange von Kent fort. Wir vermissen dich.« Er tätschelte ihr die Wange, lächelte voll seltener Wärme und ging.

Ein Dunstschleier lag an diesem Dienstagmorgen in der Luft, und die Sonne schien mit ihrem diffusen Licht weicher als sonst auf die zahllosen Kamine, Türme und Kuppeln Londons. Gideon stand am Fenster des Studierzimmers und betrachtete nachdenklich die Szenerie. Eine kleine, warme Hand schob sich in die seine. Er drehte sich um und lächelte in Gwendolyns munteres Gesicht.

»Denkst du gerade, wie anders der Ausblick von hier ist, Gideon?«, fragte sie. »Anders als von unserem früheren Stadthaus aus, meine ich. Durch den Hügel haben wir eine wunderbare Aussicht, Gideon.«

Er beugte sich zu ihr, um ihr einen Kuss auf die Stirn zu geben. »Und das ist etwas, das für ihn spricht, wie, meine Kleine? Nein, ich denke an Vaters ... äh ...«

»Fixe Idee?« Newby schloss die Tür hinter sich und kam durch das Zimmer auf sie zu. »Ich frage mich, warum du deine Zeit mit so einem Unsinn vergeudest.« Er umarmte seine Schwester und sagte lächelnd: »Ermutige ihn nicht dabei, mein Püppchen.«

Gideon zog ihr einen Stuhl heran und Gwendolyn setzte sich seufzend. »Ich wünschte, ich könnte ihn irgendwie ermutigen. Es wäre mehr als wundervoll, wenn wir herausfinden würden, dass wir nicht wirklich schuld sind an so viel Kummer und Leid.«

»*Wir* sind nicht schuld, Liebes.« Newby lehnte sich träge an ein Tischeck. »Unser unfähiger alter Herr ist schuld.

Und mein heldenhafter Bruder täte gut daran, seinen Kopf damit zu beschäftigen, wie wir einer Strafverfolgung entgehen können, anstatt zu versuchen, eine nicht existierende Bande schurkischer Verschwörer aufzustöbern. Gebrauch doch deinen Verstand, Gideon! Warum, zum Teufel, sollte irgendjemand sich so große Mühe geben und derart viel Geld investieren? Es ist nicht so, dass man bei dieser Katastrophe ein großes Vermögen hätte machen können.«

»Ich würde hunderttausend Pfund ein großes Vermögen nennen«, warf Gwendolyn ungehalten ein.

»Ja, meine Liebe«, stimmte Gideon zu. »Doch das wurde von einem Schurken gestohlen. Höchst fachmännisch. Warum aber war der ganze Rest nötig? Ich vermute, das meint Newby.«

»Dein brillanter Geist blendet geradezu, Zwillingsbruder«, höhnte Newby.

»Und du besitzt keinerlei Sohnestreue. Mein Vater ist kein Dummkopf ...«

»Nur ein außerordentlich ungeschickter Vorstandsvorsitzender? Oh, schau mich nicht so fromm an und heuchle keine Ergebenheit, die du nicht fühlst. Vor sechs Jahren vermochtest du es kaum zu erwarten, zur Fahne zu eilen, um von ihm wegzukommen.«

»Eher von seiner Art der Geschäftsleitung.«

»Die Zeit hat zumindest erwiesen, dass du damit Recht hattest.«

»Dennoch habe ich ihn nie für einen Narren gehalten, und bei dieser ganzen Sache gibt es ein paar Zufälle zuviel, als dass wir einfach über seinen Verdacht lachen könnten.«

»Wie ich es tue?«, fragte Newby verächtlich. »Meinst du das? Dann sag mir bitte, lieber Bruder, was du mit deinem *überlegenen* Verstand bei deiner Herumfragerei herausgefunden hast. Es muss dir ja gelungen sein, irgendjemanden aufzurütteln. Papa sagt, dass sein Anwalt ihn schon anflehe, dich ihm vom Hals zu halten!«

»Natürlich habe ich ihn aufgesucht und dabei erfahren, wie viele Worte ein Mann machen kann, ohne etwas zu sagen. Und ich habe viele andere aufgesucht. Hiat zum Beispiel ...«

»Ach ja, unseren ehrenwerten Exbankdirektor. Der krank ist, wie es heißt, und niemanden empfangen kann.«

»Dann muß es ihm jetzt besser gehen, denn er hat mich empfangen. Er ist ein nervöses Wrack, der arme Kerl, aber er sagt, er habe geraten, keine so hohen Darlehen zu gewähren, als das Gerücht aufkam, die Investitionen in die Handelsgesellschaft seien zweifelhaft.«

»Woraufhin sich unser verehrter Vater sicher aufgeführt hat, als hätte Hiat in einer Kathedrale ausgespuckt, da die höchsten Darlehen an Papas Schulkameraden gingen – prächtige Gentlemen mit Titeln und *sans reproche*. Unglücklicherweise beurteilt unser Vater Menschen nach ihrem Stammbaum und ihrer Schulzugehörigkeit anstatt nach ihrem Wissen und ihren Fähigkeiten. Hast du den ehrenwerten Hiat gefragt, was die verschwundenen Aktionäre zu sagen hatten?«

»Sowohl Lord Norberly als auch Sir Louis Derrydene haben die Darlehen unterstützt. Ich habe ihn auch gefragt, ob er den Verdacht habe, dass der Zusammenbruch der Bank und der Investmentgesellschaft, die Unterschlagung, der Schwindel mit der Handelsgesellschaft und der Brand auf der Werft irgendwie zusammenhängen.«

Newby lachte leise. »Wie faszinierend. Wir erwarten Hiats Antwort mit angehaltenem Atem, nicht wahr, Gwen?«

»Sei nicht ekelhaft, Newby«, tadelte sie ihn und tätschelte ihm sanft die Hand. »Gideon hat sich solche Mühe gegeben.«

»Ich glaube, er hielt mich für komplett verrückt«, sagte Gideon langsam.

»Vernünftiger Mann. Und bist du jetzt überzeugt, Bruder?«

Gideon runzelte die Stirn und zögerte. »Ich gestehe, dass ich zuerst dachte, Papas Nerven wären überreizt und er stünde kurz vor einem Zusammenbruch. Aber jetzt ...« Er schlenderte wieder ans Fenster und knurrte: »Beim Zeus, *irgendetwas* ist dran, glaube ich.«

Newby legte die Hand über die Augen und stöhnte.

Gideon drehte sich wieder um. »Ich habe die Adresse von zweien der Männer herausbekommen, die auf der Werft in Merseyside gearbeitet haben. Sie haben beide gesagt – *beide*, Newby! –, sie seien überzeugt, das Feuer sei durch Brandstiftung entstanden, und der Vorarbeiter sei derselben Ansicht.«

»Was der offiziellen Untersuchungskommission zufolge Unsinn ist und nicht bewiesen werden kann.«

»Es könnte bewiesen werden, wenn wir den Mann finden, der das Feuer gelegt hat!«

»Mein Lieber«, warf Gwendolyn ein, »glaubst du wirklich an eine Verschwörung?«

»Nicht ganz. Dennoch, ich kann nicht umhin, mich zu wundern, warum so viele Leute, mit denen ich zu sprechen versucht habe, solche Angst haben.«

»Der Himmel steh uns allen bei«, stöhnte Newby. »Mein lieber Idiot, sie haben keine *Angst* vor dir! Sie *verachten* dich! Sie wollen nicht gesehen werden, wie sie mit dir sprechen! Begreifst du immer noch nicht? Wir sind *Parias*! Wir alle!«

»Ich habe nicht gesagt, dass sie Angst vor *mir* haben. Ich habe gesagt, dass sie Angst haben. Zum Beispiel Lady Norberly.«

»Gütiger Gott! Du hast bei diesem Drachen vorgesprochen? Ich wette, dass sie dich nicht empfangen hat!«

»Ich glaube, das hätte sie tatsächlich nicht, wenn ich nicht zufällig gerade gekommen wäre, als sie das Haus verließ. Sie schwört, sie habe keine Ahnung, wo Seine Lordschaft sein könne, nur, dass er in Schottland unterwegs sei. Oder vielleicht in Wales. Sie zitterte. Und als ich noch etwas fragen wollte, wurde sie laut und ausfallend. Ihre Diener hätten mich beinahe zu Boden geschlagen.«

Mit einem Ausruf der Ungeduld sprang Newby auf. »Was überhaupt nichts zu sagen hat! Hölle und Schwefel, wozu soll es gut sein, jetzt kalte Asche aufzuwirbeln? Wären wir vielleicht weniger ruiniert, wenn du diesen Schuft Davies aufstöberst, der unterschlagen hat? Sind wir deshalb weniger zu tadeln, weil wir uns mit ausländischen Investitionen, die sich als Schwindel herausstellten, finanziell übernommen haben? Das lag in der *Verantwortung* meines Vaters, wie sehr du auch versuchen magst, es zu bemänteln! Seit den Untersuchungen habe ich alles, was in meiner Macht stand, getan, damit Gras über die Sache wächst. Und jetzt musst du heimkommen und alles und jeden wieder aufwühlen und in Aufruhr versetzen! Dass die ganze Geschichte erneut aufflammt, ist das Letzte, was wir brauchen können. Lass es bleiben! Es ist aus und vorbei und nichts kann es mehr ungeschehen machen. Lass die Sache in Ruhe, sonst kann niemand sagen, wo das alles endet!«

Gideon blickte in das vor Zorn gerötete Gesicht und ließ nicht locker: »Du warst hier, Bruder, und ich nicht. Gibt es *gar nichts,* das dir seltsam erschienen ist? Nichts, das dir vorgekommen ist, als hätte es jemand ausgeheckt, oder das es wert wäre, dass man sich damit befasst?«

Schwer atmend antwortete Newby: »Ja, etwas ist es wert, dass man sich damit befasst! Zu erhalten, was wir noch an Mitteln haben. Mein Vater ist selbst jetzt nicht ganz ohne Freunde. Wir könnten unsere Habe still beiseite schaffen und aus dem Land sein, bevor uns irgendjemand daran hindert. Er und seine Anwälte haben es bis jetzt geschafft, die Gerichte hinzuhalten, aber wie lange können wir hoffen, das Unvermeidliche aufzuschieben? Wenn du einen wie immer gearteten Einfluss hast, mein tapferer Captain, solltest du ihn lieber darauf verwenden, ihn davon zu überzeugen, dass wir auswandern müssen. Oder sehnst du dich danach, deine Schwester in Newgate sitzen zu sehen? Nun, ich nicht! Noch habe ich vor, müßig daneben zu stehen, während du die Böcke, die er geschossen hat, noch schlimmer machst! Verschwörung, in der Tat! Mein Gott, so eine Narretei!«

Er marschierte zur Tür, dann drehte er sich noch einmal um. »Oh, das hab ich ganz vergessen. Ich glaube, du hast Besuch. Du solltest ihn empfangen. Solche Ereignisse sind selten in diesem Haus.«

Viscount Horatio Glendenning saß in Gideons kleinem Salon und unterhielt sich vertraut mit Tummet – mit einem deutlich anders aussehenden Tummet mit gekämmter Perücke und untadelig in einen sauberen schwarzen Rock gekleidet, der ihm eine Würde verlieh, die ein wenig von seinem zerfurchten Gesicht und dem blauen Auge abstach.

»Wie nett von dir, dass du kommst, Tio«, begrüßte ihn Gideon und schüttelte seinem Freund die Hand. »Was hat dir dieser Halunke erzählt?«

»Einzelheiten von seiner äußerst wechselvollen Laufbahn«, antwortete der Viscount grinsend. »Wenn alle Stricke reißen, Ross, kannst du die Geschichte aufschreiben, die Blätter zwischen einen kostbaren Einband heften und ein Vermögen damit machen!«

»O ja. Ich könnte das Buch *Tagebuch eines Garnspinners* nennen.« Als Seine Lordschaft ihn unsicher beäugte, lächelte Rossiter und übersetzte: »Märchenersinner, alter Knabe. Hat er dich noch nicht mit seinen Rotwelschreimen beglückt? Manchmal bin ich einzig und allein deshalb sicher, dass er mein Diener ist und nicht irgendein Bischof, der sich zufällig in meine Zimmer verirrt hat.«

»Mumpitz!«, sagte der frisch gebackene Kammerdiener amüsiert grinsend. »Bleiben Sie in diesem Zimmer, Cap'n?«

»Ja. Bringen Sie bitte Kognak auf den Balkon. Eines hat das Haus zu bieten, eine schöne Aussicht nämlich, Tio. Und es ist ein schöner Tag.«

»Ziemlich selten«, meinte Glendenning. »Dann brauchst du keinen Regenschirm, wenn du mich heute Abend zur Gesellschaft der Dowlings begleitest.«

Rossiter sah ihn überrascht an. »Vielen Dank, aber ich habe nicht den geringsten Wunsch, das zu tun. Du glaubst doch wohl nicht, dass man mich eingeladen hat?«

»Nein, aber mich, mein Lieber. Und du hast dich beklagt, dass du Bracksby nirgendwo erwischen kannst. Ich weiß zufällig, dass er dort sein wird.«

Rossiter ließ sich auf einem der Holzstühle auf dem kleinen Balkon nieder und sagte mit einem seltsamen Gesichtsausdruck: »Meine Anwesenheit würde dich in der Meinung der guten Gesellschaft nicht gerade steigen lassen, weißt du. Ebenso wenig wie mein Erscheinen bei deinem Ball.«

»Sehr wahr. Du bist ein schwarzes Schaf, wie es schwärzer noch keines gegeben hat. Aber ich werde es verkraften. Ja oder nein, Ross?«

»Ja! Und zwar ein sehr dankbares. Seit ich nach Hause gekommen bin, habe ich versucht, mich mit Rudi zu treffen. Er und Derrydene waren befreundet, und er kann mir vielleicht sagen, wo der Mann zu finden ist. Aber er ist ebenso schwer fassbar wie ein Schatten im November!«

»Ziemlich flott, der alte Knabe«, mischte sich Tummet frech in die Unterhaltung, als er das Tablett absetzte und eine Karaffe mit Kognak aufstöpselte. »Und wirklich ein ganz feiner Pinkel. Ein adliger Gent von Kopf bis Zeh. Was ich nicht von allen sagen kann.«

Fasziniert von Rossiters unkonventionellem Diener, ließ Glendenning sich ein Glas reichen und fragte: »Von wem, zum Beispiel, nicht?«

»War'n Sie schon mal bei den Falcons, Mylord?«, erkundigte sich Tummet, wischte ein Glas an seinem Ärmel ab und beäugte es misstrauisch, bevor er den Kognak eingoss.

»Ja. Was hat das mit der Sache zu tun?«

»Mr. August Falcon hat einen Höllenhund in diesem Haus. Schwarz wie Pech, groß wie ein Bär und doppelt so hässlich. Hat sich auf mich gestürzt, wie wenn ... wie wenn ...«

»... er Tollwut hätte«, ergänzte Rossiter mit zuckenden Lippen.

»Genau. Hat mir das ganze Knie aus meinen neuen Unaussprechlichen rausgerissen, jawohl! Und dieser Garnstrümpfe und Zopf ...«

»Nasenrümpfende Tropf«, warf Rossiter im Interesse Seiner Lordschaft ein.

»... von einem Butler hat behauptet, dass Apollo ein Prachthund sei! Prachthund, ich fress 'nen Besen!« Tummet hielt seinem Herrn das Glas hin. »Hier, Maestro. Gießen Sie sich das hinter die Beißerchen.«

Glendenning konnte sich ein Lachen nicht verkneifen. Rossiter fragte stöhnend: »Wollen Sie mit diesem Um-den-heißen-Brei-Reden behaupten, dass Mr. August Falcon *kein* feiner Gentleman ist?«

»Ooh – ich?« Tummet blinzelte und verwahrte sich fromm: »Na, aber nie würd ich mir anmaßen, etwas gegen jemand von den besseren Leuten zu sagen. Ich mein bloß, dass er besser aussieht als sein Hund. Aber doppelt so tückisch ist er.« Ohne auf die erneute Heiterkeit Seiner Lordschaft zu achten, fixierte er Rossiter drohend. »Und keiner, mit dem ein Gent sich schlägt, weil jemand voller Löcher von ihm heimgekommen ist.«

»Danke«, sagte Rossiter und versuchte, streng zu sein. »Das ist alles.«

»Genau, das ist alles«, erwiderte Tummet grimmig.

»Verfluchte Unverschämtheit! Fort mit Ihnen!«

Tummet sah gekränkt drein und zog sich zurück.

Immer noch kichernd, fragte Glendenning: »Wo hast du *den* bloß aufgegabelt, Ross? Whitechapel? Westminster? Covent Garden?«

»Ein impertinenter Rüpel, nicht wahr?«

»Teufel aber auch! Er hat mich gerade ins Gebet genommen, als du gekommen bist. Mit deutlichen Worten.«

»O Gott! Was hast du getan, um dir den Unwillen meines feinen Dieners zuzuziehen?«

»Dein feiner Diener! Eher ein feiner Gassenstrolch! Nein, wirklich, du kannst den Burschen nicht behalten!«

»Warum? Glaubst du, er würde meinem Ansehen schaden? Ich habe keines. Und um die Wahrheit zu sagen, er amüsiert mich. Jetzt erzähl mir aber, wie du ihn verärgert hast.«

»Ganz einfach. Bei all seinen ... Eigenheiten scheint er dir doch ergeben zu sein, und er hat erraten, warum ich gekommen bin.«

»Aha! Man hat dich wegen des Ehrenhandels benachrichtigt?«

»Falcon hat Kadenworthy und Perry Cranford als Sekundanten benannt. Alle sind sich einig, dass du die Wahl der Waffen hast.« Rossiter zog die Brauen hoch, und seine Lordschaft erklärte achselzuckend: »Immerhin hast du ihn geschlagen.«

»*Au contraire.* Ich habe ihn gewürgt. Und ich glaube, ich habe ihn auch gefordert.«

»Du kannst nicht beides tun, mein Junge. Gehört sich nicht. Du greifst an. Er fordert dich. Du hast die Wahl der Waffen, weil du der Geforderte bist. Pistolen? Du bist ein verflucht guter Schütze.«

»Glaubst du, er ist einem Fechtkampf gewachsen? Ich will den dummen Kerl nicht umbringen.«

»Du bist selbst nicht besonders gut mit dem Degen, Ross«, betonte Glendenning.

»Und er?«

»Er ist in allem gut. Hatte ziemlich viel Übung.«

»Er wird wahrscheinlich etwas langsamer sein als sonst, wenn wir einen baldigen Termin festlegen. Das ist vielleicht ein Ausgleich. Degen, Tio. Vorzugsweise in den nächsten

Tagen oder so.« Seine Lordschaft wollte offenkundig Einspruch erheben, aber Rossiter kam ihm zuvor. »Tummet!«, rief er.

Der Diener erschien mit unschuldiger Miene, als hätte er nicht jedes Wort belauscht. »Ja, Cap'n?«

»Holen Sie meinen neuen burgunderroten Rock heraus, dazu die weiße Satinweste mit den rosa Stickereien. Ich gehe heute Abend zu einer Gesellschaft. Und sagen Sie Wilson, er soll noch ein Gedeck auflegen. Du bleibst doch zum Essen, Tio?«

»Nein, nein, lieber Junge. Vielen Dank, aber dieser ekelhafte Berg! Wenn ich den nach dem Essen hinunterfahren soll, ist meine Verdauung wahrscheinlich für den restlichen Abend durcheinander. Du isst besser bei mir.«

»Fabelhafte Idee! In diesem Fall werde ich mich jetzt umziehen. Oh, Tummet, ich werde den festlichen Degen mit dem Rubin im Griff tragen.«

»In Ordnung, Maestro. Aber wir wollen doch keine Koller und Krämpfe – ich meine, keine kleinen Kämpfe, Mylord –, hab ich Recht, Cap'n? Sie haben sich noch nicht ganz erholt von den vielen Löchern in Ihrer ...«

»Keine kleinen Kämpfe, Sie Galgenvogel«, versprach Rossiter gerührt und dennoch ärgerlich. »Gehen Sie, und kümmern Sie sich um meine Kleider, wie ich es Ihnen gesagt habe!«

Mr. Enoch Tummet, keineswegs beruhigt, machte sich auf den Weg ins Schlafzimmer und brummte hörbare Bemerkungen über hochfahrende junge Feuerfresser.

»Aber ich versichere Ihnen, es war so.« Mr. Rudolph Bracksby verbeugte sich, als der Tanz beendet war. »Sie müssen doch wissen, dass jeder Gentleman, der Ihnen einmal begegnet ist, die Augenblicke zählt, bis er Sie wiedersieht?«

Die ausladenden Röcke von Naomis weißem Satinkleid wogten bei ihrem abschließenden tiefen Knicks. Ihre grünen Augen blickten Bracksby lachend an, als er sie emporzog, aber seine Bewunderung war nur zu offensichtlich, und sie war sich angenehm bewusst, wie gut sie heute Abend aussah. Das mit Schwanendaunen eingefasste Mieder betonte ihre zierliche Taille; die Überröcke des Kleides waren mit Schleifen seitlich befestigt und zeigten so das rosa bestickte Unterkleid. Ihr Haar war über der Stirn hoch nach hinten drapiert und fiel dann in losen Locken über ihre Schultern; über dem linken Ohr war eine rosa Seidenblüte befestigt. Ein Goldkettchen, an dem ein Anhänger aus Perlen und Rubinen hing, schlang sich um ihren weißen Hals; juwelenbesetzte Tanzschuhe glitzerten an ihren kleinen Füßen.

Sie war überrascht gewesen, diesen reizenden, aber eher ruhigen Gentleman bei der Gesellschaft der Dowlings zu sehen, und noch überraschter, als er Lady Dowling dazu bewegte, ihn schicklich vorzustellen. Naomi neigte nicht zu affektiertem Benehmen und hätte sicherlich nicht vorgegeben, ihn nach ihrer Begegnung in der Kathedrale nicht sofort zu erkennen. Sie hatte jedoch angenommen, er würde sie bald verlassen und nach oben gehen, wo viele Gentlemen beim Kartenspiel saßen, oder in den Salon, wo Signor Guido Lambini aus seinem neuesten Gedichtband las. Stattdessen hatte sich Mr. Bracksby, fast bevor Naomi bewusst wurde, was er tat, ihre Tanzkarte angeeignet, seinen Namen darauf gekritzelt und sie unter den empörten Blicken der jungen Galane um sie herum in die Quadrille gezogen.

Als er sie nun vom Tanzboden führte, murmelte sie: »Sie verstehen es, schmeichelhaft zu reden, Sir.«

»Dann hoffe ich, mein Schmeicheln gereicht Ihnen zum Vergnügen und ist für mich vorteilhaft. Darf ich Ihnen am kommenden Morgen wohl aufwarten? Vielleicht zu einem zeitigen Ausritt?«

Sie lachte leise. »Was für ein entschlossener Gentleman.«

»Aber ganz sicher, Ma'am. Sagen wir um sieben Uhr?«

»Ich würde gerne zustimmen. Aber ich bedaure. Morgen bin ich bereits anderweitig verabredet.«

»Dann am Nachmit …«

Doch ihre Verehrer waren bereits wieder dabei, sich um sie zu scharen. Die meisten waren etwa zehn Jahre jünger als Mr. Bracksby. Höflich lächelten sie ihn an und schlängelten sich sachte an ihm vorbei, bis er schließlich von feuriger Jugend ganz an den Rand gedrängt war. Er nahm es mit guter Miene hin, spazierte aus dem überfüllten Raum und stieg die anmutig geschwungene Haupttreppe hinauf. Im ersten Stock angelangt, wurde er von einer vertrauten Stimme begrüßt. Horatio Glendenning stürzte auf ihn zu, begleitet von einem großen jungen Mann mit ärgerlich funkelnden grauen Augen, dessen hagere Wangen leicht gerötet waren. Für einen Moment erstarrte Bracksby. »Guten Abend, Tio«, sagte er dann und streckte die Hand aus. »Hallo, Gideon. Ich freue mich so, Sie wohlbehalten wieder zu Hause zu sehen.«

»Dann sind Sie in der Minderheit, Rudi«, erwiderte Rossiter sarkastisch. »Ich bin derzeit *persona nongrata*, wissen Sie. Ich bezweifle, dass Lady Dowling je wieder mit Tio spricht, weil er mich mitgebracht hat.«

»Oh, Tio kann alle Ladies um den Finger wickeln.« Bracksby lächelte, als sie einander die Hände schüttelten.

Zahlreiche Besucher, die auf dem Flur standen, wandten die Köpfe um; mehrere Gentlemen hoben die Lorgnons an die Augen, um so ihre indignierten Blicke noch deutlicher fühlbar werden zu lassen. Anscheinend nicht auf diese Gesten achtend, fuhr Bracksby fort: »Armer Kerl, was für eine grässliche Heimkehr. Ich wünschte …«

»Ich will kein Mitleid«, unterbrach ihn Rossiter grimmig. »Was ich brauche, ist Hilfe.«

»Und ein wenig Ungestörtheit«, sagte Glendenning, der bemerkt hatte, dass mehrere Gentlemen stehen geblieben waren und miteinander flüsterten. Er riss die Tür neben sich auf, spähte in ein Vorzimmer, das sich als leer erwies, und winkte seine beide Freunde hinein.

Lady Dowlings gute Erziehung hatte sie nicht im Stich gelassen, als Glendenning sie mit Rossiter an seiner Seite begrüßt hatte, aber der entsetzte Blick, den sie ihm zugeworfen hatte, als er vorbeiging, war nicht zu übersehen. Er ließ die beiden Männer daher allein und machte sich auf die Suche nach der Gastgeberin, entschlossen, sie wieder friedlich zu stimmen.

»Es kam alles so verflixt schnell.« Bracksby lehnte sich auf seinem Stuhl zurück. Trotz des gut geschnittenen Brokatrocks und der gesteppten violetten Satinweste konnte er den wohlhabenden Gentleman vom Lande nicht verleugnen. »Am einen Tag florierte die Bank Ihres Vaters und am nächsten Tag rannten ihr verzweifelte Geldanleger die Tür ein. Wie sich die Nachricht derart rasch verbreiten konnte, geht über meinen Verstand. Ich wünschte bei Gott, ich hätte so schnell reagiert. Aber ich habe immer noch darauf gewartet, dass die Dinge von selbst in Ordnung kämen, während Männer wie Collington das Unvermeidliche sahen und abgehoben haben, was noch möglich war.«

Rossiter schrak ein wenig zusammen. »O Gott! Rudi, ich wusste, dass Sie Ihr Konto bei meinem Vater hatten, aber …«

»Natürlich, mein lieber Junge«, unterbrach ihn Bracksby. »Ich bin kein Spross einer der alten Familien in Kent wie Sie. Aber seit ich mein Häuschen gekauft habe, war Ihr Vater immer ein prima Nachbar und hat sich nie auch nur eine Spur hochmütig benommen. Es war das Mindeste, was ich tun konnte, dass ich meine Geschäfte über ihn abgewickelt habe.«

In einem Winkel seines Bewusstseins war Rossiter amüsiert, als Bracksby Overlake Lodge als »Häuschen«, bezeichnete, denn es war ein prächtiger Landsitz, mindestens halb so groß wie Promontory Point. Und wie gut, dass dieser liebenswerte Mensch keine Spur von Hochmut in Sir Marks Betragen festgestellt hatte; er wäre wahrscheinlich entsetzt, wenn er gewusst hätte, dass der Baronet geneigt war, ihn als »unseren neureichen Nachbarn« zu bezeichnen. Doch Rossiters Hauptgedanken waren auf dringendere Angelegenheiten gerichtet. »Haben Sie schwere Verluste erlitten?«, fragte er ängstlich.

»Nichts, das ich nicht verkraften könnte; das ist meine geringste Sorge, also reden wir nicht weiter darüber. Ich wünschte, ich wäre gleich für Sie erreichbar gewesen, als Sie nach Hause gekommen sind, aber sagen Sie mir nun, wie ich Ihnen gefällig sein kann. Wenn es eine Geldfrage ist, so nennen Sie nur die ...«

»Nein!« Rossiter sprang empört auf. »Verdammt! Glauben. Sie, ich würde Sie anbetteln, wenn ...«

Bracksby, der ebenfalls aufstand, sagte reumütig: »Meiner Treu, ich bin wirklich ein ungeschickter Kerl. Ich hätte mir denken sollen, dass Sie sich eher an Leute Ihres eigenen Standes wenden würden ...«

Rossiter wirbelte herum und packte ihn an den Schultern. »Rudi, wenn Sie nicht der wohlmeinendste aller Menschen wären, würde ich Sie dafür niederschlagen, bei Gott!«

Da Bracksby kräftig gebaut war und vor Gesundheit strotzte, während Rossiter zwar größer, aber mager und blass und offenkundig nicht in Höchstform war, hätte sich über diesen Punkt streiten lassen. Doch Bracksby senkte schweigend den Blick und sah gedemütigt aus.

Rossiter ließ ihn los, stolzierte zum Kamin und starrte auf den leeren Rost. »Seit ich nach Hause gekommen bin, habe ich mich nach Leibeskräften bemüht, der ganzen Sache auf den Grund zu kommen. Ich habe jeden befragt, der bereit war, mit mir zu sprechen, jeden, der vielleicht etwas über die Sache wissen könnte.«

»Verflixt, ich vermag Ihnen nicht zu folgen, Gideon. Wovon sollte man etwas wissen?«

»Von einem Komplott, das den absichtlichen, gezielten Ruin meines Vaters bewerkstelligen sollte!«

Bracksby sperrte den Mund auf und setzte sich hastig. »Gütiger Himmel! Nein, mein lieber Junge, das können Sie nicht ernsthaft vermuten! Ich meine, was Sie damit andeuten, würde auf eine in großem Stil geplante Intrige hinweisen. Eine gefährliche Sache, Gideon. Bei allem Respekt, ich kann mir nicht vorstellen …«

»Sie können sich nicht vorstellen, dass die Geschäfte der Rossiters interessant genug sind, um jemanden zu einer solchen Intrige zu veranlassen? Ich auch nicht. Das macht das Ganze so verflucht verwirrend.«

»Ist es das, was der arme … ich meine, glaubt Ihr Vater das?«

»Ja. Ich gestehe, ich habe es anfangs für verrückt gehalten, aber langsam denke ich, dass es gar nicht so unwahrscheinlich ist.«

»Ich nehme an … vielleicht Rache?«

»Mein Vater räumt ein, dass er Feinde hat, beharrt aber darauf, dass keiner sich so schlecht behandelt fühlen würde, um einen solchen Plan auszuhecken. Die Männer von der Werft haben den Verdacht, dass Brandstiftung vorlag. Warum? Soweit ich es feststellen kann, sind im vergangenen Jahr keine Arbeiter entlassen worden, die vielleicht einen Groll hegen. Warum also Brandstiftung?«

Bracksby betrachtete ihn unbehaglich und meinte: »Nun schön, *wenn* es Brandstiftung war, hat es vielleicht Interessenten gegeben, die den Grund und Boden haben wollten? Hat Sir Mark ein Kaufangebot ausgeschlagen?«

»Es hat keine Angebote gegeben. Außerdem ist in der Gegend reichlich unbebautes Land, von dem sich die momentanen Eigentümer ganz sicher nur zu gerne trennen würden.«

Bracksby schürzte die Lippen. »Ein Konkurrent?«

»Daran habe ich auch gedacht. Aber die Werft, die diese Fregatten ursprünglich hätte bauen sollen, war in Schottland und wurde während des Aufstands zerstört.«

»Oh, wirklich! Aber da könnten Sie ein Motiv haben, alter Knabe.«

»Ja, wenn einer der Besitzer überlebt hätte. Der Vater wurde von betrunkenen Soldaten erschossen. Beide Söhne sind bei Culloden gefallen. Und nur ein schwer gestörter Geist könnte all diese Tragödien meinem Vater in die Schuhe schieben. Außerdem, wo hätten sie die Mittel für eine solche Rache hernehmen sollen? Jeder, der von der Familie noch übrig ist, muss völlig verarmt sein.«

»Hm.« Vorsichtig fragte Bracksby nach einem Augenblick: »Es läuft also schließlich darauf hinaus, dass Sie glauben, Sir Marks Schwierigkeiten seien absichtlich herbeigeführt worden. Aber er hatte keine wahren Feinde noch gibt es ein offenkundiges Motiv für ein ... Komplott gegen ihn.«

Gideon lächelte, dann trat er ein wenig näher. »Mit anderen Worten, hoffnungslos unlogisch. Rudi, Sie kennen ihn recht gut und ich war so verflucht lange fort. Haben Sie je gehört, dass sich jemand bitter oder gehässig gegen meinen Vater geäußert hat? Erinnern Sie sich an irgendetwas, irgendeine Begebenheit, irgendeinen Streit oder irgendeinen winzigen Vorfall, der etwas mit der Sache zu tun haben könnte?«

»Nein. Ganz bestimmt nicht.«

»Ihr Landsitz grenzt an den unseren. Haben Sie je bei Gästen auf Promontory Point etwas Ungewöhnliches bemerkt?«

»Nie. Äh ... Verzeihen Sie, aber Sie sind in den Niederlanden schwer verwundet worden. Ist es nicht möglich, lieber Junge, dass ... dass Sie ... noch nicht wieder völlig auf der Höhe sind? Dass diese ganze Last, die plötzlich auf Ihre Schultern gefallen ist, während Sie sich eigentlich ausruhen und erholen sollten, vielleicht ...«

»Vielleicht eine Schraube in meinem Oberstübchen gelockert hat?« Rossiter setzte sich wieder. »Wahrscheinlich. Aber ich bitte Sie, ertragen Sie mich noch einen Augenblick. Derrydene ist ein Freund von Ihnen. Wo kann ich ihn finden?«

»In Moskau.«

»Moskau?«, japste Rossiter ungläubig. »Was, zum Teufel ... Sie meinen, in *Russland*?«

»Ja. Gibt es noch ein anderes?« Bracksby runzelte nachdenklich die Stirn, bemerkte dann Rossiters Gesichtsausdruck und fuhr hastig fort: »Die Glocke, wissen Sie. Nein, fangen Sie nicht an, Feuer zu speien, Junge. Ich meine es ganz ernst. Derrydene interessiert sich für Glocken. In allen Formen und Größen. Und er ist auch ein begeisterter Sammler. Sein Haus ist ein wahres Glockenmuseum. Und in Moskau befindet sich anscheinend die größte Glocke der Welt. Sie hing in einem Turm in der Nähe der – verflixt, wie heißt sie noch? – der Uspenski-Kathedrale oder so ähnlich. Sie wiegt zweihundert Tonnen. Oder das hat sie gewogen. Vor ein paar Jahren ist sie bei einem Brand heruntergefallen und da ist ein Stückchen abgebrochen. Elf Tonnen. Nun, und Derrydene war absolut versessen darauf, sie zu sehen. Deswegen hat er sein Geld abgehoben, und ... O Gott! Sie haben doch nicht gedacht ...? *Derrydene?* O nein, Gideon, aber wirklich!«

Rossiter ging langsam die Treppe hinunter, ohne auf die abweisenden Blicke oder verächtlichen Bemerkungen zu achten. Seine Gedanken kreisten müde um das, was Bracksby gesagt hatte. Angesichts seines Glockenspleens schien Derrydenes Abreise nun ganz vernünftig begründet. Natürlich kam es nicht in Frage, ihm nach Russland zu folgen. Wieder ein Nagel in dem Sarg, der seine Hoffnung begrub. So blieb nur eine letzte unerforschte Spur: Lord Norberly, ein Mann, der irgendwo in Schottland unterwegs war. Oder in Wales.

Seufzend machte er sich auf die Suche nach Viscount Glendenning. Es bestand keine Notwendigkeit, noch länger in diesem Haus zu verweilen, wo seine Anwesenheit für die meisten Gäste eine Beleidigung war und seine Gastgeberin in Verlegenheit brachte. Aber Tio hatte versucht, ihm zu helfen, und so durfte er nicht gehen, ohne ihm gedankt zu haben.

In dem großen Musikzimmer, das man als Tanzsaal hergerichtet hatte, war keine Spur von dem Viscount zu sehen. Das mit fünf Musikern besetzte Orchester spielte eine heitere Melodie, aber im Augenblick tanzte niemand. Die Gäste standen in kleinen Gruppen herum – die Gentlemen beeindruckend elegant in ihren langschößigen Röcken und mit den an Spitzenkrawatten und weißen Händen glitzernden Juwelen, die Ladies entzückend weiblich in ihren farbenfrohen Kleidern, anmutig und kokett mit ihren Fächern spielend, was weniger leicht war, als es schien, da jede Bewegung ihrer Arme durch die ausladenden Reifröcke behindert wurde. Rossiter, der wehmütig den bezaubernden Anblick in sich aufnahm, bemerkte, dass das fröhliche Geplauder ausgesetzt hatte und jeder ihn anstarrte. Zum ersten Mal wurde ihm bewusst, in welchem Maß er von der Gesellschaft ausgeschlossen wurde. Wie viele dieser Leute hatten durch den Bankrott der Rossiter Bank vernichtende Verluste erlitten? Wie viele waren ruiniert worden, als die Gesellschaft für Kapitalanlagen zusammenbrach? Wie viele hatten Aktien der Rossiter Werft besessen? Er konnte sie kaum für den Abscheu tadeln, mit dem sie ihn betrachteten. Aber sein Vater war fälschlicherweise bezichtigt worden. Und er schämte sich *nicht* für seinen Namen noch würde er das jemals tun! Er reckte das Kinn in die Höhe, straffte die Schultern und sah ihnen allen entschlossen ins Gesicht.

»Jemand sollte doch wirklich diesen Schandfleck auf unserer Landkarte entfernen«, zischte Sir Gilbert Fowles im anderen Eck des Saales, in dem alle Gespräche so plötzlich verstummt waren.

»Oh, aber er sieht prächtig aus«, murmelte Marguerite Templeby, Viscount Glendennings schüchterne junge Stiefschwester.

Sir Gilbert blickte finster drein und setzte zu einer weiteren boshaften Bemerkung an, doch in der Eingangshalle erhob sich nun aufgeregter Lärm.

Rossiter, der über diese Unterbrechung nicht böse war, wandte sich um. Eine Gruppe von Gentlemen, die laut durcheinander riefen, versammelte sich am Fuß der Treppe. Eine Lady, die ein weißes Satinkleid trug und eine bemerkenswert zierliche Taille hatte, stand oben auf der Treppe, den Männern, die unten warteten, den Rücken zugekehrt. Ohne Vorwarnung warf die Lady ein Sträußchen über ihre Schulter. Die Blumen waren in einem winzigen filigranverzierten Gefäß und dieser Strauß flog über die Köpfe der versammelten Menge. Rossiter sah nur, dass etwas auf sein Gesicht zuschwirrte. Er riss die Hand hoch, um seine Augen zu schützen, und griff instinktiv zu, als er spürte, dass er von einem Gegenstand getroffen wurde.

Sofort erhob sich aufgeregtes Geschrei: »Wer hat gewonnen? Wer hat ihn gefangen? Wer ist der Glückliche, der unsere Göttin morgen zum Ball begleiten wird?«

Doch die Aufregung legte sich rasch. Verblüfftes Schweigen trat ein. Rossiter sah, wie jedes Gesicht ihn entsetzt anstarrte, und hörte, wie einer rief: »Lieber Himmel, nein! Nicht er!«

Mylady, die auf der Treppe stand, drehte sich hastig um, sodass die wirbelnden Reifröcke ihre juwelenbesetzten Schuhe glitzern ließen. Ihr Lachen erstarb abrupt. Sie starrte auf Gideon Rossiters hagere Gesichtszüge, und sie verlor jegliche Farbe.

Rossiter blickte auf die Blumen in seiner Hand. »Ich bin anscheinend in eine private Lotterie geraten«, meinte er kühl. »Zweifellos ziehen Sie es vor, noch einmal zu werfen, Ma'am.«

»Ganz richtig! Werfen Sie noch einmal, meine Schöne!«, lispelte ein junger Stutzer.

Sofort erhob sich ein Chor der Zustimmung, der von Lord Kadenworthy übertönt wurde. »Seien Sie kein solcher Idiot. Die Spielregeln stehen fest.«

Naomi hörte beide Kommentare. Sie holte tief Atem. In was für eine abscheuliche Lage war sie da geraten! Eisig erklärte sie: »Sie haben gewonnen, Sir. Es sei denn, Sie wollen nicht mein Begleiter sein?«

Alle Blicke richteten sich auf ihn, manche hoffnungsvoll, die meisten verächtlich. Er sehnte sich förmlich danach, ihr die Blumen in das stolze, schöne Gesicht zu werfen, sie aus dieser Panne zu befreien und ihr – und ihnen allen – seine Gleichgültigkeit zu zeigen. Aber das würde bedeuten, sie zu beleidigen.

»Es wird mir ein großes Vergnügen sein, Sie zu begleiten, Mylady«, erklärte er steif.

9

Du willst doch nicht schon gehen, Naomi?« Lady Lutonville wollte nicht nur gehen, sie konnte es kaum erwarten, dieser grässlichen Gesellschaft zu entkommen. Mit launischer Grausamkeit hatte das Schicksal ihr einen bösen Streich gespielt. Sie kochte vor Zorn, aber weil sie diesen Zorn einer zynischen Welt, die ihn nur zu bereitwillig missverstanden hätte, nicht zeigen durfte, täuschte sie gelangweilte Belustigung vor. Es war nicht leicht, sich ein Zähneknirschen zu verkneifen, wenn sich die vornehmen Ladies, in deren Augen Schadenfreude glitzerte, über ihre »unglückliche Zwangslage« ausließen, oder den Gentlemen, die entweder darüber stöhnten, dass sie in eine lächerliche Lage gebracht worden sei, oder Captain Rossiter blutige Vergeltung schworen, keinen scharfen Dämpfer zu versetzen.

Als sie nun jedoch die Stimme einer alten Freundin erkannte, drehte sie sich voll ehrlicher Freude um und umarmte eine große junge Frau mit einem hübschen, intelligenten Gesicht und lächelnden braunen Augen. »Mitten! Wie wundervoll, dich hier zu treffen! Wie geht es dir, meine Liebe? Und wie geht es der kleinen Joanna?«

Lady Anthony Farrar tätschelte ihr die Hand und beugte sich zu ihr, um vertraulich zu sagen: »Fünf Monate alt, entzückend und abgöttisch geliebt von viel zu vielen willigen Sklaven. Nur gut, dass sie um Weihnachten herum entweder mit einem kleinen Gilbert oder einer kleinen Helen um die Aufmerksamkeiten ihres Vaters und ihrer Onkel, die schon dabei sind, sie hoffnungslos zu verwöhnen, wetteifern muss!«

In Naomis Lachen schwang eine Spur von Wehmut mit. »Du siehst so glücklich und so gut aus. Es muss wundervoll sein, von einem so großartigen Mann wie deinem Anthony geliebt und beschützt zu werden. Wahrhaftig, ich beneide dich.«

»Danke, Liebes. Du kannst sicher sein, dass ich weiß, wie glücklich ich bin.« Lady Farrar betrachtete ihre Freundin eingehend und fügte hinzu: »Ich wünschte, ich könnte denken, dass du ebenfalls glücklich bist.«

Naomi, deren Miene sich sofort aufhellte, erwiderte: »Aber warum solltest du meinen, dass es anders ist? Habe ich gerade verärgert ausgeschaut?« Sie sah ein Lächeln über das Gesicht ihrer Freundin huschen und gab leise zu: »Ich war nicht verärgert, Mitten. Verärgert ist bei weitem ein zu milder Ausdruck! Wenn mich noch irgendjemand wegen dieses Fiaskos bemitleidet – ich schwör's, ich beiße sie alle! Du siehst also, ich muss gehen, bevor ich mich noch mehr in Schande bringe!«

»Du hast dich nie in Schande gebracht. Obwohl du es wahrhaftig versucht hast.« Die Röte auf Naomis Wangen vertiefte sich ein wenig, aber Lady Farrar fuhr rasch fort: »Ich habe sagen hören, dass eine der Strafen, die man als anerkannte Ballkönigin erdulden muss, die Feindinnen sind, die man sich unter den Londoner Ladies macht. Wenn du nun gehst, meine Liebe, wird es keine Schande, sondern ein Rückzug sein. Bevor du auf halbem Weg zum Haus der Falcons bist, werden die Klatschmäuler behaupten, dass du mit Tränen der Demütigung davongeeilt bist. Denk doch nur daran, wie großartig sie sich amüsieren werden, während sie über deine Verlegenheit klagen.«

»Richtig. Und hinter ihren Fächern kichern sie, diese Katzen«, zischte Naomi wütend, »während sie sich in allen Einzelheiten von Rossiters freizügigen Neigungen suhlen und meine …«

Lady Farrar blinzelte. »Seinen … was? Ich habe nichts Derartiges von Gideon gehört.«

»Nur Klatsch über mich, wie? Himmel, wo warst du bloß, Mitten?«

»Papperlapapp!«, rief Lady Farrar, die von ihren Freunden selten anders als mit ihrem Spitznamen angesprochen wurde. »Bitte dreh dich nicht um, aber diese Klatschbase Melissa Coombs beobachtet uns, als wärst du kurz davor, einen Anfall zu erleiden. Naomi, du *musst* bleiben und dich fröhlich zeigen, wie sehr du es auch verabscheuen magst. Und sei es nur, um ihnen die Befriedigung zu verweigern, dich verärgert aufbrechen zu sehen.«

Natürlich hatte sie vollkommen Recht. Ihre Klugheit wurde ein paar Minuten später bestätigt, als Naomi in das Musikzimmer zurückkehrte und die leise Enttäuschung in den Augen mehrerer Ladies sah, die sich danach sehnten, Ballköniginnen zu sein, diesen Status aber nie erreicht hatten. Und so blieb sie und war so unentwegt fröhlich, dass nur wenige errieten, welche mit jedem Augenblick wachsende Ungeduld und Verärgerung unter ihrer heiteren Unbeschwertheit lagen.

Es war fast Viertel nach eins, als sie sich davonstahl, um nach Katrina zu suchen und sie zu bitten, dass man sie nach Hause zu den Falcons brachte. Im Erdgeschoss war keine Spur von ihrer Freundin zu sehen. Naomi war müde und ärgerlich und litt unter hartnäckigen Kopfschmerzen, weswegen sie entschlossen war, weiteren Mitleidsbekundungen zu entfliehen, und so machte sie sich über die Dienstbotentreppe auf den Weg zu den Salons im ersten Stock. Als sie in den Hauptkorridor einbog, eilte sie an zwei Zimmern vorbei, in denen hitzige politische Diskussionen im Gang waren, aber Katrina befand sich nicht unter den anwesenden Ladies. Die Tür zum nächsten Vorzimmer stand weit offen. Mehrere Gentlemen saßen drinnen beim Kartenspiel. Gelächter ertönte, und spöttische Stimmen beschuldigten jemanden, »zu leicht zu kapitulieren«. Als sie vorbeikam, wurden Stühle zurückgeschoben. Beim Klang eines hohen und allzu vertrauten Kicherns dachte sie bestürzt: O nein! Reggie Smythe! Die boshafte Zunge dieses Dandys konnte sie selbst in der besten Verfassung kaum ertragen, und sie wusste nur zu gut, mit welchem Genuss er seine spitzen Seitenhiebe gegen sie austeilen würde. Ein rascher Blick bestätigte, dass es tatsächlich Smythe war, zusammen mit seinem Busenfreund Sir Gilbert Fowles. Schaudernd eilte Naomi vorbei und suchte nach einer Zufluchtsstätte.

Eine fröhliche Gruppe stand etwas weiter unten im Korridor. Näher lag ein Alkoven mit Glastüren, die auf den Balkon an der Rückseite des Hauses führten. Blitzschnell zog sich Naomi in den Alkoven zurück. Die Türen ließen sich nur schwer öffnen, aber es gelang ihr, sie aufzureißen. Sie glitt hinaus in die kühle Dunkelheit, schloss die Glastür rasch wieder, legte die Wange gegen sie und horchte. Sie vernahm Männerstimmen und das verabscheute Kichern, aber keinen Aufschrei. Mit einem erleichterten Seufzer drehte sie sich um, wollte einen Schritt nach vorn machen und fuhr entsetzt zurück. Da war *kein Balkon*! Oder bestenfalls die Andeutung eines Balkons. Sie stand auf einem rein dekorativen Fenstersims, der vielleicht vierzig Zentimeter breit war. Aber natürlich! Sie war die Dienstbotentreppe, nicht die Haupttreppe heraufgekommen und befand sich nun nicht auf der Rückseite, sondern auf der Westseite des Hauses. Wie hatte sie nur so töricht und begriffsstutzig sein können? Es war fast ein Wunder, dass sie sich nicht zu Tode gestürzt hatte, als sie hinausgeeilt war. Sie fühlte sich schwach vor Angst und presste sich gegen die Tür, und plötzlich erinnerte sie sich an die einzige Furcht, die Gideon ihr gegenüber je gezeigt hatte – seine panische Höhenangst.

Obwohl sie zitterte, redete sie sich streng ein, dass es keinen Grund gebe, ein solcher Schwächling zu sein. Ihre schwierige Lage war leicht zu lösen. Sie musste lediglich – sehr vorsichtig – die Tür öffnen und wieder hineingehen. Sie packte den Türgriff und schluchzte erschrocken auf. Da war ein Türgriff, aber er war nur dekorativ und bewegte sich nicht. Die Türen konnten nicht von außen geöffnet werden.

Voller Panik hämmerte sie nun gegen das Glas und bemühte sich, nicht in Tränen auszubrechen. Sie hörte das Summen von Gesprächen und das schrille Lachen einer Frau. Waren sie alle taub? Warum kam niemand, um ihr zu helfen? Wahrscheinlich machten sie selbst so viel Lärm, dass ihr Klopfen und Rütteln an der Tür dabei unterging. Nun gut, dann würde sie eben die Scheibe einschlagen. Wenn es ihr gelang, einen ihrer Schuhe in die Hand zu bekommen. Mit einer Hand klammerte sie sich an den Türgriff. Sie wagte es nicht, sich zu bücken oder auch nur nach unten zu schauen, und stellte fest, dass es eine ziemliche Herausforderung war, den Fuß zu heben. Als sie nach ihrem Schuh tastete, wurde sie nicht nur von ihren ausladenden Röcken behindert, sondern verlor fast das Gleichgewicht. Sie keuchte und presste sich wieder gegen die Hauswand; ihre Knie fühlten sich langsam an wie Pudding. Sie musste es noch einmal versuchen. Wenn sie den hochhackigen Abendschuh von ihrer Ferse lösen konnte, sodass er nur noch an ihren Zehen hing, war es möglicherweise leichter, ihn zu packen. Sie kratzte mit der linken Fußspitze an der Ferse des rechten Schuhs. Es dauerte ein paar Minuten, aber endlich hatte sie ihn gelockert. Den Atem anhaltend, schob sie ihre Röcke zur Seite. Sie musste den Fuß sowohl nach außen als auch nach oben strecken, denn anders konnte sie den Schuh wegen ihrer Reifröcke nicht erwischen. Vorsichtig balancierend, versuchte sie den Schuh zu schnappen, doch er löste sich und flog außer Reichweite. »Oh, du ekelhaftes Ding!«, jammerte sie. Aber Gott sei Dank, sie hatte ja noch einen Schuh. Als sie nach ihm greifen wollte, hielt sie allerdings inne.

Mit grässlicher Deutlichkeit konnte sie sich vorstellen, welche Szene folgen würde, wenn sie die Glastür einschlug und (hoffentlich) gerettet würde. Was für einen köstlichen Leckerbissen würde sie den Gästen verschaffen; wie würden sie es genießen, diese Geschichte in einer Stadt herumzuerzählen, in der jeglicher Klatsch florierte. Haben Sie von der armen Naomi Lutonville gehört? Gideon Rossiter hat sie bei der Gesellschaft der Dowlings zur Närrin gemacht, woraufhin sie den Verstand verloren hat. Man hat sie gefunden, als sie auf Fenstersimsen herumspaziert ist! Oder noch schlimmer: Die arme Lady Lutonville war so bestürzt über die Aussicht, von Rossiter begleitet zu werden, dass sie versucht hat, sich umzubringen, und in letzter Minute gerettet werden konnte! Der nächste Gedanke war noch fürchterlicher als alles zuvor. O mein Gott! Womöglich würde man sagen, sie hätte sich aus unerwiderter Liebe das Leben nehmen wollen!

Sie ließ jeden Gedanken fahren, die Glastür einzuschlagen. Zumindest für den Moment. Ihre Augen hatten sich nun an die Dunkelheit gewöhnt und sie sah sich nach anderen möglichen Auswegen um. Links von ihr war das Hauseck. Doch rechts, direkt unter ihrem Sims, war das Dach des angebauten Wintergartens, und jenseits von ihm befand sich ein weiterer Sims mit Glastüren, die ein wenig offen standen. Sie vermochte sogar den Tabaksqualm zu sehen, der aus dem Zimmer drang. Wenn es ihr nur gelang, über das Dach des Wintergartens zu kommen, konnte sie warten, bis die Gäste dieses Zimmer verließen, und zurück ins Haus schlüpfen, ohne dass jemand etwas bemerkte.

Diese erneute Hoffnung schien auch ihre Nerven wieder zu stärken. Den Rücken gegen die Hauswand gepresst, begann sie sich vorsichtig an ihr entlangzuschieben. Die breiten Reifröcke behinderten sie, und bald war sie gezwungen, den Türgriff loszulassen. Ihr einziger Halt waren nun die Rillen zwischen den Ziegelsteinen, aber das Dach des Wintergartens war – dem Himmel sei Dank – nur einen großen Schritt weiter unten. Ängstlich spähte sie hinab. Der größte Teil des Daches bestand aus Glas, aber angrenzend an das Haus war ein breiter Streifen von Mauerwerk, das stabil genug aussah.

Zähneknirschend arbeitete sie sich so nahe wie möglich an den Rand heran, dann umklammerte sie mit der rechten Hand einen Ziegelstein, quetschte ihre Reifröcke unbarmherzig zusammen und brachte es fertig, sich umzudrehen, sodass sie mit dem Gesicht zu dem Zwischenraum nach unten stand, den sie überwinden musste. Sie nahm allen Mut zusammen, hob ihre Röcke und stieg hinab. Sie war so erleichtert, als ihre Zehenspitzen das Dach berührten, dass sie fast hingefallen wäre und sich an der Mauer abstützen musste.

Ihre weiten Röcke ließen ihr erneut keine Wahl, als sich dicht an der Hauswand Zentimeter für Zentimeter vorwärts zu arbeiten, bis sie schließlich den Sims erreichte. Sie hörte Männerstimmen, anscheinend in einer hitzigen Debatte begriffen. Mutiger raffte sie ihre Röcke zusammen und kletterte auf den Sims. Sie hatte es geschafft! Als sie zurückblickte auf die Kluft zu dem Sims, von dem sie entkommen war, durchfuhr sie ein Gefühl von Stolz. Sie hatte wirklich eine Leistung vollbracht, aber ihr eleganter Aufzug hatte einen hübschen Preis dafür bezahlt. Ihr Kleid war bedeckt von Staub, Spinnweben und ein paar Blättern. Sie stöhnte leise. So hatte sie wenig Aussicht, Aufmerksamkeit zu vermeiden! Es sei denn, sie konnte ins Haus kommen und sich wieder herrichten, nachdem diese dummen Männer ihren Zank beendet und den Raum verlassen hatten.

Sie schlich sich so weit vor, dass sie durch die halb geschlossenen Vorhänge spähen konnte. Eine Topfpalme versperrte ihr die Sicht, aber sie erhaschte einen Blick auf den

Rücken eines roten Samtrocks. Ein dunkelblauer Ärmel tauchte nun auf, eine anmutige Hand, umschlossen von Spitzenrüschen. Die langen Finger hielten einen Gegenstand, doch sie vermochte nicht zu sehen, was es war. Wenn sie Karten spielten, dachte sie kläglich, saßen sie womöglich die halbe Nacht hier.

Die Hand bewegte sich und stellte einen kleinen Gegenstand auf den Tisch. Keine Karte. Zu ihrem Erstaunen sah sie eine Schachfigur, ganz ähnlich derjenigen, die sie bei dem Überfall verloren hatte, nur war sie aus grüner Jade gefertigt und mit Smaragden besetzt. Naomi starrte sie an und dachte: Ist Papa also doch noch hier?

Wie leise sie waren; sie schienen eine heftige, aber fast geflüsterte Auseinandersetzung zu haben. Dann erhob sich eine laute Stimme, barsch vor Zorn: »... vollkommen sicher! Glauben Sie, ich habe es nicht versucht? Jeder ist anders.«

Daraufhin sagte jemand leise etwas, das mit den Worten endete: »... eine Bedrohung für uns. In jeder Hinsicht! Er muss zum Schweigen gebracht werden. Wenn die anderen erfahren ...«

»Sie werden nichts erfahren, bis ein Treffen einberufen wird. Und wir können kein Treffen einberufen, solange wir Nummer sechs nicht zurückbekommen haben.«

»Und wenn wir Nummer sechs nicht zurückbekommen, was ist dann? Wir haben wohl keine andere Wahl, als ihn zu ersetzen.«

»Das ist im besten Fall riskant. Vielleicht unmöglich. Und wem kann man ein solches Geheimnis anvertrauen?«

»Und unser aller Leben! Aber wir können nicht wagen, uns zu lange aufzuhalten.«

Trocken sagte die erste Stimme: »Vor allem nicht hier. Entscheiden Sie sich. Noch ein Versuch, und dann – mein Plan?«

Ein kurzes Zögern, schließlich die widerstrebende Antwort: »Nun gut.«

Der Gentleman in dem roten Rock erhob sich. Ihm gegenüber ergriff eine Hand die grüne Schachfigur.

Dem Himmel sei Dank!, dachte Naomi.

Ein paar Sekunden später blähten sich die Vorhänge nach draußen und sie hörte Musik und entfernte Stimmen vom Korridor. Sie spähte in das Zimmer. Es war leer.

»Da ist dieser Freund von Ihnen«, wiederholte Tummet, stellte seinem Herrn das Frühstückstablett auf den Schoß und drückte ihm eine Serviette in die widerstrebende Hand.

Rossiter gähnte und protestierte: »Was, zum Teufel, machen Sie da? Sie wissen, dass ich Frühstück im Bett nicht mag.«

»Wollen Sie lieber ein Mittagessen?«, fragte Tummet mit einem boshaften Grinsen und riss die Vorhänge auf, sodass helles Tageslicht hereinflutete.

Rossiter stöhnte und presste sich schützend die Hand über die Augen. »Wie spät ist es?«

»Fünf Minuten nach elf. Einen Kater haben Sie, einen sauberen. Also? Wollen Sie den feinen Pinkel sehen oder nicht?«

Rossiter blinzelte voller Abscheu auf das Ei, das auf einer Scheibe Toast lag, nahm Zuflucht zu einer Tasse Kaffee und fragte: »Beziehen Sie sich mit Ihrem üblichen Taktgefühl auf Lord Glendenning?«

»Nein. Ich mein diesen Leutnant.«

Gideon hielt sich mit der freien Hand den Kopf. »Morris? Ja, beim Zeus! Natürlich will ich ihn sehen!«

Zwei Minuten später, als er gerade einen Schluck Kaffee trank, starrte er auf seinen Freund und musste husten.

»Was … um Himmels willen …?«

Leutnant James Morris setzte sich auf den Stuhl, den Tummet ihm heranzog. »Grässlich, nicht wahr?«, meinte er kummervoll und nahm sich eine Scheibe Toast. »Diebe.«

»Sind sie mit einem Karren über dein Gesicht gefahren? Jupiter! Das ist ja schon eine Epidemie.«

»Er meint, dass man mir auch die Glubscher blau geschlagen hat«, erklärte Tummet. »Wollen Sie dieses Ei haben, Maestro? Der Cap'n fühlt sich nicht stark genug dafür.« Rossiter reichte Morris seinen Teller und schickte Tummet nach mehr Toast und einer weiteren Tasse Kaffee. »Wann ist das passiert, Jamie?«

»Genau vor einer Woche. Zuerst hab ich mir keine großen Gedanken darüber gemacht. Aber als ich gehört habe, was mit deinem Diener passiert ist, hab ich mir gedacht, ich trotte mal in das alte Dorf und seh nach, wie es dir geht. War verteufelt schwer, deine Adresse herauszufinden. Wenn ich gewusst hätte, dass du auf einem Berg wohnst, wäre ich nicht gekommen. Alles in Ordnung mit dir, alter Knabe? Du siehst ein bisschen grün aus.«

»Tummet sagt, ich hätte einen Kater, und ich fürchte, er hat Recht.« Rossiter grinste gequält. »Ich war bis in den frühen Morgen wach und habe versucht, meine Probleme mit einer Flasche Kognak zu lösen. Sind die Diebe bei dir zu Hause eingebrochen?«

»Bedauerlicherweise. Ich bin zufällig in mein Schlafzimmer spaziert und habe einen dieser Lumpen dabei erwischt, wie er meine Kommode durchsucht hat. Wir hatten eine muntere Keilerei, bis sich schließlich seine Bande dazugesellt hat. Hast du je schon so etwas gehört? Im Haus!«

»Solche Schurken! Was haben sie gestohlen?«

Morris schwenkte seinen Toast. »Das ist das Gute dabei, Ross. Sie haben gar nicht viel eingesteckt. Nur alles auf den Boden geworfen und meine Geldbörse haben sie geklaut. Ich glaube, es waren so etwa drei Guineen darin. Auf meiner Kommode waren ein paar schöne Krawattennadeln und zwei wertvolle Ringe. Die müssen sie übersehen haben.«

Rossiter runzelte die Stirn und fragte nachdenklich: »Du hast gesagt, du habest gehört, was meinem Diener passiert sei. Meintest du Tummet?«

»Nein, du Einfaltspinsel! Deinen Pferdeknecht. Den Burschen, den du letzte Woche in den Red Pheasant geschickt hast, damit er unsere Sachen holt.«

»Was ist mit ihm? Hat er dir dein Gepäck nicht gebracht? Ich habe ihm genaue Anweisungen gegeben, auf dem Heimweg in Sevenoaks vorbeizufahren.«

Überrascht fragte Morris zurück: »Willst du damit sagen, du weißt nichts davon? Der Bursche ist überfallen worden. Der Lebensmittelhändler in unserem Dorf war unterwegs, um uns etwas ins Haus zu liefern, und fand ihn bewusstlos neben der Straße.«

»Jupiter! Hat man ihn umgebracht?«

»Nein, zum Glück nicht. Er wurde mit einem Knüppel niedergeschlagen. Aber das Seltsame ist, dass sowohl deine als auch meine Sachen in der Kutsche waren. Bei deinen Sachen waren ein Galadegen und ein wirklich hübsches Armband, aber die Diebe haben beides zurückgelassen.«

»Oh, gut. Ich habe das Armband für meine Schwester gekauft. Ich hatte schon befürchtet, es wäre in meinen Satteltaschen gewesen.«

»Befürchtet …?«

»Sie sind auch gestohlen worden, Jamie. Und alles, was drin war, ist natürlich weg. Der Stadtdieb konnte sich ja kaum auf den Gehsteig stellen und seine Beute sortieren.«

Morris schüttelte verwundert den Kopf. »Jetzt verstehe ich, was du mit Epidemie gemeint hast. Übrigens, ich habe deine Sachen mitgebracht.«

Tummet kam mit einem voll beladenen Tablett zurück und Morris lächelte beifällig.

»Warum haben Sie mir nicht mitgeteilt, dass unser Pferdeknecht bei Sevenoaks überfallen worden ist?«

»Weil man mir gesagt hat, dass ich den Mund halten soll, Kamerad.« Tummet blinzelte. »Herr, meine ich. Ihr Grimmig-Rabiater hat gesagt …«

Grimmig-Rabiater – Vater!«, warf Morris triumphierend ein.

»Richtig, Kamerad«, bestätigte Tummet mit einem breiten Grinsen. »Sir Mark hat gesagt, wenn der Cap'n über den Pferdeknecht Bescheid wissen würd', dann wär er hinter den Dieben her, anstatt sich um wichtigere Sachen zu kümmern, und deswegen hat keiner von uns etwas sagen dürfen.«

Leutnant Morris, der Erdbeermarmelade auf seinen Toast löffelte, leckte sich den Daumen ab und fragte: »Was für wichtigere Sachen?«

Rossiter zögerte nur kurz. Dann erzählte er ihm von der Verschwörung.

Nach dem Mittagessen ging Gwendolyn mit einem Korb und einer Gartenschere hinaus. Die Sonne schien hell, aber nicht sehr warm, und ein frischer Wind fuhr über das Gras und ließ die Äste hin und her schwanken. Sie humpelte über den rissigen Ziegelpfad zu den Blumenbeeten. Trotz der Vernachlässigung wuchsen hier ein paar schöne Tulpen, und die hellen Antlitze von weißgelben Narzissen tanzten nach dem Rhythmus des Windes. Das zierliche Mädchen stellte den Korb ab und summte leise, während es begann, die schönsten der Blumen auszusuchen.

Der frühe Nachmittag war still, doch von irgendwoher kam das tiefe Bellen eines Hundes. Sie hörte auf zu summen und seufzte. Zum ersten Mal in ihrem Leben hatte sie keinen Hund, und sie behielt es für sich, wie sehr sie sich nach einem neuen jungen Hund sehnte. Sie brauchte nur eine Andeutung fallen zu lassen und Newby würde ihr einen kaufen. Aber im Augenblick war nicht die richtige Zeit dafür. Nach allem, was sie wusste, konnte es sein, dass sie in irgendeiner grässlichen Dachstube enden würden. Sie schauderte, dann schalt sie sich selbst. Am Sonntag in der Kirche hatte der Pastor gesagt, man solle seine Sorgen in die Hände des Herrn legen, und das hatte sie getan. Der Herr musste wahrhaftig der Schwierigkeiten überdrüssig werden, die allein diese kleine Familie ihn zu lösen bat.

Aber da sie das nun getan hatte, zeugte es von einem schwachen Glauben, wenn sie sich immer noch weiter Sorgen machte.

Sie betrachtete den Strauß, den sie geschnitten hatte. Die Narzissen bildeten einen hübschen Kontrast zur Pracht der Tulpen. Sie schnitt noch ein paar Farnzweige ab, dann trug sie ihren Korb zurück ins Haus.

Sie war geschickt beim Arrangieren von Blumen und recht stolz auf sich, als sie die Vase nach oben trug und an Gideons Tür klopfte. Da keine Antwort kam, schlüpfte sie hinein.

Sofort hörte sie Männerstimmen. Er war mit irgendjemandem draußen auf dem Balkon. Sie beschloss, ihm ihr kleines Geschenk auf den Tisch zu stellen. Er würde sich freuen, wenn er hereinkam und es fand. Der liebe Gideon war immer so dankbar für die kleinste …

»Oh, aber das ist verflucht unfair, Ross! Du weißt ganz genau, dass ich die erste Forderung an Falcon habe! Du hast kein Recht dazu, dich mit ihm zu schlagen, bevor ich es tue!«

Gwendolyn stellte die Vase auf den Tisch und blieb reglos mit angehaltenem Atem stehen, als die beiden jungen Männer vom Balkon hereinkamen.

Lachend sagte Gideon: »*Du* hast ihn zufällig angeschossen, du Dummkopf, während *ich* ihn ganz absichtlich gewürgt habe.«

»Ich hoffe, du hast Pistolen gewählt. Du bist nicht besonders gut mit …« Morris erblickte Gwendolyn. »Oh, verflixt!, » rief er und wurde knallrot.

Rossiter sah auf, erstarrte, hatte sich aber schnell wieder im Griff. »Was für ein reizender Strauß. Für mich, mein munterer Spatz? Vielen Dank.«

Gwendolyn blieb still und reglos, während sie ihn mit anklagenden Augen ansah.

»Äh … erlaube mir, dir meinen Waffengefährten vorzustellen«, fuhr Gideon hastig fort. »Dieser arg zugerichtete

Gentleman ist Leutnant James Morris. Jamie, endlich lernst du meine liebe Schwester kennen, Miss Gwendolyn Rossiter.«

Morris verbeugte sich und wurde noch verlegener, als seine ausgestreckte Hand die Blumenvase ins Wanken brachte. Instinktiv machte Gwendolyn eine rasche Bewegung, um sie festzuhalten. Gideon hatte seine Schwester in so leuchtenden Farben geschildert, dass Morris eine große Schönheit erwartet hatte. Unvorbereitet auf dieses kleine, verkrüppelte Mädchen mit dem intelligenten, allerdings nicht besonders bemerkenswerten Gesicht, verbarg er seine Überraschung jedoch galant und murmelte eine Entschuldigung.

Gwendolyn war sehr blass, brachte es aber fertig, höflich zu antworten. Dann entschuldigte sie sich und ging.

Die beiden Männer schauten einander an.

»Verdammt!«, knurrte Rossiter.

Erst als Gwendolyn den Flur entlanghumpelte, konnte sie wieder klar denken. Der Mann, mit dem sich Gideon schlagen wollte, hieß Falcon. Das musste August Falcon sein. Ihr war kalt vor Angst, aber im nächsten Augenblick wurde sie wütend. Wie unsagbar dumm doch die Männer waren! Da war Gideon endlich wieder zu Hause und den Klauen des Todes entronnen, und er musste doch wissen, wie sehr er geliebt und gebraucht wurde. Anstatt dankbar zu sein und sich mit einem Hauch von Verstand zu benehmen, fiel ihm nichts Besseres ein, als sofort einen der gefährlichsten Duellanten in ganz England zu fordern! Was für eine Närrin war sie, dass sie ihm liebevoll Blumen gepflückt hatte, anstatt ihm die Vase auf den idiotischen Kopf zu schlagen!

Natürlich hatte es keinen Sinn, ihn anzuflehen. Oder Papa, oder Newby. Sie alle hatten dieselbe Krankheit: »Männlichkeit«. Und sie waren verschanzt hinter dieser uneinnehmbaren Festung, gegen die weder Tränen, Bitten noch Vernunft etwas ausrichten konnten – der Ehrenkodex.

»Hilfe! Mord!« In der geschmackvollen Eingangshalle der Falcons duckte sich Mr. Tummet hastig hinter einen vergoldeten Stuhl und drosch mit dem Dreispitz auf die knurrende Schnauze des großen schwarzen Hundes ein, der ihn packen wollte.

Zwei Lakaien kamen herbeigeeilt. »Hierher, Apollo!«, rief der eine. »Braves Hündchen!«

Das Ungeheuer drehte sich um, zeigte eine beeindruckende Reihe weißer Zähne und der Lakai wich zurück.

»Ich hole Mr. Falcon«, schlug sein Gefährte vor. »Versuchen Sie nur, ihn nicht aufzuregen, Kamerad.«

»Ihn nicht aufregen?«, schrie Tummet. »Am liebsten würd ich ... weg mit dir, du Höllenhund!«

Offensichtlich verärgert über diese Bezeichnung, mischte Apollo sich ein und bellte, dass die Prismen des großen Kronleuchters klirrten.

Tummet packte seinen Dreispitz.

Apollo ebenfalls.

»Lass los, ekelhaftes Biest!«, befahl Tummet und zerrte heftig. »Schau bloß, was du mit meinem Läusesäckel machst!«

»Was, zum Teufel ...? Apollo! Zurück mit dir! Zurück!«

Mr. August Falcon stolzierte durch die Halle, und die Dogge sprang zu ihm, schüttelte Mr. Tummets Dreispitz und knurrte mit der Miene eines jungen Hundes, der nur spielen will.

Falcon nahm den Hut an sich, und als der Hund danach sprang, gab er ihm einen leichten Klaps auf die Nase. »Verzeihung«, sagte er steif und reichte den Dreispitz seinem Eigentümer zurück. »Mein Hund darf eigentlich nicht in diesen Teil des Hauses.«

Traurig betrachtete Tummet den ruinierten Hut. »Zu schade, dass er das nicht weiß. Wahrscheinlich meinen Sie, ich soll dankbar sein, dass er nur meinen Hut gefressen hat und nicht mein Bein, was er das letzte Mal versucht hat.«

Falcon zuckte mit den Schultern. »Man sollte meinen, Sie würden aus Erfahrung klug werden und wegbleiben.«

»Hab eine Lady gebracht, Kamerad.«

»*Was* bin ich?«, fauchte Falcon.

»Woher soll ich wissen, was Sie sind?«

Falcon zog die schwarzen Brauen zusammen. »Unverschämter Trottel! Nennen Sie mich ›Sir‹. Nicht ›Kamerad‹!«

»Ah«, meinte Tummet mit seinem Schurkengrinsen. »Mein Herr mag das auch nicht. Cap'n Gideon Rossiter, meine ich. Ich bin sein Kammerdiener, Sir. Kaufen Sie mir einen neuen Läusesäckel?«

Die dunkelblauen Augen weiteten sich und der Zorn in ihnen machte tiefem Erstaunen Platz. »Diener ...? Ich kann nicht glauben ... Doch, beim Zeus, ich glaube es. Verdammt, wenn das nicht typisch Rossiter ist. Was, zum Teufel, ist ein Läusesäckel?«

»Ein Deckel, Kamerad. Ein Hut. Sapperlot! Ihr feinen Pinkel kennt eure eigene Sprache nicht! Und was ist mit der Lady?«

Falcons Augen sahen leicht glasig aus. Dann erholte er sich etwas und antwortete: »Mein Butler wird Ihnen Ihren ... äh ... Deckel bezahlen. Aber Sie haben Ihre Zeit vergeudet und werden die Lady wieder nach Hause bringen müssen, Miss Falcon ist erst spät in der Nacht nach Hause gekommen und wird heute keine Besucher empfangen.«

»Sie will nicht Miss Falcon besuchen, sondern Sie, Kamer ... äh ... Sir. Was Sie auch wissen würden, wenn Sie ordentlich ausgebildete Diener hätten.«

Ein Lakai, der Apollo misstrauisch beäugte, kam näher.

»Eine Lady möchte Sie sprechen, Sir.« Er streckte Falcon ein Tablett entgegen, auf dem eine Visitenkarte lag, und machte sofort einen Satz nach hinten, als der Hund ihn ansah.

»Narr. Sie wissen, dass der Hund Ihnen nichts tut«, tadelte ihn Falcon, immer noch in Bann geschlagen von Tummet. Er warf einen Blick auf die Karte und zog die Brauen hoch.

»Eine unverheiratete Lady?«

»Miss Rossiter hat etwas sehr Wichtiges zu besprechen«, erklärte Tummet. »Ich weiß, was es ist, aber Sie brauchen mir gar keine Bestechungen und Belohnungen anzubieten. Ich sag nichts. Das müssen Sie schon mit ihr ausmachen.« Bei dieser Rede riss der Lakai erschrocken den Mund auf. Falcon, in dessen Augen ein seltenes Glitzern zu sehen war, trat ein paar Schritte von Tummet weg, den großen Hund auf den Fersen. »Wo haben Sie sie hingeführt?«, rief er über die Schulter.

»In … in die … die Bibliothek, Sir«, stotterte der Lakai.

Als Falcon die Tür zu diesem schön eingerichteten Zimmer öffnete und Apollo streng in die Einsamkeit der Halle verbannte, erwartete er, Miss Rossiter nervös auf dem Rand eines Stuhls kauernd vorzufinden. Doch obwohl ihr durchaus bewusst sein musste, dass es für eine Lady entschieden unschicklich war, einen Junggesellen zu besuchen, kauerte diese besondere Lady nicht auf einem Stuhl und schien auch nicht im Geringsten nervös. Klein, feingliedrig und zerbrechlich stand sie vor einem Bücherregal und betrachtete einen Band, den sie nun, als er die Tür schloss, zurückstellte, um sich zu ihm umzuwenden.

Er schaute sie desinteressiert an. Sie hatte nichts Besonderes an sich, außer dass ihr offen und unmädchenhaft starrender Blick ihn aus der Fassung brachte. Ihr ungepudertes Haar war von einem sehr hellen Braun und aus dem ziemlich schmalen Gesicht frisiert, sodass es ihr lockig über den Rücken fiel. Sie hatte den gleichen wohlgeformten, sensitiven Mund wie Rossiter und die gleiche hohe Stirn, aber ihre Augen, die er recht schön fand, waren eher blau als grau. Langweilig, dachte er, weder gut aussehend noch charmant. »Sie wollten mich sprechen, Ma'am?«, fragte er schleppend.

Gwendolyn, der bewusst war, dass man sie gewogen und für zu leicht befunden hatte, lächelte. »Wenn wir ohne eine gegenseitige Vorstellung auskommen, darf ich mich dann vielleicht setzen?«

Ein deutlicher Tadel. Falcon presste die Lippen zusammen. Mit kaltem Hochmut antwortete er: »Verzeihen Sie. Ich bin August Falcon.«

»O ja. Wissen Sie, ich habe nicht daran gezweifelt. Es wird nur eben von einem erwartet, dass man höflich ist.«

Bei diesen Worten warf er ihr einen scharfen Blick zu, aber sie schaute so unschuldig drein, dass er sie eher für naiv als für sarkastisch hielt. Mit einer Verbeugung deutete er auf einen großen Sessel. »Bitte setzen Sie sich, Ma'am.«

Ihr Hinken überraschte ihn. Er sah sofort weg, aber sie hatte seinen erschrockenen Gesichtsausdruck bemerkt und fragte unbefangen: »Haben Sie nicht gewusst, dass ich lahm bin?«

»Nein.« Schon wieder hatte sie ihn aus der Fassung gebracht. »Ihnen ist anscheinend mehr über mich bekannt als mir über Sie, Miss Rossiter«, erklärte er verärgert.

»Nun, Sie sind eben berühmt, nicht wahr. Ich meine, jeder spricht von Ihnen. Ich war sehr gespannt, Sie zu sehen.«

Du lieber Himmel! dachte er. Ganz schön freimütig. »Ich hoffe, Sie sind nicht enttäuscht«, sagte er mit einem unangenehm höhnischen Grinsen.

Gwendolyn musterte ihn nachdenklich. Scheu gesenkte Lider und ein leichtes Erröten hätte sie ihm zeigen sollen und sich verheddern in verwirrten Entschuldigungen. Ihr offensichtlich scharf urteilender Blick war einfach die Höhe! Nachdem gut zwanzig Sekunden verstrichen waren, fragte er: »Soll ich vielleicht den Kopf drehen?«

Draußen setzte Apollo zu einem ohrenbetäubenden, langen Heulen an. Gwendolyn wartete, bis es vorbei war. »Ja, bitte«, sagte sie dann heiter. »Nach rechts.«

Verblüfft starrte er in ihr harmlos lächelndes Gesicht.

»Also … wahrhaftig, Ma'am! Sie müssen irgendeinen mutmaßlich *vernünftigen* Grund für Ihr Kommen haben.«

»Ach du meine Güte. War ich unhöflich? Ich nehme an, ich hätte sagen sollen, dass ich ganz und gar nicht enttäuscht bin und dass Sie genauso attraktiv sind, wie man mir erzählt hat.« Sie blinzelte, als sein Blick weniger finster wurde. »Ich bin nur nicht sehr gut darin, unehrliche Bemerkungen zu machen«, fügte sie hinzu. »Ebenso wenig wie Sie.«

Wie aus großer Höhe sah er auf sie herab und murmelte: »Wirklich? Vielleicht tun Sie mir den Gefallen und erklären mir, womit ich Sie gekränkt habe.«

»Sie haben mich nicht gekränkt. Dass Sie es unterlassen, alberne Gemeinplätze zu äußern, ist nicht kränkend für mich.« Er war selten um Worte verlegen, aber nun war er so verwirrt, dass sie freundlich hinzufügte: »Wenn die Leute bemerken, dass ich lahm bin, erklären sie normalerweise, dass es ihnen Leid tue. Sie haben das nicht gesagt.«

Apollo jaulte wieder. Doppelt verärgert fauchte Falcon: »Warum sollte es mir Leid tun? Ich kenne Sie nicht und Sie scheinen wegen Ihres Gebrechens nicht Trübsal zu blasen.«

»Sehr aufrichtig. Und wie gut gemeint auch immer, ist falsches Mitleid doch stets ärgerlich und wird meistens eher geäußert, um einen mit der eigenen Gutmütigkeit zu beeindrucken, anstatt um ehrliche Betroffenheit auszudrücken. Was meine Gefühle betrifft, nun, natürlich wäre ich froh, nicht lahm zu sein. Aber ich war es immer und bin daran gewöhnt. Und schließlich wäre es entschieden schlimmer, wenn ich Schmerzen hätte wie so viele arme Menschen.« Doch für einen kurzen Moment wurden ihre Augen sehr traurig. »Nur … ich hätte zu gerne Kinder gehabt.« Lächelnd sah sie wieder auf. »Oh, ich langweile Sie.«

Er glättete die Rüschen an seinem Handgelenk und gab die niederschmetternde Antwort: »Ich nehme an, Sie werden mir endlich sagen, warum Sie gekommen sind.«

Nicht im Geringsten niedergeschmettert, erklärte sie: »Ganz einfach, ich wäre Ihnen sehr dankbar, wenn Sie bitte nicht mit Pistolen gegen meinen Bruder antreten. Oh, ich fürchte, man erwartet von einer Lady, dass sie von solchen Dingen wie Duellen nichts weiß. Aber ich weiß es. Und ich will nicht, dass Gideon getötet wird. Er ist gerade erst aus dem Krieg gekommen.«

»Beim Zeus, Ma'am! Das ist höchst unschicklich! Und außerdem …«, Falcon sprach lauter, um das Jaulen des Hundes zu übertönen, »… hatte Rossiter die Wahl der Waffen. Nicht ich.«

»Aber wenn Gideon Pistolen gewählt hat, ist er sehr dumm, denn das sind grässliche, tödliche Dinger, während …«

Gelangweilt stand er auf. »Seien Sie beruhigt, Ma'am. Ihr Bruder hat Degen gewählt.« Seine Augen glitzerten boshaft. »Was ihm nichts nützen wird.«

»O Gott! Sind Sie sehr gut?«

Er verbeugte sich. »Nun, wenn das alles ist …«

»Das ist nicht alles! Ich will auch nicht, dass er mit dem Degen getötet wird!«

»Würden Sie vorschlagen, dass wir mit einem Staubwedel kämpfen, Miss Rossiter?«

»Ich würde vorschlagen, dass Sie mit überhaupt nichts kämpfen! Diese Duelle sind ein ganz alberner Brauch, der sich auch in modernen Zeiten noch behauptet hat, und ist ein typisches Beispiel der männlichen Vorliebe für dramatische Auftritte, die kein Problem lösen! Nie sieht man, dass sich Ladies so absurd benehmen.«

Sie war wirklich erbost. Gegen seinen Willen belustigt, widersprach er: »Nein, Frauen haben *tatsächlich* Duelle ausgefochten. Nur …«

»Ach, dummes Zeug! Das sind Haarspaltereien, Mr. Falcon. Und es ist äußerst schwer für mich, etwas zu sagen, während Ihr Hund so jault. Können Sie ihn nicht ruhig halten?«

»O weh, ich bin eine ständige Enttäuschung. Apollo will hereinkommen. Und da Sie nun aufbrechen ...«

»Dann lassen Sie ihn herein«, erklärte sie und sah ihn mit festem Blick an.

Er zögerte. Er sollte das wirklich nicht tun, aber dieses ungezogene, eigensinnige Mädchen verdiente eine Lektion, und ganz sicher würde er sie damit loswerden. »Wie Sie wollen«, murmelte er höflich und öffnete die Tür.

Ein schwarzer Wirbelsturm kam ins Zimmer gesaust, sprang zweimal um seinen Herrn herum, sodass der Fußboden bebte, und sah dann Gwendolyn. Seine Nackenhaare sträubten sich. Er knurrte drohend und duckte sich.

»Sitz!«, sagte Gwendolyn streng.

Apollo hatte nicht die Absicht, sie fest zu beißen. Aber sie musste dazu gebracht werden, dieses Haus zu verlassen. Mit gebleckten Zähnen sprang er los.

Falcon, der mit versteckter Belustigung zugesehen hatte, machte einen Satz nach vorn, verfehlte aber Apollos Halsband, und der Hund raste auf das zierliche Mädchen zu.

Gwendolyn hatte ihren Stock so unauffällig wie möglich gehalten, aber nun hob sie ihn hoch und sprach das Zauberwort: »Hols Stöckchen!«

Apollo spitzte die Ohren, seine gesträubten Nackenhaare legten sich. Schwanzwedelnd und voll eifriger Erwartung hechelte er.

»He!«, rief Falcon.

Gwendolyn war schon dabei, den Stock durch die Luft zu werfen. Apollo stürzte ihm nach und brachte dabei seinen Herrn ins Taumeln. Ein Tisch krachte gegen den Stuhl, an dem Falcon sich festhielt, und er plumpste unsanft und unelegant zu Boden, mitten zwischen die Scherben der chinesischen Vase, die zusammen mit dem Tisch umgestürzt war.

Apollo sauste mit dem Stock zurück, um ihn mit glücklich heraushängender Zunge Gwendolyn erneut zum Werfen zu bringen. Gwendolyn blickte auf den momentan sprachlosen Falcon und lächelte. »Er spielt *wirklich* gern, nicht wahr?«, meinte sie.

10

Gideon stand sehr aufrecht in der Mitte des Salons und ließ den Sturm über sich ergehen. Sir Mark hatte ihm jedes Mal, wenn er versucht hatte, etwas zu sagen, das Wort abgeschnitten und stampfte nun wetternd und wild mit den Armen gestikulierend im Raum hin und her. Elegant in Goldtöne gekleidet, lehnte Newby an einer Kredenz, ein schwaches Lächeln auf den Lippen, und spielte mit dem juwelenbesetzten hochhackigen Schuh einer Lady. Gideon versuchte sich auf diesen faszinierenden Schuh zu konzentrieren, der ihm irgendwie bekannt vorkam, aber die schrille Stimme seines Vaters ließ sich nicht ignorieren.

»... eine traurige Enttäuschung für einen Mann, wenn sein Sohn und Erbe so unverschämt ist, seine Wünsche zu missachten! Ich habe dich gewarnt, und du hast dich nicht darum geschert, sondern mir mit deiner grandiosen Arroganz Schande bereitet, indem du zugestimmt hast, dieses Flittchen zum Ball der Glendennings zu begleiten! Also ...«

»Verzeihung, Sir. Ich begleite Lady Naomi Lutonville, die, was sie sonst auch sein mag, kein Flittchen ist!«

Gideons Augen waren wie graues Eis, und in seiner Stimme schwang ein Ton mit, den Sir Mark, der seinen Sohn einen Moment lang sprachlos anstarrte, nie zuvor gehört hatte.

»Eingebildet«, murmelte Newby.

»Und ich sage *Ihnen*, Sir«, wetterte Sir Mark, das Gesicht purpurrot, »*dass* Naomi Lutonville ein Flittchen ist! Mit den Instinkten eines Flittchens und einem undankbaren Verräter als Vater! Und ich will nicht, dass du dich mit ihr sehen lässt! Hast du gehört?«

Wahrscheinlich konnten sämtliche Bewohner von Snow Hill an diesem Morgen seine Stimme hören. Gideon brauchte jede Unze seiner Willenskraft, um seinen aufsteigenden Zorn zu bezähmen, aber in Sir Marks Augen lag ein gehetzter Ausdruck und die tiefe Röte auf seinem abgespannten Gesicht zeugte von seiner Nervenverfassung. Daher presste er die Lippen zusammen und wich aus. »Bitte sagen Sie mir, was ich nach Ihrem Wunsch tun soll, Sir.«

Newby schnaubte amüsiert. »Du weißt ganz genau, was mein Vater von dir will, Gideon. Geh heute Abend anderswohin. Und geh allein.«

Gideon musterte ihn kalt. »Wahrhaftig, ganz das Benehmen eines Gentleman.«

»Du hättest ihr die verdammten Blumen sofort zurückgeben sollen.«

»Das habe ich versucht.«

Newby schwenkte den Schuh in seiner Hand. »Aber die großzügige Lady hat dich aufgrund ihrer Leidenschaft für dich – und obwohl du sie schäbig behandelt hast – angefleht, sie zu begleiten!« Er lachte spöttisch. »Wer 's glaubt, wird selig!«

»Hätte Mylady ihre Blumen zurückgenommen«, erwiderte Gideon, »so hätte ganz London gesagt, es sei gerechtfertigt, wenn sie einen Rossiter abweise. Sie wusste das und war großzügig genug, mir die Demütigung zu ersparen und an ihrem Wort festzuhalten.«

Sir Mark blickte finster drein. »Du traust dem Mädchen mehr Ehre zu als ich. Trotzdem, auch das nützt nichts. Vor dem Mittagessen wirst du ihr eine Nachricht schicken, dass du krank bist.«

»Ich bedaure, Sir, aber das kann ich nicht.«

»Hölle und Verdammnis! Wagst du es, mir in meinem eigenen Haus die Stirn ...«

»Man hat mich davor gewarnt, sie zu begleiten, Sir.«

Diese eisigen Worte schnitten Sir Marks wütenden Ausbruch ab. Er starrte seinen Sohn an und wiederholte:

»*Gewarnt?*«

»Wer?«, fragte Newby mit einem gelangweilten Blick. »Der Mandarin? Ich habe gehört, dass er krank ist, also hast du keinen unmittelbaren Grund zu befürchten, dass er dich fordert, Bruder.«

»Vor allem, da wir bereits ein Duell vereinbart haben.«

»Du hast ... *was*?«, brüllte Sir Mark. »Noch mehr traurige Berühmtheit? Warum um Gottes willen hat er dich gefordert?«

»Ich habe ihn zufällig fast erwürgt, wegen gewisser Bemerkungen, die er gemacht hat.«

Newby, der einmal aus seiner affektierten Pose gerissen wurde, japste: »Du hast ... *Falcon* angegriffen? Du musst völlig den Verstand verloren haben! Oder du warst betrunken!«

Gideon zuckte mit den Schultern. »Ich gebe zu, dass ich ein wenig aufgebracht war.«

In Sir Marks Augen war ein Glitzern zu sehen. »Als du nach Hause gekommen bist, hast du gesagt, du habest erst von meinen Schwierigkeiten erfahren, nachdem du von Bord gegangen warst. Wer hat es dir gesagt? Falcon?«

»Ohne eine Spur von Takt oder Diplomatie.«

»*Vraiment.* Beide Eigenschaften fehlen ihm gänzlich. Hat er dich denn nun davor gewarnt, Lady Naomi zu begleiten?«

Gideon zögerte, dann holte er ein zerknülltes Stück Papier aus der Tasche. »Das hat ein Straßenjunge heute Morgen abgegeben, Sir.«

Sir Mark nahm den Zettel und las laut: »An Captain Gideon Rossiter. London hat nicht vergessen, wie man mit ehrlosen Männern umspringt. Wenn Sie es noch erleben wollen, dass Sie mit Ihrem Vater in Newgate sitzen, dann zwingen Sie Lady Lutonville nicht, die Schande Ihrer Begleitung zu ertragen. Geben Sie stattdessen zurück, was Sie gestohlen haben. Seien Sie gewarnt. Bleiben Sie weg vom Ball der Glendennings.«

Einen Augenblick herrschte Schweigen. Dann schnalzte Newby mit der Zunge. »Gestohlen? Ein hartes Wort, Zwilling. Erzähl uns, was du dir ausgeliehen hast.«

»Ich habe nicht die entfernteste Ahnung. Ich kann mir nur vorstellen, dass entweder etwas, das ich in den Niederlanden gekauft habe, wertvoller war, als ich dachte, oder dass jemand mich verwechselt.«

Schweren Herzens sagte Sir Mark: »Pah! Das ist nur dummes Zeug, das den wahren Streitpunkt verdecken soll. Doch angesichts solcher Drohungen hat ein Gentleman keine Wahl. Sag Wilson, um welche Zeit du wünschst, dass die Kutsche vorgefahren wird.«

»Vielen Dank, Sir. Aber da Sie jetzt nur noch die eine Kutsche haben, will ich nicht, dass Sie sie entbehren müssen. Mein Diener wird ein Gefährt mieten.«

Sir Mark nickte und ging hinaus. An der Tür drehte er sich mit müdem Blick um. »Sei vorsichtig, Junge. Wahrscheinlich will sich einer meiner Feinde an mir rächen, indem er dich als Zielscheibe nimmt.«

Gerührt erwiderte Gideon mit einem Grinsen: »Keine Sorge, Sir. Ich habe den Krieg überlebt. Ich nehme an, dann werde ich auch den Frieden überleben.«

Newby richtete sich auf, als Sir Mark hinaus in die Halle trat und außer Hörweite war. »Raffiniert von dir«, murmelte er, »dass du *zufällig* am richtigen Platz gestanden hast, um den Strauß der schönen Lady zu fangen. Oder war das vielleicht abgekartet? Eine Möglichkeit für dich und für sie, in einem abgeschiedenen Vorzimmer ... äh ... ein wenig herumzutollen und meinen armen Dummkopf von Vater zu überlisten?«

Er wich abrupt zurück, und sein höhnisches Grinsen machte Bestürzung Platz, als Gideon den Kopf umwandte. Er hatte die Augen zusammengekniffen, der Mund war nur noch eine dünne Linie, und sein Kinn war auf eine Art entschlossen vorgereckt, die Newby eine Zeitlang vergessen hatte. »Ich bemühe mich, meinen Zorn gegen dich zurückzuhalten«, sagte Gideon sehr leise, »weil mein Vater dir trotz deiner hinterhältigen Bosheit zugetan ist. Und weil du nett zu Gwen bist.« Mit einer plötzlichen Bewegung umklammerte er Newbys Handgelenk. »Aber ich warne dich, wenn du weiter irgendwelche Verleumdungen über mich oder über Lady Lutonville verbreitest, dann werde ich meinen natürlichen Instinkten nachgeben und dir die Prügel verpassen, die du verdienst.«

»Du weißt ja gar nicht, ob ich das war.« Newby sah erschrocken drein. »Verflucht, du zerreißt meine Spitzen!« Drohend hob er den Schuh. »Zurück mit dir!«

Gideon lachte. »Eine feine Waffe für einen Mann! Doch der Schuh hat nicht ganz deine Größe, wie?«

»Oh, sehr witzig. Aber du würdest viel darum geben zu wissen, woher ich ihn habe, nicht wahr?«

»So?« Gideon ließ seinen Bruder los, und da er ihn kannte, zuckte er mit den Schultern und erklärte desinteressiert: »Wir haben wenig gemeinsam, Zwilling. Ich finde keinen Geschmack an Klatsch.«

Newby massierte sich zimperlich das Handgelenk, aber seine Verärgerung machte einem schlauen Ausdruck Platz, als er sagte: »Ich war gestern Abend in der Nähe des Hauses der Dowlings und bin zur Hinterseite geschlichen, um in den Ballsaal schauen zu können. Ich dachte, es wäre doch lustig zu sehen, wie unser tapferer Krieger etwas von der Behandlung zu spüren bekommt, die ich während der vergangenen Monate erduldet habe.«

»Du mußt dich gut unterhalten haben«, knurrte Gideon voller Abscheu.

»Großartig. Und noch viel mehr, als dieser interessante Gegenstand durch die Luft geflogen kam und mich beinahe getroffen hätte.« Er schwenkte den Schuh.

Gideon hob die Brauen. »Willst du damit sagen, dass eine Lady mit ihrem Schuh nach dir geworfen hat? Wer war diese einfallsreiche Dame?«

Newby, dessen Gedanken auf das geschilderte Ereignis gerichtet waren, achtete nicht auf den Sarkasmus seines Bruders. »Unglücklicherweise war es zu dunkel, als dass ich etwas hätte sehen können. Ich wartete, dass jemand den Schuh zurückfordern würde, denn er ist sicher nicht ganz wertlos. Aber da er sehr wahrscheinlich aus einem der Schlafzimmer gefallen ist ...« Er grinste vielsagend. »Die Lady muss ... anderweitig beschäftigt gewesen sein ...«

»Offensichtlich ein heißblütiges Frauenzimmer. Ich nehme an, du hast vor, Profit aus deinem kleinen Abenteuer zu schlagen. Aber wie? Selbst wenn du es öffentlich bekanntmachen würdest, dass du ihr verlorenes Eigentum gefunden hast, würde sie kaum wagen, es zurückzufordern. Und wenn du das hübsche Ding wegen der Edelsteine im Absatz verhökern willst, bezweifle ich, dass du beim Pfandleiher viel dafür bekommen wirst. Ich habe gehört, dass nur zweitklassige Juwelen für ...«

»Du kannst mir etwas mehr Erfindungsgabe zutrauen«, entgegnete Newby selbstgefällig. »Die Lady, die diesen Schuh verloren hat, hat auch ihren Ruf in Gefahr gebracht. Stell dir nur vor, wie dankbar sie sein muss, wenn sie ihn diskret zurückbekommt. Ich muss die Geschichte nur unter den Klatschbasen in Umlauf bringen und dann herausbekommen, welches schöne Geschöpf einen solchen Schuh besitzt, dann gewinne ich weit mehr, als irgendein Pfandleiher mir zahlen würde.« »Wie immer der galante Gentleman«, näselte Gideon verächtlich. Er ging aus dem Zimmer und ließ den vor Wut kochenden Newby stehen, der sich jedoch auch daran erinnert hatte, dass man seinen Zwillingsbruder nur bis zu einem bestimmten Punkt treiben durfte und dass seine schlanken Hände trotz aller Kriegsverletzungen immer noch unglaublich stark waren.

Morris döste am Fenster, als Gideon in sein kleines Wohnzimmer zurückkam. Von seinem Diener war keine Spur zu sehen, und Rossiter musste Bernard, ihren einzigen Lakaien, rufen, der ihm mitteilte, Mr. Tummet sei mit Miss Gwendolyn in der Kutsche ausgefahren. Gideon fragte sich, warum um alles in der Welt Gwendolyn seinen unkonventionellen Kammerdiener beschlagnahmt haben sollte.

Er hatte diese Frage noch im Hinterkopf, als er zusammen mit Morris die Treppe hinunter vor das Haus ging, wo ein schwitzender Stalljunge ihre Pferde hielt. Er zog sich die Handschuhe an und betrachtete ohne Bewunderung die Kapriolen von Morris' nervösem Vollblut. »Kannst du diesen zappeligen Gaul im Zaum halten, oder glaubst du, dass du ihn tragen musst?«

»Dass du es nur weißt«, erwiderte der Leutnant, »Windsong ist ein verdammt schnelles Pferd und hat einen schönen Batzen Geld gekostet! Warte nur, bis du ihn galoppieren siehst. Er fliegt förmlich!«

»Ich bezweifle es nicht. Ich habe noch nicht gesehen, dass er mehr als zwei Hufe gleichzeitig am Boden hat. Wirbelsturm sollte er heißen, nicht Windsong!« Angesichts der Empörung seines Freundes verkniff er sich ein Lächeln und meinte: »Zumindest haben sich die Regenwolken verzogen. Wo liegt denn deine Wohnung?«

»In einer Seitenstraße der Clarges Street. Aber ich reite nicht gleich dorthin, mein Junge. Ich dachte, ich schau mal bei Falcon vorbei.«

Stirnrunzelnd schwang Gideon sich in den Sattel. »Das ist aber wohl nicht gerade der feine Stil, oder? Sicher kannst du euer Duell arrangieren, nachdem ich mich mit ihm geschlagen habe.«

»Ja, doch die entzückende Miss Katrina könnte ja in der Nähe sein. Teufel, diesen verdammten Berg habe ich ganz vergessen!«

»Mach die Augen zu, mein Junge«, beschwichtigte Gideon mit gespielter Lässigkeit. »Sollen sich die Gäule den Kopf darüber zerbrechen.«

Fünf Minuten später unterdrückte er einen Seufzer der Erleichterung, als seine verängstigte Stute sich wieder auf ebenem Grund und Boden befand.

»Ich kann mir beim besten Willen nicht erklären, warum ihr euch so grässliche Wohnorte aussucht«, knurrte Morris. »Falcon muss ausgerechnet am äußersten Rand der Zivilisation leben und du hockst auf einer Art Adlernest!«

»Dann lass uns auf deinen Besuch bei den Falcons verzichten. Nein, wirklich, Jamie, man gewinnt nicht das Herz einer Lady, indem man ihren Bruder fordert.«

Morris schürzte die Lippen. »Unter normalen Umständen würde ich zustimmen. In Falcons Fall denke ich jedoch, dass Miss Katrina verteufelt froh wäre, wenn ihm jemand eine Lektion erteilt.«

»Dann denk lieber noch einmal darüber nach. Miss Falcon liebt ihn abgöttisch.«

»Du musst dich irren, mein Junge. Ein solcher Engel wie sie kann unmöglich derart dumm sein. Apropos, was ist mit dem armen Trottel, der überfallen wurde, als er meine Sachen zurückbringen wollte? Hast du ihn gesehen?«

»Ja. Byrd ist regelrecht misshandelt worden, aber jetzt geht es ihm wieder ganz gut. Er sagte, die Flegel, die ihn angegriffen haben, seien maskiert und extrem bösartig gewesen. Und sie schienen etwas Bestimmtes gesucht zu haben.«

»O Gott! Man könnte meinen, wir hätten irgendwelche höchst geheimen Pläne gestohlen und nach England geschmuggelt.« Morris runzelte die Stirn. »Weißt du, Gideon, wir haben dich alle für einen gerissenen Vogel gehalten. Könntest du vielleicht …« Seine Augen begannen zu glitzern, als er strahlend ausrief: »Du bist einer! Beim Zeus, du arbeitest für den Geheimdienst!«

Rossiter fiel es schwer, nicht schallend herauszulachen. Argwöhnisch blickte er die belebte High Holborn Street auf und ab, dann beugte er sich näher zu seinem Freund und zischte: »Wirsing und Runkeln!«

Morris sackten die Kinnladen herunter. »W-Wirsing und *Runkeln* ...?«

»Psst, du Trottel! Ohren sind überall! Das ist das Losungswort.«

Rot vor Aufregung, flüsterte Morris: »Hol mich der Teufel! Ich wusste, dass da was im Busch ist! Dieses ganze Zeug über Verschwörungen und Schachfiguren und Straßenräuber und Diebe, die tödliche Angst vor dem ›Squire‹ haben! Passt alles zusammen, nicht wahr, alter Knabe! Nun, ich habe dich durchschaut, du hast also keine Wahl, als mir alles zu gestehen. Jetzt komm schon!«

»Aufstand«, flüsterte Rossiter.

»Du liebe Güte! Aber ... wir hatten doch erst einen! Wieder diese verfluchten Jakobiten?«

»Sie wollten nur den Thron erobern. Dieser Haufen dagegen plant eine blutige Rebellion. Und Tod allen Kühen«, setzte Rossiter phantasievoll hinzu.

Morris blinzelte ihn verdutzt an. »Allen ... äh ... was?«

»Kühen. Teuflisch raffiniert, nicht wahr? Denk doch nur darüber nach, Jamie. Ohne Kühe gäbe es keine Milch, keinen Käse, kein Rindfleisch. England ohne Roastbeef?« Er schauderte. »Wir wären verloren! Auf Gedeih und Verderb jedem Aggressor ausgeliefert, der ...«

Gegen seinen Willen hatten seine Mundwinkel zu zucken begonnen, und mit einem gekränkten Schrei riss sich Morris den Dreispitz vom Kopf und begann, seinen Gefährten wütend damit zu bearbeiten. »Betrügerischer ... lügnerischer ... falscher ...!«

Rossiter, der sich hastig duckte und von einem Lachanfall gepeinigt wurde, flehte: »*Erbarmen! Erbarmen!* Ich konnte nicht widerstehen! Nein, wirklich, Jamie, verschone mich! Alle Leute starren uns an.«

Tatsächlich hatten sich ihnen viele belustigte Gesichter zugewandt, und eine stark geschminkte und viel zu sehr mit Schmuck behangende Lady beugte sich aus ihrer Sänfte und drohte ihnen mit dem Fächer, ein tadelndes Lachen auf dem Gesicht.

Morris wurde purpurrot. »Nun, ich hoffe, du hast deinen Spaß genossen«, knurrte er verärgert. »Ich bin mir ganz sicher, dass der leichtgläubige Morris seinen klugen Freunden wie üblich eine perfekte Angriffsfläche geboten hat. Und Sie, Sir, suchen sich besser einen Gefährten, der ebenso fix ist wie Sie. Guten Tag!«

Er gab seinem Pferd die Sporen, und fort war er. Wie der Blitz galoppierte Rossiter ihm nach. Morris warf einen Blick über die Schulter, und auf seinem Gesicht machte sich ein Lächeln breit, das stets hinter seinen runden Augen zu lauern schien. Die beiden jungen Männer galoppierten bei ihrem Wettrennen in halsbrecherischem Tempo durch den regen Verkehr, hinter sich eine Spur von fluchenden Kutschern, Reitern und johlenden Jungen.

An der Ecke zur Gray's Inn Road holte Rossiter seinen Freund ein, beugte sich aus dem Sattel und packte Morris' Zügel. »Warte, Jamie!«, keuchte er. »Jetzt ist mir erst aufgegangen, was du gesagt hast!«

»Was habe ich gesagt? Und ich will nichts mehr von Wirsing und Runkeln hören, verdammt!«

»Diebe, die tödliche Angst vor dem ›Squire‹ haben. Genau das waren Tummets Worte! Dass die Flegel, die ihn angegriffen haben, verzweifelt etwas suchten – für den ›Squire‹.« Morris sah zweifelnd drein. »Ich kann darin nichts Bemerkenswertes erkennen, mein Junge. Eine Menge von Dienern bezeichnen ihren Herrn als ›Squire‹.«

»Vielleicht. Aber würden nicht manche eher vom ›Herrn‹ oder vom ›Maestro‹ sprechen? Kommt es dir nicht seltsam vor, dass bei beiden Gelegenheiten derselbe Satz und dieselbe verzweifelte Angst geäußert wurden?«

»Du meist also, die Raubüberfälle waren nicht zufällig?«

»Überleg doch, Jamie. Promontory Point ist durchwühlt worden, dann deine Diebe, der Überfall auf Byrd – Himmel! Vielleicht auch meine gestohlenen Satteltaschen! Es muss eine Verbindung geben!«

Tief in Gedanken versunken, ritten sie langsam weiter und bogen schließlich in die Great Ormond Street ein, wo man in der Ferne schon das Dach des Findlingsheims und dahinter offenes Gelände sehen konnte.

»Aber warum, um alles in der Welt?«, fragte Morris schließlich verwirrt. »Das ergibt doch keinen Sinn, es sei denn, irgendjemand will etwas haben, das wir aus Holland mitgebracht haben. Ich habe nichts dabei, was einen solchen Wirbel auslösen könnte. Noch habe ich ... Oh, so ein Glück!« Als Rossiter aufsah, war seine Reaktion ein wenig anders.

Drei Ladies spazierten auf sie zu, gefolgt von einem Diener. Zwei davon waren auffallend schön und nach der letzten Mode gekleidet. Die dritte hatte ein fein geschnittenes Gesicht mit einem schelmischen Ausdruck und ging mit Hilfe eines Stocks.

Die beiden Männer stiegen sofort ab. Rossiter, dem der reservierte Hochmut in Lady Naomis Augen und der finstere Ausdruck auf Miss Falcons schönem Gesicht wohl bewusst waren, verbeugte sich und erwies ihnen seine Ehrerbietung.

Miss Falcon, ein Traumbild in einem hellrosa Straßenkleid, nickte ihm mit kalter Missbilligung zu. Lady Naomi trug eine hellgrüne Toilette und eine cremefarbene Damasthaube, reich bestickt im selben Grünton wie das Kleid. Ein breitkrempiger Hut aus cremefarbenem Stroh mit grünen Bändern saß *à la bergère* über der spitzenbesetzten Haube, die auf ihren leicht gepuderten Locken thronte. Sie verbeugte sich höflich, aber ihre grünen Augen funkelten verärgert.

»Ich bin so froh, dass wir dich getroffen haben, Gideon«, sagte Gwendolyn fröhlich. »Bist du gekommen, um mich abzuholen?«

Rossiter schrak zusammen und riss den Blick von der Lady los, die so lange Zeit die Verkörperung all seiner Träume gewesen war. »Äh, nein. Ich dachte, du hättest mit Tummet als Eskorte eine Spazierfahrt gemacht.« Ein Rippenstoß wurde ihm versetzt. Er ignorierte ihn, aber der folgende Stoß ließ ihn fast taumeln.

Es war offensichtlich, dass zwei der Ladies nichts lieber wollten, als diese Begegnung sofort zu beenden. Zähneknirschend stellte Rossiter den hartnäckigen Leutnant vor, und Miss Falcons kühles Benehmen wich einem Ausdruck entsetzter Anklage. »Sie sind der Mann, der meinen Bruder angeschossen hat!«, rief sie aus und trat einen Schritt zurück.

»Bitte, fassen Sie keine Abneigung gegen mich«, sagte Morris ernst. »Ich hätte es nicht getan, wenn ich nicht gedacht hätte, er sei ein Straßenräuber. Es war ein ganz natürliches Missverständnis.«

»Es war nichts Derartiges ...«, begann sie empört.

Morris stürzte sich in eine stammelnde und verworrene Erklärung, während Rossiter sich abwandte und leise sagte: »Ich wusste nicht, dass Sie und meine Schwester immer noch ... äh ... gute Bekannte sind, Ma'am.«

Lady Naomi sah ihn kühl an. »Haben Sie etwas dagegen, Captain Rossiter?«

»Natürlich nicht«, ergriff Gwendolyn das Wort. »Wir haben so nett geplaudert, Gideon. Mr. Falcon hat einen prachtvollen Hund, und er hat mir erlaubt, ein Stöckchen für ihn zu werfen, bloß ist er dann ein bisschen hingefallen. Mr. Falcon, meine ich, und er war in einer solchen Laune, dass wir beschlossen haben, ihn damit allein zu lassen, nicht wahr, Naomi?«

Mylady lächelte sie an. »Er war ziemlich böse, doch du brauchst nicht darauf zu achten.«

»Ganz richtig«, pflichtete Rossiter bei. »August Falcon ist für verschiedene Charakterzüge bekannt, aber eine versöhnliche Art gehört nicht dazu.«

»Wie wahr«, seufzte Naomi bedauernd. »Das ist bei einem Gentleman in der Tat zu einer seltenen Eigenschaft geworden.«

Rossiter knirschte mit den Zähnen. »Muss ich mich bei ihm entschuldigen, Gwen?«

»Nein, nein«, sagte Naomi. »Sie brauchen sich nicht mit Spitzfindigkeiten herumzuplagen.«

»Aber Apollo hat eine Vase zerbrochen, als ich mit ihm gespielt habe«, gestand Gwendolyn mit einem Funkeln in den Augen.

»Dann werde ich sie natürlich ersetzen.«

»Danke, mein Lieber. Das wäre nett.«

»Wenn auch ein bißchen schwierig«, murmelte Naomi, die einen Spatz beobachtete, der auf dem eisernen Geländer neben ihnen herumhüpfte.

»Warum das, Ma'am?«, fragte Rossiter. »Glauben Sie, dass diese Vase die einzige ihrer Art auf der ganzen Welt ist?« »Ganz und gar nicht. Ich nehme an, es gibt noch andere. In China. Wenn ich mich recht erinnere, hat seine Großmama sie mitgebracht.«

Gwendolyn blieb mit einem erschrockenen Schrei stehen.

»O wie furchtbar! Ich habe gesehen, dass er schrecklich wütend war, aber ich dachte, das sei, weil … oh … Gideon!«

»Mach dir keine solchen Gedanken«, tröstete Naomi mitleidig. »Ich bezweifle, dass Mr. Falcon das dumme Ding je angeschaut hat.«

»Aber natürlich. Er verehrt offenkundig das Andenken seiner Großmama.«

Naomi tätschelte ihr freundlich die Hand. »Dann werden wir eine andere Vase finden. Mein Vater kennt sich recht gut mit Antiquitäten aus. Ich werde ihn bitten …« Sie blickte auf und trat hastig zur Seite.

Sie blockierten den Gehsteig, und zwei dicke Matronen, die nun näher kamen, hatten nicht die Absicht, sich ihren Vorrang nehmen zu lassen. Rossiter zog Gwendolyn beiseite, als er die aggressiven Damen sah. Morris, der sich immer noch bemühte, seine Göttin zu einer freundlicheren Haltung zu bewegen, hatte für nichts anderes Augen und bekam einen scharfen Stoß von einem Sonnenschirm. Er gab einen unwillkürlichen Schrei von sich. Die ältere Dame, die ihre Waffe zusammengefaltet hatte, um ihn zu attackieren, spannte den Schirm nun wieder auf. Er war aus hellroter und weißer Seide, mit dunkelroten Fransen besetzt und verwandelte Morris' Windsong in den Wirbelsturm, als den Rossiter ihn bezeichnet hatte. Erschrocken wiehernd bäumte sich der große Hengst auf und schlug mit den Hufen. Morris versuchte, ihm den Kopf nach unten zu ziehen, geriet aber ins Taumeln. Er stieß mit Katrina zusammen und schlug ihr das zierliche Retikül aus der Hand. Gwendolyn war weit genug entfernt von dem Debakel, und so machte Rossiter einen Satz nach vorn, riss Naomi in seine Arme und wirbelte sie herum.

»Oh! Lassen Sie mich sofort herunter!«, rief Naomi wütend.

Ein eisenbeschlagener Huf sauste etwa einen Meter von ihrer Wange entfernt durch die Luft.

Katrina schrie erschrocken auf.

»O Gott! Es tut mir so furchtbar Leid«, stöhnte Morris, dem es verspätet gelang, sein wildes Tier zu bändigen.

Katrinas Diener, der mit einem ziemlich schäbigen Individuum gesprochen hatte, kam herbeigeeilt, und er und Morris bückten sich gleichzeitig, um Katrinas Retikül aufzuheben. Gideon hörte ein dumpfes Geräusch, als sie mit den Köpfen zusammenstießen. Der Diener schrie erschrocken auf und verlor Perücke und Dreispitz. Japsend, aber entschlossen schnappte sich Morris das Retikül. Unglücklicherweise hielt er es verkehrt herum. Münzen rollten in alle Richtungen; ein Stift, ein Notizbuch, ein Etui mit Visitenkarten, eine Geldbörse, ein Taschentuch, eine Bürste, eine Werbeanzeige für Gurkenlotion, eine kleine Schere, eine Brosche, zwei Briefe, ein Töpfchen Rouge, ein in Papier gewickeltes Scone, ein Flohkamm und eine Karotte kullerten über den Gehsteig. Ein Handspiegel zerbrach ebenso wie ein Parfümfläschchen, das Miss Falcon ausgiebig mit einem Duft übergoss, der sonst tropfenweise aufgetupft wird. Sie stieß ein verlegenes Wimmern aus. Der Diener kniete sich hin und begann, die verschiedenen Gegenstände einzusammeln, während Morris entsetzt stöhnte.

Passanten hatten den Vorgang höchst amüsant gefunden, und ein großer Mann, begleitet von einer sehr dicken und erheiterten Lady, rief laut, es sei »so gut wie jede Komödie« gewesen.

Naomi machte sich aus Rossiters Armen los und fixierte ihn mit einem strengen Blick.

»Alles in Ordnung, Ma'am?«, erkundigte er sich höflich. »Alles war *bestens* in Ordnung, ich war keineswegs zu nahe …«

Er machte eine abwehrende Geste. »Es ist nicht nötig, dass Sie sich bedanken«, erklärte er mit etwas fragwürdiger Großmütigkeit. »Ein Gentleman muss stets bereit sein, eine hilflose Dame zu beschützen.«

»Hm«, machte Naomi. »Katrina, dir ist nichts geschehen?« Miss Falcon war zwar unverletzt, aber Tränen der Demütigung nahe. Mit zitternder Stimme drängte sie auf sofortigen Aufbruch, denn sie müssten heute Nachmittag ein Nickerchen halten.

Die drei Ladies umarmten einander und verabschiedeten sich eilig. Rossiter erklärte, er werde Lady Naomi um halb zehn Uhr abends abholen, und der arme Morris, der beschämt den Kopf hängen ließ, wünschte, die Erde würde ihn verschlingen.

Als sie auf dem Weg zum Haus der Falcons waren, schluchzte Katrina: »Oh, ich stinke! Ich werde für alle Zeiten nach Camellia Caprice riechen! Ich war noch nie so gedemütigt! Was müssen sie sich nur gedacht haben!«

»Dass du eine ziemliche Menge an Sachen in deinem Retikül mit dir herumträgst, Liebes.« Mit einem schelmischen Funkeln in den Augen fuhr Naomi fort: »Mach dir keine Sorgen. Ich bin überzeugt, dass deine Wäscherin den Geruch herausbekommen wird. Aber wahrhaftig, du hast ein paar unerwartete Dinge in der Tasche, wenn du spazieren gehst.«

»Das Scone habe ich gestern eingesteckt, um die Enten im Park zu füttern, und es dann ganz vergessen! Und die Karotte war für meine Stute. Aber ... der *Flohkamm*, Naomi! Er war für Apollo, doch ... Was, wenn ... Oh, wie *furchtbar*!«

Naomi kicherte. »Nein, wirklich. Nicht einmal diese beiden würden glauben, dass er für deinen eigenen hübschen Kopf bestimmt war, Liebste.«

»Ich hoffe nicht«, schniefte Katrina. »Wahrhaftig, es erstaunt mich, dass Leutnant Morris den Krieg überlebt hat. Er ist eine fortwährende Katastrophe!«

»Und so schrecklich hingerissen, der Arme. Er hätte seine Karten kaum schlechter ausspielen können! Zuerst schießt er August an, dann lässt er dich beinahe von seinem halb zugerittenen Pferd niedertrampeln, als Nächstes das Fiasko mit deinem Diener, und zuletzt muss er seine Vergehen noch damit krönen, dass er dein Retikül ausleert. Wirklich, ich kann nicht anders, als Mitleid mit ihm zu haben. Er sah aus, als wollte er in den Erdboden versinken!«

»Und ich war geneigt, ihn zu versenken! Schlimm genug, dass er mich zu einer Witzfigur machen muss – wenn Captain Rossiter nicht gewesen wäre, Naomi, hätte dieses wilde

Tier dich bestimmt mit seinem Huf im Gesicht getroffen!«

»Ganz sicher, wenn es die Beine einer Giraffe hätte«, erwiderte Naomi beißend.

»War das Pferd wirklich so weit von dir entfernt? Dann frage ich mich, warum Captain Rossiter dich so hochgerissen hat?«

Naomi blickte sie ruhig an. »Ach, fragst du dich das?!«

Katrina, die momentan ihre eigene Erniedrigung vergaß, erwiderte mit frommer Unschuld: »Ich nehme an, es muss ziemlich scheußlich gewesen sein, so von ihm in seine Arme gerissen zu werden. Angesichts ... äh ... der Lage der Dinge.«

Naomi spürte, dass ihre Wangen zu brennen begannen.

»Ich schwöre dir, mir *graut* einfach vor diesem Abend! Was ist nur aus deinem Diener geworden?«

Der fragliche Diener, der den Inhalt des Retiküls aufgesammelt und seine würdige Erscheinung wiederhergestellt hatte, reichte Rossiter gerade ein zusammengefaltetes Papier. »Ein Individuum hat mich gebeten, Ihnen das zu übergeben, Sir«, sagte er und warf dem betrübten Morris einen gekränkten Blick zu. »Kurz vor dem Zwischenfall mit dem Pferd.«

Rossiter dankte ihm und beschwichtigte seine verletzten Gefühle, indem er ihm einen Florin in die Hand drückte, ehe er ihn zu den Ladies zurückschickte.

»Und nun, Miss Gwendolyn«, wandte Rossiter sich an seine Schwester. »Ich will eine Erklärung hören, bitte. Was hast du dir dabei gedacht, mit Tummet auszufahren? Wie kommt es, dass du in diesem Teil der Stadt bist? Und wo, verflixt noch mal, *ist* dieser Einfaltspinsel?«

»Oh, es war so ein schöner Tag«, begann sie munter.

»Es hat genieselt!«

»Nun ja ... zuvor. Aber ich war sicher, dass es aufklaren würde. Und das hat es ja auch, sonst hätte die kampflustige Lady keinen Sonnenschirm gebraucht. Hast du das bemerkt?«

»Allerdings«, seufzte Morris.

»Ich hatte solche Sehnsucht, eine Spazierfahrt zu machen«, erklärte Gwendolyn, »und da wir nun nur noch so wenige Diener haben, hat Mr. Tummet gesagt, er würde sich freuen, mir als Begleitung zu ...«

»Eine schöne Begleitung! Der gerissene Bursche hat dich allein gelassen! Oder hast du ihn fortgeschickt?«

»Ich glaube, es muss ein Missverständnis gewesen sein. Ich hatte gedacht, dass er warten würde, aber ... oh, was für ein Zufall! Da kommt er gerade!«

Die heranrollende Kutsche wurde langsamer und blieb stehen. »Nanu, der Cap'n!«, rief Tummet.

Rossiter reichte Morris seine Zügel und stolzierte an das Fenster, aus dem der perückenbedeckte Kopf seines Dieners hervorlugte »Wo, zum Teufel, waren Sie? Und wie können Sie es wagen, Miss Rossiter zu verlassen?«

»Na so was!«, verwahrte sich Tummet verletzt. »Als ob ich so was Gemeines tun würd! Sicher wie in Abrahams Schoß war Ihre Schwester. Bei ihren Busenfreundinnen!« Er beugte sich weiter aus dem Fenster und flüsterte heiser: »Leih'n Sie mir mal Ihr Ohr.«

»Ich bin eher geneigt, Ihnen meine Stiefelspitze zu leihen«, erklärte Gideon zornig. »Was für eine Schurkerei haben Sie nun wieder ausgeheckt?«

»Es gibt Zeiten, Maestro, da gerät ein Mann in eine Krumme-und-Miese.« Tummet nickte düster.

»Ich bin nicht in der Laune ...«, zischte Gideon durch die Zähne.

Tummet hatte das zornige Funkeln in den Augen seines Herrn jedoch bereits bemerkt und übersetzte hastig: »Das heißt: eine Krise. Und in *so* eine ist E. Tummet geraten. Nicht wegen ihm, nein, für den Gent, der ihn eingestellt hat. Treue. Das ist mein Motto. Also hab ich mich entschieden, als es notwendig war.«

»Ach, haben Sie. Ich werde jetzt auch gleich eine Entscheidung treffen. In der Tat ...«

»Ich renn nicht mit Tomaten auf den Augen durch die Gegend, Kamerad«, unterbrach ihn der Diener, der sich nicht kleinkriegen ließ. »Erinnern Sie sich noch, wie diese hässlichen Kerle mich rumgestoßen haben, sodass ich meine sprudelnde Quelle verloren hab? Na, ich hab einen von ihnen gesehen. Das heißt, von hinten.«

Interessiert rief Gideon nun: »Bei Gott, wirklich! Und Sie sind ihm gefolgt? Guter Mann! Haben Sie ihn auch nicht verloren?«

»Sozusagen schon. Als er hineingegangen ist. Natürlich durch den Seiteneingang. Sein Gesicht hab ich nicht gesehen, aber ich hab ihn an seiner grässlichen Stolziererei erkannt.«

»Wo ist er hineingegangen?«

»In ein sehr gepflegtes Haus. Wirklich sehr schön. Richtige Luxusvilla. Am Soho Square.« Tummet grinste, als er sah, dass Rossiter die Augen zusammenkniff, und flüsterte nickend: »Ganz recht, Kamerad. Das Haus von dem lieben alten Freund von Ihrem Papa, der fort im Ausland sein soll. Sir Derrydene!«

»Bei … Gott!«

In Sekundenschnelle war Tummet auf dem Bock, Gwendolyn wurde in die Kutsche gesetzt und der Kutscher lenkte sein Gespann zurück zum Snow Hill.

Morris, der betrübt und zerstreut bei alldem zusah, saß schließlich auf und begleitete Rossiter die Straße entlang.

»Nun, da hab ich ja wieder mal alles gründlich verpatzt.«

»Oh, so krass würde ich das nicht sagen«, murmelte Rossiter, und ein angedeutetes Lächeln zuckte um seine Mundwinkel.

Morris seufzte. »Nett von dir. Aber es hat keinen Zweck, den Schlag abzumildern. Sie muss mich für den König aller Idioten halten. Sogar Lady Naomi hat mich angesehen, als wäre ich vollkommen schwachsinnig. Apropos, was hast du eigentlich mit ihr angestellt?«

»Was meinst du – angestellt? Ich habe heldenmütig mein eigenes Leben riskiert, um sie davor zu retten, von deinem verrückten Vieh zu Tode getrampelt zu werden.«

»Unsinn!«, widersprach Morris höhnisch. »Windsongs Hufe sind überhaupt nicht in ihre Nähe gekommen!«

»Vielleicht hat das von dort aus, wo du gestanden hast, so ausgesehen.« Lachende Fünkchen tanzten in seinen grauen Augen. »Aber von meinem Standpunkt aus war es ganz anders!«

»Dafür will ich mich verbürgen, du Halunke! Manche Burschen haben einfach alles Glück! Was ist mit der Nachricht, die du bekommen hast? Irgendetwas Zweckdienliches?«

»Oh, die hab ich ganz vergessen!« Rossiter fummelte in seiner Rocktasche herum, fand den Zettel und zügelte sein Pferd so abrupt, dass der folgende Reiter fast auf ihn aufgeritten wäre.

»Was ist los?«, fragte Morris, ohne auf den verärgerten Reiter zu achten. »Du schaust aus wie das Schaf, das der Wolf gefressen hat!«

»So fühle ich mich auch! Sieh dir das an.« Er reichte ihm den zerknüllten Zettel, und Morris las:

> Mr. Rossiter,
> ich weis was Sie beweisen wollen und ich weis noch was. Nicht viel. Ich bin ein armer Teufel Sir aber vielleicht können wir uns helfen. Bis vier Uhr wart ich in der Appleblosom Lane Numer 18. Geht ab von der Whitechapel Road.
> Tom Brewer

»Hm«, machte Morris und gab Rossiter den Zettel zurück.

»Furchtbare Rechtschreibung. Und das Ganze riecht nach Falle, merkst du das?«

»Ja. Doch ich glaube, ich kann es nicht wagen, die Botschaft zu ignorieren.«

»Na prima. Ich war jahrelang nicht mehr in Whitechapel, aber es ist ganz gut, dass ich meine Pistole dabeihabe. Bist du bewaffnet, mein Junge?«

»Natürlich. Doch um die Wahrheit zu sagen, es wäre mir lieber, wenn du nicht mitkommen würdest. Das hier ist meine Sache und wird vielleicht eine Weile dauern, und du hast andere Dinge zu erledigen.«

»Ich habe keine Skrupel, dir zu sagen, dass du ein schäbiger Sportsmann bist«, entgegnete Leutnant Morris entrüstet. »Du willst nur alles an dich reißen und wärst dann der Erste, der sich beklagt, wenn man dir die Kehle durchschneidet! Was zweifellos passiert, ließe ich dich allein hinreiten, denn wenn das eine Falle ist, wird die Übermacht ziemlich groß sein. Du weißt ganz genau, dass ich einen schlechten Tag gehabt habe, und eine schöne Rauferei würde mich aufheitern. Aber nein! Ich werde davongeschickt wie ...«

Lachend sagte Gideon: »Du dummer Kerl! Ich werde verteufelt froh über deine Hilfe sein, wie du genau weißt.«

Morris grinste ihn an und wendete sein Pferd nach Osten. »Wenn Appleblossom Lane in dem Straßengewirr liegt, wo ich es vermute, werden wir Glück haben, wenn wir es rechtzeitig finden, um heute Abend noch zum Ball zu kommen.«

»Wir werden es finden«, erklärte Gideon entschlossen.

Eine Stunde später war er bedeutend weniger optimistisch. Sie hatten die Whitechapel Road ohne Schwierigkeiten erreicht, waren dann aber in einem Labyrinth von Straßen gelandet, die nach und nach zu schmalen, mit Abfall übersäten Wegen und schließlich zu winzigen Gassen wurden. Dreimal waren sie stehen geblieben, um nach dem Weg zu fragen, und ihre zerlumpten und schmutzigen Auskunftgeber hatten ihnen bereitwillig die Richtung erklärt, die »so klar wie Kloßbrühe« sei, sich dann aber als ebenso unklar wie eine Schlammpfütze entpuppte. Die letzten Anweisungen, die sie von einem frechen Jungen erhalten hatten, waren derart verwirrend, dass sie bereits zwei Gassen weiter uneins gewesen waren, ob sie nach rechts oder nach links abbiegen sollten. Schließlich war Morris nach links geritten und Rossiter hatte seine Stute nach rechts gelenkt, wo er sich nun an der Kreuzung von Crabtree Lane und Elderberry Court befand.

Man war hier himmelweit von Holunderbeeren oder Höfen entfernt. Eine verwahrloste, stinkende Gasse; links sah man die schwarzen Balken von verfallenden Lagerhäusern, rechts Reihenhäuser, die ein Schild für unbewohnbar erklärte. »Wahrlich!«, murmelte Gideon und betrachtete das Balkenwerk, das stellenweise verrottet herunterhing, die vernagelten oder kaputten Fenster und die gelegentlich herumhuschenden Ratten. Und doch wohnten immer noch ein paar arme Teufel in diesem grässlichen Loch, denn als er vorbeiritt, hörte er das schwache Weinen eines Säuglings, das schrille, betrunkene Lachen einer Frau und das bittere Fluchen eines Mannes. Gütiger Gott! dachte er, entsetzt, dass irgendein Engländer sich genötigt sah, Frau und Kinder in einem so schauerlichen Elendsquartier unterzubringen. Zugleich aber wurde ihm klar, dass manche seiner eigenen Leute wohl in ähnlicher Verwahrlosung aufgewachsen waren.

Und dann entdeckte er auf einem schiefen Pfosten vor ihm die kaum entzifferbaren Worte: Appleblossom Lane.

»Sieg!«, murmelte er.

Die Stute warf den Kopf nach hinten und wieherte, als er um die Ecke bog. Er konnte es ihr kaum verdenken, denn dieser Fleck war sogar noch heruntergekommener als Elderberry Court. Hohe Speicherhäuser ragten zu beiden Seiten der Gasse drohend empor und sperrten das Sonnenlicht aus. Nur drei Wohnhäuser waren zu sehen, die am anderen Ende dieser Gasse lagen, die fast ein Tunnel hätte sein können. Gideon ritt weiter, die Pistole in der Hand, die Ohren gespitzt und die Augen wachsam.

Er war fast am Ende des »Tunnels« angelangt, als ihm auffiel, dass es hier sehr still war. Unnatürlich still. Die Stute tänzelte nervös, aber das Ende der Gasse war offen, und als er sich rasch umsah, konnte er keine lauernden Straßenräuber entdecken.

Er hätte nicht zu sagen vermocht, was ihn veranlasste, nach oben zu blicken. Ein dunkler Schatten, der nur aus Armen und Beinen zu bestehen schien, stürzte auf ihn nieder. Bevor er mit der Pistole zielen konnte, wurde er aus dem Sattel geworfen. Benommen lag er im Schmutz und versuchte instinktiv, sich aufzurappeln. Die Stute wieherte schrill. »Pack sie! Schnell!«, rief eine Stimme.

Ein Stiefel kam drohend auf Rossiters Kopf zu. Er fuhr herum, aber ein zweiter traf seine Rippen und er krümmte sich. Sie sind zu viert, diese Schufte, dachte er benommen und erschrak ein wenig, als eine Frau kreischte: »Durchsucht ihn! Aber gebt Acht, dass man auf seinem Gesicht nichts sieht! Der Squire will nicht, dass er Flecken hat!«

Der »Squire«! Diese Worte drangen glühend durch das Schwindelgefühl in seinem Kopf und ließen seine Kräfte wieder aufleben. Eine große Gestalt beugte sich über ihn. Grobe Hände zerrten an seinen Taschen. Mit aller Kraft schlug Rossiter zu. Ein erschrockener Fluch, und irgendjemand fiel zu Boden. In diesem Handgemenge hatte er keine Chance, den Degen zu zücken, aber während er sich auf die Knie kämpfte, brachte er es irgendwie fertig, den Dolch aus der Scheide zu zerren und blind um sich zu schlagen. Ein ohrenbetäubendes Geheul erklang. »Der Mistkerl hat ein Messer!«

»Aber nicht mehr lang«, schnaubte eine tiefe, heisere Stimme.

Ein Stiefel trat brutal gegen Rossiters Arm und der Dolch fiel ihm aus den tauben Fingern. Der Kerl trat noch einmal zu, doch Rossiter hatte einen starken Überlebensinstinkt und seine Jahre als Soldat kamen ihm gut zustatten.

Er warf sich zur Seite, packte den Stiefel und zog. Ein Mann stürzte über ihn hinweg und stieß mit einem anderen Raufbold zusammen, der gerade einen kräftigen Knüppel schwang. Der Knüppel traf das falsche Ziel, und unflätiges, zorniges Geschrei hallte in der Gasse wider. Der Knüppel fiel zu Boden. Rossiter schnappte ihn sich und kämpfte sich wieder auf die Beine. Ein harter Faustschlag traf ihn neben dem rechten Ohr und schleuderte ihn mit dem Rücken gegen eine Wand, und er versuchte mit aller Kraft, aufrecht stehen zu bleiben. Ein fleischiges Gesicht war vor ihm. Er schlug mit dem Knüppel danach, und das Gesicht verzerrte sich und verschwand außer Sichtweite. Eine Faust sauste auf Rossiters Kinn zu. Er wehrte sie mit dem Knüppel ab, dann versetzte er dem Schläger einen rechten Aufwärtshaken, sodass er zu Boden ging. Doch ein langer Prügel kam von irgendwoher angeschossen und landete direkt auf seiner linken Schulter. Benommen realisierte er noch, dass er zu Boden ging, aber einen schrecklichen Zeitabschnitt lang erstickte der Schmerz alles andere.

»... ich sag 's dir doch, er hat 's nicht«, hallte eine barsche Stimme in seinem Ohr wider.

Eine brutale Hand zerrte ihn hoch. Er roch eine Bierfahne, und eine Stimme fragte: »Wo ist es, du Soldatenkerl?« Ein Messer glitzerte verschwommen vor seinen Augen.

»Sag 's uns, oder wir müssen dich kalt ...«

»Truppen, vorwärts! Im Schnellschritt!«

Jamie, dachte Rossiter benommen.

Wütende und erschrockene Schreie. Hufschläge. Mehr als ein Pferd.

Die Frau kreischte: »Spitzel, Polizei! Haut ab!«

Wildes Gefluche. Die Hand mit dem Messer verschwand, aber ein Stiefel wurde Rossiter in den Magen gerammt. Als er sich zusammenkrümmte, hörte er die schrille Frauenstimme: »Steck noch länger die Nase in Sachen, die dich nix angehn, mein Süßer, und beim nächsten Mal murksen wir dich ab!«

Ein Pistolenschuss krachte. Rennende Füße. Geschrei, und irgendwo in der Nähe kämpfte jemand.

Rossiter war sehr übel.

11

Ich bin wirklich dankbar«, erklärte Rossiter und hob vorsichtig den Arm, wie Tummet ihn gebeten hatte. »Aber es geht über meinen Verstand, wie Sie in diese Gasse gekommen sind. Ich hatte Ihnen strikte Anweisungen gegeben, Miss Gwendolyn nach Hause zu bringen.«

»Ich hab sie in die Kutsche gesetzt, wo sie sicher war wie ein Vögelchen im Nest, Maestro«, sagte Tummet, beugte sich über das Bett und zog vorsichtig die zerrissenen Reste des Rocks von Gideons Schultern. »Und dann hab ich mich verdrückt und mir einen Gaul gemietet. Ich bin Ihnen nach, bloß für den Fall, dass Sie Hilfe brauchen.«

»Und für mich war es verteufelt schwer, dich wieder einzuholen«, schaltete sich Leutnant Morris ein, der ein Tablett mit einer Karaffe und Gläsern hereintrug und vorsichtig die Tür hinter sich schloss.

Rossiter, der unter Tummets Bemühungen zusammenzuckte, fluchte und erklärte dann: »Na, auf jeden Fall habe ich noch nie so nötig Verstärkung gebraucht. Wenn ihr beide nicht gewesen wärt …«

»Dann hätten Sie ins Gras gebissen«, unterbrach Tummet ihn. »Sechs gegen einen ist wirklich nicht fair, Maestro. Aber ich muss schon sagen, für einen Burschen, der bloß noch Haut und Knochen ist, schlagen Sie sich wie ein ganzer verdammter Kavallerietrupp! Im Leben hab ich noch keinen Gent gesehen, der mit so viel Schwung rumschlägert! Ich bin ganz stolz, dass ich Sie als Herrn genommen hab, besser kann ich's nicht sagen! Beugen Sie sich ein bisschen nach vorn, wenn's geht.«

Rossiter gehorchte. »Nein, eigentlich wollten sie mich nicht umbringen. Die Frau schrie immer wieder, dass sie mir nicht das Gesicht grün und blau schlagen sollten.«

»Vielleicht haben sie dein Gesicht nicht grün und blau geschlagen«, meinte Morris Stirn runzelnd, »aber mit dem Rest von dir sind sie weniger barmherzig umgesprungen.« Als Rossiter auf seine schauerlichen Blutergüsse blickte, sagte er seinem Diener, er solle die Tür verschließen. »Ich will nicht, dass Gwendolyn diesen Schlamassel sieht.«

»Nicht nötig«, erwiderte Morris. »Du kannst ganz beruhigt sein, armer misshandelter Kerl. Die Lady ist vollkommen in Sicherheit und augenblicklich damit beschäftigt, eurem Lakaien einen Umschlag um die Backe zu machen, weil er Zahnschmerzen hat. Ein bemerkenswert warmherziges Geschöpf, wenn ich das sagen darf.«

»Sie ist eine unter tausend«, stimmte Rossiter zu. »Aber ich wünschte, ich wüßte, was, zum Teufel, sie heute Morgen bei den Falcons zu suchen hatte.« Er warf Tummet einen strengen Blick zu, und als er nur ein engelhaft unschuldiges Lächeln erntete, wandte er seine Aufmerksamkeit unmittelbareren Problemen zu. »Seid ihr ganz sicher, dass niemand mich hat kommen sehen?«

»Keine Angst«, beruhigte ihn Morris und reichte ihm ein Glas Madeira. »Wir sind zum Seiteneingang hereingeschlüpft, ohne dass eines der Hausmädchen bei deinem Anblick in Ohnmacht gefallen ist. Aber ich glaube, du musst Lady Naomi nun doch enttäuschen. Du kannst heute Abend unmöglich herumhüpfen, wenn dein Oberkörper aussieht wie …«

»Gütiger Himmel!« Sir Mark war unbemerkt eingetreten und betrachtete bleich und erschrocken seinen übel zugerichteten Sohn. Einen Augenblick lang starrte er nur auf dessen Brust, dann blickte er Gideon ins Gesicht. »Als du gesagt hast, du seist verwundet worden, hätte ich mir nicht träumen lassen ... lieber Himmel! Es erstaunt mich, dass du überlebt hast, Junge!«

»Fast hätte er das auch nicht, Sir«, erwiderte Morris munter.

Hastig beteuerte Gideon, er sei nun »ganz wohlauf«.

»Ha, von wegen«, widersprach Tummet und nahm Sir Mark vertraulich beiseite. »Ich hol ein paar heiße Umschläge, Sir, damit diese Blutergüsse weggehen. Halten Sie ihn derweil bloß still und lassen Sie ihn nicht irgendwo hinsausen.« Er nickte dem Baronet ermutigend zu und ging hinaus.

Sir Mark sah ihm nach, schüttelte den Kopf, als wollte er seine Verwirrung überwinden, zog sich dann einen Stuhl heran und setzte sich. »Was ist passiert?«

»Anscheinend hat jemand etwas gegen meine Erkundigungen.« Gideon lehnte sich zurück in die Kissen. »Man hat mich gewarnt, ich solle meine Nase nicht in Dinge stecken, die mich nichts angehen.« Er nippte an seinem Wein und fühlte sich weniger benommen. »Newby hat erzählt, dass ihr beide versucht hättet, der Sache auf den Grund zu kommen. Hat man Sie je angegriffen, Sir?«

»Nie. Aber vielleicht fangen meine Feinde an, unruhig zu werden, weil du nun da bist und die Sache noch einmal aufrollst.«

»Hm. Oder sie denken, ich hätte etwas herausgefunden.«

»Stimmt das?«, fragte Sir Mark eifrig.

Gideon runzelte die Stirn und sagte langsam: »Etwas ... Seltsames. Heute Morgen hat Tummet einen der Raufbolde entdeckt, die Promontory Point durchwühlt haben.«

»Teufel!«, rief Morris.

»Wahrhaftig?«, fragte Sir Mark. »Wo?«

»Als er Derrydenes Haus in Soho betreten hat.«

Beide starrten ihn sprachlos an. Dann sagte Sir Mark: »Warum im Namen aller Heiligen sollte Louis Derrydene Promontory Point durchsuchen wollen? Hinzu kommt, dass der Mann außer Landes ist. Um ganz offen zu sein, ich würde dem, was dein Diener sagt, nicht allzu viel Glauben schenken. Ich würde dem Burschen nicht weiter trauen als von zwölf Uhr bis Mittag! Hat er das Gesicht dieses Schlägers gesehen?«

»Nur seinen Rücken, Sir. Aber er ist ganz sicher, dass es derselbe Mann war.«

»Unsinn! Wahrscheinlich will er sich nur wichtig machen. Wer immer in Promontory Point eingebrochen ist, hat eben gewusst, dass ein großer Herrensitz leersteht. Und was Louis Derrydene auch im Schilde führen mag, gebe ich dir doch mein Wort, dass es nicht Einbruch und Diebstahl ist!«

Morris, der sich ans Fenster zurückgezogen hatte, kam jetzt ans Bett und lehnte sich an den Bettpfosten. »Ich habe einen Lumpen erwischt, der mich ausrauben wollte, Sir. Ich habe ihn angegriffen, aber er hatte leider Freunde.«

»Ein einfacher Raubüberfall«, erklärte Sir Mark verärgert.

»So einfach, dass sie fast nichts mitgenommen haben«, widersprach Gideon.

»Verständlich. Morris sagt, dass er den Dieben in die Quere gekommen sei.«

»Ja, richtig.« Morris war beträchtlich eingeschüchtert vor dem Ehrfurcht gebietenden Vater seines Freundes, doch tapfer argumentierte er weiter. »Aber niemand hat die Männer erwischt, die Ihren Pferdeknecht angegriffen haben, als er unsere Sachen aus dem Red Pheasant geholt hat.«

»Wollen Sie damit sagen«, fragte Sir Mark mit grimmiger Miene, »dass diese kleinen Diebstähle, bei denen in keinem Fall etwas Wertvolles entwendet worden ist, mit dem Zusammenbruch meiner Bank und meiner Handelsgesellschaften, der Zerstörung meiner Werft und dem brutalen Überfall auf meinen Sohn zusammenhängen? Wenn ja, Sir, so wäre ich Ihnen sehr verbunden, wenn Sie mir diesen Zusammenhang erklären würden, denn ich gestehe, ich selbst bin zu begriffsstutzig, um mir einen Reim auf die Sache zu machen.«

Morris errötete und stammelte nervös: »Ich ... wünschte, ich ... ich könnte es erklären, Sir. Ich war nie gut beim Lösen von ... von Rätseln.«

»Vater, bei jedem dieser Vorfälle haben die Schurken von ›dem Squire‹ geredet, und ...«

»Nun, was zum Donnerwetter ist daran so ungewöhnlich? Ich vermute, meine Angestellten nennen mich ebenso.«

»Ja, aber ...«

»Jetzt hör mir mal zu, Junge. Ich habe mehr vom Leben gesehen als du, und ich weiß verdammt gut, dass es voll von den seltsamsten Zufällen ist. Deine Aufgabe ist es herauszufinden, wer hinter dem Komplott steht, das meinen Ruin bezweckt. Lass dich nicht ablenken von dieser anderen zweifelhaften Geschichte. Man hat dich heute Morgen angegriffen, weil du dem Mann zu nahe gekommen bist, der hinter allem steckt.«

»Ich hoffe es, Sir. Aber sie haben mich *durchsucht*. Warum? Es sei denn, es *besteht* ein Zusammenhang mit der anderen Sache, und sie glauben ...«

Sir Mark schnaubte verächtlich. »Natürlich haben sie dich durchsucht. Sie sind geschickt worden, um dich abzuschrecken, aber kein gewöhnlicher Mietling wird der Chance widerstehen, sich die Ringe oder die Börse oder was sonst auch immer eines Gentleman anzueignen. Du hast mir selbst gesagt, dass du der Ansicht bist, jemand nehme irrtümlich an, du oder Leutnant Morris hätten etwas Wertvolles mitgebracht.«

»Ja, aber ...«

»Dann haben sie zweifellos ihren Irrtum erkannt. Also lenk dich nicht mit irgendwelchem Unsinn ab.« Er ging zur Tür, zögerte und trat noch einmal ans Bett. »Gideon«, sagte er mit rauher Stimme, »ich nehme an, ich habe größeres Glück gehabt, als mir klar war, dass du lebend aus Holland zurückgekommen bist. Ich … äh … ich will nicht, dass dich jemand umbringt, Junge. Du wirst vorsichtig sein, ja?« Gerührt meinte Morris: »Keine Angst, Sir. Ich werde ein Auge auf den Dummkopf haben.«

Sir Mark sah ihn an. »Sie können sich kaum vorstellen, wie das mein Gemüt erleichtert«, erwiderte er trocken.

»Das kannst du doch nicht wagen!« Katrina, bereits im Ballkleid, riss die Augen auf und starrte ihre Freundin furchtsam an.

»O doch, Miss Katrina«, sagte Maggie und steckte eine Strähne von Naomis Haar zu einer glänzenden Locke fest.

»Mylady ist es egal, wenn die Leute sagen, ich wüsste nicht, wie ich sie auf einen Ball schicken muss. Wenn Mylady so aus dem Häuschen ist wie jetzt …«

»Oh, sei still, albernes Ding«, fauchte Naomi und packte den Kamm. »Geh! Geh! Ich richte mir mein Haar selbst!«

Maggie warf sich die Schürze über den Kopf und floh wimmernd. Draußen auf dem Flur hörte ihr Weinen auf und sie lächelte in sich hinein. Wenn Mylady ihre schlechte Laune überwunden hatte und voller Selbstvorwürfe war (und das war sie immer, das liebe Mädchen), würde sie ihr aus Reue über ihre Barschheit etwas schenken. Diesmal ist es bestimmt die lavendelfarbene Haube, dachte Maggie glücklich. Mylady hatte sie nie besonders gemocht, aber zu Maggies neuem Sonntagskleid würde sie reizend aussehen. Und wenn ein gewisser Erster Diener namens Robert Hinton mit seinem frechen Gerede und noch frecheren Händen angeschlichen kam, würde er feststellen, dass Ladies mit lavendelfarbenen Häubchen aus Seide und Spitze so vornehm aussehen konnten, wie sie wollten! Leise summend, trippelte sie den Flur hinunter.

Naomi summte ebenfalls, als sie den Spiegel hin und her drehte, um ihre Frisur auch von hinten zu überprüfen. Maggie hatte ihr übliches Zauberkunststück vollbracht und die bauschig arrangierten Locken sahen ganz reizend aus. »Ich kann keinen Grund entdecken«, erklärte Naomi hochmütig, »warum jeder gleich aussehen sollte. Es gibt kein Gesetz, das sagt, wir müssten alle Puder tragen, nicht wahr?«

»Es gibt auch kein Gesetz, das sagt, jeder Gentleman müsse sich schlagen, wenn man ihn beleidigt. Aber alle tun es.«

»Genau. Gentlemen sind alle dumme Schafe, was nicht heißt, dass ich ebenfalls eines bin.«

»Dann musst du mich leider auch für ein dummes Schaf halten«, erwiderte Katrina ruhig.

Naomi eilte reuevoll zu ihr, um sie zu umarmen. »Ach, was bin ich für ein schreckliches Frauenzimmer! Ich frage mich, wie du es mit mir aushältst! Dein Haar schaut mit diesem Silberpuder himmlisch aus. Aber *du* würdest auch kahlköpfig noch himmlisch aussehen!«

Lachend schüttelte Katrina den Kopf. »So etwas darfst du nicht einmal denken! Und dein kastanienrotes Haar ist wirklich prachtvoll, Naomi. Ich nehme an, jeder wird sich auf dem Ball um dich reißen, und der arme Captain Rossiter wird dich den ganzen Abend lang kaum sehen.«

»Hoffentlich«, murmelte Naomi, setzte sich wieder an den Frisiertisch und legte sich eine Smaragdkette um. Gideon hatte immer die reizendsten Dinge über ihre Haarfarbe geäußert ... Sie ertappte sich bei einem Seufzer und unterdrückte ihn rasch. »Ich kann nur sagen«, meinte sie, »dass ich entsetzlich nervös bin – zum einen mein niederträchtiger Begleiter für heute Abend, und zum anderen auch noch diese elende Geschichte mit meinem Schuh! Jeder tuschelt und versucht zu erraten, *wer* die verruchte Lady ist und *wie* es kam, dass ihr Schuh aus einem der oberen Fenster fiel ...! O Trina! Warum müssen die Leute eine so üble Phantasie haben?«

»Nur manche Leute, meine Liebste. Und schließlich weiß niemand, dass es dein Schuh ist. Wenn du dir nur einen nachmachen lassen kannst, bevor ...«

»Und wie, bitte? Du darfst sicher sein, dass die Klatschmäuler jeden Schuhmacher mit Argusaugen beobachten. Ich wage es nicht, selbst in Mr. Paintons Geschäft zu gehen, und wen ich auch hinschicken könnte oder wie viel ich auch zahlen würde, die Neuigkeit würde durchsickern, und man würde wieder den Stab über mich brechen, obwohl ich doch nicht mehr getan habe als …«

»… als dir fast den hübschen Hals zu brechen, und das wegen einer so närrischen Sache! Wirklich, Naomi, wenn August das wüsste …«

»Um Himmels willen!« Naomi fuhr herum und keuchte: »Du hast es ihm doch nicht gesagt!«

»Natürlich nicht. Und wenn er es wüsste, würde er dich unter vier Augen tadeln, dich aber niemals verraten. Die Person, die du überlisten musst, meine Liebe, ist Mrs. Golightly.«

»Samantha? Warum denn das?«

»Erinnerst du dich nicht? Sie war auch bei Painton, als du die Schuhe bei ihm bestellt hast. Sie hat vielleicht nicht darauf geachtet, aber …«

»Oh! *Oh!*«, stöhnte Naomi und vergrub das Gesicht in den Händen. »Das hatte ich ganz vergessen. Dieses fürchterliche Mädchen hat mich immer verabscheut! Sie war ziemlich versessen auf Gideon, bevor ich nach Italien gegangen bin, und ich habe gehört, dass sie sich regelrecht zu einer Witzfigur gemacht hat, nachdem ich fort war, mit ihm auf Gesellschaften geflirtet hat und so.« Sie blickte mit tragischer Miene auf, sah, dass Katrina sie neugierig anblickte, und fügte hastig hinzu: »Natürlich kümmert mich das keinen Pfifferling. Aber … oh, Trina! Sie ist heute Abend ganz sicher da. Wenn sie mich fragt, wo meine juwelenbesetzten Schuhe sind …!«

»Sie wäre bestimmt nicht so zudringlich. O mein Gott, doch, sie wäre es. Arme Naomi! Was willst du nur tun?«

»Mich irgendwie herausreden, denke ich. Irgendwie. Aber die Leute werden ihr nur zu gern glauben, wenn sie den Tratsch verbreitet. Und er ... Jeder wird sagen, ich sei eine ... Gassengöre.« Einen Moment lang sah sie so niedergeschmettert aus, dass Katrina entsetzt war, dann warf Naomi stolz den kleinen Kopf zurück und ihr voller Mund formte sich zu einem trotzigen Lächeln. »Zur Hölle mit ihnen! Ich muß mich für die Ankunft meines fahrenden Ritters fertig machen. Und beten, dass er nicht in einem Rock ankommt, der fünf Jahre hinter der Mode herhinkt!«

Ein Diener erschien mit verschiedenen Ansteckbuketts. Eine dunkelrote Rose in einem filigranverzierten silbernen Halter, ein Strauß aus Kornblumen und Schleierkraut, ein anderer aus hellrosa Rosen, ein zierliches Gebinde aus Maiglöckchen und Frauenhaarfarn. »Oh, das hier passt perfekt!«, rief Katrina, nahm die Maiglöckchen und blickte auf die Karte.

»Ja, wirklich«, stimmte Naomi erfreut zu. »Wer hat es geschickt?«

Sie sah, wie ihre Freundin ein langes Gesicht zog und blickte finster drein. »Dann werde ich die rote Rose tragen! Sie wird ein hübscher Kontrast sein.«

Als Rossiter sie eine halbe Stunde später die Treppe herunterkommen sah, hielt er den Atem an. Ihr Kleid *à la française* war eine schimmernde Wolke aus zartgrünem und silbernem Brokat mit sehr tief angesetztem Mieder, sodass ihre zierliche Taille betont wurde. Der Saum des Unterkleides aus grünem Satin kräuselte sich in hohen Langetten. Sie hielt den ungepuderten Kopf majestätisch hoch und das Kerzenlicht ließ dunkelrote Funken im warmen Braun ihrer glänzenden Locken aufglühen. Während sie näher kam, war sie sorgfältig darauf bedacht, ihn nicht anzusehen, und ihr abgewandtes, verächtliches Gesicht bot ihm die Möglichkeit, die zarte Rundung der Wange, das energische kleine Kinn und den vollen roten Mund zu betrachten. Eine so schöne

Person konnte doch mit Sicherheit nicht treulos und unmoralisch sein!

Auf der viertunterstern Stufe hob Naomi die Augen, um ihren Begleiter ohne besondere Begeisterung anzusehen. Trotz ihrer unfreundlichen Bemerkung zu Katrina kannte Naomi Gideon gut genug, um zu wissen, dass er ihr keine Schande machen würde. Sie war jedoch nicht auf seinen Anblick in voller Galauniform gefasst gewesen, und als sie ihn so dastehen sah, groß und aufrecht, den Mantel über einer Schulter zurückgeschlagen, den Dreispitz unter dem Arm und die schönen Augen auf ihr Gesicht gerichtet, konnte sie einen Moment lang keinen Schritt mehr tun.

Sie standen da und sahen einander an. Zwei Menschen, die sich einst unsagbar geliebt hatten und nun durch eine unüberwindbare Barriere der Verletztheit und Enttäuschung voneinander getrennt waren.

Naomi riss sich zusammen und schritt weiter, die Reifröcke leicht erhoben.

Bezaubert sah Gideon das Kerzenlicht auf den Smaragdschnallen ihrer Schuhe glitzern. Genauso wie das Licht bei der Gesellschaft der Dowlings auf ihre Schuhe gefallen war, als sie sich auf den Stufen umdrehte, nachdem sie den Strauß geworfen hatte! Er sah deutlich seinen Bruder vor sich, der einen juwelenbesetzten Schuh schwenkte und höhnte: »Die Lady, die diesen Schuh verloren hat, hat auch ihren Ruf in Gefahr gebracht …« Und das Trugbild fiel in sich zusammen. Naomi … dachte er voller Schmerz, Naomi … Dann hörte er seine eigene kalte Stimme sagen: »Guten Abend, Ma'am. Ich nehme an, Sie sind ebenso wenig begeistert wie ich.«

Mylady zuckte mit den Schultern. »Es wird nicht mehr nötig sein, als zusammen zu erscheinen und wieder zu gehen.«

Ein Diener kam mit ihrem Umhang herbei. Rossiter nahm ihn und legte ihn Naomi um. Als er sie – mit ungeschickten

Bewegungen, wie ihm bewusst war – auf die Terrassenstufen führte, sah er die dunkelrote Rose, die an ihrem Mieder befestigt war. »Wie charmant. Ein hübscher Kontrast.«

»Nicht wahr?« Zart berührte sie mit dem Finger die leuchtende Blüte. »Ich habe verschiedene Sträußchen bekommen, aber leider kann man sie nicht alle tragen. Oh, wie nachlässig von mir! Sie waren ebenfalls so freundlich, mir ein Bukett zu schicken. So hübsche Kornblumen. Ich danke Ihnen, Sir.«

Sie weiß ganz genau, dass ich ihr Maiglöckchen geschickt habe, die sie immer geliebt hat, dachte er, sagte aber laut: »Ich bin nur dankbar, dass Sie mein armseliges Geschenk bemerkt haben, Ma'am.« Wieder blickte er auf die rote Rose. »So oft wird das Zarte vom Protzigen erdrückt.«

»Aber ich finde Kornblumen nicht im Geringsten protzig«, erwiderte sie und sah ihn groß an.

»Ich bin sicher, dass eine Lady mit Ihrer Welterfahrung recht gut weiß, welche Blumen ihre Persönlichkeit unterstreichen«, konterte er.

»O ja«, murmelte sie, zeigte ihm alle Zähne und sehnte sich danach, ihn zu beißen.

Er half ihr in die Kutsche. Offensichtlich eine Mietkutsche mit fürchterlich harten und unbequemen Sitzen. Das passt ja alles zusammen, dachte Naomi, und der Abend wird vermutlich entsetzlich werden.

Doch bald stellte sich heraus, dass ihre schlimmsten Befürchtungen angesichts der Realität noch verblassten. Als sie schließlich das Haus der Laindons erreichten, war sie überzeugt, dass Rossiter sein Dinner in flüssiger Form zu sich genommen hatte. Er saß ihr gegenüber im äußersten Eck der Kutsche, sagte kein Wort, und jedes Mal, wenn das Gefährt um eine Kurve bog, stützte er sich verstohlen an der Seite ab, als fürchtete er, er könnte vom Sitz fallen. Wie ausgezeichnet, dachte sie bitter, wenn er mitten in der Empfangsreihe sinnlos betrunken umkippt!

Steif und ungraziös stieg er aus der Kutsche, und nachdem er ihr herausgeholfen hatte, schritt er über den Empfangsteppich zum Haus, als könnte er kaum einen Fuß vor den anderen setzen, sodass sie innerlich vor Furcht stöhnte.

Wie vorherzusehen war, wurde ihnen große Aufmerksamkeit zuteil, sobald sie das Haus betreten hatten. Köpfe wurden in ihre Richtung gewandt, flatternde Fächer verbargen plappernde Münder, während belustigte Augen wenig Zweifel daran ließen, über wen da geklatscht wurde. Naomi wurde umarmt, angelächelt und mit einem Schwall von Komplimenten überschüttet. Wie gewagt von ihr, dass sie Puder verschmähte. Und ihr Haar sehe einfach entzückend aus, also sollte sie nicht darauf achten, was die Leute sagen würden. Aber natürlich, hahaha, das sei für die Lutonvilles ja nie ausschlaggebend gewesen! Die Augen der Ladies glitten über sie hinweg und richteten sich verächtlich oder abwägend auf ihren Begleiter, und nicht wenige zeigten Bewunderung. Natürlich wegen seiner Uniform, dachte Naomi, denn trotz seiner Schändlichkeit stand sie ihm gut. Die Blicke der Gentlemen waren weniger freundlich, aber sie sahen sich auch in ihren Absichten enttäuscht, denn so sehr sie die Rossiters verachteten, konnten sie doch kaum einen Gast beleidigen, der die Uniform ihres Landes trug.

Der Earl of Bowers-Malden, beeindruckend in Schwarz und Gold, beugte sich über Naomis Hand und sagte ihr, sie sehe hinreißend aus. Seine große und freimütige Gattin lächelte und flüsterte, sie sei »ein tapferes Mädchen«, dann wandte sie sich an Rossiter. »Und Sie sind auch tapfer, armer verwundeter Gideon«, sagte sie mit einem Blick auf seine hagere Blässe. »Ist dieser Ball auch der richtige Ort für Sie?«

Ganz entschieden nicht! dachte Naomi.

»Eine gute Frage«, spöttelte jemand hörbar.

Während einige im Hintergrund ihr Kichern kaum unterdrückten, antwortete Rossiter: »Vielen Dank, ja, ich bin wohlauf. Und stolz darauf, Ihre Gastfreundschaft anzunehmen.«

Dann hatten sie die Empfangsreihe hinter sich. Rossiter wollte ihr schon den Arm reichen, hielt aber inne, als er die eifrigen Kavaliere sah, die bereits auf sie zuströmten. »Zweifellos würden Sie es vorziehen, wenn ich Sie Ihren ... Verehrern überlasse, Mylady.«

Naomi brachte ein Lachen zustande und gab ihm einen leichten Klaps mit dem Fächer. »Wollen Sie damit sagen, dass Sie nicht dazugehören?«, fragte sie kokett. »Pfui, Sir! Besitzen Sie denn gar keine Ritterlichkeit?«

»Natürlich nicht, liebreizende Maid«, erklärte ein großer, junger Stutzer affektiert, drängte Rossiter mit der Schulter beiseite und prallte dann abrupt zurück.

»Nicht vor der Lady«, tadelte Rossiter kopfschüttelnd.

»Und Sie sollten aufpassen, wohin Sie treten, Sir.«

»Er hat ganz Recht, mein lieber Farrington«, feixte Reginaid Smythe und brachte es fertig, Naomis Hand zu ergreifen und zu küssen. »Ist er Ihnen auf den Zeh getreten, armer Kerl? Sie werden Ihren Schuh waschen müssen. Oder ihn verbrennen«, fügte er halblaut hinzu und erntete ein Lachen von den Gentlemen, die sich um Naomi drängten.

»Nein, wie ungezogen Sie sind, Reggie.« Sie gab ihm einen spielerischen Klaps auf die Hand.

Er hob sein Lorgnon und spähte auf ihre Füße. »Und ich habe den Verdacht, dass Sie ebenfalls ungezogen waren, meine Hübsche«, erwiderte er.

Naomis Herz machte einen Satz, und sie wußte, dass sie blass geworden war. Sie streckte Mr. Harrier die Hand entgegen. »Alfred!«, rief sie mit ungewohnt schriller Stimme. »Wie gut Sie in diesem leuchtenden Pflaumenblau aussehen!«

»Und Sie sind einfach himmlisch, Sonne meines Lebens«, lispelte der Dandy und küsste ihr die Fingerspitzen. Aus dem Augenwinkel sah sie, wie Rossiter aus ihrer Nähe verdrängt wurde. Und wie gut es alle verstanden, ihn zu ignorieren. Er taumelte ein wenig, als Lord Sommers sich an ihm vorbeischob. Sie konnte nur beten, dass sie gerade auf der anderen Seite des Ballsaals war, wenn er betrunken umkippte.

Rossiter beobachtete die Menschentraube um sie herum. Nach und nach und mit voller Absicht wurde sie von ihm fortgedrängt. Er lächelte grimmig, und als er sich nach rechts umschaute, stieß er auf eine Phalanx versteinerter Blicke. Da er sicher war, auf der anderen Seite dasselbe zu sehen, spazierte er auf den Ballsaal zu. Die Menge teilte sich, als er näher kam. Er spürte, wie sein Gesicht heiß wurde, als man ihm den Rücken zukehrte und eine breite Gasse für ihn frei ließ.

Eine ältere Dame mit einer äußerst kunstvollen Perücke hob ihren Fächer und fragte dahinter hörbar: »Kenne ich diesen schneidigen jungen Captain?«

Der Gentleman neben ihr blickte auf Rossiter und antwortete leise und in entsetztem Ton.

»O Gott!«, rief die Lady. »Ich nehme an, der junge Horatio hat diese Kreatur eingeladen! Meiner Treu, der arme Bowers-Malden ist heimgesucht mit diesem Wirrkopf, den er als Erben hat!«

Unterdrücktes Gelächter war zu hören. An Rossiters Kinn zuckte ein Muskel, als er mit stolz erhobenem Kopf weiterging. Der Abend würde lang werden, dachte er.

Die Quadrille endete um halb zwölf und Naomis Gesicht fühlte sich angespannt an. Sie hätte es sich nie träumen lassen, wie schwierig es war, ständig zum Lächeln gezwungen zu sein, und beschloss, dass sie drei Tage lang nur noch finster dreinschauen würde, sobald sie diesen entsetzlichen Abend hinter sich hatte.

Unter den Beaus, die ihre Rückkehr vom Tanzboden begrüßten, war auch Rudolph Bracksby. Das freundliche Gesicht des ruhigen Gentleman war ein willkommener Anblick, und erfreut erfüllte sie ihm seine Bitte, sie zum Essen begleiten zu dürfen. Empörte Rufe über diese Infamie wurden laut, und ihre Verehrer baten sie, noch einmal nachzudenken. Endlich jedoch gelang es Mr. Bracksby, seine Lady die Treppen hinunter und an einen kleinen Tisch an der Wand zu führen. Als Naomi sich mit einem unterdrückten Seufzer der Erleichterung auf dem Stuhl zurücklehnte, sah sie Mrs. Golightly zusammen mit einer Gruppe ihrer Busenfreunde, darunter auch Sir Gilbert Fowles, der sich gerade lachend über irgendetwas ausließ und dabei alle Zähne zeigte. Innerlich stöhnend, hob Naomi den Fächer und versuchte sich unsichtbar zu machen. Einen Augenblick später wußte sie, dass es ihr misslungen war.

»Da sind Sie ja, meine Liebe! Ich hatte schon solche Angst, dass ich nie dazu käme, ein wenig mit Ihnen zu plaudern!« Samantha Golightly ließ sich auf den freien Stuhl gleiten. Die große junge Frau, deren lange weiße Zähne und wiehernde Stimme hartherzige Beobachter veranlasste, sie »Pferdegesicht« zu nennen, hatte einen hüpfenden Gang, der wenig dazu beitrug, diesen Eindruck zu zerstreuen. Den Anspruch, hübsch genannt zu werden, erfüllten allein ihre blitzenden schwarzen Augen und ihr prachtvoller Busen. Sie trug ein extrem dekolletiertes rosa Satinkleid, das sehr wenig von diesem wesentlichen Attribut verbarg, und mehrere Gentlemen machten hoffnungsvolle Augen, als sie sich vorbeugte und Naomi mit einem triumphierenden Lächeln ansah.

»Guten Abend, *liebe* Samantha.« Naomi setzte erneut ihr Lächeln auf. »Ist es nicht ein zauberhaftes Fest? Bowers-Malden hat sich selbst übertroffen, wie üblich.«

»Oh, in der Tat, in der Tat. Natürlich *trotz* Tio. Dieser Schlingel! Wie konnte er die Gäste seines Papas aus der Fassung bringen, indem er Gideon Rossiter einlud? Ganz zu schweigen von der wenig beneidenswerten Lage, in die er

Sie gebracht hat. Alle haben solches *Mitleid* mit Ihnen, mein armer Schatz. Es ist grausam, *grausam,* dass Sie gezwungen sind, die Begleitung einer so berüchtigten Kreatur zu erdulden. Und vor allem, nachdem Ihre eigene unglückliche ... äh ... *Beziehung zu ihm beendet* ...«

»Guten Abend, Mrs. Golightly.« Bracksby stellte einen Teller mit Köstlichkeiten und ein Glas geeisten Punsch vor Naomi. »Wie freundlich, Mylady zu unterhalten, während ich diese Leckerbissen geholt habe.« Er nahm seinen eigenen Teller und sein Glas einem neben ihm stehenden Diener ab und blickte etwas hilflos auf den kleinen Tisch. »Oh, bitte stehen Sie nicht auf, Ma'am«, fügte er mit seiner sanftmütigen Stimme hinzu.

Mrs. Golightly, die keine Anstalten gemacht hatte, sich zu erheben, stand sofort auf. »Lieber Mr. Bracksby. Sie müssen diese arme Kleine aufheitern, denn sie hat wahrhaftig viel zu ertragen. Sorgen Sie sich nicht, Naomi, keiner von uns glaubt diesen Unsinn über Ihre Schuhe. Ich nehme an, Sie tragen sie heute abend sogar, nicht wahr?«

»Schuhe ...?«, wiederholte Naomi und starrte sie vollkommen ausdruckslos an.

»Aber ja. Sie haben doch sicher gehört, dass ein juwelenbesetzter Damenschuh von einem Bett gefallen ist ...« Sie kicherte und senkte mit einem schauderhaft gezierten Gesichtsausdruck die Lider. »Nun, von einem der *oberen* Zimmer im Haus der Dowlings. Und dass jeder – wirklich *jeder* Wetten abschließt, wer dieses ungezogene Mädchen war. Keine Angst, liebe Naomi, ich habe mehreren Leuten gesagt, dass Ihr Schuh ganz sicher nicht der verlorene ist, obwohl Sie an diesem Abend juwelenbesetzte Schuhe getragen haben.«

»Du liebe Güte«, erwiderte Naomi. »Hätte ich mir träumen lassen, dass so ein bornierter Klatsch im Umlauf ist, so hätte ich diese Schuhe heute angezogen, und sei es nur, um die Klatschmäuler zu enttäuschen.«

Mrs. Golightly blinzelte, aber sie war nicht die Person, die sich leicht abschrecken ließ, und flüsterte vertraulich: »Ein sehr kluger Gedanke, meine Liebe. Stehlen Sie sich davon und wechseln Sie die Schuhe. Das wird jedermann eine Lehre sein!«

»Sie sind wirklich eine Freundin, meine Liebste«, flötete Naomi. »Und was für eine köstliche Auswahl Sie getroffen haben, Mr. Bracksby. Ich bin sicher, Mrs. Golightly wünscht, dass Sie sich setzen. Es war reizend, mit Ihnen zu plaudern, Samantha.«

Mit zuckenden Mundwinkeln nahm Mr. Bracksby Platz, und Mrs. Golightly rauschte mit einem triumphierenden Blick davon. »Falsche Katze!«, murmelte Naomi.

»In gewisser Weise hatte die Lady dennoch Recht«, meinte Bracksby.

Sie warf ihm einen erschrockenen Blick zu.

Er zuckte mit den Schultern. »Ich fürchte, es wird Ihrem Ansehen nicht zuträglich sein, dass der arme Rossiter heute Abend Ihr Begleiter ist, Ma'am.«

»Oh«, sagte Naomi erleichtert. »Ich nehme an, den meisten Leuten sind die Umstände bekannt. Außerdem ist Captain Rossiter nicht für die missliche Lage seines Vaters zu tadeln.« Liebe Güte, dachte sie, wieso verteidige ich diese Kreatur? »Wie es zu Ihnen passt, so versöhnlich zu sein.« Hochachtung blitzte in Bracksbys dunklen Augen auf. »Kein Wunder, dass Gideon so hartnäckig entschlossen war, Sie zu begleiten, obwohl ihm ganz sicher klar war, dass man ihn schneiden würde.«

Naomi runzelte ein wenig die Stirn und nippte an ihrem Punsch. »Es ist für keinen von uns beiden ein sehr erfolgreicher Abend«, murmelte sie.

In einem deutlich verlassenen Eck des Ballsaals, in dem sonst überall Gespräche und Gelächter erklangen, dachte Rossiter im Augenblick dasselbe. Er hatte erwartet, dass man sich von ihm fern halten würde, aber es war ihm schwer gefallen, die Fassung zu wahren, als mehrere alte Freunde ihm ohne ein Zeichen des Erkennens ins Gesicht gesehen hatten. Tio Glendenning war an seine Seite geeilt, wann immer er konnte, aber ihm oblagen zahlreiche Verpflichtungen eines Gastgebers, und er hatte stets nur Zeit für ein paar Worte gehabt, bevor er wieder weitereilen musste. Bowers-Malden war so huldvoll gewesen, dass er gegen seine Gewohnheit kurz von seinem Platz aufgestanden war und mit ihm geplaudert hatte, eine wirklich sehr nette Geste von dem Earl. Und als die Gräfin die Empfangsreihe verließ, war sie bei ihm stehen geblieben und hatte freundlich bemerkt, Gideon sehe erschöpft aus, und ihn gedrängt, sich doch eine Weile zu setzen. Er sehnte sich danach, ihren Vorschlag zu befolgen, wagte es aber nicht. Wenn er saß, wäre er unauffälliger, aber er wollte niemandem Gelegenheit geben zu höhnen, er schäme sich und versuche sich zu verstecken. Außerdem befürchtete er, sich nicht mehr vom Stuhl erheben zu können, wenn er sich einmal darauf niedergelassen hätte, denn seine Prellungen schienen mit jeder Minute schmerzhafter zu werden und ihn unbeweglicher zu machen.

Ein Vorteil seiner Ächtung war, dass er Zeit zum Nachdenken hatte, und sein Verstand war bemüht, sich einen Reim auf die Ereignisse dieses langen und geschäftigen Tages zu machen. Irgendjemand hatte die Mühe auf sich genommen, ihn in einen Hinterhalt zu locken und ihm eine Warnung zu erteilen, sich nicht länger einzumischen. Und wenn jemand einen Grund hatte zu wünschen, dass er seine Nachforschungen beendete, dann musste es etwas zu verbergen geben.

Und dann war da auch noch die Tatsache, dass Tummet einen der Schläger erkannt hatte, die in Promontory Point eingedrungen waren und es durchsucht hatten. Es war sowohl interessant als auch verwirrend, dass der Dieb in Sir Louis Derrydenes Haus gegangen war. Man nahm an, Sir

Louis sei in Russland. Wenn er in Wirklichkeit in London geblieben war, bestand die Möglichkeit, dass er in ein zwielichtiges kleines Geschäft verwickelt war und die Dienste eines gemieteten Schlägers benötigte, um es durchzuführen. Doch war es wahrscheinlich, dass er nur zufällig denselben Mann angeheuert hatte, der zuvor in Promontory Point eingebrochen war? Damit würde man den Zufall wohl etwas überstrapazieren, dachte Rossiter. Aber wenn es kein Zufall war, wenn ein Zusammenhang bestand, was konnte das sein? Wie konnte eine Verschwörung, geplant und durchgeführt vor seiner Rückkehr aus der Armee, in Verbindung stehen mit dieser Flut von Diebstählen, die alle anscheinend mit irgendeinem Gegenstand zu tun hatten, den entweder er oder Jamie Morris irgendwie in Holland ergattert hatten? Es ergab keinen Sinn, wenn man ...

»... man hätte ihm den Eintritt in ein Haus verwehren sollen, wo sich anständige Leute aufhalten. Lasst ihr Gentlemen euch von einer Uniform einschüchtern?«

Die näselnde Stimme war nur zu vertraut. Rossiter stellte fest, dass er nicht länger allein war. Mr. Reginald Smythe und mehrere andere Gentlemen standen in seiner Nähe. Verschiedene hitzige Erklärungen, dass man jetzt »zur Tat schreiten« wolle, waren zu hören. Es war eine buntgemischte Mannschaft, die sich wahrscheinlich Mut angetrunken hatte, aber nun kamen auch noch andere Männer mit grimmigen Blicken hinzu. Rossiter erstarrte und fragte sich, ob sie es wagen würden, ihn mit Gewalt hinauszuwerfen. Die anderen Gäste würden wahrscheinlich bereitwilligst wegsehen und in diesem Fall konnte die Lage verflucht scheußlich werden. Er wandte ihnen das Gesicht zu und begegnete hochmütig ihren feindseligen Blicken.

Naomi, die an Bracksbys Arm den Saal betrat, bemerkte das plötzliche Schweigen und sah, dass mehrere Köpfe sich umwandten. Neugierig blickte sie in dieselbe Richtung. Es konnte kein Zweifel darüber bestehen, was im Gange war.

Rossiter sah stolz und herausfordernd aus, aber auch schrecklich allein. Instinktiv machte sie einen Schritt nach vorn.

Bracksby ergriff ihre Hand. »Es wäre besser, wir würden uns da heraushalten, Ma'am. Wahrscheinlich werden sie ihn lediglich auffordern zu gehen.«

Erregt sagte sie: »Reggie Smythe hat ihn schon immer gehasst. Wo sind Tio und Gordie Chandler und Bowers-Malden?«

»Wahrscheinlich aus dem Weg manövriert. O Gott! Da ist Crenshore! Sein Vater wurde ruiniert, als die Bank zusammenbrach! Kommen Sie, Mylady. Wir müssen ...«

Aber Naomi eilte bereits auf die Unheil verkündende kleine Gruppe zu.

Cyril Crenshore, groß, rot und aggressiv, hatte sich direkt vor Rossiter gestellt. »Sie haben die Wahl, Captain«, sagte er, »still und leise zu verschwinden oder ...«

»Nun, Captain Rossiter«, flötete Naomi, die mit Bracksby an ihrer Seite herankam. »Wenn Sie keinen Anspruch auf Ihren Tanz erheben, werde ich keine andere Wahl haben, als Mr. Bracksby die Bitte zu gewähren, dass er Ihre Stelle einnehmen darf.« Sie spielte anmutig mit ihrem Fächer und sah entzückend und heiter aus, als wäre ihr die Atmosphäre kaum unterdrückter Wut keineswegs bewusst.

»Nehmen Sie Rudi, meine Hübsche«, riet Mr. Crenshore, der sie heiß verehrte. »Wir haben mit diesem Burschen etwas zu besprechen.«

Rossiter verbeugte sich und fragte sich, warum, zum Teufel, Bracksby Naomi in diesen Schlamassel hineingezogen hatte. »Ich verzichte auf meinen Anspruch, Ma'am.«

Naomis Augen blitzten verärgert.

»Oh, aber ich will nicht gewinnen, weil der Gegner nicht antritt, Gideon«, wehrte Bracksby ab. »Ich bin sicher, diese Gentlemen können zu einem günstigeren Zeitpunkt mit Ihnen plaudern.«

Er sprach sanft und höflich wie immer, aber Crenshore erinnerte sich nun wieder an seine Manieren. Es wäre ein äußerst unfeines Benehmen, für Aufruhr zu sorgen, solange er Gast in diesem Haus war. Mit finsterer Miene wich er zurück. Mehrere der anderen Gentlemen wechselten Blicke und taten es ihm nach.

Smythe, der bemerkte, dass er Unterstützung verlor, plusterte sich verärgert auf: »Sie überraschen mich, Rudi. Wahrhaftig! Ich hätte gedacht, Sie seien der Erste, der die Notwendigkeit sieht, dass anständige Leute ...«

»Der sie daran erinnert, dass sie Gentlemen sind und dass wir Ladies unter uns haben?«, unterbrach ihn Bracksby.

»Dann haben Sie vollkommen Recht, mein lieber Junge.« Smythe wurde rot. »Sie waren vielleicht kein Opfer des angeblichen Bankrotts der Rossiter Bank, aber ich kann Ihnen versichern ...«

»Vielleicht«, mischte sich Rossiter mit eisiger Stimme ein, »wünschen Sie eine private Zusammenkunft, um die Sache zu erörtern, Smythe.«

Naomi knirschte mit den Zähnen.

»Gideon, um Gottes willen!«, flüsterte Bracksby eindringlich. »Wollen Sie ganz London fordern?«

»Wenn es nötig ist«, fauchte Rossiter.

Smythe jedoch war erbleicht. Es war nur zu bekannt, dass er mit dem Mundwerk kämpfte, und der Gedanke an ein wirkliches Duell entsetzte ihn offensichtlich.

»Kommen Sie, Captain«, sagte Naomi. »Sie können Ihre Diskussionen mit den anderen Gentlemen führen, wann immer Sie wollen, aber das Orchester wird gleich einen ländlichen Tanz anstimmen, und Sie wissen, wie gern ich den *Roger de Coverly* tanze.«

Gezwungenermaßen reichte Rossiter ihr den Arm. Sie legte die Hand darauf und schenkte allen ihr bezauberndstes Lächeln.

Kichernd fragte Reginald Smythe: »Wollen Sie Ihre Schuhe vor oder nach dem Tanz wechseln, Mylady? Ich habe aus exzellenter Quelle erfahren, dass Sie geschworen haben, es zu tun.«

Rossiter spürte, wie sich die kleine Hand auf seinem Arm verkrampfte, und sah aus dem Augenwinkel, dass Naomi jegliche Farbe verloren hatte. Munter sagte er: »Aber das ist ein ausgezeichneter Gedanke, Ma'am.« Weit aufgerissene grüne Augen starrten ihn erschrocken an. Er zuckte mit den Schultern. »Das einzig Barmherzige, was man tun kann, wie Sie zugeben werden. Die armen Klatschmäuler haben nichts anderes, das sie aufrechterhält, als den Klatsch. Sie müssen Sie aus ihrem Elend befreien. Kommen Sie, Mylady. Ich werde Sie gern ins Haus der Falcons begleiten.«

Als Naomi mit ihm aus dem Saal ging, war ihr grässlich bewußt, dass zahllose Blicke ihnen folgten. So musste sich ein Gladiator gefühlt haben, dachte sie, der einen Christen vor den Löwen gerettet hatte, nur um dann an seiner Stelle in die Arena geworfen zu werden.

12

Die Nachtluft war kühl, aber trocken, der mondlose Himmel war schwarzblau, wurde jedoch erhellt von großen, niedrig stehenden Sternen. Naomi schauderte und zog den Umhang enger um sich, dann erwachte sie aus ihrer Versunkenheit. »Lieber Himmel!«, rief sie und wandte sich zu Rossiter um, der groß und schweigend neben ihr stand. »Was tun wir eigentlich?«

»Sie sind zu meiner Rettung gekommen«, erwiderte er liebenswürdig, »jetzt revanchiere ich mich.«

»Ich habe es nicht nötig, gerettet zu werden«, log sie. »Also sagen Sie Ihrem Jungen lieber, er soll die Kutsche wieder fortschicken.«

»Aber Ma'am, sicher wollen Sie doch den armen Smythe und seine Freunde und Mrs. Golightly und ihre Freundinnen nicht in so banger Ungewissheit lassen, oder? Um diese Zeit wird es nicht länger als ein paar Minuten dauern, um zum Haus der Falcons zu kommen. Sie können Ihre Schuhe wechseln und … Ah, hier ist die Kutsche.«

Er nahm Naomis Arm, und obwohl sie widersprach, wurde sie irgendwie die Stufen hinaufgehoben, gab dem Kutscher kurze Anweisungen, kletterte ebenfalls hinein und schon rollten sie davon.

»Für einen Mann, der betrunken ist, bewegen Sie sich sehr rasch, Captain Rossiter«, meinte sie bitter. »Ich hatte gedacht, ich hätte Ihnen einen Tanz angeboten.«

»Sie sollten froh sein, Ma'am, dass ich Sie begleite, damit Sie Ihre Schuhe wechseln können, anstatt Sie auf dem Tanzboden in Verlegenheit zu bringen.«

Sie stieß einen ungeduldigen Laut aus und er lächelte in die Dunkelheit. »Sie ... äh ... Sie haben doch zumindest einen dieser berühmten Schuhe, hoffe ich?«

»Was?« Eine Welle der Hoffnung stieg in ihr auf, und eifrig fragte sie: »Wollen Sie damit sagen, Sie wissen, wo der andere ...« Sie hörte sein leises Lachen und wandte sich ab. »Oh! Sie Ekel! Sie haben mich hereingelegt!« Tränen brannten in ihren Augen. »Nun, Sie können schadenfroh über Ihren schäbigen Sieg sein und Ihren Kutscher instruieren, dass er umdrehen soll. Sie vergeuden nur unsere Zeit.«

Seine Hand ergriff ihr abgewandtes Kinn und drehte ihr Gesicht herum. »Sie halten mich wirklich für niederträchtig.« Dann sah er das Glitzern auf ihren Wangen und fuhr mit sanfterer Stimme fort: »Nun, was immer unsere Meinungsverschiedenheiten sein mögen, seien Sie ein braves Mädchen und antworten Sie mir. Haben Sie den einen Schuh?«

»J-ja. Aber was soll es nützen ...« Er legte ihr einen Finger auf die Lippen.

»Wenn wir beim Haus der Falcons sind, laufen Sie hinein und holen ihn. Ich bringe Ihnen den anderen, und dann ...« Zitternd vor Aufregung schob sie seine Hand fort. »Nein! Wenn Sie wissen, wo der andere ist, fahre ich mit Ihnen. Und anschließend holen wir meinen.«

Er runzelte die Stirn. »Na gut, aber unter einer Bedingung. Sie müssen mir wahrheitsgetreu erzählen, wie und wo Sie ihn verloren haben.«

»Ha! Als ob ich Ihnen das sagen müsste! In einem Schlafzimmer natürlich. Beim Schäkern – mit August Falcon!«

»Sie würdigen sich selbst herab mit solchem Unsinn! Was er auch sonst sein mag, Falcon ist ein Gentleman. Außerdem war er nicht dort. Und trotz allem, was ich über Sie gehört habe, Ma'am, glaube ich ganz entschieden nicht, dass Sie in einem Schlafzimmer herumgeschäkert haben. Mit niemandem! Also lassen Sie uns nun für diesen einen Abend einen Waffenstillstand schließen. Einverstanden?«

Sie kämpfte gegen ein plötzliches Bedürfnis an, in Tränen auszubrechen, und um diese Schwäche zu verbergen, erwiderte sie schroff: »Einverstanden. Sie sprechen mich von dem Vorwurf frei, in einem von Lady Dowlings Schlafzimmern herumgeschäkert zu haben. Ich spreche Sie von dem Vorwurf frei, mich betrunken abgeholt zu haben.«

Schweigen. Dann erklärte er: »Wie Sie zweifellos gehört haben, ist mein Vater überzeugt davon, dass sein finanzielles Desaster ein ausgeheckter Plan war. Meine Bemühungen, das zu beweisen, haben offensichtlich jemanden verärgert, denn heute Vormittag wurde ich – nicht sehr höflich – gebeten, davon abzulassen.«

Sie schnappte nach Luft. »Wie schrecklich! Und ich habe geglaubt ...«

»Oh, ich weiß. Ihre Phantasie ist recht lebhaft, Mylady. Wird sie auch für einen interessanten Bericht über den Verlust Ihres Schuhs reichen?«

»Wenn das Ihre Vorstellung von einem Waffenstillstand ist, Captain Rossiter ...«, begann sie stürmisch.

Er zog an der Klingelschnur, und als der Kutscher den Schlag öffnete, wies er ihn an, sofort zur zweiten Adresse zu fahren, die er ihm genannt hatte.

»Sie haben ganz Recht, Mylady«, sagte er dann, während er sich wieder in die Polster zurücklehnte. »Bitte nehmen Sie meine demütige Entschuldigung an und lassen Sie es uns noch einmal versuchen. Wie haben Sie Ihren hübschen Schuh verloren?«

Sie zuckte mit den Schultern. »Na gut, aber ich fürchte, ich werde Ihr Feingefühl verletzen.«

Fünf Minuten später bestätigte Rossiter ihre Befürchtung. »Gütiger Himmel!«, rief er entsetzt. »Ich kann nicht glauben, dass eine vornehm erzogene Lady etwas so Verrücktes tun würde! Sie hätten sofort das Fenster einschlagen und um Hilfe rufen sollen! Sind Sie nicht auf den Gedanken gekommen, dass die feine Gesellschaft eine solche Eskapade mit Abscheu betrachten würde?«

»Ich bin auf den Gedanken gekommen«, erwiderte sie wütend, »dass viele zimperliche Langweiler das tun könnten.« Von loderndem Zorn ergriffen, packte er sie an den Schultern und schüttelte sie. »Zimperliche Langweiler, ach ja! Sie sind eine adlige Lady! Ich kann nicht glauben, dass Sie trotz Ihrer Erziehung ein so wahnsinniges Risiko eingehen würden, nur um – doch, hol 's der Teufel, ich kann! Sie waren immer ein Wildfang, trotz Ihrer bezaubernden Zerbrechlichkeit.«

Sie schluckte den wütenden Dämpfer hinunter, den sie ihm hatte versetzen wollen. »Bezaubernde Zerbrechlichkeit« konnte man akzeptieren. »Vielleicht wollen Sie so gut sein und sofort Ihre Hände von mir nehmen, Sir! Und anstatt mich zu tadeln, als hätten Sie ein Recht dazu – das Sie nicht haben –, sagen Sie mir lieber, wo um alles in der Welt wir hinfahren.«

Rossiter sah sie eine Minute lang finster an, dann ließ er sie los.

»Zum Snow Hill. Und Sie können von Glück reden, dass die Gentlemen das Zimmer verlassen hatten, bevor Sie diesen Sims erreichten.«

»Und es war *kein* Schlafzimmer«, betonte sie. »Warum Snow Hill? Oh! Sie wohnen jetzt dort! Wollen Sie damit sagen, dass *Sie* meinen Schuh gefunden und ihn mir nicht zurückgegeben haben?«

»Aber natürlich«, höhnte er. »Ich hatte vor, Sie damit zu erpressen, so wie Sie es geargwöhnt haben! Was Sie auch mehr als verdienen – als Gegenleistung dafür, dass Sie einen so einzigartigen Diener für mich gefunden haben!«

Er konnte ihr schelmisches Lächeln fast sehen. Ihre lachende Stimme erklang in der dunklen Kutsche. »Das Gassengören Stellenvermittlungsbüro. Zu Ihren Diensten, Captain.«

Schweigen. »Ich wünschte, Sie wären so barmherzig zu vergessen, dass ich das gesagt habe. Es war sehr ungezogen von mir. Und Sie haben mir in der Tat einen großen Dienst erwiesen. Ich könnte keinen prachtvolleren Diener finden.«

»Na, aber jetzt foppen Sie mich, Sir! Und zudem verweigern Sie mir die Genugtuung, eine Litanei von Beschwerden zu hören.«

»*Assuré.* Sie sollen sie bekommen. Er hat meinen Bruder in einen Zustand vollkommener Lähmung versetzt und meinen Vater zum ersten Mal seit Menschengedenken sprachlos werden lassen; ich habe den Verdacht, dass er sich mit den wenigen männlichen Dienern, die wir noch haben, geprügelt hat, sodass sie sich eisig höflich betragen, obwohl sie ihn verachten, und als Krönung des Ganzen hat er August Falcon in Wut versetzt, indem er ihn ›Kamerad‹ genannt hat. Ach, was gäbe ich darum, wenn ich das gesehen hätte!« Belustigt lauschte er ihrem melodischen Lachen und fügte rasch hinzu: »Und er hat außerdem heute Vormittag seinen Hals riskiert, um mich aus einer ziemlich ekligen Lage herauszuholen. Sie sehen also, er ist wahrhaftig ...«

Die Kutsche machte einen Ruck, und er wurde nach hinten geworfen. Naomi schrie auf und streckte instinktiv die Hand aus, die er sogleich festhielt.

»Dieser verwünschte Schlittenhang«, knurrte er.

»Schaffen es die Pferde bis hinauf?«, fragte sie besorgt.

»Ja, die armen Tiere. Aber ich bezweifle, dass es ihnen auch nur ein bisschen mehr gefällt als mir!«

»Ich verstehe gut, dass Sie den Hügel nicht mögen, denn er ist steil wie ein richtiger Berg!« Und leise lachend fügte sie hinzu: »Erinnern Sie sich noch, wie wir im Wald das alte Baumhaus gefunden haben und Sie nicht zugeben wollten, dass Sie Angst hatten hinaufzuklettern?«

Sie sah sein Lächeln in der Dunkelheit aufblitzen. »Ja. Und nachdem ich meinen letzten Mut verausgabt hatte, um zu beweisen, dass ich ebenso verwegen war wie Sie, war ich zu verängstigt, um hinunterzuklettern! Ich danke, dass Sie mich an meine unerschrockene Jugendzeit erinnern!« Sie lachte. »Nun, ich habe Sie sehr tapfer gefunden, denn als sich meine Petticoats in dem gesplitterten Ast verhedderten, haben Sie Ihre Angst bezwungen und mich gerettet.«

»Hm. Und bin dann fast in Ohnmacht gefallen! Ein schöner Held!«

»Es war weit heroischer, als wenn jemand ohne Höhenangst es getan hätte.«

Überrascht über die Wärme in ihrer Stimme, wandte er sich ihr zu. Die Laterne vor einem Haus, an dem sie vorbeikamen, leuchtete in die Kutsche. Naomi hatte den Kopf zurückgelegt und lächelte ihn an, fast ätherisch schön ...

Beide schraken zusammen, als der Schlag aufgerissen wurde. Die Kutsche hatte angehalten, und der Lakai kam vom Haus herbeigeeilt, um ihnen zu helfen.

Rossiter kehrte in die Wirklichkeit zurück. »Es wird nur einen Augenblick dauern, Ma'am.« Er kletterte die Stufen hinunter und rief dem Kutscher zu, noch ein Stückchen weiterzufahren, bis die Straße breiter wurde. »Dort können Sie umdrehen.«

Der Kutscher nickte und gab seinem Gespann die Peitsche, wobei er etwas über Berge murmelte, vor denen er sich in Zukunft ganz bestimmt hüten würde.

Rossiter humpelte auf das Haus zu und fragte den Diener, ob Sir Mark daheim sei.

»Nein, Sir. Er und Mr. Newby sind mit Miss Gwendolyn ...«

Ein seltsamer Laut ertönte, als würde ein Ast vom Baum splittern. Ein erschrockener Schrei. Rossiter wirbelte herum. Die Pferde bäumten sich auf und wieherten erschrocken. Er sah, wie der Kutscher von seinem Bock sprang, und glaubte einen Augenblick verwirrt, der Mann müsse den Verstand verloren haben. Doch im Bruchteil einer Sekunde bemerkte er, dass die Kutsche seltsam schwankte und anfing, langsam nach rückwärts zu schaukeln. Mein Gott! dachte er. Die Deichsel ist gebrochen!

Als ihm diese entsetzliche Erkenntnis dämmerte, rannte er auch schon. Er holte die Kutsche ein und der Schlag wurde aufgestoßen, aber bevor Naomi herauskommen konnte, hörte man ein zweites, diesmal noch schärferes Knacken. Die Deichsel brach ganz ab, und die Kutsche rollte ohne Fahrer und Gespann rückwärts den Hügel hinunter. Rossiter, der ihr verzweifelt nachsetzte, sah, wie das Gefährt in eine der vielen Spurrillen auf dem Weg geriet und sich seitwärts neigte. Ein Rad stieß krachend gegen den Randstein und ließ einen Botenjungen um sein Leben springen. Die Kutsche schlingerte und schwankte wild. Rossiter war sicher, dass sie gleich umstürzte, doch die gebrochene Deichsel blieb an einem Eisenzaun hängen und ratterte mit ohrenbetäubendem Geklirr das Geländer entlang. Die wilde Sturzfahrt verlangsamte sich. Nur ein kurzer Aufschub, aber er gab Rossiter die Chance, aufzuholen. »Spring!«, rief er, nach Atem ringend.

Doch das war eine physikalische Unmöglichkeit. Naomi, die sich an den Türrahmen klammerte, konnte es gerade verhindern, dass sie wieder zurück auf den Sitz geschleudert wurde. Die Kutsche schaukelte gefährlich. Rossiter machte einen Satz, packte Naomi am Arm und zerrte mit der Kraft der Verzweiflung. Es gelang ihm, sie aus der Kutsche zu reißen; er fing sie auf, strauchelte und fiel nach hinten.

Die Kutsche rollte weiter und gewann erneut an Geschwindigkeit. Sie donnerte den Hügel hinunter, verfehlte knapp einen einzelnen Reiter, krachte gegen eine Ziegelmauer und überschlug sich; ein Rad flog durch die Luft, die übrigen drei drehten sich immer noch in wahnsinnigem Tempo.

Rossiter richtete sich mühsam auf. Naomi saß benommen neben ihm. »Sind Sie unversehrt?«, keuchte er.

»Ich glaube … es ist nicht ungefährlich … in Ihrer Nähe zu sein, Sir«, erwiderte sie zitternd, dann warf sie sich in seine Arme. »Oh … Gideon …!«

Er hielt sie sehr fest und flüsterte: »Gott sei Dank! Gott sei Dank!«

Der Schuhputzer war in den Mietstall geschickt worden, um eine neue Kutsche zu mieten; Tummet und der Butler waren zusammen mit dem Fahrer des verunglückten Gefährts unten am Fuße des Hügels; Naomi war nach oben gebracht worden, um sich von der Köchin umsorgen zu lassen und der Lakai bürstete Gideons Uniformrock aus. Gideon schlüpfte, nachdem er sich gewaschen, ein sauberes Hemd angezogen und sein zerzaustes Haar gekämmt hatte, in seinen Morgenmantel und machte sich auf die Suche nach dem Schuh.

Monsieur Delatouche schnarchte neben dem Feuer in Newbys Salon, während er auf die Rückkehr seines Herrn wartete. Als Gideon ohne ein Klopfen hereinkam, direkt ins Schlafzimmer marschierte und den zierlichen Schuh, der auf einer Kommode lag, an sich nahm, schrak der Kammerdiener hoch und protestierte ängstlich. Gideon erklärte ihm, er solle Monsieur Newby an Captain Gideon verweisen, und ließ den jammernden Mann stehen.

Der Lakai hatte an seinem Rock Wunder gewirkt und im Nu war Gideon wieder unten. Er ging in den Salon, schenkte sich ein Glas Kognak ein, und während er sich in einem Sessel ausstreckte, durchlebte er noch einmal die Augenblicke, als zwei weiche Arme um seinen Hals geschlungen waren und sich ein köstlich gerundeter warmer Körper an ihn gepresst hatte. Verzauberte Momente, umso kostbarer durch das Bewusstsein, dass Naomi dem fast sicheren Tod entronnen war. Er schloss eine Sekunde lang die Augen. Angenommen, er wäre nicht rechtzeitig gekommen? Angenommen, sie wäre diesen Berg hinuntergeschleudert worden? Wie würde er sich jetzt fühlen? Er wusste es und zitterte. Was für ein Narr war er, dass er je gedacht hatte, er könnte sie vergessen! Wie hatte er so dumm sein können, sich ein Leben ohne sie vorzustellen? Sie gehörte ihm und würde ihm in alle Ewigkeit gehören, was auch immer zwischen ihnen stand, denn ohne sie würde es kein Leben geben.

Er vernahm das Rascheln von Frauenkleidern und erhob sich sofort, um sich ihr zuzuwenden.

Sie kam ins Zimmer, ein wenig blass, aber sonst war ihr von dieser Zerreißprobe nichts anzusehen. Tatsächlich schien sie sogar ein Glanz zu umstrahlen, der ihre Schönheit noch erhöhte, sodass er sie voll sprachloser Ehrfurcht anstarrte.

Sie blickte ihn ebenfalls an und dachte, er sehe abgehärmt und müde aus, mit dunklen Ringen unter den Augen. Aber die Zärtlichkeit in diesen Augen ließ ihr Herz wild pochen. Sie errötete und eilte mit ausgestreckten Armen auf ihn zu. »Nun, Sir«, sagte sie mit zitternder Stimme, »an Ihrem ersten Tag in der Heimat haben Sie mich aus den Händen von Straßenräubern befreit und heute haben Sie mir wieder das Leben gerettet. Ich hoffe, Sie wollen das nicht zur Gewohnheit werden lassen? Wahrhaftig, ich bezweifle, dass ich noch mehr solcher aufregender Episoden ertragen könnte!«

»Es heißt, aller guten Dinge sind drei«, entgegnete er lächelnd und beugte sich über ihre Fingerspitzen, um sie zu küssen. Er trat einen Schritt näher, immer noch ihre Hände haltend, und war bezaubert von der plötzlichen Scheu in ihren Augen. »Naomi, sind Sie wirklich unversehrt? Mein Gott, was habe ich für eine Angst ausgestanden!«

»Und ich erst«, bekannte sie. »Ich dachte, ich sei verloren. Wären Sie nicht so schnell herbeigerannt ... Für einen Mann, der kaum laufen konnte, sind Sie förmlich geflogen, Gideon.«

Spaßhaft erwiderte er: »Einen Moment lang habe ich befürchtet, ich könnte nicht mehr anhalten und würde vorbeisausen! Ein schönes Bild hätte ich abgegeben!«

Sie legte ihm einen Finger auf die Lippen. »Nein. Wir sollten es nicht verharmlosen. Ich muss Ihnen danken, dass Sie …«

»… dass ich diese dumme Kutsche gemietet habe?«, unterbrach er sie stirnrunzelnd. »Ich hätte mich über ihre Sicherheit vergewissern sollen, bevor ich ihr Ihre kostbare Person anvertraut habe!«

Reglos standen sie ganz nah beisammen, und der alte Zauber wirkte, sodass die verlorenen Jahre und alle Bitterkeit dahinschmolzen. Sie sah zu ihm auf und flüsterte: »Bin ich wirklich kostbar für Sie, Gideon?«

Sie war mehr als kostbar; sie war seine zarte und vollkommene Liebe. Heiser murmelte er: »Sie sind mein …«

»Ich habe eine Tasse Tee für Mylady geholt«, sagte die Köchin, die energisch ins Zimmer trat und Gideon einen tadelnden Blick zuwarf.

Die beiden jungen Leute fuhren hastig auseinander und wandten der mütterlichen Frau schuldbewusste Gesichter zu.

Die Köchin stellte Tasse und Untertasse auf einen Seitentisch, sah von einem zum anderen und machte keinerlei Anstalten, wieder zu gehen. Sie war die Frau von Sir Marks Kutscher und Gehilfin des Küchenchefs gewesen, bis der Skandal diesen höchst reizbaren französischen Gentleman dazu bewegt hatte, in einen weniger notorischen Haushalt überzuwechseln, woraufhin sie in der Küche das Zepter übernommen hatte. Sie hatte Gideon vor seinem Aufbruch zum Militär nur zwei Jahre lang gekannt, aber sie betrachtete ihn als Teil »ihrer« Familie und daher auch ihrer Zurechtweisung unterworfen, wenn es nötig war. Sie verschränkte die kräftigen Arme über ihrem üppigen Busen und hielt ihren ruhigen Blick auf ihn gerichtet.

Naomi murmelte, sie sei zu freundlich. Gideon, der bis zu den Haarwurzeln errötet war, fühlte sich wie ein kleiner Junge, den man bei einem Streich erwischt hatte, und stammelte: »Oh … äh … ja. Sehr gütig von Ihnen. Vielen Dank.«

»Die junge Lady hatte ein schreckliches Erlebnis, Sir«, sagte die Köchin. »Wahrscheinlich wollen Sie, dass ich bei ihr bleibe.«

O Gott! dachte Gideon. »Ich … äh … ich habe ihr nur … nur … äh …« Plötzlich inspiriert, sagte er: »… ihren Schuh zurückgebracht! Hier ist er, Lady Naomi.« Er hob den Schuh auf, der neben seinem Stuhl auf dem Boden lag, und überreichte ihn ihr triumphierend.

»Oh!«, rief Naomi, außer sich vor Freude. »Sie haben ihn wirklich gefunden! Vielen Dank!«

Gideon strahlte die Köchin an und erklärte törichterweise: »Sie sehen also, es ist alles in Ordnung.«

Naomi setzte sich, und Grübchen erschienen neben ihrem Mund, als sie an ihrem Tee nippte.

Die Köchin wurde weich. Sie würde später ein Wörtchen mit dem Captain reden – über die Unschicklichkeit, sich allein mit einer unverheirateten Damen im Salon seines Vaters aufzuhalten. Aber da sie sich daran erinnerte, dass sie einen heißen Ziegelstein in Gwendolyns Bett legen sollte, schritt sie mit raschelnder Schürze zur Tür und meinte widerstrebend: »Nun gut …« Und nachdem sie mit großartiger Gebärde die Tür so weit geöffnet hatte, wie es nur ging, warf sie Gideon einen Blick zu, der Bände sprach, und rauschte davon.

»O Gott!«, japste er, ließ sich auf einen Stuhl sinken und zog sein Taschentuch hervor. »Ich bin weit jenseits von Gut und Böse gesunken!«

Naomi lachte perlend. »Liederlicher Lebemann«, flüsterte sie.

»Nein, sagen Sie nichts!«, flehte er und wischte sich die Stirn ab. »Wirklich, ich habe nicht daran gedacht, dass ich Sie kompromittiere. Was für eine scheußliche Sache!«

»Ruiniert wegen eines Schuhs.« Sie lachte und schwenkte ihn fröhlich. »Gideon, wenn Sie *wüssten,* wie dankbar ich bin, dass Sie ihn mir zurückgeben konnten!« Dann schoss sie einen Pfeil ins Blaue ab. »Ich nehme an, Newby wollte das selbst tun.«

Sie musterte ihn verstohlen, und als sie den plötzlich eisigen Blick bemerkte, wusste sie, dass sie richtig geraten hatte. Sein Bruder hatte ihren Schuh gefunden und ganz andere Pläne zu seiner Rückgabe gehegt.

Gideon lächelte wieder. »Das Mindeste, was ich tun konnte, da es mir nicht möglich war, den anderen Gegenstand zurückzugeben, den Sie ... äh ... verloren haben.«

»Den anderen ...?«, wiederholte sie verständnislos, denn ihre ganze Aufmerksamkeit war auf sein Lächeln gerichtet, das sie so entsetzlich vermisst hatte. Dann fiel es ihr wieder ein und sie schrak zusammen. »Oh! Die Schachfigur! Apropos, Gideon, eine höchst seltsame Sache.«

Er missverstand sie, behielt argwöhnisch die Tür im Auge und erklärte: »Ich habe diese Figur nie gesehen, aber Ihr Papa hat sie offensichtlich sehr geschätzt.«

»Ja, doch das habe ich eigentlich nicht gemeint. Sehen Sie, ich habe Ihnen noch nicht alles erzählt, was an dem Abend bei den Dowlings passiert ist. Die Schachfigur, die ich verloren habe, ist ein altes Stück, und Papa glaubt, er wird sie nie ersetzen können, weil es keinen zweiten Satz solcher Figuren gibt. Aber Gideon, es gibt doch einen! Der Gentleman in dem Zimmer hatte eine solche Figur!«

Rossiter runzelte die Stirn und setzte sich aufrechter hin. »Was für ein Gentleman? Ich dachte, die Herren waren fort, als Sie den Sims erreicht hatten.«

»Nein. Ich musste draußen warten, bis sie gingen. Ach, ich dachte schon, sie würden ewig streiten! Und dann habe ich gesehen, dass eine Schachfigur auf dem Tisch stand – fast identisch mit der, die ich verloren habe, nur war sie grün, nicht rot, und mit Smaragden besetzt.«

Neugierig meinte er: »Sie muss in der Tat wertvoll sein. Konnten Sie herausfinden, wo man sie gekauft hatte?«

»Aber natürlich«, neckte sie ihn und stellte ihre Tasse ab. »Ich bin in meinen schmutzigen Gewändern durch die offene Tür getrippelt, und sie hielten mich für einen Engel, der vom Himmel herabgeflogen war!«

Er lachte. »*Touché!* Sie kleines Biest, das habe ich verdient. Ich wünschte, ich hätte ihre Gesichter gesehen, wenn Sie das getan hätten. Wer waren die Männer übrigens?«

»Ich habe keine Ahnung. Ich konnte nur den Rücken von einem Gentleman und die Hand eines anderen sehen. Sie haben sich sehr seltsam benommen, fast geflüstert, obwohl sie allein im Zimmer waren. Und auf einmal wurden sie ärgerlich, oder zumindest einer von ihnen, und er sagte, er sei irgendeiner Sache vollkommen sicher und jeder sei anders. Was für eine komische Bemerkung.«

»Hm. Ist das alles?«

»Nein. Dann habe ich nämlich richtig Angst bekommen, denn der andere Mann erklärte, jemand sei eine Bedrohung ›in jeder Hinsicht‹. Und dass diese bedrohliche Person zum Schweigen gebracht werden müsse. Klingt das nicht grausig? Und dann war noch etwas über eine Zusammenkunft, die nicht abgehalten werden könne, solange man Nummer sechs nicht wiederhabe, und dass ihrer aller Leben auf dem Spiel stehe.«

»Beim Zeus!«, rief Rossiter. »Das hört sich in der Tat grausig an. Anscheinend sind Sie da auf ein regelrechtes Hornissennest gestoßen. Gott sei Dank, dass Sie nicht entdeckt wurden! Und die Männer haben dann ihr Spiel beendet und sind gegangen?«

»Sie sind gegangen, aber sie hatten nicht Schach gespielt, denn es war nur die eine Figur da und kein Brett.«

»Und sonst haben sie nichts gesagt?«

»Nein. Nur … Warten Sie!« Sie runzelte ein wenig die Stirn und versuchte sich zu erinnern. »Da war noch etwas … O ja!

Der zweite Mann murrte über eine Verspätung. Und der andere sagte etwas wie: ›Noch ein Versuch‹ und dann würde sein Plan durchgeführt werden.«

»Dahinter steckt mehr, als man auf den ersten Blick sieht!«, murmelte Rossiter. »Ich frage mich, ob ...« Er erhob sich hastig und trat ans Fenster, während sein müder Kopf sich mit verschiedenen Möglichkeiten herumschlug. »Erst als Sie diese Schachfigur verloren haben, ging es mit den ganzen Diebstählen los«, überlegte er laut. »Nie bin ich auf den Gedanken gekommen, es könnte da eine Verbindung geben, aber ...«

Naomi erstarrte. »Diebstähle? Was für Diebstähle?«

Er humpelte zurück zu ihr, die Augen funkelnd vor Aufregung. »Eine ganze Reihe, Naomi. Am ersten Tag, als ich in der Stadt ankam, wurden mir meine Satteltaschen geraubt. Dann wurde in Promontory Point eingebrochen und man hat es durchwühlt. Nein, halt! Das war, *bevor* ich die Stadt erreicht hatte, wenn ich es recht überlege! Tatsächlich ist es passiert, kurz nachdem Sie da waren! Als Nächstes wurde der Mann, den ich in den Red Pheasant geschickt hatte, um unsere Sachen zu holen, überfallen und in Jamies Haus wurde eingebrochen. Und – ja, verflixt noch mal! – die Kerle, die mich heute in den Hinterhalt gelockt haben ...«

Er brach ab, weil Naomi aufgestanden war und ihn anstarrte.

Ihre Stimme klang seltsam, als sie sagte: »Aber Sie erzählten mir doch, die Männer, die Sie heute angegriffen haben, wollten sich dafür rächen, dass Sie Nachforschungen wegen des Bankrotts angestellt haben.«

»Ja. Doch sie haben auch nach etwas gesucht, und sie haben denselben Ausdruck verwendet wie all die anderen Diebe! Alle nannten ihren Herrn ›Squire‹. Verstehen Sie nicht, Naomi? Möglicherweise hängt alles zusammen.«

»Ich verstehe«, erwiderte sie langsam. »Sie glauben, dass dieser Mann, der ›Squire‹ genannt wird, für die Schwierigkeiten Ihres Vaters verantwortlich sein könnte.«

»Es gibt irgendwo ein Verbindungsglied! Davon bin ich überzeugt! Und Ihre Verschwörer in diesem Vorzimmer der Dowlings stecken drin bis zum aristokratischen Hals!«

»Und alles begann, als ich die Schachfigur meines Vaters verloren habe.« Ihre Stimme klang eisig, ihre ganze Haltung war kalt und hochmütig.

»Nun ... ja, aber ...«

»Wollen Sie damit zufällig andeuten, dass mein Papa Ihr gottloser und geheimnisvoller ›Squire‹ ist?«

»Gütiger ... Himmel!«, flüsterte Gideon. »Das hätte Hand und Fuß, außer ...«

»Außer, dass es keineswegs Hand und Fuß hat!« Zorn funkelte in ihren Augen. »Ich glaube, die fixe Idee Ihres Vaters hat über Ihre Verstandeskräfte gesiegt, Sir!«

»Ich hoffe, dass mein Sohn noch genügend von Letzteren besitzt, um mir einen guten Grund für Ihre Anwesenheit in meinem Haus zu nennen, Ma'am!«

Beim Klang dieser beißenden Stimme fuhr Gideon herum. Sir Mark, eine stolze und gebieterische Gestalt, stand in der Tür, neben sich den lächelnden Newby, und Gwendolyn spähte ängstlich zwischen den beiden hindurch.

»Ein Unfall hat sich ereignet, Sir«, sagte Gideon. »Lady Lutonville ist ...«

»... ist Ihnen sehr verbunden, Captain Rossiter«, unterbrach sie ihn eisig. »Trotz Ihrer geistigen Umnachtung verdanke ich Ihnen mein Leben.«

»Warum Sie überhaupt hier sind, Ma'am, geht über meinen Verstand.« Sir Mark sah verächtlich drein.

»Ich werde es Ihnen später erklären, Vater«, sagte Gideon kurz angebunden. »Naomi, wenn Sie ...«

Sir Marks volltönende Stimme setzte sich über seine Bemühung hinweg. »Wir haben die verunglückte Kutsche gesehen, und ich bedaure, dass dieses Erlebnis Sie wohl sehr mitgenommen hat, Ma'am. Aber wenn Sie sich genügend erholt haben, würde Ihr Vater, denke ich, nicht wünschen, dass Sie sich länger hier aufhalten.«

»Noch wünsche ich das, Sir«, konterte sie, sehr blass, doch den Kopf hoch erhoben. »Guten Abend.«

Sir Mark trat zur Seite und sie schritt in der Haltung und mit dem Stolz einer Königin zur Tür hinaus.

Wie ein Blitz war Gideon hinter ihr. »Naomi! Warten Sie! Sie haben keine Kutsche!«

Sir Mark packte ihn am Arm und fauchte: »Ich habe meinen Kutscher angewiesen zu warten. Er wird Ihre Ladyschaft an ihr Ziel bringen.«

»Nicht ohne meine Begleitung, Sir«, widersprach Gideon und begegnete dem wütenden Blick seines Vaters mit blitzenden Augen.

»Du bist erschöpft bis auf die Knochen. Newby wird die Lady nach Hause begleiten.«

Newby verbeugte sich. »Mit dem größten Vergnügen.«

»Danke. Nein«, sagte Naomi. Der Diener legte ihr den Umhang um die Schultern und sie schritt davon, den Schuh versteckt in den Falten ihres Kleides.

Gideon eilte ihr nach, um ihr die Tür zu öffnen. Als Naomi vorbei rauschte, erklärte sie hochmütig: »Ich werde nicht in derselben Kutsche sitzen wie Sie, Captain.«

»Naomi, um Himmels willen!«

»Lass das, verdammt!«, rief Sir Mark mit vor Zorn rotem Gesicht. »Newby!«

Gwendolyn, die befürchtete, dass dieser grässliche Streit noch in eine Schlägerei ausartete, rief mit ihrer hellen Stimme: »Vielleicht könntest du Newbys Pferd nehmen und die Kutsche eskortieren, Gideon.«

Er warf ihr einen dankbaren Blick zu.

»Ganz sicher nicht!« Newby blieb entschlossen stehen, bis Gideon dicht vor ihm war, dann zuckte er nonchalant mit den Schultern und trat zurück.

Tummet kam herbeigeeilt. »Ich hab mit dem Droschkenkutscher geredet, Maestro. Ganz aus dem Häuschen ist der Mann!«

»Das sollte er auch! Weiß er, dass die Lady bei diesem schändlichen Unfall beinahe umgekommen wäre?«

»Wahrscheinlich nicht, Cap'n. Weil's keinen Unfall gegeben hat.«

Naomi, die die Treppe halb heruntergeschritten war, blieb stehen und starrte ihn an. »Wollen Sie damit sagen, dass ich mir diese ganze entsetzliche Sache eingebildet habe, Tummet?«

Respektvoll tippte er sich an die Stirn. »Ich sag nur, dass es kein Unfall war, Mylady.« Mit einem ernsten Blick auf Gideon erklärte er: »Diese Deichsel war fast durchgesägt, Maestro. Wär sie nicht aus guter englischer Eiche gewesen, dann wär sie wahrscheinlich abgebrochen, bevor Sie ausgestiegen sind, und wir könnten jetzt in dieser Minute zwei Beerdigungen vorbereiten.«

»Teufel!«, flüsterte Gideon.

»Liebe Güte«, murmelte Newby.

»Ein weiterer Schurkenstreich, der auf das Konto meines Vaters geht.« Naomi schürzte verächtlich die Lippen. »Ich bin ganz sicher, dass er die Ermordung seiner eigenen Tochter planen würde!« Der Diener half ihr in die Kutsche, und sie lehnte sich gegen die Polster, plötzlich unsagbar müde, unsagbar traurig.

Gideon humpelte zu dem Stallknecht, der Newbys Pferd hielt.

»*Nein!*«, brüllte Sir Mark. »Du verdammter junger Narr! Du wirst aus dem Sattel kippen!«

»Den Teufel werd ich«, knurrte Gideon leise, erschrak aber darüber, welche Anstrengung es ihn kostete aufzusitzen.

Der Droschkenkutscher stürzte auf ihn zu, einen schmuddeligen Hut in den von der Arbeit rauhen Händen wringend, die Augen verzweifelt. »Melor' ... ich hab eine Frau und fünf kleine Kinder. Meine Kutsche war alles, was ich hab, Melor'! Wir müssen verhungern, ganz bestimmt, Melor'! *Bitte,* Melor'!«

Sein Gesicht zuckte. Gideon umklammerte mit einer Hand den Sattelknauf und wusste, dass er in der Tat sehr erschöpft war. »Es tut mir Leid wegen Ihrer Kutsche«, sagte er. »Tummet, kümmern Sie sich um Schadenersatz und sehen Sie, was Sie über diese Sache herausbekommen können.«

Der Droschkenkutscher stammelte unzusammenhängende Dankesworte. Tummet nickte und Gideon trieb Newbys Grauen an.

»Ich kann mir nicht vorstellen, was Sie andeuten wollen, Ma'am.« Katrina Falcons Wangen waren leicht gerötet, und in ihren Augen blitzte eine seltene Verärgerung, als sie Mrs. Golightly am Rand der Tanzfläche gegenüberstand.

»Aber gar nichts, meine Liebe.« Mrs. Golightly ließ den Fächer flattern, doch ihre schwarzen Augen glitzerten dahinter triumphierend. »Ich habe *nie* geglaubt, dass selbst Naomi Lutonville so verwegen sein könnte, ihren Schuh auf derart vulgäre Weise zu verlieren. Ich habe alles in meiner Macht Stehende getan, um den Skandal zu ersticken, aber ...«

»Mir war nicht bewusst, *dass* es einen Skandal gibt«, erwiderte Katrina.

Mit einem leisen Lächeln murmelte Reginald Smythe: »Und wahrhaftig, wir alle wissen, wie freundlich und großzügig Ihr Herz ist, Mylady.«

Gelächter erklang, und Mrs. Golightly gurrte: »Wie wahr, und kann man sich etwas Rührenderes vorstellen als blinde Loyalität unter Freundinnen?«

Andere Leute gesellten sich zu der kleinen Gruppe, und Mr. Harrier lispelte: »Ist die göttliche Lutonville zurückgekommen, oder hat Rossiter sie entführt?«

»Sie ist noch nicht da, verflixt«, seufzte Mr. Crenshore. »Bei Gott, ich habe meinen Tanz versäumt!«

»Dieser ungezogene, ungezogene Junge«, gluckste Mrs. Golightly. »Ich frage mich, was er sich wohl dabei denkt, sie so lange von hier fern zu halten.«

»Vielleicht hat die hübsche Lady ihren anderen Schuh verlegt«, meinte Mr. Smythe kichernd.

»Nun, ich habe meine nicht verlegt, und ich werde nur zu erfreut sein, jedem Klatschmaul mit schmutzigen Gedanken einen hübschen Tritt zu versetzen!«

Die kalten Worte schnitten das gedämpfte Gelächter ab wie mit einem Messer und alle Köpfe drehten sich.

August Falcon, auffallend in einem Anzug aus dunkelblauem Samt mit reicher Stickerei an Taschenaufschlägen und Ärmeln, schlenderte mit Lady Naomi am Arm herbei. Mylady sah ein wenig bleich aus, aber sie lächelte strahlend und handhabte ihren Fächer mit exquisiter Grazie. Alle Augen richteten sich auf ihre Füße. Zwei zierliche, juwelenbesetzte Schuhe glitzerten im Licht zahlloser Kerzen.

»Oh … meine Güte …«, flüsterte Samantha Golightly und zog ein langes Gesicht.

Reginald Smythe hob die Brauen. Verdammt! dachte er und sagte bewundernd: »Wie klug von Ihnen, liebe Lady.«

Falcon fixierte den Dandy mit seinem finsteren Blick. »Wie schade um Ihren Mund, lieber Reginald.«

Smythe hob tastend die Hand. Das halbmondförmige Schönheitspflästerchen, das sein Kammerdiener befestigt hatte, schien noch an seinem Platz zu sein. »Aber warum?«, fragte er ängstlich.

»Er ist mir ein Ärgernis«, schnurrte Falcon.

Katrina nahm Naomi bei der Hand. »Ich bin so froh, dass du zurück bist, Liebste. Oh, du hast die Schuhe gewechselt!« Sie blickte Mrs. Golightly fest an. »Dass du dir die Mühe gemacht hast!«

Rudolph Bracksby kam herbei. »Wo ist Captain Rossiter?«

»Falcon hat ihn wahrscheinlich erschossen«, sagte Crenshore grinsend.

»Noch nicht«, näselte Falcon. »Ich würde unserem unerschrockenen Reginald nur ungern dieses Vergnügen rauben.«

Ein Lachen war zu hören und die Leute blickten sich nach dem »unerschrockenen Reginald« um. Doch Mr. Smythe besaß einen stark entwickelten Selbsterhaltungstrieb und hatte sich bereits leise davongestohlen.

Naomis Verehrer drängten sich um sie und baten um den nächsten Tanz.

Katrina ergriff den Arm ihres Bruders. »Warum bist du gekommen?«, fragte sie leise. »Ich hatte gedacht, du hättest dich bereits ins Bett gelegt. Du bist doch nicht wirklich mit Gideon Rossiter handgreiflich geworden?«

Unter seinem starren Lächeln zischte Falcon: »Handgreiflich mit ihm geworden, Trina? Warum sollte ich mir solche Zurückhaltung auferlegen? Ich habe die feste Absicht, ihn zu durchbohren. Mindestens neunundsechzigmal!«

13

Katrina Falcon hatte nie die Gewohnheit gehabt, morgens lange im Bett zu liegen, und obwohl sie sich in der letzten Nacht sehr spät zurückgezogen hatte, war sie um zehn Uhr auf und angezogen. Sie ging geradewegs in Naomis Schlafzimmer. Ihre Freundin saß an der Frisierkommode, eingehüllt in einen ganz entzückenden Morgenrock aus hellorangefarbenem, mit Ekrüspitze besetztem Satin. Sie war reizend anzuschauen, betrachtete ihr Spiegelbild aber finster, und als sie Katrinas Blick begegnete, erklärte sie düster: »Er ist wahrhaftig reif fürs Irrenhaus!«

Katrina verkniff sich ein Lächeln und setzte sich auf das Bett. »Captain Rossiter? Danach zu urteilen, was du mir gestern Abend erzählt hast, müsste ich zustimmen. Ich kann immer noch kaum glauben, wie knapp du davongekommen bist. Du bist so tapfer, meine Liebste. Es versetzt mich in Staunen, wie du es fertig gebracht hast, wieder bei dem Ball zu erscheinen, als wäre nichts geschehen, nachdem dieser grässliche Mann dich fast hätte umbringen lassen!«

Naomi, die sofort den Standpunkt wechselte, entgegnete hitzig: »Er hat mir das Leben gerettet! Er hat immer unter schrecklicher Höhenangst gelitten. Er fürchtet sich vor diesem Berg, aber er hat den Mut gefunden, ihn hinunterzurennen, um mich aus der Kutsche zu zerren und ...« Ihre leidenschaftlichen Worte brachen ab. Errötend fügte sie hastig hinzu: »Und er ist falsch und treulos.«

»Und hat dich grob behandelt, als ihr euch zum ersten Mal wiedergesehen habt.«

»Ja.« Naomi nahm das Maiglöckchenbukett aus der kleinen Vase auf ihrem Fenstertisch und strich geistesabwesend über ein Blatt.

»Und das Schlimmste von allem, er hat sich schändlich gegen seine *chère amie* in Holland benommen.«

»Ja«, flüsterte Naomi und zuckte ein wenig zusammen.

»Das könnte ich ihm nie verzeihen. Nie!«

»Keine Lady könnte das. Daher ist es ziemlich belanglos, dass der Mann auch noch verrückt geworden ist, und das muss er in der Tat sein, um so schreckliche Anschuldigungen gegen Lord Collington zu erheben.«

Naomi sagte nichts.

Katrina stand auf, trat ans Fenster und sah hinaus in den nebligen Garten. »Was für ein Glück, Liebes, dass ihr nicht länger verlobt seid. *Das* wäre nun wirklich eine üble Geschichte.«

»Ja.«

»Ich meine, wenn du ihn gern gehabt hättest.«

»Oh.«

Katrina drehte sich um und betrachtete nachdenklich die zusammengesunkene Gestalt ihrer Freundin.

Naomi starrte eine Weile auf die Blumen in ihrer Hand, dann ließ sie sie in den Abfallkorb neben der Frisierkommode fallen. »Ich glaube ...«, begann sie, brach aber erschrocken ab, als wildes Gebell, Geschrei und ein Krachen ertönten.

»Du meine Güte«, murmelte Katrina und eilte zur Tür. »Apollo! Wenn er August weckt ...!«

Sie ging rasch die Treppe hinunter und fand Leutnant James Morris vor, der sich gegen die Wand der Eingangshalle drückte, während zwei Lakaien sich abmühten, den wilden Hund festzuhalten, der den Leutnant anzuspringen versuchte. Katrina hielt stirnrunzelnd inne und wollte sich schon wieder zurückziehen, als sie sah, dass der Leutnant ein blutiges Taschentuch um sein Handgelenk presste. Bestürzt befahl sie den Lakaien, Apollo in den Garten zu bringen.

»Hat er Sie gebissen, Sir?«, fragte sie. »Wirklich, das tut mir sehr Leid. Er ist ein unberechenbares Tier. Bitte lassen Sie mich sehen.«

Morris' Zorn schmolz dahin, als er dieses schöne Geschöpf erblickte. Ihre sanften Hände entfernten das Taschentuch. Er roch ihren süßen Duft, erbebte bei ihrer Berührung und hortete diese kostbaren Sekunden, während derer er sie betrachten konnte.

»Ach je«, seufzte Katrina. »Er hat die Haut ein wenig aufgerissen, und ich fürchte, es wird ein Bluterguss werden.«

»Hm ...«, murmelte er verträumt. Sie blickte auf. Er lächelte sie mit so offenkundiger Verehrung an, dass sie nicht umhinkonnte, amüsiert zu sein. Sie nahm ihn am Arm und führte ihn mit fester Hand in die Küche, wo adrette Hausmädchen eilig Schüsseln mit heißem Wasser und Tücher für den Verwundeten brachten. Wäre Morris sich bewusst gewesen, wie viel Wimpernpaare bei seinem Anblick zu flattern begannen, hätte er entsetzt den Rückzug angetreten, aber er hatte nur für eine Lady Augen. Katrina dagegen bemerkte es, und die Bewunderung dieser Hausmädchen veranlasste sie, den Leutnant genauer zu betrachten. Er war tatsächlich ein gut aussehender junger Mann. Und er war schüchtern; er errötete, wenn ihre Blicke sich begegneten, und sah weg. Sie mochte es eigentlich, wenn ein Gentleman ein wenig scheu war. Sie wusch die Wunde mit einer starken Seife aus, sodass er nach Luft schnappte, streute Basilikumpuder darüber, verband sie geübt und fragte schließlich, ob er sich nun ein wenig besser fühle.

»S-so gut w-wie neu«, stammelte Morris. »Ihre Hände sind so ...« Er sah, dass der Küchenchef ihn stirnrunzelnd anblickte, und verhaspelte sich. »So ... äh ... nicht wie eine richtige Krankenschwester, Ma'am. O Gott! I-ich meine, dass ...«

Katrina verbarg ein Lächeln. »Ich nehme an, Sie hatten einige Erfahrung mit Krankenschwestern.«

»Nein, nein!«, sagte er verzweifelt. »Hab kaum welche gekannt. Ich versichere es Ihnen! Ich ... Oh! Nun, ich habe natürlich mit ihnen zu tun gehabt, aber nur ... äh ... in einer ... ganz respektablen ...« Sie sah ihn wieder an, ein Lachen in diesen herrlichen Augen, die auf so bezaubernde Weise schräg gestellt waren und seine Knie wurden vollends weich. »Ach, was bin ich nur für ein Tölpel! Wollen Sie bitte glauben, Miss Falcon, dass ich Ihren Bruder nicht absichtlich angeschossen habe? Äh, nicht ganz, zumindest. Und ... und ich hatte nicht die leiseste Ahnung, dass er für so lange Zeit indisponiert sein würde.«

»Selbst, wenn Sie August irrtümlicherweise angeschossen haben, war Ihre Handlung doch nicht wohl überlegt, Sir. Und ich kann leichtfertige Verwegenheit nicht gutheißen.«

»Nein, natürlich nicht. Grässlicher Charakterzug. Wirklich, es tut mir sehr Leid, Ma'am.«

Sie ging mit ihm zurück in die Halle. »Ich muss allerdings zugeben, dass mein Bruder mittlerweile fast ganz erholt sein könnte, wenn er nicht ein schwieriger Patient wäre, milde ausgedrückt.«

Morris Miene hellte sich auf. »Ich habe gehört, dass er ein Hitzkopf ist. Bringt Sie manchmal zur Verzweiflung, wie? Überrascht mich nicht, obwohl der Bursche, der einem so sanften Geschöpf, wie Sie es sind, Ma'am, Sorge bereitet, ein ziemlicher Einfaltspinsel sein muss, und ...«

»Nicht so ein Einfaltspinsel, um Ihnen zu erlauben, meine Schwester zu besuchen, Morris!«

August Falcon, gekleidet in einen purpurroten Morgenmantel, bei dessen Anblick Morris blinzelte, kam die Treppe herunter. Sein schwarzes Haar war zerzaust und ungepudert, sodass er noch bedrohlicher aussah als üblich, und die dunkelblauen Augen sprühten vor Zorn.

Mit Mühe riss Morris den schockierten Blick von diesem protzigen Morgenrock los und versuchte, sich wieder zu fassen. »Kein Gesetz verbietet es einem Mann, um diese Zeit einen Besuch zu machen.«

Falcon blieb auf der letzten Stufe stehen und blitzte seine Schwester an. »Wo steckt nur deine Tante? Ich hoffe, sie erlaubt nicht, dass du jeden Säbelrassler vom Militär empfängst, der den Türklopfer meines Vaters missbraucht!«

»Ich bin kein Säbelrassler!«, protestierte Morris empört. »Und Miss Katrina hat mich nicht empfangen. Tatsache ist, dass ich zu *Ihnen* kommen wollte!«

Ein Lakai öffnete die Tür zur Bibliothek und Falcon winkte Morris hinein.

Katrina folgte ihnen und sagte: »Ich habe dem Leutnant die Hand verbunden, Lieber.«

»Wofür ich ewig dankbar sein werde«, erklärte Morris glühend.

»Viel Lärm und Prahlerei, doch in der Leistung zweifelhaft«, murmelte Falcon.

Knallrot sagte Morris: »Dass Sie es nur wissen, Falcon, Sie haben da einen tückischen Hund!«

»Fein, fein!« Ein Grinsen huschte über Falcons höhnische Miene. »Apollo hat Sie wohl angemessen begrüßt, wie? Das Tier verdient seinen Unterhalt.«

»Wenn Sie nur die geringste Urteilsfähigkeit hätten, würden Sie das Untier nicht ins Haus lassen!«

»Unsinn. Apollo ist ein Prachtkerl.«

»Sie würden ihn nicht so prächtig finden, wenn er Sie je gebissen hätte.«

»*Au contraire.* Er *hat* mich gebissen.«

»O Gott! Warum, zum Teufel, sollte irgendein vernünftiger Mensch einen Hund halten, der die Hand beißt, die ihn füttert?«

Falcon sah ihn verächtlich an. »Weil er beißt, natürlich. Weshalb wollten Sie mich sprechen?«

»Oh.« Morris warf einen unbehaglichen Blick auf Katrina, die mit sittsam gefalteten Händen dastand und sich über dieses alberne Gespräch amüsierte. »Ah … es hat mit Gideon Rossiter zu tun«, erklärte er.

»Rossiter!« Falcons hageres Gesicht wurde rot. »Wenn es etwas gibt, über das ich vor dem Frühstück nicht reden will, dann ist es dieser Hund …«

»August …«, murmelte Katrina vorwurfsvoll.

Wutschnaubend erklärte er: »Sie lassen uns besser allein, Ma'am. Wenn wir über Rossiter reden müssen, kann ich nicht für meine Ausdrucksweise garantieren!«

Sie schüttelte tadelnd den Kopf, ging aber hinaus.

»Wegen des Duells«, begann Morris, als die Tür sich schloss.

»Zur Hölle mit dem Duell«, schnaubte Falcon. »Alles, was es darüber zu diskutierten gibt, können meine Sekundanten erledigen. Verflucht, ich dachte, Sie wären gekommen, um ihn mitzunehmen!«

Morris starrte ihn an und fragte mit schwacher Stimme: »Ihn mitzunehmen? Wen? Und wohin?«

»Was, zum Teufel, kümmert das mich? Schaffen Sie den widerlichen Kerl einfach aus meinem Haus! Und um des Himmels willen, hören Sie auf, mich anzustarren wie ein Karpfen, der nach Luft schnappt!«

Morris gab sich Mühe, den aufgerissenen Mund wieder zu schließen, war aber immer noch beträchtlich schockiert. »Wollen Sie damit sagen, dass Gideon Rossiter bei *Ihnen* übernachtet hat? Hat man je schon so etwas gehört! Sie sollen übermorgen gegen ihn *fechten*!«

»Das weiß ich, Sie Trottel!«

»Nun«, erklärte Morris mit kritischer Miene, »das ist verflucht unschicklich! Ich kann nicht erwarten, dass *Sie* sich an die Konventionen halten, aber …«

»Warum?«, höhnte Falcon. »Weil ich ein Halbblut bin?«

»Weil Sie ein hitzköpfiger Volltrottel sind«, antwortete Morris gleichmütig. »Ohne die geringste Ahnung, wie man korrekt vorgeht.«

Falcon gab einen Laut von sich, der irgendwo zwischen einem Heulen und einem Schnauben lag, und griff ihn an. Rossiter, der ins Zimmer kam, sah gerade noch, wie Morris nach hinten taumelte und sich an einem Büchertisch abstützte.

Der Leutnant befühlte ängstlich sein Kinn und brummte: »Dafür werde ich Sie fordern, Falcon.«

»Versuchen Sie es, wenn Ihr schwaches Hirn sich daran erinnern kann, dass ich bereits Sie gefordert habe.«

»Und außerdem«, schaltete Rossiter sich ein und schloss die Tür, »musst du warten, bis du an der Reihe bist, Jamie. Was machst du hier?«

Morris richtete sich auf. »Der entscheidende Punkt ist doch, was *du* hier machst. Das ist ganz und gar unschicklich, weißt du.«

»Wir haben sein Anstandsgefühl verletzt«, spottete Falcon.

»Das überrascht mich nicht«, meinte Rossiter. »Und um die Wahrheit zu sagen, ich weiß wirklich nicht, was ich hier mache. Ich erinnere mich, dass ich gestern Abend in Ihren Hof geritten bin, aber …«

»Aber nachdem Sie es fertig gebracht hatten, dass Lady Lutonville beinahe umgekommen ist, hatten Sie die verdammte Frechheit, im Sattel einzuschlafen.« Falcon schnaubte erbost. »Als wir versuchten, Sie hochzuziehen, sind Sie einfach vom Pferd gefallen, und da wir Sie nicht wach bekamen, war ich ja wohl gezwungen, Sie über Nacht hier zu behalten. Das Gespött von ganz London werde ich sein, wenn das durchsickert!«

»O Gott, ja«, stimmte Rossiter verlegen zu. »Ich bitte Sie um Verzeihung. Und vielen Dank für Ihre Gastfreundschaft. Ich darf mir gar nicht ausmalen, was Naomi von mir halten muss. Ich hätte sie zum Ball zurückbringen sollen.«

Falcon sah ihn finster an. »Ich habe sie hingebracht. Obwohl ich schon im Bett war, musste ich aufstehen und Ballkleidung anziehen – und wenn ich etwas verabscheue, dann ist es das!« Er wandte sich an Morris, der laut aufgelacht hatte. »Wie typisch, dass Sie das lustig finden.«

»Ja, wirklich lustig«, erwiderte Morris schadenfroh. »Es tut mir in der Seele wohl zu sehen, dass Sie verärgert sind. Ich bin wirklich noch nie einem so streitsüchtigen Kerl begegnet wie Ihnen. Ich schwöre, Falcon, wenn Sie allein auf einer einsamen Insel wären, würden Sie gegen sich selbst kämpfen!«

»Was für ein Glück, dass ich in der Zwischenzeit Mr. Rossiter als Gegner habe. Und dann …« Falcon lächelte unfreundlich. »… und dann Sie. Und, Morris, je eher wir diese Angelegenheit in spe erledigen …«

»In was?«, fragte Morris neugierig.

Falcon stöhnte. »In spe, Sie Trottel! Soll ich es buchstabieren?«

»Nein! Verdammt, Falcon, ich werfe Ihnen Ihr Gesicht nicht vor, aber Sie können sich wenigstens bemühen, die Landessprache zu sprechen! ›In spe‹, also wirklich! Hat man je etwas so Angeberisches gehört! Und apropos angeberisch, dieser Morgenmantel …«

Grinsend schlüpfte Rossiter hinaus in die Halle. Geistesabwesend registrierte er, dass es wirklich ein prächtiges und schön eingerichtetes Haus war, aber stärker war ihm bewusst, dass seine Zeit hier sehr begrenzt war.

Ein Lakai sah ihn ausdruckslos an. Rossiter sagte, er habe eine Nachricht für Lady Lutonville und fragte, wo er sie finden könne. Der Lakai brachte ihn in ein großes Speisezimmer mit Glastüren, die auf die Terrasse führten.

Naomi saß in einer kleinen Laube und war mit ihrem Skizzenblock beschäftigt. Ihre weiten Röcke bauschten sich. Sonnenstrahlen drangen durch das Gitterdach und ließen ihre gepuderten Locken glänzen. Es war ein bezauberndes

Bild, und als Rossiter den Rasen überquert hatte, blieb er mit einem Fuß auf der Schwelle stehen, um es ganz in sich aufzunehmen.

Immer noch leicht atemlos, weil sie sich so hastig bemüht hatte, ebendiese Szene darzustellen, schaute Naomi mit einem überzeugend überraschten Blick auf, wurde aber nur noch atemloser. Warum musste sich sein dunkles Haar so hübsch locken? Warum musste der wehmütige Ausdruck in den dicht bewimperten grauen Augen eine so verheerende Wirkung auf ihren Puls haben? Warum war es so schwierig, den Ärger und Groll zu empfinden, den er verdiente? Er trat näher und sah auf sie herab.

»Ich hoffe, Sie haben sich wieder erholt«, meinte sie kühl.

»Ich hätte letzte Nacht bemerken sollen, dass Sie der Entkräftung nahe waren, und Sie ...«

»Hören Sie auf«, unterbrach er sie streng. »Wir haben einander wichtigere Dinge zu sagen.«

Naomi erhob sich. »Wir haben einander nichts zu sagen, es sei denn ...«

Er packte sie mit eisernem Griff und zog sie an sich. Sie schnappte nach Luft und wollte sich losmachen, aber er zog sie noch näher und senkte den Kopf. Seine Lippen fanden die ihren, hart und schmerzhaft. Lange Jahre der Sehnsucht lagen in diesem Kuss. Naomi wehrte sich wütend, konnte sich aber nicht befreien. Er war zu stark, und ihr albernes Herz hämmerte so wild, dass sich in ihrem Kopf alles drehte. Eine Welle der Ekstase schwemmte alle Empörung, Schicklichkeit und Vorsicht hinweg und erfüllte sie stattdessen mit einem schwindelerregenden Bedürfnis, den Kuss zu erwidern. Sie schien dahinzuschmelzen. Ihre Hände tasteten sich hinauf zu seinen Schultern, schlangen sich um seinen Hals und dann küsste sie ihn mit einer Leidenschaft wieder, die ihr den Atem nahm. Als er sie schließlich losließ, lag sie schlaff und erschöpft in seinen Armen und presste ihr heißes Gesicht an sein Halstuch.

»O Gott«, keuchte sie leise. »Ich nehme an, jeder in diesem Haus hat das gesehen.«

Er lächelte. »Gut. Geliebte, begreifst du nicht, dass wir nicht gegen das Unvermeidliche ankämpfen können?« Er führte ihre Hand an seine Lippen »Du warst immer dazu bestimmt, mir zu gehören. Und ich werde dich immer anbeten …«

»Sie vergessen«, flüsterte sie und bemühte sich, vernünftig zu sein, während jeder Nerv in ihr vor Begehren und Liebe zu diesem skrupellosen Mann bebte, der sie so wundervoll fest in den Armen hielt.

»Meine holländische Familie?« Er seufzte. »Ich hätte dir sagen sollen …«

»Nein. Nein, bitte nicht.« Irgendwie fand sie die Kraft, sich loszumachen und aufrecht zu stehen. »Es hat keinen Zweck, Gideon.«

»Ich weiß«, sagte er leise. »Ich bin ein Lebemann und Libertin. Du bist ein liederliches Frauenzimmer. Aber ich liebe dich und du liebst mich. Nein, leugne es nicht. Gerade eben …«

»Das war ein Augenblick der Schwäche.« Sie biss sich auf die Lippe. »Wir sind weiter voneinander entfernt denn je, da Sie jetzt zu allem anderen auch noch meinen Vater verdächtigen, weiß der Himmel welche Schändlichkeiten begangen zu haben. Und er hat mir bereits verboten, Sie zu treffen.«

»So wie meiner«, erwiderte er ruhig und nickte, als sie ihn erschrocken ansah. »Sir Mark hat das Gefühl, dass Ihr Vater ihm den Rücken zugekehrt hat, als er ihn am meisten gebraucht hätte.«

Sie senkte den Blick. Traurig sagte sie: »Was könnte es also für eine Hoffnung für uns geben? Wir müssen einander Lebewohl sagen und …«

»Wenn ich sterbe vielleicht«, unterbrach er sie und ergriff erneut ihre Hand. »Wir müssen dieser Sache jetzt auf den Grund kommen, mein liebstes Mädchen. Wahrscheinlich finden wir heraus, dass dein Papa nichts mit alldem zu tun hatte, und …«

»Sie sind zu großzügig«, erklärte sie, von neuem verärgert. »Was ist denn mit *Ihrem* Papa und den Anklagen, die gegen ihn vorgebracht werden, nicht aufgrund eines vagen und unbegründeten Verdachts, sondern von der Regierung und der …«

»Hier bist du also, Gideon.« Sir Mark, majestätisch in einem braunen Samtrock mit goldenen Litzen, war unbemerkt herangekommen und seine scharfe Stimme schnitt Naomi das Wort ab.

Sie schrak zusammen und wurde sehr rot.

Gideon fuhr herum und begegnete dem zornigen Blick seines Vaters. »Guten Morgen, Sir. Sie sind zeitig unterwegs.«

»Allerdings! Um dich zu suchen! Ist dir nicht der Gedanke gekommen, dass dein Bruder, deine Schwester und ich sich Sorgen um dich machen könnten, während du dich hier hast hereinlocken lassen?«

»Verzeihung, Sir Mark, aber ich habe Gideon nicht dazu verlockt, hier zu bleiben«, widersprach Naomi erzürnt. »Als wir letzte Nacht hier angekommen sind, war er vollkommen erschöpft und keinesfalls in der Lage …«

»Nun, das ist zumindest eine Erleichterung«, erklärte eine andere Stimme. Der Earl of Collington schritt anmutig über das feuchte Gras, ein Bild aristokratischer Eleganz in einem bordeauxroten Rock, ein juwelenbesetztes Lorgnon in der weißen Hand, und seine attraktiven Gesichtszüge zeigten deutliche Verachtung. »Ich glaube, Mylady, Sie müssen vergessen haben, dass ich Ihnen explizite Anweisungen erteilt habe, was Ihren künftigen … Umgang betrifft.«

Bevor Naomi etwas entgegnen konnte, schnaubte Sir Mark: »Wenn Ihre Anweisungen mit meinem Sohn zu tun hatten, Collington, waren sie überflüssig. Ich habe Gideon schon lange befohlen, sich von Ihrer Tochter fern zu halten.« Der Earl hob das Lorgnon. Er musterte zuerst eine rebellische Schönheit, dann einen jungen Soldaten mit eisigen Augen. Er lächelte matt. »Der Captain scheint Befehle nicht sehr korrekt zu befolgen. Kommen Sie, Mylady. Ihr Besuch hier ist zu Ende.«

Scharf erklärte Gideon: »Mylord, es ist nur fair, Sie zu warnen, dass ...«

»Nein!«, rief Naomi, die Angst davor hatte, was er sagen könnte.

Falcon kam über den Rasen marschiert. Er sah elegant aus, obwohl seine Augen mörderisch blickten. »Mylord ... Sir Mark ...« Er verbeugte sich übertrieben. »Mein Vater wird bestürzt sein, dass er bei einer so bedeutsamen Gelegenheit abwesend war. Ich nehme an, Sie wussten nicht, dass er sich zur Zeit in Sussex aufhält.«

Sir Mark besaß die Anmut, angesichts dieses Zynismus zu erröten.

»Wie bedauerlich«, murmelte der Earl.

»Höchst bedauerlich.« Und tückisch fügte Falcon hinzu: »Es sei denn, Sie sind gekommen, um Rossiter zu suchen? Im Zusammenhang mit einem ... Zweikampf vielleicht?«

»Ein verdammt guter Gedanke«, knurrte Sir Mark und warf Collington einen finsteren Blick zu.

»Oder in Zusammenhang mit einer vermissten Schachfigur?«, murmelte Gideon.

Naomi stieß einen erschrockenen Laut aus. Falcon blickte verwirrt drein. Sir Mark fluchte leise.

»Leider, so faszinierend diese Unterhaltung auch ist, kann ich nicht länger bleiben«, näselte Collington. »Ihr Diener, Messieurs. Kommst du bitte, Naomi ...«

Den Blick gesenkt, legte sie ihm die Hand auf den Arm und er führte sie fort.

»Ich sage dir, diese verfluchte Schachfigur hängt irgendwie mit der Sache zusammen. Ich wünschte bei Gott, ich wüsste, wie.« Gideon klammerte sich am Haltegurt fest, als die Kutsche durch den späten Vormittag sauste, wartete auf eine Entgegnung, und als keine erfolgte, wandte er sich seinem Freund zu.

Morris hatte sich in die Polster zurückgelehnt und lächelte geistesabwesend den Rücken des Postillions an.

»He!«, rief Gideon.

Seufzend murmelte Morris: »Mein Vater wird sie anbeten. Und die ganze Familie.«

»Hast du ein Wort von dem gehört, was ich gesagt habe, du unglückseliger Tropf?«

»Ich bin nicht unglückselig! Ich habe das wunderbarste Mädchen gefunden, das je geschaffen worden ist, und ich habe die Absicht, es zu heiraten. Was hat das mit unglückselig zu tun?«

»Oh, ganz und gar nichts. Außer vielleicht, dass ihr Bruder schwört, dich zu durchlöchern, und wenn du stattdessen ihn noch einmal durchlöcherst, besteht eine leise Möglichkeit, dass er etwas gegen deine Hochzeit mit seiner Schwester einzuwenden hat. In keinem der beiden Fälle hast du exakt seine Wertschätzung gewonnen, Jamie.«

Blinzelnd kehrte Morris in die Wirklichkeit zurück. »Wer bist du, um von Wertschätzung zu reden? Hat man je von Leuten gehört, die im Glashaus sitzen und mit Steinen werfen! Nach dem scharfen Donnerwetter zu urteilen, das dein verehrter Vater über deinem Haupt hat ergehen lassen, ist er nicht gerade entzückt von dir, mein Junge.«

»Nein«, gab Gideon grimmig zu. »Ich entschuldige mich dafür, dass du dir das alles mit anhören musstest. Er ist wirklich kein so schlechter alter Knabe. Zumindest habe ich dich jetzt loseisen können.«

»Allerdings.« Stirnrunzelnd sah Morris sich um. »Aber wohin, wenn ich fragen darf? Und was tue ich in dieser Kutsche? Nachdem ich gehört habe, wie Sir Mark dir den Kopf gewaschen hat, waren meine Knie wie Pudding, und du hast dir das zunutze gemacht, um mich zu entführen!«

Gideon lachte. »Du hast dich bereit erklärt, mit mir zu kommen, was ich sehr nett von dir fand. Aber wenn du aussteigen willst ...« Er streckte die Hand nach der Tür aus.

»In dieser Wildnis? Was fällt dir ein, du Schurke! Ich habe keine Lust mehr auf eines von deinen kleinen Scharmützeln, das sage ich dir!«

»Wir sind kurz vor Canterbury, was du wissen würdest, wenn deine Augen etwas anderes sehen würden als das Bild von Miss Falcon. Und was ich vorhabe ... Jamie, ich bin langsam davon überzeugt, dass diese Schachfigur, die Naomi verloren hat, in irgendeinem Zusammenhang mit den Schwierigkeiten meines Vaters steht.«

Morris sah ihn an. »Genau, was ich mir denke! Dieser verfluchte Schachbauer ist der Rädelsführer. Als ich ihn in der Tasche hatte, habe ich das deutliche Gefühl gehabt, dass in Wirklichkeit *er mich* in der Tasche hatte, und ...« Er riss den Arm hoch, um sich zu schützen, und nachdem er um Gnade gefleht hatte, lehnte er sich lachend zurück. »Nein, wirklich, alter Knabe. Es ist sehr weit hergeholt, das musst du zugeben. Aber vor einer Stunde hast du Collington gegenübergestanden. Warum hast du ihn nicht gefragt? Wenn er etwas wüsste, hätte er es dir wahrscheinlich gesagt. Ein guter Mann, der Earl.« Gideon sah ihn nachdenklich an und Morris fügte bekräftigend hinzu: »Mein Vater sagt das.«

»Und wenn dein Vater sich irrt und Collington der Mann ist, der hinter dem Ruin meines Vaters steckt? Ein schöner Trottel wäre ich da gewesen, wenn ich ihn um Auskunft gebeten hätte!«

»*Collington?*« Morris stöhnte und fuhr sich mit der Hand über die Augen. »Armer Kerl, du hast ja einen ganz schönen Spleen! Warum beschuldigst du nicht den Erzbischof von Canterbury? Oder den Oberbürgermeister von London? Wäre doch ein netter Spaß.«

»Ich werde in Canterbury eine zweite Kutsche mieten und du kannst nach Sevenoaks fahren«, meinte Gideon ruhig.

»Ich sollte dich auf jeden Fall nicht in diese Sache mit hineinziehen.«

»Nein, solltest du nicht. Wohlgemerkt, ich hätte nichts gegen eine nette Rauferei einzuwenden, wenn du mir den Schurken zeigst und sagst: ›Da steht er! Tally ho!‹ Aber du reitest mit deiner Lanze gegen jede Windmühle an, die in Sicht kommt, und jede neue ist noch unwahrscheinlicher als die letzte. Ich frage mich, wie es kommt, dass ich mir eingebildet habe, du würdest Derrydene verdächtigen?«

»Ich verdächtige ihn auch.« Gideon runzelte die Stirn. »Und vielleicht reite ich gegen Windmühlen an. Das Teuflische dabei ist, dass ich nicht weiß, gegen wen ich kämpfe, Jamie. Verdammt! Es ist, als versuchte man einen Schatten zu greifen.«

»Und hinter welchem Schatten jagen wir in Canterbury her?«

Gideon lächelte dankbar und erklärte: »Ich habe die Hoffnung, dass der Juwelier, der diese verwünschte Schachfigur repariert hat, mir vielleicht etwas sagen kann.«

»Wenn er mit dieser lichtscheuen Angelegenheit nichts zu tun hat, wird er auch nichts wissen. Und *wenn* er etwas damit zu tun hat, werden wir wahrscheinlich mit durchgeschnittener Kehle enden. Außerdem, woher willst du wissen, welcher Juwelier es ist? In Canterbury gibt es wahrscheinlich mindestens ein Dutzend.«

»Als Lady Naomi an jenem ersten Tag nach Promontory Point gekommen ist, hat sie ein Juweliergeschäft in der Stour Street erwähnt. Das dürfte doch sicher nicht schwer zu finden sein?«

Sein Optimismus erwies sich als wohl begründet, und eine Stunde später standen die beiden jungen Männer auf dem Gehsteig und blickten auf Shumaker's Juweliergeschäft.

Morris seufzte. »Nun, du hast Recht gehabt, mein Lieber. Es war nicht schwer zu finden.«

Ein Zupfen an seinem Stiefel holte Gideon aus seinen Gedanken. Er schaute zu Boden. Ein winziges Äffchen mit einem roten Tschako auf dem Kopf blinzelte zu ihm hinauf und schwenkte einen Zinnbecher. Mechanisch nahm Gideon seine Börse heraus und warf eine Münze in den Becher, und das Äffchen hüpfte schnatternd zu dem Leierkastenmann, dem es gehörte. Dieses große Individuum, das eine schlecht sitzende Stutzperücke trug und ein rotes Tuch um den Hals geknüpft hatte, strahlte und drehte das Rad, sodass der durchdringende Klang einer unidentifizierbaren Melodie die Stille zerriss. Gideon hob die Hand, und der Drehorgelspieler hörte auf und sah den Kunden mit gefühlvollen schwarzen Augen fragend an. »Sie mögen die Musik nicht, Signor?«

Gideon trat in den Rinnstein und log: »Doch, sehr. Aber ich hätte lieber eine Auskunft von Ihnen. Können Sie mir sagen, was hier passiert ist?«

Der große Mann warf ihm einen mitleidigen Blick zu. »Ist abgebrannt.«

»Das sehe ich. Wissen Sie, wann?«

Der Mann bekam einen schlauen Gesichtsausdruck und zwirbelte seinen prachtvollen Schnurrbart. »Könnt sein.« Gideon zog einen Florin aus seiner Börse und hielt ihn hoch. »Versuchen Sie's. Und geben Sie sich keine Mühe wegen Ihres Akzents.«

Der Mann grinste. »Hab schon gemerkt, dass Sie 'n geriebener Fuchs sind, Maestro. Recht ha'm Sie. Am Dienstagabend hat das Geschäft angefangen zu brennen. Der arme alte Doc hat noch spät gearbeitet. Der Polizist sagt, dass er eingeschlafen ist, als er grad Gold oder so was geschmolzen hat, und dann ist er aufgewacht und hat sich gleich beim Petrus entschuldigen können. Lustig.«

Äußerst schockiert meinte Morris: »Sie haben eine verflixt seltsame Vorstellung davon, was lustig ist! Es ist nicht im Geringsten lustig zu verbrennen, wenn Sie das interessiert. Wohlgemerkt, ich bin nicht so zu Tode gekommen, aber ich habe mir einmal die Hand verbrannt, und ...«

»Wollt nicht respektlos sein, Sir«, unterbrach der Leierkastenmann hastig.

»Glauben Sie, dass bei dem Feuer irgendetwas vielleicht nicht mit rechten Dingen zugegangen ist?«, fragte Gideon.

»Ha. Sie haben's richtig getroffen, Sir! ›Doc‹ haben wir den Mr. Shumaker genannt, weil er eine feine Schulbildung gehabt hat. Und gescheit war er, sapperlot! Sie hätten seh'n sollen, wie er kaputte Sachen wieder hingekriegt hat. Lustig, dass er mit einem Namen wie Shumaker ein Uhrmacher war!«

Morris lachte schallend und der Drehorgelspieler stimmte herzhaft mit ein. »Bei Gott, das ist *wirklich* lustig«, sagte Morris. »Teufel auch, der Bursche hätte besser Mr. Ticktack heißen sollen, wie?« Erneut lachten die beiden Männer laut und das Äffchen hüpfte aufgeregt schnatternd auf und ab.

Als der Tumult sich legte, fragte Rossiter: »Ist das alles, was Sie mir dazu sagen können, Mister?«

Der große Mann wischte sich die Augen mit einem Zipfel des roten Halstuchs und erklärte atemlos, der Doc sei ein sehr sorgfältiger Arbeiter gewesen. »Nie hätt' man gedacht, dass er an einem Feuer schuld sein könnt'. Ein gutes Geschäft hat er gehabt, der arme Kerl. Die feinen, adligen Pinkel sind von meilenweit mit ihren Uhren gekommen, ganz bestimmt. Hat er was von Ihnen dagehabt, Maestro?«

»Ich hatte von seiner Arbeit gehört. Seine Witwe tut mir Leid. Wohnt sie hier in der Nähe?«

»Hat sie. Aber jetzt ist sie futsch, armes Ding.«

»So was!«, mischte sich Morris ein. »Ist sie auch umgekommen?«

»Nein, Sir. Weggezogen ist sie. Gestern. Ihr Bruder ist gekommen und hat ihr beim Zusammenpacken geholfen.

Armes altes Ding. Hat's wahrscheinlich so ganz allein nicht ausgehalten. Da ist sie halt zu ihrem Bruder gegangen. Obwohl es kein guter Tausch war, so wie der ausgesehen hat.«

»Hatte sie hier in der Gegend keine Freunde, die ihr hätten beistehen können?«

Der Leierkastenmann strich sich übers Kinn und dachte darüber nach. »Hm, ja und nein. Der Doc hat welche gehabt. Aber seine Missus – eine komische Frau war das, wenn ich je eine gesehen hab. Obwohl, das sind sie ja alle, oder? Frauen, mein ich. Alle nicht so ganz richtig in ihrem Oberstübchen, so oder so. Aber diese Mrs. Shumaker, puh! Wie der Doc das mit ihr ausgehalten hat, weiß ich nicht! Nervös wie zwei Katzen auf einem heißen Blechdach war sie. Einmal bin ich hinter ihr hergekommen. Hellichter Tag war's, und eine Seele von Mensch, wie ich bin, ohne mir was Böses zu denken, sag ich: ›Morgen, Ma'am.‹ Das war alles. Bloß ›Morgen, Ma'am.‹ Und sie hüpft hoch in die Luft und kreischt wie ein Rad, das man nicht geölt hat, und rast dann die Straße runter, sodass alle mich angestarrt haben, als hätte ich sie gezwickt, wo ich's nicht hätte tun sollen. Mein Gesicht war so rot, dass es fast von selber Feuer gefangen hat! Wie soll man sagen, was so eine Frau als Nächstes tut, nicht wahr?«

»Beim Zeus, das kann man nicht«, erwiderte Morris mit bereitwilligem Mitgefühl. »Schrecklich! Ich erinnere mich, wie ich einmal …«

Gideon unterbrach ihn hastig. »Wissen Sie zufällig, wo der Bruder dieser Frau wohnt?«

»Nee, Maestro. War sogar 'ne richtige Überraschung für mich. Hab nie gewusst, dass sie einen Bruder hat. Na, ich wünsch ihr alles Gute bei ihm. Ein großer Kerl, und so nett anzuschauen wie eine Küchenschabe mit Bart. Dem möchte ich im Dunkeln nicht allein übern Weg laufen!«

Gideon dankte ihm, reichte ihm den Florin und sah ihm nach, als er davonspazierte, das schnatternde Äffchen auf der Schulter und die Orgel drehend, sodass die schrille Musik durch die warme Luft kreischte.

Nebeneinander gingen die beiden Männer weiter. Morris summte die Melodie mit, Gideon war tief in Gedanken versunken. Als die Drehorgelklänge schon recht fern waren, fragte Morris: »Was nun?«

»Emerald Farm«, sagte Gideon. »Ich muss unbedingt einen Blick auf das alte Gemäuer werfen, nur um sicherzugehen, dass alles in Ordnung ist. Vielleicht sehe ich mich ja demnächst gezwungen, mit meiner Familie dorthin umzuziehen, und seit ich nach Hause gekommen bin, hatte ich noch keine Möglichkeit hinzufahren.«

Morris schaute ihn verstohlen an. Ross konnte Rückschläge einstecken, aber das musste ein Schlag für seine Hoffnungen gewesen sein, so weit hergeholt sie auch sein mochten. Vorsichtig fragte er: »Hör zu, mein Junge, wenn ich irgendetwas tun kann …? Ich meine, ich weiß, das war eine große Enttäuschung für dich, und am Samstag auch noch das Duell …«

»Enttäuschung!« Gideons Augen funkelten aufgeregt. »Im Gegenteil, das bestätigt alles, was ich geargwöhnt habe! Der Juwelier wurde zum Schweigen gebracht, verstehst du nicht? Und seine Frau, der Himmel steh der armen Lady bei, hat man weiß Gott wohin gebracht, damit sie nichts Ungelegenes sagen kann! Ich bin auf der richtigen Fährte, James! Beim Zeus, wirklich!«

»Gott helfe dem Erzbischof von Canterbury«, stöhnte Morris.

14

Weil sie sich erst spät auf den Weg gemacht hatten und Rossiter vor Anbruch der Nacht wieder in London sein musste, war er bei der Wahl einer Kutsche und eines Vierergespanns sehr heikel gewesen. Das leichte Gefährt hatte die Pferde nicht übermäßig strapaziert, die Postillione hatten ein scharfes Tempo angeschlagen, und mit zwei kurzen Pausen kamen sie in weniger als drei Stunden an die Grenze zu Sussex und die Hügelkette, die als *The Weald* bekannt ist.

In einer weiten östlichen Schleife brachte die Straße sie schließlich nach Süden, und von ihrem hohen Aussichtspunkt aus erhaschten sie manchen Blick auf Emerald Farm. Als seine Großmutter noch lebte, hatte Rossiter das Anwesen winters wie sommers besucht und es immer entzückend gefunden. Das Haus selbst wies nach Süden und war auf einer kleinen Anhöhe erbaut; dahinter erhoben sich die smaragdfarbenen Kuppen höherer Hügel. Das lang gestreckte Fachwerkgebäude mit dem tief herabgezogenen Reetdach stand friedlich inmitten der üppigen Weiden und Felder, so wie es seit über einem Jahrhundert gestanden hatte; die zahlreichen Fenster blinkten im Sonnenlicht, das einen goldenen Schimmer auf die weiß getünchten Mauern warf. Kein Rauch kam aus den Kaminen, und durch die Stille drang nur das ferne Muhen von Kühen, Vogelgezwitscher und hin und wieder ein Rauschen der frischen Brise.

Sie waren noch ein Stück weit weg, aber Morris dachte, es sehe verlassen aus. Als sie über eine Holzbrücke rumpelten, meinte er: »Verteufelt hübsch hier. Wie viel Land?«

»Ungefähr zwei Quadratmeilen. Dieser Fluss ist die östliche Begrenzung und die Hügel bilden die nördliche Linie.«

»Nettes kleines Grundstück. Wer verwaltet es für dich?«

»Ein Ehepaar lebt hier, das schon für meine Großmutter gearbeitet hat. Sie beschäftigen vier Landarbeiter, soviel ich weiß.« Gideons Blick glitt über die Wiesen. »Obwohl man das im Moment kaum vermuten würde«, brummte er mit grimmiger Miene.

Sie fuhren über eine gepflegte Straße, gesäumt von üppig wachsenden Wildblumen, durch Felder, wo das junge Korn sich sacht im Wind bewegte oder das gefiederte Kraut von Karotten in ordentlichen Reihen aus dem Boden ragte. In der Ferne standen Kühe bis zu den Fesselgelenken im saftigen Gras der Weiden. Eine geschwungene Auffahrt führte zum Haus, vor dem die Postillione das Gespann anhielten. Gideon kletterte aus der Kutsche. Auf seinen Gruß kam keine Antwort, noch war irgendein Lebenszeichen zu sehen. Mit leiser Furcht stieg er zwischen Blumenbeeten, wo Narzissen die goldenen Köpfe im Wind wiegten und die fröhlichen Farben der Tulpen vor dem Hintergrund der hochragenden Stängel später blühender Malven leuchteten, die Treppe hinauf. Die Eingangstür war nicht versperrt, und er eilte hinein, nur um vor Schreck sofort reglos stehen zu bleiben.

Morris folgte ihm und japste: »Gott steh uns allen bei!«

Die geräumige Halle war in wilder Unordnung, Schubladen waren aus dem Büfett herausgezogen und achtlos zu Boden geworfen worden. Die hohe Standuhr war aufgerissen, das Pendel lag unten, die Glastür war zerbrochen.

Wie betäubt gingen sie weiter in den Salon, den Gideon als so warm und einladend in Erinnerung hatte und der nun ein Schlachtfeld mit umgestürzten Stühlen und Tischen, Scherben von Vasen und zerrissenen Kissen war; sogar die Bilder waren willkürlich auf den Boden geworfen worden.

»Sie waren gründlich«, sagte Morris. »Die Ehre muss man ihnen zugestehen.«

»Den Kerlen steht etwas ganz anderes zu«, knirschte Rossiter. »Verdammt, die sind hinter dieser verwünschten Schachfigur her!«

Er ging zurück zur Treppe und rief den Postillionen zu, die Kutsche in den Schuppen zu bringen und die Pferde zu versorgen. Dann nahmen er und Morris eine rasche und schmerzvolle Inspektion des Hauses vor. Zimmer für Zimmer war durchsucht und verwüstet worden. Es war wie eine Schändung; ein grausam verletzender Einbruch in diesen persönlichen Ort, der ihm unaussprechlich lieb war. Als Rossiter langsam wieder die Treppe hinunterstieg, versuchte er das Ausmaß seines zornigen Kummers zu verbergen und knurrte: »Ich hoffe bei Gott, dass niemand von meinen Leuten bei dieser Katastrophe verletzt worden ist!«

»Um Gottes willen! Gideon!«

In einem beigen Reisekleid, ein beiges, spitzenbesetztes Häubchen auf den hoch frisierten Locken, stand Mylady Lutonville in der Eingangshalle, während ihre Zofe neugierig über ihre Schulter lugte.

Ihr Anblick war Balsam für Rossiters verletzte Seele, und rasch ging er auf sie zu, um ihre ausgestreckte Hand zu ergreifen. »Wenn das nötig war, um Sie zu mir zu bringen«, sagte er mit einem schmerzlichen Lächeln, »dann ist es die Sache wert!«

»Ich bin aus einem ganz anderen Grund gekommen«, erwiderte sie. »Wie furchtbar ist das! Was für eine sinnlose Zerstörung. Es tut mir so Leid. Ich weiß, wie sehr Sie dieses alte Anwesen immer geliebt haben. Haben Sie diese Vandalen noch gesehen?«

»Nein. Wir sind erst vor zehn Minuten angekommen.«

»Ich wünschte, wir *hätten* diese schmutzigen Kerle noch gesehen!«, knurrte Morris.

In ihrem Kummer hatte Naomi nur Gideon bemerkt. Verspätet sagte sie nun: »Verzeihung, Leutnant! Was müssen Sie nur von mir denken? Ich wollte Sie nicht ignorieren.«

Er verbeugte sich mit untadeliger Höflichkeit und versicherte ihr, dass er ihre Reaktion vollkommen verstehe. »Ein hässlicher Schreck für Sie, Ma'am. Sie haben nicht erwartet, in ein solches Chaos zu kommen.«

»Nein, in der Tat nicht.« Naomi sah sich traurig in dem Trümmerhaufen um. »Es ist furchtbar! Furchtbar! Was ist mit Ihren Dienern, Gideon?«

»Wenn ich das nur wüsste.« Er stellte einen umgestürzten Stuhl auf. »Ich hatte gehofft, Ihnen den Hof unter anderen Umständen zu zeigen. Verzeihen Sie, dass Sie ihn in einem solchen Chaos sehen müssen.«

Morris bückte sich nach einem silbernen Kerzenleuchter. »Auf jeden Fall scheint man dich nicht ausgeraubt zu haben.« Er warf einen Blick auf Maggie, die bleich und verängstigt aussah. »Kommen Sie, meine Liebe«, sagte er aufmunternd. »Fangen wir an, ein wenig aufzuräumen.«

Alle zusammen begannen sie, die Gegenstände aufzuheben, die nicht hoffnungslos zertrümmert waren. Naomi, eine kleine Uhr in der Hand, horchte ängstlich auf ihr Ticken und reichte sie Gideon. »Sie geht noch, Gott sei Dank. Oh, wie dumm wir sind! Wir können so wenig zustande bringen. Sie werden Hilfe brauchen, um das Haus wieder aufzuräumen.« Sie sah, dass Gideon sie etwas seltsam anblickte, und fuhr fort: »Ich nehme an, Sie wundern sich, warum ich hier bin.«

»Ich wage es kaum zu fragen.«

»Ich bin gekommen, um Ihnen zu sagen, dass Sie meinem Papa eine höchst demütige Abbitte schuldig sind, Sir. Er hat die Schachfigur gefunden!«

»Na so etwas!«, rief Morris und kam zu ihnen geeilt.

»Wie?«, fragte Rossiter.

»Auf eine höchst seltsame Art. Gestern bekam Papa ein Päckchen mit der Post. Es war von dem Juwelier in Canterbury, der erklärte, er habe mir versehentlich das Eigentum eines anderen Gentleman mitgegeben. So hat er die Schachfigur geschickt, die Papa gehört, und bat darum, dass man ihm das andere Stück zurückgeben solle. Was nun ziemlich schwierig sein wird«, räumte sie nachdenklich ein.

»Mehr, als Sie sich vorstellen können«, sagte Morris.

Kurz angebunden fragte Rossiter: »Hat der Juwelier den Namen dieses anderen Gentleman genannt?«

»Nein. Aber das kann man sicher leicht herausfinden.«

Die beiden Männer sahen einander an.

»Sind Sie ganz sicher, Naomi?«, fragte Rossiter, »Haben Sie die andere Schachfigur gesehen?«

Sie runzelte die Stirn. »Ich hätte mir denken können, dass Sie mir nicht glauben würden! Oder malen Sie sich mit Ihrer blühenden Phantasie nun aus, dass mein Vater gelogen hat? Ich kann Ihnen versichern, dass es nicht so ist, denn einer der Gründe, warum er an jenem Morgen ins Haus der Falcons gekommen ist, war der, dass er mir die Figur zeigen wollte.«

Verwirrt murmelte Rossiter: »Aber dann … was soll dann der Grund für all dies sein, frage ich mich?«

»Ich denke, das sollte vollkommen klar sein. Es war ein Irrtum, dass Sie glaubten, das Ganze hätte etwas mit der verlorenen Schachfigur zu tun. Zumindest nicht mit der, die meinem Papa gehört!«

Schweigend starrte er auf eine zerbrochene chinesische Vase.

Morris hob sie auf und meinte hilflos: »Vielleicht können wir sie wieder kleben, mein Junge.«

Rossiter seufzte. »Wir werden gallonenweise Leim kaufen müssen.«

Angesichts dieses Versuchs zu einem verzerrten Lächeln schwand Naomis Ärger. »Oh, sagen Sie nicht, dass das ganze Haus so aussieht.«

»Genauso oder schlimmer«, entgegnete Morris traurig.

»Wer immer das gewesen ist und was immer sie wollen«, stellte Rossiter fest, »sie sind verteufelt entschlossen.« Seine Worte klangen niedergeschlagen, und ungeduldig mit sich selbst straffte er die Schultern, blickte in Naomis liebreizendes und bekümmertes Gesicht und fügte fröhlicher hinzu: »Es ist sehr nett von Ihnen, dass Sie den ganzen Weg hergefahren sind, um mir die Neuigkeit zu bringen. Aber ich glaube, Sie sind ohne die Erlaubnis Ihres Vaters hier, wie, Ma'am?«

Zärtlichkeit lag in seinen Augen, eine stumme Liebkosung, die sie bezauberte. Mit einer Stimme, die wie von weit her klang, antwortete sie: »Ich bin alt genug, um hinzugehen, wohin ich will.«

»Ganz die unabhängige Lady«, neckte er sie.

»Nicht so unabhängig, dass ich gewillt bin, meinen Vater zu betrüben. Nicht mehr, als Sie Sir Mark kränken wollen.«

Beide wussten, dass sie nicht über Naomis Besuch auf Emerald Farm sprachen, und sie blickten einander an, ohne ihre Umgebung und ihre Gefährten wahrzunehmen, bis Morris hustete und zum zweiten Mal vorschlug, sie sollten den Wachtmeister aufsuchen.

»Was?«, schrak Rossiter zusammen. »Oh … äh … ja, ich habe fast den Verdacht, dass meine Leute dort sind, Jamie.«

Naomi, ebenso erschrocken, spürte, dass sie rot wurde. Verwirrt wandte sie sich an Morris und fragte: »Bitte, was haben Sie gemeint, Leutnant, als Sie sagten, es würde schwieriger sein, als ich mir vorstellen könnte, dem Juwelier die andere Schachfigur zurückzugeben?«

»Er ist verbrannt«, erwiderte Morris lakonisch.

»Gütiger Himmel! Mr. Shumaker ist verbrannt?«

Morris nickte. »Mitsamt seinem Laden.«

Sie stieß einen entsetzten Laut aus und ließ sich auf einen Stuhl sinken. »Oh, der Arme! Wie furchtbar! Und er war so ein freundlicher Mann!«

»Naomi«, sagte Rossiter nachdenklich, »bei der Gesellschaft der Dowlings haben Sie eine ähnliche Schachfigur gesehen wie die, die Ihr Vater verloren hatte. Haben Sie das irgendjemandem gegenüber erwähnt?«

»Nein. Und tatsächlich war sie auch gar nicht ähnlich.«

»Aber ich dachte, Sie hätten gesagt ...«

»Ich habe gesagt, sie sei genauso, oder fast genauso wie die Figur, die ich verloren hatte. Aber die Figur, die ich verloren habe, hat ...«

»Hat nicht Ihrem Papa gehört. Natürlich. Verzeihen Sie, dass ich so begriffsstutzig war.«

»Ich war auch begriffsstutzig«, gestand sie lächelnd. »Ich hätte gleich bemerken sollen, dass es gar kein Bauer war.«

»Ein Turm?«, fragte Morris.

»Nein. Ich meine, es war etwas anderes. Es gehörte überhaupt nicht zu dem Satz Schachfiguren, die mein Vater hat.«

Verwirrt fragte Rossiter: »Aber Sie haben diesen Figurensatz doch sicher vorher schon einmal gesehen?«

»Nein. Nie.«

»Spielt Ihr Vater oft?«

»Ich habe gar nicht gewusst, dass er überhaupt spielt.« Sie zögerte, dann gab sie mit einem ziemlich bitteren Lächeln zu: »Und wenn er es täte, würde ich es wahrscheinlich nicht bemerken. Unglücklicherweise haben wir wenig gemeinsame Interessen. Er hatte mir gesagt, die Figur, die ich bei dem Juwelier abholen sollte, sei sehr alt. Deswegen habe ich mich auch nicht darüber gewundert, dass sie so ... so seltsam war. Ganz anders als jede andere Schachfigur, die ich je gesehen habe.«

Zwischen all den Dingen auf dem Boden lag auch ein zerrissenes Stück Papier. Rossiter hob es auf, fand einen Stift und reichte beides Naomi. »Ich weiß, wie geschickt Sie mit Ihrem Skizzenblock sind. Können Sie den Gegenstand aufzeichnen, den Sie verloren haben?«

Ein Buch als Unterlage benutzend, begann sie zu zeichnen. »In Wirklichkeit war er kleiner. Ungefähr acht Zentimeter hoch«, murmelte sie. »Und überraschend schwer. Aus rosa Jade, glaube ich. Oben abgerundet ... so. Wie ein Grabstein. Und hier ... hier ... und hier waren Steine eingesetzt, die ausschauten wie Rubine.«

Rossiter, der gespannt auf das Papier blickte, meinte: »Beim Zeus, das sieht wirklich aus wie ein Miniaturgrabstein. War noch irgendwas zu erkennen?«

»Ja«, antwortete sie und machte emsig weiter. »Ein geschnitztes Gesicht, ähnlich wie manche Zeichnungen, die man bei alten Völkern gefunden hat, sodass es aussah wie ein kleiner Mann mit ...«

Morris spazierte herbei, um über ihre Schulter zu spähen, und rief aus: »Teufel aber auch! Das ist mein Spielzeug!« Zwei überraschte Augenpaare richteten sich auf ihn, und Maggie, die immer noch fleißig aufräumte, hielt inne, starrte ihn an und murmelte: »In *seinem* Alter!«

»Dein ... *was?*«, japste Rossiter.

Morris, der sich gedemütigt und voller Reue das Haar raufte, rief: »O Jupiter, was bin ich nur für ein Trottel! Ich dachte, das sei ein *Spielzeug*!«

»Willst du damit sagen, *du* hast das Ding?«, fragte Rossiter erzürnt. »Und hast die ganze Zeit geschwiegen?«

»*Mea culpa*«, stöhnte sein Freund. »Ich bin auf das verflixte Ding getreten, nachdem ich diesen Dummkopf Falcon angeschossen hatte. Als du angefangen hast, über eine Schachfigur herumzuphantasieren, bin ich überhaupt nicht auf den Gedanken gekommen ... Ich hätte *nie* gedacht, dass das eine Schachfigur sein könnte!«

»Was, zum Teufel, hast du damit angestellt?«

»Hab's in die Tasche gesteckt. Als ich nach Hause kam, war meine Schwester da, um mich zu begrüßen, mit der ganzen Familie, weißt du, und ich habe es meiner kleinen Nichte geschenkt.« Er wandte sich an Naomi und erklärte schüchtern: »Wissen Sie, ich hatte nichts anderes. Den Rest meiner Geschenke hatte ich im Red Pheasant gelassen!«

»Dann weißt du also, wo die Figur ist«, sagte Gideon. »Du musst sie zurückholen!«

»Ich ... äh, ich werd's versuchen. Nun denn, auf nach Guildfort. O Gott!« Morris sah verzagt aus. »Hast du schon einmal einem kleinen Mädchen ein Spielzeug weggenommen?«

»Sie müssen ihr etwas zum Austausch bieten, Leutnant«, schlug Naomi lächelnd von »Eine hübsche Puppe ist wahrscheinlich weit willkommener als dieser kleine Rubinmann – oder was immer es ist.«

»Fahr mit der Kutsche«, drängte Rossiter. »Ich kann mir eins von den Pferden hier satteln. Sei ein braver Kerl und bring die Rubinfigur morgen zum Snow Hill, ja?«

Morris blinzelte Naomi gutmütig zu und brummte: »Ich nehme an, ich muss dankbar sein, wenn meine Schwester mich noch bei sich übernachten lässt.«

Sie gingen nach draußen. Beide Gefährte waren in die Scheune gestellt worden, und Naomi bat Morris, ihrem Kutscher zu sagen, er solle alles für die Rückfahrt in die Stadt vorbereiten. Rossiter sah dem Leutnant nach, der schwungvoll davonschritt, und murmelte: »Armer Jamie. Er bezahlt einen schönen Preis dafür, mit mir befreundet zu sein.«

»Wie wir alle«, neckte Naomi ihn.

Lächelnd sah er sie an. Er war weniger hager als unmittelbar nach seiner Heimkehr und sah ruhig und gefasst aus, aber sie kannte ihn und wusste, dass er hinter seiner Gelassenheit traurig und zornig war, weil man in seinem Haus so barbarisch gewütet hatte. Wie charakteristisch für ihn, dass er in einem solchen Moment seinen eigenen Kummer beiseite schob und sich statt dessen um seinen Freund sorgte. »*Mon pauvre*, was haben Sie für eine schlimme Zeit durchgemacht«, sagte sie impulsiv. »Sicher wünschten Sie, Sie wären nicht heimgekommen.«

Er zog ihre Hand an seine Lippen. »Wie könnte ich das wünschen, da ich doch alles verloren hatte, was meinem Leben einen Sinn gab? Mein halsstarriger Stolz beraubte mich meiner Familie, meines Zuhauses, meines Herzens …« Ein schmaler Finger berührte die zarte Rundung ihrer Wange. »Ich habe verdient, was ich mir selbst zuzuschreiben habe. Das Schlimmste an allem ist, dass meine Torheit andere verletzt hat. Wäre ich in England geblieben,wäre es mir vielleicht gelungen, meinen Vater zu einer anderen Handlungsweise zu überreden, sodass womöglich all dieses Leid und diese Sorgen hätten vermieden werden können. Meine Schwester hätte nicht solche Ängste ausstehen müssen. Ich hätte meine Liebste nicht verloren …«

Obwohl sie sich danach sehnte, sich in seine Arme zu stürzen, bemühte sie sich, vernünftig zu bleiben. »Sie scheinen sich sehr sicher zu sein, dass Letzteres zutrifft, Sir.« »Ich bin auf jeden Fall sicher, dass ich die Absicht habe, sie zurückzugewinnen.«

Kein Mann dürfte so sprechende Augen haben, dachte sie und war erleichtert, als die Kutsche angerumpelt kam, Morris aus dem Fenster winkte und rief, dass er morgen früh wieder »diesen verwünschten Hügel erklimmen« werde.

Rossiter winkte zurück. »Sieh zu, dass es *früh* ist! Ich kenne dich Murmeltier! Und pass auf dich auf!«

»Ich werde nun auch Lebewohl sagen, Gideon«, meinte Naomi, als die Kutsche davon gerollt war.

»Aber ich weiß noch immer nicht den wahren Grund, warum Sie gekommen sind.«

»Sie kennen ihn ganz gut.« Sie wandte sich ab, aber er hielt sie weiter fest.

»Eine ehrliche Antwort bitte, Mylady.«

»Ich bin ohnehin hier vorbeigekommen. Ich fahre nach Ashleigh, um … um Mr. Neville Falcon zu besuchen.«

»Ich wundere mich, dass Miss Katrina Sie nicht begleitet hat, da sie doch ihrem Vater sehr zugetan sein soll.« Als

Naomi nicht geruhte, auf diese Provokation etwas zu erwidern, schlug er vor: »Vielleicht wäre es nicht schlecht, Ihrem Kutscher zu sagen, dass Sie Ihre Meinung wieder geändert haben.« Als sie ihn stirnrunzelnd ansah, erklärte er: »Sie haben gerade eben Anweisung erteilt, Sie zurück in die Stadt zu fahren.«

»Oh … äh … ich habe mich nur versprochen, das ist alles.«

»Meine Großmama hat immer gesagt, man solle keine Lügenmärchen erzählen, weil man sonst einen schiefen Mund bekäme.« Er strich mit der Fingerspitze über ihre Lippen.

Entschlossen, nicht zu erschauern, verzog sie den Mund zu einer Grimasse.

Lachend meinte er: »Wenn Sie einen solchen Kussmund machen, mein Herz, wird er sicher auch geküsst.«

Zitternd senkte sie nun den Kopf.

»Naomi … Geliebte … sieh mich an.«

Sie hob den Blick, begegnete dem seinen und war verloren. »Ich habe solche Angst«, flüsterte sie.

Ohne darauf zu achten, dass der Kutscher sie sehen oder Maggie sie durchs Fenster beobachten könnte, zog Gideon sie in seine Arme. Sie klammerte sich an ihn und presste die Wange an sein Halstuch.

»Angst um *uns*, meine hübsche Wiesenfee?«

»Ja. Nein. Ich weiß nicht, aber … Gideon, ich fürchte mich so davor, dass … dass irgendetwas Schreckliches vor uns liegt! Ich glaube, ich könnte es nicht ertragen, wenn …«

Wieder legte er ihr die Hand unters Kinn und hob ihr Gesicht. Anbetungsvoll sah er sie an und fragte: »Wenn was?«

Tränen glitzerten an ihren Wimpern. »Du hast so viel gelitten. Wenn dir etwas zustoßen würde …«

»Dann liebst du mich noch!«, jubelte er. »Dem Himmel sei Dank! Ich habe dich nicht verloren! Wie habe ich davon geträumt, dich hierher nach Tranquillity Terrace zu bringen und …«

Sie fühlte sich, als hätte ein Pfeil sie durchbohrt. Unsagbar erschrocken riss sie die Augen auf. Sie versuchte, sich von ihm zu befreien, und ein Schluchzen, halb vor Schmerz, halb vor Wut, stieg in ihr auf. »Oh, Sie sind schändlich! Schändlich! Und ich bin eine dumme, vertrauensselige Närrin! Wie können Sie es *wagen*, diesen Namen vor mir zu nennen, wenn Sie und Ihr widerliches leichtes Mädchen ...«

Wie Stahlreifen umklammerten seine Hände ihre Arme. Ohne das geringste Anzeichen von Reue sagte er: »Mein Gott, wie haben sich die Klatschbasen die Mäuler zerrissen! Süßes kleines Dummchen, weißt du denn immer noch nicht?«

»Ich weiß, dass ich Sie nicht mehr lieben werde«, schluchzte sie, und ihre Lippen zitterten erbärmlich. »Ich lasse mir nicht noch einmal von Ihnen wehtun! Sie haben ... weder Gewissen noch Anstand! In ganz Europa hinter jeder Schürze her ... und Kinder in ... in jedem Hafen.«

»O Gott«, stöhnte er, »ich hatte meine Kinder vergessen.«

»*Vergessen!*« Entsetzt schluckte sie. »Infamer *Rohling!* Ich hoffe nur ...«

»Sei still«, sagte er sehr leise. Dieser Befehl war jedoch wirklich überflüssig, denn so, wie er seine Lippen auf die ihren presste, hätte sie kein Wort herausbringen können. Drei volle Sekunden lang versuchte sie sich gegen ihn zu wehren, aber erneut wurde ihr Widerstand überwunden, und sie ließ sich in ein hingebendes Entzücken hineingleiten, das eine Sekunde oder auch eine Stunde lang hätte sein können, bis Rossiter sich seufzend von ihr löste.

Benommen öffnete sie die Augen. Er hatte die Wange an ihr Haar gepresst und wiegte sie immer noch in den starken Armen, die ihr so lieb waren. Sie stieß einen Laut aus, der enttäuscht und wütend klang. Wieder war sie schwach geworden! Voller Selbstverachtung trommelte sie mit der Faust gegen seinen Brustkorb und keuchte: »Ich hasse Sie, Gideon Rossiter!«

Er lachte leise. »Wenn das eine Demonstration deiner Hassgefühle war, dann hasse mich meinetwegen für immer. Und wirklich, wenn ich so niederträchtig wäre, wie du glaubst, könnte ich dich kaum dafür tadeln.«

Sie warf den Kopf zurück und sah ihn forschend an.

Sehr sanft wischte er ihr eine Träne aus dem Auge. »Hast du denn keine Vorstellung davon, wie sehr ich dich liebe? Glaubst du wirklich, eine andere Lady könnte mir etwas bedeuten, wenn ich doch immer dein kostbares Bild in meinem Herzen trage?«

»Aber ...«, begann sie unsicher, doch voller Sehnsucht, sich von ihm überzeugen zu lassen.

Er hatte eigentlich nicht beabsichtigt, darüber zu sprechen, aber es war offensichtlich, dass sein Schweigen ihre Zweifel verstärkt hatte. Widerstrebend begann er zu erklären: »Liebste, als ich so lange in diesem Lazarett war, gab es Zeiten ... nun ja, als jede Hoffnung ziemlich sinnlos schien und die Wirklichkeit so unerfreulich war, dass ich mir selbst einen Schlupfwinkel geschaffen habe. Ein heimeliges Landhaus, so wie dieses hier. Ich habe dich hineingesetzt, und im Laufe der vielen Monate habe ich mir ausgemalt, wie du von dem Mädchen, das ich zurückgelassen hatte, zu einer vornehmen und schönen Lady geworden bist.«

»*Ich?*«, fragte sie ungläubig.

»Du warst die Lady, zu der ich mich geflüchtet habe, oft, so oft, und das war unser Zufluchtsort – Tranquillity Terrace.«

»O mein Lieber, mein Lieber! Ich schäme mich so.

Aber ... alle haben gesagt ... Ich meine, du hast so oft von deiner Lady gesprochen.«

»Ich war manchmal im Fieberdelirium und habe phantasiert, hat man mir gesagt, und so dachten die anderen ...« Er zuckte mit den Schultern und gestand mit einem jungenhaften Grinsen: »Sie waren alle so neidisch. Ich wollte mir nicht meinen neu erworbenen Ruf verderben. Außerdem … es war etwas sehr Persönliches, das ich nicht mit anderen teilen mochte.«

Strahlend vor Glück fragte sie: »Dann … dann hast du mich wirklich noch geliebt?«

»Jede einzelne Minute. Vielleicht solltest du das wissen … Oh, verflucht!« Hastig löste er sich von ihr.

Ein Reiter nahte im Galopp und zügelte sein Pferd vor ihnen. Der Mann, Ende fünfzig und wettergegerbt, sonst aber für sein Alter noch von ansprechendem Äußeren, berührte respektvoll seine Kappe. »Sie haben es also gesehen, Sir«, keuchte er. »Tut mir furchtbar Leid, dass Sie so eine Niedertracht erblicken mussten, als Sie heimgekommen sind! Ich habe meine Frau nach Tunbridge Wells gebracht. Ganz aus der Fassung war sie. Ich würde ja gern willkommen sagen, aber – es ist ein trauriger Anblick.«

Rossiter schüttelte dem stämmigen Bauern die Hand. »Wurde keiner von Ihnen verletzt?«

»Alle beide nicht, Sir. Als die aufgetaucht sind, waren wir gerade mit meinem Enkel beim Zahnarzt. Meine Leute haben sie gesehen und sind zum Haus gelaufen, weil ihnen die Sache komisch vorgekommen ist. Sie sind verprügelt und gefesselt worden, die armen Kerle, und ich hab sie zum Bader nach Wells gebracht. Der Polizist ist schon unterwegs, er kommt hierher.« Aus dem Augenwinkel hatte er Naomi bereits bemerkt und sah sie nun schüchtern an.

»Mylady, das ist der Verwalter meines Hofs, Zebediah Upton.«

Der Farmer errötete und nahm hastig den breitkrempigen Hut ab.

Naomi nickte freundlich, zu glücklich, um sich darum zu kümmern, dass sie wieder einmal kompromittiert war, denn sie und Gideon waren ganz offensichtlich allein.

»Lady Lutonville ist meine Verlobte, Zeb«, erklärte Rossiter gewandt. »Ich habe sie hierher gebracht, damit sie ihr zukünftiges Zuhause sieht.«

Der Bauer schüttelte den Kopf. »Was für ein Jammer. Es tut mir so Leid, Ma'am.«

»Mir ebenfalls«, pflichtete Rossiter bei. »Aber es wäre mir lieber, wenn Ihre Ladyschaft nicht in diese Sache hineingezogen würde.« Er wandte sich an Naomi und sein Blick wurde weicher. »Sie müssen gehen, meine Liebe. Wenn Ihr Kutscher die weiter hinten liegende Straße durch die Hügel nimmt, können Sie unserem unerschrockenen Polizisten ausweichen.« Er führte sie zu der Kutsche, die herangefahren war, und murmelte: »Ich bin froh, dass du keinen Einspruch dagegen erhoben hast, als meine Verlobte bezeichnet zu werden. Du kannst dich schön langsam daran gewöhnen, denn ich glaube, wir sind nahe daran, dieses Rätsel zu lösen. Und dann, meine kleine Schöne, musst du erst einmal einen anderen Grund finden, um mich zurückzuweisen.«

Sie sah ihn liebevoll an. »Ich vermute, es ist vergeudete Zeit zu behaupten, dass ich vorhabe, mir sehr große Mühe zu geben, um einen Grund zu finden.«

»Wir haben bereits zu viel Zeit vergeudet!« Da er spürte, wie er von hinten beobachtet wurde, küsste er sehnsüchtig ihre Hand. »Dein Kutscher lässt uns nicht aus den Augen, weißt du, und wird zweifellos deinem Vater Bericht erstatten. Oder hast du ihm mitgeteilt, dass du hierher kommen wolltest?«

»So kühn war ich nicht. Aber mach dir keine Sorgen. Ich bin volljährig, und mein Vater kann nichts weiter tun, als zu toben und zu wettern.«

Seine Hand umklammerte die ihre. »Bist du sicher? Wenn ich mir vorstelle, dass er es wagen würde ...«

»Mich zu schlagen?« Sie lächelte. »Ich würde es Samantha Golightly erzählen, und in Sekundenschnelle wäre die

Neuigkeit in der ganzen Stadt verbreitet. Ich glaube, ich sehe einen Reiter kommen, Liebster.«

Er blickte sich um. »Tatsächlich. Dann fahr los. Ich will nicht, dass du in die Sache hineingezogen wirst.« Sie neigte sich zu ihm und fragte in plötzlicher Angst: »Was wirst du tun?«

»Heute Abend nichts mehr. Wahrscheinlich werde ich hier aufgehalten, während der Polizist mir endlose Fragen stellt, die nichts nützen, und endlose Schlussfolgerungen in sein Notizbuch schreibt, die noch weniger nützen.« Er half ihr in die Kutsche. Maggie kam auf Naomis Ruf hin herbeigeeilt und wurde ebenfalls in das Gefährt gesetzt.

»Wann werde ich dich wieder sehen, Mylady?«, fragte Gideon.

Sie ließ die Mundwinkel hängen und antwortete traurig: »Ach, ich hasse es so, ihn zu hintergehen. Ich komme mir so verschlagen vor.«

»Möchtest du lieber, dass ich mich von dir fern halte, Liebes? Ich würde es tun, wenn ich dir sonst Kummer bereite.«

»Es würde mir mehr Kummer bereiten, dich nicht zu sehen. Aber ich fürchte, wir werden uns im Park treffen müssen, zumindest im Augenblick. Ich reite meistens morgens um sieben aus, Gideon.«

»Nicht allein«, versprach er lächelnd und schloss den Schlag der Kutsche.

Naomi beugte sich aus dem Fenster. »Du wirst vorsichtig sein?«

»Ich habe allen Grund, mir meine Zukunft zu sichern … jetzt wieder«, antwortete er und winkte dem Kutscher loszufahren.

Kaum war Gideon an diesem Abend wieder zu Hause, als Gwendolyn auch schon an der Tür seines kleinen Privatsalons klopfte. Besorgt erzählte sie ihm, dass Sir Mark am Vormittag außer sich vor Zorn aus dem Haus der Falcons zurückgekehrt und dass am Nachmittag sein Anwalt gekommen sei – »mit gewichtiger Miene«. Gideon tat sein Bestes, um ihre Befürchtungen zu zerstreuen, und verschwieg ihr seine eigenen schlechten Neuigkeiten. Als sie ihn allein ließ, damit er sich umziehen konnte, warnte Tummet ihn augenzwinkernd, dass Mr. Newby ganz aus dem Häuschen gewesen sei, wegen eines gewissen »Ohne-Rast-und-Ruh« – auf Rotwelsch – Schuh. Gideon lächelte grimmig und ging nach unten, gerüstet zum Kampf.

Newby wartete in der Halle auf ihn und prangerte sofort heftig den »Diebstahl« des Schuhs aus seinem Zimmer und die hochnäsige Arroganz seines Bruders an, der seine Pläne durchkreuzt habe.

»Ich sehe nicht ein, was es für einen Unterschied gemacht hätte«, meinte Gideon achselzuckend. »Die Lady, die ihn verlegt hat …«

»Naomi Lutonville«, fauchte Newby. »Das kannst du nicht beweisen. Und solltest du ein derartiges Gerücht in die Welt setzen, wird den Leuten klar, dass du derjenige warst, der den Schuh gefunden und nicht zurückgegeben hat. Kaum die Handlungsweise eines Gentleman, lieber Bruder.«

Gideon wollte an Newby vorbei, doch dieser packte ihn am Arm. »Es wird uns viel nützen, uns als Gentlemen zu benehmen, wenn wir in einem schmutzigen Loch in Westminster verhungern oder in Newgate eingesperrt sind! Ich hätte irgendeinen kleinen Halunken anheuern und ein hübsches Sümmchen für den Schuh herausschlagen können. Was, das verletzt dein Ehrgefühl? Dann steck deine scheinheilige Nase in die Luft und geh zur Hölle! *Du* hast deinen dummen Hof und bist wahrscheinlich sogar bereit, dort zu verbauern, Trottel, der du bist. Was habe *ich*? Wo soll *ich* hingehen?«

Newbys Stimme war schrill geworden, sein attraktives Gesicht weiß und angespannt. Gideon, dem klar wurde, dass sein Zwillingsbruder wirklich Angst hatte, antwortete ruhig: »Natürlich wirst du mit uns auf Emerald Farm leben. Aber ...«

»Behalt deine verwünschte Mildtätigkeit für dich! Eher würde ich im Gefängnis verfaulen!«

Gideon zuckte mit den Schultern. »Eine Aufschneiderei, die ich bezweifle. Und deine Befürchtungen sind voreilig.

Wenn ich nur noch ein paar Tatsachen mehr zusammenhabe, werde ich den Fall dem Ausschuss des Lordkanzlers vortragen können, und wahrscheinlich wird mein Vater dann von aller Schuld freigesprochen.«

»Und was soll das nützen? Der alte Narr hat unser Vermögen, unsere Häuser und unseren Grundbesitz verspielt! Collington schwimmt im Geld und hätte ein paar Hunderter, um einen Skandal zu vermeiden, nicht vermisst. Und ein paar Hunderter wären in der Neuen Welt sehr hilfreich!«

»Aber nur für dich, du tapferer Bursche, wie? Oder hast du bei deinen Plänen wenigstens an Gwen gedacht?«

Trotz seiner selbstsüchtigen Panik war Newby seiner Schwester ehrlich zugetan. Er biss sich auf die Lippe und murmelte: »Sie würde Vater nie verlassen.«

»Aber du würdest es tun. Obwohl du weißt, dass du sein Liebling bist, würdest du ihn unbekümmert verlassen! Weit besser wäre deine Mühe verwandt, wenn du diese Grillen aufgeben und mir helfen würdest. Ich wäre froh über deine Unterstützung, denn es gibt ...«

»Unterstützung wobei? Beim Sammeln deiner so genannten *Tatsachen*? Unsinn sammelst du, das trifft die Sache eher! Der Ausschuss wird dich auslachen. Aber du sammelst besser schnell, armer Einfaltspinsel, denn Papas Anwalt hat mitgeteilt, dass der Ausschuss am Dienstag wieder zusammentritt. Die Gläubiger werden ihre Forderungen stellen und Vater wird sicher wegen Betrugs verurteilt. Wo ist dann dein berühmter Stolz?«

Wie betäubt drängte Gideon sich vorbei und eilte zu Sir Marks Arbeitszimmer, während Newbys böses Lachen hinter ihm erklang.

Auf sein Klopfen hin kam keine Antwort und er öffnete die Tür.

Sir Mark saß zurückgelehnt auf seinem Stuhl und starrte den Papierstapel an, der vor ihm auf dem Schreibtisch lag. Zum ersten Mal sah er aus wie ein alter Mann, vernichtet und geschlagen. Gideon, der den sehnsüchtigen Wunsch hatte, ihm sagen zu können, dass alles gut sei, dass die Katastrophe abgewendet sei, trat ein. »Verzeihung, dass ich mich verspätet habe, Sir. Aber ich nehme an, Sie werden ...« Sir Mark blickte auf. Sein abgehärmtes Gesicht zuckte, in seinen Augen standen Tränen. »Ich soll am Dienstag ... vor dem Ausschuss erscheinen«, sagte er mit gebrochener Stimme. »Ich habe mir solche Mühe gegeben, Unrecht wieder gutzumachen, Gideon. Ich ... ich habe vielen Bankkunden ihr Geld zurückbezahlt. Aber ich habe euch alle im Stich gelassen ... Mein Anwalt meint, es gäbe keine Hoffnung. Man wird mich wegen ... wegen Betrugs und grober Fahrlässigkeit verurteilen. Man wird uns alles nehmen, was noch da ist. Ich habe das Haus in der Conduit Street verkauft und die Jagdhütte in Leicestershire. Das weißt du natürlich schon. Promontory Point wird uns auch nicht mehr gehören ... Der Besitz, auf dem die Rossiters seit Jahrhunderten geboren wurden ... Mich wird man einsperren oder verbannen. Ein verachteter und entehrter ... Bankrotteur!« Gideon, dem selbst alles vor den Augen verschwamm, eilte zu ihm. »Nein, nein, Sir! Sagen Sie das nicht! Ich habe schon viele Informationen zusammengetragen, um Ihre Theorie zu untermauern, dass Sie das Opfer ...«

»Wessen Opfer?« Die Augen des älteren Mannes blickten ihn suchend an. »Hast du herausgefunden, warum man das getan hat? Kennst du den Namen meines Feindes?«

»Nicht definitiv. Aber ...«

Sir Mark brauste auf und unterbrach ihn: »Du hättest es herausfinden können, wenn du dich um deine Nachforschungen gekümmert hättest, anstatt deine Zeit mit der Jagd nach unsinnigen Schachfiguren, die absolut nichts mit der Sache zu tun haben, zu vertrödeln! Ich wundere mich, dass du dir überhaupt die Mühe gemacht hast, nach Hause zu kommen! Alles, was du fertig bringst, ist, mit Newby zu streiten, der mir immer tief ergeben war!«

Ruhig widersprach Gideon: »Ich glaube, das meinen Sie nicht so, Sir. Sie wissen, dass ich es versucht habe.«

Das zornige Funkeln in Sir Marks Augen erlosch. »Ja. Du hast es versucht.« Er seufzte tief. »Es tut mir Leid, Junge. Achte nicht auf mich. Ich vermute, Newby hatte Recht. Wir hätten an uns raffen sollen, was noch da war, und ... und davonlaufen.«

»Nein, nein! Sie dürfen jetzt wirklich nicht verzweifeln, Sir.«

Sir Mark beugte sich nach vorn und vergrub das Gesicht in den Händen.

»Weißt du, was ... was das bedeutet?«, stöhnte er mit erstickter Stimme. »Es bedeutet, dass ich nie ins Unterhaus gewählt werden kann. Ich kann nicht länger Friedensrichter sein. Ich kann nie Bürgermeister oder ... oder Ratsherr werden. Ich kann nicht den Armen dienen oder Mitglied eines Grafschaftsrates sein ... Und Gott weiß, was sonst noch. Ich bin vollkommen entehrt. Gott allein weiß, wie ich je wieder meinen Kopf hochhalten soll! Oh, Gott möge mir helfen! Ich bin ausgestoßen aus der Gesellschaft!«

Aufschluchzend humpelte Gwendolyn an Gideon vorbei und umarmte ihren Vater liebevoll. »Nein! Oh, liebster Papa, gräme dich nicht so. Gideon ist jetzt da. Er wird uns helfen ... Er wird nicht ... nicht zulassen, dass sie ...« Sie hob das ängstliche Gesicht, blinzelte Tränen fort und schluckte. »Nicht wahr ... Gideon?«

Er schob alle Zurückhaltung beiseite und umarmte sie beide. »Nein, ich lasse es nicht zu«, sagte er heiser. »Wir werden noch gewinnen, Papa! Ich verspreche es dir!«

15

Seitdem König Charles I. den Hyde Park vor über einem Jahrhundert gnädig für das Volk geöffnet hatte, war dieser Park ein beliebter Ausflugsort geworden. Abgesehen von unschuldigen Vergnügungen wie Spazierengehen, Picknicks oder Spielen waren hier auch viele Duelle ausgefochten worden. Die meilenlange Rotten Row war ein Paradeplatz der feinen Gesellschaft. Rossiter hatte jedoch nicht erwartet, dass hier an einem bewölkten Morgen um sieben Uhr viele Leute sein würden, und war mehr als nur ein wenig aufgebracht, als er sah, dass etwa ein halbes Dutzend Reiter drei Ladies begleiteten, von denen eine Naomi war. Sie trug ein beiges Reitkleid mit großen Goldknöpfen. Ihr Hut war eine flotte Kreation mit hohem Kopfteil, und als Gideon näher kam, sah er, dass sie ein Bild heiterer Koketterie bot; ihr fröhlich trillerndes Lachen war die Reaktion auf irgendeine Bemerkung, und die orangefarbenen Bänder ihres Hutes flatterten im eher kühlen Wind, während sie die Bewegungen ihrer temperamentvoll tänzelnden braunen Stute aussaß.

Rossiter gesellte sich zu ihnen, als Viscount Glendenning sich gerade darüber beklagte, dass es eine Grausamkeit von Lady Naomi sei, sich nicht von ihm nach Richmond fahren zu lassen.

»Aber ich habe Ihren Ball besucht, Tio«, entgegnete sie schelmisch, »und ich darf niemanden zu sehr bevorzugen, wissen Sie.«

»Und außerdem«, warf Lord Sommers ein, »geht Lady Naomi mit mir zur Militärparade am St. James Palace. Nein, brechen Sie mir nicht mit einer Ablehnung das Herz, meine bezaubernde Schöne. Sie haben gesagt, dass Sie mitkommen werden, das wissen Sie genau.«

»Ich habe gesagt, ich komme *vielleicht*, Mylord«, schränkte Naomi mit einem Lächeln in den grünen Augen ein und klopfte ihm sachte mit ihrer Reitgerte auf den Arm.

Mr. Harrier, der versuchte, seinen Rappen zwischen Sommers und Naomi zu drängen, lispelte: »Und vielleicht kommt sie *nicht*, Sommers! Vor allem, da ich eine Bootspartie anbieten kann ...«

»Bei der es garantiert regnet«, sagte ein gut gebauter junger Major lachend, den Rossiter nicht kannte. »Sie wären weit besser beraten, das Hauskonzert meiner Mama zu besuchen, meine Hübsche.«

»Wie nett Sie alle zu mir sind«, erklärte Naomi. »Und wenn ich vorhätte, eine dieser reizenden Einladungen anzunehmen, Hilary, würde ich ganz bestimmt ...«

»Gideon!«

Rossiter war so beschäftigt damit gewesen, seine Geliebte zu beobachten, dass er die beiden anderen Ladies kaum bemerkt hatte. Verblüfft hörte er nun Gwendolyns Stimme seinen Namen rufen und sah sie auf einem ruhigen braunen Wallach, die Augen liebevoll auf ihn gerichtet. Gordon Chandler ritt neben ihr und dahinter kamen Miss Falcon und Cyril Crenshore. Rossiter, dem bewusst wurde, dass das muntere Geplänkel aufgehört hatte und mehrere kalte Blicke auf ihn gerichtet waren, lenkte sein Pferd neben das seiner Schwester.

»Was um alles in der Welt machst du hier, mein munterer Spatz? Ich habe gedacht, und liegst noch zu Hause in dein Bett gekuschelt.«

»Was für ein Glück, dass Sie sich täuschen«, erwiderte Chandler galant wie immer. »Wie geht es Ihnen, Ross? Miss Gwendolyn hat mir erzählt, dass Sie am Mittwoch ein paar Mal knapp davongekommen sind.«

»Was kaum jemanden überrascht«, bemerkte Mr. Crenshore hämisch.

Ohne auf ihn zu achten, erwiderte Gideon: »Ich muss zugeben, dass mir die Zeit nicht gerade lang geworden ist, seit ich zurückgekehrt bin. Aber sag mir, Gwen, was hat dich hierher geführt? Und wie kommst du dazu, dich von diesem Gimpel eskortieren zu lassen?«

Chandler lachte, und Gwendolyn antwortete fröhlich, keine Lady könne sich eine angenehmere Begleitung wünschen. »Du weißt doch, dass ich sehr gerne morgens ausreite, und Miss Falcon hat mich freundlicherweise eingeladen, mich ihnen heute anzuschließen. Tummet hat mich hergebracht. Ich dachte, du wüsstest es, denn er hat gesagt, er habe dir eine Nachricht hinterlassen.«

Rossiter hatte einige Minuten gebraucht, um diese Nachricht zu entschlüsseln. Manche Worte waren ihm vollkommen unverständlich gewesen, aber das Wesentliche schien zu besagen, dass Tummet mit einer Henne zum Hafen gefahren sei, die ihren Busen in einer Kiste verstecken sollte. An diesem Punkt hatte er es belustigt aufgegeben, den Sinn entschlüsseln zu wollen. Als er sich nun umsah, entdeckte er tatsächlich Tummet, der hinter ihnen herzockelte.

Der Diener zog den Hut und erkundigte sich grinsend: »Haben Sie meine Nachricht geseh'n, Maestro?«

»Ja«, rief Gideon. »Aber was hat darin gestanden?«

Tummet verdrehte die Augen und richtete den Blick auf eine mitleidige Wolke. »Donner und Doria!«, teilte er ihr mit. Seinem Herrn erklärte er mit verletzter Würde: »Ich hab ganz klar und deutlich geschrieben, dass ich Miss Gwen begleite, damit sie mit ihrer Busenfreundin ausreiten kann.«

»Ganz richtig«, sagt Gwendolyn und fragte leise: »Was hast du denn verstanden?«

Gideon lächelte verhalten. »Unwichtig. Was für ein Tier reitet er da um Himmels willen?«

»Das Streitross von König Artus, so wie es aussieht«, antwortete Chandler. »Ich gestatte Ihnen, sich mit Ihrer hübschen Schwester zu unterhalten, Ross. Vorausgesetzt, dass Sie höflich zu der Lady sind.« Er gab seinem Pferd die Sporen und gesellte sich zu der vorderen Gruppe.

Es war offensichtlich, dass Crenshore ebenfalls gerne nach vorn geritten wäre, aber Katrina machte keine Anstalten, die beiden Rossiters im Stich zu lassen, und meinte mit ihrem freundlichen Lächeln: »Reiten Sie nur zu, Sir, denn ich habe etwas mit Miss Rossiter zu besprechen.«

Mit einem finsteren Blick verließ Crenshore sie.

Katrina senkte die Stimme. »Lady Naomi möchte zu gerne mit Ihnen sprechen, Captain Rossiter. Sie bittet Sie, sich mit ihr bei der Weidengruppe an der Serpentine zu treffen.«

»Vielen Dank, Ma'am«, erwiderte er. »Sie sind zu freundlich. Vor allem, da Ihr erster Eindruck von mir sehr ungünstig gewesen sein muss.«

Besorgnis stand in ihren faszinierenden Augen. »Mein Bruder und ich sind gesellschaftlich nicht akzeptiert, wie Sie sicher wissen, und ...«

»Unsinn«, unterbrach Gwendolyn, loyal wie immer. »Ich habe gesehen, wie sich die Gentlemen darum gerissen haben, an deiner Seite zu sein, und das würden sie immer noch tun, wenn du nicht so freundlich gewesen wärst, bei mir zu bleiben.«

Katrina lächelte. »Ja, sie flirten vielleicht gerne mit mir. Und wir haben ein paar Freunde wie Lord Horatio, die uns akzeptieren. Aber ich weiß, was die meisten Leute von uns halten. Deshalb – weil man mich selbst beurteilt und als Außenseiterin abgestempelt hat – zögere ich, über andere zu urteilen.«

»Aber ich glaube, dass Sie Ihr Urteil über mich gefällt haben«, sagte er ruhig.

Sie schwieg einen Moment, dann erwiderte sie: »Sagen wir eher, ich habe Angst vor Ihnen. Naomi ist meine liebste

Freundin. Ich möchte nicht, dass sie noch einmal verletzt wird.«

Angesichts der in diesen Worten enthaltenen Kritik runzelte Gwendolyn ein wenig die Stirn, schwieg aber.

»Und Sie glauben, dass ich sie verletzen werde?«, bohrte Gideon weiter.

»Sir, ich wünschte, es wäre nicht so«, antwortete Katrina. »Aber ich will offen mit Ihnen sprechen. Obwohl Naomi und der Earl keine enge Beziehung zueinander haben, ist er doch ihr Vater, und sie wurde eigentlich viel zu gut erzogen, um nun seinen Wünschen zuwiderzuhandeln. Da beide Familienväter so sehr gegen eine Verbindung sind, sehe ich, dass die Zukunft nur Kummer bringt. Für Sie beide«, fügte sie mit einer bedauernden Geste hinzu.

Zehn Minuten später dachte Gideon über diese Worte nach, als er unter den Weiden am See wartete. Vielleicht schienen ihre Aussichten auf Glück momentan in den Augen anderer nicht gerade rosig, aber er war nun ganz sicher, dass seine Lady ihn immer noch liebte, und nichts konnte dieses wundervolle Wissen trüben. An ein Scheitern durfte man nicht denken; das Schicksal konnte nicht so grausam sein, sie nur zu vereinen, um sie dann für alle Ewigkeit zu trennen. Außerdem hatten sie herausbekommen, wo die Figur mit den Rubinen war, und wenn Morris sie brachte, würde ein weiteres Teil des Puzzles an der richtigen Stelle eingefügt sein. Wahrscheinlich würde Morris erst am Nachmittag kommen, sodass er noch genügend Zeit hatte, sich um eine andere kleine Angelegenheit zu kümmern. Er griff in das Pistolenhalfter an seinem Sattel und steckte sich die Waffe in die rechte Rocktasche. Nur für alle Fälle.

Ein leichtes Nieseln machte die Luft noch feuchter. Die Gruppe, die gemeinsam ausgeritten war, würde sich daher bestimmt bald trennen. Er hatte Tummet strikte Anweisung erteilt, Gwendolyn diesmal nicht zu verlassen, und Horatio hatte sie zu überreden versucht, zum Mittagessen zu den

Glendennings zu kommen, weil seine Stiefschwester gerade in der Stadt war. Die Aussicht, eine alte Freundin wiederzusehen, hatte Gwens blaue Augen glücklich strahlen lassen, und es war mehr als wahrscheinlich, dass sie die Einladung annehmen würde.

Gideon hörte einen Hufschlag. Naomi kam in einem leichten Galopp auf ihn zu. Mit strahlenden Augen und etwas geröteten Wangen streckte sie ihm die Hand entgegen, die er sogleich küsste. »Ich wünschte, ich würde es wagen, dich zu küssen, wie es sich gehört.«

»Ganz bestimmt würde dann zufällig Reggie Smythe vorbeikommen. Außerdem hat es schrecklich lange gedauert, bis ich Camber entwischen konnte.«

Er zog die Brauen zusammen. »Camber?«

»Natürlich, du hast ihn noch nie gesehen. Er hat in Italien für uns gearbeitet, und nun hat Papa bestimmt, dass er mein Diener sein soll. Ich vermute, er hat Befehl erhalten, mich vor Gentlemen zu beschützen, die in den Augen so ein Funkeln haben, wie ich es in den Ihren bemerke, Sir!«

Er lächelte und dirigierte sie unter den Blätterschirm der Weiden. »Hier wird er kein Funkeln sehen können. Und jetzt kann ich Sie küssen, wie es sich gehört.«

Er beugte sich zu ihr, legte ihr den Arm um die Schulter und sie hob das Gesicht. Nach einem Augenblick der Verzückung begann Naomis Stute nervös zu tänzeln und sie wurden getrennt.

Verträumt sagte Naomi: »Ich bin nicht sicher, ob an diesem Kuss irgendetwas war, *das* sich gehört, Captain Rossiter.«

»Wie wahr.« Er seufzte. »Und er hätte ein wenig länger dauern können, wenn …«

»Psssst!«, zischte sie. »Camber!«

Der Reiter auf dem großen gescheckten Pferd war wirklich ein riesiger, stämmiger Kerl. Sein Kragen war untadelig und seine bescheidene Perücke ordentlich gelockt. Doch alle Anstrengungen eines Schneiders oder Perückenmachers konnten nichts an den drohenden buschigen Augenbrauen, dem grausamen Blick in den extrem tiefliegenden Augen und den eingefallenen Wangen ändern. Er kam direkt auf die Bäume zu, aber hinter einer Anpflanzung von Rhododendronbüschen war das Lachen einer Frau zu hören, und sofort gab er seinem Pferd die Sporen und ritt in diese Richtung.

»Puh!«, stöhnte Rossiter. »Ich glaube, mit dem will ich lieber nichts zu tun haben! Ein garstig aussehender Kunde!«

»Ich muss zugeben, dass ich nie etwas für ihn übrig hatte. Seine Hand wurde vor ein paar Jahren bei einem Unfall zerquetscht, und Papa meint, er würde deshalb keine andere Stelle finden, und so behält er ihn. Ich glaube ... er ist sehr treu.«

»Dann darf ich ihn nicht wegen seines Aussehens tadeln. Aber er kann uns trotzdem immer noch finden und ich habe wenig Zeit, also erzählt mir deine Neuigkeiten.«

Widerstrebend wich sie aus: »Zuerst, was ist gestern bei der Unterredung mit dem Polizisten herausgekommen? Und was hat dein Vater gesagt?«

Er ergriff von neuem ihre Hand. »Der Polizist war würdevoll und überraschend intelligent, aber er konnte nicht mehr tun, als zu versprechen, dass er die Beschreibungen der Schuldigen öffentlich aushängen wird. Wichtiger ist, dass niemand von meinen Leuten ernsthaft verletzt worden ist. Und mein Vater ...« Er verstummte einen Augenblick und sein Gesichtsausdruck wurde düster. »Nun, ich hielt es für besser, ihm nicht zu erzählen, was auf Emerald Farm vorgefallen ist.«

»Ich hoffe, er ist nicht krank?«

»Er ist todunglücklich, der arme alte Knabe. Am Dienstag soll er wieder vor dem Ausschuss erscheinen.«

Rasch liebkoste sie mit der Hand seine Wange. »O Gideon! Wie Leid mir das tut.«

»Mir auch, mein Liebes.« Dankbar küsste er ihr die Hand. »Deshalb muss ich heute meinen nächsten Schachzug unternehmen.«

Sofort rief sie besorgt aus: »Schachzug? Was für ein Schachzug? O Gott! Du bist wieder deinen Intrigen auf der Spur!«

»Sei ruhig, meine kleine Fee. Jetzt erzähl mir rasch. Ich glaube, du bist besorgt. Ich habe mir gestern Gedanken gemacht, ob dein Vater sehr böse mit dir war, als du nach Hause gekommen bist. Es muss recht spät gewesen sein.«

»Ja, aber er war nicht so wütend, wie ich befürchtet habe.« Sie zögerte. »Mr. Bracksby war bei uns zum Abendessen und er ist ein so unterhaltsamer Gentleman.«

»O ja. Ein Prachtkerl. Ich wusste nicht, dass er ein Bekannter von Collington ist.«

»Ich war auch ziemlich überrascht, aber sie müssen wohl gute Freunde sein, weil … Mr. Bracksby hat um meine Hand gebeten.«

Mit blitzenden grauen Augen rief Gideon hitzig: »Den *Teufel* hat er getan! Was für eine vollendete Frechheit! Ich halte ihn für meinen Freund, und diese Schlange macht hinter meinem Rücken einen Antrag! Bei Gott, ich hätte Lust, ihn zu fordern!«

Naomi kicherte. »Und das sagt ein Mann, der sich darüber beschwert, dass August Falcon ein Hitzkopf ist! Mein Liebster, wie sollte Mr. Bracksby wissen, dass wir immer noch … äh, ich meine …«

»Du meinst, dass du mich immer noch liebst«, soufflierte er.

»Ein kleines bisschen vielleicht.« Sie lächelte mit einem bezaubernden Grübchen und einem frechen Schulterzucken.

Diesmal beendete kein herannahender Diener ihre Umarmung und nach einer Weile fragte Gideon heiser: »Nur ein kleines bisschen, Mylady?«

Atemlos strich sie ihr Haar glatt. »Genügend, um Mr. Bracksbys Antrag abzulehnen.«

»Das will ich hoffen. Hast du ihm einen Grund genannt?«

»Ich habe ihm gesagt, dass ich nie heiraten werde, und … Gideon – nein! Niederträchtiger Kerl!«

»Dann erzähl mir die Wahrheit.«

Sie lachte perlend. »Ich habe ihm gesagt, dass man unsere Verlobung nie hätte auflösen sollen und dass sie neu geschlossen werden muss.«

Collington wird eine schöne Wut haben, dachte Rossiter und fragte: »War dein Papa sehr verärgert?«

»Er war fuchsteufelswild, aber Mr. Bracksby hat sich für mich eingesetzt. Mit großer Festigkeit. Er hat die Unterhaltung auf die verlorene Schachfigur gelenkt und Papa ist ruhiger geworden. Ich habe mich zurückgezogen, bevor Mr. Bracksby gegangen ist, aber ich war sicher, dass Papa noch in mein Zimmer kommen würde, um mich auszuschimpfen. Gott sei Dank hat er das nicht getan.«

»Hast du ihn heute schon gesehen?«

»Nein. Ich bin aus dem Haus gegangen, bevor er unten erschienen ist.«

»Meine liebe, mutige Lady. Noch ein Grund mehr für mich, dass ich mich an die Arbeit mache.«

»Meinst du damit, dass du die kleine Rubinfigur genauer untersuchen willst?«

»Nein. Ich habe den Verdacht, dass der unbezähmbare Jamie im Augenblick noch schnarcht. Ich habe vor, mich im Haus der Derrydenes umzuschauen.«

Naomi schrie erschrocken auf. »Wie? Was glaubst du denn dort zu finden?«

»Ich habe nicht die leiseste Ahnung, aber er war einer von den Hauptaktionären meines Vaters und hat den Zusammenbruch rechtzeitig genug vorhergesehen, um noch all sein Geld aus der Bank zu nehmen. Ich habe bisher nicht mit ihm sprechen können, doch ich gäbe einiges darum, wenn ich herausbekommen könnte, woher er so früh Bescheid wusste. Ich hoffe, dass ich vielleicht einen Briefwechsel finde oder ein Geschäftsbuch, oder irgendeinen Beweis für eine strafbare Handlung.«

»Aber ... aber wenn es einen solchen Beweis gibt, wird er ihn bestimmt gut versteckt haben! Du würdest viel zu viel Zeit brauchen, um danach zu suchen! Oh, mein Liebster! Man wird dich entdecken!«

»Nicht, wenn ich vorsichtig bin. Derrydene ist in Russland, und seine nervöse Lady weilt auf ihrem Landsitz.«

»Nein! Ich habe sie gestern gesehen, als ich aus der Stadt herausgefahren bin.«

»Kennst du sie gut?«

»Überhaupt nicht gut, weil mein Papa ihren Mann nicht leiden kann und nichts mit ihnen zu tun haben will. Aber natürlich habe ich sie auf Gesellschaften getroffen. Dieser grässliche Reggie Smythe war zu Pferd unterwegs und blieb stehen, um mit einer Lady in einer Kutsche zu plaudern. Ich wollte wissen, wer unter seinen Aufmerksamkeiten zu leiden hatte, und habe einen Blick auf die fesselnde Lady Ada erhascht.«

»Bist du ganz sicher, liebes Mädchen? Das macht die Sache natürlich etwas riskanter.«

»Ich bin ganz sicher. Ich glaube, sie wollte nicht gesehen werden, weil sie sofort den Kopf abgewandt hat, aber ich habe noch mitgekriegt, wie sie in ihrer typischen Art mit den Händen herumfuchtelte. Ohne jeden Zweifel, es war Ada Derrydene.«

»Hm. Ich danke dir für die Warnung.«

»Aber du willst dein Vorhaben trotzdem durchführen. Sie können einen wirklich zur Verzweiflung bringen, Sir! Erklären Sie mir bitte, was ich tun soll, wenn man Sie als Einbrecher niederschießt?«

Er grinste. »Lassen Sie sich gesagt sein, meine optimistische Lady, dass ich ein höchst geschickter Halsabschneider bin, wie Tummet es ausdrücken würde, und tatsächlich daran gedacht habe, mich der Zunft anzuschließen, um mein

Vermögen wiederherzustellen. Sie können nichts dagegen einwenden, Ma'am, da ich weiß, dass Ihr Urgroßvater ein erfolgreicher Pirat war.«

»Ich werde nicht auf diese niederträchtige Verleumdung achten«, erklärte Naomi und fügte nachdenklich hinzu: »Was du brauchst, Liebster, ist ein Ablenkungsmanöver.« Ihre Miene hellte sich auf. »Und ich glaube, die Urenkelin des Piraten hat eine ausgezeichnete Idee!«

»Aber hör zu, meine Schöne«, entgegnete er, »ich will nicht, dass ...«

Naomis Augen wurden ganz rund vor Aufregung. »Oh, das wird großartig! Ich muss mich nur zuerst umziehen, und dann ...«

»Wissen Sie, liebe Ma'am«, säuselte Naomi und reichte dem Butler ihren Schirm, als sie zusammen mit Lady Derrydene in die Eingangshalle trat, »ich habe mich schon so lange geradezu danach gesehnt, mir die Glockensammlung Ihres Mannes anzuschauen, und da ich wusste, wie allein Sie sich fühlen müssen, während er fort ist, dachte ich, dass ich Sie besuchen und vielleicht überreden könnte, mich ein paar davon betrachten zu lassen.«

»Ja-a.« Lady Derrydene war in ihrer Jugend eine große Schönheit gewesen und immer noch eine sehr gut aussehende Frau. Sie war Ende vierzig, hatte eine üppige Figur, eine mädchenhaft schüchterne Art und lange anmutige Hände, auf die sie sehr stolz war. Ihre braunen Rehaugen musterten die schöne Besucherin unsicher, und mit ihrer hohen, bebenden Stimme sagte sie: »Ich wollte gerade ausgehen. Wissen Sie, während Sir Louis' Abwesenheit ist der größte Teil der Dienerschaft in Bedfordshire.«

»Oh, bin ich zu einer ungelegenen Zeit gekommen?«

»O nein. Ich bin sicher, dass mein Mann nicht wünschen würde ... Bitte, kommen Sie herein, Lady Lutonville. Ich bin nicht ganz … das heißt … es wird mir eine Freude sein, Ihnen ein paar der Glocken zu zeigen.«

»Wie freundlich von Ihnen. Ich muss meinem Diener sagen, dass …«

»Das kann Quinn tun.« Lady Derrydene ließ den Diener ihre Häubchen und Mäntel mitnehmen und wandte sich an den Butler. »Quinn, bringen Sie Tee in den grünen Salon und sagen Sie Camber, er soll das Gespann um die Ecke zu den Stallungen fahren.«

Naomi folgte ihrer widerstrebenden Gastgeberin einen kühlen Flur entlang, wo auf Tischen und in Wandnischen immer wieder Glocken in allen Formen und Größen standen. Mittlerweile müsste Gideon bestimmt an der Rückseite des Hauses sein … »Oh, Ma'am!«, rief sie aufgeregt und ergriff die Schnur einer großen hängenden Glocke. »Ich kann nicht widerstehen! Darf ich diese hier ausprobieren?« Noch während sie sprach, läutete sie heftig die Glocke.

Der resultierende Lärm war mehr als zufriedenstellend. Lady Derrydene kreischte und hielt sich die Ohren zu; zwei Katzen rasten auf der Suche nach Asyl die Treppe hinauf, und Gideon hatte reichlich Zeit, ein Fenster an der Hinterseite des Hauses aufzumachen und in die Bibliothek zu klettern.

Beim Herumschlendern auf der Straße hatte er sich vergewissert, dass sich niemand im hinteren Garten aufhielt und dass die Vorhänge an den hohen schmalen Fenstern zumeist zugezogen waren. Es bestand jedoch immer noch die Möglichkeit, dass sein unkonventionelles Betreten des Hauses von einem der oberen Fenster aus beobachtet worden war oder dass ein Diener in der Nachbarschaft zufällig gesehen hatte, wie er über den Rasen gegangen war. Er wartete und lauschte angestrengt, bereit, sofort zu fliehen, wenn sich Geschrei erheben sollte. Als zum zweiten Mal ohrenbetäubend eine Glocke dröhnte, erschrak er fast zu Tode. Während er instinktiv herumwirbelte, stieß er gegen einen schönen alten Globus, wollte ihn noch festhalten und fluchte leise, als die Kugel krachend zu Boden fiel und dabei in ihre zwei Teile zerbrach. Glücklicherweise übertönten Naomis kräftige Bemühungen die Geräusche seiner Ungeschicklichkeit, und er seufzte erleichtert, als er nichts hörte, das darauf hinwies, dass irgendjemand nach der Ursache des Krachs forschen wollte.

Mit scharfem Blick sah er sich in dem Zimmer um. Die vollgestellten, unaufgeräumten Bücherregale zeigten Spuren häufiger Benutzung, ein paar bequeme Sessel und ein langer Arbeitstisch mit drei Schubladen standen herum. Rasch trat er an den Tisch. Der Inhalt der Schubladen hatte sich über Jahre angesammelt: zerrissene Bucheinbände, die darauf warteten, repariert zu werden, verschiedene Belege, mehrere Zeitschriftenartikel über große Herrensitze auf dem Land, vergilbte Seiten aus dem Spectator mit angekreuzten Artikeln über den jüngsten tragischen Aufstand, ein paar Kinderzeichnungen; abgebrochene Federkiele, Kreide, Bleistifte und Lineale. Hastig durchsuchte er die Schubladen, ohne etwas zu finden, das seinen Verdacht erhärtet hätte. Überzeugt, dass er im falschen Zimmer war, schlich er sich leise zur Tür und öffnete sie.

In der Ferne konnte er Naomi hören, die in voller Lautstärke und fast ohne Atem zu holen redete. Er grinste. Lady Derrydene musste denken, sie hätte den Verstand verloren. Der lange Korridor lag düster und verlassen da. Die meisten Türen waren geschlossen. Die Eingangshalle war links, die Speisezimmer wahrscheinlich im selben Teil des Hauses. Derrydenes Arbeitszimmer lag vermutlich in dem Teil, in dem er sich befand. Er wandte sich nach rechts und schritt eilig den Flur hinunter, wobei er wünschte, er wäre so vorausschauend gewesen, seine Sporen abzunehmen, und zu verhindern versuchte, dass sie klirrten. An der nächsten Tür drückte er vorsichtig auf die Klinke, öffnete sie einen Spaltbreit und spähte hinein. Zu seinem Entsetzen war das Zimmer nicht leer. Ein Diener und ein Hausmädchen umarmten sich leidenschaftlich. Rossiter unterdrückte einen Laut des Erschreckens und zog die Tür wieder zu. Erneut ertönte das fröhliche Geläute einer Glocke, und Gideon segnete seine fleißige Mitspionin, als das Geräusch der Tür in dem Lärm unterging. Auf der anderen Seite des Korridors war noch eine letzte Tür, und wenn dieser Raum nicht das Arbeitszimmer war, musste es im ersten Stock liegen. Eile war geboten. Er überquerte den Flur, horchte an der Tür und trat ein.

»Aha!«, flüsterte er.

Das Arbeitszimmer machte den aufgeräumten Eindruck, der von der Abwesenheit des Bewohners zeugte. Es war ein hübscher Raum mit Teppichen in warmen Farben, roten Samtvorhängen und tiefen Sesseln. Mit einem Satz war Rossiter an dem großen Schreibtisch. Er verschmähte die Papiere und ungeöffneten Briefe, die auf der Platte lagen, und nahm sofort die Schubladen in Angriff. Eine nach der anderen enthielt nur unordentlichen Krimskrams: alte, offensichtlich unbezahlte Rechnungen, Berichte von Derrydenes Pächtern in Bedfordshire, unentzifferbare Briefe von Sir Derrydenes verwitweter Mutter, Berichte von einem Tutor in Eton (die auf Verzweiflung schließen ließen).

Rossiter wandte sich von den Schubladen ab und den Papieren zu, die auf dem Schreibtisch lagen. Weitere Berichte, Briefe und Rechnungen. Und dann ein einzelnes Blatt, auf dem in Blockschrift geschrieben war: AN SIR LOUIS DERRYDENE. Der Brief selbst bestand nur aus fünf Worten: »Nummer sechs fehlt. Kein Treffen.« Rossiter starrte ausdruckslos auf die Botschaft und hörte förmlich Naomis Stimme, als sie ihm von den beiden Gentlemen bei der Gesellschaft der Dowlings erzählte, die etwas von einer »Zusammenkunft, die nicht abgehalten werden kann, bis Nummer sechs wieder da ist« gesagt hatten. Einer dieser beiden Gentlemen hatte eine grüne Schachfigur in der Hand gehalten, die laut Naomi ganz so aussah wie diejenige, die sie verloren hatte. Schon wieder die Schachfigur! Jedes Mal, wenn er herauszufinden versuchte, was hinter den Schwierigkeiten seines Vaters steckte, schien er direkt mit der Nase auf diese verwünschten kleinen Figuren zu stoßen. »Sie tauchen einfach zu oft auf«, murmelte er. »Es kann kein Zufall sein!« Er faltete den Brief zusammen und steckte ihn in die Tasche, bevor er weitersuchte.

Unter dem Stapel von Zeitungen und Briefen fand sich nichts, aber ein Terminkalender lag offen auf dem Schreibtisch. Rossiter schlug den Anfang des Jahres auf und blätterte den Kalender rasch durch. Die meisten der hineingekritzelten Eintragungen bezogen sich auf Treffen und Verabredungen. Ungeduldig suchte Gideon weiter, dann hielt er plötzlich inne. Das Datum war Dienstag, der 13. Februar 1748. Die Eintragung lautete: »Nummer fünf nicht vergessen!« Gideons Puls begann zu rasen, als er weiterblätterte. Beim 27. Februar stockte seine Hand erneut. »7 Uhr morgens Davies.«

»*Davies!*«, keuchte er. Derselbe Davies, der bei der Rossiter Bank über hunderttausend Pfund unterschlagen hatte? Der Name war recht häufig, es könnte ein anderer Mann sein, aber Rossiters Intuition sagte ihm, dass dem nicht so war. Eine Woche vor dem Zusammenbruch der Bank hatte sich Sir Louis Derrydene allein mit Davies getroffen. Warum?

Gideon blätterte weiter, gespannt vor Aufregung. Donnerstag, 7. März. »Abheben.« Er schlug mit der Faust auf den Schreibtisch und schnaubte: »*Abheben!* Ja, du hast dein Geld abgehoben, dreckiger, hinterhältiger Hund!«

Schritte erklangen auf dem Flur. Den Terminkalender immer noch in der Hand, machte Rossiter einen Satz zur Tür und presste sich gegen die Wand daneben. Er hielt den Atem an, als die Klinke heruntergedrückt wurde. Den Terminkalender ließ er in die Tasche gleiten, während er mit der anderen Hand nach seiner Pistole griff. Die Tür wurde einen Spalt geöffnet. Eine Stimme mit Londoner Akzent meinte beschwichtigend: »Hier, mein kleines Gänschen. Hab ich's dir nicht gesagt? Leer wie der Geldbeutel eines Bischofs.«

Eine verängstigte Mädchenstimme erwiderte: »Ich schwöre dir, *irgendwas* hab ich gehört, Alfred. Einen Mann, der sehr böse war, und wo jetzt doch der Herr wieder da ist, hab ich gedacht ... wenn er uns erwischt ...!«

»Er hat wichtigere Sachen als uns beide, über die er nachdenken muss, keine Angst. Jetzt komm schon. Wir sollten lieber zurückgehen, bevor die Köchin sich aufregt und sich wundert, wo du steckst. Sei ein braves Mädchen, dann fahren wir am Sonntag Ruderboot auf dem Fluss.«

Rossiter hörte noch ein begeistertes »Oooooh!«, als die Tür sich schloss.

Er streckte die Pistole in die Tasche zurück.

»... wo jetzt doch der Herr wieder da ist ...« Bezog sich das einfach auf Derrydene? Oder war Derrydene auch der geheimnisvolle Squire, von dem die Schläger gesprochen hatten? Egal, dachte Rossiter. Er hatte nun ein paar Beweise. Er hatte den Terminkalender und den kurz angebundenen Brief. Der Ausschuss des Lordkanzlers würde diesen Dingen doch sicher ein wenig Beachtung schenken, wenn er alles erklärte? Aber wenn Sir Louis tatsächlich aus Russland zurückgekommen war (wenn er *je* dort gewesen war!), erhöhte jede Minute, die er noch hier verbrachte, die Gefahr, entdeckt zu werden. Leise öffnete er die Tür. Der verliebte Diener und sein Mädchen waren verschwunden, der Flur war still und leer.

Rasch schlich sich Rossiter in die Bibliothek zurück und wollte zum Fenster eilen. Mit dem Fuß stieß er an einen Gegenstand auf dem Boden, und er sah die eine Hälfte des Globus, der hinuntergefallen war. Der Nieselregen hatte aufgehört, ein matter Sonnenstrahl fiel schräg auf den Teppich und ließ im Innern des Globus etwas Blaues funkeln. Rossiter bückte sich neugierig. Ihm stockte der Atem. Ein kleiner Gegenstand war in dem Globus versteckt gewesen. Eine kleine Figur aus Lapislazuli, wie er vermutete, diesem schönen blauen Stein, den Marco Polo so bewundert hatte. Zweifellos war dieser kleine Kerl verwandt mit der Figur, die Naomi gezeichnet hatte. Er hatte dieselbe Form und Größe, aber das »Gesicht« hatte einen seltsam humorvollen Ausdruck. Für ihre Größe war die Figur erstaunlich schwer und sie war mit sage und schreibe sechs schönen Saphiren besetzt.

»Bei Gott ...«, flüsterte Rossiter.

»Legen Sie das hin«, befahl eine kalte Stimme.

Rossiter erstarrte, dann aber wirbelte er herum.

Er hatte Sir Louis Derrydene nie sehr gemocht. Seit er den Baronet vor sechs Jahren zuletzt gesehen hatte, schienen seine teigigen Wangen eine noch stärkere Tendenz zu Hängebacken entwickelt zu haben, der schmale Mund sah blasser und verkniffener aus, der Hang zur Korpulenz war noch ausgeprägter. Aber die Hand, die die Sattelpistole hielt, war ruhig und fest wie ein Fels, und es gab keinen Zweifel, dass in den harten, dunklen Augen die Absicht stand zu töten.

»So, so«, näselte Rossiter. »Der treue Freund meines Vaters ist aus seinem Loch gekrochen.«

Die schwammigen Wangen röteten sich ein wenig, aber Derrydene wiederholte nur leise: »Legen ... Sie ... das ... hin.«

»Warum?« Rossiter riskierte eine wilde Vermutung: »Es wird so hübsch aussehen – zusammen mit sechs.«

Er hatte ins Schwarze getroffen! Er sah, dass Derrydenes weiße Hand zuckte, der schmale Mund aufgerissen wurde und die kleinen Augen sich weiteten, und er wusste, dass es galt, jetzt oder nie.

In der einen Hand hatte er noch immer die ziemlich schwere Globushälfte. Er warf sie Derrydene direkt ins Gesicht und sprang zugleich zur Seite. Seine Überzeugung, dass der Baronet nicht zögern würde, zu schießen, wurde bestätigt. Die Pistole spie Feuer und Rauch. Der Knall war ohrenbetäubend, aber Rositter hatte sich sehr schnell bewegt und die Kugel zischte an ihm vorbei. Mit vor Wut gebleckten Zähnen machte Derrydene einen Satz, die Pistole hocherhoben, und wollte sie Rossiter über den Kopf schlagen. Dieser duckte sich und wich aus. Derrydene versuchte die juwelenbesetzte Figur zu packen. Er war größer und schwerer als Rossiter und überraschend stark. Rossiter, dem es widerstrebte, einen älteren Mann zu schlagen, keuchte: »Lassen Sie los! Ich will Sie ... nicht verletzen.«

Als Antwort schlug Derrydene erneut mit der Pistole nach seinem Gesicht. Rossiter riss den Kopf zur Seite und die Waffe streifte ihn an der Schläfe. In einem verzweifelten Kampf taumelten sie durchs Zimmer und warfen dabei Stühle und Tischchen um. Rossiter wusste, dass er nicht mehr lange Zeit hatte, denn den Schuss hatte man im Haus sicher gehört. Jeden Augenblick würden Derrydenes Leute hier sein. Er riss sich los und wich zurück. Der Baronet wollte sich wieder auf ihn stürzen. Rossiter bewegte sich blitzschnell zur Seite und half dem anderen mit der Hand nach. In vollem Tempo rannte Derrydene gegen die Wand und fiel schwer zu Boden.

Eilige Schritte kamen den Flur entlang. Rossiter packte die kleine blaue Figur und stürzte zum Fenster.

»Sie sind ... tot!«, stieß Derrydene aus und keuchte vor Zorn über seine Niederlage. »Sie verdammter ... Störenfried. Sie sind ... ein toter Mann!«

»Tut mir Leid, hab keine Zeit zu plaudern«, rief Rossiter, schwang sich über das Fensterbrett und rannte über den hinteren Rasen.

»Halt, oder ich schieße!«, schrie irgendjemand.

»Nicht heute«, knurrte Rossiter und schlug Haken wie ein Hase. Zwei Schüsse krachten. Er spürte ein Ziehen am rechten Ellbogen, dann war die Mauer vor ihm. Erstaunlich leicht sprang er darüber, ohne seine vielen Blutergüsse auch nur zu spüren.

Die Uhr an der schmutzigen Wand des schmutzigen Zimmers gab ein abgehacktes, rasselndes Geräusch von sich und läutete einmal und ein paar Sekunden später, als käme ihr ein nachträglicher Gedanke, ein zweites Mal. Gideon funkelte sie wütend an, dann stampfte er zurück zu der Bank, wo Naomi wartete.

»Zwei Uhr!«, knurrte er. »Fast zwei Stunden sitzen wir jetzt hier. Derrydene hat wahrscheinlich schon Verbindung zu seinem Anwalt aufgenommen und irgendeine Lügengeschichte zusammengereimt, um den Behörden Sand in die Augen zu streuen. Nicht schwierig, so dämlich, wie die sind!«

»Wenn er nicht auf dem Weg zurück nach Moskau ist«, meinte Naomi.

Gideon fluchte leise. »Ich schwör's, dieser Amtsdiener hat nach Bier gestunken! Ich frage mich, ob er überhaupt zum Polizeirichter gegangen ist. Vielleicht ist er ja auch auf der anderen Seite der Tür eingeschlafen.«

Er begann wieder auf und ab zu gehen. Naomi beobachtete ihn liebevoll. Als sie den ersten Schuss gehört hatte, hatte sie einen schrecklichen Moment lang gedacht, er sei getötet worden. Lady Derrydene war schreiend den Flur entlanggelaufen und sie war ihr gefolgt, voller Furcht, welchen Anblick sie vorfinden würde. Als sie am Esszimmer vorbeigekommen waren, hatte sie durchs Fenster einen kurzen Blick auf Gideon erhascht, der mit leichter Anmut über die Mauer sprang, und ihre Ängste hatten sich gelegt. Sie war noch lange genug geblieben, um festzustellen, dass Derrydene, wenn auch vor Wut kurz vor einem Anfall stehend, relativ unversehrt war. Dann hatte sie sich leise davongestohlen und einen Lakaien nach ihrer Kutsche geschickt. Am nächsten Straßeneck hatte sich Gideon zu ihnen gesellt und war neben ihnen zur Polizei in die Bow Street geritten.

Ein Wachposten hatte sie in dieses entsetzliche Zimmer geführt. Mit glotzenden Augen hatte er sich Gideons barsche Forderung angehört, dass sofort einige Polizeibeamte zu Sir Louis Derrydene geschickt werden müssten, um ihn zu verhaften. Mit einem Brummen, er müsse »jemanden Befugten« holen, war der Wachmann verschwunden und mit einem Schreiber zurückgekommen. Dieser hatte erklärt, der Polizeirichter sei gerade mit einem anderen Fall beschäftigt, und es sei notwendig, zuerst die »näheren Angaben« festzuhalten. Gideon konnte noch so wütend auf der Notwendigkeit raschen Handelns beharren, nichts bewegte diesen sturen Gesetzeshüter, der zuerst mühselig seinen Bericht geschrieben und sich dann auf die Suche nach dem Polizeirichter gemacht hatte,

Ohne auf den Polizisten zu achten, der neben der äußeren Tür saß, marschierte Gideon weiter zur inneren Tür und klopfte ärgerlich. »He!«, rief er. »Haben da drin alle den Geist aufgegeben?«

»Aber Sir!«, protestierte der Polizist und eilte erschrocken herbei. »Das können Sie hier drin nicht machen! Ihro Ehren ist wahrscheinlich grade beim Mittagessen und Sie müssen eben warten!«

»Ich habe gewartet! Zwei verwünschte Stunden lang! Und die Lady ...« Gideon kehrte zurück zu der Bank, setzte sich neben Naomi und nahm ihre Hand. »Mein armes Liebchen!«, rief er reuevoll. »Du musst ja am Verhungern sein! Ich werde deine Kutsche rufen und dich nach Hause bringen lassen. Dieser Idiot von Polizeirichter wird wahrscheinlich ...«

»Spielen Sie auf mich an, Captain Rossiter?«

Die trockene Stimme kam von einem dünnen, kleinen Mann mit grauem Gesicht und einer grauen, schmuddeligen

Perücke, der an einem abgenutzten Schreibtisch an der gegenüberliegenden Wand Platz genommen hatte und sie durch ein verschmiertes Lorgnon musterte.

Gideon sprang auf und eilte an den Schreibtisch. »Sir, ich nehme an, Sie haben meine Aussage gelesen und die Beweisstücke gesehen, die ich Ihrem Schreiber übergeben habe. Es ist bereits viel Zeit verloren, und Sie müssen sich beeilen, weil dieser ränkeschmiedende Schurke sonst …«

»Ich habe hier«, unterbrach der Mann ihn und richtete sein Lorgnon auf die verschiedenen Gegenstände vor ihm, um sie aus kurzsichtigen Augen zu betrachten, »einen Brief, außerordentlich knapp und nichtssagend, einen Terminkalender mit unwichtigen Einträgen und etwas, das ein Kinderspielzeug zu sein scheint. Ihre Erwartung, ich solle angesichts der Beweiskraft – oder vielleicht sollte ich sagen Beweisschwäche – dieser Gegenstände ernst nehmen, was Sie gegen einen respektablen, adligen Gentleman vorbringen, finde ich nahezu unglaublich.«

»Gütiger Himmel, Mann!«, brauste Rossiter auf. »Haben Sie meine Aussage nicht gelesen? Dieser Dummkopf von Schreiber hat fast eine halbe Stunde gebraucht, um …«

»Aber Sir«, mischte sich der Polizist ein, der mit schockierter Miene wieder herangekommen war. »Sie dürfen hier nicht so mit dem Herrn Richter sprechen. Sie müssen ihn ›Euer Ehren‹ nennen und respektvoll sein, wenn …«

»Respektvoll! Sie Einfaltspinsel, wissen Sie denn nicht, dass Derrydene sich zweifellos davonmacht und das Land verlässt, während wir hier herumtrödeln und nichts tun?«

»Sir Louis Derrydene«, korrigierte der Richter mit seiner verdrießlichen Stimme, »ist ein Gentleman, dessen einziger Fehltritt in einem ansonsten untadeligen Leben darin zu bestehen scheint, dass er sich mit der Rossiter Bank zusammengetan hat.«

»*Zusammengetan* sagen Sie, Sir!«, brüllte Gideon. »Dieser Schurke hat meinen Vater mit seinen Gaunereien fast ruiniert, und ...«

»Und ich erlaube in diesem Gericht keine verleumderischen Behauptungen ohne Grundlage«, unterbrach der Richter schrill. Er deutete mit dem Lorgnon auf Gideon und beugte sich vor. »Ich habe während meiner Amtszeit einiges an Märchen und Unsinn gehört, Captain Rossiter. Aber dieser ... dieser Mischmasch, den Sie mir da angebracht haben, ist absolut lächerlich! Sie haben meine Zeit vergeudet, Sir; Sie haben dieses Gericht mit Verachtung behandelt; Sie haben ungehörige Ausdrücke verwendet, nicht nur vor dem ernannten Vertreter von Recht und Ordnung, sondern auch vor dieser schönen Lady.« Das Lorgnon wurde zur Seite gedreht, die kleinen Augen glitzerten, und das verschrumpelte Gesicht verzog sich zu einer Grimasse, die wohl ein Lächeln sein sollte. Dann wandte der Richter sich wieder dem wutschnaubenden Rossiter zu und das Lächeln wurde zu einem finsteren Blick. »Schändlich«, erklärte er und klopfte mit dem Lorgnon auf den Schreibtisch. »Fünfzig Guineen.«

»*Fünfzig Guineen!*«, rief Rossiter. »Wofür, zum Teufel? Sie haben nichts getan!«

»Dann eben – *sechzig* Guineen«, fauchte der Richter. »Noch so ein Ausbruch, und ich sehe mich in der Tat genötigt, etwas zu tun, Sir, denn dann lasse ich Sie einsperren!«

Naomi eilte an Gideons Seite und sah den Vertreter von Recht und Ordnung mit ihrem gewinnendsten Lächeln an. »Ich entschuldige mich für meinen Verlobten, Euer Ehren«, murmelte sie. »Er ist erst jetzt aus den Niederlanden zurückgekehrt, wo er ernsthaft verwundet worden und beinahe gestorben ist. Er ist immer noch nicht ganz auf der Höhe. Tatsächlich habe ich den Verdacht ...« Ohne auf Gideons ungeduldiges Murren zu achten, beugte sie sich näher und senkte die Stimme zu einem vertraulichen Flüstern.

Der Vertreter von Recht und Ordnung schnupperte den Duft von Eau de Jasmin. Das Lorgnon richtete sich auf die weiche, üppige Rundung von Myladys weißem Busen und die kleinen glänzenden Augen blickten milder. »Armer Kerl«, flüsterte er. »Armer Kerl. Ich verstehe vollkommen, meine Liebe. Man muss Sie für Ihre Treue loben. Bringen Sie ihn fort. Und was Sie angeht, Sir, Sie haben großes Glück, ohne es zu verdienen. Ich werde Ihr Bußgeld auf zwanzig Guineen verringern und warne Sie, in Zukunft nicht mehr die Zeit dieses Gerichts zu vergeuden!«

Als Naomi Gideons Gesichtsausdruck sah, legte sie ihm die Hand auf den Arm. »Bitte, mein Lieber, bezahlen Sie Seiner Ehren das Geld. Es ist Zeit, nach Hause zu fahren, damit Sie Ihr Nickerchen halten können.«

Kochend vor Zorn bezahlte Gideon zwanzig Guineen, er hielt im Austausch sein Beweismaterial wieder und trat einen ungeordneten Rückzug an.

16

So etwas habe ich noch nie gesehen.« Viscount Horatio Glendenning saß in dem freundlich eingerichteten Frühstückszimmer im Hause seines Vaters am Tisch und betrachtete neugierig die Miniatur, die er in der Hand hielt. »Auf jeden Fall ist die ganze Sache ziemlich zwielichtig.« Er sah auf. »Was hast du mit dem albernen Ding vor, Ross?«

Beträchtlich erholt nach dem köstlichen Mittagsimbiss, den Bowers-Maldens Koch für sie zubereitet hatte, erwiderte Rossiter: »Ich will versuchen, einen Experten zu finden, der mir etwas über die Figuren sagen kann. Ich hätte fast Lust, nach Oxford zu fahren und zu sehen, ob jemand in der Bodleian Library etwas über ihre Geschichte weiß. Was meinen Sie dazu, Mylady?«

Naomi stellte ihre Kaffeetasse ab und gab zu, dass sie nicht verstehen konnte, was die kleinen Figuren mit Sir Mark Rossiters Schwierigkeiten zu tun hatten. »Aber der springende Punkt ist, lieber Tio, was nun geschehen wird. Wenn Sir Louis Derrydene Gideon verhaften lassen will ...«

Rossiter legte seine Hand über die ihre und erklärte mit einem beruhigenden Grinsen, dass es in dieser Hinsicht keinen Grund gebe, sich Sorgen zu machen. »Das würde die Aufmerksamkeit auf seine verschlagenen Intrigen lenken, und das ist das Letzte, was er will.« Er warf seinem Freund einen Blick zu. »Viel mehr Sorgen macht mir die Wahrscheinlichkeit, dass dieser Basta ... dieser Schurke sich heimlich davonschleicht und das Land verlässt.«

Beschwichtigend meinte Naomi: »Nun, mein Lieber, du hast ja Tummet geschickt, damit er das Haus bewacht. Wenn es irgendwelche Anzeichen dafür gibt, wird er es dir sofort mitteilen.«

»Und was willst du dann unternehmen?«, erkundigte sich Glendenning.

Rossiter blickte finster drein. »Alles, was in meiner Macht steht, um den treulosen Hund daran zu hindern, dass er entwischt, bevor er zur Rechenschaft gezogen wird.«

»Du kannst auf meine Hilfe zählen, alter Knabe. London war in der letzten Zeit vollkommen fad. Eine ordentliche Prügelei wäre zur Abwechslung mal ganz lustig.«

»Verteufelt nett von dir, Tio. Aber ich frage mich ... Glaubst du, dein Vater könnte uns vielleicht helfen? Die Unterstützung eines einflussreichen Mannes wäre unschätzbar und er scheint den Rossiters gegenüber unvoreingenommen zu sein. Zumindest bis zu einem gewissen Grade.« Glendenning warf ihm einen traurigen Blick zu. »Verflixtes Pech, Ross, aber Bowers-Malden ist in Irland. Er wollte sich eine Stute ansehen, an der er besonders interessiert ist. Gestern Morgen ist er aufgebrochen und ich erwarte ihn frühestens in drei Wochen zurück.«

»Zur Hölle«, murmelte Rossiter und zerbrach sich weiter den Kopf. »Vielleicht ... Boudreaux ...?«

»Lord Boudreaux steht doch sicher nicht sehr hoch in Gunst, seit man entdeckt hat, dass sein Neffe Sympathien für die Jakobiten hatte?«, sagte Naomi mit einem unbehaglichen Gefühl.

Rossiter warf einen erschrockenen Blick zu Glendenning. »Doch nicht Trevelyan de Villars? Gütiger Himmel! Hat man ihn hingerichtet?«

»Man hat es versucht, lieber Junge. Aber er hat es geschafft, nach Frankreich zu entkommen, und ich habe gehört, dass er nun sehr glücklich verheiratet ist und bald mit einem äh ... einem *petit paquet* beschenkt wird. Aber deine Lady hat ganz Recht, die Hilfe seines Onkels, selbst wenn er dazu bereit wäre, könnte eher eine Behinderung als ein Segen sein.«

Rossiters Mut sank. Er wusste, dass Gordon Chandlers Vater zu ihnen halten würde, aber Sir Brian Chandlers Gesundheit war angegriffen und er bewegte sich selten weit von seinem großen Landsitz bei Dover fort. Was auch zu tun sein wird, dachte er, ich muss alles selbst tun. Und zwar schnell, denn mittlerweile war vermutlich Jamie eingetroffen. Er sah mit einem unbehaglichen Gefühl auf die Uhr. »Ich wünschte, Gwendolyn und deine Schwester würden heimkommen. Wie lange sind sie denn schon beim Einkaufen?«

»Oh, seit Stunden«, antwortete Glendenning heiter. »Wenn sie sich durch alle Geschäfte und Putzmacherläden geschwatzt haben, wollen sie noch in jede Buchhandlung auf der London Bridge gehen, glaube ich, und vermutlich erst aufbrechen, wenn die letzte geschlossen hat. Tatsächlich hat Marguerite Gwen eingeladen, ein paar Tage hier zu bleiben. Haben wir deine Erlaubnis, Ross, deine hübsche Schwester bei uns zu behalten?«

Aus mehreren Gründen erleichtert, sagte Gideon: »Himmel, ja! Gwen wird hingerissen sein! Vielen Dank, Tio. Bist du … äh … sicher, dass Lady Bowers-Malden nichts dagegen hat?«

Seine Lordschaft erklärte, dass seine Mama Gwendolyn äußerst zugetan sei und entzückt sein werde. Mit einem verschwörerischen Blick entschuldigte er sich, um die Kutsche zu holen.

Rossiter, wieder einmal höchst unschicklich allein mit seiner Lady, verlor keine Zeit, sie in die Arme zu schließen. Naomi klammerte sich besorgt an ihn und fragte ängstlich, wann und wo sie sich wieder sehen würden. Er sagte ihr, für den nächsten Morgen habe er versprochen, mit seinem Vater auszureiten, und könne sie daher nicht im Park treffen. Sie akzeptierte diese Lüge ohne eine weitere Frage und entwarf einen Plan, wie entweder Tummet oder Maggie Botschaften überbringen könnten. Solche heimlichen Taktiken waren beiden zuwider, aber Gideon versprach, diese Geheimhaltung würde nicht mehr lange notwendig sein. Trotz der absoluten Unfähigkeit der Behörden war er überzeugt, dass seine Beweisstücke den Ausschuss des Lordkanzlers beeinflussen würden. Sobald der gute Name seines Vaters wiederhergestellt sei, sollte es nicht mehr schwer sein, meinte er munter, den Weg zu ebnen, damit er die Lady heiraten könne, die er so tief liebe.

»Eins noch«, warnte er sie und küsste ihre zarte Nasenspitze. »Brenn nicht mit Bracksby durch, bevor ich die Möglichkeit habe, noch einmal formell um deine Hand anzuhalten. Er ist ein prima Kerl, und es ginge mir sehr gegen den Strich, wenn ich ihm den Garaus machen müsste.«

Naomi, die versuchte, sich ebenso sorglos zu geben, erwiderte frech, sie sei weit mehr geneigt, mit Reggie Smythe durchzubrennen. Der Preis, den sie für diese Respektlosigkeit zu bezahlen hatte, raubte ihr den Atem, und sie konnte Gideon mit Hoffnung im Herzen und einem Lächeln auf den Lippen zurücklassen.

Als Gideon sich wieder auf dem Snow Hill befand, hatte sich der Himmel verdunkelt und Donner grollte. Leutnant Morris war angekommen und saß zusammen mit Sir Mark und Newby in der Bibliothek. Sie blickten von der Rubinfigur auf, die sie gerade betrachtet hatten, und Morris beschwerte sich: »Du hast mich losgeschickt mit der Anweisung, mich zu beeilen. Nachdem ich nun bei Anbruch der Morgendämmerung aufgestanden bin und deinetwegen zahllosen feindlichen Begegnungen getrotzt habe, komme ich hier an und stelle fest, dass du dich irgendwo herumtreibst! »

Grinsend drückte Gideon die ausgestreckte Hand. »So, wie ich dich kenne, Jamie, ist deine Morgendämmerung um zehn Uhr angebrochen, und deine feindlichen Begegnungen bestanden vor allem darin, dass du es geschafft hast, dich vom Frühstückstisch hochzurappeln! Trotzdem verdienst du eine Medaille dafür, dass du mir diese Miniatur gebracht hast.« Er nahm die kleine Rubinfigur und betrachtete sie neugierig. »Wenn du nur sprechen könntest, kleiner Mann …«

»Ich möchte eher hören, was du zu berichten hast«, sagte Sir Mark. »Was hast du gemacht?«

»Eine ganze Menge, Sir. Hat irgendjemand … äh … nach mir gefragt?«

»Ein Bote hat eine Nachricht für dich überbracht«, näselte Newby.

»Ich habe sie hier.« Sir Mark reichte Gideon ein versiegeltes Papier. »Und ein Polizist aus der Bow Street war da, um sich wegen des Unfalls mit der Kutsche am Mittwochabend zu erkundigen. Hat sich furchtbar wichtig gemacht und alles ganz genau genommen. Viel Wind, ohne dass es einen Wert hat.«

Gideon erbrach das Siegel und las laut vor:

> Lieber Captain Rossiter,
> wie ich höre, sind Sie im Besitz eines der Stücke aus der Kollektion der »Juwelenbesetzten Männchen«. Ich bin ebenfalls ein glühender Bewunderer dieser Kunstwerke und hoffe, eines Tages vielleicht den ganzen Satz mein Eigen zu nennen. Angesichts des Altertumswerts der Figuren will ich Ihre Intelligenz nicht beleidigen, indem ich eine geringere Summe für die Figur in Ihrem Besitz biete als eintausend Pfund.

»Meine Güte!«, stieß Sir Mark hervor.

Newby pfiff leise. »Wie kann ein so kleiner und so reizloser Gegenstand so wertvoll sein?«

Gideon wechselte einen Blick mit Morris und las weiter:

> Wir kennen uns nicht, aber ich wohne im Gasthaus *The Blue Heron* in Kensington Village, und sollten Sie an meinem Vorschlag interessiert sein, werden Sie mit Spannung willkommen geheißen von
> Ihrem Sammlerkollegen Thomas Kendall-Parker

»Eintausend Pfund«, murmelte Leutnant Morris. »Beim Zeus, das ist eine riesige Summe!«

»Er wird sie mindestens verdoppeln müssen«, stellte Gideon fest, legte den Brief beiseite, nahm die blaue Figur aus der Rocktasche und legte sie auf den Tisch.

»Hol mich der Teufel!« Newby sprang auf und packte die Figur. »Du hast mehr Verstand, als ich dir zugetraut hätte, Zwillingsbruder. Diese beiden zusammen werden eine fürstliche Summe einbringen! Wenn dieser Kendall-Parker eintausend Pfund bietet, kannst du sicher sein, dass sie das Zwei- oder Dreifache wert sind!«

»Nach dem Kratzer auf deiner Stirn zu urteilen, bist du nicht gerade leicht an diese Figur gekommen, mein Junge«, meinte Sir Mark.

»Nicht ganz, Sir.« Gideon berichtete so knapp wie möglich von den Ereignissen des Tages, oftmals unterbrochen von aufgeregten oder zornigen Ausrufen. Als er geendet hatte, war Sir Mark aufgesprungen, das Gesicht gerötet und die Augen vor Zorn sprühend. »Dieser hinterhältige Hund! Nicht genug mit seinem Verrat, besitzt Derrydene auch noch die unverschämte Frechheit, meinen Sohn zu bedrohen!«

»Und ich vermute, mittlerweile ist er auf dem Weg nach Frankreich«, sagte Newby.

»Das bezweifle ich«, entgegnete Gideon. »Tummet bewacht sein Haus, und Glendenning hat versprochen, mich sofort zu benachrichtigen, wenn Derrydene versucht, sich aus dem Staub zu machen.« Und dann fügte er noch hinzu:

»Sehen Sie nun, Papa, dass diese seltsamen kleinen Figuren auf irgendeine Weise mit dem Komplott gegen Sie verknüpft sind?«

Triumphierend fragte Sir Mark zurück: »Du gibst also zu, dass es tatsächlich ein Komplott ist?«

»Ich glaube, daran besteht kein Zweifel mehr, Sir«, sagte Morris. »Die Sache ist nur die, dass wir die Gerichte überzeugen müssen.«

»Diese Dummköpfe in der Bow Street hätten nach Gideons Bericht sofort handeln müssen«, knurrte Sir Mark. »Aber mein Wort hat immer noch ein wenig Gewicht, glaube ich. Ich werde mich an die Gardekavalleriebrigade wenden. Ich habe eine Empfehlung an General Underhill, und mit etwas Glück werde ich ihn überzeugen, dass …« Er brach ab, als ein ohrenbetäubender Donnerschlag die Fensterscheiben erzittern ließ.

Die Tür ging auf, und Wilson kündigte an: »Ein Bote von Lord Horatio Glendenning.«

Ein Lakai in Livree wurde hereingeführt. Regentropfen glitzerten auf seinem Mantel und seinem Dreispitz. Nachdem er sich kurz im Raum umgesehen hatte, ging er direkt auf Gideon zu. »Seine Lordschaft lässt sich empfehlen, Sir, und ich soll Ihnen ausrichten, dass Ihr Diener für ein paar Stunden abgelöst worden ist, aber um zehn Uhr abends wieder die Wache übernehmen wird. Seine Lordschaft glaubt nicht, dass große Fluchtgefahr besteht, weil gemäß Ihren Anweisungen außerdem zwei Wachen vor dem Haus postiert worden sind.«

»Gut!«, rief Gideon. »Dann ist dieser Schuft zumindest für heute Nacht dingfest gemacht!«

»*Du* hast angeregt, dass die Wache ein Auge auf Derrydenes Haus hat?«, fragte Sir Mark. »Ich wundere mich, dass sie auf dich gehört haben.«

»Sie hätten nicht darauf gehört, wenn der Vorschlag von mir gekommen wäre, Sir. Ich habe Tio gebeten, darum zu ersuchen – im Namen seines Vaters.«

»Prima Idee«, sagte Morris lachend. »Ich nehme an, Sir Louis wird wütend mit den Zähnen knirschen.«

Gideon entlohnte den Lakaien und schickte ihn mit einem kurzen Dankesbrief an Lord Horatio zurück. Als er aus dem Fenster blickte, meinte er: »Es sieht so aus, als würde es ein stürmischer Abend werden, Vater. Vielleicht sollten Sie Ihren Besuch bei der Kavalleriebrigade verschieben.«

Sir Mark war nicht erpicht darauf, bei nassem Wetter den Hügel hinunterzufahren, und stimmte zu. »Wir werden uns morgen früh als Erstes alle zusammen dorthin begeben.«

»Ich fürchte, Sie und mein Bruder werden allein fahren müssen, Sir«, entschuldigte sich Gideon.

»Warum, zum Teufel?«, brauste Sir Mark sofort auf. »Ich möchte einmal beide Söhne an meiner Seite haben!«

Morris beschwor den nächsten Aufruhr herauf. »Gideon hat morgen früh eine vordringliche Verabredung, Sir. Mit August Falcon.«

Die Wolken hingen tief und bleiern am Himmel, es war kühl, und Morris, vor dem Frühstück nicht in der besten Form, saß in der rumpelnden Kutsche und knurrte: »Perry Cranford ist ein prima Bursche, das gebe ich zu. Aber Kadenworthy? O Gott! Natürlich muss man berücksichtigen, dass Falcon nicht gerade von bewundernden Busenfreunden umringt ist, aber ich hoffe, er hat Kadenworthy nicht als Sekundanten, wenn ich mich mit ihm duelliere. Ich kann den Mann nicht ausstehen.«

Rossiter zog den Mantel enger um sich und meinte nachdenklich: »Ich glaube, ich kenne den Gentleman gar nicht. Hat er sich nicht einmal mit de Villars duelliert?«

»Ja, und Treve hat ihn beinahe über die Klinge springen lassen! Wie ich gehört habe, sind sie jetzt Freunde. Weiß der

Himmel, warum. Kadenworthy hat eine ebenso spitze Zunge wie Falcon.«

»Dein zukünftiger Schwager«, meinte Gideon verschmitzt.

Morris stöhnte. »Man muss das Schlechte mit dem Guten in Kauf nehmen.«

Belustigt fragte Gideon: »Hast du Fortschritte gemacht, Jamie?«

»Sie hat mich angelächelt.« Morris' düsteres Gesicht nahm einen verträumten Ausdruck an. »Und sie hat gesagt, ich sei tapfer. Als sie mir die Hand verbunden hat, war ihre Berührung zart wie eine Feder.«

Rossiter warf einen Blick auf den Verband. »Du solltest ihn wechseln.«

»Niemals!« Sachte berührte Morris das graue Leinen. »Ihre kleine Hand hat ihn da festgemacht und da bleibt er.«

»Na, du bist wirklich völlig hingerissen! Gott weiß, dass ich dir alles Gute wünsche, aber – wenn die Lady deinen Antrag je akzeptiert – glaubst du, dein Vater wäre … äh … ungehalten?«

»Was, zum Teufel, meinst du damit? Miss Katrina ist das schönste Geschöpf in ganz England, und wenn du andeuten willst, dass mein Papa Einwände haben könnte, weil ein paar selbstgerechte Narren sagen, sie sei ein Halbblut …«

»Du glaubst also, er würde nichts dagegen haben?«

»Ganz entschieden nicht! Und wenn es so wäre … Nun, verdammt noch mal, ich würde ihn rumkriegen.« Wehmütig seufzte er: »Wir beide müssen über dornige Wege gehen, um unsere Ladies zu gewinnen, wie?«

Ein Lächeln erschien auf Gideons Gesicht. »Wie wahr. Apropos Wege, Jamie, begleitest du mich zu diesem Sammler, wenn das dumme Duell vorbei ist?«

Treu erklärte Morris, dass er natürlich vorhabe, »mit zu dem Kerl zu trotten«. Innerlich fürchtete er sich vor dem

Ausgang des Duells. Vor kaum zwei Wochen hatte der Armeearzt zu Gideon gesagt, er solle sich schön lange ausruhen, dann wäre er bald wieder so in Form wie eh und je. Doch anstatt geruhsam zu sein, war sein Leben seither ein einziger Aufruhr gewesen. Seltsamerweise sah er besser aus; wahrscheinlich, weil seine Liebe zu Lady Naomi so tief war. Trotzdem waren die Prellungen an seiner Seite ziemlich schlimm, und obwohl er kein Aufhebens davon machte, bewegte er sich doch eher steif. Wenn nur Falcon kein so verdammt guter Fechter wäre … Natürlich, wenn der Boden matschig war, könnte das ein wenig ausgleichend wirken. Morris spähte hoffnungsvoll aus dem Fenster.

Der Himmel hatte sich etwas aufgehellt, als sie den Ort des Duells erreichten, der etwa eine halbe Meile jenseits des Parks auf offenem Feld lag. Viscount Glendenning und Falcons Sekundanten, Peregrine Cranford und Lord Kadenworthy, inspizierten bereits das Gelände. Gideon kannte Cranford, einen schlanken, attraktiven jungen Mann mit tiefblauen Augen, der stets zum Lächeln aufgelegt war, aber auch leicht aufbrauste. Sie schüttelten sich die Hände.

»Wie geht's, Perry?«, fragte Gideon. »Ich sehe, du warst in ziemlichen Schwierigkeiten. Ein Unfall?«

»Prestonpans«, antwortete Cranford mit einem Grinsen. »Wir hatten hier einen eigenen kleinen Krieg, während du fort warst, weißt du. Mein dämliches Bein hat dem Fahrgestell einer Kanone die Vorfahrt streitig gemacht.« Er bemerkte, dass Rossiter instinktiv vor Mitleid zusammenzuckte, und fügte munter hinzu: »Aber glaub nicht, dass dieses Holzbein eine große Behinderung ist. Ich kann ganz ordentlich herumhüpfen, wie du bald feststellen wirst.«

Gideon klopfte ihm auf die Schultern und wandte sich Kadenworthy zu. Dieser große und elegante Gentleman nickte nur kühl und übersah offensichtlich seine ausgestreckte Hand. »Ich hoffe, Ihr Mann hat Füße mit Schwimmhäuten,

Morris«, näselte er. »Der Boden ist ganz hübsch sumpfig.« Morris starrte ihn in eisigem Schweigen an.

Da es im Augenblick so viele Angelegenheiten gab, die Rossiter verfolgten, hatte er momentan vergessen, dass er in Ungnade war, und er errötete ein wenig, als er Glendenning fragte, ob Falcon bereits da sei.

»Er sitzt in seiner Kutsche und spielt Karten mit dem Doktor«, antwortete der Viscount und warf Kadenworthy einen zornigen Blick zu.

Die Sekundanten berieten sich kurz. Da es hier um eine Angelegenheit ging, bei der einer der Kontrahenten zugeschlagen hatte und eine Entschuldigung weder angeboten noch erwartet wurde, hatte es wenig Sinn, sich um eine Versöhnung der Duellanten zu bemühen. Die Degen, beide griffig und ausgewogen, wurden in der Länge verglichen und für gut befunden. Die Sekundanten waren übereingekommen, nur die Dienste eines Arztes in Anspruch zu nehmen, und dieser Gentleman stieg nun aus der Kutsche, in der einen Hand seine Tasche, in der anderen einen Apfel. Ein paar Minuten später standen Rossiter und Falcon, die ihre Röcke ausgezogen und die gerüschten Manschetten hochgekrempelt hatten, einander gegenüber, die Degen zum Gruß erhoben.

Falcon eröffnete den Angriff. Er hatte eine seltsame Art zu kämpfen. Leicht gebeugt, hielt er den linken Arm mit der Handfläche nach oben eher nach außen als nach hinten gestreckt, wie es sonst üblich war. Seine Quart folgte fast unmittelbar auf den Gruß, als hätte er seinen Gegner rasch abgeschätzt. Rossiter, kein übler Fechter, parierte sofort mit dem Ende seines Degens, erwiderte den Stoß und ging erneut in Deckung. Erstaunt hörte er Falcons halb geflüstertes »Gut« und sah, wie sich die schmalen Lippen seines Gegners zu einem Lächeln verzogen. Dennoch ließ ihm sein Kontrahent keine Bresche und eine Sekunde später stieß Falcons Degen in einer kraftvollen Terz auf seinen Brustkorb zu. Wieder parierte Rossiter erfolgreich und kehrte in die Terzstellung zurück. Falcon wechselte zu einer Sext und erhöhte das Tempo seiner Attacken. Das aufeinander treffende Metall der Degen klang wie das unregelmäßige Geläute heller Glocken, und die beiden Duellanten bewegten sich anmutig hin und her, obwohl der Zustand des Bodens es nicht zugelassen hatte, dass sie ihre Schuhe auszogen.

Von Anbeginn an hatte Rossiter gewusst, dass er nicht nur einem großartigen Fechter gegenüberstand, sondern dass seine Prellungen und die alte Wunde an seinem Bein ihn behindern würden. Er zweifelte nicht im Geringsten daran, dass es bei diesem Duell nicht um Tod oder Leben gehen würde, auch wenn Falcon die Absicht hatte, sich gut zu unterhalten. Andererseits hatten sie sich darauf geeinigt, »beim ersten Blut« aufzuhören, und gerade jetzt kampfunfähig geschlagen zu werden, passte überhaupt nicht in seine Pläne. Entschlossen kniff er Lippen und Augen zusammen und konzentrierte sich mit aller Kraft auf den Kampf.

Falcon, der offensichtlich in seinem Element war, schlug nicht nur ein grimmiges Tempo an, sondern kämpfte auch sehr weiträumig, sodass die Sekundanten, alle mit gezückten Degen, ständig zur Bewegung gezwungen waren. Nach einem Hagel blitzschneller Attacken stieß Falcon in einer Sekond zu. Rossiter parierte mit einer Prim und konterte mit einem Gegenstoß, ging aber dann gerade noch rechtzeitig in Deckung, als Falcon eine brillante Cavazion versuchte.

»He!«, schrie Cranford, und in seiner Stimme lag ein Unterton, der Glendenning sofort veranlasste, die Klingen der beiden Gegner nach oben zu schlagen.

Alle drehten sich nach dem Grund für diesen Einwand um. Abgesehen davon, dass Cranford sehr rot im Gesicht geworden war, stand er in einem entschieden seltsamen Winkel da und umklammerte sein rechtes Knie.

»Na so was!«, rief Glendenning. »Steckst du fest, Perry?« Er eilte zu ihm.

Cranford steckte in der Tat fest, da sein Holzbein tief in den Schlamm eingesunken war.

Unter großer Heiterkeit und vielem Unfug wurde er gerettet, und Morris und Glendenning riefen laut Beifall, als Cranford befreit war. Falcon dagegen blickte finster, was Morris zu der unschuldigen Bemerkung veranlasste: »Kopf hoch, Falcon. Ihr Duellsieg ist erst *in spe*, wissen Sie.«

Rossiter kicherte bei dieser absichtlichen Provokation, aber sie war kaum dazu angetan, Falcons schnell sinkende Laune zu verbessern. Ohne auf Morris zu achten, fragte er: »Warum, zum Teufel, hast du nicht deine Prothese angeschnallt, Perry?«

»Das dämliche Ding fällt dauernd runter«, entschuldigte sich Cranford. »Tut mir Leid, August. Ich hatte gestern Abend nicht mit diesem verwünschten Gewitter gerechnet, sonst hätte ich sie mit in die Stadt gebracht.«

»Alles in Ordnung, Perry?«, fragte Kadenworthy.

Cranford erwiderte, alles sei bestens, beäugte den matschigen Boden aber ängstlich.

Morris schlug Falcon vor, das Duell aufzuschieben. »Sie sehen aus, als stünden Sie kurz vor einem Schlaganfall, alter Knabe; wahrscheinlich sollten Sie sich lieber eine Weile hinlegen und ausruhen.«

»Natürlich werde ich das Duell nicht aufschieben«, fauchte Falcon, und als er Kadenworthys ironischem Blick begegnete, fügte er leise hinzu: »Der Verstand dieses Kerls reicht nicht weiter als bis zu seiner Nase.«

Neugierig blickte Morris auf Kadenworthy. »Beim Zeus, aber immerhin sieht seine Nase ziemlich lang aus, wenn sie auch etwas ...«

»Ich habe von *Ihnen* geredet, Sie Idiot!«, brüllte Falcon.

»O wirklich!« Morris wandte sich an Kadenworthy, dessen braune Augen plötzlich amüsiert funkelten. »Verzeihung, Mylord. Ich dachte, er meinte ...«

»Sie haben gar nichts in der Art gemeint«, unterbrach Kadenworthy.

»Und wenn Sie es genau wissen wollen, Morris, meine Nase wird oft als echt römisch bezeichnet.«

»Sie haben meine unbeschränkte Erlaubnis, hier stehen zu bleiben und seine Nase zu bewundern, Morris, sodass der Rest von uns weitermachen kann«, schnaubte Falcon.

Alle lachten, und mit einem belustigten Blick auf Falcons cholerische Miene schlug Rossiter vor, ein Stück weiterzugehen, wo der Boden noch nicht so aufgewühlt war. Das war sogleich erledigt, und die *affaire d'honneur* nahm ihren Lauf.

Die Unterbrechung hatte Rossiter eine dringend benötigte Atempause verschafft, aber Falcon war nun wütend und kämpfte mit einer Heftigkeit, die Rossiter beständig in die Defensive drängte. Immer wieder wehrte sein Degen Falcons Attacken im letzten Augenblick ab, aber immerhin wehrte er sie ab, sodass in Falcons dunkelblauen Augen widerwillige Bewunderung aufleuchtete und Morris zu hoffen begann, sein Freund könnte den Kampf doch noch gewinnen. Rossiter, in die Enge getrieben, riskierte eine Finte und bot Falcon scheinbar eine Blöße. Falcon stieß wild zu, und einen Moment lang dachte Rossiter, er hätte seine Degenspitze zu weit nach rechts abirren lassen. Er machte einen Ausfall, aber zu seiner Überraschung war die Klinge plötzlich über dem Kopf seines Gegners. Falcon war ausgerutscht. Er stieß einen erschrockenen Schrei aus, und mitgerissen von seiner schwungvollen Attacke schoss er an Rossiter vorbei, fiel mit dem Gesicht nach vorn zu Boden und schlitterte ein paar Meter weiter.

Morris' schrilles Gelächter ließ auch die anderen juchzend einstimmen. Schwer atmend, aber mit einem breiten Grinsen, klemmte sich Rossiter den Degen unter den Arm und streckte seinem Gegner eine helfende Hand hin.

Falcon setzte sich, schmutzig, wie er war, auf und funkelte ihn voll ohnmächtiger Wut an. Sein Kinn, sein zuvor makelloses Hemd und seine Breeches waren eine Katastrophe und der Degen steckte bis zum Heft im Gras.

Morris sauste herbei, zog die Waffe heraus, und bevor man ihn hätte zurückhalten können, schwenkte er sie mit dem lauten Ruf: »*Excalibur!* Lang lebe ... der König!«

Ihr Gelächter hallte auf dem offenen Feld wider; der Arzt wischte sich Tränen der Heiterkeit ab.

Falcon teilte diese Fröhlichkeit keineswegs. »Sie ... verdammter, alberner Trottel!«, fauchte er, sprang auf und riss Morris den Degen aus der Hand. »Sie finden das also lustig? Bei Gott, ich werde Ihnen zeigen ...«

Rossiter stellte sich dem zornigen Mann in den Weg und sagte scharf: »Halten Sie Ihre Wutanfälle im Zaum, Falcon, und versuchen Sie, ein wenig Fairness an den Tag zu legen. Morris hat keine Beleidigung beabsichtigt.«

»Doch, Ross«, seufzte Morris und wischte sich über die Augen. »Ich wollte ihm zeigen, wie lang *seine* Nase ist, wenn sie im Dreck steckt!«

Falcon gab einen kollernden Laut von sich und machte Anstalten, sich auf ihn zu stürzen.

Glendenning, ganz schwach vor lauter Lachen, zog Falcon zurück. »Morris, willst du dich *bitte* benehmen? Nein wirklich, August, Sie sollen gegen *Rossiter* kämpfen. Auf jeden Fall müssen wir dieses Fiasko beenden. Sie sind nicht in der Verfassung, um ...«

»Den Teufel werde ich!«, schnaubte Falcon wutentbrannt. »Wir werden zu Ende kämpfen. Hier und jetzt! Es sei denn, Rossiter ist erpicht auf die Ausflucht eines Feiglings.«

Alles Lachen erstarb. Rossiter brach das plötzliche Schweigen, als er kühl erklärte: »Ich gebe Ihrem Mann einen Augenblick Zeit, seine Hände zu säubern, Perry.«

»Nett von Ihnen«, erwiderte Cranford stirnrunzelnd.

Falcon wischte sich mit dem Taschentuch den Schlamm von den Händen, nahm seinen Degen und das unkonventionelle Duell ging weiter.

War Falcon zuvor gefährlich gewesen, so war er nun mörderisch. Er kämpfte mit einem wilden Grimm, der wenig Zweifel daran ließ, dass er sich für seine Demütigung rächen wollte. Gelegentlich gelang Rossiter eine Attacke, aber seine Klinge wurde unfehlbar pariert, und die Gegenstöße strengten seine Fähigkeiten bis zum Äußersten an. Seine linke Schulter pochte höllisch, seine Lungen brannten bei jedem Atemzug. Jede Bewegung mit dem Degen schien an seinen Prellungen zu zerren und seine Beinarbeit war deutlich weniger behende als zu Beginn. Falcons Degen war wie ein funkelndes Lebewesen, das mit nie versagender Geschwindigkeit und Kraft aus allen Winkeln angriff. Rossiter kämpfte hartnäckig weiter, aber niemand war überraschter als er, als er seinem Gegner mit einer verzweifelten Glissade die Waffe aus der Hand schlug.

Ein aufgeregter Schrei kam von den Sekundanten, und der Arzt, der seinen Apfel hatte sinken lassen und gebannt dem heftigen Kampf zusah, juchzte.

Niemand rührte sich, um die Waffe aufzuheben, und Falcon stand stumm da und starrte offensichtlich verwirrt auf seinen Gegner.

Rossiter wischte sich keuchend die schweißnasse Hand an den Breeches ab und wartete.

Ein Schrei zerriss die eingetretene Stille. »Gideon! Gideon!«

»O mein Gott!«, stöhnte Falcon.

Rossiter blickte ungläubig nach hinten. »Gwen …?«

»*Aufhören!* Sofort aufhören!« Gwendolyn hielt die Röcke ihres Reitkleides hoch und führte humpelnd ihr Pferd auf sie zu.

»Ich muss schon sagen«, murmelte Morris entsetzt, »das schickt sich nicht, Ross! Bring sie fort!«

»Die erste vernünftige Bemerkung, die man von Ihnen gehört hat«, höhnte Falcon und wollte seinen Degen aufheben.

Ein Rascheln weiter Röcke, ein Hauch von Rosenduft, und ein schmales Stiefelchen trat auf die Waffe. »Sie müssen *aufhören*!«, keuchte Gwendolyn. »Es ist etwas ...«

»He, gehen Sie da runter«, unterbrach Falcon sie und zerrte versuchsweise am Heft des Degens.

»Das werde ich nicht! Oh, Sie grässlicher Kerl, wollen Sie wohl aufhören!«

Äußerst verlegen stieß Rossiter hervor: »Ich weiß nicht, wie ... du herausbekommen hast, wo wir sind, Gwen, aber wirklich, du darfst ... dich nicht in ein Duell einmischen ...«

Falcon, der sich hingekniet hatte, wich zurück. »Sie verbiegt mir meinen Degen«, beschwerte er sich wutschnaubend. »Schaffen Sie sie fort!«

Als Erwiderung versetzte Gwendolyn ihm einen kräftigen Hieb mit ihrer Reitgerte. »Niederträchtige Kreatur! Schluss jetzt!«

Er jaulte auf und riss eine Hand hoch, um seinen Kopf zu schützen, während er mit der anderen immer noch den Degengriff hielt.

Mit einem angenehmen Kitzel zogen sich Sekundanten und Arzt in sichere Entfernung zurück, während sie begierig den Lauf der Dinge beobachteten.

Gwendolyn sah Rossiter mit strenger Miene auf sich zukommen und hüpfte zweimal auf und ab.

»Hör sofort auf!«, rief Rossiter. »Du schneidest dich noch!«

»Haha, sie und sich schneiden!«, fauchte Falcon erbittert. »Sehen Sie nur, was sie gemacht hat!« Er hielt einen Degen hoch, der Mitleid erregend verbogen war. »Sie haben mein Colichemarde ruiniert, dummes Gör!«

»Vielleicht können Sie es als Sense verwenden, alter Knabe!«, keuchte Morris.

Ohne auf das kaum unterdrückte Gelächter zu achten, tobte Falcon: »Ich habe Ihnen *gesagt*, dass ich diesen Trottel, den Sie als Bruder haben, nicht töten würde!«

»Sie haben ... *was?*«, fragte Rossiter.

»Sie ist gekommen und hat mich gebeten, Ihr Leben zu schonen«, erwiderte Falcon.

Alle schnappten entsetzt nach Luft.

Einen Augenblick lang abgelenkt, sagte Gwendolyn streng: »Gentlemen plaudern keine Geschichten aus!«

Rossiter wurde tiefrot. »Gwen! Hast du *wirklich* etwas so Fürchterliches getan?«

»Oh! Wo habe ich nur meinen Kopf!«, rief Gwendolyn und fasste sich wieder. »*Hören* Sie mir zu! Etwas ...«

»Außerdem bin ich kein Gentleman«, höhnte Falcon. »Und Sie können glauben, dass Sie unser Duell verdorben haben, mein Mädchen, aber ...«

»Verdammt! Sagen Sie nicht ›mein Mädchen‹ zu ihr!«, fuhr ihm Rossiter wütend ins Wort.

»*Hören – Sie – endlich – auf!*«, kreischte Gwendolyn aus vollem Hals.

Nervös murmelte Cranford: »Wir werden gleich die Polizeiwache hier haben, wenn ...« Er verstummte, als Gwendolyn ihn anblitzte.

»Naomi ...«, sagte sie, an ihren Bruder gewandt, »*Naomi* ...«

Falcon drängte sich zwischen sie. »Was ist mit Naomi?«

Sie sah zu ihm auf, plötzlich Tränen in den Augen. »Sie ist ... entführt worden!«, wimmerte sie, warf sich an seine Brust und brach in Tränen aus.

Drei Kutschen rasten an diesem kühlen Samstagmorgen durch London, ließen den übrigen Verkehr auseinander stieben und vermieden um Haaresbreite eine Katastrophe. Rossiter, seine Schwester und Leutnant Morris saßen in der ersten Kutsche, Falcon und Lord Kadenworthy folgten dicht dahinter, und die Nachhut bildeten Horatio Glendenning und Peregrine Cranford, begleitet von Dr. Lockhart.

Den Arm fest um seine Schwester geschlungen, das Gesicht bleich und angespannt, fragte Rossiter, dem vor Schreck fast übel war: »Hast du einen von ihnen erkannt, Gwen? Hast du irgendetwas gesehen, das uns helfen könnte, sie zu finden?«

Gwendolyn schüttelte kläglich den Kopf. »Wir sind ausgeritten. Es waren nicht viele Leute im Park, weil es ziemlich kühl war. Wir hörten, dass hinter uns Pferde herankamen, und bevor ich bemerkte, was geschah, hatten sie sich zwischen uns gedrängt, und Naomi wurde ... wurde irgendwie ... im Galopp mitgerissen! Alles ist so schnell passiert! Zuerst dachte ich, es sei einfach ein Irrtum ... Ich konnte nicht glauben ...« Ihre Stimme erstarb in einem Schluchzen.

Finster fragte Morris: »Und Lady Naomi hat nicht aufgeschrien? Sie hat nicht versucht, sich loszureißen?«

»Nein. Ich glaube, sie hätte keinerlei Möglichkeit gehabt. Sie war vollkommen umzingelt. Es waren fünf Männer und alle trugen Mäntel mit hochgeschlagenen Kragen und tief ins Gesicht gezogene Hüte. Ich ... ich habe nicht ein einziges Gesicht gesehen! Oh, arme Naomi! Sie war so freundlich, mich einzuladen, mit ihr auszureiten. Und ... jetzt ...« Verzweifelt sah Gwendolyn zu ihrem Bruder auf. »Sie werden ihr doch nicht wehtun? Du glaubst doch nicht, dass sie ihr wehtun?«

Diese Furcht zerrte und riss an Gideons Nerven. Naomi war temperamentvoll und mutig, aber sie war eine vornehm erzogene Lady, plötzlich hilflos und allein in den Händen brutaler Verbrecher. Welche Angst musste sie ausstehen. Wie musste sie darum beten, dass er zu ihr kam. Und bei Gott, er *würde* kommen! Irgendwie würde er sie finden!

Voll Mitleid mit seinem Freund, dessen Angst ihm in den Augen stand, sagte Morris ermutigend: »Oh, ich würde mir nicht gleich eine solche Schurkerei vorstellen, Ma'am. Sie haben erzählt, dass die Kerle gerufen haben, Lady Naomi werde nichts geschehen, wenn Sie nicht zur Polizei gingen. Das haben Sie ja nicht getan.«

Rossiter riss sich zusammen. »Ja. Du warst großartig, Gwen. Sag mir, war Camber bei euch? Ihr seid doch sicher nicht allein ausgeritten?«

»Er war anfangs bei uns, aber Naomi wollte gerne galoppieren, weil so wenige Reiter auf der Row unterwegs waren. Sie sagte, Camber würde das nicht gutheißen, und so sind wir ... äh ...«

»Ihr seid ihm entwischt.« Morris schüttelte den Kopf. »Meine Schwester hat auch immer so verrückte Sachen angestellt.«

»Wie hast du uns gefunden?«, fragte Rossiter.

»Ich wusste von dem Duell«, antwortete sie mit leiser, zitternder Stimme. »Und mir ist bekannt, dass Duelle oft im Park ausgetragen werden, aber ich wusste nicht genau, wo ich suchen sollte, bis Tummet gekommen ist und ...«

»Tummet!«, unterbrach Rossiter barsch. »War er bei ihnen?«

»Nein, nein. Ich glaube, er ist ihnen gefolgt. Ich hatte solche Angst und war so froh, ihn zu sehen! Ich habe ihm erklärt, was passiert war, und er sagte, ich müsse dich suchen und hat mir erklärt, wohin ich reiten solle.«

Die Blicke der beiden Männer trafen sich. »Du glaubst doch nicht etwa – Derrydene?«, fragte Morris leise.

»Bei Gott, das glaube ich! Ich habe Tummet zurückgelassen, damit er das Haus bewacht. Er hat diese Schläger wohl kommen sehen und beschlossen, ihnen zu folgen. Ich bete nur, dass er den dreckigen Schweinen auf den Fersen bleibt!«

»Und du glaubst, dass sie sich mit dem Earl in Verbindung gesetzt haben?«

Gideon nickte. »Wenn ich mich nicht sehr täusche, Jamie, dann wird Naomi festgehalten, bis ein Lösegeld gezahlt wird. Und das Lösegeld sind diese beiden verwünschten Juwelenfiguren!«

17

Simon Lutonville, Earl of Collington, rannte auf höchst unwürdige Manier zur offenen Eingangstür seines Londoner Hauses, als drei schweißbedeckte Pferdegespanne im Galopp um die Ecke bogen und am Randstein anhielten.

Das Gesicht starr und grimmig, sprang Rossiter aus der ersten Kutsche, ohne zu warten, dass die Stufen heruntergelassen wurden, und stand gleich darauf vor dem Earl.

»Sie haben gehört, was geschehen ist, Sir?«

»Ja, und war nicht fähig, einen Muskel zu rühren, bis Sie es endlich für passend gehalten haben, hierher zu kommen, verdammt!«

Der Earl sah wild und außer sich aus, als er die kleine Gruppe wahrnahm, die sich auf seiner Schwelle versammelte. »Wer, zum Teufel, sind all diese Leute? Oh, Sie sind es, Glendenning. Schön, kommen Sie herein. Ich nehme an, Sie wissen alle Bescheid über diese verdammungswürdige Geschichte!«

Sie folgten ihm ins Haus; der Arzt hielt noch immer seine Tasche umklammert. Collington ging voran in sein Arbeitszimmer und sagte mit vor Anspannung rauer Stimme: »Ich verlange zu wissen, warum meine Tochter wegen irgendeiner zwielichtigen Affäre, in die Sie verwickelt sind, Rossiter, als Geisel festgehalten wird! Ich habe ihr gesagt, dass sie sich von Ihnen fern halten soll! Ich habe sie weiß Gott gewarnt, dass Ihre ganze Familie eine vollendete Katastrophe ist! Hätte sie nur ...«

Scharf unterbrach Rossiter die hysterische Tirade. »Mylord, wir haben jetzt keine Zeit für so was, sondern müssen uns einen Weg überlegen, wie wir Naomi befreien können. Ich bitte Sie, uns alles zu sagen, was Sie über die Sache wissen.« Collington starrte ihn einen Moment schockiert an, dann fuhr er sich mit der Hand über den Mund. Er schloss die Augen und schwankte ein wenig. Morris stützte ihn hastig, und Dr. Lockhart eilte zu ihnen und half mit, den Earl zu einem Stuhl zu führen. Rossiter trat an ein Büfett, auf dem ein Tablett mit einer Karaffe und Gläsern stand. Er schenkte einen großzügigen Schluck Brandy ein und reichte das Glas dem Arzt.

»Oh, sehr gut«, lobte der kleine Mann. »Trinken Sie etwas davon, Mylord.«

Collington nippte, seufzte und schien sich etwas zu erholen. Er blinzelte zu ihnen auf und murmelte verwirrt: »Zum Teufel, Sie sind voller Schlamm, Falcon!«

»Sir«, sagte Rossiter, kochend vor Ungeduld. »Naomi ...«

Die Hand des Earls zuckte. »O Gott! Wo habe ich bloß meinen Kopf! Da ... auf meinem Schreibtisch!«

Falcon stand am nächsten und ergriff ein schmuddeliges Stück Papier. Laut las er vor:

> Collington,
> Lady Lutonville wird freigelassen, wenn Gideon Rossiter die beiden Figuren zurückgibt, die er gestohlen hat. Allein und zum baldmöglichsten Zeitpunkt soll er die Figuren zum Gasthof *The Duck and Mermaid* bringen, der eine Meile südlich von Gravesend an der Maidstone Road liegt. Wenn er kommt, soll er in das Zimmer gehen, das auf seinen Namen reserviert ist, und dort auf weitere Anweisungen warten. Wenn Sie ihn nicht dazu überreden können oder irgendjemand ihm folgt oder zu dem Gasthaus begleitet, müssen Sie die volle Verantwortung für alles Weitere übernehmen. Es war notwendig, Ihre Tochter in einem alten Ge-

bäude einzusperren, das in äußerst schlechtem Zustand ist. Es ist bemerkenswert, dass es noch nicht abgebrannt ist. Es könnte jede Minute Feuer fangen. Wie traurig, wenn eine solch seltene Schönheit ein so tragisches Ende nehmen würde. Ich hoffe, es ist unnötig, Sie zu warnen, dass jeder Versuch, Kontakt zu den Polizeibehörden aufzunehmen, fatal wäre. Für die Lady. Es wird keine weiteren Botschaften geben. Sie haben Zeit bis Sonntag um Mitternacht.

Einen Augenblick lang herrschte tiefes Schweigen, und Rossiter stand vollkommen reglos da, das Gesicht eine weiße, rätselhafte Maske.

»Nun, Sir?«, schnarrte Collington. »Nun? Ich hoffe, Sie wissen, was das alles soll, denn beim Leibhaftigen, ich weiß es nicht! Wo sind diese Figuren, die Sie gestohlen haben? Und was haben Sie damit vor?«

Wie im Traum streckte Rossiter die Hand aus. Falcon reichte ihm den Brief, und Rossiter musterte ihn, bemerkte die groben Druckbuchstaben und das Fehlen jeglicher Adresse oder Unterschrift. Er faltete das Blatt fein säuberlich zusammen, aber alle sahen, dass seine Hände zitterten.

»Ich habe vor, sie zu finden, Sir«, erklärte er.

Collington ergriff den Brief und schwenkte ihn in der Luft herum. »Verdammt, Sir! Ich verlange, dass Sie mir sagen …«

Rossiter, der bereits dabei war, den Raum zu verlassen, rief über die Schulter: »Sobald ich irgendetwas erfahre, werden Sie sofort benachrichtigt, Sir.«

Morris folgte ihm und fragte leise: »Zu Derrydene, Ross?«

»Nein«, erwiderte Rossiter. »Snow Hill.«

Zwanzig Minuten später öffnete Wilson würdevoll wie stets die Eingangstür, sprang aber rasch zur Seite, als sieben Gentlemen sich hastig an ihm vorbeidrängten.

Gideon, der auf die Treppe zueilte, rief: »Ist Sir Mark zu Hause, Wilson?«

»Er ist fort, Sir. Er wollte zum … äh … Gardekavallerieregiment, glaube ich.«

»Ist Tummet zurückgekommen?«

»Nein, Sir.«

Gideon eilte weiter, Morris dicht auf den Fersen.

Falcon sah sich voller Abscheu in der Halle um und fragte: »Wo ist das Esszimmer?«

Wilson deutete auf die Tür. »Hier, Sir. Wünschen Sie …«

»Bringen Sie einen Imbiss. Für uns alle.«

»Aber … Sir!« Wilson sperrte den Mund auf. »Ich bezweifle, dass die Köchin so schnell …«

»Ich meine kein warmes Essen, Sie Narr! Irgendetwas, das Sie in fünf Minuten auftragen können. Und Wein.«

»Aber, Sir! Ich muss …«

»Sofort!«, schnaubte Falcon in einem Ton, der keinen Widerspruch duldete.

Wilson floh.

Gideon riss die Tür zu seinem Schlafzimmer auf und marschierte zum Schreibtisch.

»Du willst ihnen die Figuren also aushändigen?«, fragte Morris. »Du willst nicht zuerst versuchen, Naomi zu finden?«

Gideon zerrte an der Schublade und nahm die Schachtel heraus, in die er die beiden Figuren gelegt hatte. »Was würdest du tun, wenn es Katrina Falcon wäre?«

Morris schauderte. »O Gott! Ich ertrage es nicht, daran zu denken …«

Ein erstickter Aufschrei schnitt seine Worte ab.

Mit aschfahlem Gesicht starrte Rossiter auf den großen Kiesel, den er gerade ausgewickelt hatte. »Lieber Gott!«, flüsterte er und riss die zweite Hülle auf. Ein zweiter Kiesel fiel ihm in die Hand.

Verwirrt stieß Morris hervor: »Aber ... ich habe *gesehen*, wie du sie eingewickelt hast! Du musst die falsche Schachtel erwischt haben, mein Junge.«

Ohne etwas zu erwidern, starrte Gideon eine Weile auf die beiden Kiesel in seiner Hand. »Dieser geldgierige kleine Hund!«, stieß er dann aus und rannte mit einem so wilden Gesichtsausdruck zur Tür, dass Morris ihm erschrocken nachsetzte.

Plötzlich begriff er. »Der Himmel steh uns bei«, murmelte der Leutnant bestürzt und eilte hinaus auf den Flur.

Newbys Zimmer war ein wildes Durcheinander, Kleider lagen verstreut herum, Schubladen standen offen, die Schränke waren halb leer. Gideon zog an der Klingelschnur und stöberte dann in dem Stapel auf der Kommode, während Morris ihn schweigend beobachtete.

Ein Zimmermädchen eilte herein. Als es sah, in welchem Zustand der Raum war, blickte es erschrocken drein. Scheu knickste es und fragte: »Sie wünschen, Sir?«

Gideon drehte sich um. Er atmete schwer, und seine Augen waren nur noch wütende Schlitze. »Mr. Newby. Ist er mit meinem Vater fortgefahren?«

»Nein, Sir.« Das Mädchen wich einen Schritt zurück und stammelte: »Mr. Newby fühlte sich nicht wohl, als er aufgewacht ist, und ... und Sir Mark ist allein gefahren.«

»Aha. Aber der Gesundheitszustand meines Bruders hat sich später gebessert, wie?«

»Ja, Sir. Mr. Delatouche sagte, Mr. Newby habe gemeint, die Heilquellen von Bath könnten ihm vielleicht helfen. Also ist Mr. Newby hingefahren und hat Mr. Delatouche mitgenommen.«

Morris sah, dass Gideons Handknöchel weiß wurden, als er sich an der Kommode festklammerte, aber seine Stimme war ruhig, als er fragte: »Und seit heute Morgen haben Sie nichts mehr von Sir Mark gehört?«

»O doch, Sir. Es war kurz vor Mr. Newbys Abfahrt, fällt mir gerade ein. Sir Mark hat nach Kleidung zum Wechseln geschickt. Der Lakai, der gekommen ist, hat gesagt, Sir Mark und General Underhill hätten herausgefunden, dass sie irgendwie entfernt miteinander verwandt sind, und der General hat Sir Mark eingeladen, bei ihm zu übernachten.«

Gideon starrte sie ausdruckslos an.

»Sie sind ein braves Mädchen«, sagte Morris. »Noch was, hat Mr. Newby keine Nachricht für seinen Vater hinterlassen, dass er verreisen würde?«

Das Mädchen errötete. »Das weiß ich nicht. Aber ich habe einen Brief auf Sir Marks Bett gesehen, als ob …« Sie brach mit einem erschrockenen Quieksen ab, als Gideon zur Tür stürzte.

»Meiner Treu!«, rief sie. »Der Captain scheint ein bisschen aufgeregt zu sein, Sir. Ich hoffe, es ist nichts passiert?«

Morris seufzte. »Ich fürchte, Captain Rossiter hat Milch in einem Sieb aufbewahrt«, erklärte er trübsinnig und eilte seinem Freund nach.

Das Mädchen blickte hinter ihm her und wünschte, es würde den Tag erleben, an dem Captain Rossiter eine Sekunde darauf verschwenden würde, sich um Milch zu kümmern, egal, wo er sie aufbewahren wollte.

Morris betrat Sir Marks Schlafzimmer und blieb sofort stehen, als er seine Befürchtungen bestätigt sah. Gideon kniete neben dem Bett, den Kopf in den Armen vergraben und ein zerknülltes Blatt Papier in der Hand.

»Mein armer Junge«, sagte Morris sanft und beugte sich über ihn.

Gideon rührte sich nicht. »Er hat sie … genommen …« Seine erstickte Stimme bebte. »Er schreibt … er ist unterwegs … in die Neue Welt. Mein Gott!« Seine Stimme erstarb in einem Laut, der sich verdächtig nach einem Schluchzer anhörte.

Entsetzt über eine so nervenaufreibende Zurschaustellung von Gefühlen, ließ sich Morris auf dem Bett nieder und klopfte Rossiter verlegen auf die Schulter. »Glaubst du, er ist unterwegs zu diesem Sammler? Kendall Sowieso, nicht wahr?«

Schweigen. Dann murmelte Rossiter dumpf: »Ich habe sie ... mein ganzes Leben lang geliebt ... Aber ich bin davongelaufen wie ein vollkommener Narr, und ... und habe sie verlassen. Sechs kostbare Jahre habe ... habe ich weggeworfen. Ich erinnere mich daran, was sie auf Emerald Farm gesagt hat ... gerade erst vorgestern. Wie sie mich angesehen hat, wie sie sich so bemüht hat, nicht ... nicht zu weinen ... und wie ihre Stimme gezittert hat, als sie ... als sie gesagt hat, dass sie mich nicht mehr lieben würde. ›Ich will mir nicht noch einmal wehtun lassen‹, hat sie gesagt, Und ...« Seine Stimme wurde zu einem schmerzlichen Schrei. »Gott helfe mir, aber ich habe ihr wehgetan! Ich wäre besser gestorben, als ... als ihr noch einmal wehzutun!« Mit geballten Fäusten schlug er auf das Bett ein. Gepeinigt beugte er sich tiefer über die Kissen.

»Was für ein abstoßendes Schauspiel«, erklang eine verächtliche Summe von der Tür her.

Morris fuhr herum und sah Falcon finster an. »Lassen Sie ihn in Ruhe, Falcon. Er hat einen schweren Schock erlitten, das ist alles.«

»Schock, bei meiner Tante Maria! Er leidet eher an mangelndem Rückgrat!«

Rossiter hob den Kopf und bedeckte sein Gesicht mit zitternden Händen. »Ja«, flüsterte er. »Ich habe nie gewusst ... was es heißt ... solche Angst zu haben. Wenn ... wenn sie ihr etwas zuleide tun ...«

»Nun, Sie unternehmen ja nicht gerade viel, um das zu verhindern! Ich bin heraufgekommen, um mich zu waschen und mir ein sauberes Hemd zu holen. Und wenn Sie noch ein bisschen Mumm in den Knochen haben, würde ich auch gerne diese berühmten Figuren sehen.«

Rossiter kämpfte sich auf die Beine und drehte sich um.

Erschrocken starrte Morris ihn an. Dieser starke Mann, der sich auf dem Schlachtfeld so großartig bewährt hatte, der seinen langen und schmerzhaften Lazarettaufenthalt so tapfer ertragen hatte, war innerhalb von ein paar Minuten zerbrochen, nicht durch einen physischen Schlag, sondern unter der schrecklichen Faust des Kummers. Er zitterte sichtlich, sein Gesicht war abgehärmt und totenbleich, ein benommener Ausdruck des Schmerzes in seinen Augen machte es schwer, seinem Blick zu begegnen, und zwischen den Augenbrauen und neben dem Mund waren tiefe Furchen.

»Sie ... sind weg.« Rossiter hielt Falcon die Nachricht seines Bruders hin.

»Was?« Falcon ergriff das Blatt, las es und fluchte wutentbrannt. »Dieser hinterhältige kleine Bastard! Wohin hat er sich davongemacht?«

Rossiter presste eine unsichere Hand an seine Schläfe. »Ich ... ich kann anscheinend ... nicht mehr denken.«

Falcon packte ihn an seinem Halstuch und schnaubte: »Wachen Sie auf, verdammt noch mal!« Voller Zorn zog er seine Hand wieder zurück.

Ein eiserner Griff hielt sie umklammert und Morris sagte verärgert: »Sie machen es nur schlimmer. Haben Sie nie irgendetwas geliebt, Falcon? Irgendeine Lady?«

»Ja, verflucht!« Falcon riss sich los und sagte: »Wenn irgendein stinkendes Schwein meine Schwester entführt hätte, würde ich nicht winselnd herumsitzen, das schwöre ich Ihnen! Und wenn er sie schon so furchtbar liebt, ist es eine Schande, dass er sich nicht daran erinnert hat, als er in Holland mit seinen leichten Mädchen herumgehüpft ist!«

»Es hat keinen Zweck, den Kohl vom letzten Jahr zu gießen.«

Aus dem Konzept gebracht, starrte Falcon ihn an. »Warum, zum Teufel, fangen Sie jetzt an, über Kohlköpfe zu quasseln?«

Morris schürzte voller Abscheu die Lippen. »Man kann natürlich nicht erwarten, dass ein Mann mit Ihrer hochgestochenen Sprache einen einfachen Vergleich versteht!« Er hob eine Hand. »Nein«, erklärte er mit seltener Würde, »ich werde mich jetzt nicht mit Ihnen herumprügeln. Versuchen Sie einmal, nicht ein solcher Narr zu sein! Gehen Sie und holen Sie sich Ihr Hemd. Gideons Zimmer ist die letzte Tür rechts. Ich bringe ihn nach unten. Wenn er etwas gegessen und einen Schluck Brandy getrunken hat, kommt er wahrscheinlich wieder zu sich.«

Einen Augenblick lang sah Falcon aus, als wäre er eher zu einem blutigen Mord aufgelegt als geneigt, diesem vernünftigen Vorschlag zu folgen, aber dann knirschte er mit den Zähnen, murmelte etwas von einem »Tag der Abrechnung«, und verließ das Zimmer.

Morris legte Gideon den Arm um die Schultern. »Komm mit, mein armer Junge. Gott, du zitterst ja wie Espenlaub.«

»Mir ist so ... kalt, Jamie ...«, stammelte Gideon mit klappernden Zähnen.

»Ja, mein Lieber, kein Wunder. Du bist halb in Fetzen gerissen nach Hause gekommen und keineswegs in der Verfassung für das, was man dir hier zugemutet hat. Ich schwöre, dass du dich eher erholt hättest, wenn du zurück zum Regiment gegangen wärst. Komm, wir suchen jetzt etwas, das dir die Eingeweide wärmt, dann fühlst du dich im Nu wieder besser. Ich wünschte nur, Tummet wäre hier. Er wüsste, wie ...«

»*Tummet!*« Gideon riss den Kopf hoch. Seine Augen hellten sich auf und eine leichte Röte zeigte sich auf seinen verhärmten Wangen. Er packte Morris bei den Schultern und rief: »Natürlich! Tummet! Ich wette, dieser Halunke ist ihnen dicht auf den Fersen! Wenn alle Stricke reißen, wird er uns sagen können, wo man sie hingebracht hat!«

Es war Samstagmittag, fünf Minuten nach zwölf.

»Schau bloß den ganzen Mist an, der da rumliegt! Man könnt meinen, dass der großmächtige feine Herr das hier 'n bisschen sauberer hätte halten können!«

»Klar. Auf so 'ne verrückte Idee kommst auch bloß du, Bill. Soll vielleicht der noble Gent selber sich mit alten Säcken abplacken und sich die Händchen schmutzig machen? Und für wen? Das hübsche Ding da oben hat er schließlich nicht zum Teetrinken eingeladen!«

Gelächter ertönte und die erste Stimme brummte: »Na gut, Mac. Na gut. Dann lach mal schön. Aber pass mit den Kerzen besser 'n bisschen auf! Ein Funke, und die alte Bruchbude brennt ab wie nix, noch bevor wir fertig sind!«

Ein beständiges Knarzen und Hämmern von draußen machte es schwer zu verstehen, was unten gesprochen wurde, aber dieser unheilverkündende Gesprächsfetzen war durch den Schleier des Schlafes gedrungen. Naomi machte die Augen weit auf und begann, sich zu erinnern.

Als diese Grobiane sich zwischen sie und Gwendolyn gedrängt hatten, war ihr erster Gedanke gewesen, es seien entweder sehr unhöfliche Individuen oder aber ein paar Freunde, die ihr einen Streich spielen wollten. Diese momentane Verwirrung legte sich, als sich ein starker Arm um ihre Schulter schlang, eine Hand sich auf ihren Mund presste und eine raue Stimme sie warnte, dass ihre Freundin, wenn sie Krach schlage, umgebracht werde. Sie konnte nicht sehen, ob Gwendolyn ebenfalls gefangen genommen war, und sie hatte keine andere Wahl, als sich zu ergeben. Sie vermochte es kaum zu glauben, dass so etwas am hellichten Tag geschah.

Am Parkrand hatte eine Kutsche gewartet. Wie schon einmal wurde sie unsanft hineingestoßen, aber diesmal wurde sie von zwei Männern mit Kapuzen brutal gepackt, geknebelt und gefesselt. Man zog ihr eine übel riechende Kapuze über den Kopf, und so am Sehen gehindert, hin und her gerissen zwischen Wut und Angst, wurde sie fortgebracht. Die Stricke schmerzten an den Handgelenken, sie wurde auf den Polstern durchgerüttelt, hörte die rauen Scherze ihrer Entführer und konnte kaum atmen. Als sie schließlich irgendwo stehen geblieben waren, hatte ihr Mund sich trocken angefühlt, als wäre er voller Sand. Man hatte ihr die Kapuze und den Knebel abgenommen. Ihr gegenüber und neben ihr saßen große, kräftige Männer, alle mit diesen furchterregenden Kapuzen auf den Köpfen. Die Vorhänge wurden vor die Fenster der Kutsche gezogen, aber sie hörte Vogelgezwitscher und dachte, sie müssten irgendwo auf dem Land sein.

Der Mann gegenüber hatte gesagt: »Schreien Sie ja nicht, Mylady. Niemand würde Sie hören. Außerdem tun wir Ihnen nichts, solange Sie sich benehmen.« Als sie zu sprechen versucht hatte, war ihr Hals so trocken gewesen, dass sie keinen Laut herausgebracht hatte. Der Mann, der rechts neben ihr saß, hatte ihr eine Flasche gereicht und geknurrt, es sei »nur Limonade, aber wir ha'm uns gedacht, das ist Ihnen lieber als Gin«. Sie hatte durstig getrunken und sie süß und wundervoll kühl gefunden. Aber offensichtlich war es doch nicht nur Limonade gewesen, denn von diesem Augenblick an erinnerte sie sich an nichts mehr, bis sie schließlich erwacht war und bemerkt hatte, dass sie eine schmale Treppe hinaufgetragen und auf ein Feldbett gelegt wurde. Ihr Kopf hatte so elendiglich geschmerzt, dass sie froh gewesen war, wieder einzuschlafen.

Nun fühlte sich ihr Kopf leichter an und sie begann, sich umzusehen. Sie war in einem etwa neun Quadratmeter großen Raum, in dem es nach Staub und noch nach etwas anderem roch, das sie nicht genau bestimmen konnte. Die Mauern waren aus bröckligem Stein und schauten aus, als hätten sie nie Farbe gesehen. Weit oben war eine Art Zwischengeschoss, offensichtlich mit einem Fenster ausgestattet, denn das einzige Licht kam aus dieser Richtung. Es war jedoch keine Leiter da, und ohne ein solches Hilfsmittel hätte das Fenster ebenso gut auf dem Mond sein können, so wenig Chancen hatte sie, es zu erreichen. Das Feldbett, auf dem sie lag, stand an einer der Wände; die Decken und Kissen rochen sauber und angenehm. Neugierig setzte sie sich auf und erlebte eine weitere Überraschung. Gegenüber erblickte sie einen kleinen Tisch, auf dem ein Spiegel, eine Haarbürste und ein Kamm, einige Nummern vom *Spectator*, eine Bibel und ein Gedichtband lagen. Daneben stand ein Waschtisch mit Seife, Handtüchern, einer Schüssel und einem Krug, und über einem Stuhl hing ein warmer Morgenrock.

Sie hörte Schritte und sprang hastig auf, als die Tür sich öffnete. Ein Mann mit einer losen Gesichtsmaske, die ihm bis zum Mund reichte, kam mit einem vollbeladenen Tablett herein. Auf einem Teller lagen dicke Scheiben Butterbrot, kalter Schinken und ein großes Stück Käse; auf einem kleineren sah sie ein Stück Rhabarberkuchen und auch ein Glas Ale fehlte nicht.

»Es tut mir furchtbar Leid, dass wir sie ha'm erschrecken müssen, Ma'am«, sagte der Mann und stellte das Tablett auf den Tisch. »Geht mir verflucht gegen den Strich, 'nem Mädchen wehzutun. Aber Ihnen passiert nix, wenn Sie uns keinen Ärger machen. Sehen Sie, wir ha'm Vorräte für Sie dabei, und ein … äh …« Er brach ab und sagte mit einer schüchternen Geste: »Unter dem Bett.«

Der kleine Teil seines Gesichts, den man unter der Maske sehen konnte, war knallrot geworden. Offensichtlich hatte er sich noch eine Spur von Anstand bewahrt. Ermutigt sagte Naomi: »Sie sind der, der Mac genannt wird. Ein Schotte, nicht wahr?«

»Das bin ich. Und probieren Sie nicht, mich zu bestechen, Mylady. Mein Leben ist nicht viel wert, aber ich häng doch dran, wissen Sie.«

Sie hatte sich eben darauf eingestellt, ihm ein solches Angebot zu machen, und hoffte, dass sie nicht ängstlich klang, als sie verächtlich sagte: »Sie werden sicherlich hängen, wenn mein Vater mich findet. Wenn Sie ein Rebell sind, der versucht, sich Geld für eine sichere Überfahrt nach Frankreich zu verdienen, könnte ich dafür sorgen, dass Sie doppelt soviel bekommen.«

Er grinste. »Sie ha'm ein kühles Köpfchen und auch ganz richtig geraten, aber ärgern Sie sich nicht, Mädchen. In dieser Gott verlassenen Bruchbude findet Ihr Papa Sie nie. Und wenn ich was gegen den Squire tun würde, dann könnt ich mir das Gras von der andern Seite anschauen.« Er wandte sich zur Tür »Ich werd jetzt ...«

Naomi lief ihm nach, um ihn am Ärmel zu packen, schrak aber zurück, als er zu ihr herumwirbelte, sich duckte, die Zähne lautlos gebleckt, und wie durch Zauber plötzlich ein langes Messer in der Hand hatte.

»Nur zu!«, rief sie wild. »Bringen Sie mich um! Viel werde ich Ihnen dann noch nützen!«

Er holte pfeifend Atem und richtete sich wieder auf. »Tun Sie das *nie* wieder! Fast hätte ich Ihnen den hübschen Bauch aufgeschlitzt!« Er starrte in ihr stolzes, aber bleiches Gesicht. »Och, so ein reizendes kleines Ding! Und ich mag ein Mädchen, das Mumm hat.«

Mit erneut aufflammender Hoffnung streckte sie flehend die Hand aus. »Dann ... helfen Sie mir! Ich sorge dafür, dass man Sie nicht anklagt. Ich schwöre es!«

Als wäre er von Mitleid gerührt, flüsterte er ihr zu: »Ich sag Ihnen bloß eins, wir wollen Ihnen nix tun, wenn Ihr Papa macht, was man von ihm erwartet. Wahrscheinlich tut er's, und dann sind Sie morgen um die Zeit schon wieder daheim.« Er ging hinaus und zog die Tür hinter sich zu.

Dem Geräusch des Riegels, der auf der anderen Seite vorgeschoben wurde, folgte ein lauteres Krachen. Naomi vernahm erschrockenes Geschrei und presste das Ohr gegen die schwere Eichentür

»Was ist los?«, hörte sie den Schotten rufen.

»Bill hat 'nen Kerl gesehen, der hier rumgeschlichen ist«, antwortete eine andere Stimme.

»Leise, Mann! Wahrscheinlich bloß ein Wilderer. Bill hat hoffentlich nicht auf ihn geschossen? Sonst schwirren hier Polizisten rum wie die Fliegen, wenn ...«

Bills mürrische Stimme klang triumphierend. »Hier kommt kein Polizist her. Ich hab den Mistkerl direkt erwischt und in den Fluss geworfen.« Er kicherte. »Sehr praktisch, muss ich sagen.«

»Und ganz unnötig«, erwiderte eine hohe, verärgerte Stimme. »Ein Kapitalverbrechen haben wir jetzt auf dem Hals!«

»Entführung einer adligen Person ist schon ein Kapitalverbrechen, Paddy, und wenn man uns erwischt, hängen wir sowieso an der Feldglocke. Besser, man geht kein Risiko ein, so sehe ich das. Wenn der Kerl bloß ein Wilderer war, vermisst ihn keiner. Und wenn er angeheuert war, dass er ein Auge auf den saftigen Bissen da oben hat, dann kann er Captain Rossiter nix mehr ins Öhrchen flüstern, oder? Ein Stich zur rechten Zeit, meine Lieben, das war's.«

Darauf folgte ein hitziger Streit, aber Naomi hörte nicht mehr auf die zornigen Stimmen, sondern ließ sich neben der Tür zu Boden gleiten, das Herz schwer. Sie sprach ein kurzes Gebet für Camber oder für wen auch immer, der Opfer dieser Bande von Rohlingen geworden war. Nach einer Weile gewann ihr Optimismus wieder die Oberhand und sie stand auf. Wenn es nur eine Möglichkeit gäbe, hinauf zu diesem Zwischengeschoss zu kommen. Selbst wenn das Fenster zu schmal war, um sich hindurchzuzwängen, konnte sie vielleicht eine Botschaft hinauswerfen oder sonst irgendetwas tun, um die Aufmerksamkeit auf ihre missliche Lage zu lenken. In der Hoffnung auf eine Eingebung sah sie sich erneut im Zimmer um. Ihr Blick verweilte auf dem Bett. »Hm ...«, murmelte sie nachdenklich.

Dann ging sie zum Tisch. Sie benahm sich prosaisch und unromantisch, aber sie hatte Hunger.

Darauf hoffend, dass Tummet oder Newby hierher kommen würden, hatte die kleine Schar das Haus auf dem Snow Hill zu ihrem Hauptquartier erklärt. Da Geheimhaltung notwendig war, konnte man die Dienerschaft nicht zur Hilfe heranziehen, aber Dr. Lockhart, der darauf bestanden hatte, ein Teil ihres Trupps zu sein, stimmte zu, im Haus zu bleiben, um Berichte über den Lauf der Dinge entgegenzunehmen und eventuell zurückkehrenden Familienmitgliedern die Sachlage zu erklären. Um halb eins machten sich die entschlossenen Sucher auf den Weg.

Peregrine Cranford und Falcon begaben sich schnurstracks zu Derrydenes Haus und waren bestürzt, als sie es abgeschlossen und offensichtlich leer vorfanden, da der Türklopfer entfernt und alle Vorhänge zugezogen waren. Sie eilten sofort in die Bow Street, wo ihnen der verärgerte Richter mitteilte, die beiden Wachposten seien abgezogen worden, als Sir Louis und Lady Derrydene kurz vor Mittag das Haus verlassen hatten, eskortiert von mehreren Gentlemen. Auf ihre empörten Proteste hin erklärte der Richter, wenn eine Anklage vorgebracht worden wäre, dann gegen Captain Rossiters Diener, der den Derrydenes offensichtlich gefolgt sei.

Cranford hielt Falcon zurück, der deutlich geneigt war, diesen hinderlichen Gesetzeshüter zu ermorden, und bewies dabei beträchtlichen Takt, sodass ihm schließlich widerstrebend Auskunft gegeben wurde, welche Route die Derrydenes mit ihren Begleitern eingeschlagen hatten. Sofort machten sich die beiden Männer in vollem Galopp nach Südwesten auf und waren hocherfreut, als ihnen bestätigt wurde, dass die Derrydenes nur eine halbe Stunde vor ihnen den dritten Schlagbaum passiert hatten. Bei Woking verloren sie jedoch die Spur und suchten eine Stunde lang vergebens. Doch als sie gegen sechs Uhr nach Guildford kamen, fanden sie heraus, dass eine Gruppe, auf die ihre Beschreibung passte, unter dem Namen Atkinson Zimmer in einer Herberge gemietet hatte. Weitere Nachforschungen führten sie in den Speisesaal, wo sie aber nur eine Lady mittleren Alters von zweifelhafter Respektabilität vorfanden, die von fünf raubeinig aussehenden Männern begleitet wurde. Zufällig oder absichtlich hatte man sie auf eine falsche Fährte geschickt. Entmutigt und müde machten sie sich auf den langen Rückweg zum Snow Hill.

In der Zwischenzeit folgten Glendenning und Kadenworthy den Hinweisen, die sich aus Gideons Überzeugung ergaben, sein Bruder würde sich nicht mit dem interessierten Sammler Mr. Kendall-Parker treffen, bevor er herauszufinden versucht hätte, was die Miniaturen wirklich wert waren. Sie verbrachten mehrere nutzlose Stunden bei den vornehmsten Juwelieren Londons, dann bei den weniger bekannten und wandten sich schließlich an die Antiquitätenhändler, die am Samstagnachmittag jedoch häufig ihr Geschäft bereits geschlossen hatten. Als sie schon aufgeben wollten, wurden sie endlich mit der Auskunft belohnt, dass an diesem Tag ein älterer Spezialist für Kunstwerke aus Jade in einer Galerie der Tottenham Court Road einen Vortrag gehalten hatte. Sie eilten zu der Galerie und erfuhren, dass mehrere Gentlemen, darunter auch einer, auf den Newbys Beschreibung ungefähr passte, Kunstgegenstände gebracht hatten, um sie schätzen zu lassen. Unglücklicherweise war dieser Antiquitätenspezialist vor einer Stunde nach Windsor zurückgefahren.

Ein kalter Wind war aufgekommen, aber sie ritten nach Windsor und trafen um Viertel nach sieben dort ein, gerade als der Antiquitätenspezialist zum Essen ausgehen wollte. Da er nur über bescheidene Mittel verfügte, war er hocherfreut darüber, von »Mr. Laindon« und »Mr. King« zum Abendessen eingeladen zu werden. Er führte sie in ein weit teureres Gasthaus als jenes, das er sonst zu besuchen pflegte, und während eines ausgezeichneten Dinners räumte er ein, die Sammlung der juwelenbesetzten Männchen zu kennen. Doch habe er erst an diesem Morgen davon erfahren, als ein junger Gentleman ihm zwei dieser Sammlerstücke gebracht und nach ihrem Schätzwert gefragt habe. *Sehr* interessante Figuren, ganz bestimmt, und der komplette Satz könne von beträchtlichem Wert sein, je nach der Zahl und der Qualität der Edelsteine, mit denen die einzelnen Teile verziert seien. Er kenne einen Sammler, der vielleicht zweihundert Pfund für jedes Stück bieten würde, aber *tausend* Pfund? Gütiger Himmel – nein! Der Gentleman sei so enttäuscht gewesen und auch prompt wütend geworden, bevor er beleidigt fortgestampft sei. Nein, er wisse nicht, in welche Richtung der Gentleman gefahren sei, aber begleitet habe ihn ein ziemlich kriecherisches Individuum, das sehr gut sein Diener habe sein können.

Eine halbe Stunde später ritten der Viscount und Lord Kadenworthy zurück zur Stadt, nicht gänzlich enttäuscht vom Ergebnis ihrer Bemühungen.

Rossiter und Morris waren zuerst zum Gasthaus *The Blue Heron* in Kensington Village geritten, wo sie kurz vor ein Uhr mittags eintrafen. Der Wirt war sehr zuvorkommend, wusste aber nichts von Mr. Kendall-Parker, außer dass er am Donnerstagabend zwei Zimmer gemietet und bis Sonntag bezahlt hatte. Statt dessen sei er jedoch heute am späten Vormittag abgereist, ohne irgendjemandem etwas zu sagen, und habe sein Gepäck und seinen Diener mitgenommen, sodass er anscheinend nicht die Absicht habe, zurückzukehren. Morris befragte die Pferdeknechte und Stallburschen, ob irgendjemand Mr. Kendall-Parker besucht habe, während Rossiter sich die Dienerschaft im Haus vornahm. Ein Hausmädchen berichtete, es habe gesehen, dass Kendall-Parker sich im hinteren Garten mit einem Gentleman unterhalten habe, ein Pferdeknecht erinnerte sich undeutlich, dass ein feiner junger Herr nach dem Gast gefragt habe, aber niemand konnte etwas über das Aussehen des Besuchers sagen, und die Beschreibungen von Mr. Kendall-Parker hätten auf Tausende von kleinen Gentlemen mittleren Alters gepasst.

Enttäuscht verabredete Gideon mit Morris, dass sie sich um sechs in Don Salteros Café am Cheyne Walk treffen würden, und sie trennten sich. In der verzweifelten, aber vergeblichen Hoffnung, Tummet oder Newby könnte mittlerweile aufgetaucht sein, kehrte Morris zuerst zum Snow Hill zurück. Danach ritt er zu dem Mietstall, der Newbys Kutsche geschickt hatte, erfuhr dort jedoch nur, der Postillion sei mittlerweile zurückgekehrt und bereits wieder unterwegs, werde aber jeden Augenblick aus Hampstead erwartet, wohin er eine ältere Witwe gebracht habe. Der »Augenblick« dauerte eine Dreiviertelstunde, während der Morris vor Ungeduld stampfte und schnaubte. Doch als der Postillion schließlich kam, konnte er ihm berichten, dass »der junge Gent am frühen Morgen« ihn am Bedford Inn an der Piazza bezahlt habe, und Morris brach erneut auf.

Gideon machte in der Zwischenzeit die Runde durch Newbys Stammplätze: seinen Club, die Wohnungen seiner Freunde, die verschiedenen Schenken, Kaffeehäuser und Gaststätten, die er oft besuchte. Wenn Gideon nicht direkt geschnitten wurde, antwortete man ihm in verschiedenen Graden von Hochmut oder Verachtung, doch jeder Bescheid war negativ. Hoffnung stieg in ihm auf, als ein gelangweilter junger Dandy sagte, er habe »Ol' Newby« in dem berühmten Wirtshaus *The Cock* in der Fleet Street gesehen, doch nach einem Gähnen erinnerte sich der junge Mann, dass dies schon vorgestern gewesen war. Enttäuscht und beständig gegen Panik ankämpfend, weil die Zeit so unerbittlich verstrich, betete Rossiter inständig, Morris würde mit besseren Nachrichten zu ihrem vereinbarten Treffpunkt kommen, erfuhr aber nur, dass man weder von seinem Zwillingsbruder noch von seinem Diener etwas gehörte hatte und dass Morris sich ohne Erfolg nicht nur im Bedford, sondern auch im *Blue Boar, Black Bull, Old Bell* und verschiedenen anderen, weniger bekannten Gaststätten nach Newby erkundigt hatte. Obwohl Gideon darauf brannte, die Suche umgehend fortzusetzen, wusste er doch, dass er vernünftig sein musste. Es war ein langer und nervenaufreibender Tag gewesen, und wenn er am Ball bleiben wollte, durfte er sich nicht zu sehr strapazieren. Er zwang sich, etwas von dem Essen, das sie bestellt hatten, zu sich zu nehmen, und musste sich beherrschen, seinen Freund, der tüchtig zugriff, nicht zu erwürgen.

Kurz nach sieben Uhr trennten sie sich erneut, diesmal, um ihre Erkundigungen bei den verschiedenen Stationen der Postkutsche fortzusetzen. Es fiel Gideon schwer zu glauben, dass ein Mann, der großen Wert auf seinen persönlichen Komfort und seine Intimsphäre legte, freiwillig die Verzögerungen und Unannehmlichkeiten einer Postkutsche ertragen würde. Dennoch war es möglich, dass Newby ein solches Transportmittel wählen würde, wenn er glaubte, er könnte sich dadurch besser getarnt halten. Doch wieder zog er eine Niete. Soweit sich die geplagten Fahrkartenverkäufer erinnern konnten, hatte heute kein Gentleman, auf den Newbys Beschreibung passte, eine Karte gekauft.

Es war bereits dunkel, als er seinen Teil der Stationen, die am ehesten in Frage kamen, abgehakt hatte. Sie hatten vereinbart, danach wieder zum Snow Hill zurückzukehren, und er war seit dem Morgengrauen auf den Beinen und sehr müde, aber er konnte noch nicht aufgeben. Er ritt weitere zehn Meilen die Straße nach Dover entlang und hielt an jedem Schlagbaum, um Erkundigungen einzuziehen. Ein Schrankenwärter erklärte ihm belustigt, dass er heute »ein rundes Dutzend Newbys« gesehen habe; ein anderer knurrte gereizt, er habe keine Zeit, seine verdammte Nase in jede verdammte Kutsche zu stecken, die durch seine verdammte Schranke komme. Ob freundlich oder erbost, das Ergebnis war immer dasselbe – man hatte Newby entweder nicht gesehen oder erinnerte sich nicht an ihn. In der dunklen Nacht noch weiterzureiten, hätte bedeutet, das Schicksal herauszufordern, und der Wind, der jetzt blies, ließ jedes Vorwärtskommen zu einem erschöpfenden Kampf werden. In den Sattel gekauert, lenkte Gideon sein müdes Pferd zurück in Richtung London. Die meisten Hotels und Gasthäuser blieben die Nacht über offen; er würde es weiter versuchen.

Um zehn Minuten vor drei Uhr morgens toste ein heftiger Sturmwind um das Haus auf dem Snow Hill, rüttelte an den Fensterläden, heulte in den Kaminen und blähte die Vorhänge. Gideon trat langsam ins Haus und zündete im Salon ein paar Kerzen an. Ihm tat alles weh vor Müdigkeit, aber es gab noch einiges zu tun, bevor er ins Bett gehen konnte. Er würde sich nur ein wenig ausruhen, nur eine Minute. Er ließ sich in einen tiefen Sessel sinken, streckte die langen Beine aus und legte mit einem Seufzer der Erleichterung den Kopf zurück. Sofort sah er zwei große grüne Augen vor sich, voll Liebe und Zärtlichkeit, einen leuchtenden Mund mit vollen Lippen, die makellose Rundung einer blütenzarten Wange, die zarte Nase, die stets bereit war, sich stolz nach oben zu recken, wenn er sie verärgerte, all die bezaubernd weiblichen Rundungen ihres warmen jungen Körpers. Wo hatte man sie nur versteckt? War sie sicher und wohlbehalten und geschützt vor dem Sturm? Kauerte sie in einem feuchten, elenden Schuppen, allein, verängstigt, vielleicht ohne etwas zu essen – oder schlimmer, war sie in den Händen wollüstiger Rohlinge, die sie vielleicht misshandelten und missbrauchten und ... Verzweifelt unterdrückte er diese albtraumhaften Gedanken und begann, die Notizen zu lesen, die Dr. Lockhart und die anderen ihm hinterlassen hatten.

Derrydene war es offensichtlich geglückt zu entwischen, aber trotzdem hatten sie einige Fortschritte gemacht. Da es Newby nicht gelungen war, bei dem Antiquitätenhändler aus Windsor einen höheren Preis zu erzielen, hatte er vermutlich aufgegeben und die juwelenbesetzten Figuren an Kendall-Parker verkauft. Er würde es nicht wagen, sich hier blicken zu lassen, und versteckte sich wahrscheinlich, bis er eine Überfahrt in die Neue Welt buchen konnte. An einem Sonntag würde ihm das nicht möglich sein und unter Umständen musste er sogar Tage oder Wochen auf ein Schiff warten. Er *musste* morgen gefunden werden. Vielleicht hatte er die Miniaturen noch, oder wenn er sie verkauft hatte, konnte er ihnen möglicherweise sagen, wo Kendall-Parker zu erreichen war. Es gab tausend Orte, wo er sich verstecken konnte. Sie alle aufzusuchen, würde Wochen dauern. Sie mussten gleich bei Tagesanbruch mit denen beginnen, die am wahrscheinlichsten waren …

Mit einem Ruck setzte er sich wieder auf. Die Notizen waren ihm aus der Hand gefallen, und er war fast eingeschlafen – ein Luxus, den er sich noch nicht erlauben durfte. Er trug einen Kerzenleuchter in die Bibliothek, setzte sich an einen Tisch und begann, eine Liste möglicher Aufenthaltsorte seines Bruders zusammenzustellen. Zweimal döste er beinahe ein, aber er kämpfte gegen den Schlaf an, bis getan war, was er sich vorgenommen hatte. Dann griff er nach seiner Kerze und stieg langsam die Treppe hinauf. Ein paar Stunden Ruhe. Danach konnte er es erneut versuchen. Er musste Newby rechtzeitig finden! Wenn er jedoch scheiterte, würde er zu dem angegebenen Treffpunkt reiten und darum beten, dass er verhandeln konnte, dass er irgendetwas anbieten konnte, um Naomis Freilassung zu erreichen. Wenn es zum Schlimmsten kam, wenn sie ihm nicht zuhören wollten und ihn umbrachten, konnten sie doch bestimmt nicht so unmenschlich sein, ihre entsetzliche Drohung gegen seine schöne Lady wahr zu machen?

Er stellte fest, dass er stehen geblieben war und wie blind auf die Stufen starrte. Er würde sie *nicht* im Stich lassen! Und er war nicht allein, Gott sei Dank! Die anderen hatten zu ihm gehalten. Sogar Dr. Lockhart hatte bis Mitternacht hier ausgeharrt. Sie hatten sich so bemüht und alle zusammen bereits so große Strecken zurückgelegt. Morris war hier geblieben und schlief bereits, aber die anderen waren gegangen und hatten versprochen, morgen früh wiederzukommen.

Sie hatten Zeit bis Sonntag um Mitternacht …

Und – es war *schon* Sonntagmorgen, zwanzig Minuten nach drei!

18

Naomis Hoffnung, an ihrem Fluchtplan zu arbeiten, wurde vereitelt, als das Betäubungsmittel, das man ihr gegeben hatte, sie zusammen mit den Schrecken des Tages überwältigte, sodass sie den Nachmittag verschlief. Sie erwachte, als man ihr das Abendessen brachte. Das Essen war überraschend gut, und obwohl das unter einer Kapuze steckende Individuum, das die Sachen brachte, mürrisch und kaum gesprächig war, zeigte der Mann doch keinerlei Interesse an ihr, wofür sie nur dankbar sein konnte. Es war nun schon zu dämmrig in dem Zimmer, um heute Abend noch mit ihrem Plan zu beginnen, und sie ging zu Bett. Später hörte sie die Männer streiten, und irgendwann in den frühen Morgenstunden gab es eine Rauferei, anscheinend wegen des Würfelspiels. Voller Angst, die Gedanken der mittlerweile betrunkenen Männer könnten sich ihr zuwenden, flüsterte sie Gebete in die pechschwarze Dunkelheit. Endlich hörte das Geschrei auf, aber der Wind heulte die ganze Nacht hindurch und rüttelte so heftig an dem alten Gebäude, dass sie manchmal sicher war, es würde einstürzen. Die Decken, die man ihr gegeben hatte, waren aus einem rauen Gewebe, aber warm, sodass sie trotz der kühlen Nacht und der Gefahren, die sie bedrängten, wieder einschlummerte. Doch ihr Schlaf war unruhig und sie erwachte beim ersten Tageslicht. Der Wind heulte immer noch, und die Luft war staubig, sodass sie niesen musste. Sie stand sofort auf und horchte angespannt; da sie keinerlei Geräusch oder Bewegung vernahm, machte sie sich daran, ihren Plan in die Tat umzusetzen.

Ihre Entführer wurden augenscheinlich gut bezahlt, oder aber man hatte sie angewiesen, sie in Ruhe zu lassen, denn sie hatten keinen Versuch gemacht, die Diamantnadel, die sie an der Bluse trug, zu stehlen. Es war eine spitze Nadel, und während Naomi sie loshakte, schlich sie auf Zehenspitzen zur Tür und zog eine der Decken mit sich. Sie setzte sich mit dem Rücken an der Tür auf den Boden und zupfte mit der Nadel an den Wollfasern, bis sie mehrere Fäden gelöst hatte. Es dauerte viel länger, als sie gehofft hatte, aber schließlich hatte sie einige lange, dicke Fäden losgetrennt. Sie zog daran, bis sie auch die anderen Enden in der Hand hielt. Die nächsten Fäden waren einfacher. Vorsichtig, um sie nicht zu verheddern, begann sie, die Fäden zusammen zu flechten. Das nun ging überraschend schnell. Innerhalb einer Stunde brachte sie ein ganz respektabel langes Stück eines behelfsmäßigen Seils zustande.

Sie blickte hinauf zu dem Zwischengeschoss. Es war nur halb so groß wie das Zimmer unten, und die Bodenbretter waren uneben und ungleichmäßig, sodass einige Balken über die anderen hinausragten. Wenn sie eine Leiter fabrizieren und sie über einen der vorstehenden Balken werfen konnte, gelang es ihr vielleicht, dort hinaufzuklettern. Ebenso gut konnte sie sich das Genick brechen, wenn sie entweder für den Balken oder für ihre »Leiter« zu schwer war. Doch wenn es eine Chance gab, dem, was diese ungehobelten Rohlinge dort unten mit ihr vorhatten, zu entgehen, wäre das Risiko gerechtfertigt.

Das Herz schlug ihr bis zum Hals, als sie auf der Treppe einen Schritt hörte. Sie hatte sich das erste Stück Seil bereits unter dem Kleid um die Taille geschlungen und flog nun förmlich zurück zu ihrem Lager, stopfte die beschädigte Decke unter die andere und kletterte selbst ins Bett. Es knarrte, aber der Lärm draußen würde das Geräusch wahrscheinlich übertönen. Sie schloss die Augen und versuchte auszusehen, als schliefe sie fest.

Sie hörte, dass der Riegel zurückgeschoben wurde, und unter den Wimpern hervor sah sie einen großen, stämmig gebauten Mann mit der unvermeidlichen Maske über dem Gesicht, der ein Tablett und einen Krug mit heißem Wasser hereintrug.

»He! Rühren Sie Ihre Knochen, Frau!«, rief er mit rauer Stimme.

Naomi schlug die Augen auf und blinzelte ihn an.

»Frühstück«, sagte er. Unter der Maske verzogen sich seine wulstigen Lippen zu einem höhnischen Grinsen. »Machen Sie sich lieber darüber her, bevor es kalt wird. Wenn Ihr Soldatenbürschchen nicht tut, was man ihm sagt, könnt's das letzte Frühstück sein, das Sie kriegen!«

Eine eisige Hand berührte Naomis Herz, aber sie wollte ihm nicht zeigen, welche Angst er ihr eingejagt hatte. Während sie sich aufsetzte, erklärte sie verächtlich: »Seien Sie nicht albern. Sie würden mich nicht umbringen! Eine hilflose Lady von Stand? Ganz England würde Sie hetzen!«

Er sah sie nachdenklich an und nickte. »Da haben Sie wahrscheinlich Recht, und ich geb zu, dass es ein Jammer wär. Ein hübsches Ding sind Sie, sind uns nicht mit Geschrei und Geheul und Histerrick auf die Nerven gegangen. Aber die Sache ist die, dass wir ganz nett bezahlt werden dafür. Und wenn wir nicht das tun, was der Squire befiehlt, dann gibt's ganz schnell 'nen Sarg. Der Kerl, der ihm sagen muss, dass was nicht geklappt hat – sapperlot! Der Kerl ist ein toter Mann! Außerdem, wie soll die Wache oder die Polizei uns finden? Wenn die alte Bruchbude hier abbrennt, können *Sie* den Mund nicht mehr aufmachen. Niemand weiß, wer wir sind, also wer soll uns vorwerfen, dass wir nicht nett waren, hm?«

Ihr wurde kalt, und verzweifelt sagte sie: »Ihr Auftraggeber weiß es. Und Sie glauben doch nicht, dass er Sie am Leben lässt, damit Sie ihn erpressen können?«

»Was, halten Sie ihn denn für blöd?« Er lachte rau. »Gott mit Ihnen, Missus, wir können ihn nicht erpressen, weil wir ihn nie gesehen haben. Niemand kriegt den Squire zu sehen. Nie.«

»Aber wer immer er auch sein mag, er weiß doch bestimmt, dass ich nichts getan habe, um ihn zu bedrohen. Was sollte es ihm nützen, mich umbringen zu lassen? Was hofft er denn mit seiner ganzen Grausamkeit zu gewinnen?«

»Ha, der Teufel soll mich holen, wenn ich da 'ne Antwort hab. Ich weiß bloß, dass es nix mit Geld zu tun hat.« Er zuckte verwirrt mit den Schultern. »Aber wozu bloß das ganze Theater, wenn nicht wegen Geld?«

Diese ekelhaften juwelenbesetzten Figuren! dachte sie wie betäubt. Gideon hatte Recht, sie müssen tatsächlich sehr wichtig sein! »Ich weiß nicht«, antwortete sie. »Doch es verstößt gegen Gottes Gebote, dass ich ermordet werden soll! Sie tun, was Ihr Herr Ihnen befiehlt, aber es ist Ihre unsterbliche Seele, die von einer so furchtbaren Sünde befleckt würde. Können Sie weiterleben, wenn Sie eine solche Last auf dem Gewissen haben?«

Sie rang inständig flehend die Hände und sah so zerbrechlich und hilflos aus. Ihre frische junge Schönheit war wie eine helle Blume in diesem kahlen, hässlichen Raum. Als er sie ansah, wurde selbst dieser hartgesottene Verbrecher einen Augenblick von Mitleid gerührt. Dann sagte er schroff: »Ihr seid alle gleich, lauter Adelsgeschmeiß. Verdreht unschuldigen Leuten den Kopf mit eurem hochgestochenen Gequatsche. Zahlt sich nicht aus, zu so was höflich zu sein.« Mit einem Schnauben und dem Gefühl, ihm sei übel mitgespielt worden, warf er die Tür hinter sich zu.

Naomi starrte mit angstvoll aufgerissenen Augen auf die Tür. Hatten sie *wirklich* vor, dieses Gebäude in Brand zu setzen? Musste sie *wirklich* auf so schreckliche Weise sterben, so allein, weit weg von ihrem Liebsten und ihren Freunden? Sie schloss die Augen und presste die Hände auf den

Mund, als sie spürte, dass ein Schluchzen die Kehle hochstieg. Sie sah Gideons hageres Gesicht vor sich, das Lächeln in den grauen Augen mit den langen Wimpern, den zärtlichen Blick, der ihr Herz mit schmerzlicher Sehnsucht erfüllte. Wie schrecklich musste das für ihn sein. Wie außer sich musste er sein, der arme Liebling. Er hatte die Miniaturen, und sie wusste, dass er sie ohne Frage gegen ihr Leben eintauschen würde. Aber er hielt sie für sehr wichtig und durfte nicht gezwungen werden, sie herzugeben, wenn das irgendwie vermieden werden konnte. Höchstwahrscheinlich versuchte er, sie zu finden. Es schien nur eine sehr entfernte Möglichkeit, dass ihm das gelang. Aber er war so tapfer und furchtlos. Wenn irgendjemand sie finden konnte, dann er. Doch vielleicht *wollten* die Männer, dass er sie fand, vielleicht war das Ganze eine Falle, mit ihr als Köder darin, um ihn zu fangen und zu vernichten. Allein der Gedanke erfüllte sie mit unbändigem Zorn. Wie konnten sie es *wagen*, sie zu so etwas Niederträchtigem zu benutzen? Meinten sie vielleicht, weil sie eine Frau war, würde sie hilflos herumsitzen und darauf warten, dass ihr Liebster sich um ihretwillen selbst opferte?

»Was wissen die schon von Frauen!«, sagte sie und warf ihrem Tablett einen finsteren Blick zu. Dann betrachtete sie es näher. Eier, viel zu sehr durchgebraten, eine dicke Scheibe Schinken, ein Crumpet und ein Becher mit dampfendem Kaffee. Sie ging zum Waschtisch, goss etwas Wasser in die Schüssel und begann, sich das Gesicht zu waschen. Bevor sie sich zum Frühstück niedersetzte, würde sie sich erst waschen und ordentlich herrichten. Und nach dem Essen würde sie sich wieder an die Arbeit machen, um diese Schurken da unten zu lehren, dass eine Lady von Stand nicht kampflos aufgab!

Seine Schulung beim Militär kam Gideon zugute und wie geplant schlug er um sechs Uhr die Augen auf. Er war sofort hellwach und verweilte nur noch für ein kurzes, aber inständiges Gebet, dann zog er an der Klingelschnur. Er hatte gestern Abend die Anweisung hinterlassen, dass ein zeitiges Frühstück für mindestens acht Leute vorbereitet werden sollte, und der Diener brachte fast sofort einen Krug mit heißem Wasser und teilte mit, dass die Köchin bereits an der Arbeit sei, er aber Leutnant Morris nicht wach bekomme.

Gideon ging ins Gästezimmer und wühlte in dem unordentlichen Deckenhaufen, bis er seinen Freund ausgegraben hatte und ihn wachrütteln konnte. Morris, der gewöhnlich bis nach der ersten Tasse Kaffee nur halb bei Bewusstsein war, bewegte sich an diesem Morgen schnell und war rechtzeitig rasiert und gewaschen, um Gideon die Treppe hinunterzubegleiten.

Getreu ihrem Wort trafen die anderen Mitglieder des Suchtrupps kurz nach halb sieben ein, und mit ihnen Gwendolyn und Katrina, die es beide nicht ertragen konnten, nicht in Verbindung zu allem zu stehen, was sich ereignete. Sie alle versammelten sich im Esszimmer und sprachen dem von der Köchin zubereiteten Frühstück tüchtig zu.

Gwendolyns liebevolle Augen bemerkten sofort das abgehärmte Aussehen ihres Bruders, und ihr Herz tat ihr vor Mitleid weh. Sie drängte ihn, er solle sie zu General Underhill fahren lassen, damit sie Sir Mark von der neuesten Katastrophe in Kenntnis setzen konnte. Er äußerte seine Furcht, sie könnte sich ebenfalls in Gefahr befinden, nicht laut, sondern bat stattdessen, dass sie und Miss Falcon hier blieben, um alle Informationen, die gesammelt wurden, entgegenzunehmen und weiterzugeben.

»Finden Sie es nicht seltsam, dass der Earl nicht gekommen ist?«, fragte Katrina. »Er muss doch außer sich sein vor Sorge.«

»Ich glaube, Naomi und ihr Vater haben keine sehr warme Beziehung zueinander«, sagte Gwendolyn ohne Umschweife. »Er ist ein höchst einschüchternder Mensch.«

Falcon warf ihr einen strengen Blick zu. »Selbst wenn diese offenherzige Bemerkung wahr sein sollte, ist sie doch seine Tochter. Außerdem hat Naomi mir gesagt, dass Seine Lordschaft ihr in der letzten Zeit mehr zugetan schien. Vielleicht wird der alte Knabe mit den Jahren milder.«

Morris schürzte die Lippen und bemerkte feierlich: »Auch Sommerregen bringt dem verdorrten Baum kein neues Leben.«

Nach einer kurzen, verblüfften Pause explodierte Falcon. »Was, zum Teufel, haben Regen und Bäume mit dem Earl of Collington zu tun? Ich schwör's, Rossiter, warum Sie diesen Idioten hier behalten, geht über meinen Verstand! Sein Kopf ist ein Tummelplatz für Grillen der seltsamsten Art!«

Für einen kurzen Moment erleichterte ein Lachen ihre Angst, dann schmiedeten sie ihre Pläne für den Tag. Eine beträchtliche Meinungsverschiedenheit kam auf, als Falcon und Kadenworthy erklärten, es sei an der Zeit, die Behörden zu verständigen und eine groß angelegte Suche einzuleiten, während die Übrigen vehement dagegen waren, ein solches Risiko einzugehen. Gideon bereitete dem Streit ein Ende, indem er sagte, dass man, da er die Lady zu seiner Frau machen wolle, ihm die letzte Entscheidung überlassen müsse, und er schlage vor, sie sollten ihre Bemühungen bis vier Uhr nachmittags fortsetzen und dann hierher zurückkommen. Wenn sie Newby bis dahin nicht aufgespürt hätten, werde er sofort nach Gravesend in den Gasthof *Duck and Mermaid* reiten, und die anderen könnten die weiteren Pläne verfolgen, die sie dann vorschlagen mochten. Einige düstere Blicke wurden gewechselt, aber es gab keinen Widerspruch.

Um sieben Uhr polterten sie die Treppe hinunter und nahmen ihre verschiedenen Aufträge in Angriff. Gideon und Morris würden als erstes Sir Mark aufsuchen. Die Übrigen sollten sich aufteilen und sich an allen Schlagbäumen auf sämtlichen wichtigen Hafenstraßen nach Newby erkundigen. Wenn dabei nichts herauskam, würden sie ihren Abschnitt der Liste mit den am ehesten in Frage kommenden Hotels, Gasthäusern und Herbergen übernehmen, die Gideon unter ihnen aufgeteilt hatte.

General Underhill wohnte in einem hübschen Haus in der York Street. Trotz der frühen Stunde war er nicht daheim, da man ihn in einer dringenden Angelegenheit zum Gardekavallenieregiment gerufen hatte, und Sir Mark Rossiter war noch nicht aufgestanden. Die dralle Haushälterin des Generals war höchst empört darüber, dass jemand um eine solche Tageszeit zu Besuch kam, und wurde noch erboster, als Gideon verlangte, sofort in Sir Marks Zimmer geführt zu werden. Ein Blick in das vor Zorn gerötete Gesicht der Lady genügte, dass Morris den Mut verlor und anbot, bei den Pferden zu warten.

Sir Marks anfängliche Verärgerung darüber, dass man ihn an einem Sonntagmorgen vor acht Uhr geweckt hatte, wich blankem Entsetzen, als er von der Entführung hörte. Ohnmächtige Wut trat an die Stelle dieses Gefühls, als Newbys Rolle bei dieser Katastrophe enthüllt wurde. Newby mochte vielleicht besorgt um ihre Zukunft sein, brüllte Sir Mark, aber niemals habe er diese »abstoßenden kleinen Dinger« genommen und versucht, sie zu verkaufen. »Und gar das Leben des Lutonville-Mädchens in Gefahr zu bringen – dummes Zeug! Der Junge ist ein ehrenwerter Gentleman und würde *niemals* etwas so Entsetzliches tun!«

Vergebens bekundete Gideon, ihm sei natürlich klar, dass Newby nichts von der Entführung gewusst habe, als er die Figuren genommen hatte. Sir Mark hörte ihm nicht zu und begann mit einer heftigen Anklage gegen Gideons »lebenslange Eifersucht« und seinen vollkommenen Mangel an geschwisterlicher Zuneigung für seinen Zwillingsbruder.

Trotz ihrer Differenzen war Gideon seinem Vater zutiefst zugetan und hatte sich nur einmal von seinem Zorn übermannen lassen, da seine Erziehung forderte, dass ein Sohn seine Eltern immer mit dem äußersten Respekt behandeln müsse. Heute wurde seine Geduld bis an die Grenze auf die Probe gestellt. Eine Weile vermochte er sich zu beherrschen, doch dann schnitt seine Stimme die bittere Tirade wie mit einem stählernen Säbel ab. »Seien Sie so gut und hören Sie auf, Sir!«

Sir Mark, dem erstaunt das Kinn heruntersackte, verstummte.

»Meine Gefühle für Newby«, begann Gideon, »oder seine Gefühle für mich sind im Augenblick gänzlich ohne Bedeutung. Wichtig ist nur Naomis Leben. Sie können ebenso gut gleich erfahren, dass ich sie von ganzem Herzen liebe und vorhabe, sie zu meiner Frau zu machen. Nichts – *nichts* – wird mich davon abhalten, alles zu tun, was in meiner Macht steht, um sie zu retten. Und ich werde *niemandem* erlauben, sich mir in den Weg zu stellen! Newby *hat* die Figuren genommen und er hat Ihnen einen diesbezüglichen Brief hinterlassen. Ich hätte ihn mitgebracht, aber ich habe nicht erwartet, dass Sie mein Wort anzweifeln würden.«

Sir Mark versuchte ihn zu unterbrechen, aber Gideon fuhr unbarmherzig fort. »Wenn die Figuren noch in seinem Besitz sind, muss er sie zurückgeben. Wenn er sie verkauft hat, muss er mir sagen, an wen, und wo ich den Käufer finden kann. Wir haben nur noch sehr wenig Zeit, und ich bitte nicht darum, Sir, ich *verlange*, dass Sie mir sagen, ob er hier war oder wo er sich jetzt aufhält!«

Sir Mark, der diesen Ehrfurcht gebietenden Fremden kaum als seinen eigenen Sohn erkannte, kam zum ersten Mal der Gedanke, dass er den Jungen gerne im Kampfeinsatz gesehen hätte. Ruhig sagte er: »Ich weiß es nicht. Ich habe nicht mit ihm gesprochen, seit ich hierher gekommen bin.«

»Haben Sie irgendeine Ahnung, wo er hingehen würde, wenn er in Schwierigkeiten wäre und nicht gefunden werden will?«

Wieder war Sir Mark im Begriff aufzubrausen, aber das blasse, grimmige Gesicht ließ seine Empörung verstummen. »Nein. Keine. Es sei denn … vielleicht zu Smythe.«

Ungläubig wiederholte Gideon: *»Smythe? Reggie Smythe?«*

»Ich sagte, *vielleicht!* Sie sind befreundet, und ich glaube, sie haben manchmal zusammen … äh … in der Klemme gesteckt.«

»Gütiger Himmel!«, flüsterte Gideon und drehte sich auf dem Absatz um.

»Warte!«, rief Sir Mark. »Underhill müsste jeden Augenblick zurückkommen. Ich werde ihn um Hilfe bitten. Er ist ein feiner …«

»*Nein!* Niemand darf etwas wissen! Sie drohen, sie sofort umzubringen, wenn etwas durchsickert! Um Gottes willen, versprechen Sie mir, dass Sie niemandem etwas sagen werden, Sir! Und versprechen Sie, Newby sofort zum Snow Hill zu bringen, wenn er hierher kommt!«

Angerührt von der Heftigkeit seiner Gefühle, konnte Sir Mark sich nur fügen und verwirrt zusehen, wie sein Sohn aus dem Zimmer stolzierte.

Mr. Reginald Smythe hatte eine Wohnung in der Pall Mall und war beim Frühgottesdienst. Gideon und Morris teilten sich auf und nützten die Zeit, um in nahe gelegenen Hotels Erkundigungen einzuziehen. Als ihre Bemühungen sich als vergeblich erwiesen, ritten sie weiter zur Westminster Abbey, wo Mr. Smythe gewöhnlich dem Gottesdienst beiwohnte. Mehrere Kirchgänger zeigten sich pikiert, weil Morris und Rossiter Reitkleidung trugen, und Morris errötete, als eine furchteinflößende Matrone mit Stentorstimme zu einer Freundin sagte, dass die jungen Leute von heute schlecht unterwiesen worden seien, wenn sie es für schicklich hielten, am heiligen Sonntag auf Reisen zu gehen. Glücklicherweise war Smythe bald gefunden. Er spazierte mit mehreren Busenfreunden umher und lachte über die »langweilige« Predigt. Gideon sprach ihn ohne große Förmlichkeit an. Smythe war ungefällig wie immer und nahm Anstoß an Gideons Benehmen, das er »ungehobelt und beleidigend« nannte. Morris, der befürchtete, dass eine Rauferei drohte und bei dem Gedanken an eine solche Szene auf den Stufen der Abbey schauderte, wollte mit einer zusammenhang losen Bitte um Kooperationsbereitschaft vermitteln. Smythe äffte ihn auf verletzende Weise nach. Gideon packte Smythe an seinem reich verzierten Halstuch und forderte schnaubend sofortige Information. Einer von Mr. Smythes Freunden riskierte es, Gideon auf die Schulter zu tippen und ihn an seine Manieren zu erinnern. Gideons Antwort, die mit mörderischer Promptheit erfolgte, führte dazu, dass mehrere aus der kleinen Gruppe sich plötzlich an dringende Verabredungen anderswo erinnerten, während der Rest lange verlorene Freunde entdeckte und davoneilte. So im Stich gelassen, erklärte Mr. Smythe mürrisch, Rossiter sei ein verdammt schlecht erzogener Kerl, und er habe Newby seit mindestens zwei Tagen nicht mehr gesehen. Wieder eine Möglichkeit, die sich zerschlug. Gideon zog seine Taschenuhr heraus. Es war fünfundzwanzig Minuten nach zehn.

Gwendolyn kam an die Tür geeilt und musterte das Gesicht ihres Bruders, als er eintrat. Er war bleich und um die Mundwinkel herum so weiß, dass sie erschrak, aber sein Lächeln war ruhig und seine Augen blickten entschlossen. Ein Schluchzen unterdrückend, streckte sie ihm die Hände entgegen. »O mein Lieber. Es tut mir so Leid.«

Er gab ihr einen Kuss auf die Stirn. »Ist schon irgendjemand zurückgekommen?«

Sie nickte kläglich. »Ja, mittags. Aber ich fürchte, sie haben nichts herausgefunden.«

Seufzend trat Morris ein. »Ich glaube, wir waren in jedem Gasthaus und jedem Hotel in London! Es ist, als wäre der gemeine … als wäre er vom Erdboden verschluckt.«

»London ist keine kleine Stadt«, meinte Gideon bitter.

»Wer ist da, Gwen?«

»Papa ist heimgekommen und sitzt mit Katrina im Salon. Deine Freunde haben sich alle wieder auf den Weg gemacht. Sie waren entschlossen weiterzusuchen, bis ...«

Sie brach ab, und alle waren bemüht, nicht auf die Standuhr zu hören, die drei Uhr schlug. Mit erstickter Stimme fragte Gwendolyn: »Gideon ... was willst du nur tun?«

Er wusste, was er tun würde. Und er befürchtete, dass nicht einmal sein eigenes Leben den Mann oder die Männer zufrieden stellen würde, die diese Figuren so dringend haben wollten.

»Was immer ich tun muss, um sie zu retten«, antwortete er. Sie sah zu Tode verängstigt aus, und er fügte hinzu: »Gwen, Liebes, wir haben den ganzen Tag lang keine Pause gemacht. Der arme Jamie muss ausgehungert sein. Würdest du ...?«

»Natürlich.« Sie humpelte zur Küche.

»Man könnte meinen, ihr hättet keine Diener, Ross«, sagte Morris.

»Ich weiß. Aber sie will helfen.«

Zusammen gingen sie zur Treppe. Morris, der das Gesicht seines Freundes beobachtete, murmelte hilflos: »Du willst versuchen, mit diesen Dreckskerlen vernünftig zu reden.«

Gideon zuckte mit den Schultern. »Wenn du einen besseren Vorschlag hast ...«

»Ebenso gut könntest du dir selbst eine Pistole an die Stirn setzen! Diese viehischen Schurken, die ein hilfloses Mädchen bedrohen, würden nicht zweimal überlegen, dich umzubringen, wenn du mit leeren Händen kommst. Und das weißt du auch.«

»Ich bete nur, dass sie ihre Drohung gegen Naomi nicht wahr machen!«

Der Lakai eilte zur Eingangstür, die jemand donnernd mit den Fäusten attackierte. Die Hand auf dem Pfosten des Treppengeländers, blieb Gideon stehen, da er immer noch hoffte, einer der Suchenden käme mit guten Nachrichten zurück. Es war jedoch der Earl of Collington, der außer sich vor Sorge hereingeeilt kam, ohne Hut, das Haar vom Wind zerzaust.

»Schurke!«, tobte der Earl, packte Gideon bei den Schultern und schüttelte ihn heftig. »Wo ist meine Tochter? Was haben Sie getan, um uns in diese Katastrophe zu stürzen? Warum ist sie um diese Zeit immer noch nicht zu mir zurückgebracht worden? »

Gideon, der Mitleid mit dem Mann hatte, antwortete: »Sir, ich habe gestern Abend und heute Morgen noch einmal einen Lakaien vorbeigeschickt, der erklären sollte, was …«

»Erklären sollte, dass Sie *nichts* getan haben! Dass Sie all diese Stunden haben verstreichen lassen, ohne einen Versuch zu unternehmen, sie zu retten!« Seine Stimme überschlug sich hysterisch. »Warum geben Sie ihnen nicht diese idiotischen Figuren?«

Gideon löste Collingtons Griff von seinen Schultern und sagte: »Mylord, Sie sind überreizt. Wenn Sie nur …«

»Sie wollen sie nicht hergeben«, brüllte der Earl. »Sie sind zu *wertvoll*, wie? Bei Gott, Sie sind genauso ein Dieb wie Ihr nichtswürdiger Vater!« Er zog blitzschnell eine kleine Pistole aus der Rocktasche. »Nun, ich werde nicht daneben stehen und zulassen, dass Sie …«

Gideon packte Collingtons Faust und riss sie nach oben. Die Pistole ging los, der Schuss hallte in dem engen Vorraum wider. Gideon, der dem halb wahnsinnigen Mann nicht wehtun wollte, erhielt einen Schlag ins Gesicht und taumelte zurück. Morris eilte ihm zu Hilfe, und Naomis großer Diener drängte sich an dem Lakaien vorbei, um seinen Herrn zurückzuhalten, aber der Earl kämpfte wie ein Wahnsinniger gegen sie an, sodass sie ihn kaum bändigen konnten.

Die Halle war plötzlich voller Menschen, als Sir Mark und Katrina aus dem Salon und Gwendolyn, Wilson und zwei Hausmädchen aus der Küche kamen.

»Wie können Sie es *wagen*, Sir!«, donnerte Sir Mark. »Hören Sie sofort mit diesem Unsinn auf!«

Keuchend funkelte Collington ihn an. »Wenn es *Ihre* Tochter wäre, hätten Sie vielleicht ein wenig Mitleid!«

Schwere Räder rumpelten über die Straße. Wilson rief von der Eingangstür her: »Sir, draußen hat ein Wagen angehalten. Sie … Gütiger Himmel! Man trägt jemanden herein!« Gideon war schon an der Tür, als sie weit aufgerissen wurde. Ein beladener Karren mit Bremsklötzen hinter den Rädern stand am Rinnstein, und zwei Bauern in Gamaschen und Kitteln trugen eine Gestalt auf einem Weidengeflecht die Treppe herauf.

Als der verletzte Mann ins Haus gebracht wurde, wandte er schwach den Kopf.

»*Tummet!*«, rief Gideon.

»Gehen Sie!«, murmelte Enoch Tummet. »Bevor sie …«

Sein Blick wandte sich zur Seite, und er hörte auf zu reden. Gideon schickte einen Lakaien zu Dr. Lockhart. Gwendolyn, die an die Bahre getreten war und sich über Tummet beugte, sagte mit rauer Stimme: »Man hat … auf ihn geschossen … fürchte ich.« Zusammen mit Katrina eilte sie davon, um Verbandszeug und andere medizinische Utensilien zu holen.

Gideon sah die Fuhrmänner aus zusammengekniffenen Augen an. »Es ist sehr gütig von Ihnen, dass Sie ihn gebracht haben. Sie müssen uns erlauben, dass wir Sie für Ihre Mühe entlohnen. Wo haben Sie ihn gefunden?«

Einer der beiden antwortete schüchtern: »Er ist neben der Straße entlanggekrochen, Sir. Erst ha'm wir gedacht, er hätt einen über den Durst getrunken, wie es so heißt. Aber dann hat mein Kamerad geseh'n, dass er verletzt war. Er hat nur drum gebeten, dass wir ihn hierher bringen soll'n, sonst hat er nix sagen können. Und das ha'm wir gemacht, und hoffentlich war's nicht falsch, Sir.«

»Sie haben genau richtig gehandelt«, erklärte Sir Mark.

»Wenn Sie nun mit mir ...«

Tummet zupfte Gideon am Ärmel und krächzte eindringlich: »Gehen Sie, Maestro, schnell. Ihre Lady ...«

»Lady Naomi?« Gideon beugte sich über ihn. »Was ist mit ihr? Wissen Sie, wo sie ist? Hat man ihr etwas getan?«

Auf Tummets Hemd leuchtete ein dunkler Blutfleck, und er war offensichtlich schwach und hatte Schmerzen. Sein Blick glitt zur Seite. »Es ist ... es ist ...«, murmelte er.

»Ja, mein armer Kerl«, sagte Gideon sanft. »Was können Sie mir erzählen?«

Der Earl, der diese dramatische Szene verwirrt beobachtet hatte, starrte auf den verwundeten Mann und erklärte: »Sie werden eine schöne Belohnung bekommen, wenn Sie Nachricht von Lady Lutonville bringen. Versuchen Sie uns zu sagen, was Sie wissen.«

Tummet fiel zurück. Den Blick auf Gideon gerichtet, murmelte er: »Toten ... still, Maestro. Bei meiner Tochter. Toten ... still ...« Und seufzend schloss er die Augen.

»Er phantasiert, der arme Kerl«, sagte Sir Mark und befahl Wilson, den Fuhrleuten den Weg zu Tummets Zimmer zu zeigen.

Morris, der den Männern nachsah, wie sie die Bahre die Treppen hinauftrugen, meinte verwirrt: »Aber er ...«

Gideon packte ihn am Arm, als hätte er selbst eine Stütze nötig. »Ich hatte so gehofft, dass er uns vielleicht Neuigkeiten bringen würde. Ich weiß, dass seine Tochter schwer krank ist, aber sie ist in guter Pflege.« Verzagt schüttelte er den Kopf. »Ganz natürlich, dass er in seinem Fieberwahn an sie denkt. Der arme Kerl, er bildet sich ein, dass sie tot ist.« Sein Griff um Morris Schulter wurde noch fester. »Jamie, ich will noch eins versuchen. Newby hat möglicherweise bei meinem Cousin in St. Alban's übernachtet. Es ist eine kleine Hoffnung, aber unsere letzte. Kommst du mit?«

»Aber natürlich, alter Knabe.«

Ängstlich fragte Collington: »Und dann geben Sie ihnen diese verfluchten Figuren? Sie werden nicht zu spät kommen?«

»Wir werden rechtzeitig zurück sein. Ich verspreche es Ihnen, Sir.«

Sie eilten hinaus, wo ein Stalljunge ihre Pferde am Zügel hielt. Gideon warf dem Jungen einen Shilling zu, sie saßen auf und machten sich auf den gefährlichen Weg den Hügel hinunter.

»Ich denke, du hättest Collington die Wahrheit sagen sollen, Ross«, meinte Morris. »Er hat ein Recht zu wissen, dass du diese Juwelendinger nicht mehr hast. Und was im Namen aller Heiligen war dieser Unsinn über Tummets tote Tochter?«

»Mein unerschrockener Diener.« Gideons Augen funkelten aufgeregt. »Gott segne den Mann, er hat versucht, mir etwas zu sagen!«

»Dir etwas zu sagen? Warum, zum Teufel, hat er es dann nicht ausgespuckt? Dein Ohr war keinen Meter von seinem Mund entfernt, und ...«

»Und andere Ohren waren genauso nahe. Nein, frag mich nicht, wer Tummet einen Schrecken eingejagt hat, aber irgendjemand war es. Wenn je ein Mann versucht hat, mit den Augen zu sprechen, so er! Er hat wieder in seinen Rotwelschreimen geredet!«

»Aber er hat nichts *gesagt*! Nur dass du gehen sollst ... schnell. Und etwas über seine ...«

»Über seine *Tochter*, Jamie! Tummet *hat* keine Frau und keine Tochter!«

»Doch! Du hast selbst erklärt, das arme Mädchen sei schwerkrank und ...«

»Du Einfaltspinsel! Das habe ich nur getan, damit du nicht mit der Bemerkung herausgeplatzt bist, du wüsstest nicht, dass er eine Tochter hat. Tummet hat irgendjemanden in der Halle erkannt, sage ich dir, und ich habe eine verdammt gute Vorstellung ...« Stirnrunzelnd brach er ab.

»Nun, das hat Zeit. Jetzt müssen wir überlegen, was sich auf ›totenstill‹ reimt.«

Morris schüttelte perplex den Kopf und versuchte, etwas Hilfreiches zu sagen. »Vielleicht hat er einen Ortsnamen gemeint? Oder soll es etwas sein, wo Totenstille herrscht? Eine Ruine vielleicht? Ein ehemaliges Kloster?«

»*Rottonville!* Das reimt sich und es gibt dort eine alte Abtei!«

»So was! Verdammt schlau! In der Nähe von Wimbledon Village, auf einem Hügel, glaube ich, nicht wahr?«

»Ja! Und es ist schon fast halb vier! Reit zu, Jamie! Schnell!« Trotz des schneidenden Windes ritten sie in vollem Tempo den restlichen Hügel hinunter, von der Ostseite her in die Stadt, mit Hufgedonner und wehenden Mänteln vorbei an der St. Paul's Cathedral, bis sie an die Themse kamen und sich langsamer einen Weg durch den Verkehr auf der London Bridge bahnen mussten. Atemlos fragte Morris: »Was hast du vor, Ross? Außer der Abtei auf dem Hügel ist das alles offenes Gelände.«

»Genau, und dort müssen sie Naomi versteckt halten, Jamie! Hoffen wir, dass sie nicht mit uns rechnen. Wir können uns unter den Bäumen halten, bis wir an den Fuß des Hügels kommen, und vielleicht sehen wir dann schon etwas von diesen Bastarden. Sobald wir sicher sind, holst du die Wache, und ich ...«

»Den Teufel werd ich tun! Glaubst du, dass du den ganzen Spaß allein haben kannst? Los, weiter!«

Sie hatten die Brücke nun hinter sich, und wieder begann der wilde Galopp, wieder hörten sie verärgerte Rufe von anderen Reisenden, an denen sie vorbeirasten, wieder das endlose Hufgedonner und der lästige Sturmwind, aber Gideon war nun wie neugeboren, seine Augen leuchteten aufgeregt und Hoffnung keimte in seinem Herzen.

Sie ritten nun südwestlich; der Verkehr ließ nach, als sie aus der Stadt auf offenes Gelände kamen. Kurz hinter Wimbledon Village sahen sie Rottonville am Fuße des Hügels liegen und zügelten beide zugleich ihre Pferde. Die alte Abtei ragte nicht länger in ihrer dunklen, würdevollen Gestalt in den Himmel auf. Sie existierte nicht mehr; ein Haufen Steine und Geröll war alles, was von ihr geblieben war. »Oh, hol's der Teufel!«, flüsterte Morris, der auf die verlorenen Reste des einstmals großen Bauwerks starrte.

Rossiter sagte nichts, und Morris, der ihn kaum anzusehen wagte, bemerkte, dass sein Freund wieder den weißen Zug um den Mund hatte und dass an seinem Kinn wieder ein Muskel zuckte. Armer Kerl, dachte er und rief drei Jungen herbei, die zwischen den Steinbrocken spielten.

Mit zerzausten Haaren und rosigen Wangen kamen sie herbeigerannt, ehrfürchtige Erwartung in den hellen Augen, als sie die beiden schneidigen jungen Männer mit ihren umgeschnallten Degen und den Pistolen im Sattelhalfter erblickten.

»Was ist hier passiert, Jungs?«, fragte Rossiter. »Ist die Abtei abgebrannt?«

»Nee, Sir«, antwortete der Größte von den dreien. »Das war der schwere Sturm von vor 'nem Jahr. Nicht der von neulich.«

Eifrig ergänzte einer von den beiden anderen: »Mein Papa sagt, dass die Abtei zu alt war, als dass sie den Wind noch länger hätt aushalten können. Schon *Hunderte* von Jahren hat er dran gerüttelt.«

Um nicht ganz ausgestochen zu werden, piepste der Kleinste: »Ist alles auf einmal zusammengekracht, Sir. *Rums! Bums! Peng!* Genauso!«

Morris dankte ihnen und warf ihnen ein paar Münzen zu, um die sie sich fröhlich balgten.

Schweigend saßen sie ab, damit die Pferde ein wenig ausruhen konnten. Rossiter ließ einen Moment lang die Schultern heruntersacken und fuhr sich mit der Hand über die Augen. Was für ein Narr war er gewesen, so sicher, so fest überzeugt, den Sieg beinahe schon in den Händen zu halten. Er zog seine Uhr hervor. Sie waren schnell geritten, aber das Zeitlimit von vier Uhr, das er gesetzt hatte, war bereits um zwölf Minuten überschritten,

»Nun gut«, meinte er langsam. »Wir haben uns geirrt, Jamie. Es war wohl doch nicht Rottonville gemeint.«

»Vielleicht hat der arme alte Tummet wirklich eine Tochter«, seufzte Morris tief besorgt. »Wir müssen zurück reiten, Ross.«

»Ja. Aber während wir die Pferde ein bisschen ausruhen lassen, sollten wir weiter unser Hirn anstrengen. Was könnte sich noch auf ›totenstill‹ reimen? Was könnte er gemeint haben?«

Obwohl seine Stimme betont munter klang, sah er so abgehärmt aus, dass Morris verzweifelt nach einem tröstenden Wort suchte. »Irgendwie schaffen wir es schon noch. Gottes Mühlen mahlen langsam …«

»*Mill!*«, schrie Rossiter. »*Mill,* Jamie! Totenstill – *Oaken Mill!*« Seine Augen waren nur noch funkelnde Schlitze. »Mein Gott! Sie halten sie in der alten Mühle versteckt!« Schon war er im Sattel und wendete sein Pferd.

Morris machte einen Satz und hielt ihn am Zügel fest. »Was für eine Mühle? Wo? O Gott! Du meinst doch nicht eure Mühle? Oaken Mill auf Promontory Point?«

Gideon nickte grimmig. »Ein netter Witz, nicht wahr? Sie halten meine Lady auf den Ländereien gefangen, die wir verloren haben! Und diese verdammte Mühle ist morsch und gefährlich, Jamie. Ich bete nur, dass sie bei dem Sturm letzte Nacht nicht eingestürzt ist!«

Er zerrte an den Zügeln, aber Morris hielt sie noch immer fest. »Das sind sechzig Meilen!«

»Ja. Bis acht Uhr müsste ich dort sein. Spätestens halb neun.«

»Du bist verrückt! Dein Pferd ist erschöpft, und du bist nicht …«

»Ich miete mir ein anderes.«

»Du weißt nicht, worauf du dich da einlässt. Wart zumindest, bis wir Verstärkung haben.«

»Sehr gut. Du kehrst in die Stadt zurück und holst Tio und alle anderen, die mitkommen wollen. Ich reite schon voraus.«

»Aber wenn du dich wieder irrst?«

»Dann reite ich von dort aus direkt nach Gravesend. Lass los!«

»Aber Ross! Du kannst nicht ...«

»Verdammt! Du vergeudest kostbare Zeit! Mach schon und hol Tio, aber sag ihm erst, wo Naomi ist, nachdem ihr aufgebrochen seid. Aus dem Weg mit dir!« Rossiter gab seinem Pferd die Sporen. Die Stute warf sich nach vorn und Morris sprang zur Seite. Tief in den Sattel gekauert, galoppierte Rossiter in einem verzweifelten Wettlauf mit der Zeit nach Osten.

19

Naomi, die mit höchster Konzentration flocht, machte gute Fortschritte. Ihre improvisierte Leiter sah primitiv und kunstlos aus, schien aber recht stabil, und sie konnte nur beten, dass sie ihr Gewicht aushalten würde. Zweimal hätte man sie beinahe bei ihrer Arbeit erwischt, und nur das laute Heulen des Windes hatte sie vor Entdeckung gerettet, als sie mit einem wilden Satz zum Bett gerannt war, um ihre Leiter unter der zweiten Decke zu verstecken.

Während die Stunden verstrichen, hatte sich die Laune ihrer Entführer verschlechtert. Sie wusste nun, dass es fünf Männer waren, und in regelmäßigen Abständen kamen und gingen noch drei weitere. Sie schienen wenig Zuneigung zueinander zu empfinden und wurden immer zänkischer. Am Nachmittag hörte sie wieder einen Streit zwischen Bill und dem Mann mit der hohen Stimme, der Paddy genannt wurde, wie sie vermutete. Der Schotte hatte wütend geflucht und seine Kumpane gewarnt, sie würden noch die Lampe umwerfen – eine Vorstellung, bei der ihr fast das Herz stehen blieb. Schließlich waren sie wieder ruhig geworden, aber sie waren einander übel gesinnt, und das Warten zerrte deutlich an ihren Nerven.

Der Schotte brachte ihr das Mittagessen, und verzweifelt appellierte sie an ihn: »Mac, Sie lassen nicht zu, dass sie mich umbringen, nicht wahr? Sie sind kein Mann, der so etwas tut, das weiß ich.«

Er blickte sie eine Weile an. »In Ihrer Welt, Mädchen, sind die Leute wahrscheinlich lieb und nett. In meiner können sie sich das nicht leisten.« Im Gehen wandte er sich noch einmal um und meinte: »Aber noch nicht verzweifeln, Kleine. Es ist erst zwei, und bis Mitternacht ist noch Zeit, dass der Kerl tut, was man ihm gesagt hat.«

Polternd ging er nach unten. Sie presste das Ohr gegen die Tür und hörte ihn schwermütig sagen: »So ein nettes kleines Ding. Auf Mord hab ich mich nicht eingelassen, wisst ihr!«

»Wir auch nicht«, knurrte Bill. »Aber ich hab nicht vor, mich gegen den Squire zu stellen.«

Der tosende Wind übertönte ihre Stimmen. Naomi hockte sich gegen die Tür gelehnt auf den Boden. Wenn es irgendwie menschenmöglich war, würde Gideon sie nicht sterben lassen. Ohne jeden Zweifel würde er die juwelenbesetzten Männchen im Tausch für ihr Leben hergeben. Es bestand kein Grund, sich so zu ängstigen. Er würde kommen. Oder er würde sich mit den Männern arrangieren, sodass sie freigelassen wurde. Und wenn er sie aus irgendeinem schrecklichen Grund nicht retten konnte, hatte sie immer noch ihre Leiter. Sie musste nur noch die oberste Schleife verstärken, dann konnte sie ihr Werk ausprobieren. Der beste Zeitpunkt dafür war wahrscheinlich nach sechs Uhr, wenn man ihr das Abendessen gebracht hatte.

Sie schrak zusammen, als der Wind wieder einmal gegen das Gebäude toste und der Fußboden erzitterte. Staub wirbelte von dem Zwischengeschoss nach unten, sodass sie heftig niesen musste. Sie zog ihre Leiter und die arg zerfledderte Wolldecke aus dem Feldbett hervor und machte sich wieder an die Arbeit. Was sie tun würde, wenn das Fenster zu schmal war, um sich hindurchzuzwängen, oder wenn die Leiter ihr Gewicht nicht trug – daran dachte sie lieber nicht.

Gegen halb sechs hatte sie ihre Arbeit beendet. Sie zog und zerrte an den Sprossen, aber sie schienen zu halten; und erneut versteckte sie die Leiter im Bett, da sie es nicht wagte, sie auszuprobieren, bevor man ihr das Abendessen gebracht hatte. Der Wind schien noch heftiger zu wehen, und jede Böe ließ das alte Gemäuer erzittern, sodass sie manchmal dachte, wenn sie hier wirklich sterben sollte, so eher, weil das Gebäude zusammenstürzte, als wegen irgendwelcher bösen Pläne ihrer Entführer. Es hatte keinen Zweck, dass sie zu lesen versuchte, denn sie konnte sich nicht auf die Worte konzentrieren. Sie wusch sich und brachte ihr Haar in Ordnung, dann setzte sie sich auf das Bett und wartete.

Endlich polterten schwere Stiefel die Treppe herauf. Der Mann, der diesmal ihr Tablett hereinbrachte, war ein junger Riese. Mittlerweile hatte sie alle Stimmen zu unterscheiden gelernt und wusste, dass er derjenige sein musste, der »Jolly« genannt wurde. Ihrer Meinung nach sah er so lustig aus wie eine große, fette Spinne. Seine Augen hinter den Schlitzen seiner Kapuze starrten sie an und sachte setzte er das Tablett auf dem Tisch ab. Sie versuchte, ihn zu bewegen, dass er ihr sagte, wann sie freigelassen werde oder ob sich irgendetwas ereignet habe, aber er starrte sie nur an und ging wieder hinaus.

Sie warf nicht einmal einen Blick auf das Essen, sondern schob das Tablett beiseite, da sie wusste, dass die Männer es wahrscheinlich erst am nächsten Morgen wieder holen würden. Wenn überhaupt ... Während sie ihre Strickleiter entrollte, inspizierte sie ihr Werk noch einmal ängstlich. Sie hatte sechs lange Bänder zusammengewunden und dann je drei für die Seitenteile zusammengeflochten, die sie wiederum mit einem weiteren Wollzopf verbunden und gekreuzt hatte, um Sprossen zu bilden, und ganz oben hatte sie noch eine größere Schlinge angebracht. Gebe Gott, dass sich die Leiter als stark genug erweisen würde.

Der Wind toste, die Männer unten zankten und stritten sich, und Naomi kletterte auf den Stuhl und machte den ersten Versuch, die Schlinge über den vorstehenden Balken zu werfen. Sie fiel wieder herunter. Die folgenden Versuche scheiterten ebenso; die Schlinge flog nach rechts oder links, ohne einmal in die Nähe des Balkens zu kommen. Sie probierte es weiter, bis ihr Arm ermattete und sie so übellaunig war, dass sie am liebsten in die dumme Leiter gebissen hätte. Die Sonne war am Untergehen, es wurde schon dämmrig im Zimmer. Schließlich kam ihr der Gedanke, dass sie ein Gewicht brauchte, aber wenn es herunterfiel, lief sie Gefahr, dass die Männer es hörten. Allerdings machte der Sturm solchen Lärm, dass sie wahrscheinlich dachten, ein Ast habe das Gebäude getroffen oder ein Balken habe sich gelockert. Sie suchte nach einem brauchbaren Gegenstand und entschied sich für den Zinnkrug, in dem man ihr das Ale gebracht hatte. Aus dem Rest der aufgetrennten Decke löste sie noch ein paar Fäden, um den Krug an der obersten Schlaufe zu befestigen. »So!«, seufzte sie stolz.

Sie kletterte wieder auf den Stuhl, sah hinauf zu dem Balken, zielte sorgfältig und warf. Die Leiter segelte an dem Balken vorbei, fiel wieder ein Stück nach unten und schaukelte dann in der Luft. Schluchzend vor Zorn zog sie daran, aber die Stricke hatten sich irgendwo verfangen. Und entsetzt hörte sie nun Schritte auf der Treppe. Einer der Männer kam, um das Tablett zu holen! Wie erstarrt kauerte sie auf dem Stuhl, den Blick auf die Tür gerichtet.

Da plötzlich ertönte ein lauter Krach und ließ den Boden unter ihren Füßen erzittern. »Was zur Hölle war das?«, hörte sie Bill schreien, und die Schritte entfernten sich. Erleichtert schluchzte Naomi auf und zerrte verzweifelt an ihrer Leiter, ohne sich darum zu kümmern, was die Ursache des Lärms gewesen war. Endlich bekam sie die Leiter wieder los. Schützend hielt sie die Hand vor ihr Gesicht, als der Krug heruntersauste. Unten hörte es sich an, als würden die Männer sich gegenseitig umbringen. Sie wagte es nicht, an der Tür zu horchen, sondern versuchte noch einen Wurf. Wieder zielte sie daneben. Sie fing die Leiter auf, ließ sie aber fallen, als ein ohrenbetäubender Schuss ertönte.

Als Gideon die Straße nach Promontory Point erreichte, war es zehn Minuten nach acht. Er war zwölf Stunden lang fast ununterbrochen im Sattel gewesen, stets von einem erbarmungslosen Wind gepeitscht, und hatte seit sieben Uhr morgens nichts mehr gegessen. Eigentlich hätte er völlig erschöpft sein müssen, doch stattdessen fühlte er sich quicklebendig. Er war ganz sicher, jetzt in Naomis Nähe zu sein, sogar lange, bevor die Zeit abgelaufen war. Zwar hatte er die verwünschten Figuren nicht auftreiben können, aber irgendwie würde es ihm gelingen, seine Lady zu befreien.

Er ritt von der Straße weg durch ein scheinbar sehr dichtes Stechpalmengebüsch auf einen schmalen Weg, der kaum zu sehen war und durch das Gebüsch und unter Bäumen hindurch am Tor vorbeiführte. Die Nerven zum Zerreißen angespannt, folgte er diesem Schleichweg, den er aus seiner Kindheit kannte, und seine Vorsicht wurde belohnt. Etwa eine halbe Meile hinter dem Tor roch er Tabakrauch und hielt sein Pferd an. Ein paar Sekunden später hörte er Gesprächsfetzen; manche Worte konnte er klar verstehen, andere gingen im Heulen des Windes unter.

»... frage mich, warum der Squire sie in den Händen von solchen ... keinen Köter würde ich Bill Forbes anvertrauen, und Paddy is nicht ...«

»Noch schlimmer, wenn du mich fragst ... Der Squire hat gemeint, es wär schon lang Schluss damit.«

»Hm. Hätte man das gedacht ... gleich hätte ich mir das Geld geben lassen.«

Gideon hatte sich nun sehr nahe herangeschlichen und hörte ein höhnisches Lachen. »Wenn der wüsste, wo sie ist ...«

»Bloß gut, dass er's nicht weiß. Niemand ... Mann, da steh'n wir hier draußen im Wind, dabei könnten wir gemütlich ... Geht über meinen Verstand. Wer soll schon draufkommen, dass sie hier ist. Reine Zeitverschwendung, wenn du mich fragst.«

Der andere Mann kicherte wieder höhnisch, und ihre Stimmen verklangen, als Gideon einen weiten Bogen um sie schlug.

Seine Liebste war also wirklich hier! Gott sei Dank, diesmal hatte er nicht falsch geraten.

Die Sonne ging gerade unter, als das große Haus in Sicht kam. Es schmerzte ihn, es so traurig und verlassen zu sehen, ohne einen Lichtstrahl aus den vielen Fenstern. Die alte Mühle zeichnete sich drohend und malerisch gegen den Himmel ab, aber dort, wo man kein Licht erwartet hätte, sah man einen schmalen gelben Schein, der breiter wurde, wenn der Wind das Sackleinen – oder was man sonst verwendet hatte, um die Fenster abzudecken – auseinander wehte.

Gideon stieg ab, band das Pferd fest und steckte sich eine Pistole in den Gürtel. Die andere schussbereit in der Hand, schlich er sich näher.

Rauch stieg aus dem Kamin auf und zerstob sofort im Wind; Küchengerüche würzten die Abendluft. Man hatte draußen keine Wache postiert. Gideon lächelte grimmig. Seine Männer hätten eine solche Unvorsichtigkeit teuer bezahlt, aber ihm kam das nun gut zupass, denn er musste die Deckung der Büsche verlassen und über den Graben springen. Er erreichte die andere Seite, ohne plötzliches Alarmgeschrei zu hören, und suchte Zuflucht unter einem Stockrosenstrauch. Während er die alte Mühle betrachtete, fragte er sich, wo Naomi wohl war. An ihrer Stelle hätte er sie in das obere Stockwerk gebracht und die Leiter entfernt, die zum Speichergeschoss mit dem Fenster führte, doch vielleicht hielten die Kerle sie auch unten fest, wo sie ihre Gefangene unter Beobachtung hatten.

Eine zornige Männerstimme war zu hören, aber die Worte waren nicht zu verstehen. Ein lautes Krachen und Wutgeschrei folgte ihnen. Gideon horchte angestrengt, konnte jedoch keine Frauenstimme erkennen. Natürlich war es möglich, dass sie geknebelt war, was er allerdings für unwahrscheinlich hielt. Selbst Männer wie sie würden eine hilflose Frau nicht derart misshandeln. Aber ein streitsüchtiger Haufen war es offensichtlich, und wenn die Kerle nach dem Essen zum Bierkrug oder zur Ginflasche griffen, würde dieser Hang noch schlimmer werden.

Bis Mitternacht hatte er immer noch ein paar Stunden Zeit, und aller Logik nach wäre es wohl besser zu warten. Morris brachte vielleicht Verstärkung. Wenn Tummet es geschafft hatte, den anderen zu sagen, wohin sie reiten sollten, waren sie vielleicht schon unterwegs. Aber es war ihm ein Gräuel, dass Naomi noch eine Sekunde länger hier gefangen sein sollte.

Er musterte das alte Gebäude und sein Blick verweilte auf dem Kamin. Wenn es ihm irgendwie gelingen würde, dort hinaufzuklettern und die Öffnung zu versperren, würde der Rauch die Männer wahrscheinlich nach draußen treiben, und er könnte sie überraschen. Aber damit brachte er womöglich Naomi in Gefahr, vor allem, wenn man sie geknebelt hatte. Außerdem konnte er den Kamin nur erreichen, wenn er das morsche alte Mühlrad hochkletterte, das fast bis zum Dach reichte. Er schauderte und eine heftige Böe ließ ihn zurücktaumeln. Ein lautes Splittern, und er sprang um sein Leben, als ein dicker Ast vom Baum krachte und ihn um Haaresbreite verfehlte. Gideon hob ihn auf und betrachtete ihn nachdenklich.

Ein paar Minuten später riskierte er es erneut, gesehen zu werden, als er den schweren Ast zur Westseite der Mühle zerrte und sich abmühte, ihn senkrecht aufzustellen. Dann gab er ihm einen kräftigen Schubs und rannte nach hinten. Der Ast krachte gegen ein Fenster. Erschrockene Rufe ertönten. Versteckt hinter dem Stamm eines Kletterweins, hörte Gideon, dass die Tür aufging; gleich darauf sah er zwei kräftige Burschen um die Ecke schleichen.

»Dieser gottverdammte Sturm«, schnaubte der eine, seinem Akzent nach aus dem Norden. »Mein ganzer Pudding ist voller Scherben von dem blöden Fenster!« Er begann, den Ast zur Seite zu zerren. »Komm schon, Paddy, hilf mir 'n bisschen, der hat sich hier festgehakt!«

Der zweite Mann gesellte sich zu ihm, und während er brummte, dass er »verflucht froh« sein werde, wenn sie diese Nacht hinter sich hätten, zerrten sie beide an dem Ast.

Wie der Blitz kam Gideon ums Eck. Der Pistolenkolben sauste auf Paddys Kopf hernieder, sodass der Mann ohne einen Laut zu Boden ging. Der andere wirbelte herum, die Hand schon an dem Messer, das er im Gürtel trug, aber Gideons linke Faust versetzte ihm einen Aufwärtshaken, der ihn zu Boden streckte, bevor er Alarm geben konnte.

Von drinnen ertönte eine protestierende Stimme: »Was treibst du bloß da draußen, Jem? Den ganzen Staub weht's hier rein!«

Gideon duckte sich unter dem Fenster vorbei, war mit einem Satz an der Vordertür, wandte sich zur Seite, formte mit den Händen einen Trichter um den Mund und rief: »He, Bill! Komm und ...« Der Rest war unverständliches Gemurmel. »Wir schaffen's nicht ...«

Flüche und schwere Schritte waren zu hören. Die Tür wurde weit aufgerissen, und ein großer Mann kam herausgestampft, immer noch fluchend. Gideon sprang ihn an und versetzte ihm einen Hieb mit der Pistole. Bill ging zu Boden, aber Gideon bemerkte, dass sich hinter ihm etwas bewegte. Er fuhr herum und sah gerade noch, wie jemand in die Mühle flüchten wollte. Er warf sich gegen die Tür, sodass der Mann dahinter zu Boden geschleudert wurde. Ein ohrenbetäubender Schuss ging los, und Gideon spürte ein Brennen über dem Kopf, als er über den gestürzten Kidnapper hechtete, um den jungen Riesen zu packen, der gefeuert hatte. Der Mann schrie auf und schon droschen sie aufeinander ein. Eine mächtige Faust verfehlte knapp Gideons Kinn. Mit aller Kraft verpasste er dem Entführer eine Rechte auf die Backe, sodass dieser zusammensackte. Von der Schwelle her erklang eine kultivierte Stimme, die ärgerlich fragte: »Beim Zeus, was ist hier los? Ich habe doch gesagt …«

Gideon sprang auf, um sich dieser neuen Bedrohung zu stellen – und verharrte.

»Verdammt …!«, flüsterte der Earl of Collington.

Gideon, dem einen Moment lang der Atem gestockt hatte, fasste sich schnell. »Ach nein, Sie!«, keuchte er verächtlich.

Grobe Hände packten ihn, seine Arme wurden nach hinten gerissen. Eine tiefe Stimme grollte: »'tschuldigung, Melor'. Wir waren …«

»Ihr wart zu beschäftigt damit, euren Gin zu saufen, statt einen klaren Kopf zu behalten«, fauchte der Earl. »Lass ihn los, aber halt eine Pistole auf ihn gerichtet.«

»Was für eine meisterhafte Leistung«, knurrte Gideon und glättete seine Manschetten. »Ihre eigene Tochter als Geisel zu halten.«

Der Earl breitete sein Taschentuch über einen Holztisch und lehnte sich dann dagegen, ganz anmutige Eleganz. »Ich bemerke, dass Sie nicht besonders erstaunt sind. War mein Kummer vielleicht zu übertrieben?«

»Ein wenig. Ich war allerdings keineswegs sicher, dass Sie in die Sache verwickelt sind.«

»Doch Sie hatten einen Verdacht. Warum? Wegen meiner verlorenen … äh … Schachfigur?«

»Zum Teil. Aber einer der Rohlinge, die Promontory Point überfallen haben, hatte nur vier Finger. Die Hand von Naomis Diener Camber ist durch einen Unfall verstümmelt. Jedes Mal, wenn ich ihn gesehen habe, hat er Handschuhe getragen, doch die Beschreibung, die mein Diener mir gegeben hat, passte auf ihn, und später wurde er gesehen, als er in Derrydenes Haus ging.«

»Ja.« Collington schüttelte bedauernd den Kopf. »Ich nehme an, diese Stümperei wird den armen Derrydene teuer zu stehen kommen. Trotzdem ist es mir ein Rätsel, wie dieser Zufall Sie dazu geführt hat, mich mit dieser Sache in Verbindung zu bringen. Und schon gar nicht kann ich mir vorstellen, wie Sie errieten, dass wir Naomi hierher gebracht haben.«

»Tummet hat es mir gesagt, obwohl er wieder auf seine Rotwelschreime zurückgreifen musste. Ich war zuerst nicht sicher, vor wem er sich gefürchtet hat, aber jetzt erinnere ich mich, dass Sie eine Pistole in der Hand hatten, und Camber stand neben mir, ebenfalls mit einer Pistole in der Hand.«

Der Earl nickte. »Sehr scharfsinnig. Ich gebe zu, dass ich der Meinung war, Ihr Diener rede im Fieberwahn. Er hat etwas von … einer Totenstille und seiner Tochter gebrabbelt, wenn ich mich recht entsinne.«

»Genau. ›Totenstill – Oaken Mill‹. Zweifellos hat er diese Information in der Zwischenzeit auch an andere weitergegeben.«

»He! Soll das heißen, dass jetzt die Polizei herkommt?«, rief einer der gemieteten Schläger. »Dann hau ich ab, aber schnell!«

»Du wirst gehen, wenn ich es sage, und keine Minute vorher!«, befahl der Earl mit eisiger Stimme.

Der große Kerl namens Bill kam nun herein, eine Hand an den schmerzenden Kopf gepresst. Er sah Gideon, kniff die kleinen Augen zusammen und wollte sich mit geballter Faust auf ihn stürzen.

»Nein!«, fauchte der Earl. »Keine Rauferei. Das ist eine Angelegenheit zwischen Gentlemen.«

Bill zögerte, aber seine Augen funkelten vor Zorn, weil er sich nicht rächen durfte. »Ich bin kein Gent, aber Recht hab ich doch! Der Kerl hat mir einen Hieb versetzt, dass ich zu Boden ging!«

»Ich bezahle dich nicht dafür, dass du dich niederschlagen lässt.«

»Sie bezahl'n mich überhaupt nicht. Uns bezahlt der …«

Der Earl fixierte ihn mit einem mörderischen Blick und sagte mit einer sehr leisen, rauen Stimme: »*Wag* es nicht, mir gegenüber einen solchen Ton anzuschlagen, du Vieh, sonst lebst du nicht lange genug, um von *irgendjemandem* bezahlt zu werden!«

Bill senkte den Blick. Er brummte eine Entschuldigung und griff nach der Ginflasche. Der Mann, den Gideon zuerst niedergeschlagen hatte, richtete sich mühsam auf und beschloss ebenfalls, sich mit Gin zu stärken. Eine kleine Balgerei entstand, und die Flasche kippte um, sodass der helle Alkohol auf den staubigen Brettertisch spritzte, während die beiden Männer erzürnt aufschrien.

»Das hätte ebenso gut die Lampe sein können«, bemerkte Gideon. »Einer feinen Gruppe von Schurken haben Sie das Leben Ihrer Tochter anvertraut!«

Der Earl lächelte zynisch. »Ich fürchte, als Vater lasse ich sehr zu wünschen übrig. Aber obwohl Naomi manchmal ein lästiges Mädchen ist, bewundere ich doch ihren Mut, und ich versichere Ihnen, dass ihr nichts passieren wird. Ich wäre nicht auf diesen Unsinn verfallen, wenn sie nicht die beste Hoffnung gewesen wäre, Sie dazu zu bringen, diese Figuren zurückzugeben.«

»Wenn es aus irgendeinem besonderen Grund Ihr Hauptziel war, meinen Vater zu ruinieren, dann verstehe ich nicht …«

»Aus *irgendeinem besonderen Grund?*« Das attraktive Gesicht des Earls verzerrte sich zu einer hasserfüllten Maske. »Sie sind der Erbe Ihres Vaters, Rossiter, und haben daher keine Ahnung, was es heißt, der jüngere Sohn zu sein! Das war *mein* elendes Los!«

»Ich verstehe wirklich nicht, was diese bittere Zurücksetzung mit meinem …«

»Sie hat mit Ihrem Vater zu tun, weil er der Grund dafür ist!«

Verblüfft starrte Gideon ihn an. »Mein *Vater* ist der Grund dafür, dass Sie als jüngerer Sohn geboren wurden?«

»Nein, Sie Narr! Er war mein Freund während unserer ganzen Schulzeit. *So* ein guter Freund! Wir waren beide vierzehn, und mein älterer Bruder hat uns nach Hause begleitet in die Weihnachtsferien, als unsere Kutsche in einen überflutenden Fluss geriet. Ah, ich sehe, Sie wissen nichts von diesem Unfall. Erlauben Sie mir, Sie aufzuklären. Ich hatte mir den Arm gebrochen und schaffte es kaum, mich in Sicherheit zu bringen. Vincent war in der Kutsche gefangen. Und wer ist in die Fluten getaucht, um meinen ach so lieben Bruder zu retten? Wer hat Vincents Kopf über Wasser gehalten, bis Hilfe kam? Mein Freund! Mein verdammter, mutiger, übereifriger Freund, der sich unbedingt einmischen musste! Mark *wusste,* welche Hoffnung ich hatte! Er *wusste,* was für ein Mensch Vincent war. Es wäre ihm ein Leichtes gewesen, mit der Suche aufzuhören. Aber nein! Mark Rossiter musste jedermann zeigen, wie tapfer er war! Und so hat er den winselnden Schweinehund gerettet. Und mich zu einem Leben in der Hölle verdammt! Ich musste von dem jämmerlichen Taschengeld leben, das Vincent mir gewährt hat, während er Tausende am Spieltisch verlor. Ich musste knausern und zusammenkratzen, was ich hatte, um meine Familie durchzubringen. Ich habe gekämpft, dass der Besitz nicht dem Ruin entgegentrieb, während Vincent sich nicht einen Pfifferling darum geschert hat. Wenn ich verzweifelt genug war und Ihren lieben Vater um Hilfe gebeten habe, war er ganz edle Großmut. So nobel, so gönnerhaft! Verdammt! O Gott, wie ich ihn gehasst habe!«

Entsetzt sagte Gideon leise: »Sie haben seltsame Wertvorstellungen, Sir. Ich kann kaum glauben, dass Sie die Aussichten und das Vermögen von zahllosen unschuldigen Menschen zunichte gemacht haben, weil Sie immer noch einen Groll hegen, der jedes Maß ...«

»Diese Narren haben es verdient.« Collington zuckte mit den Schultern. »Aber natürlich steckt mehr dahinter. Viel mehr.« Er lächelte verschlagen. »Meine persönliche Abrechnung passte zufällig ganz wunderbar in das Muster. Und ich muss sagen, es hat überraschend gut geklappt.«

Gideon dachte an seinen abgehärmten, erschöpften Vater, und es bereitete ihm Mühe, dem Earl nicht das höhnische Grinsen aus dem Gesicht zu schlagen. »An dieser Sache sind doch außer Ihnen noch mehr beteiligt. Der Squire zum Beispiel.«

»Sie verfluchter junger Schnösel!«, knurrte der Earl. »Es wäre klüger, wenn Sie das nicht so laut herumposaunen würden! Und für den Anfang nehme ich erst einmal die beiden Figuren, die Sie gestohlen haben.« Er streckte die Hand aus. »Jetzt.«

Gideon verzog die schmalen Lippen zu einem Lächeln.

»Nicht jetzt.«

Der Earl warf Bill einen Blick zu und machte eine Bewegung mit dem Kopf.

Bill grinste. »Komm ich jetzt an die Reihe bei dem Gent, Sir?«

»Durchsuchen Sie ihn nur«, befahl der Earl kühl.

»Ich habe sie nicht bei mir«, erklärte Gideon.

»Das werden wir schon seh'n«, höhnte Bill. »Haltet ihn fest, ihr zwei.« Seine Durchsuchung war unnötig grob, aber gründlich. »Er hat sie nicht«, knurrte er.

Sanft fragte Collington: »Wo sind sie? Sie sagen es mir besser gleich, Rossiter. Ich mag keine Gewalt.«

»Keine Sorge, Sir. Ich erinnere ihn gern dran«, bot Bill an.

Der halb betrunkene Landsmann aus dem Norden mischte sich mit schwerer Zunge ein: »Ich auch. Und ich weiß, wie ich den Mistkerl dazu krieg, dass er alles sagt – und zwar verdammt schnell.« Er schnappte sich eine zerfetzte Zeitung und hielt sie über die Lampe, sodass sie

Feuer fing. »Wenn ich das fallen lass«, stichelte er und wankte unsicher auf Gideon zu, »dann wird's Ihrer hübschen Lady ...«

Gideon stürzte sich auf ihn, aber der rachsüchtige Bill schlug ihm mit dem Handrücken so fest über den Mund, dass er in einem Nebel von Hell und Dunkel zurücktaumelte. Undeutlich vernahm er aufgeregtes Geschrei. »Hol Wasser! ... Wirf das da drüber! ... Nicht den *Gin*, du Idiot!«

Wildes Durcheinander herrschte im Raum, aber die Stimmen wurden immer schwächer und schwächer, bis er sie fast nicht mehr hörte ...

Der Colonel hatte offensichtlich ganz richtig vermutet, dass es ein schweres Gefecht werden würde. Dicker Rauch hing über dem Schlachtfeld. Seltsam, dass er keine Musketen oder Kanonen hörte ... Irgendjemand stieß wilde Verwünschungen gegen die Männer aus und befahl, sie sollten »hier raus«. Stiefel trampelten an ihm vorbei und wirbelten den Rauch auf. Seine Augen brannten und er hustete schwach. Offensichtlich war er erneut getroffen worden, aber er musste auf die Beine kommen. Die Männer brauchten ihn. Wie heiß es war. Ganz ungewöhnlich heiß für den Frühling in den Niederlanden ... Wieder konnte er die Stimmen hören, deutlicher jetzt.

»... *die* Treppe komm ich nicht mehr rauf, egal, was er sagt ... Das ist Mord! ... Hör nur! Schüsse! ... Raus hier, raus! ... Er ist sowieso hinüber ... Zur Hölle mit Rossiter! Fast hätte er uns erwischt! Lass ihn verbrennen mit ihr!«

Mit ihr? ... *Naomi*!

Im Nu konnte Gideon wieder klar denken. Orangefarbene Blitze zuckten durch den Rauch. Flammen knisterten. Dieses betrunkene Subjekt hatte vermutlich seine Fackel aus Zeitungspapier fallen lassen und das morsche alte Gebäude brannte wie Zunder. Und oben war Naomi. Vielleicht gefesselt! »Mein Gott!«, keuchte er und kam torkelnd auf die Beine.

Alles drehte sich. Hustend wankte er zur Seite und streckte die Hand aus, um sich an der Wand abzustützen. Es war heiß. Er war allein. Die Männer waren abgehauen, und Collington, der feige Schweinehund, hatte seine hilflose Tochter den Flammen überlassen! Ohnmächtiger Zorn durchzuckte ihn. Er presste sein Taschentuch auf Nase und Mund und fand tastend den Weg zur Treppe. Gott, war das heiß! Überall züngelten Flammen, und als er die erste Stufe erreichte, erhob sich eine Feuerwand vor ihm. Die Rüschen an seinem Handgelenk fingen Feuer. Er wich zurück und erstickte die Funken. Es war hoffnungslos. Er bekam kaum noch Luft und seine Augen tränten. Halb blind tastete er sich zur Tür.

Endlich war er im Freien, hustend und benommen. Der Wind schüttelte ihn. Aus der Ferne hörte er Geschrei; undeutlich nahm er einen Schuss wahr. Gierig pumpte er Luft in seine Lungen. Die unteren Fenster spien Flammen und Rauch. Die alte Mühle prasselte wie ein Freudenfeuer. Er *musste* zu Naomi gelangen!

Das Mühlrad! Gideon rannte um die Mühle herum und stieg in den träge dahinfließenden Bach. Über ihm ragte drohend das alte Mühlrad auf, hoch und immer höher, scheinbar bis zu den Wolken. Die erste Radschaufel brach unter seinem Fuß – und überhaupt, es hatte keinen Zweck. Schon beim Anblick des emporstrebenden Mühlrads wurden seine Knie schwach. Aber es *musste* sein! Er packte die nächste Speiche und zog sich hoch. Sie hielt, und so kletterte er weiter, die rechte Hand um den Rand des Mühlrads geklammert, die linke um eine der Speichen, die stabiler waren als das Rad selbst oder die schmaleren Schaufeln. Zähneknirschend hielt er den Blick fest auf das Speicherfenster geheftet, wild entschlossen, nicht der altvertrauten Panik nachzugeben, die sein Herz hämmern ließ und seine Beine zittrig machte. Seine Hände waren feucht, er spürte Schweißtropfen auf der Stirn und in den Achselhöhlen und wusste, dass nicht die Hitze die Ursache dafür war, sondern die Höhenangst, unter der er sein Leben lang gelitten hatte. Jede Bewegung war ein Kampf gegen die Angst, die so stark war, dass ihm übel wurde, aber er bezwang seinen bebenden Körper und kletterte weiter. In diesem Backofen neben ihm war seine Liebste gefangen!

Er war auf halber Höhe, als eine heulende Sturmböe das Rad gegen die Mauer der Mühle schmetterte. Die Speiche unter seinem Fuß zerbrach und nur sein fester Griff um das nächste Schaufelrad rettete ihn. Die Wucht des Aufpralls war so groß, dass er vom Rand des Mühlrads losgerissen wurde, und ein paar schreckliche Sekunden lang hing er in der Luft, gehalten nur von seiner linken Hand. Seine alte Schulterwunde schmerzte derartig, dass er fast das Bewusstsein verlor, aber er dachte an Naomis liebreizendes Gesicht und biss sich auf die Lippen, als er verzweifelt die Hand nach dem Mühlrad ausstreckte. Tastend fand sein Fuß die nächste Speiche, sodass er wieder das Gleichgewicht erlangte und sich festhalten konnte. Um Atem ringend, gegen Schwäche und Angst ankämpfend und mit tränenden Augen zwang er sich hartnäckig dazu, durch die immer dichteren Rauchwolken weiter nach oben zu klettern.

Naomi sprang von ihrem Stuhl, als sie den Schuss vernahm, und hastete zur Tür, um das Ohr gegen das schwere Holz zu pressen. Kein Zweifel, da unten war ein heftiger Kampf im Gange. Sie hörte die Männer fluchen und schreien.

Plötzlich wurde es ruhiger. Doch es war nur eine momentane Stille, bevor ein Schrei erklang, in dem zweifelsohne Panik lag. Es roch angebrannt. Sie fühlte sich schwach, wie in einem Albtraum. Die Kerle hatten dieses grässliche Gebäude angezündet, und sie würde hier oben verbrennen!

Sie hämmerte mit den Fäusten gegen die Tür und schrie. »Lassen Sie mich raus! Hilfe! Bitte … lassen Sie mich nicht ...« Entsetzen erstickte ihre Worte. Rauch drang durch die Tür. Sie hörte ein furchtbares Geräusch – ein Knistern, das immer lauter wurde. »Mord!«, schrie irgendjemand, und eine andere Stimme rief: »Lass ihn verbrennen mit ihr!«

Es muss wirklich einen Kampf gegeben haben, dachte sie, und einer von ihnen ist wohl umgebracht worden. Sie stöhnte verzweifelt und krabbelte zurück zu ihrem Stuhl. Mit zitternden Händen packte sie die Leiter, zielte sorgfältig und warf. Die Schlaufe glitt über den Balken, aber als sie atemlos an der Leiter zog, fiel sie wieder herunter. Blauer, beißender Rauch drang bereits ins Zimmer, und ihre Augen begannen zu brennen. Sie schluchzte vor Angst und wusste, dass sie nur noch einen oder zwei Versuche hatte, denn dann könnte sie den Balken nicht mehr sehen.

»Lieber Gott«, flüsterte sie, »hilf mir!« Sie warf noch einmal und blinzelte gegen die Tränen an, als sie nach oben schaute. Der Krug sauste wieder ein Stück nach unten und schaukelte dann in der Luft. Die Schlaufe hing über dem Balken! Mit einem leisen Schrei der Freude und Dankbarkeit zog sie erst sachte, dann fester an ihrer Leiter. Sie blieb oben. Naomi hob ihre Röcke hoch, packte mit jeder Hand einen Strang – wie brüchig und schwach sie sich anfühlten! – und stellte den Fuß auf die erste Sprosse. Wenn die Leiter riss oder wenn der Balken lose war und brach, war sie mit Sicherheit verloren. Aber obwohl die Strickleiter sich bedenklich dehnte und sehr schmal wurde, riss sie nicht. Von unten her hörte Naomi ein unheilvolles Prasseln und die Luft wurde sehr warm. Verzweifelt betend mühte sie sich ab, um die nächste Schlaufe zu erreichen. Die Strickleiter schaukelte, der Balken knarrte. Fast blieb ihr das Herz stehen. Als sie nach oben spähte, kam es ihr so vor, als neige sich der Balken nach unten. Würde er brechen? Lieber Gott im Himmel – würde sie hinunterstürzen?

»Naomi! Naomi! Bist du da drin?«

Gideons Stimme!

Vor Glück fiel sie fast in Ohnmacht. Ihr Hals schien zu geschwollen zu sein, denn ihre Antwort war ein kaum hörbares Krächzen.

Wie wundervoll, wie unglaublich! Sie sah sein Gesicht, schmutzig, blutverschmiert und unendlich lieb.

»Gott sei Dank!«, rief er. »Halt dich fest, tapferes Mädchen, ich ziehe dich hoch.«

Sie war so schwach vor Erleichterung, dass sie fast zusammenklappte, aber das durfte jetzt nicht sein. Gideon war gekommen und hatte sie gefunden. Sie würde nicht im letzten Augenblick versagen.

Er zog an der Leiter. Die Wollfäden dehnten sich noch mehr, und sie klammerte sich verzweifelt fest, als er eine Schlinge über den Balken zerrte und sie dann mit einem Ruck nach oben hob.

Ein ohrenbetäubender Krach. Eine überwältigende Hitzewelle. Der Boden über der Treppe war durchgebrochen. Naomi schrie vor Angst auf.

Gideon, der auf sie hinabblickte, hatte den Eindruck, als schwebte sie über einem Meer aus Rauch und Flammen. So zerbrechlich, so verängstigt sah sie aus. Es war allein schon ein Wunder, dass sie von der Hitze und dem Rauch nicht ohnmächtig wurde. Die Balken, auf denen er lag, waren morsch und rissig; bei der geringsten Bewegung knarrten sie unheilvoll. Zumindest würde er mit ihr sterben, wenn sie nachgaben. Hustend und durch den Rauch fast blind, zog er noch einmal kräftig an.

Naomi sah nicht die lodernde Glut, die nun das herunterhängende Ende ihrer Leiter in Brand setzte, aber Gideon sah sie. Noch eine Schlaufe, dann beugte er sich vor, bis er sie an den Handgelenken packen konnte. Sie spürte seinen eisernen Griff und wurde nach oben gezerrt. Sein Arm schlang sich um sie und sie lag keuchend und um Atem ringend auf den rohen Brettern des Zwischengeschosses.

Glühende Funken und brennende Schmutzteilchen flogen nach oben, und Naomi schrie auf, als die Spitzen ihres Petticoats Feuer fingen. Gideon riss ihn herunter und sie streifte ihn mühsam ab. Es sah aus, als würden sich die Balken dem Flammeninferno unter ihnen entgegenbiegen.

Gideon zog sie auf die Beine und rief ihr etwas zu, das im Lärm unterging. Er kletterte durch ein winziges Fenster und zerrte sie mit sich. Wie benebelt dachte sie, wie gut es doch sei, dass sie keine Reifröcke trug.

»Komm!«, schrie Gideon, der jetzt mit der Rechten das Mühlrad und mit der Linken ihr Handgelenk umklammerte.

Das Mühlrad schien eine Meile von ihr entfernt zu sein, aber tapfer machte sie einen großen Schritt. Sein Arm umfing sie und sie schlang ihm die Arme um den Hals. Rufe von unten wurden laut. Durch die Rauchschwaden sah sie das ängstliche Gesicht von Leutnant Morris, das sich plötzlich in ein strahlendes Lächeln verwandelte. »Hier sind sie!«, brüllte er und winkte aufgeregt. »Hierher!«

Glendenning und Hector Kadenworthy kamen mit einer langen Leiter herbeigeeilt, die sie an das Mühlrad lehnten. Gideon führte Naomi zur obersten Sprosse, und Morris kletterte hinauf, um ihr herunterzuhelfen. Kurz darauf stand sie wieder auf festem Boden, aber der Rauch war derart beißend und ihre Augen brannten so, dass sie kaum etwas sehen konnte.

Falcon, zerzaust und arg mitgenommen aussehend, rannte zu ihr. »Trödel hier nicht herum, dummes Gör«, sagte er mit seiner seltsam beruhigend wirkenden Reizbarkeit. »Das alte Gemäuer kann jede Minute zusammenkrachen!«

»Wo ist er? Ist er in Sicherheit?«, schrie Naomi.

Und Gideon war neben ihr. Sein Gesicht war eine Maske aus Ruß und Blut, aber seine Augen himmelten sie an.

»Oh … Gideon …«, schluchzte sie, und er riss sie in seine Arme.

»Lieber Himmel!«, brüllte Falcon. »Jetzt, Sie Narr!«

Gideon lachte zittrig und trug Naomi durch den Rauch.

Sie hatten den Graben halb hinter sich, als die Flammen aus dem oberen Fenster schossen. Alle drehten sich um und sahen diesem Schauspiel zu.

Einen Augenblick später krachte das Dach herunter und mit einem Aufstieben von Funken stürzte die alte Mühle in sich zusammen.

20

Gegen zwei Uhr hatte sich die Aufregung gelegt, im Haus auf dem Snow Hill war wieder Stille eingekehrt. Die Polizisten aus der Bow Street waren gegangen, Lord Kadenworthy und Peregrine Cranford hatten Katrina und die fest schlafende Lady Naomi zurück ins Haus der Falcons gebracht und Horatio Glendenning und Falcon hatten die Kutsche eskortiert. Sir Mark und Gwendolyn hatten sich schon lange zurückgezogen und bis auf ein Fenster war alles dunkel. In der Bibliothek flackerte noch das Licht eines Kerzenleuchters, und das kleine Feuer im Kamin prasselte bei manchem Windstoß lauter und pustete Rauchwolken ins Zimmer.

James Morris, bequem hingestreckt auf dem Sofa rechts neben dem Kamin, regte sich, gähnte und blinzelte verschlafen. Ihm gegenüber saß Gideon mit ausgestreckten Beinen in einem Sessel, das Kinn auf die bandagierten Hände gestützt, und starrte wie blind in die Flammen.

Morris warf einen Blick auf die Uhr, die auf dem Kaminsims stand. Er unterdrückte ein weiteres Gähnen und brummte: »Musst du denn heute Nacht noch eine Entscheidung treffen, alter Knabe? Du solltest dich besser ein wenig ausruhen, scheint mir. Oh – hörst du auch jemanden?« Morris wandte sich zur Eingangshalle um. »Ach, Sie sind es, Falcon. Sie sind zurückgekommen?«

»Nein«, erwiderte Falcon lakonisch. »Sie sehen nur meinen Schatten, Morris.« Mit einer Geste beruhigte er Gideon, der ängstlich hochgeschreckt war. »Seien Sie unbesorgt, sie ist in Sicherheit und schläft bei uns zu Hause fest in ihrem Bett. Bietet man mir vielleicht ein Glas Kognak an?«

Morris zuckte mit den Schultern. »Ross hat sämtliche Finger verbunden, und ich habe nicht vor, Sie zu bedienen. Schenken Sie sich selbst ein, Lord Hochmütig. Sie sehen ja wohl, wo die Karaffe steht.«

Falcon musterte ihn grimmig, bezwang aber seine Instinkte und ging zum Büfett. Als er mit einem Glas in der Hand zurückkam, sagte er beiläufig: »Ich habe bei Collington vorbeigeschaut.«

Beide Männer sprangen auf,

»Was, zum Teufel, haben Sie getan?«, rief Gideon.

»Ich wundere mich, dass er kein Loch in Sie geschossen hat«, meinte Morris trocken.

»Wahrscheinlich hätte er das getan, wenn er zu Hause gewesen wäre.« Falcon setzte sich auf den Rand eines Tisches, ließ ein Bein baumeln und fuhr ironisch fort: »Der Butler hat mich informiert, Seine Lordschaft sei in einer dringenden Angelegenheit nach Italien zurückgerufen worden. Könnt ihr euch vorstellen, dass dieser herzlose Schuft nicht einmal auf die Nachricht gewartet hat, ob seine Tochter gerettet worden ist?« Er nippte an seinem Kognak und schnaubte. »Pfui Teufel!«

Morris war schockiert. »Das ist ein verdammt guter Kognak, und es ist nicht höflich ...«

Falcon stöhnte. »Ich habe Seine Lordschaft gemeint. Sie Strohkopf.«

»Wenn ich umgekommen wäre, hätte er nicht außer Landes fliehen müssen«, widersprach Gideon. »Er weiß also, dass ich überlebt habe, und so weiß er wohl auch, dass Naomi lebt.«

»Was nicht ihm zu verdanken ist, diesem erbarmungslosen Hund«, knurrte Morris.

Gideon setzte sich wieder. »Es ist sehr freundlich von Ihnen, Falcon, dass Sie den ganzen Weg zurückgekommen sind, um mir das mitzuteilen. Sie ... äh ... Sie haben den anderen gegenüber nicht erwähnt, welche Rolle Collington bei der Sache gespielt hat?«

»Ich habe nichts gesagt, so wie Sie es wollten.«

»Wenn Sie mich fragen«, mischte sich Morris ein, »hätte der Bastard sofort den Behörden gemeldet werden müssen! Warum um alles in der Welt ...«

»Das ist Ihre wohl überlegte Meinung, wie?«, höhnte Falcon.

»Und wie lautet Rossiters Anklage gegen den edlen Peer?«

»Das wissen Sie ganz gut! Zuerst einmal Entführung, und ...«

»Entführung seiner eigenen Tochter?«

»Oh, versuchen Sie doch, Ihren berühmten Verstand zu gebrauchen! Lady Naomi ist volljährig. Man hat sie gegen ihren Willen gefangen gehalten und beinahe umgebracht! Und Collington hat versucht, Ross zu zwingen, ihm die Juwelenfiguren als Lösegeld auszuhändigen.«

»Wirklich? Und wo sind Ihre Beweise, bitte? Wer war Zeuge, als Rossiter in dieser verdammten Mühle dem Earl gegenübergestanden hat? Niemand. Wer hat Collington in dieser Gegend wenigstens gesehen? Nur diese Schurken, die wir gefangen haben, und die sind offensichtlich zu verängstigt, um irgendetwas auszusagen. Sie fürchten sich weniger vor der Deportation als vor dem Zorn ihres legendären Squires. Wo sind diese angeblich so wertvollen juwelenbesetzten Figuren? Niemand weiß es.«

»Der Erpresserbrief!«, rief Morris triumphierend. »Den kannst du den Behörden aushändigen, Ross!«

»Könnte ich, wenn ich ihn nicht dummerweise dem Earl zurückgegeben hätte, als wir bei ihm waren.«

»Sehr dumm«, murmelte Falcon.

Verärgert fauchte Morris: »In einem solchen Augenblick wäre ja wohl nur ein gefühlloser Eisblock ...«

»Oder ein Mandarin?«, unterbrach Falcon zuckersüß.

»... wäre nur ein gefühlloser Eisblock – oder ein Mandarin – fähig, vernünftig zu denken!«

»Und da Sie ein so bemerkenswert gutes Urteil darüber haben, was Vernunft ist, Leutnant, erfreuen Sie uns doch bitte mit Ihrem nächsten erbaulichen Vorschlag.«

»Das werde ich auch! Sie haben diesen verwünschten Brief gelesen und ich habe die juwelenbesetzten Figuren gesehen. Wir könnten unter Eid bezeugen, dass ...«

»Unsinn!«, rief Falcon ungeduldig. »Selbst wenn man Sie nicht für einen albernen Tropf hielte – was unwahrscheinlich ist –, bleibt die Tatsache, dass *Sie* zusammen mit Rossiter in Holland gedient haben und bekanntlich gut mit ihm befreundet sind und daher voreingenommen. *Mir* gesteht man kaum zu, dass ich überhaupt existiere, und selbst wenn man mir gnädig zu sprechen erlaubte, würde man meine Zeugenaussage nicht beachten. Zudem ist *Rossiter* augenblicklich in der feinen Gesellschaft noch weniger angesehen als ich. Ohne irgendeinen greifbaren Beweis würden die Behörden uns entweder auslachen oder uns wegen Verleumdung und böswilliger Schädigung eines königlichen Peers einsperren.«

Hartnäckig argumentierte Morris weiter: »Wir alle wissen, dass Naomi entführt worden ist. Sie selbst wird ...«

»Sie weiß nicht, dass ihr Vater in die Sache verwickelt ist«, warf Rossiter ruhig ein.

»Und Sie haben nicht vor, es ihr zu sagen, nicht wahr?«, fragte Falcon.

»Ich hoffe, sie wird nie erfahren, welche Rolle er gespielt hat«, antwortete Rossiter mit festem Blick. »Ihr ist genügend wehgetan worden.«

»Zur Hölle!«, rief Morris. »Daran habe ich nicht gedacht.«

»Machen Sie sich nichts draus«, tröstete Falcon. »Wir kennen Ihre Grenzen.«

Ohne auf diese bissige Herablassung zu achten, fragte Morris: »Willst du ihn wirklich straflos davonkommen lassen, Ross? Mir erscheint das nicht richtig. Die Wahrheit sollte ans Licht kommen.«

»Die Wahrheit!« Falcon schnaubte höhnisch. »Ich bezweifle, dass wir ihr überhaupt nahe gekommen sind.«

»Nahe genug, um zu wissen, dass Collington einen besonderen Groll gegen Sir Mark gehegt und versucht hat, ihn zu ruinieren. Und dass Derrydene an dem Komplott beteiligt war.«

»Schön, schön. Unser Weiser *kann* denken! Wenn auch nur über eine kurze Zeitspanne hinweg. Sind Sie nun in der Lage, uns den restlichen Weg entlangzuführen, Rossiter?«

Gideon stand auf und nahm die Karaffe. »Vielleicht ein kleines Stück, in aller Vertraulichkeit.«

»Dann geben Sie sich doch bitte Mühe, seinen Ausführungen zu folgen, Sie Einfaltspinsel«, meinte Falcon, an Morris gewandt.

»*Ihm* würde ich gerne folgen«, entgegnete Morris leise, während Rossiter sich ein wenig ungeschickt nachschenkte. »Dicht auf den Fersen. Und mit einer Lanze in der Hand!« Falcon sah ihn misstrauisch an, und Morris fügte hinzu: »Sag uns zuerst, wer der allmächtige Squire ist, Ross. Derrydene oder Collington?«

»Ich glaube, keiner von beiden. Diese Kerle in der Mühle *kannten* Collington, und einer von ihnen hat Naomi erzählt, dass niemand je den Squire gesehen habe. Außerdem war Camber, Naomis Diener, bei den Raufbolden, die Promontory Point durchsucht und Tummet geschlagen haben, und wir wissen, dass Camber bei Derrydene war. Collington meinte, für diesen Schnitzer würde Derrydene bestraft werden, vermutlich vom Squire.«

Morris stöhnte. »Du glaubst also, dass es noch mehr von diesen Schweinen gibt?«

»Zumindest noch zwei oder drei«, warf Falcon ein. »Stimmen Sie mir zu, Rossiter?«

Gideon nickte. »Als Naomi das Gespräch bei den Dowlings belauscht hat, war die Rede davon, dass jeder anders sei. Sie dachte, das habe sich auf verschiedene Leute bezogen. Ich glaube, sie haben von den Figuren gesprochen und gemeint, *jede* sei anders, nicht *jeder* der Männer.«

»Aha. Und wenn Sie sich erinnern, äußerten sie sich auch dahingehend, dass ein Treffen nicht stattfinden könne, solange ›Nummer sechs‹ nicht wieder da sei«, sagte Falcon. »Wahrscheinlich haben die Figuren verschiedene Nummern.«

»Sehr wahrscheinlich«, stimmte Gideon zu. »Ich nehme an, jedes Mitglied ihres kleinen Clubs, oder was immer das ist, hat seine Nummer und seine spezielle Figur – vielleicht als eine Art Ausweis.«

»Hol mich der Teufel!«, rief Morris. »Diese Schurken sind zu sechst? Diese ganzen Pläne und diese ganze Organisation, nur um deinen Vater zu ruinieren?«

»Als ersten Schritt«, meinte Gideon nachdenklich.

Falcon und Morris wechselten erschrockene Blicke. »Als ersten Schritt?«, wiederholte Falcon. »Sie glauben, dass noch mehr Unheil geplant ist?«

»Ich glaube, es war in der Tat ein Komplott gegen meinen Vater. Aber als Collington mich in der Mühle gefangen hatte und der Meinung war, ich sei so gut wie tot und könne nicht mehr weitersagen, was ich wusste, hat er mir verraten, dass noch mehr dahinter steckt. Und vergessen Sie nicht, dass die Verschwörer an dem Abend bei den Dowlings gesagt haben, das Leben von ihnen allen stehe auf dem Spiel.« Gideon stellte die Karaffe zurück auf das Büfett und blickte sie nacheinander an. »Ich kenne nur zwei Verbrechen, die einen Adligen das Leben kosten könnten.«

»Mord«, flüsterte Morris ehrfürchtig. »Oder – *Hochverrat*! O Gott!«

Falcon beugte sich vor und fragte eindringlich: »Sie haben also den Verdacht, dass eine Verschwörung gegen England geplant ist?«

»Was für eine Verschwörung?« überlegte Morris laut. »Wie soll das mit dieser ganzen Schurkerei zusammenhängen?«

Gideon zögerte. »Wenn ich das nur wüsste.«

»Aber Sie *haben* den Verdacht«, bemerkte Falcon scharfsinnig. »Potztausend! Das wäre ein netter Streich! Ich wünschte, ich könnte sehen, wie Sie versuchen, die Gardekavalleriebrigade davon zu überzeugen!«

Sie schwiegen einen Augenblick. Dann sagte Morris ernst: »Du wirst sie ganz sicher verlieren, wenn du das tust, Ross.«

»Und er wird sein Land im Stich lassen, wenn er es nicht tut«, fauchte Falcon und warf ihm einen finsteren Blick zu.

»Das wissen Sie nicht mit Sicherheit«, widersprach Morris.

Gideon horchte plötzlich auf und sagte: »Ich glaube, wir bekommen noch Besuch.«

»Zweifellos ist es der Earl of Collington«, meinte Falcon. »Er kommt, um sich Ihrer Gnade zu unterwerfen.«

Ein gähnender Lakai im Schlafrock riss mit erstauntem Gesicht die Tür auf.

Zwei schmutzige, arg mitgenommene und barfüßige Vogelscheuchen stolperten herein.

»Ach wie nett«, näselte Falcon und musterte die beiden Gestalten durch sein Lorgnon. »Eine Verkleidung! Wie lustig.«

»Gütiger Himmel!«, stöhnte Morris.

»Newby!«, rief Gideon.

Es war Mittag, als Naomi erwachte, und ein Weilchen blieb sie noch still liegen und setzte in Gedanken die Ereignisse der chaotischen beiden letzten Tage zusammen, deren Höhepunkt ihre triumphale Rückkehr in das Haus auf dem Snow Hill gewesen war. Völlig erschöpft, hatte sie während der Fahrt zumeist in Gideons Armen geschlafen. Als sie ankamen, hatten so viele strahlende Gesichter sie willkommen geheißen: Katrina, die sie umarmt und geweint hatte, ohne sich zu schämen, Gwendolyn, die sie trotz an den Wimpern glitzernder Tränen geneckt hatte, weil sie »so eine rußige Lady« war, August, der angesichts dieser Gefühlsausbrüche voller Abscheu geschnaubt und dann finster auf Gideon geblickt hatte, der ihm etwas ins Ohr murmelte. Auch Sir Mark strahlte vor Freude und Stolz, weil sein Sohn sie gerettet hatte. Morris, Kadenworthy, Cranford und Tio versuchten alle gleichzeitig zu erklären, wie sich das Ganze genau abgespielt hatte. Aber vor allem war da Gideon, schmutzig und versengt wie sie selbst, doch mit einem Strahlen der Liebe in den Augen.

Der Rest war eher verschwommen. Sie erinnerte sich, dass Sir Mark sie alle aufgefordert hatte zu schweigen, während er ein demütiges Dankgebet für die wohlbehaltene Rückkehr gesprochen hatte. Einen kurzen Moment hatte sie sich gewundert, warum ihr Vater nicht hier war, aber Sir Mark hatte erklärt, Lord Collington, überzeugt, man hätte sie an die Südküste gebracht, sei zusammen mit seinen Dienern dorthin aufgebrochen. Dann hatte sie wieder in einer Kutsche gesessen, bevor man sie den Händen der besorgten und weinenden Maggie überließ. Kurz darauf war sie in Decken gehüllt auf die weiche Matratze gesunken und mitten in ihren eigenen dankbaren Gebeten eingeschlafen.

Sie räkelte sich wohlig und sah sich in dem vertrauten Zimmer um, hörte die vertrauten Geräusche der Stadt und wunderte sich, warum sie hier war anstatt im Haus ihres Vaters. Maggie trippelte auf Zehenspitzen herein, dann eilte sie zum Bett und umarmte sie noch einmal, als müsste sie sie berühren, um sicher zu sein, dass sie wirklich wohlbehalten wieder da war.

Das Frühstück wurde hereingebracht, und in einem Brief, von einem Boten abgegeben, drückte ihr Vater seine große Freude über ihre Befreiung und sein Bedauern darüber aus, dass eine äußerst wichtige Angelegenheit seine sofortige Abreise nach Italien erfordere. Sie las gerade den Brief zu Ende, als Katrina hereinkam, um sie zu bemuttern und tausend Fragen zu stellen. August, beklagte sich Katrina, zucke nur mit den Schultern und sage, er sei zu spät gekommen, um mehr zu tun, als bei der Festnahme der Entführer zu helfen und zuzusehen, wie Rossiter sich als Held ausgab.

»Er *war* ein Held, Trina«, erklärte Naomi mit leuchtenden Augen. »Als ich sein liebes Gesicht durch die Rauchwolken gesehen habe … Oh, ich habe wirklich gedacht, ich würde sterben, und ich habe mich danach gesehnt, ihn zu sehen, aber ich hätte mir nie träumen lassen, dass er mich finden würde. Und wenn ich denke, dass er dieses Mühlrad hochgeklettert ist, obwohl er solche Höhenangst hat! Wahrhaftig, er muss der mutigste Mann sein, den es gibt, und ich wäre nie entkommen, wenn er nicht …« Errötend brach sie ab, weil ihre Freundin sie mit einem so liebevollen Lächeln betrachtete.

»Der ›mutigste Mann, den es gibt‹ wartet sehr ungeduldig unten im Salon«, sagte Katrina lachend. »Ich wundere mich tatsächlich, dass er nicht gleich hier heraufgestürmt ist, so wild ist er darauf, dich zu sehen!«

Naomi quiekte aufgeregt. Das Frühstückstablett wurde hastig zur Seite geräumt. Maggie wurde herbeigerufen und das weiße Taftkleid mit den gestickten Drosseln auf dem Mieder und dem Unterkleid ausgewählt. Eine halbe Stunde später schritt Naomi anmutig die Treppe hinab, verdarb aber die Wirkung, als sie höchst undamenhaft durch die Halle auf den großen jungen Mann zurannte, der bei ihrem Erscheinen aufgesprungen war und nun eifrig ihre ausgestreckten Hände ergriff und sie an seine Lippen presste.

»Oh, deine armen Hände«, sagte sie und tupfte in einer federleichten Berührung mit dem Finger auf die Verbände. »Hast du sie verbrannt, als du mir den Petticoat heruntergerissen hast?«

Gideon sah, wie ein Lakai erstarrte, und murmelte: »Um Himmels willen, komm mit mir in ein Zimmer, wo wir allein sind, sonst muss ich Falcons sämtliche Dienerschaft in Empörung versetzen, weil ich dich hier und jetzt küsse!«

Sie erhob keinen Einwand gegen diese höchst unschicklich Bitte, und als sich die Tür des Damenzimmers hinter ihnen geschlossen hatte, protestierte sie auch nicht gegen sein noch unschicklicheres Benehmen. Einige Zeit später, als sie zufrieden seufzend in seinen Armen auf dem Sofa saß, murmelte sie: »Das ist sehr ungehörig, weiß du. Was für ein Glück, dass mein Vater fort ist, denn sonst wäre er höchst schockiert und würde mich wahrscheinlich … Gassengöre nennen …«

Gideon küsste sie aufs Ohr. »Dein Vater ist fort?«

»Ich nehme an, er weiß von deinem Vater, wie alles ausgegangen ist, denn er hat mir einen sehr lieben Brief geschrieben. Ich glaube nicht, dass ich dich alles lesen lasse, was er über deinen Heldenmut sagt! Aber wegen irgend einer sehr dringenden Sache musste er zurück nach Italien.«

»Oh«, erwiderte Gideon ausdruckslos. »Ich hoffe, er hat vor, bald zurückzukommen, denn *ich* habe vor, dich zu meiner Frau zu machen, und muss ihn um deine …«

»Ach wirklich?«, fragte sie und setzte sich aufrechter hin.

»Ein solcher Dünkel! Nicht die kleinste Liebeserklärung oder eine Bitte, dass du mir den Hof machen darfst! Weil du es dir zur Gewohnheit gemacht hast, mir das Leben zu retten und meine gestohlenen Schuhe zurückzubringen, glaubst du vermutlich …«

»Unsinn«, schnitt er ihr das Wort ab. »Ein Mann braucht nicht dafür gelobt zu werden, dass er das rettet, was ihm gehört.« Er legte ihr einen Finger auf die Lippen. »Und apropos Schuhe, Newby ist heimgekommen.«

Er hatte ihr von Newbys Niedertracht erzählt, als sie am gestrigen Abend von Promontory Point zurückgefahren waren, und sie rief aufgeregt: »Du meine Güte! Mit den Juwelenfiguren?«

»Nein. Aber mit einer höchst faszinierenden Geschichte. Wie wir vermutet haben, hat er versucht, den Wert der beiden juwelenbesetzten Figuren herauszufinden, und als er erfuhr, dass sie weit weniger wert sind, als dieser Kendall-Parker geboten hatte, brach er eiligst nach Kensington auf, um sie dem ehrenwerten Sammler zu verkaufen. Er hatte seinen Diener Delatouche dabei, und dieser stets informierte Bursche hat Kendall-Parker offensichtlich als einen Mann von zweifelhaftem Ruf erkannt und Newby darüber in Kenntnis gesetzt. Um die Geschichte meines Bruders möglichst kurz wiederzugeben, dieser Kendall-Parker war also die Liebenswürdigkeit selbst und drängte ihm eine Erfrischung auf. Da Newby vorgewarnt war, vertauschte er die Gläser, nur für alle Fälle. Kendall-Parker trank zwei Schluck Wein und brach zusammen.«

»So ein Schurke! War er tot?«

»Nein, aber Newby meinte, er wäre es. Kendall-Parker hatte seinen Diener fortgeschickt – damit er etwas zu essen holte, sagte er, aber Delatouche war sicher, dass der Bursche für Verstärkung sorgen sollte. Mein Bruder war nicht darauf erpicht, in einen Mordfall verwickelt zu werden, und so nahm er seine Miniaturen und floh zusammen mit Delatouche. Bald war ihnen ein Schlägertrupp auf den Fersen, sodass es ihnen nicht gelang, in die Stadt zurückzukehren. Schließlich landeten sie am Samstagabend in einem drittklassigen Gasthof und wollten am nächsten Morgen bei Tagesanbruch von dort wieder aufbrechen. Unglücklicherweise haben beide verschlafen und sich erst gegen Mittag auf den Weg gemacht, und zu dieser Zeit hatten Kendall-Parkers Raufbolde sie gefunden.«

»Wie dumm von ihnen zu verschlafen«, meinte Naomi verächtlich. »Ich vermute, sie sind erwischt worden?«

»Ja, sie haben ordentlich Prügel bezogen und wurden ausgeraubt, gefesselt und meilenweit entfernt von jeder Zivilisation zurückgelassen, ohne Geldbeutel, Mäntel oder Stiefel. Mit Mühe und Not konnten sie sich befreien und sich in die Stadt durchschlagen.«

»Dann glaubst du, dieser Kendall-Parker hat jetzt die beiden Figuren? Oder war er vielleicht nur ein Mittelsmann des rätselhaften Squires?«

»Letzteres, vermute ich. Ich wünsche ihm alles Gute mit diesen elenden Dingern. Auf jeden Fall, meine kostbare kleine Fee, kannst du sie aus deinem Gedächtnis streichen.«

»Mit dem größten Vergnügen«, entgegnete sie lächelnd. »Wahrhaftig, ich wundere mich, dass Newby es gewagt hat, deinem Vater unter die Augen zu treten! Was hat Sir Mark ihm gesagt?«

Gideon presste die Lippen zusammen und blickte finster drein. »Er war weit milder und nachsichtiger, als ich es hätte sein können.«

Natürlich, du dummer Kerl, dachte Naomi. Newby war schon immer sein Liebling. »Ich habe noch gar nicht nach dem armen Tummet gefragt«, sagte sie. »Wie geht es ihm?«

»Sehr gut, Gott sei Dank. Der alte Halunke ist zäh wie Peitschenleder. Es bedürfte mehr als einer gebrochenen Rippe, um ihn umzubringen! Wir sind ihm sehr zu Dank verpflichtet, Liebste. Hätte er mir nicht mitgeteilt ...«

Er brach ab, als leise an der Tür geklopft wurde und nach einer diskreten Pause der Butler eintrat. Mit einem allumfassenden Blick vergewisserte sich diese elegante Persönlichkeit, dass Mylady vollkommen schicklich auf dem Sofa saß, während der Gentleman in würdiger Haltung am Kamin lehnte – nur zierte ein niedlicher Emailleohrring eine Spitze seines Halstuchs.

»Verzeihung, Mylady, ein Sergeant vom Gardekavallerieregiment ist da«, teilte der Butler mit lobenswertem Ernst mit. »Captain Gideon Rossiter wird gebeten, General Underhill seine Aufwartung zu machen. Sofort.«

Gideon lehnte sich auf seinem Stuhl in dem kleinen Büro zurück und musterte General Underhill eingehend. Hätte er diesen Mann in Zivilkleidung auf der Straße getroffen, so hätte er ihn vielleicht für einen Kurzwarenhändler oder einen Bader gehalten. Ganz sicher wäre er nie auf die Idee gekommen, es könnte sich um einen General handeln, einen Mann, der lange Zeit im aktiven Dienst gewesen war und den Ruf genoss, ein großartiger Stratege zu sein. Er war nur mittelgroß, schlank und sprach mit ruhiger Stimme; sein Auftreten wirkte fast schüchtern, und beinahe wurde er von Sir Mark in den Schatten gestellt, dachte Gideon.

Man hatte sie sehr gebieterisch beordert, und der General entschuldigte sich zunächst dafür, dass er sie so überstürzt hatte kommen lassen. »Aber es war notwendig, Gentlemen. Aufgrund der empörenden Entführung Lady Lutonvilles und aufgrund eines höchst unerwarteten Ereignisses, von dem die morgige Sitzung des Lordkanzlerausschusses ganz sicher maßgeblich beeinflusst wird.«

»Wie?«, fragte Sir Mark hoffnungsvoll. »Haben Sie etwas herausgefunden, Sam? Beim Zeus, Sie sind ein prima Kerl!« Der General hob abwehrend die Hände. »Nein, nein. Wirklich, das ist nicht mir als Verdienst anzurechnen. Ihr Sohn ist dafür verantwortlich, glaube ich. Es hat mit Sir Louis Derrydene zu tun. Ich muss Ihnen mitteilen, dass der arme Kerl sich erschossen hat!«

»Nicht zu glauben!«, rief Sir Mark und sprang auf.

Gideon sah Collingtons attraktives Gesicht vor sich und hörte ihn sagen: »Ich nehme an, diese Stümperei wird den armen Derrydene teuer zu stehen kommen.« Fröstelnd fragte er: »Wann?«

Der General warf ihm einen scharfen Blick zu. »Ich muss sagen, Sie sind ein kaltblütiger Bursche. Wir vermuten, es war am Samstagmorgen.«

»Wollen Sie damit sagen«, fragte Sir Mark ungläubig, »dass Lady Derrydene abgefahren ist, obwohl sie wusste, dass ihr Mann tot im Haus lag? Nein, nein! Ich kann nicht glauben, dass sie so herzlos sein würde.«

»Man hat uns zu verstehen gegeben, dass er mit ihr gefahren sei«, meinte Gideon nachdenklich. »Natürlich sollten wir das glauben.«

»Ich wette, er hat noch gelebt, als sie abgefahren ist«, beharrte Sir Mark. »Wahrscheinlich hat er gesagt, dass er nachkommen würde.«

»Sehr wahrscheinlich«, stimmte der General zu. »Auf jeden Fall hat er einen Brief hinterlassen. Ein volles Geständnis, mein lieber Rossiter! Er gibt zu – er brüstet sich sogar damit –, dass er den Zusammenbruch Ihres Finanzimperiums geplant und in die Wege geleitet, dass er den Sturm auf die Bank, die hohen Kredite, die nicht gedeckt waren, und die Unterschlagung organisiert hat. Auch der Brand auf Ihrer Werft wurde auf seinen Befehl hin gelegt!«

»Donner und Doria!«, stieß Sir Mark aus und ließ sich wieder auf den Stuhl sinken. »Wie muss der Mann mich gehasst haben!«

Gideon, der sich seinen Teil dachte, runzelte schweigend die Stirn.

»Das Wichtigste ist, dass Sie dadurch entlastet sind«, meinte der General. »Der Ausschuss wird keine andere Wahl haben, als Sie von jedem Tadel freizusprechen!«

Überwältigt fuhr sich Sir Mark mit der Hand über die Augen und war unfähig, ein Wort zu äußern.

»Nun, Captain Rossiter? Sie sagen ja gar nichts!«

»Sir, ich bin natürlich hocherfreut. Aber mich verblüfft, was für ein vielschichtiger Plan hinter der Sache stehen muss. Wissen Sie, dass ich eine dieser juwelenbesetzten Figuren in Derrydenes Haus gefunden habe? Sollen wir daraus den Schluss ziehen, dass er selbst der reiche Sammler war? Und dass er Lady Lutonvilles Entführung in die Wege geleitet hat?

Es wäre ein seltsamer Zufall, wenn zwischen den beiden Geschichten kein Zusammenhang bestünde.«

»Allerdings ein seltsamer Zufall, wenn es einer wäre. Ihr Vater hatte Recht mit seiner Meinung, dass man ein teuflisches Komplott gegen ihn geschmiedet hatte, Captain Rossiter«, erklärte Underhill. »Aus Derrydenes Geständnis geht hervor, dass er einen heftigen Groll hegte, weil Sir Mark so erfolgreich war. Und zudem war er wütend, dass man ihn nicht als das wahre Genie hinter den Kulissen anerkannte.«

»Natürlich nicht«, warf Sir Mark ein, der wieder die Fassung gewann. »Denn das war einfach nicht der Fall!«

»Er erwähnt auch ein möglicherweise ... äh ... zwingenderes Motiv. Anscheinend glaubte er, dass Sie ... äh ... eine *affaire de cœur* mit seiner Frau hatten.«

Gideon blickte seinen Väter erstaunt an und sah ihn erröten.

Underhill grinste. »Auf jeden Fall brütete er über seinem Groll, und Einbildung tat das Übrige, bis er von einem schwelenden Hass erfüllt war, von einem Wunsch nach Rache, den er schließlich nicht mehr bezähmen konnte. Offensichtlich hielt er seinen Triumph schon für vollkommen, bis Captain Rossiter die Angelegenheit wieder aufrollte. Wahrscheinlich wurde ihm klar, dass man die ganze Sache nach Ablauf einer gewissen Zeit mit kühlerem Kopf betrachten würde und eine neue Untersuchung für ihn eine Katastrophe bedeuten konnte. Mit dem Überfall auf Sie, Captain, versuchte er, Sie abzuschrecken. Als das nicht die gewünschte Wirkung erzielte, machte man sich an Ihrer Kutsche zu schaffen.«

»Wenn die Deichsel ein oder zwei Minuten früher gebrochen wäre, hätte er mich aus dem Weg gehabt. Und Lady Lutonville ebenfalls!«, stellte Gideon grimmig fest.

»Ich verstehe es immer noch nicht ganz«, murmelte Sir Mark verwirrt. »Newby und ich haben unser Möglichstes getan, um der Sache auf den Grund zu kommen. Wir haben

Ermittler angeheuert, wir haben die Polizei eingeschaltet und Derrydene hat sich nicht im Geringsten aufschrecken lassen. Was hat Gideon fertig gebracht, das uns nicht gelungen ist?«

Eine gute Frage, dachte Gideon und wartete, was der General antworten würde.

Underhill verschränkte die Hände. Nachdenklich meinte er: »Ich glaube, zunächst einmal hat er öffentliches Interesse erregt. So sehr man Ihre Familie auch verabscheute, Sir Mark, ist hier doch ein prächtiger junger Offizier, der mit einer schweren Verwundung aus dem Krieg heimgekehrt ist. Dass er so entsetzlichen Neuigkeiten ins Gesicht sehen musste und sofort angegriffen und verunglimpft wurde, hatte eine Welle des Mitleids zur Folge – die britische Neigung, sich auf die Seite des Schwächeren zu stellen. Von da an war es nur noch ein kleiner Schritt, bis die Leute sich fragten, ob nicht vielleicht doch etwas dran sei an dem, was Sie behauptet hatten.«

Gideon starrte ihn an. »Nein, wirklich, Sir. Sie können nicht glauben, dass diese Gründe ausgereicht haben sollen, um ihn ...«

Der General hob die Hand. »Wahrscheinlich war ihm nicht klar, dass Sie ihn tatsächlich im Verdacht hatten, bis Sie in sein Haus eingedrungen sind. Die Papiere, die Sie gestohlen haben, hätten sich unter Umständen als belastend genug erwiesen, um eine neuerliche Untersuchung zu rechtfertigen. Durch eine Laune des Schicksals, die ihn sehr erbost haben muss, sind Sie auf jeden Fall in den Besitz eines Schlüsselgegenstands gekommen, kaum dass Sie wieder in England waren. Ein Gegenstand, den er um jeden Preis zurückgewinnen musste.«

»Die juwelenbesetzte Figur!«, rief Gideon. »Das hat sie – oder ihn – zum Handeln gezwungen!«

»Ganz richtig. In seinem Geständnis – das sehr ausführlich ist – gibt Derrydene zu, dass er viele Männer beschäftigt hat, um den Ruin Ihres Vaters herbeizuführen, aber das Risiko, erpresst zu werden, war sehr groß, und so ließ er seine Anweisungen durch einen Komplizen erteilen, dem er vertraute, anscheinend der Diener eines Freundes, obwohl er den Namen nicht nennt. Dieser Komplize musste sich wiederum selbst schützen, weshalb die Anweisungen immer nur bei Dunkelheit überbracht wurden, und außerdem trug der Mann stets eine Maske und hatte eine der juwelenbesetzten Figuren bei sich, um seine Identität zu beweisen. Sie können sich vorstellen, wie bestürzt Derrydene war, als eine der Figuren verloren ging. Wenn sie in die falschen Hände geriet, war kein Ende des Unheils abzusehen.«

»Potztausend!«, rief Sir Mark. »Dann hattest du die ganze Zeit Recht, Gideon! Diese verwünschte Schachfigur stand *wirklich* in einem Zusammenhang mit dieser Katastrophe!«

»Und diese Katastrophe hat jetzt ein Ende, Rossiter«, sagte der General freundlich. »Ich zweifle nicht daran, dass der Ausschuss des Lordkanzlers Sie von jedem Tadel freisprechen wird!«

General Underhills Vorhersage über das Zusammentreten des Ausschusses erwies sich als vollkommen exakt. Die Sitzung artete in ein Chaos aus, als man die Nachricht von Derrydenes Selbstmord bekannt gab und das Geständnis laut vorlas. Sir Mark Rossiter wurde freigesprochen und erhielt ein Lob für seine verzweifelten Versuche, die Sache in Ordnung zu bringen. Beeindruckend wie stets, selbst in einem strengen Habitus in Braun und Gold, erhob er sich. Mit Hilfe des Gardekavallerieregiments, erklärte er, sei es gelungen, den Betrüger Davies auf einer Insel nahe der spanischen Küste aufzuspüren, und es bestehe die Hoffnung, einen großen Teil des unterschlagenen Geldes zurückzubekommen. Bei diesen Worten wurden Hochrufe laut, in die noch mehr Zuhörer einstimmten, als er die Absicht verkündete, seine früheren Bankkunden mit siebzehn Shilling pro

Guinee auszuzahlen; der Rest des Geldes sollte für den Wiederaufbau der Werft verwendet werden.

Bei der improvisierten Feier nach der Sitzung hatte Newby, obwohl er noch etwas kleinlaut war, schon wieder mehrere Vorschläge, wie sein Vater das Geld besser verwenden könnte, wenn sie es tatsächlich bekamen. Das Haus in der Conduit Street musste zurückgekauft werden, Promontory Point hatte eine Renovierung und eine bessere Ausstattung nötig, und der Zierbrunnen …

»Ich habe Promontory Point verkauft«, unterbrach Sir Mark ihn brüsk.

Gideon, nicht weniger verblüfft als sein Bruder, stammelte: »Aber … aber Sir, Promontory Point war seit Jahrhunderten im Besitz der Familie!«

»Jawohl. Und als mein Erbe denkst du zweifellos, ich hätte dich zu Rate ziehen sollen.« Sir Mark klopfte ihm auf die Schulter. »Mein Junge, du hast deine Sache gut gemacht, und ich werde nicht wieder den Fehler begehen, zu glauben, du hättest keinen Geschäftssinn. Aber Bracksby hat mir ein äußerst großzügiges Angebot für Promontory Point vorgelegt, und mit dem Geld können wir die Werft wieder aufbauen und unsere Leute wieder einstellen. Ich glaube, Bracksby kauft den Besitz nur, um mir einen Gefallen zu tun, und dieser gutmütige Kerl verspricht, ihn jederzeit wieder zu verkaufen, wenn ich mich dazu in der Lage fühlen sollte, ihn zu übernehmen – was ich sicherlich tun werde. Mit der Hilfe von euch beiden jungen Schlingeln.«

Liebevoll lächelte er nun seinen jüngeren Sohn an. »Ich denke doch, du bist einverstanden?«

»Oh … äh … wie Sie sagen, Sir«, stotterte Newby unaufrichtig.

»Und mittlerweile bin ich auch nicht so ein Narr, dass ich nicht wüsste, was deine Hoffnung ist, Gideon«, fügte Sir Mark mit einem Augenzwinkern hinzu. »Du hast vor, deine schöne Lady zu heiraten und so viel Zeit wie möglich auf Emerald Farm zu verbringen. Glaubst du, sie wird dagegen Einwände erheben?«

»Ich habe die sichere Hoffnung, dass sie einverstanden sein wird, Sir.«

»Nun schön«, stimmte Sir Mark generös zu, »meinen Segen hast du. Ich bezweifle, dass Collington etwas dagegen haben kann – in Anbetracht dessen, was du für ihn getan hast. Aber natürlich wünsche ich, dass du ihn aufsuchst und seine Erlaubnis einholst.«

Gideon, gequält von dem Gedanken, wie anders sein Vater reagieren würde, wenn ihm die ganze Geschichte bekannt wäre, murmelte: »Ja … äh … natürlich, Sir.«

»Seht ihn nur an!«, rief Sir Mark lachend aus. »Rot wie ein Schuljunge wird er!«

General Underhill schaute auf von dem kleinen Papierstapel auf seinem Schreibtisch, dann reichte er die Dokumente dem untersetzten Major, der sein Adjutant war. Der Major begann, die Papiere durchzublättern. Underhill musterte den jungen Offizier, der in strammer Haltung vor seinem Schreibtisch stand, die Schultern gerade, den Kopf stolz erhoben, der Blick fest, aber undurchdringlich.

»Ich habe gedacht, Sie wollten Lady Lutonville heiraten«, murmelte der General.

»Das ist auch meine Absicht, Sir«, erwiderte Gideon.

»Und kennt sie den Bericht, den Sie mir übergeben haben?«

»Ich hoffe, General, dass sie das ganze Ausmaß der Sache nie erfahren wird.«

Der General zog die Brauen hoch, entgegnete aber nichts, sondern wandte seine Aufmerksamkeit den drei jungen Männern zu, die hinter Rossiter standen. Die ersten zwei beachtete er gar nicht, den dritten fragte er: »Glendenning, ich kenne Ihren Vater seit dreißig Jahren. Teilt Bowers-Malden Ihren … äh … Verdacht?«

Lord Horatio schüttelte den Kopf. »Captain Rossiter hat uns um größtmögliche Geheimhaltung gebeten, Sir.«

»Er hat vermutlich seine Gründe.« Der Blick des Generals glitt über Falcon hinweg und blieb auf Morris haften. »Sie haben mit Auszeichnung gedient, Leutnant. Gehören Sie zufällig zur Familie Morris in Cornwall?«

»Das ist der Cousin meines Vaters, Sir.«

Underhill nickte, erhob sich und spazierte durchs Zimmer. Drei der Männer wechselten ergrimmte Blicke, Falcon sah nur gelangweilt drein.

»Sie werden erlauben, dass ich mich vergewissere, ob ich Captain Rossiters Bericht korrekt verstanden habe«, sagte Underhill, die Hände hinter dem Rücken verschränkt. »Es ist Ihre ... *gemeinsame* Überzeugung, dass eine Gruppe Verschwörer, angeführt von einer nebulösen Person, die ›der Squire‹ genannt wird, England bedroht. Unglücklicherweise ist Ihnen die exakte Art dieser angeblichen Bedrohung nicht bekannt, noch wissen Sie, wann und wo sie wirksam werden soll. Auch die Identität dieses ... äh ... Squires ist Ihnen unbekannt. Habe ich die Fakten so weit korrekt wiedergegeben?«

»Vollkommen korrekt, General«, bestätigte Gideon.

»Danke. Ihr Verdacht gründet sich auf zwei juwelenbesetzte kleine Figuren, die nun verschwunden sind, auf einige Verweise auf den Buchstaben ›S‹ und auf die Zahl sechs. Wir *wissen*, dass der verstorbene Sir Louis Derrydene bei seinen Intrigen solche Miniaturen als Identitätsnachweis benutzt hat. Aber Sie sagen nun, dieses finstere Individuum, genannt ›der Squire‹, benutze diese Figuren auch zu einem zwar unbekannten, aber vermutlich teuflischen Zweck. Derrydene ist, wie Sie erklären, nicht dieser Squire.« Er lächelte entschuldigend. »Bitte unterbrechen Sie mich, wenn mir bei dem Versuch, diese ... hm, verhedderten Fäden zu entwirren, ein Irrtum unterläuft.«

Gideon biss die Zähne zusammen. »Jawohl, Sir.«

Der General nickte. »Nun, dann weiter. Als würde das noch nicht genügen, bezichtigen Sie Lord Collington, einen äußerst wohlhabenden Mann, kaltblütig die Entführung seiner eigenen Tochter ins Werk gesetzt zu haben, um als Gegenleistung für ihre Sicherheit diese Miniaturen zurückzuerhalten. Wahrhaftig eine höchst verwerfliche Tat! Soll ich daraus schließen, dass Lord Collington dieser heimtückische Squire ist?«

»Wenn er nicht der Anführer ist, Sir, dann ist er zumindest tief in die Sache verwickelt. Und sein Vorname ist Simon.«

»Ah. Der Buchstabe ›S‹.« Underhill lächelte matt und fuhr fort: »Wissen Sie, ich erwähne es ja nicht gern, aber … mein Vorname lautet Samuel.«

Gideon errötete und ballte eine Hand zur Faust. »Ich will ganz sicher nicht andeuten …«

»Und mein Vorname ist Stephen«, warf der Major ein.

»Ich hoffe, Sie betrachten uns wegen dieses Umstandes nicht mit Missfallen, Rossiter«, meinte der General freundlich.

»Vielleicht würden wir das«, fauchte Falcon, »wenn wir diese Angelegenheit für einen Witz hielten.«

Underhills milder Blick begegnete einem glühenden Funkeln aus nachtblauen Augen. Ein kurzes, aber unerträgliches Schweigen trat ein, während vier Männer den Atem anhielten. Der General würdigte Falcon jedoch keiner direkten Entgegnung, sondern wandte sich wieder an Rossiter. »Falls wir diese Angelegenheit nicht für einen Witz halten, Captain, wofür sollen wir sie *dann* halten? Mordversuch? Hochverrat? Ich hoffe, Ihnen ist *klar*, was Sie damit andeuten? Und was das mögliche Ergebnis solcher Andeutungen sein könnte?«

»Unglücklicherweise ja, Sir.«

Underhill nickte und ging zurück zu seinem Stuhl. Er schnipste mit den Fingern und streckte die Hand aus. Sofort erhob sich sein Adjutant und reichte ihm die Dokumente, die Underhill ein paar Minuten lang stirnrunzelnd betrachtete. Als er aufblickte, unterdrückte Falcon gerade ein Gähnen. Die milden Augen des Generals glitzerten, aber wenn er verärgert war, so zeigte er es nicht. Er lehnte sich zurück und musterte sie nacheinander gedankenvoll. Schließlich erschien ein Lächeln auf seinem Gesicht. »Gentlemen«, sagte er, »meinen Glückwunsch. Sie haben Ihre Sache äußerst gut gemacht. Nicht nur haben Sie eine hochverräterische Intrige aufgedeckt, sondern auch eine wohlerzogene Lady von Stand vor einem entsetzlichen Schicksal errettet. Nun erfahre ich von Ihnen eine Warnung, die unserem lieben England von großem Nutzen sein könnte. Doch die Art Ihres Verdachts erfordert es unbedingt, dass wir mit äußerster Vorsicht zu Werke gehen. Einen Gentleman von Rang und Vermögen der Entführung seiner eigenen Tochter anzuklagen, könnte uns alle in eine hässliche Bredouille bringen. Ihnen ist vermutlich klar, dass wir nichts Greifbares in der Hand haben, um den Earl of Collington strafrechtlich zu verfolgen. Captain Rossiter war einziger Zeuge seiner … hm, Verworfenheit. Die Raufbolde, die Sie festgenommen haben, scheinen ihren ›Squire‹ mehr zu fürchten als die Deportation oder den Galgen. Wer immer sie angeheuert hat, bedroht vermutlich ihre Familien. Von ihnen werden wir nichts herausbekommen, und selbst wenn es uns gelänge, würde die Aussage solcher Männer aus dem einfachen Volk kaum einen Einfluss auf Geschworene haben, die über einen Peer des Königreichs zu Gericht sitzen.«

Er beugte sich vor, verschränkte die Hände und sah Gideon ernst an. »Wir brauchen Beweise – nicht nur für Collingtons Anteil an der Entführung, sondern auch für das weitergehende Komplott, das er Ihrer Meinung nach im Schilde führt. Und damit wir an solche Beweise gelangen, müssen wir ihm jeden Spielraum geben und ihn Tag und Nacht überwachen lassen. Ich habe nicht die Absicht, Ihnen eine solche Aufgabe aufzubürden, Captain. Nicht nur würde Sie das wegen Ihrer persönlichen Verbindung zu der Familie in eine äußerst wenig beneidenswerte Lage bringen, man kann auch sagen, dass Sie Ihren Teil geleistet haben, und zwar großartig. Seien Sie versichert, dass ich meine besten Leute auf die Sache ansetzen werde. In der Zwischenzeit müssen Sie mir Ihr Wort geben, Gentlemen, dass Sie mit niemandem über diese Angelegenheit reden. Dieses Geheimnis darf keineswegs über dieses Zimmer hinausdringen. Wollen Sie mir den Gefallen tun?«

Alle schworen Geheimhaltung, woraufhin sich der General wieder erhob und um den Schreibtisch herum kam. »Captain Rossiter, Sie sind ein prachtvoller Gentleman und gereichen Ihrer Familie und Ihrem Land zur Ehre. Darf ich Ihnen die Hand schütteln?«

Knallrot im Gesicht, nahm Gideon einen festen Händedruck entgegen.

Nacheinander schüttelte General Underhill auch Lord Horatio, Leutnant Morris und Mr. Falcon die Hand. Vor Letzterem zögerte er für den Bruchteil einer Sekunde, und Falcon schürzte die Lippen, als er die ausgestreckte Hand des Generals kaum mit den Fingern streifte.

Gideon, der schon verlegen genug war, lehnte es ab, noch ein Glas Sherry zu trinken, bevor sie sich verabschiedeten, und mit einem Lächeln und weiteren Lobesworten führte der General sie hinaus.

Schweigend gingen sie nebeneinander her.

Nach ein oder zwei Minuten sagte Morris: »Na, das haben wir hinter uns, Gott sei Dank!«

»Ich wünschte, ich würde mich nicht so wie ein hinterhältiger Schweinehund fühlen«, murmelte Rossiter.

»Warum sollten Sie auch?«, näselte Falcon. »Der alte Tattergreis hat nicht ein Wort von dem geglaubt, was Sie gesagt haben.«

»Was, zum Teufel, meinen Sie damit?«, fragte Gideon.

»Das weiß er selbst nicht«, sagte Morris. »Achte nicht auf ihn.«

Falcon zuckte mit den Schultern. »Wie Sie wollen.« Er war gerade im Begriff, die Straße zu überqueren.

Glendenning zerrte ihn am Arm zurück. »O nein, Sie werden nicht einfach abhauen! Warum hat Underhill uns gelobt, wenn er glaubt, dass wir lügen? Und außerdem, warum sollte er das denken?«

Morris streckte die Arme vor und hielt sie alle abrupt auf. »Habt Acht auf die Worte des großen Genius!«, befahl er.

Falcon tippte sich mit seinem Lorgnon ans Kinn und meinte nachdenklich: »Höchste Zeit, dass Sie das zugeben. Na gut. Ich vermute, unser General ist überzeugt davon, dass Rossiter einen Dachschaden hat. Morris hält er wohl, was ja auch zutrifft, für einen Einfaltspinsel, der in blinder Treue zu seinem Freund steht. Sie, mein armer Tio, unterstützen dieses Drama seiner Meinung nach, um allen Sand in die Augen zu streuen, die sich mit Ihrer üblen Vergangenheit befassen könnten. Und was mich betrifft ...« Zynisch lächelnd beendete er seine Rede, während die übrigen drei in Gelächter ausbrachen: »Meine Gründe werden nicht einmal erwogen, da ich noch unter aller Kritik und somit ohne jede Bedeutung bin.«

»Wenn Sie Recht hätten«, entgegnete Gideon breit grinsend, »hätte ein Mann wie Underhill uns wohl nicht so leicht davonkommen lassen. Wahrscheinlich würde er mich ins Irrenhaus verfrachten und Tio in den Tower werfen, während Morris seine Beförderung zum Gefreiten feiern könnte!«

»Sie glauben diesen Unsinn doch nicht wirklich, August?«, fragte Glendenning kichernd.

Falcon zwinkerte mit den dunklen Augen, was selten genug war. Grinsend erwiderte er: »Nagt vielleicht der Selbstbewahrungstrieb an Ihnen? Achten Sie auf ihn, solange Sie noch können! Im Übrigen hat mich die Geringschätzung meiner Person vor der Selbstzufriedenheit bewahrt, in der Sie alle schwelgen. Und wer könnte schon so verschlungene Gedankengänge erklären, wie es die eines Generals sind?«

»Sie ganz bestimmt nicht!«, schnaubte Morris rechtschaffen empört. »Hat man je schon einen Burschen getroffen, der so darauf erpicht ist, in jeder Suppe ein Haar zu finden?«

Die anderen lachten, aber Morris fuhr fort: »Hol Sie der Teufel, Lord Hochnase, ich wünschte, Sie wären nicht mit uns gekommen.«

»Das wünsche ich mir nicht«, mischte Gideon sich ein. »Der General macht mich starr vor Angst und ich habe euch alle dringend gebraucht. Wirklich, ich habe euch zu danken, dass ihr mir heute beigestanden habt.«

»Das denke ich auch«, murmelte Falcon.

»Wenn Sie überhaupt denken könnten, würden Sie das nicht denken«, knurrte Morris.

Falcon stöhnte. »Schon wieder so eine tiefsinnige Bemerkung? Der Himmel steh uns bei, ich frage mich, was das wieder bedeuten soll! Und apropos beistehen, haben Sie tatsächlich vor, außer Landes zu fliehen, Glendenning?«

»Keineswegs«, erklärte Lord Horatio. »Aber ich bin entschlossen, mich in Zukunft nur mehr Leuten anzuschließen, die über jeden Tadel erhaben sind und meinen Ruf nicht noch mehr in Gefahr bringen.«

»Sehr klug«, stimmte Gideon zu. »Und vielen Dank, Tio, dass meine Schwester während der letzten Tage bei euch zu Gast sein durfte.«

Glendenning verbeugte sich. »Es ist immer ein Vergnügen, Miss Gwendolyn bei uns zu haben.«

»Und ganz im Gegensatz zu Ihrem neuen Entschluss«, spottete Falcon.

Gideon erstarrte. »Ich denke, dafür sind Sie eine Erklärung schuldig. Wollen Sie damit sagen, dass meine Schwester *nicht* über jeden Tadel erhaben ist?«

»Wenn sie *meine* Schwester wäre, dann würde sie getadelt, das kann ich Ihnen versichern«, antwortete Falcon, vollkommen ungerührt von dem eisigen Glitzern in Gideons Augen. »Ich möchte Sie daran erinnern, dass sie mich aufgesucht hat, vorgeblich, um mich anzuflehen, dass ich Sie nicht mit dem Degen durchbohre. Ich weise Sie darauf hin, dass es sich für eine unverheiratete Lady nicht gehört, einen Junggesellen zu besuchen, und dass ich sie nicht eingeladen habe! Nicht zufrieden mit diesem Verstoß gegen die Etikette, brachte sie es bei dieser Gelegenheit, bei der sie eine demütige Bitte an mich hätte richten sollen, außerdem fertig, mich niederzuschlagen, die Vase meiner Großmama zu zertrümmern und meinen Hund zu verderben! Und als Krönung des Ganzen« – er begeisterte sich sichtlich für sein Thema – »ist sie auf meinem besten Colichemarde herumgetanzt und hat die verdammte Klinge verbogen!«

Morris, ganz schwach vor Lachen, ließ sich gegen Glendennings Schulter fallen.

Rossiter bemühte sich, eine strenge Miene aufzusetzen, und versprach, sofort nach Hause zu gehen und Gwendolyn windelweich zu prügeln.

»Ich leihe Ihnen meinen mit Nägeln besetzten Knüppel«, bot Glendenning amüsiert an.

»Nein, ganz ernsthaft«, sagte Gideon, »ich entschuldige mich, Falcon. Wir haben Sie von Anfang an schäbig behandelt. Ich werde Ihre Vase ganz bestimmt ersetzen, und ...« Er brach ab und zog die Brauen zusammen. »Ihren Hund verdorben, sagen Sie? Wie, zum Teufel, hat sie das fertig gebracht?«

»Sie hat ihren Stock für dieses Vieh durch die Luft geworfen«, antwortete Falcon düster. »Er war immer ein scharfer Wachhund. Jetzt schleppt er jedem Besucher einen Stock an. Seit sie ihn bekehrt hat, könnte eine ganze Armee von Einbrechern in mein Haus einfallen und hätte nicht das Geringste zu befürchten, solange sie nur ein Stöckchen dabeihat! Und wenn Sie nicht aufhören, vor Lachen zu brüllen, Sie Idiot von Leutnant ...!«

»Schön, du hast jetzt dein Möglichstes getan, Ross«, schaltete sich Glendenning ein. »Du hast den guten Namen deines Vaters wiederhergestellt und das Lob und den Dank des königlichen Generals erhalten. Was hast du jetzt vor?«

Gideon holte tief Atem. »Jetzt werde ich endlich wieder mein eigenes Leben führen!«

»Apropos künftige Vorhaben«, näselte Falcon. »Morris schuldet mir noch ein Duell.«

Morris wischte sich Lachtränen aus den Augen. »Richtig, beim Zeus! Ross, wirst du mir sekundieren?«

»Nach meinen Flitterwochen«, antwortete Gideon.

»Also erst der Ehemann in spe wird in spe mein Sekundant sein«, seufzte Morris.

General Underhill stand in dem stillen Büro am Fenster und sah der fröhlichen Gruppe nach, bis sie außer Sicht war. Ruhig fragte er dann: »Nun, Stephen? Was halten Sie davon?«

Der Major schürzte die Lippen. »Eine schreckliche Sache, Sir.«

»In der Tat, schrecklich.« General Underhill drehte sich wieder um und seufzte. »Ein prächtiger junger Offizier wie er. Hervorragender Werdegang und eine großartige Leistung im Kampf. Welch ein Jammer.«

»Was ist Ihrer Meinung nach die Ursache dafür?«, fragte sein Adjutant. »Geistiger Zusammenbruch als Folge seiner Verwundung?«

»Etwas in dieser Art, ja.«

»Sie ... äh ... Sie glauben nicht, er sollte ... äh ...«

»Unter Aufsicht gestellt werden? Nein. Und Gott steh mir bei, wenn ich mich irre!«

»Ich frage mich, warum die anderen ihn unterstützen?«

»Wahrscheinlich haben sie ihre Gründe. Freundschaft. Vielleicht der Drang nach Bekanntheit. Ich kann mir vorstellen, dass der junge Glendenning nur zu erfreut ist, unsere Aufmerksamkeit von seinen zweifelhaften Loyalitäten abzulenken. Und was diesen Heißsporn Falcon betrifft – verflucht, der Kerl ist vielleicht unverschämt! Man könnte meinen, jemand mit seinem Hintergrund ...« Mit einer ungeduldigen Geste brach er den Satz ab.

Nach einer Weile fragte der Major: »Haben Sie vor, Lord Collington zu warnen, Sir?«

»Vermutlich sollte ich das. Aber damit würde ich sicherlich Rossiters Chance auf Glück zerstören. Und der Junge hat lange genug die Hölle durchgemacht.«

»Das ist wahr. Aber ... diese wunderhübsche Lady, Sir ...!« Besorgt blickten die beiden einander an.

Schwermütig seufzte General Underhill: »Verflucht, Krieg kann eine entsetzliche Sache sein, Steve.«

»Wahrhaftig, Sir!«

21

Regentropfen prasselten an die Fenster der luxuriösen Kutsche auf der Straße nach Dover. Gideon küsste den Lockenkopf, der sich unter seinem Kinn an ihn schmiegte, und murmelte: »Bist du enttäuscht, meine Liebste, dass es an unserem Hochzeitstag regnet?«

Naomi lehnte den Kopf gegen seine Schulter und lächelte ihn an. »Nichts könnte mich heute Nachmittag enttäuschen. Ich bin endlich Mrs. Gideon Rossiter.«

Er beugte sich herab, um ihre roten Lippen zu küssen. »Mein Vater fand, dass unsere Feier ein völlig überstürztes Durcheinander war.«

Sie kicherte. »Mit einer Sondergenehmigung, damit es schneller ging, und gerade erst zwei Wochen bekannt gegeben! Schrecklich!«

»Von wegen zwei Wochen! Ich habe mindestens die letzten sechs Jahre auf Sie gewartet und mich nach Ihnen gesehnt, Mrs. Rossiter, und schon befürchtet, dieser Tag würde nie anbrechen! Wofür ich niemanden tadeln kann außer mich selbst. Und ich verlange nicht, dass du deinen Titel aufgibst, mein liebes Mädchen.«

»Ich weiß«, erwiderte sie zärtlich. »Aber ich wünsche es. Dieses Kapitel meiner Existenz ist abgeschlossen. Der beste Teil meines Lebens beginnt jetzt – als deine Frau.«

Natürlich wurde sie daraufhin erneut geküsst, und dann schwiegen sie eine lange Weile, das behagliche Schweigen der Zusammengehörigkeit. Während er sie so festhielt und von ganzem Herzen liebte, war ihm doch bewusst, welcher Schatten über ihm lag. Wie würde sie sich fühlen, wenn sie wüsste, was er General Underhill gesagt hatte? Wie würde sie sich fühlen, wenn sie wüsste, dass der Earl für das ganze Elend seines Vaters verantwortlich war? Würde sie wütend sein, wenn sie erriete, wie ihr frisch gebackener Ehemann sie ebenfalls hinterging, um sie vor noch mehr Kummer zu schützen?

»Es war so freundlich von Onkel Bertram, die Stelle meines Vaters einzunehmen«, murmelte Naomi. »Er ist ein reizender alter Herr, findest du nicht?«

»Er hat mir die Braut übergeben. Wie sollte ich ihn für etwas anderes halten als für den Fürsten aller Onkel?«

»Ich frage mich«, seufzte sie, »ob ich Papa jemals wiedersehen werde.«

Gideon schrak zusammen. »Warum solltest du daran zweifeln?«

Sie setzte sich aufrechter hin, machte sich von ihm los und sah ihm ernst ins Gesicht. Sie hatte diesen Augenblick gefürchtet und nun hämmerte ihr Herz wild. »Mein liebster Mann, es gibt etwas, das ... das ich dir hätte sagen sollen. Aber ... ich hatte solche Angst, verstehst du.« Sie senkte den Kopf, und als sie wieder aufschaute, zitterten ihre Lippen ein wenig.

Er versuchte etwas zu sagen, aber sie legte ihm die Finger auf die Lippen und fuhr mit unsicherer Stimme fort: »Nein, Liebster. Du musst dir meine Beichte anhören, wenn ich jetzt schon damit ... damit angefangen habe. Du glaubst, dass du deinen Wildfang kennst, aber ... du hast keine Ahnung, wie hinterhältig und verschlagen ich bin. Ich habe gewartet, bis wir verheiratet sind, mein Gideon, und ... und ich kann nur beten, dass du keine Annullierung der Ehe verlangst.«

»Was für eine idiotische ...«, stieß er stirnrunzelnd aus und nahm ihre Hand von seinen Lippen.

»Warte! O warte!«, unterbrach sie ihn. »Du *musst* mich anhören! Ich werde sonst nie wieder den Mut finden!«

Sie sah so verängstigt und mitgenommen aus, und vielleicht war es das Beste, sie sagte ihm, wie viel sie wusste. Er wartete. »Ich habe den Verdacht«, erklärte sie mit rau klingender, leiser Stimme, »dass ... dass mein Vater zusammen mit Louis Derrydene intrigiert hat, um Sir Mark ... zu ruinieren.« Ihre Augen füllten sich mit Tränen, als die schrecklichen Worte ausgesprochen waren. »O Gideon!«, rief sie. »Kannst du mir verzeihen, dass ich nichts gesagt habe? Bitte, hasse mich jetzt nicht! Bitte glaub nicht ...«

Er riss sie in seine Arme und hielt sie fest an sein Herz gepresst. Zwischen Küssen murmelte er: »Meine liebe kleine dumme Wiesenfee. Wie könnte ich die Lady hassen, die ich mein ganzes Leben lang geliebt habe?«

Naomi setzte sich gerade hin und blinzelte ihn an. »Du hast es *gewusst*! O Gideon! Warum hast du es mir nicht gesagt? Ich habe mich so gegrämt über diese schändliche Geschichte!«

»Ich auch. Ich habe es nicht gewagt, darüber zu sprechen, weil ich Angst hatte, dein grimmiger Stolz würde wieder zwischen uns stehen.« Er streichelte ihre Wange und musterte ihr Gesicht. »Wie bist du darauf gekommen?«

»Ich glaube, ich habe angefangen, mich zu wundern, als du immer überzeugter wurdest, dass zwischen den kleinen juwelenbesetzten Figuren und Sir Marks Schwierigkeiten ein Zusammenhang bestand. Ich erinnerte mich daran, wie wütend mein Vater war, als ich das dumme Ding verloren hatte. Aber ich habe es nicht wirklich für wahr gehalten, bis wir bei den Derrydenes waren und du Sir Louis Arbeitszimmer durchsucht hast. Irgendetwas, das Lady Derrydene an diesem Morgen gesagt hatte, beunruhigte mich, aber eine ganze Weile kam ich nicht darauf, was es war. Und dann habe ich mich erinnert. Sie befahl ihrem Butler: ›Sagen Sie Camber, er soll das Gespann um die Ecke zu den Stallungen fahren.‹ Papa hatte mir erzählt, dass er Sir Louis kaum kenne und niemals bei ihm gewesen sei. Wie konnte Lady Derrydene also den Namen meines Dieners wissen?«

Naomi seufzte und blickte sehr traurig. »Dann sind mir so viele Dinge wieder in den Sinn gekommen. Kleine Sticheleien meines Papas gegen dich oder deine Familie. Die Art, wie er mich immer mit ... mit deinem Ruf als Frauenheld gehänselt hat. Sein Beharren darauf, dass die Verlobung gelöst wurde. Mir wurde klar, dass er Sir Mark hasste und es darauf angelegt hatte, ihn zu ruinieren. Und ich habe es ... es vollkommen niederträchtig zugelassen, dass du mich geheiratet hast, obwohl ich wusste, dass dein Vater, wenn ihm das alles klar gewesen wäre, unsere Heirat strikt und ganz gerechtfertigt verboten hätte. Wirklich ... ich bin schamlos!«

»Dem Himmel sei Dank«, sagte Gideon heiser und küsste sie erneut. Das Schlimmste wusste sie also nicht – dass Collington sie der schrecklichen Tortur dieser Entführung ausgesetzt hatte und möglicherweise an einer noch viel ernsteren Verschwörung beteiligt war. Helfe ihm Gott, dass er sie vor diesem Wissen schützen konnte, solange er lebte.

Sanft erklärte er: »Es ist nun zu spät, als dass mein Vater uns noch aufhalten könnte. Aber obwohl ich ihn ehre, hätte ich es auf jeden Fall nicht zugelassen, dass irgendetwas zwischen uns getreten wäre.«

Naomi seufzte erleichtert. »Endlich ist mein armes Gewissen wieder unbeschwert! Ich kann wirklich von neuem beginnen und das alles vergessen.«

Er fragte sich, ob sie tatsächlich alles vergessen konnte, und meinte vorsichtig: »Wäre es sehr schrecklich für dich, meine Liebste, wenn Lord Collington im Ausland bliebe?«

Sie lächelte glücklich und kuschelte sich an ihn. »Ich habe dich«, murmelte sie.

Es regnete, als sie in den Hof des *Ship Inn* in Dover einbogen. Stallknechte mit Sacktüchern über den Köpfen kamen herbeigerannt, um die Pferde in den Stall zu bringen.

Strahlend riss der Wirt die Tür auf und führte Braut und Bräutigam in einen warmen Salon, in dem es nach Kaminrauch und Abendessen roch.

Als sie lachend eintraten und sich die Regentropfen von den Kleidern schüttelten, erklangen laute Rufe.

»Da sind sie!«

»Sie haben gedacht, sie könnten sich davonschleichen und uns entwischen!«

»Ihr seid gefangen, ihr beiden Schlauberger!«

Eine fröhliche Gruppe von Gratulanten umringte sie. Morris, Horatio und Perry Cranford, Katrina, Gordon Chandler, Gwendolyn, Rudolph Bracksby und sogar Tummet, der etwas schmaler, aber vergnügt aussah. Alle bewarfen sie mit Reis und neckten sie liebevoll. Falcon knurrte, er hätte sich nicht einmal im Umkreis von zehn Meilen von diesem Ort blicken lassen, wenn ihn seine Schwester nicht so eingewickelt hätte, bis er gekommen sei. Einen Kuss von der Braut verlangte er aber doch.

»Oh, Jamie wäre es sicher ein Vergnügen gewesen, Miss Katrina herzufahren«, meinte Gideon mit einem Augenzwinkern.

»Jederzeit, an jeden Ort«, erklärte Morris feurig.

»Bevor ich so etwas zulassen würde …«, begann Falcon.

Das allgemeine Durcheinander hatte Aufmerksamkeit auf sich gezogen. Eine schlanke, dunkelhaarige Lady mit einem kleinen Mädchen neben sich wandte sich vom Schreibtisch um und sah in ihre Richtung.

Ein schriller Schrei zerriss die Luft. »Papa Ross! Papa Ross!« Naomi wirbelte herum und wurde kalkweiß, als das Kind mit ausgestreckten Armen durch den plötzlich ganz stillen Salon rannte.

»Mignon! Meine Kleine!« Gideon beugte sich herunter, hob das Kind auf und küsste es herzhaft, dann wandte er sich der Lady zu und zog sie in seine Umarmung. »Und meine hübsche Lilla!«

Sie klammerte sich an ihn, und ihre Stimme bebte, als sie in raschem Französisch sagte: »Ach, Gideon! Endlich finden wir Sie wieder! Mein Lieber! Mein Lieber! Ich hatte schon Angst, Sie seien tot!«

»O Gott!«, flüsterte Katrina.

»Ich hätte diesen Bastard umbringen sollen«, knirschte Falcon.

Gideon wandte sich an Naomi. »Das ist ein schöner Wirrwarr«, erklärte er schuldbewusst. »Ausgerechnet jetzt soll ich dich mit meiner Familie bekannt machen. Das ist Madame Jean Favre, und diese sehr junge Lady ist Mignon, meine …«

»Du prinzipienloser 'alunke!« Die Stimme kam von der Tür, und ein hochgewachsener Mann, dessen einer Jackenärmel an der Schulter festgesteckt war, trat mit tropfendem Dreispitz herein. »Suchst du nach meinen Lieben, nur um dich dann davonzustehlen, sobald wir einen Fuß in dein Land gesetzt 'aben?« Er umarmte Gideon. »Was für ein feines Zusammentreffen, *mon ami! Mon cher ami,* dem ich so viel verdanke! Ah, und 'ier ist auch Leutnant Morris! Wir wollen alle die 'ände schütteln!«

Gideon ließ das Kind wieder auf den Boden hinunter. »Mrs. Rossiter, erlauben Sie mir, Ihnen Capitaine Favre vorzustellen, dessen Familie die meine wurde, als …«

»Als mein lieber Mann als tot auf dem Schlachtfeld zurückgelassen und dann gefangen genommen wurde«, warf die Lady ein.

»Wir wären ver'ungert, Madame, wenn nicht mein Jean und Gideon gute Schulfreunde gewesen wären, obwohl sie auf verschiedenen Seiten gekämpft 'aben, und Gideon uns unter … äh … wie sagt man, James?«

»Unter seinen Schutz genommen hätte«, half ihr Morris.

»Idiot!«, knurrte Falcon.

»O Gott!«, japste Morris und wurde knallrot, als schockierte Blicke auf ihn gerichtet wurden. »Nur … äh … so hätte ich es natürlich nicht ausdrücken sollen! Ich versichere Ihnen, Naomi, der gute alte Ross hat sich nur um sie gekümmert! Sonst nichts, das schwöre ich! Sonst hat er überhaupt nichts getan, wirklich!«

»Er 'at sehr viel getan!«, protestierte Madame Favre verwirrt. »Ohne die 'ilfe von meinem Gideon weiß ich nicht, was aus uns geworden wäre!«

»*Das* ist also deine *Familie,* Gideon?«, fragte Naomi mit schwacher Stimme. »Aber ... aber du hast gesagt, es seien *drei* Kinder, und ...«

»Ah!«, rief Madame. »Dann 'aben Sie es also gewusst, *mon cher*? Das Kindermädchen 'at meine Zwillinge nach oben gebracht!«

»Zwillinge!«, keuchte Gideon. »Beim Zeus, ich habe gedacht, das hätte ich erfunden!«

»Du böser, böser Mann!« Naomi lachte glücklich und die letzten Schatten verflogen.

»Dieses schöne Geschöpf muss Ihre Lady aus dem Garten sein und Sie sind mit ihr verheiratet!«, rief Madame Favre auf französisch. »Ah, wie gut, mein lieber, lieber Gideon!«

Viel später an diesem Abend, als die Feiern zu Ende waren und die Gratulanten sich wieder auf den Weg gemacht hatten, erinnerte Naomi ihren Mann an Madames Bemerkungen. »Viel zu oft hieß es da ›der liebe Gideon‹«, sagte sie streng. »Es erscheint mir sehr offensichtlich, Captain Rossiter, dass Sie und Madame eine äußerst angenehme Beziehung genossen haben.«

Gideon, den Blick fest auf die Tür des Ankleidezimmers geheftet, setzte sich im Bett auf und stimmte provozierend zu: »Außerordentlich angenehm. Vor allem im Hinblick auf Mignon. Ich liebe Kinder sehr. Apropos ... kommst du denn endlich?«

»Oh! Wie ungezogen du bist«, antwortete sie, und Grübchen erschienen auf ihren Wangen, als sie sich hier und da mit Mysterious Moonlight betupfte. »Ich wundere mich, dass du es wagst, solche Dinge zu sagen, obwohl du mich absichtlich in dem Glauben gelassen hast, all diese fürchterlichen Gerüchte seien wahr! Warum?«

»Weil du so bereitwillig das Schlechteste von mir geglaubt hast, natürlich.«

»Dein Stolz war verletzt, nicht wahr?«, fragte sie ungehalten, stand auf und löschte die Kerze im Ankleidezimmer. »Ich glaube, Ihr Stolz ist viel größer, als der meine je war, Captain Rossiter!«

»Ein schreckliches Laster, ich gebe es zu«, gestand er lächelnd. »Ich verspreche, dass ich ihm nie mehr ...« Er brach ab, denn Naomi war endlich hereingekommen.

Ihr sehr weit ausgeschnittenes Nachthemd war ein Hauch aus lachsrosa Spitze und Tüll, das die darunter verhüllte Schönheit verlockend erahnen ließ. Ihr herrliches Haar fiel in einer glänzenden Wolke über ihre cremeweißen Schultern, und als sie so dastand, blickten ihre Augen zärtlich, aber sehr scheu.

»Oh ... Gott«, flüsterte er. »Und ich erzähle schon wieder eine Lüge! Beim Himmel, ich muss der stolzeste Mann sein, den es gibt!« Er streckte die Arme nach ihr aus. »Komm zu mir, meine Liebste – mein Leben.«

»Willst du wirklich eine ... eine Gassengöre in deinem Bett willkommen heißen?«, fragte sie, als sie langsam und zurückhaltend durchs Zimmer schritt.

»Ich habe dir einmal gesagt«, erwiderte er atemlos, »dass ich der größte Narr aller Zeiten sein muss.«

Naomi blickte in sein anbetungsvolles Gesicht und lief zu ihm. »Der liebste, tapferste und mutigste Narr, der je ...«

Captain Gideon Rossiter löschte die Kerze.

Epilog

Es war sehr still in dem dunklen Raum, und obwohl sich Tabaksqualm nach oben kräuselte, lag in der Luft doch die klamme Kälte eines Ortes, zu dem nie ein Sonnenstrahl dringt. Der einzige Kerzenleuchter, der auf einer sehr alten Kredenz stand, warf sein mattes Licht auf den Tisch und die fünf Männer, die an ihm saßen. Stumm wie Statuen warteten sie, alle in dunkle Umhänge mit Kapuzen gekleidet; jedes Gesicht, obwohl ohnehin kaum zu sehen, war von einer Maske bedeckt.

Endlich murmelte einer von ihnen ungehalten. »Der Squire kommt zu spät.«

Der Mann rechts von ihm zuckte mit den Schultern. »Und wahrscheinlich ist er verärgert.«

Auf der anderen Tischseite meinte ein Mann mit schleppender Stimme: »Alles ist in Ordnung, wir haben erreicht, was geplant war.«

Der Rauch flackerte, das einzige Anzeichen dafür, dass die Tür sich geöffnet hatte.

Ein sechster Mann kam herein. Hoch gewachsen und ebenso gekleidet wie die anderen, trat er geräuschlos an den Tisch, und sofort erhob sich alles.

»Im Gegenteil, Zwei«, widersprach er mit dünner, ausdrucksloser Stimme. »Wir haben nur einen Teil dessen erreicht, was geplant war, und einen beträchtlichen Rückschlag erlitten.« Er wandte den Kopf, und seine Augen funkelten durch die Schlitze in seiner Maske, als er die Anwesenden nacheinander musterte. »Ich liebe Rückschläge nicht und jedem von uns ist nur ein Fehler erlaubt.«

Schweigen.

Dann sagte der Mann, der als »Zwei« angeredet worden war: »Wir sind wieder sechs, Squire.«

»Glücklicherweise. Und wir müssen weitermachen.« Der Squire hob eine behandschuhte Hand, in der eine kleine, diamantenbesetzte Figur glitzerte. »Trotz unseres Misserfolgs haben wir viel erreicht, und alles, ohne dass die Obrigkeit das Geringste argwöhnt.«

»Bis jetzt«, murmelte eine große, massige Gestalt.

Der Squire lachte leise. »Ganz richtig, Vier. Wenn man schließlich etwas argwöhnt, wird es zu spät sein. Man hat mir gesagt, dass der junge Rossiter versucht hat, einen unserer prachtvollen Generäle zu warnen. Man hat ihn als wahrscheinlichen Kandidaten für das Irrenhaus abgeschrieben.«

»Wird das genügen?«, fragte ein stämmig gebauter Mann mit knurrender Stimme.

»Fürs Erste«, antwortete der Squire. »Aber diese lästigen Narren müssen und werden bestraft werden, was ärgerlich ist, weil es unseren Zeitplan durcheinander bringt. Doch jetzt zum Geschäft. Will unser neues Mitglied sich mit seinem Emblem ausweisen?«

Ein Mann links von ihm hielt die kleine, mit Saphiren besetzte Figur aus Lapislazuli hoch, die Rossiter im Haus von Sir Louis Derrydene gefunden hatte.

Der Squire hob seine diamantenbesetzte Miniatur, und nacheinander taten es die anderen ihm nach: Smaragd, Rubin, Topas und schließlich Opal.

»Sie wissen, neuer Träger des Saphirs, welcher Sache wir uns verschrieben haben?«, fragte der Squire.

»Einem neuen England«, erwiderte der Angesprochene und verbeugte sich. »Befreit vom Joch des Königtums und der Religion. Einer Republik, in der die gewöhnlichen Menschen untereinander teilen und keiner sich über seinen Nachbarn erheben wird.«

»Sie wissen«, stimmte der Träger der Smaragdfigur ein, »wer regieren soll?«

Das neue Mitglied verbeugte sich abermals. »Das Land und alle darin sollen regiert werden von einem Ausschuss von Gentlemen, die sich nicht nur durch ihre Geburt auszeichnen, sondern durch Intelligenz, durch die Fähigkeit zu führen und den Willen, ohne Ansehen der Konventionen und Einschränkungen der Vergangenheit zu handeln.«

»Und Sie wissen«, fragte der Mann mit der Rubinfigur, »wer Sie ausgewählt hat? Und wer jedem von uns bekannt ist?«

»Ich wurde ausgewählt durch einen Brief«, antwortete der Neue mit einer dritten Verbeugung. »Ich weiß nicht, wer ihn gesandt hat. Keiner von uns kennt irgendeinen anderen. Ausgenommen der Squire.«

Der Squire verbeugte sich nun vor ihm und die anderen folgten seinem Beispiel.

»Sind Sie bereit«, fragte der Mann mit der Smaragdfigur, »sich der Initiation zu unterziehen?«

»Ich bin bereit.«

Der Squire wandte sich um und ging voran in den hinteren Teil des Raums. Der Mann mit der Opalminiatur nahm den einzigen Kerzenleuchter mit. Man sah, dass die Mauern aus Steinquadern erbaut waren, glitzernd vor Feuchtigkeit und bedeckt von grünen Flechten. Ein Bogen ragte aus dem massiven Gestein der rückwärtigen Mauer und umschloss etwas, das in ferner Vergangenheit ein kleiner Marmortrog oder ein Wasserbecken gewesen sein mochte. Er war in Taillenhöhe eingelassen und nun trocken, aber um seinen Rand war tief ein anmutiges Muster eingemeißelt, ineinander verschlungene Blätter und Blumen.

Der Squire wich einen Schritt zurück, und während die anderen näher an das Becken traten, hob er eine todbringende Duellpistole. »Gehen Sie nach der vorgeschriebenen

Reihenfolge vor«, erklärte er. »Und dann werden wir mit unserer Versammlung beginnen.«

Sie scharten sich dicht um das Becken und einer nach dem anderen trat wieder zurück. Schließlich übergab der Squire die Pistole dem Mann, der die Smaragdfigur in der Hand hatte. Die Pistole wurde zielsicher auf den Squire gerichtet, der einen Schritt nach vorn trat.

Ein raunendes Geräusch war zu hören.

Einen Augenblick später war der Raum leer und wieder herrschten die Dunkelheit und die Kälte vergangener Jahrhunderte.

Zeit für Gefühle

Moments

Große Leidenschaft im Handtaschenformat

Moments Taschenbücher bei area:

ISBN 3-89996-214-1

ISBN 3-89996-120-X

ISBN 3-89996-212-5

ISBN 3-89996-121-8